FOLIO SCIENCE-FICTION

Patrick K. Dewdney

LA PESTE ET LA VIGNE

Le cycle de Syffe, II

Gallimard

Illustrations de Fanny Étienne-Artur

Né en Angleterre en 1984, Patrick K. Dewdney vit dans le Limousin depuis l'enfance. Après avoir publié polars, poésie et romans noirs, il a reçu le prix Virilo 2017 pour *Écume*. Il se consacre désormais à l'écriture de la grande saga de *fantasy* qu'est *Le cycle de Syffe*, projet d'une vie.

Toutes les aventures commencent quelque part

À Hélène, qui a ouvert la porte

vers Orphyse
Iphos
Andelia
vers
Archèse
Sétenté
Bavi
Seu-Lanthé
Méti-Fénéri
Thari-Gêné
40 milles
20 milles
0

LIVRE PREMIER

RENÉGATS

En cette lune agitée, les marins de la seconde escadre d'exploration sont revenus des îles Marquaises. Certains ont été rendus simples ou sont atteints de folie et la plupart souffrent d'un mal étrange et inconnu. Leurs ongles ont noirci et ramolli au point de chuter et leur peau se couvre désormais de bubons puants qui enflent jusqu'à l'éclatement. Cette pestilence s'est répandue, elle afflige aussi nos chiens, et de bien affreuse manière. Les bêtes desquament et expirent de façon pitoyable. On me rapporte qu'il s'agit d'une chose terrible à voir, et que loups et goupils subissent le même sort dans les coteaux environnants. La maladie se propage dans les couches laborieuses, déjà huit vingtaines de nos terrassiers sont souffrants et les autres conseillers ont préféré se retirer de la ville. (…) La pestilence, quoique douloureuse, ne semble pas mortelle, mais l'agonie des chiens est une clameur perpétuelle qui impressionne la plèbe. Je demeure à Sudelle afin de préserver l'ordre de l'Assemblée et prévenir toute sédition. (…) Le capitaine de felouque qui porte cette missive a pour consigne de faire demi-tour si l'infection se déclare à son bord. C'est un homme compétent et il a toute ma confiance.

OLBIADE DE NARISSE,
conseiller colonial,
Rapport à l'Assemblée évoquant les premiers cas de peste marquaise touchant les colonies parses, 114 années avant l'établissement du calendrier de Court-Cap.
Traduit du parse antique

L'épidémie de peste marquaise de 322 fut sans nul doute l'événement le plus destructeur à s'abattre sur la Péninsule depuis le cataclysme de Parse. La maladie se déclara dans les quartiers portuaires d'Alessa et, malgré les mesures de quarantaine, la virulence de la contagion était telle qu'elle fut impossible à contenir. En l'espace de quelques lunes, en dépit des efforts notables des sériphes carmides puis de nos primats, la peste échappa à tout contrôle. Les unes après les autres, les villes furent transformées en cimetières – les pesteux étant emportés en une semaine seulement – tandis que dans les campagnes les troupeaux mouraient dans leurs pâtures. Parmi les bêtes à sang chaud, seule la race ailée fut épargnée. Le chroniqueur kjiisi Ommaoun Sa'Hin, contemporain des événements, rapporte que l'odeur de la charogne pourrissante empuantissait l'air à plusieurs milles au large de Port-Sable. Quatre années après la déclaration de la peste, Carme et le pays brunois avaient été vidés de la moitié de leurs habitants, et la destruction condamna les survivants à la misère et à la famine. Ainsi débuta le Siècle Sombre.

NAZARE BOURBON,
historien brunide,

Annales des régions de Brune
et de leurs marches,
tome sixième
À propos du Siècle Sombre,
rédigé en la 562e année du calendrier
de Court-Cap.

Nous sommes Arcché. Abandonnés aux géants. Offerts à la peste. Nous sommes ceux qui furent livrés à eux-mêmes. Vous avez traversé notre pays, nos montagnes et nos torrents pour entendre ma parole et celle de mon peuple. Entendez-la donc. Nous sommes Arcché. Ceux qui ne voient en nous rien d'autre que les enfants perdus de Carme se trompent. À force de regarder le soleil, c'est vous qui vous êtes égarés. Nous ne subirons pas le joug des sériphes, ni celui d'aucun homme. Nous n'attendons plus rien du peuple-père.

TORRE,
dit le Pâle, roi des Arces,
En réponse aux propositions d'annexion
par les Carmides en la 442e année du calendrier
de Court-Cap.
Traduit du dialecte arce, puis du carmide

Début de l'an 631

Printemps

Lune des Pluies

1

Je passai cinq années de ma vie à Iphos.

Ma mémoire des mines est une chose laide et obscure, que je m'efforce d'effleurer seulement par accident et qu'il m'est difficile de coucher sur le papier. Malgré tout, le triangle restera gravé dans ma chair jusqu'au jour de ma mort, une marque indélébile de ce qui fut alors, et qui me privera toujours du luxe de l'oubli. Aujourd'hui encore je suis capable d'invoquer l'odeur de la fosse avec une terrifiante facilité.

Il y avait d'abord l'âcreté des scories, les fourneaux de brique et d'argile qui balafraient un paysage déjà brisé, vomissant des flots de fumée blanche. C'était un parfum agressif, qui prenait à la gorge plus bas dans la vallée et dont on ne pouvait plus se défaire. À Iphos, même les rêves sentaient la brûlure et le fer en fusion. Dans les galeries, il y avait le minerai et la poussière de roche, effluves alcalins qui naissaient de la percussion des outils, dont l'arrière-goût se confondait avec celui du sang. Au camp, la puanteur était celle du désespoir et des fosses à merde où l'on glissait parfois les morts.

Nous étions six mille damnés, œuvrant de jour à nous briser l'échine, entassés de nuit dans des baraquements crasseux en aval des mines. Plus de la moitié étaient Carmides, des criminels pour l'essentiel. Les autres venaient des marchés d'esclaves de l'autre côté du détroit, Jharraïens, Kadjés, Assalis, Paxxéens, anciens soldats ou surineurs impropres au travail des champs ou de la ville, et dont même les galères n'avaient pas voulu. Des Brunides et des Montagnards arrivaient au compte-gouttes, butin vivant des compagnies mercenaires recrutées par Collinne, dont la guerre avec Bourre ne semblait pas près de s'achever. Il y avait aussi quelques esclaves évadés, capturés par les phalanges locales, et même un Var de temps à autre, qui ne faisait jamais long feu. Nous étions la propriété de la dokia Heroï, l'une des grandes maisons carmides, et le supplice de nos corps faisait leur richesse.

Le jour de mon arrivée, on me remit un seau de mauvaise facture et je fus affecté à une équipe de déblayage, enchaîné à un cordon de dix autres esclaves chétifs et malades. Nous étions aux ordres d'une poignée d'*ankoï*, des anciens, qui dépendaient eux-mêmes d'un contremaître. Les esclaves expérimentés formaient entre eux de petites cliques, des bandes d'hommes plus rudes et plus dangereux que les autres, libres d'entraves hormis la nuit, qui grappillaient de rares privilèges auprès des maîtres et les défendaient avec férocité. Puisque c'était leur savoir-faire qui faisait tourner les mines, leurs vies valaient bien davantage que celles des nouveaux. Nous étions considérés au mieux comme des outils remplaçables, au pire comme des proies. Les femmes et les hommes étaient frappés ou pris de force dans l'indifférence générale, tant que cela ne ralentissait pas la cadence des pioches, et nos chaînes nous empêchaient de nous défendre.

Les contremaîtres étaient *spetaï*, membres de la caste carmide la plus indigne, affranchis ou étrangers, des hommes libres qui ne trouvaient pas de travail ailleurs. Ils conduisaient les équipes et les *ankoï* aux mines, et se disputaient les filons les plus féconds à grand renfort de cris et de menaces. Certains en venaient même aux mains sous le regard amusé des surveillants. Le premier qui me donna le fouet s'appelait Ortos et c'était un diable au visage humain qui aurait fait passer Holdène, le maître des écuries pour lequel j'avais trimé au domaine Misolle, pour une âme charitable. Il prenait plaisir à nous rappeler, avant que ne débute chaque journée de labeur, que le fer qui nous servait d'entrave était marqué du poinçon d'Iphos.

Les mines elles-mêmes se trouvaient à flanc de montagne, une fourmilière grouillante forée dans la pierre grise du Mur carmois. Nous avions plus d'une mille de marche pour rejoindre les galeries depuis le camp, par un chemin large et usé, boueux en hiver, poussiéreux en été, bordé de pins tordus et de pimprenelle. Avec les fers aux pieds c'était un itinéraire difficile, qui avait la réputation de tuer davantage que le travail lui-même. J'ignore si cela était vrai, mais le ravin qu'il nous fallait longer pour arriver aux galeries était tapissé d'ossements et j'y vis de mes propres yeux un homme devenu dément entraîner son équipage dans le vide pour éviter la morsure du fouet.

Le réseau de tunnels labyrinthique dans lequel il fallait s'aventurer ensuite était étroit, et résonnait du vacarme des plaintes et du cliquetis permanent des fers. L'obscurité était la compagne attitrée des équipages comme le mien, puisque les *ankoï* qui portaient les lumières éclairaient l'ouvrage des pioches et des burins. On faisait passer les seaux pleins à l'arrière de la ligne et nous devions ressortir ensemble pour les vider, clopinant et trébuchant sur les gravats. Nous mangions deux fois par jour, de la soupe et du pain, et les meilleurs morceaux n'étaient jamais pour nous. Nous repartions ensuite au turbin. Lorsque la nuit venait, nous rentrions au camp, et cela recommençait le lendemain. Après dix lunes de ce traitement, quatre hommes de mon équipage étaient morts d'épuisement, et je m'étais battu avec les autres pour leurs haillons, dont on se servait pour rembourrer nos chaînes. J'attendais que mon tour vienne, mais je ne tombais pas malade et le calvaire continuait.

Quelque chose s'était éteint en moi depuis que Uldrick avait été tué, et que j'avais échoué à arracher Brindille au lupanar du village de toile. Un grand néant s'était ouvert à l'endroit où je m'étais tenu jadis, avec mes mailles et ma lance et mes résolutions. À la place, il y avait le triangle que l'on avait taillé dans ma pommette. Tout le reste avait été avalé, avant même que je n'arrive à Iphos. L'impassibilité des regards carmides, alors que nous peinions dans la neige des cols et qu'ils achevaient ceux dont les pieds gelaient, avait suffi à asseoir ce que je savais déjà. Je n'étais plus rien. Bien entendu il y avait l'inconfort et l'usure, la douleur foudroyante de la trique, mais mon corps n'était plus le temple de quoi que ce soit, et ne recelait plus rien à profaner. Je ne pensais pas. Je ne ressentais guère plus. Je subissais les viols avec la même apathie que le reste, mes yeux se fixaient dans le vide, et s'y perdaient. Je mangeais les rats et les scarabées lorsque j'avais la main assez rapide, je répondais aux rares questions qu'on me posait, je dormais, je charriais le minerai, mais au fond, cela était mécanique. Je n'y accordais ni sens, ni mérite. Les fers dont j'avais été chaussé représentaient la seule vérité qui m'était acceptable : mon existence appartenait à d'autres. Ce qu'ils en feraient m'importait peu.

Je fus tiré de cette catatonie de manière imprévue, comme on peut quitter en sursaut un songe fiévreux. Par une matinée de pluie automnale, un nouvel arrivage d'esclaves débarqua par la route d'Orphyse, des flibustiers kjiisis pris par la marine jharraïenne, émaciés par le voyage et la malnutrition. Le contremaître Ortos fit assembler ses équipages, comme il le faisait tous les jours avant que nous n'entamions l'ascension. Après qu'il eut effectué ses prières au soleil levant, rituel quotidien auquel nombre d'esclaves s'adonnaient également, il ordonna aux surveillants de faire sauter le loquet de mes chaînes et de mettre à ma place l'un des marins pouilleux. « Tu porteras la lumière, maintenant », me dit-il sans me regarder, et ce fut tout. Je n'étais pas mort. J'étais donc *ankoï*. Il me fallut plusieurs semaines pour rallonger mes foulées, et quelques autres encore pour prendre la mesure de ce qui était arrivé. Je m'étais alors saisi des lambeaux de liberté, et je redevins – malgré moi – quelque chose qui pouvait s'apparenter à un homme.

Ce fut difficile de ressusciter dans les enfers. La rivalité entre les *ankoï* et leurs équipages était impitoyable, leurs alliances fragiles, leurs combats perpétuels. Ils ne reculaient devant rien pour s'attirer les faveurs d'Ortos et de ses semblables. C'était un monde carnassier, soigneusement entretenu pour engloutir la moindre bribe d'humanité. Les contremaîtres s'échangeaient parfois un esclave contre un autre, au gré des accidents, ou dans l'espoir d'assembler des équipages de meilleure qualité, et les inimitiés germaient sur le terreau de l'espoir, celui de trouver un maître plus généreux ou moins cruel. Il y avait une compétition à la tâche, et elle était acharnée. Je compris rapidement que ma place de lampiste, tout en bas de l'échelle, derrière les piqueurs, les trieurs et les boiseurs, était un refuge en soi.

Entre damnés nous parlions le scoye, que l'on nomme « franc-sabir » lorsqu'il est employé par les hommes libres et « chaîne-gouaille » quand il surgit de la bouche d'esclaves. C'était un dialecte marchand à l'origine, d'usage dans les ports de la Basse-Brune comme à Jharra, à Trois-Îles ou dans les Cinq-Cités, un brassage simpliste de brunois et de carmide, de bessan et de jharraïen. Comme je parlais déjà deux de ces langues, il me fut aisé d'apprendre à baragouiner avec les anciens. Certains me racontèrent leurs histoires, la plupart banales, d'autres passionnantes, quelques-unes tragiques, mais il m'était toujours difficile d'en démêler le vrai du faux, tant le mensonge était un levier comme un autre dans nos rapports.

Petit à petit, on m'accepta comme compagnon d'infortune et on m'interrogeait parfois sur mes cicatrices ou mon tatouage, sur ce que j'avais été avant. Je fus obligé de me replonger dans le passé, ce qui fut un voyage douloureux, comme je pouvais l'attendre. Je me mis à faire des cauchemars dans lesquels Uldrick et Nahirsipal, dont j'avais tous deux été l'apprenti, s'entre-tuaient au couteau.

Parfois, le première-lame Hesse était pendu tout près d'eux, la langue enflée, quand ce n'était pas le capitaine Doune et son corps déchiqueté, dont les yeux viraient au noir, comme ceux du démon Deïsi qui avait cherché à m'enlever durant mon enfance.

Alors que tout cela affluait, il me fallut faire preuve d'attention et de subtilité pour ne jamais perdre la face devant les autres. Maintenant que mes émotions refaisaient timidement surface, je devais veiller à ne jamais me laisser déborder par elles. Craquer, verser des larmes aurait certainement signé mon arrêt de mort. Il fallait marcher sur le fil, composer avec les tortionnaires d'hier dont l'intérêt pouvait être éveillé de nouveau. J'évoquai mon entraînement de soldat, en prenant soin de ne pas mentionner les Vars. Je parlai de l'homme que j'avais blessé à mort à Lagre, mais situai l'anecdote à Aigue-Passe. Je ne faisais jamais allusion à Corne-Brune, parce que je n'oubliais pas que ma tête devait toujours y être mise à prix, et je ne me faisais aucune illusion sur ce qui arriverait si un contremaître l'apprenait. En soi, je crois que ces prudences étaient la preuve que j'avais accepté de vivre. Que j'avais accepté de me plier aux règles de cet univers réduit, pour avoir le privilège de respirer encore un peu, et capturer les bonheurs minuscules lorsqu'ils surgissaient sans crier gare.

Je me remis à contempler le ciel, les nuages, les étoiles quand je le pouvais. Parfois, le soir, nous mangions dehors, accroupis dans la poussière, et j'imbibais mon pain de soupe ou de salive en laissant vaquer mon esprit au gré des constellations. Sur le chemin des mines, lorsque les moments s'y prêtaient, je m'écartais pour cueillir à la volée des fleurs ou des plantes comestibles, des bourgeons de pin, une tige d'achillée. Je les avalais en secret, les savourais, les conservais pour les jours où la soupe était trop claire. Le scorbut m'épargnait. Malgré toutes les privations, je grandissais. Ma silhouette était sèche, mes muscles fins et durs comme le roc des galeries. Les autres se mirent à me craindre. Je ne me pliais pas à la rapacité de leurs règles, et je m'en portais bien.

Durant l'été de ma quinzième année, des esclaves affectés au bûcheronnage retournèrent leurs outils contre leurs maîtres avant de s'enfuir, mais ils furent repris dans les contreforts quelques jours plus tard. On les cloua à la palissade qui cerclait les baraquements et leur agonie dura des jours. Les surveillants jouèrent du fouet pour nous rappeler que l'on ne s'échappait pas d'Iphos. Il y avait plus de deux cents milles jusqu'au pays var à l'ouest, aucun espoir par la mer, que ce soit au nord ou à l'est. Au sud, les rares cols étaient tenus par les phalangistes de Carme. Et puis, avant d'échouer plus loin, il fallait d'abord échapper aux garnisons d'Iphos. Une petite compagnie de soldats avait ses quartiers sur la route de la vallée, entre la ville et les mines, et leur unique fonction était de s'assurer de notre docilité. Ils ne devaient pas être plus de cinquante, mais ils connaissaient leur métier. Des chiens logeaient avec eux, des bêtes de guerre hirsutes et mauvaises, entraînées à la chasse à l'homme. Lorsqu'ils devaient intervenir pour suppléer les surveillants, ils le faisaient de manière zélée et brutale.

Après les exécutions, il fallut de nouveaux bûcherons et je fus choisi avec quelques autres, parce que j'étais encore fort et que j'avais toujours toutes mes dents. J'eus de la chance. Certains des *ankoï* guettaient ce genre d'occasion durant une décennie entière. Je troquai un contremaître pour un autre, la lanterne pour le manche d'une cognée usée, la noirceur étouffante des galeries pour le bruissement entêtant des pinèdes. Même si les arbres abattus servaient surtout à nourrir les bas-fourneaux, d'autres équipages se chargeaient du transport, et le tumulte des mines devint un décor lointain, auquel je n'étais plus relié par grand-chose.

Lorsque la météo était favorable, il arrivait que nous ne rentrions pas au camp durant plusieurs semaines de suite. En ce genre d'occasions, les surveillants nous enchaînaient aux arbres une fois la nuit venue, mais cela m'était tout de même préférable à l'entassement des corps, aux gémissements, à l'odeur de la maladie et de la mort. Nous étions mieux gardés que les mineurs, mais mieux nourris et mieux traités aussi. Le labeur était rude. C'était à ce prix-là que l'on pouvait quitter l'enfer de la fosse, et la monotonie de la carrière. Il y avait tout de même quelque chose de traître à pouvoir parcourir les flancs de la vallée à la pointe du jour et apercevoir l'horizon, les collines de Carme qui s'étendaient à perte de vue, les bastides blanches qui parsemaient une campagne verdoyante. Il ne s'en fallait pas de beaucoup pour que l'on s'imagine partir.

Les liens qui se nouaient dans la sueur des chantiers de coupe étaient différents, moins calculateurs et moins carnassiers, éloignés qu'ils étaient des complots ourdis dans la noirceur des tunnels. Apparaissaient de petits gestes d'attention ou de solidarité qui ne flairaient pas la folie et n'inspiraient pas la méfiance. Des embryons de camaraderie et même d'amitié, dont je me gardais avec précaution, parce que cela aurait brisé ma solitude d'une manière trop illusoire, et que je n'étais pas prêt à cela. Malgré la voracité de l'isolement, je préférais me retrancher dans mes souvenirs, arpenter des monuments nostalgiques qui m'appartenaient à moi seul et qu'on ne pouvait pas m'arracher. Cela n'en demeura pas moins une renaissance bancale, un abandon de la sauvagerie qui m'apaisa un temps. Qui me rappela, sous certains aspects, la façon dont j'avais dompté ma rage de bataille dans les hauts de Cullonge.

Et puis il y eut cette fille montagnarde qui œuvrait pour un contremaître différent. Elle se faisait appeler Grenouille, son crâne était rasé pour éviter les parasites et ne pas susciter l'envie des hommes. Elle avait une bouche large et généreuse que j'aurais aimé voir sourire, et des fossettes étranges creusaient ses joues et son menton. Nous avions le même âge. Elle vit en moi ce qu'il restait de douceur, et sut le faire rejaillir à sa manière. Il exista entre nous quelque chose de haletant, de tendre et de désespéré, puis nous fûmes séparés et j'appris plus tard qu'elle était morte de la fièvre noire. Je fus seul de nouveau. Je me mis à songer à Brindille.

Durant les années suivantes, Brindille occupa mes pensées de manière obsessive, une sorte de contrecoup à la façon dont je l'en avais excisée jusque-là. Je me remémorais incessamment la colline du verger et nos doigts entrelacés, sa bouche couleur cerise et l'odeur de ses cheveux. Je revivais quotidiennement nos retrouvailles à Aigue-Passe, cette poignée d'instants irréels, le contact de sa peau sur la mienne et la tristesse qui hantait son regard. Je me souvins des promesses, des prophéties du pérégrin qui avait été là lui aussi, qui avait cherché à utiliser Brindille pour m'attirer à Spinelle. Je méditais ses motifs, son intérêt incompréhensible pour ma personne. Je ressassais les contes qui circulaient à propos du roi des Ormes, des Feuillus et des sorciers ketoï, à l'affût du moindre indice. J'étreignais surtout les derniers mots que le pérégrin avait prononcés, je les égrainais dans mon esprit comme des galets moulus par la mer. « Tu trouveras tes réponses à Spinelle », avait-il dit, « mais tu y trouveras surtout ce qui t'est le plus cher. » J'avais soupçonné, à l'époque, qu'il parlait de Brindille. J'en étais venu à croire qu'il l'avait sans doute enlevée du lupanar du village de toile avant même que je n'y conduise la tentative de sauvetage qui avait mené à ma capture. Je ne savais pas si je devais être heureux pour Brindille si tel était le cas.

Les lunes se succédaient inlassablement, au rythme de la hache et du merlin. Le fouet, qui ne sifflait plus guère dans les clairières de coupe, devint une menace secondaire. J'en oubliai les patrouilles et les molosses. Je me mis à entretenir des rêves d'ailleurs, puis de fuite. J'échafaudais des plans hallucinés et futiles parce que j'étouffais et que, les jours de grisaille, lorsque l'abattement menaçait d'engloutir le reste, il m'arrivait de frôler les rebords des ravins les plus profonds, en me demandant si le vide ne serait pas le gardien d'une certaine forme de délivrance. Les surveillants décelèrent en mon attitude les signes avant-coureurs de la révolte, comme ils l'avaient fait avec mille hommes avant moi. Je fus écarté des outils en guise d'avertissement, et relégué à la manœuvre, où l'on pouvait mieux me surveiller. Certains auraient compris et se seraient ressaisis. Ce ne fut pas mon cas. La mort rôda autour de moi, fardée des atours de l'affranchissement. Je ne dus ma survie qu'à une abomination dont l'horreur éclipsa même celle de la fosse.

2

La peste marquaise avait déjà frappé la Péninsule une dizaine de fois depuis l'instauration du calendrier de Court-Cap par les Horospices, et il est probable que davantage d'épidémies n'aient pas été répertoriées. Toutes n'étaient pas mortelles, certaines furent même bénignes. Une infection toucha Sudelle quatre siècles avant ma naissance et décima seulement les rats, au grand bonheur de ses habitants. Quelques décennies plus tard, une nouvelle pestilence sévit à Tague, dans le canton de Port-Sable, et fit dépérir les arbres en fleurs. D'autres épidémies avaient pourtant mené à de véritables hécatombes, et transformé les zones peuplées en charniers à ciel ouvert. Ce fut le cas pendant le Siècle Sombre, au début duquel les hommes et le bétail moururent comme des mouches à l'approche de l'hiver.

Bien que l'accès aux Marques soit strictement gardé par la marine de Brisefond depuis les événements catastrophiques du Siècle Sombre, les légendes consacrées à ces îles maudites et à leurs richesses inimaginables abondaient. Il se trouvait toujours des aventuriers téméraires pour faire fi des mises en garde, se glisser entre les mailles du filet et accoster, mus par les contes et l'appât du gain. La plupart ne revenaient pas. Ceux qui échappaient à la peste parlaient peu de ce qu'ils avaient vu, bon nombre devenaient fous et dressaient des Marques des tableaux contradictoires et difficiles à interpréter.

Les témoignages concordants mentionnent un lieu mystérieux que les Parses avaient baptisé Vorrenhal, une cité des géants à l'abandon qui ne ressemblait à rien de connu. Il était également question d'une distorsion, d'un halo étrange qui faisait que les trois îles marquaises, pourtant distinctes depuis le large, n'en formaient plus qu'une, lorsqu'on marchait sur leur sol. Si des hommes y avaient jadis découvert des diamants gros comme le poing, des monceaux d'or et de gemmes et des objets curieux façonnés d'alliages précieux et inconnus, leurs histoires ne s'achevaient jamais de manière heureuse. Et parfois, certains emportaient la peste loin des rivages déserts d'où elle n'aurait jamais dû être arrachée.

C'était la fin de la lune des Pluies et j'entrais dans ma dix-huitième année. J'avais le corps d'un homme désormais, svelte et leste et étiré par le labeur. Un Var bien nourri m'aurait dépassé d'une tête, mais parmi les esclaves je n'étais pas considéré comme petit. Les équipes du bûcheronnage étaient choyées par rapport aux autres et, depuis que j'œuvrais dans les bois, j'améliorais mes repas de toutes les choses comestibles que Nahirsipal et Uldrick m'avaient appris à y trouver. Les pinèdes de Carme n'avaient pas grand-chose à voir avec la forêt de Vaux, mais il y poussait tout de même quelques plantes et champignons que je reconnaissais. Ma chair, habituée au manque depuis le plus jeune âge, avait su y puiser la moindre parcelle de subsistance. Mon visage n'avait pas tant changé que cela durant l'adolescence, mon expression était peut-être devenue plus sévère et mon attitude plus féline, mais j'avais toujours les traits fins, la mâchoire étroite et le nez acéré. Je gardais mes cheveux à demi tondus parce que les lentes abondaient, et que, du fait des fers, on ne pouvait pas se gratter la nuit.

Le printemps bourgeonnait timidement, les averses tombaient à l'improviste sur les montagnes, et la forêt dégorgeait une humidité froide. Sur les pentes, les pierres brisées ruisselaient d'eau et la brume stagnait longtemps sur la route de la vallée, où elle se confondait avec les émanations grasses des bas-fourneaux. Il y avait une lumière pâle qui venait nimber les pics du Mur carmois, une réverbération hostile qui planait des jours durant, et on ne levait les yeux au ciel qu'à contrecœur. L'équipe dont je faisais partie était confinée au camp depuis des jours à cause de ce manteau morne et suintant qui drapait les contreforts d'Iphos. Nous en étions réduits à assister ceux qui fendaient le bois et à le transporter jusqu'aux dépôts, une tâche ingrate qui ne nous convenait pas.

Le camp était un vaste fouillis de bâtisses plates, cerclé d'une palissade bancale de rondins et de roche. Ici et là pointaient des postes de guet décharnés, ouverts à tous les vents, occupés nuit et jour par des surveillants en armes. Les autres constructions étaient destinées à la vie quotidienne, une petite infirmerie, des réfectoires devant lesquels on tendait son bol une fois le soir venu et, surtout, cette centaine de baraquements où les esclaves s'entassaient pour prendre du repos. Un torrent glacial s'écoulait non loin depuis les montagnes. On avait édifié une retenue d'eau un peu plus bas pour pourvoir aux besoins du camp. Le site avait été choisi parce qu'il était encaissé entre deux bras rocheux, et qu'il était difficile de se déplacer vers les mines ou la vallée si l'on n'empruntait pas les chemins tracés. Ainsi, le moindre embryon de révolte organisée pouvait y être maté, pris en tenaille ou broyé contre la montagne avec facilité.

La maladie se déclencha d'abord chez les esclaves des cuisines, ce qui laissait supposer que l'infection était venue par le biais du ravitaillement. Ils furent une poignée au début à se plaindre de crampes et de douleurs aux jambes, puis à l'aine. Rapidement, leur souffrance fut telle qu'ils ne purent plus marcher du tout. Comme les nouveaux cas étaient pléthore, les surveillants se retirèrent du camp lui-même pour préférer les hauteurs des tourelles et des murs. Ils portaient leurs armes en évidence, comme s'ils craignaient un soulèvement, et dans nos rangs, une rumeur enflait à propos des routes qui s'étaient soudain vidées à l'est.

Trois jours après l'apparition des premiers symptômes, tous les hommes libres, *affiliadi*, *ineroï*, ou *spetaï* avaient disparu du camp en emportant avec eux les bêtes de somme. Il ne restait que les surveillants, enroulés dans leurs capes détrempées sur les plates-formes, et ils ne répondaient à aucune de nos injonctions. Plus personne n'allait aux mines, ni au bûcheronnage. Les fournaises sur la route ne crachaient plus leur fumée bilieuse. Le camp était fermé, plongé dans une clameur confuse tissée de peur et de souffrance. Il y avait quantité d'esclaves encore prisonniers des fers, et ils suppliaient qu'on les libère. Les réserves à nourriture à l'intérieur de l'enceinte furent pillées, et des rixes meurtrières opposaient certaines bandes d'*ankoï* qui profitaient du désordre pour régler leurs comptes. Pendant qu'ils se tuaient à la pioche et au marteau, je réussis à tirer parti de la confusion et à me procurer un demi-pain que je cachai au fond de l'un des dortoirs des bûcherons. Il n'y avait plus d'eau, et nous buvions la pluie qui s'écoulait des toits.

Au quatrième jour, les premiers à être tombés malades se mirent à tousser du sang. Une bonne moitié du camp ne quittait plus les baraquements faute de pouvoir se déplacer. Quelques esclaves valides incendièrent l'infirmerie, et de nouveaux brasiers suivirent. Personne ne se déplaça pour les éteindre. On rapportait des cas de cannibalisme et d'autres actes innommables, des rituels chthoniens issus de la démence et du désespoir. Ceux que la maladie épargnait se retranchaient dans les abris et expulsaient les hommes qui ne parvenaient pas à cacher leurs symptômes. Les plaintes et les râles s'élevaient vers le ciel gris en une vague de litanies atroces. Je me terrai avec d'autres bûcherons dans notre ancien dortoir. Plusieurs d'entre eux étaient déjà alités.

Au cours de la nuit, ceux qui toussaient commencèrent à mourir. D'autres voulurent franchir la palissade près de la retenue d'eau. Nous les entendîmes se battre avec les surveillants pour le contrôle des murs. Les cliquetis et les hurlements me rappelèrent brièvement que j'avais été un guerrier, une dizaine de bûcherons sortirent avec leurs haches pour se joindre à l'émeute, mais je me contentai de grignoter mon pain moisi, en songeant aux combats de Lagre et d'Aigue-Passe, et au gamin au visage fouine que j'avais tué près de Long-Filon. Au petit matin, mes compagnons commencèrent à évoquer la peste marquaise à demi-mot. Ils avaient peur, je crois, peur de nommer ouvertement le fléau qui nous rongeait. Dehors, les combats se poursuivaient sporadiquement. Mes cuisses commencèrent à me lancer.

La peste de 631, qui ravagea l'est de Carme fut stoppée aux environs d'Iphos. L'épisode fut si meurtrier que sa propagation fut endiguée en grande partie par la rapidité avec laquelle on en trépassait. Isolés comme nous l'étions, nous ne sûmes rien du sort de Nycénée et d'Archèse, qui furent transformés en villes fantômes, ni des mesures drastiques de quarantaine qui permirent de sauver les autres cités. Nous vîmes seulement l'arrivée des soldats, et l'érection des barricades.

Les phalanges de la dokia Monsa et de la dokia Kossolaï émergèrent des limbes sur la route du nord, au sixième jour. Avec d'autres, nous boitillâmes jusqu'à la palissade pour assister à l'installation de leurs pavillons clairs, cinq cents empans plus bas, puis au début des ouvrages du bois et de la terre qui allaient nous condamner. Je me fis la réflexion amère que j'allais quitter les mines de la même manière que j'y étais entré : à l'occasion d'un siège. Au loin, les armures de plates des officiers scintillaient à cause de la pluie, les formations des piques tendues au-dessus des hommes en bannières squelettiques et hérissées. À midi, les surveillants qui restaient sur les murs voulurent faire retraite jusqu'à eux. Le sifflement caractéristique des arbalètes carmides les accueillit. Ils furent fauchés sur les rochers brisés entre le camp et la route. Une poignée réussit à revenir, et la plupart claudiquaient autant que nous. Je me souviens les avoir entendus pleurer.

Désormais, des corps blêmes étaient couchés un peu partout, gisant dans la boue entre les baraquements, leurs visages maculés du sang qu'ils avaient vomi. Nous n'étions guère plus d'un millier à tenir encore debout, et ce nombre s'amenuisait d'heure en heure. Je ne fus pas le seul à comprendre qu'il n'y aurait aucun secours. Qu'il n'y aurait pour nous rien d'autre que la mort. Ce n'était pas un constat cruel, pas vraiment, mais il n'en demeurait pas moins implacable. Nous vîmes des feux éclore sur les crêtes autour du camp, et des phalangistes patrouiller les bois. Je ne pense pas que nous aurions eu la force de parvenir jusqu'à eux, même si nous l'avions voulu. Je retournai à l'abri. L'attente débuta.

Recroquevillé au fond du baraquement des bûcherons, je me mis à parler avec un autre esclave que j'aimais bien, parce qu'il était drôle et vif et sympathique, et qu'il avait été voleur à la tire dans le quartier portuaire de Lepte. C'était un Carmide qui se faisait appeler Mélandros et nous avions trimé côte à côte durant les deux années qui venaient de s'écouler. Nous nous installâmes dans le noir en massant nos jambes douloureuses, et échangeâmes des histoires à propos de nos vies respectives tandis que la peste s'enracinait dans notre chair et y progressait comme un lent venin. C'était une manière douce de faire un bilan, et le deuil de ce qui allait disparaître. Pour la première fois en cinq ans, je pus dire la vérité.

Je me nommais Syffe, j'avais grandi à Corne-Brune, sur la frontière sauvage, mais personne ne savait d'où je venais vraiment. J'avais eu une famille constituée d'orphelins comme moi, mais Merle avait été vendu par des contrebandiers, à un esclavagiste de Jharra, Cardou était mort dans les émeutes de la ville basse, et Brindille, que j'aimais plus que tout, avait vraisemblablement été enlevée par un agent de la rébellion vauvoise. J'avais été voleur, espion, guérisseur et soldat, l'apprenti d'un grand chirurgien puis *yungling* de guerrier-var. Sur ma poitrine était tatouée mon amitié pour Driche, une fille du clan gaïche que je n'avais pas vue depuis mon enfance et qui me manquait affreusement. J'avais été recherché à Corne-Brune pour une série de meurtres que je n'avais pas commis, qui m'avaient été imputés par les vieilles familles de la ville, dont les patriarches avaient tué le primat Barde Vollonge et conclu un marché avec la Ligue de Franc-Lac pour se rendre maîtres de la primeauté. J'avais partagé les songes secrets de deux créatures solaires, dont l'une était certainement liée aux démons Deïsi de la Forêt de Pierres et dont l'autre m'avait été présentée comme une divinité, vénérée par les Feuillus de Vaux et leurs alliés, les mystérieux Ketoï. Je les avais toutes deux fascinées sans que j'en connaisse la raison et, l'une après l'autre, elles avaient irrémédiablement brisé mon existence.

À étaler les choses ainsi, à les affirmer enfin face à un autre homme, même fiévreux et incrédule, j'eus la sensation de redevenir moi-même, le temps de quelques heures. Je me rendis brièvement compte à quel point les mines m'avaient changé, mais aussi que le feu dans ma poitrine ne s'était pas complètement éteint. Je regrettais de n'avoir pas tenté ma chance plus tôt, de ne pas avoir au moins essayé de fuir, et je me demandais sans cesse ce qui était advenu de ceux que j'avais connus avant les mines. Driche et sa famille. Frise. Miette et Jéraime Dantemps. Svein et Katje et Eireck. Jassk et Sonneur. J'espérais que Brindille m'avait pardonné mes échecs, où qu'elle puisse être. Je trouvais que tout cela avait un triste goût d'inachevé. Mélandros acquiesçait, il en allait de même pour lui. Il restait tant de choses en suspens. La douleur prit lentement le pas sur le reste, et transforma les souvenirs en sifflements, que l'on peinait à faire vivre entre nos dents serrées.

Mes cuisses lançaient maintenant en saccades, d'affreux éclairs qui arquaient depuis les genoux jusqu'au bas du dos. Cela se logeait enfin dans l'aine, où les ganglions avaient enflé pour atteindre la taille de petites pommes. Je suais à grosses gouttes, convulsé par les spasmes et la souffrance. J'essayais de me rappeler la dernière fois que j'avais été malade, sans y parvenir. Mélandros avait le teint crayeux lorsqu'il me fit savoir qu'il se sentait un peu mieux vers l'aube, puis il se mit à tousser. Il finit par se taire tout à fait et s'allongea sur le côté. Sa respiration était difficile et crépitante, comme celle des cerfs que Uldrick tirait en travers des poumons dans les hauts de Cullonge.

Ce qui m'étonna davantage que tout le reste fut le calme relatif de la fin. Lorsque nous comprîmes ce qui se tramait réellement, il n'y eut ni révolte, ni soulèvement. Nous étions certes faibles, mais je ne doute pas un instant que, si nous l'avions désiré vraiment, nous aurions pu atteindre les lignes de quarantaine, même en rampant. Nous aurions pu partir dans un éclat de violence, devenir les vecteurs volontaires du mal pour nous venger d'un monde qui nous avait arraché nos existences et notre liberté. Il aurait suffi pour cela d'aller crever aux pieds des phalangistes. Je ne crois pas qu'un seul esclave d'Iphos essaya de quitter l'enceinte des barricades après l'arrivée des soldats.

La rapidité de la décimation et la nature débilitante de la peste jouèrent certainement un rôle dans l'extinction paisible du camp, mais il y avait autre chose, aussi. Une résignation un peu fière face à l'inexorable et la détermination à l'affronter dignement. L'anéantissement nous avait affranchis des maîtres et, dans ces conditions, le sacrifice était le chemin le plus généreux, et sans doute aussi le plus facile, pour renouer avec une humanité perdue. Nous pouvions accepter la mort comme une vieille amie et nous soumettre. Pardonner aux tortionnaires, faire la paix avec les injustices et les regrets, et endiguer le fléau en laissant la peste s'éteindre avec nos corps.

Mélandros mourut durant la nuit qui suivit, tandis que je lui parlais pour l'apaiser. L'écho rauque des toux avait envahi le camp, à tel point que je dus me rapprocher de lui pour me faire entendre. Je lui racontai comment j'avais étudié la médecine des os grâce au squelette d'un Carmide qui portait le même prénom que lui, et je lui parlai aussi des cheveux de Brindille, des berges limoneuses de la Brune et du goût des lures grillées. Lorsqu'il expira enfin je me retirai de sa couche en frissonnant pour reprendre place sur la mienne et je m'emmitouflai dans ses couvertures encore chaudes. Il y avait une fuite le long des planches du fond, et j'avais mis une timbale pour y recueillir les gouttes. Je bus et je mangeai aussi ce qui restait du pain, sans me préoccuper de la moisissure qui y poussait. Je ne sais pas combien étaient encore vivants à ce moment-là. Je ressentais seulement une grande fatigue, et je ne sus dire si c'était la maladie ou si j'avais veillé Mélandros pendant plus longtemps que je ne le pensais. La fièvre enflait en moi, inexorablement. Je fermai les yeux. Je ne me battais plus. Je voulais glisser en douceur. M'engourdir tranquillement, partir dans mon sommeil et ne pas me réveiller.

3

Je baignais tout entier dans la lumière.

Il flottait çà et là des constellations de poussière qui tournoyaient, prisonnières des rayons dorés. Je trouvai au chatoiement une consistance sirupeuse, presque tangible. C'était immobile, aveuglant et très silencieux, mais cela ne ressemblait pas à la mort telle que je me l'étais figurée. Longtemps, je n'osai pas bouger davantage, replié sur la satisfaction simple qu'il y avait à exister. Pourtant, les sensations parasites s'ancraient en moi l'une après l'autre et se disputaient mes attentions. Le contact rêche de la couverture qui me frôlait parfois la joue. Les minuscules courants d'air qui me glaçaient le nez et les pommettes. Mon souffle, chaud et moite et régulier. Des odeurs minérales puis organiques, tantôt douces, tantôt pugnaces. Les reflets blancs de mes ongles noircis qui remuaient, tout près de mon visage. Je compris enfin que ce n'était pas l'au-delà. Que je me trouvais sur ma couche. Qu'il ne pleuvait plus. Le soleil s'immisçait par les interstices qui séparaient les planches bancales du baraquement. Au loin, il me semblait entendre des oiseaux qui se chamaillaient.

Ma langue desséchée glissa sur mes lèvres gercées et la déglutition était râpeuse et malaisée. Je grimaçai et laissai vagabonder une main incertaine en quête de la timbale que j'avais posée sous la fuite du toit. Mes doigts tâtonnants se refermèrent sur l'étain. Je roulai sur le côté pour m'abreuver. L'eau me parut amère et froide, avec un goût désagréable de bois pourri. Je toussai en avalant, ce qui me remit en mémoire la peste et le sort de Mélandros et de tous les autres qui s'étaient noyés dans leur propre sang. Je pris une inspiration précautionneuse et expirai aussitôt, faible, mais attentif au moindre crépitement. Rien. Je recommençai pour m'en assurer. Mes poumons étaient indemnes. J'avais le corps meurtri et mes muscles me lançaient à chaque sollicitation. J'avais l'impression d'avoir été passé à tabac, rossé tout entier par un fléau impitoyable, mais j'étais vivant.

Je me redressai sur un coude flageolant et avisai les environs, clignant des paupières croûtées comme un hibou surpris. Des rayons lumineux perçaient tout le long du dortoir, qui semblait être sur le point de disparaître, à demi englouti par sa propre pénombre. Il n'y avait pas un mouvement, et pas un bruit. Plus de toux ou de plaintes. Je croassai, un appel faiblard qui ne dut pas porter bien loin. Aucune réponse ne vint. Pas un seul corps ne remua, sur les vingt empans de la bâtisse. Ce fut comme si ma parole n'avait jamais existé.

Je me demandai combien de temps j'avais dormi, avant de basculer sur des guiboles incertaines, qui peinèrent à me soutenir. Chaque enjambée était pénible, mais je finis par apprivoiser la souffrance. Je commençai à me traîner en direction de l'entrée, en prenant le temps de récupérer régulièrement mon souffle. Mes mains effleuraient les couches et les chaînes, les membres blêmes qui dépassaient parfois. Les corps étaient raides et froids. Sous les couvertures mitées, la viande humaine commençait à suinter, et mon passage inquisiteur brassait les miasmes du pourrissement. Je poussai enfin la porte du baraquement, les yeux plissés, les narines emplies du parfum de la charogne. J'appelai encore, avant de déambuler dans la boue sur quelques empans. Des cadavres pâles gisaient sous le soleil du printemps, étendus au sol ou affaissés contre les bâtiments. De l'autre côté du camp, un dortoir éventré par le feu achevait de se consumer. Je reniflai, sans comprendre encore. Il ne restait que moi.

Des nuées de corbeaux étaient venues et de grands vautours aussi, et je voyais les oiseaux évoluer au-dessus du camp par vols entiers. J'imaginais qu'au début la méfiance avait été de mise mais à présent leurs trajectoires étaient calmes et assurées. La nourriture était suffisamment abondante pour cela. Les oiseaux repus se perchaient sur les murs et les toits en attendant le prochain repas, striant les surfaces de leurs chiures blanches. Le silence habitait peut-être l'ombre des dortoirs, mais à l'air libre, sous le ciel limpide, le camp était devenu le royaume des bruissements sombres et des disputes éraillées. Outrés par les intrus voraces, les merles et les mésanges royales que nous fréquentions habituellement s'étaient réfugiés dans la pinède. C'est à peine si je les entendais pépier timidement.

De ce que je pouvais en juger, le portail de la palissade était ouvert sur la vallée, et je voulus m'avancer pour voir si les phalangistes étaient toujours installés en contrebas. Je fis trois pas, puis une poignée de formes sombres et hirsutes surgit au coin de l'un des baraquements les plus éloignés. Je me figeai sur place. Les bêtes cavalaient en gourmandant les corps, qu'elles secouaient les uns après les autres, tout en poussant des jappements carnassiers. Les Carmides avaient lâché les chiens sur le camp. Comme cette peste-ci ne semblait pas les toucher, leurs crocs étaient le moyen le plus sûr d'achever les fuyards moribonds sans risquer la contagion. Il m'apparut soudain que d'autres molosses pouvaient arpenter les allées du charnier à la recherche de survivants, et mon échine fut parcourue d'un frisson. Même en pleine possession de mes moyens, je ne me faisais pas d'illusions sur ma capacité à combattre les chiens. En l'état, c'est à peine s'ils auraient besoin de courir. J'observai un temps les créatures, abrité par le baraquement, attentif à leurs jeux macabres. Lorsqu'une nouvelle meute quitta l'ombre d'un grenier, tout près de l'infirmerie incendiée, je décidai de barricader la porte du dortoir à l'aide des outils qui traînaient près de l'entrée. En dépit de la claudication, j'entrepris ensuite d'inspecter les lieux.

Il n'y eut pas de miracle. Je fouillais des hommes qui avaient déjà tout perdu. Sous les couvertures, dans les creux et les recoins, il y avait bon nombre de petits trésors que leurs propriétaires auraient défendus de leurs vies, mais dans le lot, absolument rien d'utile. Des sculptures de bois ou d'os ou de métal, des idoles grotesques, des colliers de cuir, un surin dont la lame était un tesson de verre tranchant. Si les breloques avaient été en or massif je n'aurais pas souri davantage. Pour l'heure, les timbales étaient vides, la nourriture avait été mangée jusqu'à la moindre miette et mon gosier parcheminé réclamait qu'on le remplisse. En dépit de la dévastation et du silence, j'avais la faim et la soif chevillées au corps.

Je poursuivis mon œuvre méthodiquement, sans grand espoir mais dans l'idée que cela repousserait le temps qu'il me faudrait inévitablement consacrer à la réflexion. Pour l'instant, cela m'occupait, ce qui me semblait être une bonne chose. J'écartais les draps souillés, je plongeais mes doigts fébriles sous les haillons et les banquettes à la recherche de nouvelles cachettes. Je devais m'arrêter souvent pour m'arracher les échardes que je récoltais. Je finis par découvrir un trou amovible dans le mur de planches, de l'autre côté duquel se trouvait un bol en bois que je manquai de renverser. Le bol était petit et évasé, calé entre deux mottes d'herbe et il contenait un fond d'eau sale que je pris d'abord pour de la pisse à cause de la couleur. Il n'y en avait pas assez pour étancher ma soif, mais c'était mieux que rien. Je m'assis ensuite sur la couche la plus proche pour respirer un peu, crispé sur mon ventre vide. Au milieu des draps assombris par les glaires, mon regard tombait sur les visages que j'avais découverts. Nombreux étaient ceux à qui je pouvais donner un nom. Je ne tardai pas à fermer les yeux pour ne plus les voir.

Que la maladie m'épargne alors que les autres étaient morts sans exception me paraissait impossible, tellement irréel que je n'osais pas encore ériger le constat en certitude. Je m'imaginais que certains des pesteux avaient réussi à partir, ou bien que le camp avait été touché inégalement par le fléau et que des esclaves s'étaient rassemblés quelque part pour se protéger des chiens. D'autres pensées plus fantasques surgissaient aussi, des bouffées superstitieuses que la

Pradekke, la philosophie du doute que m'avaient enseignée les guerriers-vars s'empressait de faire taire, comme on étouffe un départ d'incendie. Des braises subsistaient pourtant, et creusaient leur chemin. Tandis que je titubais sur les rebords de la raison, tiraillé par la faim et les vestiges de la maladie, le baraquement prenait parfois des allures de caveau, un tumulus gigantesque, cent corps sacrifiés et, entre tous, j'avais été choisi pour vivre. S'il était resté un homme, un seul, j'aurais pu reléguer ma survie à une sorte de chance insolente – après tout, j'avais toujours été chanceux – mais ce n'était pas le cas. Il n'y avait personne d'autre. Pas un souffle hormis le mien. J'en vins à me dire que, peut-être, les Vars se trompaient. Que tout ça n'était ni un hasard, ni un accident.

En dépit des questions qui tourbillonnaient et du vide terrifiant laissé par le fléau et les existences englouties, je parvins à résister au naufrage. Une résolution identique m'avait maintenu en vie durant les cinq années qui venaient de s'écouler. Je savais devoir cette pugnacité, cette détermination lucide mais jusqu'au-boutiste à Uldrick le guerrier-var, qui l'avait forgée avec patience dans le feu de ma propre rage. Le camp s'était peut-être mué en un cratère dévasté d'où le néant avait aspiré toute substance, moi, Syffe, j'étais debout. Je plissai le front et frottai mes mains calleuses en faisant de mon mieux pour écarter le reste. Les échos coupables, les questionnements, les phantasmes mystiques. Tout ce qui faisait obstacle au présent devait être mis de côté, parce que rien n'était joué et que j'étais encore loin d'être tiré d'affaire. Si le miracle de la survie devait perdurer, il faudrait le mériter.

Pour l'instant, je me raccrochais à une certitude unique : je devais partir, et rapidement. Il y avait bien évidemment les morts que je ne voulais pas voir et les molosses et les relents de la pourriture qui ne tarderaient pas à devenir insupportables, mais surtout les Carmides finiraient par réinvestir le camp. S'ils ne me tuaient pas, ce qui me paraissait tout de même improbable, je n'en restais pas moins marqué du triangle. J'avais décidé, bien avant l'épidémie, que la vie d'esclave m'était devenue impossible. Il était hors de question que je sois repris vivant. Les chiens étaient un danger plus immédiat et, bien que je les suppose repus, je savais aussi que c'étaient des bêtes hargneuses qui me donneraient la chasse si je leur en laissais l'occasion. Au nord, la route et les contreforts seraient tenus par les soldats. Je me figurais que même si j'arrivais à échapper aux patrouilles – ce qui ne me semblait pas être une mince affaire – Carme ne serait jamais un havre pour un esclave en fuite. Il restait donc le sud, et les montagnes.

Par le bardage fendu du baraquement, je contemplai les parois de roche qui s'élevaient derrière les mines, les ravins boisés qui grimpaient en saccades vers les hauteurs et les défilés sinueux qui suivaient. Le Mur carmois s'étalait d'est en ouest à perte de vue, une ligne austère d'arêtes enneigées qui exhalaient un froid hostile. Les dénivelés vertigineux et le dédale des cirques gelés avaient mauvaise réputation. Le massif portait bien son nom. J'acquiesçai pourtant à la vue des pics blancs pour me donner du courage, parce que je m'étais convaincu qu'il n'y avait pas d'autre issue. De l'autre côté de la chaîne s'étendait la Grise-Marche et le pays brunois. Je ne voulus pas me projeter plus loin que cela, pas encore, mais le souvenir de Vaux m'effleura sans que j'y puisse quoi que ce soit. Je me revis brièvement au bac de Gorsaule, et je songeai à Spinelle et aux routes qui y menaient.

Je passai les heures suivantes à confectionner un sac de toile grossier avec les haillons des morts, et à écouter les glapissements des chiens. Mes yeux oscillaient sans cesse entre mon ouvrage et la tourelle de guet qui s'élevait à une cinquantaine d'empans de là, entre le baraquement et le réfectoire le plus proche. Je ne voyais pas à l'intérieur à cause de la rambarde, mais le tissu rouge d'une cape s'y agitait au gré du vent et venait parfois lécher le rebord du parapet. J'espérais y découvrir quelque chose d'utile au voyage. Le surin de verre était posé près de moi sur la banquette. J'avais enroulé quelques lambeaux de lin supplémentaires autour du tissu suiffeux qui servait de poignée, jusqu'à ce que la prise me convienne. Il y avait aussi une cognée que j'avais prévu d'emporter, mais je me doutais que je n'aurais pas la force de la traîner bien loin si je ne trouvais pas bientôt à manger. Si les chiens et les soldats carmides étaient un problème que je pouvais laisser derrière moi, il n'en allait pas de même pour la faim. Sans réserves, je ne ferais pas long feu dans la montagne.

Lorsque les ombres s'allongèrent et que la nuit fut sur le point de tomber, je me glissai hors du dortoir avec prudence. La lune gibbeuse semblait figée, captive des nuages filandreux qui ne quittaient jamais les plus hauts pics. Je portais le surin replié le long de mon poignet pour éviter qu'il ne lance des éclats, et j'avais emmailloté mon bras gauche d'un drap, au cas où un chien me trouverait. J'avançais en crabe, cassé en deux, le nez tout près du sol tourbeux. Dans mes jambes, chaque muscle frémissait sous l'effort et réveillait la meurtrissure sourde de la peste. Les feux de camp sur les hauteurs étaient moins nombreux que dans mon souvenir mais il y en avait encore une bonne douzaine, dispersés en demi-cercle dans la pinède environnante. La brume commençait à monter depuis la vallée, et à la vue des flammes, si lointaines qu'elles soient, j'enviai leur chaleur et leur clarté.

À mi-chemin, un concert de jappements retentit dans mon dos. Deux molosses se battaient tout près des entrepôts du portail nord et je me plaquai doucement dans la boue, aux côtés du cadavre laiteux d'une femme dénudée. Elle avait le cou tordu selon un angle étrange qu'on ne pouvait imputer à l'épidémie, et la lumière cireuse révélait les ecchymoses qui tachetaient sa peau pâle. Dehors, dans les allées, même si leurs plaies boursouflées s'effaçaient avec la rapacité des oiseaux, les morts étaient nombreux à porter des traces de violence. Lorsque les bêtes belliqueuses eurent réglé leur différend, elles s'éclipsèrent en gémissant, et furent englouties dans les limbes qui affluaient depuis la vallée. Je passai une langue incertaine sur mes gerçures et repris précautionneusement ma route, le cœur battant.

La tourelle était haute de quatre empans et aucune échelle n'y menait, mais j'avais paré à ce problème avant mon départ, en découpant puis en tressant sommairement quelques couvertures entre elles. J'avais obtenu ainsi un cordage de fortune, lourd et peu maniable, dont j'avais lesté l'extrémité d'un galet lisse de la taille de mon poing. Soucieux de ne pas faire de bruit, j'avais également veillé à ce que la pierre soit recouverte d'une épaisse couche de tissu. Je me redressai à l'ombre du poste d'observation et hissai la longe, sursautant lorsqu'une chouette hulula tout près. La conscience aiguë de ma propre vulnérabilité fit avorter les premières tentatives. Mes gestes étaient faibles et nerveux, et je voyais des molosses tapis dans la moindre flaque d'ombre. Lorsque je parvins enfin à accrocher la plate-forme, je grimpai péniblement, mes jambes s'agitant au hasard jusqu'à ce qu'elles trouvent de quoi s'appuyer sur l'un des poteaux de l'ossature. Je me reposai un temps sur l'un des contreventements, avant de réussir à me mettre à l'abri.

Comme je l'avais espéré, un surveillant était mort dans la tourelle, adossé au garde-corps, et sa dépouille avait échappé au pillage. Épuisé et fébrile, je voulus reprendre mon souffle avant d'entreprendre quoi que ce soit d'autre, mais mon regard tomba tout à coup sur une outre rebondie qui pendait à portée de bras, à l'intérieur du parapet. Je m'en emparai vivement et la débouchai avec des doigts impatients. L'eau mêlée de vinaigre se déversa dans mon gosier flétri. Je bus avec langueur, savourant chaque goulée. Lorsque je découvris six pains plats, quelques croûtes de fromage et une paire de poissons séchés dans une besace avoisinante, je ne pus réprimer quelques larmes. Je m'empressai de manger l'un des pains en l'imbibant d'eau, et j'avalai également ce qui restait de la tome. Du bout des lèvres, j'ânonnai des remerciements sans objet tout en mâchant.

Repu mais fatigué, je me mis en tête de délester l'homme de ses affaires. C'est à peine si j'eus la force de lui ôter ses bottes. Le brouillard se déversait par-dessus la palissade à présent, une écume blanchâtre qui inondait le camp, qui coulait entre les bâtisses pour engloutir les angles et arracher au monde toute consistance. Je me détournai pour me terrer au fond de la tourelle, les genoux serrés sur le menton. Avant de succomber au sommeil, je récupérai ma corde de chiffon, et m'enroulai dans la cape rouge du mort. Frissonnant, je fermai enfin les yeux et rêvai de Corne-Brune.

4

Des ailes noires. Des croassements.

Les premiers becs voraces sur ma chair dénudée achevèrent d'effeuiller ce qui restait du songe. Les corneilles avaient envahi la tourelle en jacassant, leur puanteur acide mêlée à celle de la charogne, leurs voix criardes encerclant le garde-corps. Certaines s'étaient attaquées à la dépouille du Carmide, fouaillant de leurs claquoirs dans les orbites et la bouche. D'autres s'étaient perchées sur la cape et cherchaient à becqueter ce qui se trouvait en dessous. La plupart des volatiles, déjà gorgés de chair pourrie, voulaient simplement se reposer et surveiller le camp depuis la position surélevée offerte par la tour. Il y eut encore quelques pincements douloureux, puis mes mains surgirent depuis la cape, vives et hardies, habituées qu'elles étaient à saisir les rats, et l'abdomen velu des araignées-lions.

Les oiseaux hésitèrent d'abord, surpris de voir un mort remuer. La volée fut parcourue d'un bruissement confus. Puis les têtes emplumées virevoltèrent, les regards jaunes se vissèrent sur moi, et enfin, la plate-forme parut éclater en une explosion de fragments sombres et de cris rauques. À mes pieds, trois corneilles brisées se débattaient, une quatrième avait réussi à échapper de justesse à ma poigne. Je tordis le cou aux oiseaux blessés, mes doigts entaillés, collants de duvet et de sang. Depuis les toitures environnantes, les freux vivants m'assaillirent de reproches, et leurs sermons dérangèrent l'un des grands vautours qui s'envola pesamment en direction des montagnes. Quelque part plus loin, un molosse aboya, et je m'accroupis doucement au fond de mon refuge. Je m'essuyai les mains sur mes haillons crottés, et réprimai un bâillement. Je ne me sentais pas encore de taille à affronter la montagne, mais cela n'avait pas d'importance. J'avais décidé de partir avec la nuit.

En prenant garde à ne pas me redresser davantage qu'il ne l'aurait fallu, je me retournai pour aviser la route du nord. Le soleil n'avait pas atteint son zénith, le ciel était toujours d'un bleu limpide, mais des nuages s'accumulaient au loin. Depuis la tourelle, je distinguais sans peine le campement des phalangistes. Là où le terrain le permettait, ils avaient commencé à creuser un fossé pour barrer l'accès à la vallée, et érigé hâtivement des clôtures d'épines autour d'un semblant de palissade. D'après ce que je pouvais voir, les installations n'avaient pas servi. J'en déduisis qu'ils avaient dû abandonner la construction du mur lorsqu'il était devenu évident que nous ne sortirions pas du camp. De nombreux postes d'observation s'échelonnaient d'est en ouest, à la lisière des pinèdes, et tous semblaient tenus. Les feux que j'y avais vus brûler durant la nuit fumaient encore. Je débouchai l'outre et avalai quelques gorgées d'eau tout en scrutant les positions. La contemplation du dispositif de quarantaine suffit à me conforter dans mon idée : l'ascension était préférable aux lignes des soldats.

Ma première tâche consista à déshabiller le mort, ce qui fut un exercice pénible et peu ragoûtant. Lorsque le cadavre fut nu, je m'attelai à lui faire passer le parapet, un membre à la fois. Il finit par s'écraser au sol avec un bruit mat, la bouche grande ouverte et la langue à demi arrachée par les oiseaux. J'en revins à la mise en ordre de ses affaires. L'homme avait porté une paire de braies courtes et épaisses de couleur châtaigne, d'une coupe plus serrée que les pantalons des Brunides, avec un pourpoint matelassé et sa tunique de lin jaunissant, une chemise grossière, et des bas de laine grise. Je m'empressai de passer ces atours par-dessus mes guenilles et, après avoir hésité, je parachevai le tout en me drapant de la lourde cape de feutre rouge, signe distinctif et méprisé des surveillants.

Mes nouveaux vêtements étaient imbibés d'une variété d'odeurs infectes et d'humidités puantes, mais je n'avais ni l'embarras du choix, ni la tête à faire le difficile. Pour tenir les braies je m'équipai de la ceinture du mort, un bel objet de cuir verni auquel pendait une dague de bronze dans un fourreau de bois. Le fil de l'unique tranchant était légèrement courbe et aussi usé que sa poignée de bois d'olivier, mais cela me fit tout de même quelque chose de sentir le poids rassurant d'une lame dans ma main. Le surin de verre rejoignit le mort dans la boue, et je testai le tranchant de la dague sur les cadavres des freux, que je vidai de leurs entrailles. L'idée de manger les nécrophages ne m'enthousiasmait pas du tout, mais j'aurais besoin de toute la nourriture que je pourrais trouver.

Lorsque j'eus nettoyé la lame souillée sur ma corde de tissu, j'examinai ce qui subsistait de l'équipement du mort. Je me débarrassai rapidement de la matraque de bois ciré, dont je ne voyais pas à quoi elle pourrait bien me servir. Restaient une vieille arbalète, un carquois de dix carreaux, une pierre à feu, une paire de bottes et les grèves légères qui les recouvraient. Je m'occupai à défaire les boucles des jambières de cuir bouilli, parce que je m'imaginais qu'elles finiraient par me gêner à la marche. Comme elles ne pesaient pas grand-chose, je décidai de les emporter tout de même, et les accrochai à la besace. Les bottes étaient un peu trop grandes pour moi mais j'avais des monceaux de tissu à disposition pour les rembourrer. Je n'osais pas me redresser pour les essayer vraiment, de peur d'être vu par les Carmides ou les chiens, et je fis donc comme je le pouvais, à l'horizontale, les pieds sur la rambarde.

L'arbalète, bien que patinée par le temps, avait été entretenue avec amour et minutie. C'était un objet simple, sans fioritures, dont l'arc recourbé d'acier-ressort portait l'écusson des maîtres fondeurs de Taecide. Je me doutais qu'elle avait appartenu à un soldat. Je mis le pied à l'étrier pour voir si j'arrivais à la tendre, tout en me rappelant la mort de Uldrick, la bataille nocturne qui avait brisé le siège d'Aigue-Passe et le rôle déterminant que les arbalétriers carmides y avaient joué. Mes maigres efforts n'aboutirent à rien. J'étais encore trop faible et la posture assise ne se prêtait pas à la tâche. Bien que je n'eus jamais tiré, je me mis en tête d'apprendre, si jamais je parvenais de l'autre côté des montagnes. Je vidai le carquois et découvris au fond une petite boîte d'étain martelé remplie de suif, ainsi qu'une corde de rechange. Les projectiles étaient un peu plus longs que ma main, avec pour la plupart un profil large et des empennages de cuir rigide. Il y avait un trou minuscule à la base de chacune des têtes dont la présence me mystifia un certain temps, avant que je ne comprenne que c'était cela qui devait produire le sifflement caractéristique du trait carmide en vol.

Je mangeai un demi-pain avec du poisson sec, avalai encore un peu d'eau vinaigrée et somnolai quelque temps pour prendre des forces. En début d'après-midi je plumai les corneilles et les entreposai dans le sac du mort, avec la cape trop voyante et le reste de la nourriture. Lorsque j'en eus fini avec les volatiles, je nouai ma corde de tissu à l'un des poteaux de l'armature, avant d'étudier les environs depuis la tourelle. Durant la nuit, les chiens étaient venus. Je les avais entendus japper et grogner en bas, mais il ne me semblait pas qu'ils aient flairé ma trace, et je ne pensais pas qu'ils sauraient me pister au milieu de la charogne. Lorsque je fus certain que l'esplanade où s'élevait la tourelle était déserte, je me ceignis de la besace, de la gourde et du carquois, passai l'arbalète en bandoulière et me laissai disgracieusement glisser jusqu'au sol.

Je retournai ensuite au baraquement, courant à moitié, l'échine courbée. Mes jambes étaient beaucoup moins douloureuses que la veille, et quand je pénétrai dans le dortoir désert, j'eus à peine besoin de retrouver mon souffle. Mes yeux se plissèrent pour s'adapter à l'obscurité. J'avançai rapidement en direction de la couche où j'avais laissé ma timbale et deux des couvertures les plus solides, que j'avais sanglées en un baluchon grossier. Je m'employais à trouver le meilleur moyen de les transporter sans être gêné par le reste de mon barda lorsqu'un grondement féroce retentit au fond de la bâtisse.

Je sursautai, les couvertures sous le bras, et manquai d'échapper mon paquetage. Une grande chienne noire s'était dépliée à l'autre bout du baraquement. Elle avançait vers moi entre les banquettes, le poil hérissé, les crocs découverts, en faisant rouler ses larges épaules comme celles d'un chat-vèche qui part en chasse. Son garrot m'arrivait à mi-cuisse. Je déglutis et commençai à céder du terrain, tout en m'efforçant de ne pas faire de geste brusque. La bête avait une oreille en lambeaux et les babines déchirées mais je ne doutais pas un seul instant qu'elle aurait l'avantage sur moi. J'écartai les mains et commençai à murmurer. Le molosse fondit sur moi sans un bruit. Je pivotai pour m'élancer vers la sortie, la bête sur les talons.

Même affaibli, je restais bon sprinteur. Avec quelques empans d'avance, je me jetai à l'extérieur en tirant la porte avec moi. Le battant claqua comme un coup de fouet contre le chambranle de planches. La chienne s'écrasa dessus avec une telle force que sa bave fut projetée au travers du bois fendu. Je perdis l'équilibre. Les oiseaux décollèrent en masse depuis les toits alentour, des nuées entières de volatiles craillants. À l'intérieur du dortoir, l'animal prisonnier se débattait contre la porte en aboyant de tout son saoul. Sans attendre, affolé par le vacarme, je courus en direction des entrepôts du portail sud. Un chœur de clabauderies féroces éclatait aux quatre coins du camp.

Je traversai l'esplanade de la tourelle, le cœur au bord des lèvres, jurant dans ma barbe à chaque enjambée. Les bottes du mort claquaient dans la boue tassée. Je sautais par-dessus les corps plutôt que de les contourner, mes yeux écarquillés virevoltant d'allée en allée à l'affût du moindre mouvement. Si la meute me trouvait en terrain découvert, rien ne pourrait me sauver. Je crus voir une silhouette sombre galoper à l'autre bout du camp, et j'accélérai l'allure. Je passai devant le réfectoire vide sans ralentir, trébuchai sur les vestiges humides d'un feu, puis à bout de souffle, je m'engouffrai dans le premier entrepôt venu. Les rats s'égaillèrent sur mon passage comme des grappes vivantes et se dispersèrent dans l'obscurité. Je m'effondrai en haletant contre le mur de torchis.

Je tendis désespérément l'oreille par-dessus le rythme chaotique de ma propre respiration. L'écho des aboiements se rapprochait, sans erreur possible. Je voulus glisser les couvertures dans la bandoulière de la besace, mais trouvai ma main froide et crispée. Surpris, je baissai les yeux. Dans mon poing, je serrais la dague de bronze. Cinq années avaient passé et pourtant j'avais tiré la lame pendant ma course, comme si la guerre n'avait jamais quitté mon côté. Je rengainai l'arme d'un geste tremblant, fis glisser ma langue sur mes lèvres sèches et réussis tant bien que mal à me remettre sur pied.

Le dépôt avait été dévasté des jours auparavant, les caisses d'outils renversées, les tas de bois pillés pour le chauffage, les tonneaux éventrés en quête de nourriture. La double porte par laquelle j'étais entré ne tenait plus que par un seul gond, et il me suffit d'un coup d'œil pour comprendre qu'il serait vain d'essayer de la barricader. J'avançai au milieu de l'entrepôt ruiné, les yeux vifs et le souffle court.

Dehors, les chiens hurlaient toujours un peu partout et certains des glapissements me semblaient désormais parvenir de l'esplanade.

En hauteur, il régnait un clair-obscur poussiéreux qui effaçait les contours des poutres et des cordages des poulies, et tout cela oscillait au-dessus de ma tête en formes fantasques et inquiétantes. Je butai sur le corps d'un esclave dépouillé, dont le crâne avait été enfoncé par-derrière, et poursuivis mon chemin jusqu'aux greniers. De basses mezzanines s'étalaient en longueur de part et d'autre du bâtiment, et l'on y emmagasinait le fourrage pour les bêtes de somme qui faisaient la route de la vallée, ainsi que le grain dont on se servait aux cuisines. Il y avait d'autres cadavres là-haut, je le savais rien qu'à l'odeur.

Mon pas crissait sur le minerai renversé. Des échelles brisées gisaient çà et là, mais j'en trouvai un tronçon qui menait assez haut pour que je puisse atteindre l'étage. À mi-chemin, j'entendis le grabuge d'une meute dans l'allée adjacente, un chant irrégulier de voix profondes, auquel se mêlaient parfois les couinements aigus de ceux que les meneurs corrigeaient. Je dus me hisser à la force des bras sur le dernier empan, les doigts fourrageant dans le torchis à la recherche de prises. La besace alourdie par les couvertures se coinça lorsque j'essayai tant bien que mal de faire passer ma jambe sur le plancher du grenier. L'échelle dérapa subitement le long du mur auquel je l'avais adossée. Je perdis pied. Durant un moment terrible je crus que j'allais tomber. Je me débattis désespérément, agrippé à la mezzanine, puis le baluchon plia et je pus enfin basculer dans la paille.

Dehors, les molosses tournaient sur l'esplanade, plus intéressés par leur propre vacarme que par ma piste. Des combats éclataient entre les bandes à ce que je pouvais entendre, l'écho du choc des crocs claquait entre les bâtisses. Je me terrai dans le foin, sans lâcher la porte du regard. Si les chiens ne pouvaient plus m'atteindre, ils pouvaient tout de même m'empêcher de partir. Quelque part sur ma droite, un homme était allongé sous le faîte du toit, et les mouches à viande dessinaient d'erratiques arabesques sur son visage bouffi. D'autres morts gisaient plus loin, tordus et difformes.

Je restai immobile et vigilant durant le temps qu'il fallut pour que le calme revienne. Concentré sur ma respiration, le nez enfoui dans la paille et la poussière pour échapper à l'odeur de la chair pourrissante, j'essayai vainement de chasser mes pensées, et le cortège d'émotions contradictoires qu'elles réveillaient en moi. Il y avait en surface une culpabilité confuse, mais en deçà pulsait l'exaltation, une chose fourmillante de reconnaissance à l'idée que toutes les chaînes venaient d'être arrachées. Pour moi, pour moi seulement, les frontières étaient de nouveau ouvertes. Je m'appartenais de la même manière que j'appartenais au monde. Cette vérité-là jaillissait avec chaque battement de cœur, giclait depuis mes entrailles comme l'eau d'une source profonde. De temps à autre, un sourire frissonnant parvenait jusqu'à mes lèvres, mais j'étais plus souvent écrasé par le poids de mon propre souffle, qui s'obstinait au cœur de l'annihilation.

Comme les bêtes ne venaient pas rôder dans l'entrepôt, et que je n'en pouvais plus du tiraillement constant de mes états d'âme, je m'autorisai à faire quelques allers-retours discrets à l'étage, naviguant entre les tas de paille et ce qui restait des sacs éventrés. Il n'y avait plus la moindre nourriture. Ce qui n'avait pas été pris par les hommes l'avait été par les rats. Je profitai de la profusion de poulies à grain pour mettre la main sur une corde de chanvre tressée, en me figurant que j'en aurais peut-être l'usage dans les montagnes. La musette étant déjà pleine, je l'enroulai autour de mon propre corps. Je découpai par la suite un morceau de toile goudronnée pour protéger mes couvertures, et hésitai à emporter aussi l'une des petites poulies, avant de décider que ce serait trop bruyant. Je me reposai, après, en ruminant les souvenirs du Ruisseau que ce cache-cache imposé faisait rejaillir. Pour la première fois depuis longtemps, je songeai à Tom Vairon, le premier cadavre sur lequel j'avais posé les yeux, et à la cascade d'événements mis en branle par sa mort. Corne-Brune appartenait désormais aux vieilles familles. Les clans, à ce que j'en avais entendu, étaient retournés dans la forêt. Ma main effleurait de temps à autre le tatouage clanique que je portais sous la clavicule. J'espérais de tout mon cœur que Driche allait bien, et qu'elle était devenue une grande chasseresse du peuple gaïche.

Lorsque le soir arriva je glissai le long de l'échelle brisée. Dans les pinèdes, les insectes printaniers vrombissaient de faibles chants. Très doucement, je me faufilai par la porte de l'entrepôt, pour obliquer jusqu'à l'allée centrale. Aucun chien ne se présenta sur le court chemin qui me séparait du portail sud. Je me figurais que les bêtes dormaient. Je franchis le portail entrouvert. Mes doigts s'attardèrent sur le chêne balafré, et je pris une grande inspiration. Une brise froide soufflait depuis les montagnes à l'ombre desquelles je me trouvais. Je me mordis la lèvre, le visage tendu vers la caresse du vent, le parfum pur et sain qui se déversait, tout en ajustant ma besace. Sans me retourner, je fis un premier pas, puis un autre, le cœur tiraillé entre l'émerveillement et tout ce que je laissais derrière moi.

5

La nuit était venue subitement. Cousue de motifs étoilés elle avait déployé ses ailes ténébreuses sur le monde, et je longeais la palissade avec discernement, attentif au moindre murmure du vent. Le chemin que j'empruntais sinuait entre de petits buissons épineux, des taches rebondies et noirâtres qui parsemaient l'obscurité devant moi. L'herbe famélique que je foulais réverbérait la lumière de la lune, se dressait en touffes inégales qui avaient colonisé le plateau minier d'un tapis triste et dégarni. Même vivantes, les tiges étaient si fines et si sèches que l'on s'en servait pour allumer les bas-fourneaux. Sur ma gauche, des bosquets de pins tortueux et des massifs de pierre brisée me dissimulaient le panorama des montagnes.

Mon premier réflexe, en sortant par le portail du camp, avait été de poursuivre sur la route en direction des mines, comme je l'avais fait quotidiennement lorsque j'avais œuvré avec les équipages. Je m'étais rapidement ravisé. D'une part, il y avait le ravin qui rejoignait la route à mi-chemin pour venir s'enrouler au pied des galeries et qui compliquait tout déplacement à l'est. D'autre part, je me méfiais du terrain praticable à cause des chiens et des Carmides qui pouvaient l'occuper. Un dernier facteur avait lourdement pesé dans la balance. L'outre que je transportais était presque vide. Aux alentours du camp, il n'y avait qu'une seule source d'eau : le torrent qui se déversait depuis les montagnes en direction de la vallée d'Iphos. Je connaissais vaguement son cours pour avoir parfois bûcheronné en amont de la retenue d'eau, et malgré les ravines, j'en savais les berges praticables sur quelques milles. Au-delà, il me faudrait aviser.

La palissade menait tout droit en direction de l'eau, un repère inégal mais facile à suivre dans la nuit. J'avais vécu dans le camp des mines durant quatre années, mais à aucun moment je n'avais été maître de mes mouvements. Tandis que je marchais, il m'apparaissait de plus en plus clairement que l'homme libre et l'esclave appréhendent leur environnement de manière très différente. Sur le plateau des hauts de Cullonge, où j'avais passé moitié moins de temps qu'aux mines, j'avais connu le moindre creux, et mémorisé le moindre arbuste. Ici, d'autres avaient tracé les trajectoires à ma place et, en dehors de celles-ci, il n'y avait rien dont j'avais pu m'emparer. S'il n'y avait pas eu cette ligne sombre de pierres sèches et de bois pour me guider, j'aurais peiné à m'orienter, même en plein jour.

Sous mes pieds, la roche concassée dérapait traîtreusement, et je m'efforçais de garder un pas aussi léger que possible, par crainte d'être pris en chasse. Il y avait peu d'animaux vivants sur le plateau, hormis les oiseaux et la vermine. Des troupeaux de bouquetins franchissaient parfois le torrent, mais la pâture de ce côté-ci était pauvre, et je crois que les effluves des fourneaux brûlants suffisaient à décourager la plupart des bêtes. Je m'étais figuré que la nuit serait silencieuse. Je m'étais trompé. Au fur et à mesure que je progressais vers le torrent, dont j'entendais désormais les flots bouillonner devant moi, les contreforts résonnaient de hululements, de chants stridents ou mélodieux, du glapissement des renards et des jaseries criardes des mangoustes. La menace de chiens faisait que chaque bruissement d'épine me hérissait la nuque et, en réponse à cela, je m'immobilisais souvent. Mon avancée était sans cesse hachée par ces petites pauses inquiètes, ce qui avait au moins l'avantage de ménager mon corps épuisé par la maladie.

Je laissai enfin la palissade derrière moi et fus contraint d'avancer sur la prairie rocailleuse qui s'étalait jusqu'au torrent. Le vent faisait frissonner la végétation blafarde, secouait les hampes creuses des grands chardons pour leur arracher des lamentations sifflantes. Je ne me sentais pas à l'aise de devoir marcher ainsi à découvert, et j'obliquai rapidement vers les hauteurs, pour éviter d'avoir à m'approcher de la retenue d'eau. Les rives rocheuses du petit barrage étaient trop faciles d'accès et se situaient trop près du camp pour m'inspirer autre chose que de la méfiance. De plus, à ce que j'avais pu en juger, la plupart des molosses semblaient préférer les environs de la retenue. Si le portail latéral avait été ouvert durant les combats contre les gardiens, j'avais dans l'idée que les chiens devaient s'y rendre pour s'abreuver, et j'espérais qu'ils ne s'éloigneraient pas tellement du point d'eau. Je contournai le bassin en biais, trébuchant sur une pente faite d'éclats minéraux et de pins rachitiques.

Quand je rejoignis enfin les berges disloquées du torrent, la lune était haute dans le ciel. Je me faufilai entre la rocaille fissurée, dérapant sur le chaos de pierres que les dernières crues avaient entassées sur les rebords du lit. L'eau miroitait en amont, une tranchée luisante où écumaient une succession de petites cascades. La lune se reflétait dans le calme illusoire des bassins plus profonds qui s'étaient formés au pied de ces dernières. Je bus en grimaçant. En plus d'être glaciale, l'onde avait le goût du roc et de la neige fondue. Lorsque je ne pus plus rien avaler, je plongeai mon outre dans le courant, tout en scrutant l'obscurité avec vigilance. La fraîcheur du torrent m'arrachait des frissons, à tel point que je finis par tirer la cape rouge de la besace pour m'en couvrir. Je mangeai ensuite quelques bouchées de poisson en guise d'encouragement, avant de franchir la rivière par le rebord de l'une des cascades, marchant de pierre en pierre pour atteindre la berge opposée. Plus loin, une pente abrupte montait jusqu'à la pinède. Je m'y attaquai aussitôt, dérangeant la rocaille humide pour atteindre au plus vite la crête qui surplombait le cours.

Au sommet, je marquai une pause pour souffler et aviser le chemin que j'avais parcouru. Le panorama du plateau minier s'étirait à mes pieds, une prairie pâle qui enserrait la géométrie noire du camp comme une tombe dans un champ d'ossements. Je crachai avec amertume avant de me détourner. Sous les arbres, je humais la senteur résineuse par goulées profondes, comme si cela pouvait chasser les relents de charogne qui tapissaient mes muqueuses. Les chouettes hurlaient tout autour et il m'arrivait encore de sursauter. Pourtant, je doutais que les molosses aient pu grimper comme je l'avais fait. Sur la crête, je pus enfin avancer plus rapidement. Il restait des rochers, mais ils étaient plus gros, des blocs massifs que je pouvais contourner avec facilité. S'il y avait de la pierre sous mes pieds, elle avait été enfouie sous les aiguilles des pins des siècles auparavant. Mes pas étaient amortis et silencieux. Je forçai l'allure. Les bois s'étalaient en direction des montagnes, s'agrippaient même aux pentes les plus raides. Je m'aidais des troncs calleux pour me hisser vers l'avant.

Je franchis deux nouvelles saillies, puis il y eut tout à coup une lumière dans la forêt, et des éclats de voix retentirent au-dessus de moi. Je m'esquivai en jurant derrière un pin massif, encombré par la cape et le sac, et surtout la masse des couvertures. Je retins mon souffle. Une vingtaine d'empans plus haut, une patrouille carmide discutait autour d'un feu, en amont de l'arête que je venais de gravir. Je ne voyais pas les soldats et je ne pensais pas qu'ils pourraient me repérer dans la nuit, mais je ne voulais prendre aucun risque. Une salve de rires fusa dans l'obscurité. L'un des phalangistes s'éloigna du groupe pour uriner en chantonnant, et sa silhouette vint se découper sur le ciel étoilé. Je me terrai le temps qu'il se soulage, puis j'entrepris de ramper. Le vent, qui se levait depuis que j'étais parti, rabattait parfois la fumée jusqu'à moi. De la viande grillait là-haut, et l'inquiétude ne m'empêchait pas de saliver copieusement.

Comme un sirop engourdissant, la fatigue m'engluait avec l'effort, tançant mon corps de plaintes et de prières. Un poids irrésistible tiraillait mes paupières. Mes paumes et mes genoux s'enfonçaient dans le lit d'aiguilles de la pinède, dont la mollesse toute relative me paraissait de plus en plus accueillante. Je contournai la butte découpée où les Carmides étaient installés, me glissant sous les arbres et entre les rochers avec une lenteur navrante. À la façon d'une chenille malhabile, je tâtonnais dans la pénombre à la recherche de brindilles, que j'écartais du passage avant chaque poussée. Ma respiration naissait devant mon visage en minuscules bouffées blanches, qui étaient aussitôt englouties par la nuit. Sous les vêtements du mort, la sueur dégorgeait entre mes omoplates et perlait en coulées urticantes pour rejoindre le creux de mes reins.

Je n'entendais plus les soldats depuis longtemps quand, frissonnant et à demi endormi, j'osai enfin me redresser, chancelant d'épuisement. Je poursuivis ma route plusieurs heures encore, enroulé dans ma cape, jusqu'à ce que chaque enjambée soit devenue mécanique. Je cheminai entre les troncs obscurs, frôlant parfois leur rugosité de mes mains incertaines. De longues bourrasques gelées se déversaient sur la pinède depuis les montagnes pour me mordre le visage sur les crêtes les plus élevées. J'avançais en titubant comme un homme saoul, mais le grondement du torrent en contrebas ne quittait jamais mes côtés. Le monde se délitait tout autour en lavis de charbon, se tordait sous l'effet de l'épuisement pour s'arracher à mon emprise.

Je fus bientôt la proie d'absences, de brèves saccades qui me perdaient entièrement et desquelles j'étais tiré avec violence. Chancelant et désorienté, il m'arrivait d'être privé parfois du souvenir même de ma fuite. L'accident guettait. Il fallut que je revienne à moi à quelques empans du précipice qui surplombait la rivière pour que je prenne enfin la décision de m'arrêter. Un peu plus loin se trouvait un creux accueillant, abrité du vent par quelques concrétions de schiste. Je m'y enfonçai pesamment en quête d'un gîte. Après avoir bu une rasade d'eau, j'ôtai la cape sans y penser et dépliai mes couvertures sous le meilleur refuge que je pus trouver : un gros arbre déraciné, parasité de grands champignons polypores. Je me délestai de mon équipement à la va-vite, m'aplatis sans ménagement contre l'écorce craquelée et m'endormis presque aussitôt. Mon sommeil fut houleux comme la mer.

Le lendemain, j'ouvris les yeux sur un ciel azur et les cimes verdoyantes des pins rouges de Carme. Mes mains fouillèrent mes chevilles à la recherche de chaînes qui n'existaient pas, l'esprit hanté par le souvenir des toux et des visages cireux. Tremblant et tourmenté, je clignai des paupières tandis qu'un vol chuintant de tourterelles passait au-dessus du creuset. Un soleil éblouissant réchauffait les rochers qui couronnaient la combe, faisant jaillir la couleur des mousses et des lichens qui s'y accrochaient. La beauté du roc et de la lumière m'emplirent d'une révulsion que je ne compris pas.

Je restai longtemps sans esquisser un seul geste, à demi écrasé par l'angoisse qu'enfantait la liberté retrouvée, et les bouffées de la culpabilité qu'il y avait à vivre. Aucun réconfort, si maigre soit-il, ne se trouvait dans la chaleur qui imbibait mes couvertures de laine grossière. Même les bruissements sauvages de la forêt m'emplissaient de désarroi. Je me sentais étranger à l'existence. En quête d'un refuge, mes pensées se tournèrent vers Vaux, puis les conifères immenses de la Forêt de Pierres, et je hoquetais tout à coup sans comprendre pourquoi je n'étais pas mort comme les autres. L'accablement enfla par bouffées jusqu'au paroxysme, paralysant tout le reste. Il y avait trop à reconstruire et à oublier. J'en vins à effleurer la facilité avec laquelle il me serait possible de rester là, allongé dans la pinède, plutôt que d'essayer de rejoindre un monde duquel j'avais été absent depuis si longtemps. J'eus le regret de n'être pas tombé aux côtés de Uldrick à Aigue-Passe.

Comme un claquement de fouet, je pris la mesure du danger que je courais. Cela ne venait pas des Carmides cette fois, ni des chiens ou de la peste. Cela venait de moi, et des fantômes que je portais. Je serrai la mâchoire à m'en faire mal, à la recherche de mon calme de bataille. Les lèvres retroussées, j'enroulai les doigts autour du poignard de bronze. Les Vars m'avaient appris à choisir mes combats, et celui-ci en valait la peine. Je rassemblai les morts qui m'assiégeaient pour les brandir comme un drapeau, et m'extirpai rageusement des couvertures.

Encore secoué et confus je m'accroupis en grelottant et me soulageai contre le tronc pour éviter d'être tenté de m'y recoucher. Je croquai ensuite un peu de pain en avisant les corps rosâtres des corneilles plumées qui reposaient au fond de la besace. Manger me fit du bien. Je repris pied en mâchant, m'efforçant de respirer méthodiquement pour écarter l'abjection et les questions sans réponse, les bribes de doute qui s'accrochaient encore. Mon cœur ralentit enfin. Je savais pourtant que les fantômes n'en avaient pas fini avec moi. Je les devinais tapis, prêts à s'engouffrer dans la moindre brèche. Comme tous les ennemis, ils viendraient avec la nuit. Je résolus de les affronter de mon mieux, pour honorer au moins leur mémoire. Mes yeux se fixèrent sur le ciel. Je laissai l'horizon emporter tout le reste, hormis l'acceptation.

Au nord, encore dissimulés par les frondaisons des conifères, des nuages enflés de pluie roulaient doucement vers les montagnes, chassés par les vents marins. Au sud, il n'y avait que l'ombre gigantesque du Mur carmois aux dents grises, dont les pics m'espéraient comme une mâchoire impatiente. Je grimaçai à la vue des falaises, et fouillai les dénivelés à venir. Le torrent devait couler depuis l'une des trois brèches escarpées qui me faisaient face, creusées comme des tranchées entre les arêtes des montagnes. La végétation y disparaissait avec l'altitude pour laisser place à la neige. Je ne voyais pas au-delà. En songeant au voyage par les cols qui m'avait mené jusqu'en Carme, je me figurais qu'il s'agissait d'une bonne chose.

Circonspect mais décidé, je m'étirai sous l'œil d'une poignée de lézards craintifs, venus prendre leur bain de soleil matinal sur les rochers environnants. J'espérais que l'avant-poste des phalangistes que j'avais évité la veille serait le dernier avant les montagnes, mais je ne pouvais pas en être tout à fait certain. S'ils étaient consciencieux, ils patrouilleraient peut-être jusqu'au pied même du chaînon. Après avoir hésité, je rangeai la cape sur laquelle j'avais dormi ainsi que les couvertures, puis je fis glisser l'arbalète en bandoulière et hissai mon paquetage. J'émergeai du creuset avec méfiance, les sens aux aguets, résolu à ne pas me laisser berner par le calme apparent de la forêt. Avec prudence, je repris la route.

À une centaine d'empans de là où j'avais dormi, le torrent s'enfonçait en gargouillant dans une série de gorges étroites. Des arcs-en-ciel se formaient au-dessus de l'écume et se tendaient entre les parois ruisselantes d'humidité, pour frôler les coulées verdâtres des sphaignes. Même sur les hauteurs de la crête, le tonnerre de l'eau était impressionnant. En dépit de la vigilance que je m'imposais encore, je ne pus m'empêcher d'admirer le paysage découpé des gorges. Il m'arrivait parfois de m'apercevoir que je souriais. Après quelques milles, le dénivelé se fit moins sévère et la crête que je suivais déclina jusqu'à rejoindre le niveau de la rivière. La pinède s'épaissit à cet endroit. Le cours décrivait un grand arc entre les pins, son lit large et étincelant, ses rugissements réduits à une mélodie clapotante. Il traînait encore une brume légère dans le vallon, un voile à peine visible qui nimbait les bois d'un halo doucereux. En hauteur, les frondaisons découpaient le soleil, dont les rayons se fichaient ici et là comme des lances de lumière.

Je m'accroupis près de la berge, en quête de traces humaines. Je n'avais qu'une vague idée de la distance que j'avais parcourue durant la nuit, et je craignais de n'être pas aussi loin des mines que je me le figurais. Si les soldats venaient jusqu'ici, il me semblait qu'ils n'auraient pas vraiment d'autre choix que de suivre la même sente que moi, et je voulais en avoir le cœur net. À mes pieds, la glaise grise emprisonnait des éclats luisants de quartz, mais aussi quantité d'empreintes. Je relevai la piste de plusieurs renards, d'un grand cerf et d'un certain nombre d'oiseaux, mais rien n'attestait de la présence de l'homme. Le vallon était vierge et giboyeux mais je ne pouvais pas traîner, pas même un peu. Il me faudrait bientôt faire du feu pour cuire les freux, et pour cela, je me trouvais encore trop près d'Iphos.

Frottant mes cuisses et massant mes épaules, je ruminai les possibilités qui s'ouvraient à moi. Désormais, mes muscles étaient davantage endoloris par la nuit et l'effort que par la maladie. Je reprenais des forces, ce qui était de bon augure. Je traversai le cours d'eau, qui m'arrivait à mi-botte et m'enfonçai dans la forêt de la berge opposée d'une cadence plus sereine. Quelque temps plus tard, le terrain se mit à grimper pour de bon et je laissai le torrent derrière moi. Je savais que je le retrouverais, tôt ou tard. À l'avant, les arêtes de schiste découpaient la pinède en un labyrinthe peu engageant. Je levai mon regard sur les hauteurs, et les rochers formidables qui attendaient. Je courbai ensuite la tête avant d'entamer l'ascension.

6

La perche troua la croûte de neige gelée si facilement que je manquai de perdre l'équilibre. En un doux ronflement, les masses blanches s'effondrèrent en cascade, révélant le gouffre glacial qui avait guetté en dessous. Je basculai en arrière et m'assis lourdement dans la poudreuse pour éviter de lâcher la perche que j'avais mis des heures à tailler dans le tronc d'un jeune pin. Autour, le soleil se réverbérait sur la neige comme sur un miroir poli, une blancheur étourdissante, à perte de vue. Je plissai les yeux, le cœur battant, mon souffle figé en volutes denses. La crevasse à mes pieds exhalait une bise polaire, ses parois d'un bleu irréel luisaient comme les facettes d'une gemme taillée.

Voilà quatre jours que j'avais quitté les contreforts et les derniers arbres, et trois de plus me séparaient des mines d'Iphos. Le torrent que j'avais suivi aussi fidèlement que possible avait fini par s'évanouir sous un immense glacier, dont j'arpentais à présent la surface inégale. Ce que je savais de la montagne se résumait à mon observation des Carmides lorsque nous avions passé les cols, cinq ans plus tôt, ainsi qu'à une poignée d'anecdotes douteuses que je tenais de mes discussions avec Jassk, l'un des mercenaires avec qui je m'étais lié d'amitié durant la campagne bourroise contre Aigue-Passe. Cela était très insuffisant, et cette réalité devenait de plus en plus tangible au fil de ma progression.

Avant la neige il y avait eu des forêts, bien davantage que je ne l'avais soupçonné au premier abord. Je ne m'en étais pas plaint, au contraire, cela m'avait permis d'étoffer mes maigres réserves et de me préparer à affronter les montagnes. Les champignons à soupe et les bolets perce-neige poussaient par nappes entières sous les conifères et j'en avais donc rempli la besace (et mon estomac) à en craquer. Le poignard de bronze sentait encore la résine. J'avais peiné à lui refaire un fil correct, mais le long bâton dont je me servais pour la marche m'avait déjà sauvé la vie à plusieurs occasions. Lorsque j'avais été capturé à Aigue-Passe, les phalangistes avaient usé du même procédé pour me faire traverser le Mur carmois en compagnie de cent autres esclaves, au printemps de mes treize ans. Un éventail d'éclaireurs avaient sondé la neige à l'avant, tandis que les soldats encadraient la marche pénible de leur butin de guerre.

J'avais pu cuire les corneilles dont il ne restait pas grand-chose, parce que j'avais préféré consommer leur viande aussi rapidement que possible, pour éviter qu'elle ne se gâte. J'avais néanmoins conservé quelques-uns des ossements les plus fins, qui avaient été nettoyés, puis glissés au fond du carquois. Je m'étais dit que les os me seraient utiles si jamais il m'arrivait d'avoir besoin d'une aiguille. J'avais trouvé le goût de la viande des oiseaux bien moins infect que ce que j'avais attendu, et sa consommation, ainsi que la profusion de pousses et de champignons m'avaient permis de reconstituer une bonne partie des forces que la maladie m'avait arrachées.

Les bois avaient fini par se faire plus efflanqués. J'avais avancé alors sur des paysages de roche polie durant une journée entière, remontant péniblement la tranchée accidentée au fond de laquelle écumait le torrent. Des troupeaux de chamois avaient épié ma progression depuis les falaises et les gorges avaient résonné de leurs sifflements d'alarme. L'eau glacée faisant peu de cas du relief, j'avais parfois dû abandonner son cours pour contourner les éperons de pierre desquels elle cascadait, et même me résoudre à un peu d'escalade. Pourtant habitué à arpenter les contreforts et leurs dénivelés, j'avais peiné à avancer dans le dédale de schiste froid. Mon équipement avait été mon principal ennemi lorsqu'il avait fallu gravir les blocs de roche fissurés. Je m'étais débarrassé des grèves de cuir bouilli et de la corde qui pesait trop lourdement, en espérant que je ne la regretterais pas plus tard.

Pour autant, en dépit des détours et de l'usure, je m'estimais particulièrement chanceux jusqu'à présent. Le temps avait été clément – même si désormais les nuages se rapprochaient dangereusement – et j'avais vécu la découverte du glacier comme une véritable bénédiction, sans laquelle j'aurais été contraint à l'ascension de murs de roche bien plus redoutables. En l'état, la coulée gigantesque avait rongé un passage praticable entre les arêtes imposantes du Mur carmois, une route large et plane posée entre les pics qu'il m'était possible de suivre avec une relative aisance. Il était certes épuisant de marcher dans la neige, et je devais tempérer mon allure de prudence en sondant le terrain devant moi, mais j'étais généralement abrité du vent, et suffisamment emmitouflé sous la cape, les vêtements du mort et mes haillons d'esclave pour ne pas souffrir excessivement du froid de la haute montagne, du moins pas tant que le soleil réchauffait les cimes. Bien sûr, lorsque la nuit tombait, c'était une autre paire de manches.

Les températures chutant dangereusement à l'approche du crépuscule, j'avais pris l'habitude de me réfugier sous les congères, dans lesquelles je creusais à l'aide de la perche et du couteau et d'un éclat d'ardoise qui me servait de pelle. Je m'y prenais longtemps à l'avance, afin de ne jamais être surpris : dans la tranchée glaciaire, l'obscurité arrivait tout d'un coup. Avant même d'attaquer l'ascension, j'avais découpé de longs lambeaux de tissu dans l'une des couvertures, dont je m'étais servi pour m'emmitoufler soigneusement les mains. De jour, les épaisses lanières étaient incommodes et gauchissaient le moindre de mes gestes, et, même si elles me permettaient de manier la perche sans m'engourdir les doigts, j'aurais donné cher pour pouvoir m'en passer. En revanche, une fois que le soleil disparaissait, je devais veiller à couver mes extrémités avec assiduité si je ne voulais pas les voir geler, une des leçons vitales que j'avais retenues de ma première traversée du Mur. Recroquevillé dans mes terriers de neige tassée, je fermais les yeux en grelottant, abrité des rafales cinglantes qui balayaient parfois les pics et qui m'auraient tué à découvert en moins d'une heure.

En dépit de l'épuisement occasionné par la marche – mais aussi par la vigilance perpétuelle qu'il me fallait déployer –, le sommeil était un mirage erratique après lequel je devais sans cesse courir. Cela s'abattait généralement sur moi à l'improviste, lorsque j'avais tant peiné que je n'y croyais plus, occupé que j'étais à combattre les morts. Les visages des esclaves, leurs corps blêmes et bouffis, maculés du sang sec qu'ils avaient craché, guettaient aux frontières de la fatigue. Quand je parvenais enfin à m'endormir, des sensations d'étouffement m'arrachaient presque aussitôt au sommeil. L'angoisse venait rôder ensuite, venait épouser la forme de mon âme et de mes désirs les plus secrets dans l'obscurité tranquille du glacier.

Je rêvais de Grenouille, et de la manière dont nous nous étions aimés en dépit des chaînes. Elle portait parfois le visage de Brindille. Grenouille haletait de plaisir et puis irrémédiablement ses râles discrets se transformaient en toux. Elle ne tardait pas à se tordre, à pourrir contre moi. Je m'accouplais alors avec sa chair mourante, mais c'était froid et venimeux et il n'y avait nulle consolation à en tirer. Je finissais par ouvrir les yeux en grand dans la pénombre gelée, la bouche tordue par l'abattement et l'horreur. Il arrivait que je doute même d'être vivant. Au lever du jour, j'émergeais de mes trous pour m'attaquer de nouveau au chemin glacé, et la lumière m'aidait à mettre les fantômes en déroute.

J'en vins à redouter la nuit davantage pour le tumulte qu'elle portait en son sein que pour le froid mortifère qui arrivait avec elle. Je m'inquiétais de mes bâillements et de l'élancement de la fatigue, qui broyaient à leur tour l'espoir et le moral, qui n'était déjà pas au beau fixe. Comment pouvais-je espérer triompher du Mur si j'étais incapable de me reposer convenablement ? Ne serait-il pas moins pénible de me laisser aller à l'engourdissement, d'abandonner une bonne fois pour toutes, tant que j'avais le réconfort d'un ventre plein ? Ces questions-là ne manquaient pas durant le jour, mais la route était un refuge salutaire qui permettait de les reléguer au second plan aussi souvent que nécessaire. Le voyage était une réponse simple qui savait se suffire à elle-même. Avancer encore, tant qu'il restait de la nourriture et de la chaleur et des forces. Bannir tout obstacle à cela, et s'en contenter. Faire de chaque empan une victoire, et vouer le reste à l'oubli.

Je soufflai sur mes paumes, accroupi au bord du gouffre, et enroulai mes doigts réticents autour de la perche de pin. Les lambeaux de couverture noués qui protégeaient mes mains collaient encore à cause de la résine. Mes muscles se contractèrent. Je me remis debout en inspirant de grandes goulées d'air froid, avant d'étudier les environs avec circonspection, les paupières réduites à l'état de deux fentes pour que je ne sois pas aveuglé par la lumière.

De part et d'autre du glacier, les grands pics enneigés se dressaient en lignes ordonnées, comme deux processions d'aiguilles. Sur les arêtes et les versants les plus abrupts, de gigantesques projections de pierre sombre échappaient parfois au manteau blanc. Au pied de ces pitons s'accumulait la moraine, la traînée de roche concassée charriée par le poids de la glace, entassée en désordre et à demi ensevelie. J'avais tenté d'y marcher au début, mais la progression était difficile et périlleuse, et j'avais découvert qu'il était aisé de glisser ou de se coincer les chevilles dans les replis de la roche couverte par la neige. J'avais préféré avancer au milieu de la vallée glaciaire, où je me figurais n'être qu'un point minuscule à la surface de la cuvette immense qui séparait les monts. J'éternuai à cause du soleil et m'attelai à contourner la crevasse.

Mes pieds crissaient dans la neige, où je m'enfonçais jusqu'à mi-mollet. Je marchais lentement, sur un rythme ternaire difficile auquel j'avais fini par m'habituer. La perche d'abord, puis une jambe, puis l'autre, et ainsi de suite. La vallée résonna tout à coup du chant curieux du glacier, une vibration basse et profonde comme cela arrivait des dizaines de fois par jour. Le mugissement réverbérait dans le corps entier, depuis les tympans frémissants jusqu'aux orteils insensibles. Des craquements suivirent, aussi secs que des coups de tonnerre. Je déglutis, crispai la mâchoire et farfouillai sous mes couches à la recherche de l'outre, que je conservais contre ma peau pour éviter qu'elle ne gèle. Je m'abreuvai ensuite, sans parvenir à me débarrasser de l'impression récurrente de ne pas être à ma place, un malaise planant qui s'était imposé de plus en plus, avec chaque pas que je faisais en direction du sud. Il est vrai que je m'éloignais de l'unique lieu civilisé que je connaissais en cette partie du monde, et aussi que je courais sans doute à ma perte dans le labyrinthe glacé du Mur, mais il y avait autre chose. Une stérilité dérangeante qui faisait écho à ma propre solitude.

Tout au long de mon parcours, je retrouvais le gargouillis cristallin des rigoles prisonnières, et ma progression s'était aussi vue ponctuée par le grondement ronflant d'une avalanche qui s'était écrasée dans la vallée depuis les hauteurs. Le glacier parlait en modulations et en remous. Ce n'était pas un univers silencieux, loin de là, mais depuis que je marchais ici je n'avais entendu la voix d'aucun autre être vivant et je n'avais existé dans aucun regard hormis le mien. La roche froide et la neige ne renvoyaient à rien, pas la moindre illusion à laquelle se raccrocher, pas une seule ombre amicale. J'en étais venu à regretter les lézards peureux des pinèdes, la vermine du camp des mines, et même la compagnie des mouches. J'avais quitté un lieu de mort, mais je me demandais, de plus en plus souvent, si l'asepsie du glacier ne m'effrayait pas davantage que le charnier du camp. Dans l'écheveau marmoréen, la respiration et le mouvement et tous les autres attributs du vivant que j'emportais avec moi tenaient du blasphème. La tranchée irradiait une mélancolie palpable. Toute existence y était éclipsée par le gigantisme figé du paysage et la plainte de la glace sur la pierre. Malgré cela, je m'y enfonçais un peu plus chaque jour.

Le détour me vola une heure de lumière. Lorsque je fus certain d'avoir contourné enfin la crevasse, qui s'enroulait vers l'est en un réseau de fissures disparates, je consentis à faire une pause pour manger et me désaltérer de nouveau. Je fourrais l'outre de neige quand la nuit venait, et même si je n'en aimais ni le goût, ni la température, je ne manquais pas d'eau. En revanche, mes réserves de nourriture avaient déjà été réduites de moitié, et je savais qu'il me faudrait bientôt prendre la décision de rationner ce qui restait. Pour l'instant, mon objectif consistait à atteindre l'extrémité du glacier, qui ne devait plus être si loin, et aviser ensuite depuis les hauteurs quelle serait la meilleure marche à suivre. Lorsque je m'autorisais à y penser, ce qui n'arrivait pas souvent, je trouvais ce plan d'un optimisme absurde. Comme je ne parvenais pas à en formuler de plus satisfaisant, je m'en contentais sans me faire d'illusions.

Au fond des bottes du gardien mort, je faisais régulièrement gigoter mes orteils pour vérifier que je ne perdais pas de sensations. En vérité, je ne m'inquiétais pas tellement pour mes pieds, parce qu'ils étaient abrités par le cuir, et surtout chaudement engoncés dans la laine émiettée dont j'avais bourré les bottes au camp. Je gardais les yeux rivés sur la pente douce du glacier, qui grimpait toujours plus haut, enroulé dans la pierre comme un vieux serpent endormi. Plusieurs fois la route avait viré vers l'est ou l'ouest, méandres lents d'un fleuve gelé.

Alors que mon attention oscillait entre l'horizon éclatant et la neige que je foulais, il me revenait en mémoire de petites comptines claniques que je pouvais chantonner en rythme. Des interrogations fleurissaient aussi à chaque enjambée, des pensées anecdotiques qui se disputaient la vigilance que je voulais m'imposer avec le maniement de la perche. Combien de milles avais-je parcourues, et combien en restait-il devant moi ? Un autre homme avait-il déjà marché ici selon la même trajectoire ? Avait-il réussi à franchir les montagnes ? Était-il trop tard pour faire demi-tour ? Mon esprit patinait, puis mon bâton s'enfonçait un peu trop facilement, un peu trop profondément, et mon corps se tendait tout à coup, prêt à se jeter en arrière.

Quelque temps plus tard, je m'écartai du milieu de la vallée à la recherche d'une congère prometteuse. J'en sondai plusieurs à coups de perche avant de me décider. Celle que je choisis était une accumulation dodue de neige, qui s'était tassée autour d'une plaque de glace brisée, un grand éclat que la progression du glacier avait fini par hisser à la verticale. Je commençai par excaver en biais, un court boyau à hauteur de cuisse, dont j'entrepris d'évider ensuite l'extrémité. Le façonnage des abris avait été imposé aux esclaves lors du voyage éprouvant qui m'avait mené par les cols enneigés jusqu'à Iphos, et même si la solitude et le manque d'équipement me rendaient la tâche difficile, c'était un domaine où j'avais acquis un certain savoir-faire. Tandis que je creusais la neige à l'aide de l'éclat d'ardoise, j'avisais derrière moi la procession de nuages renflés. Les nuées débordaient désormais par la tranchée que j'avais franchie durant le jour précédent, et certains des pics avaient disparu sous leur progression inéluctable. L'horizon s'effaçait derrière des volutes de brume violacées qui n'auguraient rien de bon.

Le vent se leva en fin de journée alors que je peaufinais mon abri, de brèves rafales cinglantes et chaotiques. Les bourrasques les plus redoutables provenaient du nord. Elles s'enfonçaient dans le creuset en hurlant, éraflant la poudreuse et faisant écumer les aiguilles de roche qui me surplombaient. Je me mis à creuser plus vite. Trois jours durant j'avais marché au-devant des intempéries, et j'avais espéré que les nuages ne suivraient pas, qu'ils resteraient coincés plus bas, prisonniers des premières cimes. À présent, le doute n'était plus permis. Je ne savais pas à quoi m'attendre, pas vraiment, mais j'étais tout à fait certain que ma chance était sur le point de tourner. Je reniflai, le visage figé par le froid grandissant, et fis passer mes affaires dans le refuge que j'avais taillé dans la neige. Je rampai ensuite en poussant mon paquetage devant moi, pour m'installer dans le cocon glacé. Je bouchai enfin l'entrée du tunnel, et m'occupai à déplier mes couvertures dans l'obscurité pétrifiée.

Les fantômes vinrent à moi bien avant la tempête.

7

Dehors, le vent hurla longtemps et je demeurai prostré dans l'abri, tantôt somnolent, tantôt attentif aux variations de la lumière. J'avais enfoncé la perche de pin au travers de la neige lors de l'excavation, afin que la tige me serve de guide. J'en usais désormais pour l'aération et l'éclairage, mais la tempête assombrissait le ciel, et bientôt, je ne sus plus distinguer le jour de la nuit. Le bâton tiraillé vibrait sous l'assaut du vent, à tel point que je craignais parfois de voir l'abri s'effondrer sur lui-même. Je me mis à mesurer le temps en adoptant ma faim comme point de repère, mais dans la pénombre, mes propres calculs m'échappaient. Mon esprit tissait toutes sortes de choses pour combler le vide. Au fur et à mesure que l'attente se prolongeait, que la solitude pesait sur moi de tout son poids, mes conjurations prenaient davantage de consistance. Je me souviens d'avoir craint la dévoration, car il me semblait parfois que c'était à mon être que ces fantasmagories arrachaient la matière dont elles étaient faites. En y repensant, je crois qu'il y avait là davantage qu'un fond de vérité.

L'inactivité n'offrait aucun refuge. Allongé ou assis, je me livrais à de petits exercices physiques pour lutter contre le froid et chasser les chimères, mais je m'enfonçais inévitablement dans la répétition, et au bout d'un moment il n'y avait rien d'autre à faire que de penser. Le point de départ de mes errances était paradoxalement une lucidité trop acérée, qui culminait par le rire et l'incrimination hilare de ma folie. Comment avais-je pu croire, comment pouvais-je encore m'imaginer un seul instant parvenir à vaincre la montagne ? Je me gaussais sombrement, mâchonnant ma propre bêtise jusqu'à réveiller l'espoir par dépit. Je patinais ensuite avec la culpabilité et l'alternative, ce que j'aurais pu faire de mieux, la manière dont j'avais jeté aux chiens la chance que j'avais eue de survivre aux mines.

C'était alors que je perdais prise. Le glacier chantait, ou bien une ombre s'épaississait davantage que les autres, et soudain, je devinais la silhouette mouvante d'un équipage, le cliquetis de la chaîne, le claquement du fouet. Les monstres surgissaient dans les interstices. Barde Vollonge. Bertôme Hesse. Le sénéchal Vittorie. Uldrick, surtout Uldrick, qui me regardait en suintant un sang noir comme l'ébène. Il m'arrivait de leur parler parfois, de les supplier de me laisser, mais la plupart du temps je m'étreignais moi-même pour ne pas partir en lambeaux. Je me demandais ce que j'étais vraiment. Un homme ? Le souvenir d'un homme ? Un phantasme agonisant rongé par la peste ? Il n'y avait que le froid pour me ramener à la raison, et mettre fin aux bouffées délirantes. Lorsque le calme revenait suffisamment, je me rappelais de qui j'étais vraiment. Un esclave évadé qui allait mourir en essayant de rentrer quelque part qui n'était même pas chez lui. La boucle se bouclait, et recommençait aussitôt.

Seules la nécessité, la faim, la soif et les tâches de maintenance que je m'imposais me permettaient d'échapper au cycle. Je passais l'essentiel de mon temps calé entre mes deux couvertures, recroquevillé sur une butte de neige étroite et compacte, surélevé par rapport au reste de la cavité. L'humidité luisait sur les parois arrondies. Il me fallait lisser régulièrement la surface gelée, afin que cela ne perle ni sur moi, ni sur mes affaires. Lorsque je m'y prenais bien, la perspiration coulait jusqu'au boyau d'accès en contrebas, où, saisies par l'air froid, les gouttes gelaient de nouveau. Je frottais des poignées de neige sur la couche supérieure pour remplacer ce qui avait fondu. Je travaillais la surface avec une application exagérée et je triturais la perche aussi, assez vigoureusement pour que l'étroite ouverture ne se bouche pas avec la neige qui tombait à l'extérieur, mais avec suffisamment de douceur pour ne pas risquer un éboulement. Ces moments trop rares m'offraient un peu de répit, quelques instants durant lesquels je ne songeais ni au tumulte hurlant qui arrachait peut-être les montagnes au-dehors, ni au maelström jumeau qui sévissait en dedans.

Lorsque Mélandros vint me rendre visite pour la troisième fois, je me sentais si seul que je ne voulus pas me détourner de son ombre. « Salut, voleur », lui dis-je tout bas, et je parlais en clanique pour la première fois depuis longtemps. « Je m'en vais te rejoindre, il semblerait. Un peu plus tôt que je n'aurais aimé. Raconte-moi encore le port de Lepte, et chante-moi le chant qui parle des poissons marinés et des cinq frères. » Mélandros sourit comme il le faisait lorsqu'il était sur le point de raconter une blague, mais son visage vacilla et se fondit en une chose indiscernable. Ce fut la voix rauque de Grenouille qui me répondit, arrachée à l'écho lointain de mes souvenirs. « Tu n'as pas de dieux, petit Var, mais ce n'est pas grave. J'ai assez de dieux pour nous deux. »

Je sursautai, à la lisière du sommeil et soufflai sur mes mains pour les réchauffer. « Tu es morte », murmurai-je tristement. « Tu es morte il y a longtemps Grenouille, et tes dieux ne t'ont pas aidée. » Je levai les yeux. L'obscurité qui s'effilocha devant moi en cascade avait pris la forme des cheveux jais de Brindille. Je crus entendre son rire, mais peut-être qu'il s'agissait du mien. Je me cachai le visage dans les mains et mes lèvres gercées furent mises à vif par la résine noircie qui maculait les guenilles. Je me calai ensuite les doigts sous les aisselles et me rendormis, avec le goût du sang sur la langue et une grande amertume en bouche. Je rêvai de cendres et d'incendies.

À mon réveil, il me semblait qu'il faisait nuit et que le vent soufflait moins fort. Je fus étonné de ne pas trouver Uldrick à mon chevet, parce que j'avais l'odeur âcre de son gambison plein les narines, et l'esprit embrouillé par un débat entre *Pradekke* et *Naudenekke*, les deux écoles philosophiques des Vars. Je clignai des yeux, et une goutte glacée tomba sur mon visage. Je m'inquiétai de la folie qui bourgeonnait, tout en lissant l'abri d'une nouvelle poignée de neige froide, puis je remuai la perche dans son conduit pour déboucher l'entrée d'air. Je dus m'accroupir ensuite dans le boyau glacial pour faire mes besoins. Il y avait deux autres merdes congelées dans le tunnel. Je me demandai de nouveau combien de temps j'étais resté sous la congère, et jonglai avec l'idée qu'il me faudrait sortir bientôt, tempête ou pas. Si j'attendais encore, l'abri finirait par se métamorphoser en tombeau.

Quand je me recouchai, je moulinai longuement des jambes et des bras pour me tenir chaud, en faisant de mon mieux pour ne jamais franchir la ligne mince entre l'effort et la suée. En prenant mes précautions, même dans ces conditions extrêmes, je ne souffrais que peu de la température. L'équipement du Carmide que j'avais dépouillé me protégeait particulièrement bien, surtout le pourpoint rembourré. La petite toile goudronnée faisait ma taille à peu de chose près, et je l'avais disposée de manière à ce qu'elle empêche l'humidité d'imprégner mes couvertures. En vérité il n'y avait que mes doigts qui me préoccupaient. J'avais toute une série d'engelures douloureuses sur mes dernières phalanges. Je les surveillais de près, enfouissant mes mains sous mes couches aussi souvent que possible pour les réchauffer. De ce que je pouvais en juger cela restait bénin, mais les rougeurs, qui étaient seulement incommodantes la plupart du temps, se réveillaient au contact du froid. Le lissage des parois et le remplissage de l'outre devenaient de vrais calvaires parce qu'au lieu de la neige, j'avais l'impression de me saisir de poignées de braises.

Je bus de l'eau, ce qui m'arracha un frisson, et mangeai mes derniers champignons, mâchonnant méticuleusement tout en regrettant de ne pas avoir de sel. Une lumière diffuse commença à rayonner par le trou de la perche. Je tendis l'oreille pour m'apercevoir que je n'entendais plus le vent. Je ne me sentais pas reposé, mais je savais qu'il me faudrait marcher. L'extrémité du glacier ne devait plus être loin. « Et alors ? » me dis-je, en moi-même.

« Qu'arrivera-t-il à l'issue du glacier ? Les montagnes vont-elles fondre ? » Je souris, et rouvris les gerçures de mes lèvres parce que parfois, lorsque je bougonnais ainsi, je me faisais penser à Uldrick. « C'est un bon combat », fis-je tout haut pour me donner du courage. « Le meilleur que je pouvais choisir, et je le mènerai au mieux. »

J'enroulai les couvertures dans la toile goudronnée qui dégouttait de glace fondue – ce qui n'était pas très grave, vu la vitesse à laquelle elle sécherait au grand air – et j'assemblai ensuite mes autres affaires. En tâtonnant dans la besace, je réalisai qu'il ne me restait plus qu'un seul pain plat, ainsi qu'un demi-poisson. Nahirsipal m'avait appris qu'un homme pouvait cesser de s'alimenter durant plusieurs semaines, tant qu'il avait de l'eau à sa disposition. Je ne manquais certes pas d'eau sur le glacier, mais je doutais être capable d'avancer bien longtemps dans la poudreuse, si je devais passer plus de trois ou quatre jours sans me nourrir. Je me glissai dans le boyau gelé, l'éclat d'ardoise entre les dents, et rampai en direction de la sortie. Je dus réprimer quelques hoquets involontaires lorsque l'air glacial du tunnel envahit tout à coup mes poumons. Je creusai le bouchon dur qui m'interdisait le passage. Derrière, il y avait davantage de neige.

Je paniquai dans l'étroit boyau, labourant la croûte glacée comme un forcené, soufflant entre mes dents serrées, me tordant çà et là au risque d'effondrer la congère. Je crus un temps que la tempête m'avait enseveli jusqu'à ce que, enfin, à bout de bras, l'ardoise dont je me servais comme d'un poignard ne perce à l'air libre. Je déglutis et retirai ma main en frissonnant, le cœur battant la chamade. Je me reposai quelques instants en serrant mes doigts douloureux puis, tête en avant, en traînant mon paquetage derrière moi, je forçai le passage comme un enfant vient au monde. La neige s'était accumulée dans ma capuche de feutre rouge. À l'extérieur, je m'ébrouai pour me débarrasser de la poudreuse avant de me redresser sous un ciel de la couleur de l'anthracite.

Un vent froid soufflait toujours dans mon dos depuis le nord, m'obligeant à plisser les yeux pour pouvoir regarder en arrière. La neige m'arrivait au-dessus du genou, mais je devinais aussi la crête arrondie d'un grand cirque en amont, à moins d'une mille devant moi, et j'espérais trouver derrière l'extrémité du glacier. Je hissai la perche et me mis en marche avec difficulté, trébuchant et jurant à chaque pas. Je ne voyais pas clairement le soleil, qui était dissimulé par l'épaisse couverture nuageuse, mais il me semblait que l'astre se trouvait quelque part à la verticale. Je commençai à mesurer le danger qu'il y aurait à avancer sans repère horaire. Si la nuit me surprenait avant que je ne puisse creuser un abri alors je gèlerais sur pied. Je préférai ne pas penser à l'effort qu'il me faudrait fournir lorsque je devrais tailler un nouveau refuge.

Le dénivelé augmenta progressivement, en s'éloignant du fond de la vallée glaciaire. Je grimpais bientôt sur une pente givrée, courbé en deux sous les bourrasques, le capuchon rabattu sur le visage pour protéger mon nez. Le chemin n'était plus lisse ici. Sous son propre poids, la glace s'était brisée dans la déclive et la neige ne couvrait pas entièrement toutes les fissures. Il s'agissait davantage d'escalade que de marche, et je devais me reposer souvent. Il m'arrivait de temps à autre de me retourner vers la tranchée que j'avais parcourue des jours auparavant, qui disparaissait peu à peu sous de nouvelles intempéries. Un souffle impatient balayait l'auge du glacier, faisant danser toutes sortes de sylphides au sommet des congères, et la neige pulvérisée écumait sur les pics. Je songeai à l'hiver avec les soudards et le *vaïdroerk* dans la passe d'Aigue, et aux rafales qui peignaient la roche noire du Cap Venteux. Ici, le contraste était tout aussi saisissant. Le ciel d'un gris minéral et le blanc immaculé du glacier s'écrasaient l'un sur l'autre avec une violence terrifiante. Parfois le monde me semblait avoir basculé à l'envers.

Après des heures d'effort, je finis par venir à bout de la montée, en me servant autant de la perche que de mes jambes. Il s'était remis à neiger, une chute légère et constante, mais le vent s'était calmé, ce qui me laissait un peu de répit. Pour la première fois depuis le début de mon ascension, j'avais vraiment froid, et je craignais pour mes doigts découverts. Lorsque je me hissai finalement au sommet de la crête, le cirque disparaissait sous les flocons mais j'en devinais néanmoins l'immensité. Le glacier, déjà imposant, s'ouvrait à la manière d'un gouffre et au-delà du voile neigeux, un demi-cercle de pics sombres était tapi. De là où je me trouvais, je n'en distinguais que les arêtes noires. Le reste était englouti par la blancheur fourmillante.

Je mangeai la moitié de mon dernier pain et tentai d'accélérer l'allure, lançant des coups d'œil inquiets sur les nuages impénétrables. Le temps s'assombrissait, mais je mettais cela sur le compte de la neige, sans laquelle j'aurais certainement pu admirer un panorama époustouflant de la chaîne du

Mur carmois. En dépit de la visibilité réduite, j'avais l'impression que la poudreuse était moins épaisse sur le glacier, plus froide et plus tassée, et il m'était moins pénible de marcher. J'avançai tout droit, avisant parfois l'ombre imposante des pics qui s'élevaient à l'ouest. Je n'avais pas d'autres points de référence. Ma route ne tarda pas à croiser des monticules de glace, excroissances obscures et massives qui surgissaient par intervalles, et me barraient la vue des sommets les plus bas.

La neige tombait de plus en plus dru. Mon souffle enflait comme une brume devant moi avant d'être emporté par le vent, et se mêlait aux flocons pour m'ôter peu à peu tous mes repères. Bientôt, la noirceur de la roche lointaine devint impossible à situer. Je déambulai au jugé, comme égaré dans les limbes d'un lac gelé. Le froid m'engourdissait. La fatigue de l'ascension m'étreignait comme une amante. Je ne sentais même plus le picotement de la neige sur mon visage. J'avais atteint mon but, mais il fallait tout de même continuer, et je crois que mon corps ne le comprenait pas.

Mon esprit peupla le voile flottant de figures et de silhouettes, et la lumière déclina encore. La température chutait vertigineusement. Je grelottai tout en calant maladroitement la perche avec la lanière du sac, afin de pouvoir enfouir mes mains insensibles sous les épaisseurs de mes vêtements. Je m'en remis à la chance, avançant sans utiliser la perche parce que je voulais garder mes doigts. Je titubai droit vers le sud à la recherche d'un abri, mais ici les congères n'étaient pas assez profondes. Partout où je sondais, même au pied des concrétions gelées, je rencontrais de la glace à moins d'un empan sous la surface. Je savais que je n'avais ni l'équipement ni la force pour découper la poudreuse et fabriquer un refuge de toutes pièces. Il me fallait poursuivre ma route jusqu'aux pics, au pied desquels la neige devait s'être accumulée davantage.

Je plissai les yeux. Une forme massive aux contours anguleux se détachait devant moi, irréelle dans la pénombre grandissante. Je crus me trouver face à un bâtiment, à un gîte inespéré. Réprimant un cri étouffé, je pressai le pas en étreignant les fantômes et le souvenir de la ferme Tarron qui bouillonnait à portée de main. Le glacier gronda, et cela se mua en un cacardement triomphant, comme en poussait le jars Lasso sur le perron de la veuve. Je souris à l'odeur familière de la purée de raves. L'illusion se dissipa brusquement lorsque, à quelques empans du salut, je reconnus l'éclat terne de la glace. Je refoulai les larmes que le souvenir avait fait naître, jurant et crachant dans la lumière mourante par crainte de voir mes yeux geler.

Chancelant, je voulus m'adosser à l'excroissance figée, et c'est alors que je remarquai les coups de hache et de burin, et je compris que l'énorme bloc avait été taillé par des mains humaines. L'espoir rejaillit de manière un peu stupide. Je contournai le monument translucide pour avancer encore. Deux, trois, quatre fois je croisai de nouveaux monolithes sculptés, aux dimensions identiques. D'autres se dressaient sur ma route. Sans comprendre, je marchai entre les grands cubes silencieux comme on traverse un jardin de statues. Mon regard incrédule oscillait de-ci de-là, détaillait les faces ouvragées. Je ne savais pas quoi penser, hormis que des hommes étaient jadis venus ici et d'une manière étrange cela suffit à émousser le fil de ma solitude. Je me figurai pouvoir peut-être puiser du réconfort en cela, lorsque la montagne me prendrait pour de bon.

Tout à coup, au détour d'une bourrasque, la roche surgit devant moi, une lame impitoyable dans le blizzard. Je pressai le pas. Au milieu du mur infranchissable luisait une tache plus claire. Cela vacillait au gré de mes mouvements, si bien que je crus d'abord à une nouvelle illusion. Il me fallut approcher encore, peiner à l'ombre glaciale de l'escarpement pour que je comprenne. Une arche gigantesque avait été percée dans la montagne. L'escalier qui y menait devait avoir été avalé par la neige, mais plus loin, un passage aux dimensions impressionnantes attendait. La luminosité infime que j'apercevais était en réalité l'extrémité du tunnel. Quatre empans au-dessus du sol, des stalactites de glace pointaient vers l'entrée du souterrain, des crocs effilés décorant un gosier avide tandis que, de part et d'autre de la gueule, des entrelacs ouvragés disparaissaient sous le gel. Je ne reconnus aucun des sigles figés, pas davantage que je ne sus identifier les sculptures prisonnières. Transi par le froid, je grimpai péniblement jusqu'à l'évasure. Le vent et les flocons s'engouffraient autour de moi, plongeaient dans le couloir en une aspiration glougloutante. Je décidai de les suivre.

8

Passé les coulures glissantes de neige et de givre qui garnissaient l'entrée du tunnel d'étranges excroissances, rondes et lisses comme des serpents, mes bottes toquèrent contre un sol de pierre. Je me stabilisai prudemment, tâtonnant de la pointe des pieds par crainte de m'étaler sur une plaque de gel. Lorsque je fus suffisamment certain de mon équilibre, je fis quelques pas hésitants. En dépit de la fatigue, il me vint un sursaut d'énergie à la perspective de pouvoir marcher sans être ralenti et harassé par la poudreuse. Je pris une inspiration tremblotante et, glacé jusqu'aux os, je m'enfonçai plus loin dans l'obscurité.

Dans le boyau, les bourrasques claquaient en pétarades incessantes, cavalant et cravachant, aussi glaciales qu'assourdissantes. Il faisait à peine moins froid qu'à l'extérieur, et cela ne changeait pas tellement au fur et à mesure que j'avançais : le vent gelé s'enroulait partout, éraflant le roc de son vacarme frigide d'un bout à l'autre du souterrain. Lorsque je voulus tester l'écho, je ne réussis pas à entendre le son de ma propre voix. Il me fallut aussi me battre sans cesse pour que ma cape ne me soit pas arrachée.

C'était une chose curieuse et déroutante que le fracas de l'air dans le boyau, obnubilant et agressif au point de chasser les fantômes pour un temps.

Dehors, la nuit tombait rapidement. J'avançais bientôt dans une obscurité presque totale, titubant en direction de l'éclat lointain de la sortie, qui finit par s'effilocher, puis se dissoudre entièrement. J'en fus réduit à employer la paroi comme guide, craignant toujours de manier la perche – qui m'aurait pourtant été fort utile pour sonder l'opacité du tunnel – par peur que mes mains ne gèlent. Les claquements du vent formaient un courant continu qui me poussait vers l'avant, comme la marée transporte l'esquif. Cela soulageait ma fatigue et allégeait mon fardeau, mais j'avais aussi l'impression parfois que ma chair allait geler, s'arracher et se voir emportée au-devant de moi en brisures, en fragments roulants et mélodieux.

Il y avait l'abattement, la température glaciale et le vent rugissant, mais aussi l'inquiétude qui me taraudaient en sourdine. Je grelottais de plus en plus violemment, et je me demandais souvent jusqu'à quel point je parviendrais encore à lutter. Si je ressortirais vivant de l'autre côté de la montagne, si j'aurais ensuite la force de creuser un abri dans l'obscurité, et combien de doigts je perdrais à cet exercice. J'espérais qu'au moins, à l'issue du souterrain, les pics me couperaient des rafales et que je trouverais rapidement une congère assez profonde pour pouvoir m'y reposer un peu.

Parfois, malgré les interrogations et les souffrances, je ne pouvais m'empêcher de reléguer mon calvaire au second plan tant le passage m'impressionnait. Les parois étaient marquées, mais lisses comme du cuivre martelé. Il avait sans doute fallu des décennies pour excaver un tunnel aussi long, peut-être même des siècles, à cette altitude-ci. Avant que la lumière ne meure, la hauteur du boyau s'était un peu réduite, et j'en avais situé le point culminant à environ trois empans au-dessus de ma tête. Dans le noir, alors que je titubais à l'aveugle depuis au moins une mille, il m'arrivait de lever le bras aussi haut que je le pouvais, et ma main n'avait pas frôlé la pierre une seule fois. Lors des rares accalmies, mes pas se répercutaient en échos, et j'entendais le frottement de la fibre, le feutre épais de la cape rouge qui crissait sur la surface rugueuse du conduit. Il m'arriva de faire halte à plusieurs reprises, lorsque je croyais percevoir une résonance différente ou une variation dans le courant d'air, et je reprenais alors ma route avec prudence, l'enjambée hésitante, le pied tendu à la recherche d'abîmes obscurs ou de passages dérobés. Je regrettais souvent de ne pas avoir de torche ou de lanterne, même si je doutais qu'une flamme puisse tenir dans le courant d'air.

Lorsque enfin la luminosité changea devant moi, je compris que j'arrivais à l'issue du souterrain. Un carré sombre se découpait, enchâssé dans la noirceur plus impénétrable du roc. Dehors, la neige pâle m'attendait dans la nuit, de plus en plus visible en dépit de la couverture nuageuse. Mon allure s'accéléra sans raison valable, puisque c'était le même gel, le même froid paralysant qui patientaient là-devant que de l'autre côté du pic. Tout à coup, je me retrouvai par terre, les quatre fers en l'air. Prisonniers de la cape, mes bras n'avaient rien pu faire pour amortir la chute, mais heureusement les épaisseurs que je portais m'avaient préservé d'un choc trop violent.

L'étrier de l'arbalète avait tinté sur la pierre et résonnait encore comme un carillon dans mes oreilles engourdies.

Je secouai la tête, croyant d'abord avoir glissé sur une plaque de verglas, et puis, en me redressant, je compris que c'était la paroi contre laquelle je m'appuyais qui avait disparu. À quelques empans de la bouche du souterrain, un étroit couloir partait à la perpendiculaire du boyau, et s'évanouissait dans l'ombre nébuleuse au-delà. Je m'avançai en tâtonnant maladroitement de la pointe des pieds, avant de buter rapidement contre la première marche d'un escalier, gravé lui aussi dans la pierre. Une vague de soulagement m'envahit, faisant naître un mince sourire sur mes lèvres déchirées. Je me trouvais enfin abrité du vent frigorifique et je pouvais sortir mes mains de leur cachette pour m'orienter. Mieux, je n'aurais pas à creuser ce soir : la température était glaciale mais supportable, et je me figurais pouvoir tenir la nuit avec l'aide des couvertures. Surtout, je n'allais pas devoir sacrifier mes doigts au froid et à la putréfaction afin que le reste de mon corps survive.

Pour autant, je n'en avais pas fini avec cette journée. En dépit de l'épuisement et de ma situation somme toute désespérée, l'euphorie de l'exploration m'avait envahi, m'avait captivé depuis que j'avais mis le pied dans le tunnel, et même des heures auparavant, à la découverte des monolithes de glace. Dix années plus tôt, lorsque j'avais mené mon enquête sur le meurtre de Tom Vairon dans le dédale crasseux du Ruisseau, j'avais été saisi d'une manière similaire. Aujourd'hui encore, à la seule évocation d'une côte lointaine ou de vestiges inexplorés, l'envie m'inonde comme une eau salutaire, une démangeaison profonde et tranquille qui aiguise le regard et allège le pas. Il en allait de même ici, dans le souterrain gelé. Une main devant moi, l'autre frôlant la roche glacée, j'entrepris l'ascension de l'escalier.

Je grimpai avec circonspection, comptant vingt-six marches étroites et usées avant que la surface rugueuse d'une poterne ne me barre le chemin. Mon cœur se mit à battre plus fort. L'espoir enfla. Je m'obligeai à ralentir, à tâter posément autour du passage pour en dresser une représentation mentale. La partie supérieure de la porte était arrondie, et encaissée dans un mur maçonné. Le tout me semblait épais et solide, quoique pas très haut. À la droite de l'encadrure, mes doigts rencontrèrent quelque chose de dur et de glacé qui me fit sursauter. J'y revins lentement, par effleurements timides, et mis un certain temps à saisir qu'il s'agissait d'un porte-flambeau. Une queue de torche suiffeuse s'y trouvait encore enchâssée, encastrée dans un coulis de poix à l'odeur rance. Je la décrochai du mur avec prudence et m'accroupis, farfouillant dans la besace à la recherche de la pierre à feu et d'un morceau d'amadou.

Les premières étincelles m'aveuglèrent, et dansèrent longtemps sur ma rétine. À force de persévérance, je réussis à faire naître un éclat de la taille d'une tête d'aiguille dans la fibre de l'amadou. J'étreignis l'allume-feu entre mes doigts tremblants, soufflant doucement, agaçant la braise jusqu'à obtenir une petite flamme. Ce qui restait de la torche s'embrasa lentement. Je me remis sur pied, grimaçant sous l'effet de la lumière autant que de la chaleur, qui m'étaient devenues toutes deux insupportables. La torche crépitait en vomissant une traînée de fumée âcre qui m'arracha une quinte de toux. Lorsque je pus voir de nouveau, je me penchai sur la poterne. Les planches grisâtres me firent penser à du chêne, et un loquet de bois simple semblait barrer l'accès. Je le soulevai sans effort. Derrière moi, j'entendais encore le vacarme du vent qui battait dans le boyau principal. Je m'arc-boutai contre la porte, qui s'ouvrit en couinant, sur des gonds froids qui n'avaient pas servi depuis longtemps.

La lueur de la torche éclaira une pièce poussiéreuse, inégalement arrondie à l'arrière et au plafond, comme une grotte naturelle qui aurait été évidée davantage. Je brandis le flambeau devant moi, et ce que je vis m'arracha un cri d'exclamation, puis des rires de joie. À gauche, dans l'alignement de l'entrée, un rideau grossier en toile de jute ondulait dans les courants d'air sur toute la longueur de la chambre. À droite on avait entassé quelques brassées de bois de chauffage et dans le mur qui me faisait face, un âtre encaissé était taillé dans la pierre. Assombrie par la suie, la gueule de la cheminée était ouvragée, sculptée à l'effigie d'un ours à la mâchoire béante. Non loin de là, l'ossature d'une palette exiguë recouverte de paille, et juste derrière, une étagère d'apparence solide recelait plusieurs variétés de pots et de jarres scellés, ainsi qu'une poignée d'ustensiles. Trois grandes amphores de céramique reposaient à côté. Les mains tremblantes, je refermai le loquet et tournai un moment sans savoir par où commencer. Je finis par m'asseoir tout d'un coup au milieu de la chambre, les jambes incertaines, l'âme ébranlée par le soulagement. Pour la première fois de ma vie, je regrettais de ne pas avoir de dieux à remercier.

Lorsque j'eus repris mes esprits, et que je me fus

pincé suffisamment pour être certain de ne pas rêver, je posai mon paquetage près de la couche et m'attelai à faire du feu dans l'âtre, en m'aidant de ce qui restait de la torche. J'eus peur que l'étroite cheminée ne se soit bouchée quelque part avec la neige, mais dès que les premières flammes surgirent, le conduit se mit à ronfler de manière tout à fait satisfaisante. Je n'aurais su dire jusqu'où la cheminée grimpait, ni de quelle façon elle avait été forée dans le roc, et pour l'heure, ces questions étaient secondaires. Le bois était très sec, et il prit rapidement. Je restai longtemps courbé au-dessus des flammes, les doigts tendus malgré l'agonie des engelures. Chauffé à cœur, je remuai pour ne pas m'endormir. Un mouvement sur ma gauche m'arracha un sursaut. Je pivotai pour faire face, le souffle court.

Quand j'étais entré, mon regard avait été saisi par le bois et la possibilité du feu et du repos, et j'avais ignoré le rideau mité. Derrière une large déchirure, qui gondolait de plus belle sous l'effet de la chaleur, une silhouette floue et difforme dansait curieusement. Quelques instants s'écoulèrent avant que je n'ose m'approcher pour écarter les pans de la tenture. La paroi dévoilée scintilla. Je plissai les yeux dans l'ombre, et en proie au doute, j'arrachai le rideau sur toute sa longueur. Une ligne de chevilles vermoulues céda en un claquement sec. Je pris une grande inspiration. Une verrière concave de forme ovale faisait office de mur extérieur. Mon reflet s'y étirait monstrueusement, nimbé par le halo du petit feu. Il me semblait que la neige s'était entassée de l'autre côté parce que je ne parvenais pas à distinguer quoi que ce soit, mais comme il faisait nuit, je ne pouvais pas en être certain. Une grande torchère d'étain ciselée était posée devant la verrière, au milieu de l'incurvation.

Je scrutai encore un peu la surface opaque du vitrage, où s'emmêlaient des nuances de couleur difficiles à percevoir dans la pénombre, avant de m'intéresser à la torchère, dont j'aurais peiné à faire le tour de mes deux bras. Des scènes complexes avaient été gravées dans le métal terni. Le style de représentation m'était parfaitement inconnu. J'identifiai avec certitude des figures humaines, des guerriers et des femmes, tandis que d'autres étaient plus grandes et pourvues d'attributs bestiaux. Il me semblait que cette étrange assemblée assistait à une cérémonie, mais j'aurais été bien incapable de dire laquelle. Même sous la flamme d'un brandon, l'huile figée du brûloir mit un certain temps à se réchauffer. À force de persistance, je réussis finalement à allumer la corde noircie qui s'y enroulait. Une vraie belle lumière jaillit, pour illuminer la chambre exiguë avec éclat. Sur le plafond inégal, le chatoiement déferlait d'avant en arrière comme le ressac d'une mer flamboyante.

Je me frottai les mains sur la cape, avant de m'en délester sur la couche. La pièce commençait à se réchauffer et, pour ne pas succomber tout de suite à la fatigue, je partis fouiller l'étagère. Je n'ouvris qu'une seule des jarres de terre cuite, dans laquelle je découvris des grains de blé rouge en parfait état de conservation. J'en versai quelques poignées dans la marmite de fonte que j'avais dénichée à côté des grandes amphores, avant d'y vider aussi la moitié de mon eau. J'entreposai le tout à côté du feu puis je m'attaquai aux pots les plus petits. Le premier contenant du miel durci, je le mis de côté pour le lendemain. Des raves au vinaigre flottaient dans le second pot, ramollies et fades, mais comestibles. Je les avalai avec mon dernier pain. Je ne voulus pas briser davantage de sceaux cette nuit-là, et j'entassai les fragments de cire avec une grande attention sur l'étagère la plus basse. Je bâillai ensuite, et bourrai l'âtre de bois avant de me traîner jusqu'à la palette.

Je restai allongé longtemps, à contempler les parois mouvantes du refuge. Je n'osais pas vraiment fermer les yeux par crainte de voir surgir les morts, même s'il me semblait aussi qu'avec la mise en suspens de mon propre trépas, la prise des fantômes s'était affaiblie. L'exploration m'avait ragaillardi, et affûté l'esprit. Le fait de disposer tout à coup d'un espace différent auquel il était possible d'accoler mes pensées, quelque chose de plus structuré et de plus solide que la blancheur incertaine et infinie de la neige, était déjà en soi une sorte de garde-fou. Cela n'empêchait pas les questions de tournoyer pour autant, mais elles étaient moins morbides et circulaires depuis qu'elles étaient rythmées par le craquement rassurant des flammes.

Depuis la couche, la gueule d'ours sculptée semblait vomir des torrents incandescents et de nombreux reflets pailletés valsaient à la surface de la verrière. Je n'avais de cesse de me demander quel était ce lieu étrange, et qui l'avait façonné. La nourriture que j'avais trouvée n'était pas périmée, pourtant, je ne pouvais pas concevoir qu'un autre homme ait mis les pieds ici durant la dernière décennie. Je me souvins que Nahirsipal m'avait parlé des celliers de Couvre-Col, où l'on conservait certains aliments dans des caveaux de glace. J'imaginais que les conditions climatiques à cette altitude devaient jouer de la même manière sur l'état des victuailles. Je souriais parfois en m'interrogeant. Les raves que j'avais avalées tantôt avaient-elles été récoltées avant ma naissance ? Venaient-elles de Carme, ou bien avaient-elles poussé en terre brunoise ? Y en avait-il d'autres dans les pots qui restaient, et pourrais-je moudre le blé sec pour en faire de la farine ?

Lentement mais sûrement, à force de frôler les possibilités et les lendemains à venir, et sans que j'y songe vraiment, s'ancra doucement en moi l'idée que j'allais vivre. Je commençai à envisager de nouveau pouvoir atteindre l'autre côté du Mur. Je réalisai soudain que j'ignorais où je débarquerais si tel était le cas, ni même ce que je trouverais. Pour ce que j'en savais, la Péninsule tout entière avait été ravagée par la peste marquaise, et il m'apparut que peut-être, à la place du salut, de nouveaux charniers m'attendaient derrière les montagnes. J'espérais de tout mon être que Brindille était en sécurité, à l'abri du monde comme le pérégrin me l'avait promis, cinq années auparavant. Je soupirai. Si je l'avais écouté, je n'aurais probablement pas été fait prisonnier, et Uldrick aurait peut-être vécu. Je ne me sentais pas plus sage depuis ce jour-là. Plus fatigué, sans doute, plus déterminé, peut-être, mais pas plus sage. Finalement, je haussai les épaules, et œuvrai à m'agripper au présent, à la chaleur délicieuse de la couche. Mes paupières se fermèrent d'elles-mêmes.

Trois jours plus tard, les Arces me trouvèrent.

9

Le vent avait faibli dès le lendemain de ma découverte du refuge, et le ciel tuméfié avait pâli tout au long de la journée suivante. Un bleu timide avait réussi à s'imposer peu avant que la nuit n'enveloppe de nouveau les montagnes. J'avais prévu de repartir rapidement, histoire de profiter de l'éclaircie tant qu'elle durerait, mais j'étais aussi conscient qu'il me fallait reconstituer mes forces et mes réserves de nourriture. À la vitesse où je brûlais le bois, je pensais pouvoir tenir une petite semaine. Idéalement, je ne voulais pas attendre autant.

La cuisine et l'alimentation des feux étaient mes deux occupations principales, et je sortais seulement pour faire mes besoins et récolter de la neige. J'avais ouvert l'ensemble des jarres, et je m'étais livré à un état des lieux des denrées comestibles. Il y avait quelques récipients de légumes ensablés qui avaient pourri et fondu, mais le reste, du blé sec et des pois pour l'essentiel, me semblait en bonne condition. J'avais déniché un deuxième pot de miel ainsi que quelques autres marinades de saumure ou de vinaigre, dont des œufs putrides qui avaient empuanti la chambre jusqu'à ce que je m'en débarrasse dans le tunnel. L'apothéose, en ce qui me concernait, était une préparation de viande similaire à la saucisse-sèche que nous fabriquions avec Uldrick dans les hauts de Cullonge, mais qui avait été salée et coulée dans une jarre sous une couche de graisse épaisse d'un pouce. Uldrick m'avait raconté avoir déjà mangé de la saucisse-sèche âgée de seize ans sans qu'il ait trouvé quoi que ce soit à y redire. Je ne savais pas combien de printemps cette mixture-ci avait vu passer depuis qu'on l'avait entreposée dans le refuge gelé, mais elle était judicieusement assaisonnée et parsemée d'éclats d'airelles séchées. Après les doutes et les privations du glacier, je la trouvai absolument délicieuse.

J'expérimentai plusieurs options pour rendre les réserves transportables, et finis par adopter une recette qui consistait à concasser du blé trempé et des pois, jusqu'à obtenir une pâte grossière. Je mélangeais ensuite cette dernière avec un peu de miel, malaxant la bouillie au creux de ma main pour façonner de petits amas ronds et collants. Je lançais enfin ces galettes dans la marmite où bouillonnait la graisse prélevée à la surface du pot de viande. Le résultat était comestible – quoique bourratif – et facile à transporter. Je tassai ma besace de galettes jusqu'à ce qu'il me soit difficile d'en boucler les lanières. En vérité, j'aurais préféré avoir un vrai havresac pour me déplacer dans la montagne, parce que la besace ne pesait que d'un côté et que son balancement était usant sur de longues distances, particulièrement lorsqu'elle était pleine. À cela s'ajoutait la pénibilité qu'il y avait à avancer dans la neige. J'avais essayé de bricoler un remplacement avec des morceaux du rideau de jute sans parvenir à un résultat satisfaisant. Je dus donc me résoudre à supporter la morsure de la bretelle.

Pendant que j'œuvrais, la chaleur combinée du feu et de la torchère avait fait fondre une grande partie de la neige accumulée à l'extérieur de la verrière, qui s'était révélée épaisse et opaque, d'un bleu profond veiné de rouges et de verts, et cousue de fils métalliques qui scintillaient comme du bronze battu. On ne pouvait pas vraiment voir au travers depuis l'intérieur, mais la lumière affluait dans l'autre sens, colorant le refuge d'éclats changeants à l'aspect fantasmagorique. J'avais établi que les grandes amphores de céramique grise contenaient toutes trois de l'huile à brûler, et sous l'étagère se trouvaient enroulées d'importantes longueurs de corde à mèche. Ces découvertes m'avaient empli de curiosité et d'interrogations à propos de la raison d'être de la chambre elle-même. Il m'arrivait de songer à un ancien mécanisme de signalisation, dont la torchère et la verrière auraient pu être les éléments centraux, bien que je ne voyais pas quel usage quiconque aurait pu en avoir en un lieu aussi reculé.

Lorsque je m'aventurais à l'extérieur, ce n'était jamais bien loin de la sortie du tunnel, qui ressemblait en tout point au gosier sculpté par lequel j'étais venu, stalactites en moins. Les pics dominaient au-dessus, à droite du passage certaines arêtes plongeaient vers l'aval, et l'entrée se trouvait généralement dans leur ombre. Il arrivait encore que de grands coups de vent passent par le boyau en rugissant, mais c'était devenu plus rare. Sous la neige tassée affleuraient monuments et bas-reliefs, auxquels je ne m'intéressai pas outre mesure une fois que j'eus établi que la plupart représentaient un homme barbu, et que, hormis cela, je n'allais pas pouvoir en tirer grand-chose.

En une occasion, j'avais tout de même procédé à une rapide reconnaissance des environs afin de déterminer par quel côté il me faudrait repartir. Tout droit, à quelques dizaines d'empans de l'embouchure du souterrain, béait un gouffre souffletant qui étreignait le massif d'où j'arrivais. Je n'osai pas m'en approcher de trop près par peur d'être déséquilibré par une bourrasque, mais je pus constater tout de même qu'un dénivelé plus doux partait en direction de l'est, bordé par le même ravin. Dans l'immédiat, la disposition des lieux ne me laissait pas vraiment le choix pour la suite : le cirque glaciaire, de même que le pic au travers duquel la galerie avait été taillée, était un point culminant. Derrière, il fallait forcément redescendre. Depuis la crête qui surplombait le ravin, j'avais une vue époustouflante sur les montagnes qui se dressaient de tous côtés, blanches et redoutables. Le glacier m'avait mené jusqu'au cœur même du Mur. Désormais je me trouvais encerclé par des remparts de neige, des arêtes de pierre gelée, des falaises incroyables et un air si pur qu'il en devenait brûlant.

Une fois passée la première impression, qui était forcément écrasante, l'œil commençait à saisir d'autres détails moins accessibles, mais tout aussi pertinents. Au fond des vallées à moitié invisibles, parmi les creux pentus et encaissés, il arrivait que le blanc s'assombrisse et se mouchette sous l'effet des frondaisons alourdies des conifères, ou de l'éclat lointain d'une eau prisonnière. Des régularités se dessinaient en hauteur, le long des saillies et sur les cimes. Certaines tranchées étaient moins inclinées, certaines passes plus larges. Des parapets à l'aspect incontournable se révélaient couturés de raidillons inattendus, autant de chemins possibles pour peu qu'on se donne la peine de les atteindre.

Malgré la beauté intimidante du panorama et des mille dangers qui s'y échelonnaient, je n'étais plus vraiment inquiet du voyage à venir. Que cela puisse tenir aux entailles dans les vieilles pierres, à quelques longueurs de bois sec et aux jarres de blé était sans doute absurde. Pourtant c'était la stricte vérité. Des hommes étaient venus ici. Ils avaient emporté ces choses vers les hauteurs par des pistes qui devaient exister et qui menaient forcément quelque part. Je savais que rien n'était encore joué, que je pouvais toujours être enseveli sous une avalanche ou un éboulis, m'égarer et succomber à la faim ou geler au cours d'une tempête. Mais j'avais désormais la preuve que ce que je tentais d'accomplir pouvait être réalisé. Si leurs sentes étaient cachées, je les trouverais. Si la neige m'ensevelissait de nouveau, je m'en accommoderais. Si je devais rebrousser chemin et recommencer, alors qu'il en soit ainsi. Cet espoir retrouvé avait eu un effet immédiat sur mes pensées macabres, qui avaient laissé place à une résolution exaltée comme je n'en avais pas ressenti depuis longtemps, pas même lors de mon évasion d'Iphos. Le fait de savoir avec certitude que je ne risquais pas tout pour une finalité impossible me galvanisait, et j'étais heureux à l'idée de me battre. Non plus par dépit amer, mais parce que j'avais une vraie chance, une occasion inespérée de revenir au monde et d'y retrouver un semblant d'existence.

Au troisième soir, j'avais achevé mes préparatifs et

remis un peu d'ordre dans le refuge. Je m'étais installé sur la couche, et j'avais employé ce qui restait du gras et d'un lambeau de toile de jute pour entretenir mes armes, en commençant par le poignard. Je m'étais ensuite concentré sur les mécanismes et l'arc-ressort de l'arbalète, dont je craignais qu'ils aient souffert de l'exposition permanente au froid. J'avais décordé l'engin avant même d'entamer l'ascension, de peur que la fibre tressée ne s'abîme avec le gel, et à mon sens j'avais bien fait. Deux belles bûches se consumaient dans l'âtre. Je sifflotais l'air d'une comptine brunoise tout en lissant les carreaux l'un après l'autre, les doigts ruisselants de suif. Mes engelures commençaient lentement mais sûrement à se résorber, du moins elles ne me faisaient plus autant souffrir. Je me doutais que je les retrouverais sur la route, et je rechignais d'avance à l'idée de creuser la neige, mais je profitais pour l'instant du répit. Mon paquetage était rassemblé non loin, à l'exception des couvertures, sur lesquelles j'étais assis. J'étais tellement absorbé par ma tâche que je n'entendis pas le loquet se rabattre.

L'encadrure était plongée dans les ombres, mais les flammes dans l'âtre vacillèrent et un courant d'air glacial, pareil au souffle d'un spectre, vint effleurer ma chair. Je levai les yeux. Trois hommes accompagnaient le froid. Trois hommes aux visages sévères avec d'épaisses capes de peau et du fer gris-marchois en main. Le premier ne m'accorda pas un regard. Il s'avança directement pour me contourner, sondant l'obscurité du fond de la caverne d'un œil vigilant. Les deux autres marchèrent sur moi et je me redressai lentement pour leur parler avec douceur, attentif à ne pas faire de gestes brusques et à garder les mains en évidence. L'un d'entre eux, plus grand que moi et deux fois plus épais, posa le manche de sa hache sur mon épaule pour m'inviter à me rasseoir. Il me fixait d'un regard bleu vif tandis que son compagnon fouillait dans mes affaires. Son visage, que j'aurais pu trouver rond et bonhomme s'il n'y avait eu cette large balafre au front, était parfaitement inexpressif. Lorsque j'ouvris la bouche pour parler de nouveau, l'homme grogna et il tira sur sa hache jusqu'à ce que la lame vienne se caler dans mon dos. Cet avertissement me réduisit au silence. Le givre s'était fixé dans sa barbe, et dans celle des autres, ce qui leur donnait une allure étrange, presque surnaturelle.

Celui qui inspectait mon paquetage en éparpilla le contenu un peu partout, puis, sur une remarque du grand homme à la hache, il me confisqua vivement le poignard que j'avais à la ceinture. Il finit par se saisir de la cape de feutre rouge, qu'il tourna et retourna à la lumière du feu, avant de la laisser choir au beau milieu du désordre. Il disparut ensuite par le passage. La porte claqua. Le premier homme, aux traits plus fins que les deux autres, et à la pilosité plus sombre, s'approcha pour me toiser de près. Il s'accroupit à ma hauteur, son épée nue en travers des genoux. Le pommeau était large et lourd, en bronze ouvragé, et l'homme se balançait d'avant en arrière sur les talons sans me quitter du regard. Des clous d'os lustrés luisaient dans ses oreilles. Je le fixai en retour, et durant un long moment il n'y eut que le silence, et le crépitement du feu.

Des éclats de voix retentirent enfin depuis l'extérieur. L'homme se leva et rengaina derechef son épée avant d'échanger quelques mots avec le balafré. Ce dernier tira un cordon de chanvre de ses fourrures, et sans ménagement il entreprit de me nouer les mains derrière le dos. Je déglutis et me laissai faire, le cœur battant la chamade. Le balafré me respirait bruyamment dans l'oreille, grognant au gré des nœuds. Je ne savais pas si j'avais affaire à des bandits ou à des loyalistes, ni même si cela pouvait changer quoi que ce soit au sort qu'ils allaient me réserver, mais j'étais certain d'une chose : ces hommes étaient Arces. Les yeux bleus, les cheveux auburn ou cuivrés, et les grandes jupes de cuir tressé qu'ils portaient par-dessus leurs braies ne trompaient pas.

Lorsque les liens se furent resserrés autour de mes poignets, on m'attrapa rudement par le pourpoint, et je fus poussé à bout de bras jusqu'à l'escalier. L'air gelé me gifla le visage. Je grimaçai à cause de la morsure du chanvre. Nos bottes résonnèrent dans le conduit tandis que nous descendions vers le tunnel principal. Trois autres Arces attendaient là, soufflant et trépignant dans la bise nébuleuse. Celui qui se tenait à l'avant de ses compagnons pour scruter le boyau assombri portait une rondache dans le dos et il ne daigna pas se retourner. Ses compères, dont celui qui m'avait fouillé, maniaient chacun une torche, et leurs flammes dessinaient des arcs étranges qui rugissaient au gré des bourrasques. Je remarquai plusieurs lances ainsi que des boucliers, qui reposaient contre la paroi, avec des ballots garnis de fourrure. Je fis de mon mieux pour rester droit en dépit des frissons et de la trouille. Les Arces me regardaient comme si je n'étais pas là du tout.

Peu après s'ensuivit un dialogue vif entre les deux hommes qui m'avaient extirpé du refuge. Des mains robustes se posèrent de part et d'autre de mes épaules. On m'agenouilla de force dans le tunnel. Le balafré apostropha à plusieurs reprises le grand guerrier qui nous tournait le dos. Celui-ci s'ébroua enfin, et il avança sur moi en tirant une longue lame de guerre à la forme curieuse, une faux arce large et lourde et recourbée vers l'avant. Sa barbe nattée se balançait, luisante comme une gerbe de blé mûr. On m'attrapa par les bras. Quelqu'un d'autre me mit un pied dans le dos afin que je tende le cou. L'homme à la faux vint se placer sur mon flanc, en agrippant son arme à deux mains. Tout allait beaucoup trop vite. Je n'eus pas le temps d'avoir peur. Au moment où je compris qu'ils avaient l'intention de me décapiter, le géant gronda quelque chose et repartit. Les visages se tournèrent pour le suivre. La lueur des flammes dansa sur la faux, et puis un sixième homme surgit en trottinant depuis l'obscurité. L'étreinte se relâcha.

Les Arces hirsutes se rassemblèrent avant de se lancer dans une conversation bruyante. Tandis qu'ils palabraient, je grelottais sur le roc gelé, en me demandant si mon exécution sommaire n'était que partie remise. J'essayais de rattraper mes pensées mais tout s'effilochait trop rapidement, tout se dissolvait avec la pulsation de mon cœur et à chaque instant mon attention était happée par des détails plus insignifiants les uns que les autres. Le nouvel arrivant faisait tournoyer sa javeline tout en me lançant des coups d'œil sporadiques. Le balafré me montrait du doigt tout en jasant. L'homme à la faux, qui paraissait jouir d'un certain statut parmi les autres finit par revenir en brandissant une torche, qu'il abaissa tout près de mon visage. Il retira ensuite une moufle et palpa ma cicatrice triangulaire. Les flammèches venaient parfois lécher ses phalanges noircies. Il n'eut pas l'air de s'en soucier outre mesure. « *Foé theroï* », murmurai-je en scoye. « *J'étais esclave.* » L'Arce renifla bruyamment et secoua sa longue chevelure. Un bijou d'ivoire traversait son nez de part en part, et dans mon esprit, sa large face et son mufle aplati lui donnaient l'allure d'un bélier. Lorsqu'il se redressa, il prononça quelques phrases d'une voix riche et profonde et je fus hissé sur mes pieds.

On m'escorta dans l'autre sens jusqu'aux marches taillées du refuge. Les six hommes me suivirent. D'après le ton de leurs discussions, et les quelques rires qui rebondissaient en écho sur les parois, ils me paraissaient s'être détendus, même si à dire vrai c'était difficile de les jauger, et ma confusion était encore grande. Je patientai sous bonne garde pendant qu'ils rangeaient sommairement le désordre qu'ils avaient mis, puis le balafré rassembla l'immense toile de jute en une boule approximative et la posa dans l'incurvation de la verrière, juste à côté de la torchère. Il me fit asseoir à cet endroit, partit, puis revint avec une corde dont il noua lâchement une extrémité autour de ma nuque, tandis que l'autre fut affixée au grand brûloir d'étain. Il s'éloigna ensuite pour rejoindre ses compagnons, qui s'installaient autour du feu et défaisaient leurs ballots.

Les Arces mangèrent des rations de viande salée et burent à leurs outres. Lorsqu'ils eurent fini, l'homme à l'épée et aux clous d'os s'approcha de moi et s'accroupit comme la première fois, mais pour me glisser cette fois une lanière de chair boucanée entre les dents. Je mâchai et le remerciai à voix basse quand je pus déglutir, mais son expression ne changea pas, et ses yeux attentifs allaient et venaient sur mon visage. Il me tendit ensuite le bec de son outre, qui contenait de l'eau mêlée de vin et je bus goulûment, à tel point que cela attira l'attention des hommes autour du feu qui rirent et plaisantèrent, et un mince sourire finit par éclore sur le visage de mon bienfaiteur. « *Carmé ?* » me demanda-t-il en me tapotant le poitrail du bout de l'index. Les autres firent silence.

Je vis leurs regards étinceler, je vis les rictus expectatifs, les langues et les canines, la curiosité prédatrice. Je secouai la tête et répondis en scoye. « *Né. Claani.* » Mon interlocuteur fronça les sourcils, puis il prit un air désinvolte. « *Claani ? Quo eti sé-mesta vé ?* » Puis il se détourna tandis que les rires fusaient autour du feu et la tension se désamorça tout à coup. « *Arcoï ?* » questionnai-je après lui pour confirmer ce que je savais déjà. Ce fut le porteur de la faux qui réagit d'une voix forte. « *Nun Arcoï. Arcché.* » Ses propos furent accueillis par la rude approbation des autres. Je hochai de la tête et voulus poursuivre la discussion, mais l'homme à la face de bélier me réduisit au silence d'un geste de la main, et nous ne parlâmes pas davantage ce soir-là.

10

Nous partîmes le lendemain, un peu avant l'aube. Dans la pénombre du petit matin, je fus libéré des liens qui m'entravaient les mains, et l'homme aux oreilles cloutées d'os me tendit la cape rouge en murmurant. Je m'en revêtis rapidement, massant mes poignets insensibles. Pour autant, la corde que j'avais au cou resta là où elle était. L'autre extrémité fut détachée de la torchère par le balafré, qui avait été désigné pour me tenir en laisse. Nous mangeâmes, la même viande que la veille, avec une purée de pois réchauffée sur le feu, et l'homme à la face de bélier m'autorisa à me nourrir moi-même. Je vidai ma timbale du bout des doigts sous le regard vigilant des autres, puis on me fit comprendre qu'il fallait que je me lève, et nous quittâmes le refuge en file indienne. La mèche achevait de se consumer dans la torchère. Il ne restait plus qu'un petit fond d'huile dans la coupelle. L'odeur qui se dégageait de la combustion était piquante et désagréable. En dépit du froid glacial, je fus heureux lorsque la porte se referma derrière nous.

Pour venir, les Arces avaient emprunté le chemin que j'avais repéré tantôt, et ils en reprirent la direction lorsque nous eûmes quitté le tunnel. La route était encadrée par deux noirceurs distinctes : l'arête opaque du massif qui dominait le paysage sur la gauche, et l'abîme gelé qui béait à droite. Heureusement, il y avait beaucoup de marge entre les deux, et la pente douce était agréable à fouler, même dans l'obscurité. Nos pas crissaient dans une neige tassée aussi haute que mes bottes, mais les hommes qui m'entraînaient connaissaient le chemin. Personne n'usait d'une perche ou d'un autre instrument pour sonder la poudreuse. Le groupe marchait en éventail avec moi au milieu. L'Arce aux javelines, qui semblait être une sorte d'éclaireur ou de guide, prenait de la distance devant, jusqu'à ce que sa silhouette s'évanouisse par intermittence dans la nuit. Il était petit et trapu, mais son œil me semblait aussi vif que ses gestes, et il avait le pied sûr comme celui d'un chamois. Les autres se déplaçaient avec nonchalance. Ils ne s'attendaient pas à croiser de dangers sur la route, et je crois que l'éclaireur avait pris cette position par habitude.

Le balafré me laissa plusieurs empans de mou, ce qui était heureux car il nous arrivait tous deux de trébucher. Quand il resserrait la longueur pour me guider, il le faisait sans brutalité, par impulsions calmes et calculées. Jusqu'à présent, en dépit de la manière dont ils m'ignoraient parfois, du fer de leurs armes et de la capture elle-même, je trouvais que les guerriers arces m'avaient traité avec une civilité étonnante. Pour avoir été mendiant, plusieurs fois prisonnier sur le sol des primeautés, puis trophée de guerre et esclave chez les Carmides, je me considérais depuis longtemps comme un habitué de la tyrannie mesquine, et je m'étais attendu à être rudoyé, au moins un peu. Depuis le début, pourtant, ils n'avaient eu aucun geste abusif à mon encontre. Je ne savais pas si c'était bon signe sur le long terme, puisque leur retenue avait été identique au moment où j'avais failli perdre la tête, mais cela n'empêchait pas qu'ils auraient pu me maltraiter avec facilité, et j'étais reconnaissant qu'ils ne l'aient pas fait.

Nous avançâmes le long de la crête durant environ une heure, puis la pente remonta vers les hauteurs en direction d'un défilé étroit, garni de roches luisantes acérées. Au-dessus, les étoiles avaient disparu, le ciel commençait tout juste à virer au bleu sombre. Le balafré fit halte sur un ordre de l'homme au visage de bélier, et je m'arrêtai aussi. Celui qui m'avait fouillé – qui me semblait être le plus jeune du groupe et que les autres traitaient en tant que tel – avait hérité de ma besace et du reste de mes affaires, ce dont il s'était beaucoup plaint au moment du départ. Il avançait dans mon dos et manqua de me renverser lorsqu'il me rentra dedans par mégarde. Il s'écarta en jurant, ce qui fit ricaner le balafré, puis le meneur rebroussa chemin en parlant d'une voix un peu forte. Je crus d'abord qu'il sermonnait le jeune pour son inattention, avant de réaliser soudainement que c'était à moi qu'il s'adressait. Je secouai la tête, parce que je ne comprenais pas, mais il m'empoigna fermement par le bras, et me força à me retourner.

Dans un premier temps l'inquiétude m'obnubila. Je gardais les yeux sur la longue poignée de la faux de guerre qu'il portait en bandoulière par-dessus ses fourrures, et puis, comme il causait toujours sur un ton grave et calme, mon attention finit par être captée par ses gestes et je levai enfin le regard sur les contours massifs du cirque glaciaire que nous abandonnions derrière nous, et du pic élevé d'où nous venions. Là, niché dans les hauteurs de la montagne, un éclat de lumière rayonnait. Je demeurai perplexe quelques instants, avant de saisir qu'il s'agissait de la verrière du refuge, fichée au milieu des coulées de neige et du roc givré. J'acquiesçai, pensant qu'il souhaitait seulement me montrer par quel biais je leur avais signalé ma présence, mais le meneur tendit encore le bras et me pressa, si bien que j'avisai une nouvelle fois le panorama.

La paroi faiblement nimbée du pic se détachait à présent sur le ciel, de la même manière que le trait d'un peintre se serait posé sur un canevas. Je pris une inspiration soudaine. Un visage, un immense visage apparut dans l'entrelacs des pitons. La verrière ovale se mua en un œil flamboyant, tandis que le pic lui-même et les contours fracassés de la pierre fusionnaient dans le contre-jour du halo. Un profil titanesque émergea, son aspect à la fois sévère et régalien. Néanmoins, de la même manière que la lueur du jour levant était encore incertaine, les traits de la silhouette demeuraient flous et changeants. Il était finalement impossible de fixer un faciès précis, car il se trouvait là plutôt mille visages qui allaient et venaient au gré du supplice des ombres.

À mes côtés, l'homme à la face de bélier s'absorbait lui aussi en la contemplation silencieuse de cette merveille qui miroitait sur le pic. Le balafré nous rejoignit, soufflant sur ses doigts, le regard vissé droit devant lui. Je n'eus pas besoin de me retourner pour savoir que tous les visages s'étaient braqués en direction de l'œil chamarré de la verrière. Je fus tout à coup envahi d'une sensation curieuse, une plénitude vibrante comme je n'en avais pas éprouvé depuis longtemps. Même si je ne savais pas ce que les Arces comptaient faire de moi, en leur compagnie il m'était aisé de réaliser à quel point la présence humaine m'avait manqué. À contempler ainsi ce monument incroyable et mystérieux, à pouvoir, surtout, partager un instant de beauté et de poésie avec d'autres hommes, cela résonna en moi comme une vieille mélodie, dont j'avais oublié à quel point elle était nécessaire. Même si je ne comprenais pas tout à fait ce que je voyais, même si je ne parlais pas non plus leur langue, il y avait là une forme de communion qui me convenait.

Nous restâmes encore un peu, jusqu'à ce que le ciel s'illumine pour de bon et que l'illusion s'évanouisse sous l'afflux du jour, et puis le meneur grogna quelques mots et les autres hissèrent leurs paquetages. Je tendis le doigt en arrière tandis que le balafré trépignait en triturant ses bottes. « *Arcché ?* » demandai-je en désignant le pic et l'homme hocha la tête. « *Eti fénéri hone vaés arcchesé* », ajouta-t-il, avant de me tourner le dos. La corde se resserra. Je lui emboîtai le pas et nous avançâmes vers le défilé, en patinant dans la pente. Je ruminais des pensées perplexes. Si les Arces avaient bien construit ce lieu, comme le balafré semblait me l'indiquer, alors je me figurais qu'il devait avoir pour eux une grande signification. Peut-être même qu'il s'agissait d'un de leurs sites sacrés. Je repensai aux ouvrages de glace taillée, au jardin des grands monolithes froids et petit à petit j'en vins à me demander si j'avais profané sans le savoir un lieu de culte ou un sanctuaire caché. Peut-être qu'il s'agissait même du motif de l'exécution sommaire à laquelle j'avais échappé. L'inquiétude tançait en sourdine, et vint enrouler ses anneaux stériles à l'endroit que l'émerveillement avait occupé peu avant. Pour la première fois, je me demandai où les Arces me conduisaient.

Le passage de roche qui suivit fut éprouvant à tous égards, un goulot étroit qui piquait vers les hauteurs sur près d'une mille, enserré de part en part par des arêtes aux formes hostiles. Le dénivelé était féroce par endroits et notre progression fut lente. De plus, le chemin était tellement enclavé que le voyage s'effectua en grande partie dans l'ombre et le froid, et lorsque la lumière du zénith vint enfin nous réchauffer, l'astre ne s'attarda guère plus de deux heures. Au milieu de l'après-midi, nous parvînmes au sommet du défilé et une halte s'imposa. Devant nous, en contrebas, des paysages incroyables, des pics dévorés de blancheur et parfois même des pinèdes enneigées. De grands espaces ouverts et éclatants, des renflements gelés à l'allure praticable attendaient. Harassé par la montée, je soufflai longuement. Les Arces en firent autant. Je ne les enviais pas. Même s'ils étaient sans doute habitués à se déplacer dans la montagne, et qu'ils avaient pour la plupart la hampe d'une lance pour s'aider, ils devaient aussi supporter le poids des armes, des boucliers et des ballots.

Fourbu, je m'assis dans la poudreuse un peu en retrait, et certains Arces m'imitèrent. Après s'être délesté de ses affaires, l'homme aux clous et à l'épée de bronze, qui avait porté mon arbalète en bandoulière sur le trajet, distribua des rations sèches à chacun d'entre nous. Le balafré confia ma corde à l'éclaireur trapu, déambula un peu plus loin pour uriner, puis revint converser avec l'homme-bélier qui terminait son repas, appuyé sur une concrétion rocheuse aplanie par les intempéries. Un vent surgi du vide venait parfois érafler la crête, ébouriffant ma cape et les fourrures que portaient les Arces. Je mangeai en silence, recroquevillé dans la descente pour me protéger du froid.

Quelques empans plus bas, le jeune homme renversa son outre et jura à voix haute. S'ajoutant à ses épaisseurs, ma besace l'encombrait et il s'agita un temps avant de s'en débarrasser d'un geste rageur. Le sac rebondit contre la paroi du défilé un peu plus loin, s'ouvrit, et une poignée de mes galettes s'égaillèrent dans la poudreuse. Le sixième homme, un grand maigre grisonnant qui avait porté la lumière dans le tunnel, déplia ses jambes pour en cueillir une là où elle était tombée. Il renifla la boulette sans grande curiosité avant de l'attaquer d'une dentition noircie, mastiquant difficilement et tirant la moue. Il finit par cracher, sous les quolibets de l'éclaireur. Ma cuisine n'était pas à son goût. Le jeune en profita pour se plaindre de nouveau d'une voix forte et indignée, gesticulant tour à tour dans ma direction, puis dans celle de la besace. Sa barbe lui donnait l'air d'un adulte, mais à y regarder davantage à la lumière du jour, il n'avait pas plus de quinze ou seize printemps. J'intervins en tendant la main vers la besace. « Je peux m'en occuper si vous voulez », fis-je à l'intention des deux hommes. Derrière, l'éclaireur resserra la longe sans violence, tandis que les deux autres me dévisageaient froidement. Je mimai l'acte de porter le sac avant de me montrer moi-même du doigt, puis le balafré surgit et s'empara de la besace, qu'il fourra entre les bras du jeune. Un sermon vigoureux s'ensuivit. Je baissai la tête pour ne pas attiser la colère ou la rancune de quiconque.

Lorsque nous repartîmes, il fallut d'abord descendre, une grande côte fuyante qui étincelait au soleil, dans laquelle nous devions enfoncer nos talons en profondeur pour ne pas la dévaler d'une seule glissade étourdissante. L'éclaireur vira rapidement vers la droite, et amorça un arc qui contournait le massif par lequel nous étions arrivés. À mon grand étonnement, nous lui emboîtâmes le pas. Le terrain découvert qui nous faisait face, cette étendue accueillante de dunes neigeuses fut délaissée au bénéfice d'une nouvelle pente cagneuse et gelée. Nous marchions bientôt dans l'ombre du piton fendu que nous avions escaladé précédemment, et avancions en direction de la montagne voisine. Sur le flanc de l'un des sommets plus lointains, le panache épais d'une avalanche fleurit, avant de se précipiter en grondant vers une vallée invisible. Le rugissement retentit en échos démesurés entre les pics, et les Arces murmurèrent entre eux longtemps après que la réverbération eut cessé. Je commençai à m'inquiéter de nouveau. Il ne restait plus que quelques heures de lumière. Sur le glacier, je n'aurais pas tardé à me mettre à creuser.

L'enchevêtrement de pierres et de gel s'étirait désormais loin à la verticale, l'eau et la roche soudées en une étreinte chaotique tandis que devant, la silhouette taillée d'un grand pic se rapprochait inexorablement. Les falaises polies et les aiguilles d'un gris rocailleux perçaient ici et là, leur teinte plus sombre qu'elle ne l'était réellement à cause du contraste avec la poudreuse. Tout à coup, l'escarpement autour duquel nous cheminions disparut pour laisser place au ciel. Nous avions atteint la tranchée qui séparait les deux sommets. Le vent y sifflait parfois, tantôt miaulant, tantôt feulant, à la fois lugubre et sauvage. Nous progressâmes encore, courbés par les bourrasques, et changeâmes une nouvelle fois de cap. Les barbes des Arces blanchissaient à vue d'œil. La pente finit par s'adoucir. Un abîme vertigineux se dessina à gauche, large de plusieurs milles, et nous longeâmes ce gouffre titanesque en direction du nord. Je m'attendais à chaque instant à ce que la neige disparaisse pour laisser place au vide, pourtant, la silhouette du guide oscillait à l'avant, un repère irréel mais tangible dans le paysage monochrome, qui perdait parfois toute perspective. Après avoir cheminé un temps au bord du ravin, nous finîmes par atteindre une excroissance, un point de jonction, une langue de pierre étriquée qui reliait les deux massifs.

Le balafré attira brièvement mon attention sur un point brillant et minuscule. Au loin, la verrière étincelait dans le soleil de l'après-midi. Les pitons distants du cirque glaciaire projetaient des ombres déchirées, d'une longueur que je n'osais pas mesurer. Nous nous attaquâmes à la traversée du ravin. Depuis la neige, des angles sculptés surgissaient parfois et je compris qu'il s'agissait d'un pont, ou que, tout du moins, le roc caché avait été taillé en forme de route. Éclipsé par le volume impossible des montagnes, l'ouvrage paraissait ridiculement étroit, alors que, dans de bonnes conditions, on aurait pu y faire marcher trois hommes de front. J'osai glisser un coup d'œil par-dessus bord, sans parvenir à distinguer autre chose qu'une pâleur floue et distante. Les rafales voraces hurlaient dans mes oreilles. Nous poursuivîmes prudemment jusqu'à l'autre côté, où des éperons de roche acérée nous protégèrent un temps du vent.

Une nouvelle ascension suivit, une voie étroite découpée à flanc de falaise, d'où il semblait aisé de chuter si l'on marchait trop près du vide. Le soleil commençait à décliner et le froid suintait de la montagne comme un venin. Au détour d'un virage serré, le balafré trébucha et je me précipitai pour l'agripper par ses fourrures. Je ne sais pas si l'homme serait tombé ou non sans mon assistance, mais il gronda à mon encontre quelques brèves palabres qui avaient le ton du remerciement. La pénombre s'accroissait d'instant en instant. Nous passâmes dans un défilé sinueux, puis le sentier s'élargit et s'enfonça sous une série d'arches monumentales de pierre patinée. À l'abri de celles-ci, nous nous arrêtâmes un moment parce que l'éclaireur désirait allumer une torche avant de poursuivre. La voûte des arcades s'effaçait dans l'obscurité, dévorée par de longues stalactites de glace. Je passai un doigt insensible sur d'anciennes gravures, grelottant sous ma cape de feutre. Je n'étais pas aussi bien équipé que les Arces pour la haute montagne.

L'éclaireur s'échinait toujours avec son grattoir lorsque l'homme clouté, qui avait remarqué mes frissons, s'approcha et me tendit une petite flasque. Il mima l'acte de boire. Je portai le flacon à ma bouche sans discuter. Un alcool brûlant au goût agressif de réglisse et d'armoise se déversa dans mon gosier. Je n'avais jamais rien bu d'aussi fort, et, depuis la gorge jusqu'aux tripes, j'eus l'impression que mon corps venait de prendre feu. Je toussai, courbé en deux à la limite de la suffocation. Le balafré me donna deux grands coups dans le dos, avant de réclamer la liqueur à son tour. Je lui fis passer la flasque, mais l'homme aux clous d'os n'en avait pas terminé, et il me tapota le torse pour avoir mon attention. « Eurixxe », me dit-il en se désignant lui-même. Je hochai la tête, crachai dans la neige, le visage cramoisi. « Syffe », finis-je par croasser, en me désignant à mon tour. Le clouté me montra du doigt dans la pénombre. « Sif » répéta-t-il maladroitement. J'acquiesçai, puis l'Arce à la face de bélier adressa une remarque au dénommé Eurixxe, une phrase courte et sèche qui sonna comme un reproche. L'homme aux oreilles cloutées d'os haussa les épaules et se détourna de moi.

La flamme naquit enfin en dépit du vent et du froid, et deux autres hommes y portèrent leurs torches afin de les embraser. Je crus que nous allions poursuivre sur la large route enneigée, mais quelques dizaines d'empans plus loin, entre deux arches noires, l'avant du groupe se volatilisa dans un nouveau dédale glissant dont je n'aurais pas deviné l'existence si j'avais marché seul. Depuis le départ, les sentiers des Arces se succédaient ainsi : la route évidente n'était jamais la bonne, et les passages praticables étaient contre-intuitifs. Je ne doutais pas un instant que cela n'était pas le fruit du hasard. J'avais entendu dire que les Arces avaient habité ces montagnes bien avant que les colons de Parse ne foulent le sol de la Péninsule, que leurs voies étaient anciennes et leur manière rusée. Je soufflai, les doigts enfouis aussi loin que possible sous mes couches, harrassé par la température qui chutait autant que par la fatigue.

La torche de tête s'évanouit soudain au détour d'une paroi. Le balafré me guida jusqu'à la bouche étroite d'une caverne. Nous y descendîmes prudemment par une pente raide dans laquelle on avait taillé des prises, où le gel fleurissait en bubons insolites, même après que le boyau se fut aplati puis agrandi un peu plus loin. Les autres attendaient dans ce vestibule étrange, reniflant et trépignant. Le cordage que je portais au cou se resserra. À l'extrémité de la caverne, un passage serpentait vers le bas jusqu'à disparaître dans la noirceur, et des bouffées salutaires d'un air plus chaud surgissaient depuis les profondeurs. L'éclaireur s'y engagea lorsque nous fûmes tous réunis. Nous lui emboîtâmes le pas, et fûmes avalés dans les entrailles du Mur.

11

L'éclat rougeoyant des torches éclaboussait la roche comme si nous avions traîné avec nous un spectre blessé, et les giclées surnaturelles ondoyaient sur les parois longtemps après notre passage. La route descendait inlassablement, parfois le long de couloirs taillés et géométriques, parfois par des boyaux arrondis à l'aspect cireux. Il y avait des abîmes cylindriques autour desquels on avait foré des colimaçons inégaux, d'étroites galeries où je croyais étouffer et où les Arces imposants se glissaient avec difficulté, mais aussi de vastes cavités souterraines parsemées de merveilles, des concrétions en forme d'oursins ou de fleurs, des stalagmites, des stalactites, des cristaux éclatants. J'en oubliai quelque temps ma fatigue, parce que le spectacle en valait la peine.

À écouter les échos se dissiper dans l'obscurité, j'avais parfois l'impression qu'une cohorte entière suivait nos traces. Je me figurais que nous empruntions une voie naturelle, sans doute percée par la fonte des neiges (et j'en voulais pour preuve les bassins d'eau claire sur lesquels les flammes des torches dansaient parfois), mais qui avait été creusée, aménagée par la main de l'homme lorsque le passage d'origine était impraticable. Les Arces s'orientaient avec une facilité étonnante dans le dédale, car en certains endroits le chemin était loin d'être évident. À l'extrémité de l'une des grandes salles, la lumière vacillante révéla une chausse-trape effondrée dans un tunnel adjacent. Je n'en voyais pas le fond. L'éclaireur et le meneur marquèrent une pause pour en discuter, me sembla-t-il, agitant les mains et acquiesçant tour à tour, et puis la marche reprit de plus belle. Quelque part dans les profondeurs, un torrent grondait.

Nous finîmes par atteindre une caverne de taille respectable, dans laquelle on avait suspendu une dizaine de nattes épaisses faites de couches successives de joncs tressés. Les Arces posèrent leurs baluchons, qui pouvaient être déroulés comme des sacs de couchage, et ils les vidèrent des torches de rechange et des denrées qu'ils transportaient. Les victuailles et les outils furent rassemblés sur une excroissance plate au centre de la caverne qui avait manifestement été polie pour pouvoir servir de table. On me fit boire du vin et, en plus de la viande salée, l'éclaireur distribua quelques-unes de mes galettes, qui reçurent un accueil mitigé. En ce qui me concernait, après cette longue journée de marche, j'étais suffisamment affamé pour avaler n'importe quoi. À la fin du repas, les Arces se mirent à discourir à voix basse, et la caverne résonnait de leurs murmures graves. Je me recroquevillai sur la natte qu'ils m'avaient attribuée, et remontai mes genoux sous mon menton. La corde ne quitta pas mon cou. Sous l'œil du meneur et de sa faux, Eurixxe me passa les liens aux poignets. Sa barbe était grossièrement tressée et décorée à son extrémité d'un bijou de cuivre terni. Je me laissai faire. Il ne serra pas trop fort.

La nuit ne fut pas agréable. Il faisait bien moins froid qu'à l'extérieur, l'eau ne gelait pas, même dans les cavités clapotantes que nous avions croisées près de l'entrée, et l'air semblait immobile hormis quelques bruissements infimes. La natte était épaisse d'une main, ce qui m'isolait du sol glacé et sous les couvertures que les Arces m'avaient remises, je me réchauffai rapidement. Pour autant, cela ne suffisait pas à rendre la chose confortable. L'humidité était partout. Le vacarme de nos pas fut remplacé par un concert de gouttelettes et de ruissellements, qui s'égaillaient dans les conduits en tintant comme des cloches claires. Le balafré se mit à ronfler, ce qui fit un boucan impressionnant, et je me tournai et me retournai sur ma couche, sans parvenir à trouver le sommeil en dépit de l'épuisement. Mes mains étaient douloureuses et les fantômes étaient tapis à la lisière, prêts à se repaître du moindre effluve d'angoisse. L'inquiétude me gagna de nouveau. Même s'il s'agissait d'un sentiment plus mitigé, atténué par la compagnie des hommes, je craignais pour la liberté que j'avais à peine reconquise. Les échos incessants, qui me rappelaient les galeries d'Iphos, mais aussi les mornes semaines que j'avais passées dans la geôle de Corne-Colline durant mon enfance, n'y étaient sans doute pas pour rien. Lorsque je réussis enfin à m'endormir, mon repos fut hésitant et rythmé de sursauts. Je fus heureux quand les Arces finirent par remuer sous leurs fourrures. Moins d'une heure plus tard, la marche reprit.

Les dimensions du souterrain étaient impressionnantes, quoique très différentes de celles du tunnel du cirque glaciaire. La sobriété était de mise ici, de même que la praticité. Il s'agissait d'une voie rapide taillée dans la montagne, sans fioritures et au moins aussi usée par le passage que par les années. Nous descendions encore, mais il y avait de temps à autre de longues percées à peu près droites, dans lesquelles nous pouvions avancer avec davantage de vivacité qu'ailleurs, puisque l'humidité rendait glissantes les marches et les déclives. Alors que les torches vacillaient devant, dévoilant l'anatomie des cavernes au fil de notre procession, il arrivait que je m'imagine quels obstacles, quels gouffres, quelles falaises infranchissables ce raccourci nous permettait d'éviter, et combien de jours de marche nous allions gagner en quelques milles obscures. Je me demandais si les Arces avaient emprunté ce chemin-ci à l'aller, et si d'autres conduits du même genre nous attendaient plus loin. La possibilité de devoir parcourir les marches grossières dans l'autre sens m'épuisait rien qu'à y penser.

Le bruit de l'eau s'amplifiait au fur et à mesure que l'on avançait, et la présence de cuvettes et de bassins dans les cavernes les plus larges devenait systématique. L'onde qui y miroitait était d'une clarté incroyable et sur notre passage, des éclaboussures et des rides apparaissaient parfois. D'étranges créatures pâles et aveugles vivaient dans ces eaux souterraines, des salamandres, des crapauds minuscules et des crevettes cavernicoles, ainsi que des poissons-chats d'une blancheur immaculée dont certains étaient plus grands que mon bras. Sur les parois poussaient désormais d'importantes nappes de lichen, qui abritaient nombre d'escargots et de larves. Dans les conduits annexes, de délicats insectes aux longues pattes cliquetantes s'éparpillaient à l'approche de la lumière. Les recoins les plus sombres étaient le domaine des anémones et des grappes de vers piqueurs, qui convulsaient de terreur et nous menaçaient de leurs dards.

Les Arces ne m'avaient pas adressé un mot depuis le départ. L'homme au visage de bélier avait envoyé Eurixxe marcher devant avec l'éclaireur – peut-être pour éviter que nous ne sympathisions davantage –, mais malgré tout, j'avais retrouvé le moral. Je souriais aimablement au balafré lorsqu'il se retournait pour me montrer discrètement un gros poisson ou une araignée. La stérilité terrifiante du glacier m'avait empoisonné l'esprit de visions de mort et d'annihilation. La vie foisonnante qui grouillait ici, aussi insolite qu'elle soit, eut sur moi l'effet d'un antidote.

Nous rejoignîmes enfin un lac ténébreux qui s'étendait plus loin que je ne pouvais voir et dont la surface sombre était froissée par le courant profond des sources, là où elles sourdaient entre les racines de la montagne. Nous ne descendîmes pas plus bas. Le chemin suivit les méandres gargouillants du ru souterrain qui débordait du lac. La température s'abaissa considérablement sur ce dernier tronçon, sous l'effet de l'humidité glaciale qui exsudait du torrent, mais aussi des courants d'air, de plus en plus fréquents. Dans les hauteurs, tapis parmi les stalactites, les yeux brillants de colonies de chauves-souris aux longues oreilles surveillaient notre progression. Le vacarme permanent de l'eau étouffait les autres sons, les tordait sur eux-mêmes et les dispersait alentour, que ce soit le sifflotement du guide ou la cadence rapide de nos bottes. Je devais garder mon regard vissé sur la nuque hirsute du balafré pour maintenir une distance idéale entre nous deux et ne pas subir la morsure de la corde. Le frottement de la fibre rêche commençait à mettre à vif la peau de mon cou.

Quelque temps plus tard, la lumière du jour jaillit au détour d'un coude pierreux. Je plissai les yeux. Les porteurs de torche s'accroupirent et étouffèrent les flammes qu'ils transportaient dans le courant. Le jeune homme toussa à cause de la fumée de poix qui lui revint en pleine figure et nous attendîmes un moment pour ne pas être aveuglés par le soleil. La rivière s'était rétrécie près de la sortie, son cours compressé par le goulet en un flot profond et tumultueux. Un grondement lointain se fit entendre bien avant que le vent froid ne me saisisse pour de bon. Une passerelle de rondins permettait d'enjamber le torrent à quelques pas de l'ouverture, qui avait été agrandie avec l'aide d'outils.

Une vallée encaissée s'étendait devant nous. Le torrent fusait hors du flanc de la montagne pour se fracasser sur des rochers invisibles une centaine d'empans en contrebas. Une série de cascades à couper le souffle bouillonnaient jusqu'au fond du vallon, nimbées de brume. La lune des Feuilles était déjà bien entamée, et, sur les pentes les plus basses, la neige avait commencé à fondre. Le vert se mêlait au tableau de manière subtile, presque indistincte, mais après deux semaines de gris et de blancs je ne pus réprimer un sourire. Autour, les cimes voisines s'élevaient, acérées et redoutables, mais au fond de l'enclave, il y avait des arbres et de la vie. Comme en écho à cette pensée, le cri féroce d'un rapace inconnu retentit dans le ciel clair.

Il fallut descendre de la falaise par une ligne de faille étroite, et le zénith était passé lorsque nous atteignîmes les derniers escarpements. Là nous mangeâmes, je bus un peu d'eau dans ma propre gourde car il n'y avait plus de vin. L'homme à la faux s'approcha tandis que j'achevais d'avaler la nourriture qu'Eurixxe m'avait offerte : des céréales bouillies, figées dans une boule de graisse salée dont le goût particulièrement fort me rappelait celui du bouc. Je me tournai vers le meneur lorsqu'il s'installa près de moi, sur un rocher inconfortable qui avait vue sur la vallée. L'homme babilla un temps en agitant la main, sans que je comprenne quoi que ce soit, tout en me désignant les chutes d'eau, puis les bois sur lesquels la glace desserrait lentement son emprise. Je secouai la tête, parce que je ne saisissais pas ce qu'il voulait me montrer et il finit par se taire. Nous restâmes ainsi, pendant que les autres mangeaient et parlaient un peu plus loin. De grands oiseaux de proie tournoyaient au-dessus de la vallée, au fond de laquelle on apercevait l'étincelle du torrent. Près de l'escarpement, les hirondelles des roches pépiaient bruyamment, leurs vols brefs et nerveux. Je lançais parfois un coup d'œil sur le meneur, ses cheveux cuivrés et ses traits aplatis, et sur le bijou d'ivoire qu'il avait en travers du nez. C'était un homme impressionnant, duquel se dégageait une assurance naturelle.

Lorsqu'il se leva, je crus que nous allions partir, mais il revint au rocher en portant l'arbalète. « *Carmé* », me dit-il en brandissant l'arme. J'acquiesçai. Il eut l'air satisfait, et posa l'arbalète puis, d'une patte épaisse, il empoigna ensuite un pan de ma cape rouge, et l'agita au vent. « *Carmé* », gronda-t-il de nouveau. « *Carmé* », confirmai-je. Il me pointa enfin du doigt, les yeux écarquillés, le visage interrogateur. « *Claani* », fis-je, le cœur battant. « *Claani* », répéta l'homme pensivement, en me sondant de son regard limpide. Il finit par se redresser, les mains sur les hanches, la bouche pincée. Il posa un pouce rugueux sur le triangle taillé sur ma pommette, et la tapota. « *Claani ?* » me demanda-t-il. « *Né* », répondis-je en secouant la tête. Je me levai à mon tour. Le meneur fit un pas en arrière, mais il ne toucha pas à la corde lorsque je la ramenai à moi. Il se contenta de me scruter avec sévérité tandis que je retirais les couches successives de mes vêtements. Le balafré s'approcha de nous, accompagné par Eurixxe, mais ils restèrent en retrait.

Lorsque je me fus débarrassé du pourpoint, je déboutonnai ma chemise et ôtai mes haillons. Torse nu, frémissant à cause des courants d'air froid et de l'appréhension, j'exhibai le tatouage gaïche que j'avais hérité de mon amie Driche, un entrelacs triangulaire de pictogrammes géométriques, niché sous ma clavicule. « *Claani* », énonçai-je clairement, en fixant d'abord le meneur, puis les Arces curieux qui patientaient derrière lui. L'homme au visage de bélier se pencha et étudia la marque avec intérêt. Sans se détourner de moi, il appela ensuite l'éclaireur, qui le rejoignit. Je grelottais entre les rochers de l'escarpement, la peau hérissée comme celle d'une volaille que l'on vient de plumer. Le guide et le meneur dialoguaient vivement, sans m'accorder un regard. Je finis par me rhabiller à la va-vite, alors que les autres Arces rejoignaient peu à peu la discussion. Seul le balafré ne prit pas part aux échanges. Pendant que ses compagnons débattaient – vraisemblablement à mon propos –, il vint se tenir à quelques pas du rocher où je m'étais assis, les doigts tambourinant sur la tête de la hache qu'il avait passée à sa ceinture. Il m'adressait des sourires un peu gênés quand il arrivait que je le regarde en face.

Après un certain temps, le meneur coupa court aux tergiversations et se mit à lancer des ordres. Eurixxe s'approcha de moi en portant ma besace dans une main et ma gourde dans l'autre. Du sac, il extirpa maladroitement le poignard de bronze, dont il ôta distraitement le fourreau. Il empoigna ensuite le cordage que j'avais autour du cou. Je réprimai un mouvement de recul lorsque la lame s'approcha de mon visage. Eurixxe sectionna la corde en quelques mouvements rapides. Le poignard disparut sous ses fourrures, et l'homme se pencha pour récupérer la longe. Derrière lui, le meneur grognait des mots tout en me désignant mes affaires. Je me levai avec prudence et passai la sangle de ma besace, puis la bandoulière de l'arbalète. L'homme-bélier eut l'air satisfait, et il baragouina ensuite quelque chose tout en gesticulant en direction des montagnes. Autour, les Arces se préparaient au départ. Je ne comprenais pas encore ce que signifiait l'abandon de la corde, mais le balafré dissipa tout malentendu en me poussant vers l'avant, fermement mais sans violence. Je n'étais plus vraiment prisonnier, le meneur avait voulu que je sache cela, mais je n'étais pas non plus libre d'aller à ma guise. Hochant la tête, je m'engageai sur le dernier raidillon, à la suite des autres.

Après la vallée, il y eut une passe étroite et boisée. Cette nuit-là nous pûmes faire du feu dans une grotte humide avant de repartir à l'assaut des cimes. Les Arces profitèrent de la soirée pour m'apprendre leurs noms. Le meneur au visage ovin s'appelait Dorle. Le balafré, Forclas, était son second. Je compris rapidement qu'il existait un lien de parenté entre Forclas et le jeune, qui avait été affublé du sobriquet de Volpe. Eurixxe me mima un animal à la langue pendante – un chien ou un loup d'après mon idée – tout en répétant le prénom, ce qui déclencha des rires, mais aussi l'embarras de l'adolescent en question. L'éclaireur trapu se nommait Thesparle, et, si je sentais souvent son regard clair se poser sur moi, il esquivait le mien avec habileté. Le sixième homme était plus âgé que les autres. Il avait la lippe tremblante, et du temps que nous passâmes ensemble il ne m'adressa pas une seule fois la parole. Il ne parlait guère davantage à ses compagnons, sa manière était renfrognée et étrange. Les autres faisaient si peu de cas de sa présence que j'en vins à me demander s'il n'était pas simple d'esprit. Je ne connus jamais son nom, et finis par l'ignorer moi aussi.

Nous voyageâmes ensemble encore six journées entières. Malgré l'apparition de petites familiarités, les Arces avaient conservé mon couteau, et Eurixxe portait toujours mes carreaux d'arbalète. Ils se méfiaient de moi, avec raison. Dans d'autres circonstances, s'ils avaient été plus durs, ou moins vigilants, j'aurais probablement essayé de leur trancher la gorge durant la nuit. Les Arces le savaient, je crois, ou du moins ils devaient le sentir, de la même manière qu'un guerrier sait en reconnaître un autre. Ils me testèrent en plusieurs occasions dans les refuges de montagne que nous occupâmes, laissant traîner une lance ou une lame lorsque arrivait le soir. Je ne fus jamais dupe face à leurs souffles patients, et ainsi, nous pûmes continuer à baragouiner ensemble, rire parfois et entretenir la mascarade. J'endossai de bonne grâce le rôle de l'invité, de l'inconnu, comme si ce n'étaient pas leurs armes qui me retenaient, comme si je connaissais leurs intentions aussi bien que la destination vers laquelle nous avancions. Comme si l'idée d'un surinage nocturne ne m'avait jamais effleuré l'esprit.

Sur la route, nous essuyâmes un orage crépitant et des grêlons gros comme des prunes alors que nous marchions à découvert dans une cuvette pierreuse. Le troisième matin, nous mîmes en déroute un ours affamé qui avait été attiré par l'odeur du lard grillé. Il fallut franchir deux cols encore enneigés, ainsi qu'une poignée de vallons ruisselants, contempler des panoramas incroyables et s'user les jambes à s'en faire mal sur des sentiers de glace ou de gravier. Lorsque notre marche aboutit enfin, ce fut au pied d'un massif déchiqueté, encaissé entre deux vallées verdissantes. C'était le soir, mais j'aperçus la fumée de loin, blanche et épaisse dans le ciel enflammé, et des troupeaux de chèvres errantes étaient éparpillés ici et là, perchés parfois sur le flanc même des falaises. Je voyais des barricades et des ponts étroits au-dessus des crevasses, et quelques murets aussi, qui bordaient les creux et les ravines. Niché en hauteur, un peu au-dessous des pierres acérées de la cime, un fortin antique dominait le paysage, ses contours mornes et redoutables.

Là, d'autres hommes nous attendaient.

12

Nous accédâmes au fortin par une enfilade sinueuse de poternes et de chemins abrupts, une route usée, enclavée dans le roc. La nuit tombait rapidement sur le massif, chaque barrage fortifié était illuminé d'une unique torchère qui crachotait sous une lune gravide. Entre les arches froides et croulantes, les ombres se tordaient sur des pierres à peine moins opaques, et plus bas, dans les vallons jumeaux, une brume à l'épaisseur surnaturelle prenait forme, perlait depuis le sol humide, pâle et duveteuse. Le piton se transforma bientôt en une île noire pourléchée par les limbes. Des milles plus loin, mais de tous côtés, les sommets blancs des montagnes nous entouraient à la manière d'une palissade aiguisée. Nous grimpâmes, nos bottes fermes sur le schiste patiné, cerclant une fois et demie la proéminence de roche obscure.

Sur la route, tapies dans les interstices des rochers, apparaissaient des toitures de lauze taillée, petites et grises et parfaitement invisibles depuis la vallée. Enroulé autour du mont, il y avait un village, un village entier, qui se dévoilait peu à peu comme une spirale biscornue dans la pénombre. Une atmosphère étrange régnait, un silence fébrile que je ne comprenais pas tout à fait. On entendait bien les bêlements du bétail et parfois aussi le choc d'une hache ou d'un marteau, mais la rumeur de la vie humaine semblait avoir été aspirée hors des maisons. Pas de cris, pas de musique, ou de nourrissons pour pleurer. Pas d'ivrognes. Pas de disputes ou de rires. J'eus l'impression d'avancer dans le sillage de la mort. Nous croisions de temps à autre des Arces barbus avec leurs longues jupes de cuir tressé, et aussi des femmes emmitouflées et des enfants, qui nous épiaient depuis la pénombre, blêmes et immobiles. Des mots étaient échangés avec ceux qui tenaient les fortifications, et puis le passage dévoilait d'autres masures basses et ingrates et de nouveaux habitants aux yeux pâles dont la réserve, la retenue muette me troublaient profondément.

Nous finîmes par atteindre les murs du fortin, une maçonnerie rustique et épaisse, dont certains pans avaient été remplacés par des éclats de pierre sèche. Nous passâmes sous un corps de garde recouvert d'ardoises et de chaume avant de ressortir de l'autre côté dans une cour obscure. Pour avoir vu un certain nombre de places fortes au cours de mon existence, la conception de celle-ci m'intrigua considérablement, puis je me rappelai l'endroit où je me trouvais, sur le flanc d'un escarpement, à plusieurs centaines d'empans au-dessus de la vallée. Les Arces qui vivaient ici n'avaient rien à craindre d'un engin de siège, et d'ailleurs, l'idée qu'une armée puisse franchir les montagnes environnantes me paraissait fantaisiste. Il y avait bien une tourelle pas très haute à l'arrière, mais elle ne présentait aucun véritable intérêt défensif, et je me figurais qu'on devait surtout s'en servir de vigie. Ce que je pris d'abord pour le corps principal était une sorte de grande casemate surélevée, mais j'aperçus ensuite les ouvertures pratiquées en hauteur, dans les pans rocheux du massif lui-même, et la large volée de marches qui y menait, encadrée de sombres colonnades et de statues effacées. La véritable place forte se trouvait enchâssée dans la montagne.

À notre arrivée, il n'y avait guère que la lune et le ciel constellé pour nous éclairer. Nos pas et nos reniflements et même nos murmures déclenchaient un vacarme assourdissant, amplifié par la nuit et la forme de l'enceinte. Alors que les autres Arces avec qui j'avais voyagé s'éclipsaient rapidement en emportant l'équipement, les lances et les boucliers, Forclas le balafré et Eurixxe le clouté restèrent avec moi dans la cour. Ils échangeaient à voix basse avec la paire de guerriers qui surveillaient l'entrée, des phrases courtes et gutturales. Je devinais l'éclat d'armures ternies sous les fourrures de ces deux veilleurs, qui portaient de lourds casques coniques dont les visières en fer plein ne laissaient entrevoir que leurs yeux. J'essayai d'obtenir des précisions auprès de Forclas, mais celui-ci grogna en me désignant le sol pavé d'un geste ferme. Il nous fallait attendre. Le froid s'était atténué ces derniers jours, mais cela ne m'empêcha pas de trépigner et de me frotter les mains dans l'obscurité. Au bout d'un moment, Eurixxe s'y mit lui aussi, marmonnant dans sa barbe jusqu'à ce que le balafré lui intime l'ordre de se taire.

Enfin, alors que je m'étais résolu à faire mon lit dans un coin humide de la cour, nous entendîmes un crissement strident. Une grande porte de bois renforcé s'ouvrit au-dessus, à l'extrémité de l'escalier noir. Forclas et Eurixxe se redressèrent depuis les ombres. Trois hommes firent leur apparition sur le seuil. Le premier était Dorle, qui portait une torche crépitante à la main et qui avait quitté ses peaux de voyage pour un gambison coloré. Derrière lui venait un guerrier intégralement recouvert de mailles luisantes et armé d'une grande faux arce, suivi d'un individu plus âgé mais puissamment bâti, aux tempes et à la barbe grisonnante. Celui-là était vêtu d'une broigne de belle facture et une torque d'or lui enserrait la nuque. Le châle brodé qu'il portait par-dessus l'armure était fermé par une fibule du même matériau, martelée à l'image d'un éclair. C'est à ce dernier que Dorle parlait tandis qu'ils descendaient les marches. L'homme au châle, qui me semblait en belle forme pour son âge, me toisait de temps à autre, ses yeux diaphanes dans la lueur de la torche.

Ils s'arrêtèrent en hauteur à quelques empans de la cour. Dorle éleva la voix. Forclas et Eurixxe m'encadrèrent et nous avançâmes jusqu'à la lumière qui rayonnait autour des premières marches. Là, mes guides courbèrent la tête face à l'homme à la chevelure grise. Je m'empressai de les imiter. Celui auquel nos politesses étaient destinées ne réagit pas davantage à ma révérence qu'à celle des deux Arces. Depuis sa position surplombante, il m'étudia longuement, comme on étudie un fauve en cage. Ses paupières étaient mi-closes, mais en dessous siégeait le regard vif et un peu hautain de ceux qui sont habitués à commander. L'homme posa une question à Dorle sans me quitter des yeux. Ce dernier secoua la tête. « Parles-tu la langue des Brunides ? » me demanda-t-il ensuite en un brunois très correct. J'acquiesçai, sans oser répondre vraiment. Une nouvelle interrogation fusa, sur le même ton impérieux. « Es-tu Brunide, alors ? » Je toussai en fixant le sol, dans une attitude aussi respectueuse qu'elle pouvait l'être, parce que j'étais tout à fait conscient qu'avec cette question, c'était mon sort qui se jouait. « Non », fis-je doucement. « J'ai le sang d'un Syffe de la Forêt de Pierres. » Mon interlocuteur haussa le sourcil. « Je ne connais pas les Syffes. Mon fils me dit que tes armes sont carmides. » De sa main gauche il me désignait Dorle.

Je pris une inspiration profonde et fis un pas en avant. Mon pied prit appui sur la première marche, mais je n'essayai pas d'aller plus loin, parce que je ne pensais pas qu'on me laisserait faire et que je ne voulais pas perdre la face. En même temps, mon esprit bouillonnait, puisant et recoupant les détails qu'il me fallait ne pas livrer. Je levai mon visage vers l'homme et posai mon index sous le triangle. « J'ai été l'esclave des Carmides », expliquai-je. « Je me suis enfui d'une mine, près d'Iphos, en emportant les armes de l'un des surveillants. J'ai traversé la montagne jusqu'ici ». L'homme plissa le front et il prononça quelques phrases à l'intention de Dorle qui hochait la tête tandis qu'Eurixxe se mit à chuchoter dans mon dos.

L'attention du seigneur arce – car c'était un noble, je n'en doutais pas – se reporta sur moi et je crus que la discussion allait reprendre, et puis tout à coup, la grande porte au-dessus de nous s'ouvrit encore à la volée. Une jeune femme surgit d'un pas vif, attifée d'une longue cape de fourrure. Une aïeule ridée suivait sur ses traces et je l'entendais pester de là où je me trouvais. Les hommes qui se tenaient sur l'escalier se retournèrent. La demoiselle avança droit sur eux sans rater une marche, tout en discourant d'une voix vive et autoritaire. Ses yeux balayèrent la cour alors qu'elle assenait ses tirades et son regard insistant m'épingla à plusieurs reprises. Elle avait le visage très blanc, de longs cheveux auburn tressés et des traits à la fois durs et mutins. Ses lèvres étaient pincées et fines, et ses joues saupoudrées de taches de rousseur. Son timbre tremblait parfois comme celui d'un enfant qui peine à contenir sa colère.

Elle apostropha Dorle ainsi que le seigneur, et les trois ergotèrent un moment dans l'escalier, à grand renfort de gestes et de sifflements impatients. Lorsque les voix s'apaisèrent enfin (j'eus surtout l'impression que l'homme âgé avait concédé du terrain), la demoiselle tourna les talons et repartit de là où elle était venue, son port exagérément impérieux. Eurixxe eut un rire un peu nerveux au moment où cette dernière s'éclipsait sur le pas de la porte. Le seigneur le réduisit au silence d'un seul geste. Son irritation me semblait évidente, mais il y avait autre chose aussi, une sorte de satisfaction un peu revêche qui luisait dans son regard. « Nous parlerons encore demain », me dit-il sans ambages. « Je dois discuter avec mon fils. » J'acquiesçai sans mot dire, parce qu'il n'y avait rien d'autre à faire.

Eurixxe et Forclas m'escortèrent jusqu'à la casemate, dont les locaux mornes et à demi abandonnés semblaient surtout servir de garnison. Nous passâmes par le corps principal, qui était désert, à l'exception de quelques hommes voûtés autour d'une cheminée dans la grande salle. Je fus conduit par un dédale de couloirs étroits jusqu'à une chambre tout aussi étroite, isolée de l'aile du bâtiment qui semblait encore occupée. Ce n'était pas tout à fait une cellule, mais cela y ressemblait suffisamment pour me déplaire immédiatement : une natte moisie et poussiéreuse reposait dans un coin, et une étagère bancale était affixée dans l'autre. J'y installai mes affaires sous l'œil vigilant de Forclas, puis Eurixxe revint avec une provision de bougies, une marmite de soupe chaude et des tranches de pain sec. Je mangeai en silence tandis que les deux Arces marmonnaient entre eux à l'entrée.

Un autre homme d'armes finit par arriver, manifestement pour remplacer Forclas, puisque ce dernier en profita pour disparaître. D'un œil attentif, tressant sa barbe et acquiesçant tranquillement aux murmures incessants d'Eurixxe, le nouveau venu me regarda avaler ma soupe. Comparé aux autres Arces que j'avais côtoyés jusque-là, Eurixxe passait pour une véritable pipelette et je l'aimais bien, déjà parce qu'il semblait bien intentionné à mon égard, mais pas seulement. Il faisait souvent rire les autres, et aussi, il n'avait pas l'air d'être beaucoup plus âgé que moi. Il me semblait que, malgré sa langue bien pendue, ses compagnons appréciaient sa bonne humeur, et le respectaient pour cela. Je le saluai à contrecœur lorsqu'il récupéra la marmite encore fumante et me fit comprendre qu'il allait fermer la porte de la chambre pour la nuit.

Il n'y eut aucun bruit de barre, aucun raclement métallique ou de serrure qui claque, et pourtant, à me retrouver ainsi, dans les tréfonds froids du fortin étranger, j'eus la même impression que des années auparavant, lorsque la grille des geôles de Corne-Brune avait couiné derrière moi. Ne pouvant faire les cent pas dans l'obscurité – comme le réclamait mon corps en dépit de la fatigue –, je remuai jusqu'à trouver une position confortable sur la natte, respirai un bon coup et tâchai de faire le point sur ma situation. Mon verdict était sans appel : je marchais sur des œufs.

Je connaissais l'histoire tragique des Arces, comme tous ceux de mon âge qui avaient grandi en pays brunois, mais guère davantage que cela. Je savais qu'ils avaient été défaits par les armées du roi Bai, que leurs terres avaient été conquises et que les survivants des massacres avaient été dispersés dans les montagnes. Que certains les avaient crus éteints, jusqu'au renouveau des escarmouches et du banditisme dans les contreforts du Mur carmois. Je ne pouvais qu'imaginer la haine qu'ils devaient éprouver envers les Brunides, dont je parlais la langue et chez qui j'avais grandi, mais ils ne semblaient pas apprécier davantage les Carmides, dont je portais les vêtements et les armes. Je m'étais introduit dans un de leurs refuges où j'avais volé de la nourriture et de l'équipement et, dans le processus, j'avais peut-être profané l'un de leurs lieux sacrés. Je me trouvais à présent dans ce village caché, enfermé et désarmé, entièrement à la merci de gens dont je ne savais presque rien hormis qu'ils avaient beaucoup trop de raisons de m'en vouloir. Il y avait bien un homme à qui je pouvais parler et rendre des comptes, mais ce ne serait pas d'égal à égal, et j'allais devoir aménager certaines parties de mon histoire afin de me protéger. Toute mention de la peste marquaise pouvait me valoir une exécution sommaire par les armes ou par le feu, pour peu que je sois soupçonné de contagion. De la même manière, je voyais mal comment leur parler de mon enfance : après tout, j'avais été mercenaire à la solde d'un primat brunide.

Perplexe, j'éternuai dans le noir et les parfums étrangers de moisissure. Je m'employai à trouver le sommeil, tout en sachant qu'au lendemain, j'aurais grand besoin d'un esprit vif et reposé. En fermant les yeux, j'avais beau retourner la situation dans tous les sens, je ne songeais plus vraiment à m'enfuir, et pas seulement parce que la chose venait de se compliquer considérablement. En vérité, j'étais las de courir, las surtout de devoir vivre parmi des ennemis. Il me fallait un lieu où me reposer, où reprendre des forces et retrouver des appuis avant de m'aventurer plus avant, et celui-ci me semblait aussi bien qu'un autre. Je n'avais de cesse de me demander quel sort me réserveraient les Arces, mais s'ils me laissaient libre de mes faits et gestes, j'espérais pouvoir négocier un hébergement et un peu de nourriture. Alors que je peinais à m'endormir, un dicton de la Haute-Brune tournait sans cesse dans mon esprit. « Coquin engeôlé dort sa pleine nuitée. » Si l'insomnie pouvait être une mesure de mon innocence, j'espérais que le lendemain les Arces sauraient prendre en compte le moindre de mes cernes et chacun de mes bâillements.

Je me souviens très bien du rêve que je fis cette nuit-là. Mes songes étaient cousus de perplexité et de bizarreries, et un grand ours noir et rugissant vint tourner dans l'espace confiné de la chambre. Celle-ci se mua, au fil des circonvolutions, en la tour du maître-chirurgien Nahirsipal, dans laquelle j'avais passé tant de lunes à étudier la médecine de Jharra. La bête humait l'air sur mes traces, toujours sur le point de me débusquer mais sans jamais y parvenir vraiment, renversant les meubles et souillant les livres et les parchemins de grandes giclées d'urine noire. Finalement quelqu'un frappa à la trappe de la tour. Je voulus m'y faufiler pour prévenir les gens du château de ne pas rentrer, à cause de l'ours mangeur d'hommes. Je murmurai mes avertissements, mais la trappe s'ouvrit tout de même. L'ours s'assit sagement sur son énorme croupe. C'était Brindille qui se tenait à l'entrée, avec les cheveux longs et nattés de son enfance, mais un grand corps de femme, et une robe des clans en peau de daim. Elle me sourit, et j'ouvris les yeux parce qu'il y avait du remue-ménage dans le couloir et je compris que la nuit était passée.

Encore tout hébété par la fatigue, Eurixxe – qui avait l'air aussi frais que moi – et Forclas m'escortèrent jusqu'au réfectoire sommaire que j'avais aperçu la veille. Depuis les meurtrières, qui peinaient à éclairer la pièce, la lumière filtrait par lignes raides et blanches. Du gruau fumant nous attendait sur une longue table, tachée par la cire et le vin. Quelques guerriers arces s'y restauraient également, d'autres flânaient près de la cheminée encrassée, ou ailleurs, dans les coins, dans la fumée et la pénombre pesante. Des regards chargés accompagnèrent notre arrivée. Des rumeurs à mon propos avaient dû circuler pendant la nuit. À mi-repas, un jeune Arce à la chevelure sombre et à l'expression farouche vint s'asseoir posément sur le banc d'en face. Les discussions dans la salle s'étaient tues peu à peu, et désormais tous les regards convergeaient vers nous, curieux de ce qui allait suivre.

Je ne levai pas les yeux. Je savais ce qui se jouait pour l'avoir déjà vu cent fois. La bravache et l'arrogance guerrière, les postures de coq qui cimentaient les places au sein de petits groupes féroces comme celui-ci. Peut-être que je me serais pavané de la même manière, si j'avais été entouré de compagnons à impressionner, si j'avais eu de l'acier à ma ceinture et un autre homme à ma merci. Comme ce n'était pas le cas, quitte à passer pour un pleutre, je me contentai d'engloutir le gruau, une cuillerée à la fois. Je ne cillai pas, je ne redressai pas la tête, pas même lorsque je perçus l'éclat métallique du coin de l'œil et que, lame nue en avant, l'Arce posa sa faux de guerre sur la table qui nous séparait. Il prononça quelques mots à mon intention d'un ton clairement provocant. Eurixxe lâcha sa cuillère et répliqua d'une voix calme. L'individu renversa mon bol d'un geste vif. Eurixxe se leva brusquement et cracha sur la faux. Je vis l'homme se ramasser sur lui-même en frémissant de rage puis notre banc craqua et Forclas fut debout lui aussi. Il fit trembler la table d'un coup violent, dispensé du plat de la main. Le jeune guerrier hésita, se ravisa, puis s'éclipsa dans l'ombre. Je déglutis discrètement. Moins d'une heure plus tard, je me tenais devant le seigneur arce, sans vraiment comprendre pourquoi j'étais encore vivant.

13

Des rayons aux reflets verdâtres chutaient à l'intérieur du cylindre de pierre. Amplifié par la forme singulière de la chambre, le moindre bruissement semblait sauter depuis le sol à la rencontre de la clarté. Je n'avais pu m'empêcher de retenir mon souffle en pénétrant dans le puits de lumière. Loin au-dessus, une mosaïque impressionnante, bâtie d'éclats de pierre spéculaire déchiquetait le jour aveuglant. Certains fragments avaient la taille de petites tables, mais leur translucidité étonnante n'avait rien à envier aux verres les plus cristallins, car en plissant les yeux on pouvait aviser au travers la teinte bleutée du ciel. Bien que haute, la salle n'était pas si grande que cela, mais le contraste inattendu avec l'obscurité poisseuse des autres parties du fortin que nous avions traversées fit croître mon émotion au moins autant que le contexte. Même lorsque l'éclat initial se fut estompé pour révéler peu à peu la sobriété ascétique de l'endroit, l'architecture, et particulièrement l'entrelacs transparent du dôme, n'en demeurait pas moins spectaculaire.

Une grande torchère d'étain ciselé, semblable à celle que j'avais vue dans le refuge, était installée au milieu de la pièce cylindrique. La fumée s'en élevait en spirales opaques, se tortillait comme une chose vivante jusqu'aux trous d'aération enchâssés sous la coupole. Autour de la torchère, qui avait été remplie jusqu'à la gueule de charbons rougeoyants, on avait installé un certain nombre de tabourets. Le siège qui m'était destiné me semblait nettement plus petit que les autres, et il n'était drapé d'aucune broderie confortable. Les places qui restaient étaient occupées. Rendues floues et désincarnées par l'air blême et frémissant, cinq silhouettes sévères m'attendaient. Leurs contours ondulaient de manière surnaturelle dans la chaleur. Un homme plus superstitieux que moi y aurait peut-être vu la marque des esprits de la roche et de la neige, ou celle des dieux anciens dont certaines légendes peuplent les montagnes.

Forclas et Eurixxe ne m'accompagnèrent pas plus loin que l'entrée. Face à moi, il y avait le seigneur arce et, à sa droite, la pâle jeune femme que j'avais aperçue la veille. De l'autre côté, un vieillard aux joues creuses était vêtu de l'un des accoutrements les plus étranges qu'il m'ait été donné de voir, un costume de peaux de bêtes sur lequel étaient cousues de longues lanières de tissu coloré. À l'opposé de ce dernier, une femme d'un certain âge, dont les cheveux étaient prisonniers d'une belle coiffe de soie bleue, nouée en forme de croissant. Ses yeux perçants luisaient du même éclat saphir que l'étoffe dont elle était couverte. Alors que j'approchais d'un pas hésitant, un guerrier casqué, qui s'était tenu en retrait jusque-là, s'ébroua. Ses lourdes mailles cliquetèrent, et il contourna la torchère en balançant nonchalamment sa faux. D'un geste, le seigneur m'invita à rejoindre la place que l'on m'avait préparée. Durant les heures qui suivirent, le guerrier ne se tint jamais bien loin de moi.

Faisant de mon mieux pour refouler l'appréhension, mais aussi la confusion naissante – parce que je ne comprenais pas en quoi un esclave évadé méritait autant de décorum –, je marquai une pause avant de m'asseoir, et, comme on me l'avait appris à Château-Corne, j'exécutai une courbette maladroite. L'impassibilité qui accueillit mon étiquette douteuse me fit regretter immédiatement mon geste. Les massacres de Grisarme avaient été perpétrés par la noblesse brunide, et voilà que je singeais leurs coutumes devant les survivants du carnage. Pestant en mon for intérieur, je baissai les yeux sur le sol de pierre usée, et courbai l'échine aussi bas que je l'osais. Il y eut un silence. Le vieillard accoutré fut saisi d'une quinte de toux. Je me demandais s'ils voulaient que je les supplie de me laisser la vie sauve. Puis, contre toutes mes attentes, ce fut finalement la jeune femme qui prit la parole, son accent brunois étrange et roulant. Elle articulait chaque mot avec une précision exagérée, comme si elle avait longtemps répété ces phrases en amont. « Je suis Bréanna, fille du *leufe* Thurle », fit-elle. « Mon père m'autorise à parler avec vous en son nom. Nous voulons comprendre qui vous êtes, et ce que vous êtes venu faire dans nos montagnes. »

Je fus pris de court par l'absurdité qui accompagnait ces mots. Malgré moi, un demi-sourire naquit sur mes lèvres amères. Après avoir côtoyé les chaînes et la mort cinq années durant, après la peste, après avoir manqué de perdre mes mains en affrontant le glacier et alors que je me trouvais désormais entièrement à la merci de son père, j'étais vouvoyé par la fille d'un seigneur. Je relevai la tête, peinant à dissimuler mon anxiété hilare, parce que tout à coup je n'étais plus vraiment certain que tout cela soit bien sérieux. Je sondai les membres de l'assemblée tour à tour. Aucune réponse évidente ne me vint à l'esprit, hormis l'idée que l'on avait peut-être fait de moi le jouet d'un caprice un peu cruel. La veille, j'avais vu la demoiselle tanner son père pour avoir le droit de conduire mon interrogatoire. Aujourd'hui, elle y mettait les formes qu'on lui avait apprises, et je ne comprenais pas. La marque des esclaves de Carme était gravée sur mon visage. Les vêtements tachés que je portais avaient été dérobés à un cadavre. Le problème posé par ma présence n'exigeait pas cette mise en scène, et pouvait être réglé avec facilité, d'un seul coup tranchant. J'hésitai un moment, sans savoir si je devais me prêter à cette comédie alors que je n'en connaissais pas les règles.

« Je m'appelle Syffe, et j'ai le sang d'un Syffe », finis-je par répondre en avisant le seigneur Thurle. « Comme je vous l'ai dit hier soir, les Brunides m'ont nommé ainsi parce que… » Je fus interrompu par Bréanna, qui fit claquer ses mains avec la vivacité d'un coup de fouet. Je tressaillis involontairement. Le son fut amplifié par la chambre, puis se dispersa tout à coup. « C'est à moi que vous devez parler », énonça la jeune femme d'une voix autoritaire. Son père émit un grognement d'approbation, et mon regard revint se poser sur elle. Je ne sus pas vraiment quel âge lui donner, avec son air déterminé et sa complexion pâle, et cet air enfantin que son maquillage sommaire ne parvenait pas à éclipser entièrement. « Pardon », fis-je, après un moment. Mes mains tremblaient en dépit de la chaleur bienvenue de la torchère. Je décidai à ce moment-là qu'il me fallait tenter le tout pour le tout, être aussi honnête que je pouvais me permettre de l'être, et espérer que c'était ce qu'on attendait de moi. Peut-être que mon sort n'avait pas été scellé d'avance. Je soutins donc le regard de la demoiselle, qui était opalin mais très intense, et lui fis savoir très précisément ce que la situation m'inspirait. « Je ne connais rien de vos coutumes, et je ne comprends pas ce que vous attendez de moi », énonçai-je très clairement. « Je suis un esclave évadé. Vos guerriers m'ont capturé. Je ne mérite pas ces délibérations. »

La dame à la coiffe eut une mimique qui exprimait sans ambiguïté qu'elle approuvait mon analyse, mais le trouble envahit aussitôt le visage de ma jeune interlocutrice. Le seigneur Thurle se renfrogna lui aussi, mais le vieillard agita les mains et prononça quelques mots à l'intention de Bréanna. Pour la première fois, je remarquai qu'il avait les yeux voilés de blanc, et je compris que le bâton sculpté qu'il étreignait d'une poigne de fer n'était pas seulement un accessoire d'apparat. La demoiselle inspira profondément et sembla se ressaisir. Cependant, le masque impassible qu'elle affichait depuis le début s'était effrité légèrement, et je crus distinguer en dessous une grande colère. « Ce n'est pas nous qui décidons de la manière dont il convient de vous traiter », énonça-t-elle d'une voix acerbe. « Que vous soyez un esclave ou un espion, les mânes qui habitent nos montagnes vous ont accordé le passage, et notre augure pense qu'ils se sont servis de vous pour nous parler. »

« Je ne suis pas un espion, je me suis enfui d'Iphos, de l'autre côté des montagnes », énonçai-je clairement, en essayant de contourner la question épineuse des esprits. Mon séjour chez les Carmides, l'entassement des cadavres qui côtoyait leurs coutumes dévotes n'avait fait qu'accroître mon mépris de la religion. J'avais érigé la *Pradekke* des Vars en une tour fortifiée au sommet de laquelle je pouvais ruminer ma morgue silencieuse. De plus, je n'étais que trop bien placé pour savoir combien les gens devenaient imprévisibles dès lors qu'il était question du surnaturel : après tout, lorsqu'on m'avait soupçonné de sorcellerie à Corne-Brune, j'avais failli être pendu. *Leufe* Thurle agita la main comme si mes paroles n'étaient pas importantes, et une phrase sèche s'échappa des épaisseurs de sa barbe. Bréanna acquiesça. « Nous voulons savoir comment vous avez découvert *Méti fénéri.* » Mon expression dubitative suffit à déclencher davantage d'explications. « L'Œil des rois, le phare qui se trouve dans la chambre des augures. Vous vous y êtes arrêté après avoir traversé le cimetière royal », compléta mon interlocutrice. Je bafouillai un temps avant de réussir à rassembler mes pensées. « Eh bien, lorsque j'ai quitté Iphos, j'ai cherché une route au travers de la montagne. J'ai trouvé un glacier, et je l'ai suivi. J'ai eu de la chance au début, il y avait du beau temps, et puis j'ai essuyé une tempête. J'ai dû continuer sous le blizzard pour ne pas mourir et j'ai trouvé ce lieu par hasard alors que je cherchais un refuge. Je ne voyais rien à cause de la tempête. Je ne voulais pas offenser vos dieux ou vos rois morts. »

« Si vous les aviez offensés, vous ne seriez pas passé », rétorqua Bréanna un peu sèchement. Mon frère Dorle dit que vous avez traversé le cimetière des rois, mais que vous n'avez dérangé aucun ossement, ni dérobé aucun trésor. » J'eus un sourire faible. « À dire vrai, je n'ai jamais su que je traversais un cimetière, ni que des rois y reposaient avec leurs richesses. Je craignais seulement de mourir, et je n'ai pas eu le temps de m'y attarder. À ce moment-là, j'aurais échangé un abri et du feu contre tout l'or du monde. » Pendant que je causais, le seigneur traduisait mes paroles au vieil augure, qui se fendit d'une grimace édentée. Il avait l'air ravi. Le visage épais de Thurle affichait aussi une expression satisfaite.

« Vous avez donc allumé le phare sans savoir de quoi il s'agissait ? » me demanda Bréanna d'une voix curieuse. Je me grattai pensivement la tête. « Je me souviens avoir été dérouté par la verrière et les inscriptions sur le brûloir. Je n'ai pas su les lire. Je me suis demandé à quoi cela servait, mais j'avais trop froid pour hésiter longtemps. » Je dus me mordre la langue pour ne pas en dire davantage. Dans mon souvenir j'aurais mis le feu aux ossements des rois et au sanctuaire tout entier pour chasser le froid, et je ne voulus pas offenser les Arces en le leur faisant savoir. L'augure croassa quelques mots et agita son bâton dans ma direction. « Thélis veut savoir si c'est le froid de la montagne qui vous a poussé à agir de la manière dont vous l'avez fait », m'expliqua mon interlocutrice. Je plissai les yeux. Évidemment que c'était le froid qui m'avait poussé à piller la réserve et à allumer les feux. Il me semblait que l'interrogatoire s'orientait vers un territoire que j'aurais aimé éviter en tant qu'incrédule, mais aussi parce que je ne connaissais rien des superstitions arces. Restait que l'augure et le seigneur semblaient persuadés que j'avais agi sous l'emprise d'un esprit de la montagne. Comme il m'apparaissait que cette croyance m'avait sans doute maintenu en vie, je leur fis une réponse qui – je l'espérais – abondait dans ce sens. « Oui. C'était bien le froid. Le vent de la tempête ne m'a pas laissé le choix. J'ai cru que j'allais geler sur pied. »

« Mais vous n'avez pas gelé dans la tempête », fit Bréanna précipitamment. « Vous avez encore votre vie, et tous vos doigts et vos orteils. » Je baissai les yeux sur mes mains enflées, que j'avais protégées de toutes mes forces à chaque étape de l'ascension. « Oui. Je ne l'explique pas », mentis-je en espérant ne pas aller trop loin, et je fus étonné de sentir un doute s'infiltrer en moi, comme cela était arrivé lorsque j'avais réalisé être le seul survivant du camp. Mes doigts intacts étaient-ils à ce point miraculeux ? Aurais-je vraiment dû geler dans la montagne ? Sans tenir compte de mes états d'âme, le vieillard se mit à rire à gorge déployée lorsque mes mots lui furent rapportés. Il babilla ensuite à toute vitesse, agitant son long bâton de-ci de-là. Bréanna me fit le bilan lorsqu'il eut fini. « Thélis pense que vous avez apporté un bon présage. Les augures allument le *Méti fénéri* lorsqu'un roi passe dans l'autre monde, et qu'un autre lui succède. Nous n'avons plus de roi depuis longtemps, et notre peuple est dispersé. Le feu dans l'Œil des rois montre qu'un changement est proche. » Je courbai de nouveau la tête, pour signifier mon acceptation de ce qui venait d'être dit.

Leufe Thurle prit la parole lorsque je me fus redressé, et je perçus un éclat de déception dans le regard de la demoiselle Bréanna, qui avait senti comme moi que la direction de l'entretien venait de lui être confisquée. « Vous avez fait bonne impression à mon fils Dorle, et à certains de mes hommes aussi. Vous n'avez pas essayé de fuir, ou de blesser qui que ce soit. » J'acquiesçai. « Ils m'ont bien traité, alors que j'avais empiété sur vos montagnes et que je m'étais servi dans vos réserves. Beaucoup d'hommes m'auraient tué sur-le-champ pour moins que cela », répondis-je, mon regard oscillant entre le seigneur et sa fille. « D'autant que je porte les habits de vos ennemis », ajoutai-je, dans l'espoir d'orienter la discussion sur des sujets plus politiques, qui seraient plus à même de me renseigner sur ma situation. Thurle gronda son approbation. « Mes hommes ne s'aventurent pas au nord des montagnes, mais d'autres *leufes* que moi combattent parfois le peuple-père. Notre discorde avec les Carmides est ancienne, et nous ne les aimons pas. Mais c'est bien le roi rouge qui a tué mon peuple, et les Brunides qui doivent aux Arces une dette de sang. » Le seigneur m'épingla d'un regard qui voulait en dire long.

« *Leufe* Thurle », fis-je d'une voix humble, « durant les cinq dernières années, j'ai œuvré au fond d'une mine carmide. Je ne connais rien de vos coutumes, ni de votre histoire, ni même de ce qu'il est advenu du monde durant ce temps. Je dois vous paraître bien sot, mais avant d'y mettre les pieds, je ne savais pas que ces montagnes étaient habitées par qui que ce soit. » Le seigneur m'observa pensivement. « C'est une bonne chose », finit-il par dire. « Vous avez été l'instrument des mânes, et peut-être l'êtes-vous encore. Mais nous ne vous connaissons pas, et nous ne vous faisons pas confiance. Moins vous en savez, plus vous serez honnête. On ne peut pas mentir à propos de ce que l'on ne sait pas. » Pour la première fois, la dame à la coiffe remua et ouvrit la bouche, et ce fut pour expédier un crachat dédaigneux dans la torchère. Elle parla ensuite au *leufe* tout en me dévisageant, et elle le fit en brunois, de manière à ce que je puisse la comprendre. Sa voix était claire et tranchante : « Si les mânes en ont fini avec lui, ils ne nous empêcheront pas de monter la tête de ce Brunide sur le portail. »

« Je ne suis pas Brunide », répétai-je, mais ma voix me parut faible et peu convaincante. La dame m'observait comme un fauve contemple une proie infirme, et pour la première fois depuis le début de l'interrogatoire je sentis les anneaux reptiliens de la peur sinuer dans mes entrailles. Son hostilité à mon encontre avait été latente dès l'instant où j'étais apparu. L'intervention de Thurle confirma cette impression. « Mon frère était l'époux de *nerche* Chara », me dit le seigneur, comme s'il me devait une explication. « Il est mort à Grisarme, avec son premier-né. Mes sœurs et ma mère et cinquante mille autres Arces ont péri avec eux. C'était il y a longtemps, maintenant. Je n'étais pas encore un homme, mais tout comme *nerche* Chara, je n'ai pas oublié. Nous sommes retournés à nos anciennes demeures et à nos anciennes coutumes. Mon peuple a survécu, les deuils ont été menés comme il se doit, et d'autres enfants sont nés. Mais depuis ce jour *nerche* Chara m'a demandé la tête de chaque Brunide qui est tombé entre mes mains, et je n'ai jamais pu lui en refuser un seul. »

Je déglutis discrètement, et acquiesçai en me demandant combien de captifs s'étaient tenus à ma place, et combien d'autres avaient perdu la tête sans l'ombre d'une palabre. « Je comprends », répondis-je, le cœur battant. « Les Brunides ont aussi massacré les clans de la Forêt de Pierres. D'après ce que je sais, cela continue. Il y a cinq ans, peu avant que je ne sois fait prisonnier par la dokia Heroï, j'ai appris que Corne-Brune était tombée entre les mains des vieilles familles, et que ceux des clans avaient été chassés, et vendus. » Thurle remua sur son tabouret, et se versa une gorgée de vin dans une timbale d'argent. Sa fille en profita pour intervenir. « Vous venez de Corne-Brune ? » me demanda-t-elle d'une voix trop innocente. Je protestai immédiatement, sans faire d'ambages. « Non. Je comprends vos soupçons, et je sais ce que vous voulez m'entendre dire, mais les choses sont plus compliquées que cela. J'ai grandi près de Corne-Brune, mais je n'y suis pas né. Je suis un enfant des clans, et mes tatouages le prouvent. Vos hommes les ont vus, et je peux vous les montrer aussi, si cela ne vous offusque pas. »

Nerche Chara ricana sèchement et retroussa son nez comme si je venais de lui exhiber mon vit. Je me demandais si elle n'avait pas été rendue à moitié démente par sa peine. De l'autre côté du *leufe*, Bréanna murmurait à l'oreille de l'augure. Après un temps de réflexion, Thurle fit silence d'un seul geste, avant de me harponner d'un regard acéré. « Vous parlez bien, Syffe qui a le sang d'un Syffe. Vous parlez bien le brunois et d'autres langues aussi, m'a fait savoir mon fils. Vous vous tenez comme un guerrier, vous dites d'ailleurs avoir été capturé, et pourtant vous savez lire. Tout cela est troublant. Je n'ai pas encore décidé ce que j'allais faire de vous, et j'attendrai d'avoir entendu votre histoire avant de me prononcer. Néanmoins, pour l'instant, je suis certain d'une chose : vous avez arpenté les routes secrètes de mon peuple et cela vous rend dangereux. Je ne veux pas contrarier les mânes, mais si vous ne me faites pas changer d'avis, alors *nerche* Chara obtiendra votre tête. »

14

Je leur racontai tout, ou presque. J'allai puiser les choses depuis le début, aux sources mêmes de ma mémoire. Les seuls sujets sur lesquels je passai volontairement étaient les rêves et le Deïsi, parce que j'avais compris avoir affaire à des gens superstitieux, et que je ne savais pas à quels contes ou croyances la mention de ces éléments allait bien pouvoir les renvoyer. Je préférai donc laisser planer le doute plutôt que de trop en dire, par exemple à propos du pérégrin. Au-dessus, la luminosité fragmentée de la pierre spéculaire s'accrut jusqu'à devenir aveuglante. Je fis progresser mon récit de phrases simples, prisonnier d'une cascade de rayons verdissants qui plâtraient les visages de mes interlocuteurs de teintes irréelles. Le vieil augure Thélis s'assoupit rapidement. Cela fut, je crois, un soulagement pour les autres, qui n'eurent plus besoin de se relayer pour lui traduire mes paroles.

Le rythme lent que j'avais imposé au récit me permit d'étudier mes auditeurs en même temps que je parlais. Bréanna était la plus facile à lire des trois. Je sus que je l'avais ferrée dès les premiers rebondissements de l'affaire Tom Vairon. Ses yeux brillaient à la moindre mention de Brindille. Je n'avais vu aucune femme parmi les guerriers arces, et je me figurais que les *leufes* devaient traiter leurs épouses et leurs filles comme leurs voisins brunides ou carmides et que, en conséquence, Bréanna ne devait pas sortir beaucoup. Je me demandai à quoi pouvait ressembler sa vie sur ce piton isolé. Dans un sens, le monde lui était aussi interdit qu'il me l'avait été par les chaînes. Comme son maintien de circonstance se fissurait au fil de mon récit, dévoilant des sourires involontaires et des yeux rêveurs, mon impression initiale s'estompa. Je finis par ressentir une sorte de sympathie un peu triste à l'égard de cette demoiselle pâle, dont l'unique horizon était ce rôle qu'on avait inventé pour elle.

Nerche Chara était une autre paire de manches. Elle me contemplait comme on avise un scorpion, son visage ridé secoué parfois de tics et de tressautements, le regard plissé et venimeux. Néanmoins, il lui arrivait aussi de lâcher prise, d'oublier qui parlait, et alors sa mine pincée se détendait, et il devenait tout à coup facile d'imaginer qu'elle avait été très belle. Comme la mienne, son existence avait été estropiée par le cours du monde et elle ne s'en était pas remise. Des mots que Uldrick m'avait adressés peu avant que je ne dompte ma rage me revinrent en mémoire. « Pour être courageux, il faut être libre », m'avait-il dit, et je trouvai cela juste. Je m'imaginai cette femme prisonnière des montagnes, sans rien avoir à étreindre hormis sa haine, le souvenir du carnage et de ce qu'elle y avait perdu. Cela l'avait tordue, et rendue un peu folle aussi, il me semblait. Elle était une ennemie désormais, sa férocité à l'image de son extravagance, et je cherchais des prises pour l'écraser tout en palabrant.

Restait Thurle, celui qui devait finalement décider de mon sort, et cet homme-là avait le visage impavide. Il y eut bien quelques hochements durant les passages plus militaires, mais ce fut tout. J'avisais son nez brisé et ses balafres et ses épaules d'ours et je sus que j'avais devant moi quelqu'un qui avait passé sa vie à combattre, un guerrier autant qu'un dirigeant. Son regard était vif et autoritaire, froid aussi, mais j'y décelais parfois des failles, une lueur plus sombre, quelque chose de plus habité ou d'éperdu. Le *leufe* me faisait un peu penser à Uldrick dans sa manière d'être, dans sa mélancolie naturelle. Sa barbe grise et broussailleuse devait y être aussi pour quelque chose. Je lui racontai sans détour la prime, le *vaïdroerk*, mon mercenariat auprès des Brunides, ainsi que le siège d'Aigue-Passe, sans savoir si je signais ou non mon arrêt de mort. Au fur et à mesure que je parlais, il m'arrivait parfois de lancer des coups d'œil vers l'homme en armes, tout en me demandant si ce serait à lui que l'on confierait le soin de me trancher le cou.

Je finis par en arriver à la nuit fatidique qui avait scellé mon sort. Les mains de Béanna se tordaient sur ses genoux tandis que je décrivais mes retrouvailles avec Brindille, puis elle se mordit les lèvres lorsque je racontai la mort de Uldrick. J'évoquai la manière dont j'avais tenu la main du *vaïdrogan* pendant l'attaque du camp de siège, la douleur anesthésiante de la perte. Comme je l'espérais le regard de la *nerche* Chara se fit de plus en plus vacant. J'employais des mots sobres, mais j'insistais à dessein, d'une voix qui tremblait d'elle-même, et cela suffit à ranimer en elle ses propres deuils. Thurle remua, et se gratta le nez. Je ne sus pas dire si mes paroles l'avaient touché, mais de toute manière ce n'était pas mon but. Avec lui je tentais tout autre chose : la franchise.

Je conclus plus sommairement sur le reste : les mines d'Iphos et les années gaspillées. Je leur expliquai que je n'étais l'ennemi d'aucun homme, et sûrement pas des Arces. Que je n'avais plus qu'une seule idée en tête. Je voulais retrouver Brindille et rien d'autre ne m'importait, et cela était aussi vrai que tout le reste, et peut-être même davantage. Rien d'autre ne me liait au monde, à ma propre trajectoire. Il y avait bien Driche, pour qui j'étais parfois très inquiet, mais elle avait sa famille et les clans. Il m'arrivait de songer à Jassk et à Sonneur, à Svein et à Eireck et aux autres guerriers-vars, qui pouvaient être n'importe où et que je serais sans doute heureux de croiser, mais je ne ressentais pour eux rien de viscéral ou de profond. Brindille, elle, était comme moi. Nous venions du même endroit, du même moule, et l'un comme l'autre nous n'avions personne, à part nous-mêmes. Et aussi, je lui avais fait une promesse.

Mes dernières phrases allèrent s'entrechoquer sur la roche froide du puits de lumière, comme toutes celles qui avaient précédé. J'attendis ensuite, la gorge sèche et les bras croisés. Le silence pesait au-dessus, flottait comme un couperet tandis qu'à portée de main, la torchère irradiait et crépitait en sourdine. Les braises avaient chauffé mes vêtements puants jusqu'à les rendre douloureux au contact, et certaines des crevasses que j'avais sur les paumes s'étaient rouvertes. Bréanna toussa pour s'éclaircir la gorge, mais elle ne dit finalement rien. L'augure remua dans son sommeil, et entrouvrit une bouche édentée pour expirer bruyamment.

De son côté, le *leufe* se lissait la barbe, le regard vague. Il ne m'avait pas interrompu dans mon récit, pas une seule fois, ce que je n'avais pas vraiment compris. Si cette mise en scène était bien un interrogatoire, pourquoi n'y avait-il pas eu d'interrogations ? Quelque part à l'extérieur de mon champ de vision, j'entendis cliqueter les mailles du guerrier lourd. Je me demandai rapidement ce que je pourrais faire si le seigneur brisait son silence pour me condamner à mort. J'en conclus que ma meilleure chance – ce qui ne voulait pas dire grand-chose – se trouvait certainement dans l'action ici même : il s'agirait de manœuvrer pour prendre l'une des deux femmes en otage, la fille du *leufe* si possible, et à mains nues s'il le fallait. Il y avait aussi cette longue dague accrochée au ceinturon d'armes de Thurle. Je jugeais que mes chances de parvenir à la lui arracher étaient infimes, mais s'il me fallait mourir, ce ne serait pas en me pliant à la représentation ordonnée qu'ils avaient orchestrée jusqu'ici.

« Cette Brindille se trouverait donc à Spinelle, auprès du sorcier qui l'a enlevée ? » demanda enfin le *leufe* d'une voix un peu forte. Il me regardait étrangement, comme s'il avait deviné quels calculs désespérés se succédaient dans mon esprit. Je fus soulagé qu'il y ait d'autres mots, et pas seulement un geste, puis le sifflement d'une lame. « Je le crois oui », fis-je simplement. « C'est en tout cas ce que m'a laissé entendre le sorcier en question. » Thurle acquiesça. « Nous avons pris un marchand de fer brunide et ses deux fils au printemps de l'année dernière », me dit-il. « Ils nous ont raconté ce qui se passait chez eux, avant que je n'offre leurs têtes à *nerche* Chara. Il y a eu de grands feux dans la forêt de Vaux, et une guerre sanglante aussi. Nous avons vu la fumée d'ici, et il y en avait encore durant l'hiver dernier, comme une tache sombre dans le ciel. Si cette femme que vous cherchez a été emmenée à Spinelle, j'espère pour son bien qu'elle n'y est plus depuis longtemps. »

Je passai une main agitée dans mes cheveux en apprenant la nouvelle. Des rumeurs à propos de la guerre civile vauvoise avaient circulé jusque dans le camp d'Iphos, mais les esclaves brunides qui arrivaient étaient peu nombreux, et on les assignait généralement aux équipages des galeries. Après que l'on m'eut placé au bûcheronnage, je n'avais pu me tenir au fait. Comme la politique des primeautés n'intéressait personne parmi la majorité des forçats carmides ou étrangers, j'avais dû me contenter des potins brefs et peu développés qu'il m'était possible d'intercepter au détour des baraquements, ou dans la ligne d'attente des réfectoires. Les surveillants fouettaient ceux qui parlaient trop à l'intérieur de l'enceinte, pour éviter les révoltes sans doute, et les langues loquaces y étaient peu nombreuses. La confirmation d'un conflit violent à Spinelle était une information attendue, mais cela me fit tout de même quelque chose de l'entendre de vive voix. Pour me protéger de l'angoisse, je conjurais le souvenir que je conservais du pérégrin. Je n'avais pas oublié de quelle manière il avait disparu au-dessus des chutes de Long-Filon, ni comment il avait démasqué le sicaire de Franc-Lac. Si un homme pouvait se soustraire à tout cela – et Brindille avec –, c'était bien lui. Je pourléchai mes gerçures. Thurle, voyant qu'il avait piqué mon intérêt, poursuivit :

— Ces montagnes appartiennent aux Arces, hormis quelques cols, mais nous n'allons jamais trop loin à l'ouest. Depuis très longtemps, depuis toujours, il me semble. Il y a un endroit que les Brunides appellent "Les Ronces", une grande région boisée et difficile d'accès. De mauvais esprits y habitent. Le marchand a dit que ce sont eux qui ont fait la guerre aux Brunides, et j'ai eu du plaisir à l'apprendre. Le marchand disait *Ketoï*, tout comme vous l'avez fait. »

Le seigneur arce marqua une pause. « Et c'est cela que je ne comprends pas dans votre histoire », finit-il par énoncer lentement. « Pour quelle raison ce sorcier, cet esprit ketoï en avait-il après vous ? Que cherchait-il à accomplir, en vous entraînant à Spinelle ? » Je haussai les épaules. « Qui peut connaître la volonté des esprits, *leufe* ? » fis-je d'une manière aussi obséquieuse que possible. Thurle fronça ses sourcils broussailleux, et me dévisagea de nouveau avant de secouer la tête. « Vous ne m'avez pas tout dit », fit-il enfin. Mon cœur battait à tout rompre, et je peinais à garder ma contenance. « Vous ne m'avez pas tout dit, et pourtant, vous ne m'avez pas menti », poursuivit le seigneur. « Votre récit ne vous épargne pas. Vous avez combattu pour les Brunides, et vous ne vous en êtes pas caché, tout en sachant que je pourrais vous punir pour cela. » Je déglutis. Les doigts calleux de Thurle frappaient par intervalles sur le rebord de son tabouret, une cadence sèche et inquiétante. Il lui manquait la première phalange à l'index et à l'annulaire de la main gauche. Baigné dans la cataracte de lumière et cousu de reflets pers, le visage froissé du seigneur me parut bouffi et difforme. Je patientai, le regard fixe, sans chercher à me défendre davantage.

Tout à coup, un claquement assourdissant retentit. Le long bâton ouvragé avait échappé à la main inerte de l'ancêtre endormi et chuté de tout son long sur le sol de pierre patinée. L'augure s'éveilla en sursaut, les yeux coulants, la lippe pendante comme celle d'une bête ensommeillée. Quelques instants plus tard, Eurixxe et Forclas pointèrent le bout de leur nez depuis le tunnel invisible où ils avaient patienté jusque-là. Le bâton massif roula, cliquetant lourdement, et décrivit un arc de cercle cahoteux avant de venir s'échouer à mes pieds. On avait sculpté six faces dans le bois noir de l'extrémité la plus épaisse, chacune taillée à la ressemblance d'un visage différent. *Leufe* Thurle ne me quittait pas des yeux. Il affichait désormais un air compatissant que je ne comprenais pas. Je ramassai le bâton en espérant ne commettre aucune maladresse, puis, manipulant l'objet avec autant de soin que s'il avait été fait de porcelaine, je le replaçai précautionneusement entre les pattes du vieillard. Ce dernier esquissa un sourire fatigué et marmonna quelques mots d'excuse ou de remerciement. Derrière moi, le guerrier tout de mailles vêtu congédia Eurixxe et Forclas, et le calme revint. Thurle réajusta le tampon brodé sur lequel il était assis, puis il grogna à mon intention :

— Il me semble, de plus en plus clairement, que vous êtes de ceux qui sont marqués par les dieux. Mon peuple a un mot pour les hommes comme vous : *thesponé*. Les contes dans lesquels ils figurent sont parfois très courts, parfois très longs, mais ils ne se terminent jamais bien. Je n'aimerais pas être à votre place, et pourtant mes vingt ans me manquent.

Si vous étiez né Arce, Thélis aurait sans doute fait de vous un augure, et je pense que vous auriez fait un augure puissant. Non, je n'aimerais pas être à votre place, Syffe qui a le sang d'un *Syffe*. Des courants vous portent et vous tiraillent, et à mon idée vous ne connaîtrez jamais la joie ni le repos autrement que dans la mort.

Le *leufe* s'arrêta pour souffler après sa tirade lugubre et il but sombrement une dernière gorgée de vin. « Je renonce à ta vie, parce que je ne crois pas que ce soit à moi de la prendre », dit-il ensuite. « Mais je l'offre tout de même à *nerche* Chara, si elle en veut. Je ne veux pas offenser les mânes, mais je suis vieux et obstiné et j'ai mes coutumes, moi aussi. En veux-tu, Chara, de cette tête-là ? » Trois regards convergèrent vers la dame et sa coiffe bleue. Bréanna se tendit sur son tabouret. Je ne sus dire si elle était crispée ou ravie de ce moment suspendu. J'avisai la ligne blanche et frêle de sa nuque. *Nerche* Chara passa une langue hésitante sur ses lèvres fines, puis se tordit, la bouche pincée et frémissante. Ses paupières discrètement fardées clignaient à une cadence proche de la vibration. Sa poitrine enflait et retombait, son visage subitement engorgé d'une teinte tumescente. En moi, le tonnerre blanc crépita. La glace se déversa dans mes poumons. J'attendis le signal qui me verrait jaillir de mon siège pour me saisir de la silhouette fragile de Bréanna et mourir, sans doute, peu après. Alors, la dame se leva. Sans un mot ni une œillade pour personne, elle quitta la pièce d'une marche digne, la tête haute, sa robe brodée flottant derrière elle. Ses pas résonnèrent un temps dans les corridors taillés avant de s'estomper entièrement. J'expirai avec lenteur.

Thurle fit claquer une main sur sa cuisse, ce qui ne produisit qu'un son plat et étouffé à cause de la longue broigne qu'il portait. « Voilà qui est réglé », me dit-il. « Vous avez votre vie, et moi d'autres questions, mais je propose que nous en restions là pour l'instant. Préoccupons-nous plutôt de l'avenir. » Je mis un genou à terre, inondé par un soulagement inattendu. « Merci *leufe* Thurle », répondis-je, échouant à chasser toute fébrilité de ma voix. Le seigneur agita la main pour disperser mes mots, comme s'ils avaient été des piquerons ennuyeux. « Puisque vous allez rester ici, il va falloir gagner votre pain. Vous avez une formation de soldat et un homme de plus me serait utile, mais vous ne parlez pas la langue et ne connaissez pas la montagne. Je ne pense pas que vous sauriez quoi faire d'un troupeau, et je ne vous ferai pas l'affront de vous envoyer porter l'eau avec nos enfants. Toutefois, une idée me vient. J'ai souhaité que *nerche* Chara apprenne le brunois à ma fille, parce que je voudrais qu'elle puisse assister son frère lorsqu'il prendra ma succession. Dorle n'a d'intérêt que pour les expéditions et les armes. Vous, vous parlez le varsi, le jharraïen et le franc-sabir. Vous apprendrez tout cela à Bréanna, et elle vous enseignera la langue des Arces. En échange, vous aurez un lit et vous n'aurez jamais faim. Cela vous sied-il ? »

Je me relevai en souriant malgré la confusion, comprenant sans mal que ce n'était pas une question. « C'est très généreux, *leufe*, je n'en attendais pas autant », furent les premiers mots qui quittèrent mes lèvres. Le seigneur hocha la tête et fit mine de se lever, mais je n'avais pas fini. « Combien de lunes envisagez-vous de m'offrir le gîte ? » L'homme grogna d'un air surpris. « Vous ne m'avez pas compris, je crois », répliqua-t-il. « Je vous l'ai pourtant dit : vous avez vu nos routes, et vous êtes passé par nos sentiers. Nous sommes redevenus un peuple caché. Mes guerriers mourraient avant de donner à nos ennemis la direction de leurs familles, et je ne crois pas que les Brunides oseraient venir nous combattre dans nos montagnes, mais il me faut penser à la sécurité des miens. Vous devriez oublier cette femme et ce sorcier. Oui, oubliez les choses du passé, Syffe qui a le sang d'un Syffe. Je ne peux pas vous laisser repartir. »

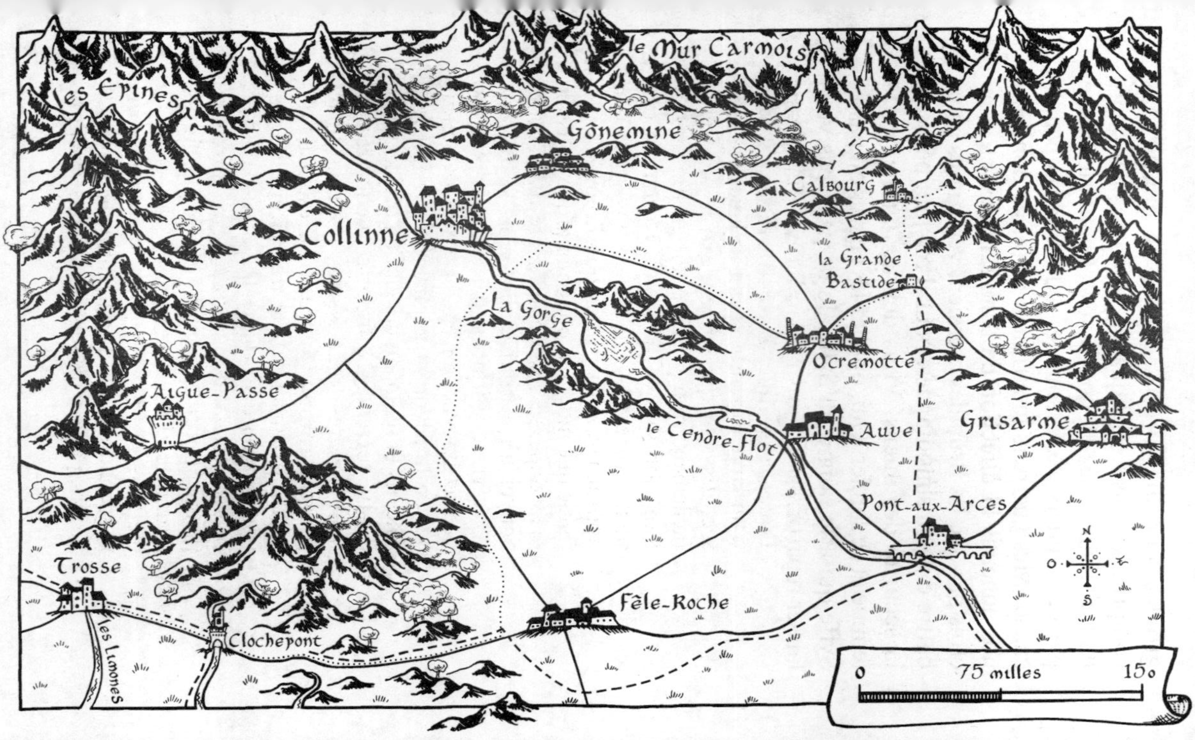
le Mur Carmois
les Epines
Gônemine
Calbourg
Collinne
la Grande
Bastide
La Gorge
Ocremotte
Aigue-Passe
le Cendre-Flot
Auve
Grisarme
Pont-aux-Arces
Trosse
Fêle-Roche
les Limones
Clochepont
N
O
E
S
0
75 milles
150

LIVRE DEUXIÈME

PRISONNIERS

Enfin Theuris ne pouvait plus fuir devant l'ours-monarque. Il se trouva acculé près d'un large torrent. Comme sa lance était brisée, il savait que son ennemi le dévorerait facilement, mais il lui restait encore un tour dans son sac. « Que dis-tu, torrent ? Comment, torrent ? » cria-t-il en voyant la bête approcher. « Tu penses que l'ours est plus faible que moi ? » L'ours-monarque, puissant mais dupe, se laissa convaincre que Theuris conversait véritablement avec le torrent. Avec vivacité il protesta : « Je suis plus fort que cet homme, torrent, et je vais te le prouver en le dévorant ici même. » De nouveau Theuris fit semblant de tendre l'oreille. « Que dis-tu, torrent ? N'importe quelle créature peut dévorer, mais seules les plus fortes peuvent traverser ton cours ? C'est juste, torrent, c'est juste. » Il se tourna ensuite vers l'ours-monarque. « Ours, faisons une dernière course : celui qui aura *traversé* ce torrent en premier pourra se vanter d'être le plus fort de nous deux. J'en fais le serment : si tu gagnes je me laisserai dévorer, mais si c'est moi qui gagne alors tu devras me laisser te dévorer. » L'ours, piqué dans son orgueil, fit serment lui aussi, et peu après ils s'élancèrent dans l'eau vive. Theuris courait moins vite que l'ours-monarque, mais il était mince et l'écume n'avait que peu de prise sur lui. L'ours était vigoureux, mais tellement corpulent qu'une fois arrivé au milieu du torrent il peina à avancer sans être emporté. Malgré sa petite stature, Theuris finit par prendre de l'avance et il se hissa en premier sur la berge opposée. L'ours-monarque arriva bien après, la tête basse. « Ours », dit Theuris, qui n'avait jamais eu l'intention de dévorer qui que ce soit. « J'ai aimé cette course, aussi ai-je décidé de rompre mon serment et de te laisser repartir de ton côté. » En entendant cela, l'ours releva la tête. « Si tu romps ton serment, alors, le torrent en est témoin, plus rien ne me lie au mien. » Avec ces mots, l'ours-monarque se jeta sur Theuris et enfin il le dévora.

DAMION DE LA CLAIRIÈRE,
érudit brunide,
Compilation des contes de la montagne.
Fin de l'épopée de Theuris, retranscription
d'un récit traditionnel arce, rédigé
en la 480e année du calendrier de Court-Cap

Le fait est que, entre deux combattants de métier, l'écart de talent est souvent si faible que l'issue d'un affrontement peut se jouer à la pièce. J'ai connu en chair et en os certains des hommes dont les faits d'armes ont inspiré des générations entières de bardes et de conteurs, dont Osmond Dertigeasse, dit Mâche-Clou, Peirsofal de Tibreck, et Sannie Laspice, le loup de Trosse. Bien qu'ils fussent chacun des techniciens convenables, aucun des trois ne surclassait significativement ses compagnons d'armes à l'entraînement, et il faut comprendre que les victoires qui les rendirent célèbres dépendaient d'un nombre de facteurs sans grand rapport avec leurs prouesses individuelles. Évoquons à la volée la qualité supérieure de leurs armures sur celles de leurs adversaires, les erreurs tactiques de ces mêmes adversaires, un terrain sur lequel il était difficile de les combattre efficacement (le pont de Grappe dans le cas de Peirsofal est sans doute l'exemple le plus parlant), ainsi qu'une part non négligeable de chance. Il convient également de ne pas oublier qu'un guerrier avec un nom peut souvent laisser ce nom combattre à sa place. Au crépuscule de sa vie, Mâche-Clou, que la boisson rendait mélancolique, avouait à qui voulait l'entendre que, lors de la tuerie qui fit sa réputation, quatre des sept hommes qu'il avait affrontés seul dans les rues de Lourcelle étaient trop ivres pour marcher droit, et deux autres à peine assez âgés pour tenir leurs lances. D'après mon expérience, le récit d'un haut fait et la vérité n'entretiennent qu'un rapport ténu l'un avec l'autre. C'est pourquoi le premier conseil que je vous dispense en tant qu'élèves est le suivant : abandonnez dès à présent l'idée que les héros sont façonnés par autre chose que leur bonne fortune.

BERNAU BURGRESSE,
maître d'armes de Ventesol,
Extrait d'un texte théorique destiné
à ses élèves et archivé à l'intention
de ses successeurs,
rédigé en la 606e année du calendrier
de Court-Cap

Qu'il est bon
D'espérer la route
Depuis de hautes tours.
Qu'il est bon
D'aviser la nuit
Qui cède devant le jour.
Mais à tant attendre le départ
La pluie revient, l'été repart,
Surgissent les loups et les roublards
Qui attendent aux carrefours.

Chanson de voyage de la Basse-Brune
(extrait)

Milieu de l’an 631

Été

Lune Tranquille

15

Le philosophe Walfhere se plaisait parfois à définir l'homme comme la superposition de deux entités distinctes. À la surface, l'être éveillé, sa face tournée vers le ciel. Celui-ci ne s'intéresse vraiment qu'aux choses qu'il peut changer. En profondeur, l'être endormi, sa face tournée vers le sol. Celui-là n'aspire qu'à l'immobilité, à l'ignorance de ce sur quoi il repose. Le balancier qui les relie tous deux permet à l'un de ne point s'éclipser dans la lumière, et à l'autre de ne point s'enfoncer dans les ténèbres. Il me semble que la réflexion de Walfhere quant à la dualité humaine peut se révéler pertinente jusque dans la nature même de notre chair. La carne s'échine à préserver sa forme initiale, tandis que l'esprit conjure sans cesse autant de moyens pour l'entailler. La balafre est l'amalgame visible de ces deux forces. Depuis l'époque de mon initiation à la médecine par Nahirsipal Eil Asshuri, et sans doute même avant, la mécanique du monde n'a jamais cessé de me fasciner. Il existe peu de choses aussi merveilleuses que celles que nous prenons pour acquises. La révolution des astres. Le passage des saisons. La cicatrisation d'une blessure. Je ne crois pas qu'il existe un seul sage qui comprenne pleinement ces procédés, et pourtant ils dictent le cours de nos vies sans que la plupart d'entre nous y accordent la moindre pensée.

Lorsque je songe aux premières lunes qui suivirent mon arrivée chez les Arces, la dichotomie évoquée par Walfhere, entre le désir du mouvement et le désir que rien ne change, est celle qui me vient en premier à l'esprit. Les années à Iphos m'avaient façonné. Je fonctionnais désormais d'une manière un peu bancale, écartelé entre l'envie de partir et la crainte du bouleversement que je trouverais sur ma route, et j'en souffrais. En dépit de l'isolement du Mur, la rumeur lointaine du monde me rappelait à quel point les choses y avaient changé. Je savais qu'il me faudrait tôt ou tard accepter de prendre la mesure de tout ce qui ne reviendrait pas. Mes souvenirs d'enfance, que j'avais étreints à bras-le-corps durant ma captivité, s'étaient cristallisés au point d'en devenir fragiles. Il me semble que j'avais mieux su me préserver de la contagion du néant que la plupart, sans doute parce que j'avais eu la chance de connaître d'autres vies et d'avoir accès aux mots, au combustible intellectuel pour y résister. J'accusais tout de même le contrecoup de la captivité.

Il est vrai que dans l'absolu je n'étais guère plus libre chez les Arces qu'à Iphos. Néanmoins, pour quelqu'un qui avait traîné des chaînes dans les galeries putrides de Carme, il existait une différence de taille entre les deux endroits : ici, on ne me traitait pas comme un prisonnier. J'étais libre d'aller et venir à ma guise. Mes seuls véritables geôliers étaient les montagnes et ma méconnaissance de leurs lois. Je n'avais eu besoin de personne pour comprendre qu'en cas d'évasion je n'irais pas bien loin. Que ma punition soit dispensée par la montagne ou par la lance relevait à mon idée d'une logique identique. Il m'était aisé de m'accommoder de cette réalité tant que je n'y réfléchissais pas trop, tant que je ne songeais pas à Brindille, et je parvenais sans mal à vivre en paix avec ceux qui me retenaient. Après tout, ils ne m'avaient pas seulement épargné, ils partageaient aussi le peu qu'ils avaient avec moi.

Et puis, de temps à autre, par clignements brefs mais clairs, je réalisais que, même si j'avais réussi à franchir le Mur, je n'aurais sans doute pas été prêt à faire face à ce qui m'attendait de l'autre côté. J'avais laissé des chimères s'installer et il fallait désormais les affronter, les défaire en même temps que les fantômes d'Iphos. Admettre qu'il ne me suffirait pas de quitter les montagnes pour que tout retrouve sa place. Uldrick ne ressusciterait pas. Merle, et Cardou, et Brindille ne m'attendraient pas à la ferme Tarron. Plus personne ne jouait au bout du chemin bordé d'aromates, pas davantage que Driche et Frise ne m'espéraient à la Cuvette. Ces années-là s'étaient effacées. Un temps d'ajustement serait nécessaire afin que je ne perde pas pied. Comme je n'attendais rien en particulier – ou du moins rien d'accessible –, il me semblait que la mélancolie contemplative des Arces, leur austérité solennelle, était adaptée au deuil qu'il me fallait mener.

Ainsi, avec patience, je pus entamer le chemin de la reconstruction par des gestes simples, le partage d'un repas, d'un feu, d'une corvée. J'étais un étranger, bien sûr, et tous ne m'aimaient pas. Je fus tout de même surpris du peu de temps qu'il me fallut pour cesser de courber l'échine par réflexe au moindre éclat de voix, et parvenir à soutenir un regard sans y chercher la rapacité ou le mépris. Le relâchement naquit en douceur, en réalisant que je n'avais pas besoin de surveiller constamment mes arrières et que même, parfois, on les surveillait pour moi. Il m'arrivait de rire du rire des autres, de trouver du plaisir au frôlement d'un corps, à la chaleur d'un sourire, même quand il ne m'était pas destiné. L'âme humaine est comme sa chair à bien des égards, il me semble que, dans les bonnes circonstances, on peut se remettre de tout. J'ignore s'il en va pareillement pour la mémoire des peuples, car celle des Arces était encore plus profondément contusionnée que la mienne. Le moindre de leurs enfants portait le poids d'une tragédie qu'il n'avait pourtant pas vécu lui-même.

Le souvenir des morts était partout, glissé entre les silences, gravé dans les pierres autant que dans les regards. Ce que j'avais d'abord pris pour de la retenue était davantage une apologie permanente de la discrétion, le souhait meurtri de voir le monde se désintéresser de ceux qui s'éclipsent délibérément des pages de l'histoire. Les Arces étaient retournés à leurs anciennes voies, et certains semblaient croire que le massacre de Grisarme avait été une punition pour ceux qui s'en étaient éloignés. Thurle disait qu'ils étaient redevenus un peuple caché, une expression qui voulait à la fois tout et rien dire. Je soupçonnais qu'il me faudrait entendre cette histoire-là pour en comprendre davantage, mais je me figurais aussi que cela viendrait tout seul, en son temps, et que j'avais déjà beaucoup à faire avec ma propre personne.

Le piton, et par extension le village-refuge des gens du *leufe* Thurle, se nommait Seu-Lanthé, ce qui se traduit mot à mot par Pierre solitaire. Sous les toits de lauze vivaient environ deux cent cinquante âmes, dont la vie quotidienne était circonscrite aux vallons jumeaux qui s'ouvraient de part et d'autre du cap rocheux. En réalité, la plupart des paysans du pays de Brune ne s'éloignent pas davantage de leur village que les Arces, mais à Seu-Lanthé, les limites étaient visibles par tous. On y pratiquait l'élevage, l'apiculture et la cueillette, et on écumait les forêts les plus proches en quête de bois mort, qui était brûlé avec des galettes de crottin séché. Dans les grottes qui abondaient tout autour, on étalait des seaux d'écorce hachée sur laquelle poussaient des grappes de champignons ronds et délicieux, tandis que dans les cavernes plus profondes il y avait des bassins où l'on engraissait des écrevisses blanches, des salamandres et des poissons. Les Arces vivaient chichement, mais ils ne semblaient manquer de rien, et leurs provisions se voyaient parfois complémentées par le fruit des rapines qu'ils menaient chez les Brunides.

Thurle commandait une quarantaine de guerriers, qui passaient leur temps à veiller sur les cols de la montagne et à garder le fortin. Leurs attaques en terre brunide étaient planifiées avec minutie, souvent en coordination avec les hommes d'autres *leufes*, qui venaient de temps à autre se ravitailler au piton. Ils frappaient surtout la primeauté de Grisarme, mais parfois aussi celle de Collinne, où ils embusquaient les patrouilles et les marchands lorsqu'ils le pouvaient, mais se contentaient généralement de dérober les troupeaux des bergers qui n'avaient pas d'autre choix que de faire paître leurs bêtes dans les contreforts. D'après mes observations il devait se trouver trois ou quatre villages refuges dans les parages, et d'autres encore plus loin à l'est, mais Seu-Lanthé était le plus important en cette partie du Mur et, en dépit de leurs mœurs informelles, Thurle jouissait visiblement d'un prestige particulier au sein de la confédération dépenaillée des nobliaux arces.

Au fortin comme au village, les gens vivaient les uns avec les autres, mangeaient ensemble, au lever du soleil et à la tombée de la nuit, dans des maisons communes où pouvaient se réunir plusieurs foyers. La tradition voulait que l'on dîne avec au moins une personne différente tous les jours, même si en pratique de petits groupes se constituaient en fonction des affinités. Dans la place forte souterraine, on prenait les deux repas quotidiens sous une grande salle voûtée qui succédait directement à l'escalier d'accès. Les guerriers y côtoyaient librement les domestiques et les artisans, et les assistaient souvent dans leurs tâches journalières. Les Arces pratiquaient un clientélisme plus modéré que les Carmides, basé sur des serments de loyauté plutôt que sur l'or et, si les guerriers composaient clairement une caste à part, ils semblaient aussi s'envisager comme Arces avant tout, membres d'un peuple rendu solidaire par l'adversité, au sein duquel les rôles individuels étaient largement interdépendants. Peu de distinctions étaient faites entre ceux qui se battaient et ceux qui nourrissaient, ceux qui rapiéçaient les vêtements et ceux qui nettoyaient derrière les autres. En conséquence, après le *leufe* et son augure, l'un des hommes les plus influents de tout Seu-Lanthé était Porélas, l'artisan cirier.

Durant les quelques jours qui suivirent mon arrivée, on m'installa dans une alcôve de la garnison, à l'écart des hommes durs et querelleurs qui s'y trouvaient. Un peu plus tard, par souci pratique, je migrai jusqu'à l'une des chambres excavées du fortin lui-même. C'était un trou sombre et froid, franchement déplaisant malgré tout le mal que je me donnais pour l'agrémenter. J'accumulais des bibelots rapportés de mes promenades dans la vallée, un andouiller brisé, un beau cristal de quartz clair, des bouquets d'herbes odorantes ou de fleurs sèches. Rien ne parvenait vraiment à égayer l'endroit. Quoi que je place sur les deux étagères et les recoins plats, les parois demeuraient toujours aussi sombres et il s'en dégageait une vibration trop implacable à mon goût, une solidité intimidante qui engloutissait tout le reste. Heureusement, je passais mes journées ailleurs, à l'extérieur surtout, et je ne m'y rendais que pour dormir.

Après ma première nuit, j'y retrouvai l'ensemble des affaires qui m'avaient été confisquées, y compris mes armes. Si je crus d'abord à une erreur, on me les laissa pourtant par la suite. Je pris l'habitude de porter le poignard de bronze à ma ceinture usée, sans mesurer pleinement l'écueil que représentaient ces quelques pouces de métal. Le seigneur Thurle était un homme rusé. Nous savions tous deux que l'on n'arme pas un prisonnier, et l'ambiguïté de mon statut m'obligeait à une circonspection permanente. Je ne savais jamais si j'étais ou non dans mon droit, ni d'ailleurs quels étaient précisément ces droits. Tant que mon esprit se contorsionnait avec ces énigmes-là, Thurle pouvait dormir sur ses deux oreilles dans la certitude que je ne songeais pas à autre chose, à la fuite ou à la rébellion. De plus, le temps était son allié. Durant cette période de latence, des habitudes naissaient. Des racines timides commençaient à prendre forme, tâtonnant à la recherche de la pitance et des prises que mon âme écorchée espérait avec voracité. Mes entrevues avec Bréanna, qui avaient au moins une régularité et un but clairement défini, représentaient le point d'ancrage le plus évident, et à mon idée cela non plus ne tenait pas du hasard.

Un jour sur deux je retrouvais la jeune femme durant plusieurs heures, la matinée entière ou bien l'après-midi, et nous discourions sous l'œil vigilant de Marouenne, sa vieille nourrice. Un guerrier en faction nous accompagnait également, censément pour assurer la sécurité des deux femmes. J'avais décidé de commencer par enseigner le scoye à Bréanna, parce qu'il contenait les éléments de plusieurs autres langues (dont le jharraïen), mais aussi parce que sa pratique était largement répandue. De son côté, la jeune femme m'apprenait à baragouiner quelques mots en arce. Nos rendez-vous pédagogiques avaient lieu à l'extérieur lorsque le temps l'autorisait, sur la terrasse sommaire formée par la chape supérieure de la garnison. Nous y installions une petite table et quelques tabourets avant de prendre place au soleil avec des stylets grossiers et deux tablettes de cire, écaillées mais fonctionnelles. En cas de pluie, nous nous repliions sous le dôme de pierre spéculaire, le seul endroit du fortin suffisamment lumineux pour convenir à nos échanges. Indépendamment de la météo, Marouenne nous abreuvait de tisanes mentholées avec lesquelles étaient parfois servis quelques gâteaux de céréales sauvages, ou un délicieux rayon de miel frais.

C'était un duo curieux que l'aïeule et la donzelle. Bréanna avait tout juste quinze ans, bien qu'elle paraisse souvent plus âgée, et Marouenne veillait sur elle comme une mère louve sur ses petits. La nourrice était une femme fine et courtaude dont la peau brune semblait aussi tannée que celle d'un vieux marin. Dardant depuis l'ombre de sa coiffe blanche, ses petits yeux vigilants épinglaient le moindre de mes mouvements, guettaient tout geste ambigu ou déplacé. Son attention ne faiblissait jamais, alors qu'après la première heure les guerriers malchanceux que l'on désignait tour à tour pour nous tenir compagnie affichaient pour la plupart des regards vacants qui transpiraient l'ennui. J'avais rapidement conclu que la mère de Bréanna était morte en la mettant au monde ou alors peu de temps après, et que Marouenne représentait pour elle bien davantage qu'une simple nourrice. Pour autant, j'avais découvert tout aussi rapidement que nos entretiens, qui se déroulaient en grande partie en brunois, constituaient une échappatoire salutaire pour la jeune femme. Timidement au début, puis avec de plus en plus d'assurance, elle instaura entre nous un espace de liberté qui n'était policé par personne.

Il arrivait que *nerche* Chara assiste aux cours, et dans ce cas nous conduisions nos affaires de manière irréprochable. Toutefois, dès lors que nous étions seuls, nous bavardions sans nous préoccuper du travail. Bréanna se penchait studieusement sur la table, faisait battre ses cils sombres en me désignant sa tablette avec un aplomb effroyable, pour me raconter en brunois quelque chose qu'elle avait vu la veille, des ragots, ou une blague grivoise entendue de la bouche d'un guerrier de la garnison. Elle entrecoupait ses phrases de mots arces que je répétais stupidement pour ne pas éveiller les soupçons de Marouenne. C'était un jeu excitant que d'abattre en secret la barrière formelle que nous étions censés respecter, et nous nous en amusions tous deux.

Lorsqu'il n'y avait pas de rumeurs ou de traits d'esprit, il arrivait que Bréanna se livre sur des sujets plus personnels, et me parle d'elle-même, de la frustration et de la fierté qu'il y avait à être la fille du *leufe*. Je me soumettais quant à moi à ses exigences et lui faisais le récit de tout ce qu'elle voulait bien entendre à mon propos. Brindille était son sujet de prédilection. Ce n'était jamais bien dangereux, mais je me plaisais à entretenir cette intimité insurrectionnelle. Il m'était agréable de retrouver un semblant de complicité avec un autre être humain, mais il y avait aussi une partie de moi qui faisait des calculs déplaisants. Je me figurais qu'à l'avenir l'amitié de la fille du seigneur Thurle pourrait bien m'être utile. Peut-être même que cela me sauverait la vie.

Quand je n'enseignais pas le franc-sabir à Bréanna, il m'arrivait de partir marcher dans l'une ou l'autre des vallées jumelles, à la découverte des sapinières et des cascades, à l'assaut des falaises, ou à la recherche des points de vue époustouflants qui attendaient qu'on les découvre sur les corniches les plus élevées. Autour de Seu-Lanthé les chemins abondaient, même sur les hauteurs, martelés par la botte des hommes ou les sabots acérés des bêtes. Ces excursions en solitaire s'effectuaient autant par envie que par mimétisme : j'avais remarqué que les Arces en faisaient fréquemment autant. Au début je trouvais curieux de voir des hommes, des femmes, et même des enfants quitter le village en solitaire, sous l'orage, la grêle ou la pluie battante pour aller se reclure dans la montagne. Thurle, avec qui je discutais parfois au moment des repas, m'expliqua que l'isolement et la communion avec les esprits de la montagne étaient l'expression première de la spiritualité de son peuple. Pour obtenir la bénédiction des mânes, il fallait aller les voir en personne, là où ils résidaient.

La religion était omniprésente dans le quotidien des Arces, si omniprésente en vérité que je déployais toutes sortes d'artifices pour éviter le sujet avec Bréanna et son père. Heureusement, les habitants du piton me fichaient la paix avec cela, et Thélis l'augure semblait tenir davantage un rôle consultatif que prosélyte. Les gens allaient lui rendre visite pour lui raconter un rêve ou un dilemme, parfois même pour lui faire part d'une sensation, et le vieil homme tranchait, interprétait ou conseillait avec autant de simplicité et de bon sens que ses superstitions le permettaient. Thélis ne s'adressait jamais à moi directement, mais il m'accordait souvent des regards bienveillants qui me convenaient. Il menait également les rituels de son peuple, de petits pèlerinages qui le voyaient partir à la tête d'une foule jusqu'à tel ou tel site sacré, un lac d'eau pur ou un pin millénaire pour y déposer des offrandes ou faire des sacrifices à l'intention des esprits. En dépit de son grand âge, l'augure, une fois lancé, pouvait se déplacer sur les pistes avec la vivacité d'un vieux bouc, signe – disait-on – qu'il savait se laisser habiter par l'esprit du vent. Évidemment je n'en croyais pas un mot, mais je me joignais parfois à ces cortèges, parce que ma présence m'aidait à me faire accepter par les Arces les plus dévots.

Les jours s'effilochèrent ainsi jusqu'au milieu de l'été. Je commençais enfin à prendre mes marques et à pouvoir échanger des politesses maladroites avec mes hôtes. Depuis que je comprenais un peu mieux leurs coutumes il m'était plus aisé d'envisager ma place en leur sein, et quelques habitants du village commençaient même à m'inviter à dîner. Parmi ceux-là il y avait Porélas le cirier, et aussi un éleveur de chèvres qui me fit très bonne impression mais dont j'ai oublié le nom. Comme les choses se stabilisaient à l'extérieur de moi, je pus me tourner vers mes propres désirs. Ce fut sans doute visible. À l'issue de la lune Tranquille, le *leufe* Thurle m'invita à l'accompagner à la chasse. J'acceptai de bonne grâce, sans me départir de l'idée que cela non plus ne tenait pas entièrement du hasard.

16

Le soleil de l'après-midi flamboyait, chauffant les strates de pierre jusqu'à les faire vibrer. L'air était tiède, bercé parfois de courants plus frais imbibés du parfum prégnant des conifères, qui s'enroulaient sur la peau comme des caresses bienvenues. Les troncs de la sapinière dégorgeaient littéralement de résine ambrée, qui coulait comme du sirop entre les interstices de l'écorce rugueuse. Je suais sous ma chemise, mais c'était une moiteur saine et agréable que le vent lapait à même ma peau. Cela faisait plus de trois heures que nous grimpions, Thurle devant, et Lérias, l'un de ses meilleurs guerriers, derrière. Quelque part en haut de la pente, après les arbres et les lits d'aiguilles, il y avait une grande pâture accrochée au flanc de la montagne. Il y poussait une herbe fine et des monceaux de pimprenelle, et les chamois quittaient de temps à autre leurs perchoirs escarpés pour venir y brouter.

Nous avions pris des réserves pour une journée, du fromage amer, de la viande de brebis séchée et du pain friable fait de farine de pois, avec une grande outre remplie d'eau, et une autre, plus petite, décorée de perles noires, dans laquelle clapotait du vin de caramine de l'automne précédent. La pâture où nous nous rendions se situait à l'extrémité de la vallée qui s'étirait depuis Seu-Lanthé en direction de l'est, bien plus loin que les quelques promenades que j'avais déjà effectuées de ce côté. En effet, comme je veillais toujours à rentrer au village avant la nuit afin que personne ne puisse soupçonner une tentative de fuite, je faisais attention à ne jamais m'aventurer trop loin. Je ne savais pas si cette précaution était nécessaire, mais comme je ne pouvais pas encore espérer dissiper tout malentendu avec les guerriers arces, je m'y tenais sans déroger.

Lérias avait troqué sa faux et le lourd haubert de mailles qu'il portait habituellement contre une tenue de peau légère et une paire de javelines. Je l'entendais souffler dans mon dos tandis qu'il écrasait les buissons et les branches sèches, et je me demandais si c'était une bonne idée que de l'avoir emmené. Lérias était un grand homme dans la fleur de l'âge, puissant et bien bâti, avec un air aimable et constamment surpris qui contrastait de manière presque comique avec la réputation de combattant implacable qu'il traînait. Thurle lui vouait une confiance sans faille. Pour cette raison, Lérias faisait partie de sa garde rapprochée, cette dizaine de guerriers qui ne quittaient que rarement le fortin et qui, vêtus de leurs lourdes armures, constituaient la dernière ligne de défense du village. Thurle m'affirmait souvent qu'un guerrier arce valait dix combattants brunides. Dans le cas de Lérias, je voulais bien le croire. Restait que ce dernier n'était pas particulièrement habile pour avancer dans la forêt, et j'avais dans l'idée que tout le gibier aurait fui la pâture longtemps avant notre arrivée.

Nous finîmes par quitter l'ombre des bois parfumés, Thurle toujours en tête. Devant, la prairie s'étendait sur plusieurs milles de pentes douces et de déclives, parsemée de roches et de broussailles. Plus loin, une succession de crêtes disloquées marquait l'endroit où les sapins et le dénivelé reprenaient. En tournant la tête, nous avions une vue imprenable sur le piton austère de Seu-Lanthé ainsi que sur la vallée verdoyante qu'il avait fallu remonter plus tôt dans la journée. Comme à chacune de mes sorties, j'avais savouré chaque partie du voyage. Depuis que la neige avait fondu, les montagnes commençaient à me plaire davantage que je ne l'aurais cru possible, et j'étais surpris de découvrir la variété de vies qui savaient en jaillir une fois la belle saison installée, plantes et bêtes de toutes formes et toutes tailles. J'avais demandé à certains des enfants du village de m'apprendre à identifier les baies comestibles que je ne connaissais pas et dont les forêts regorgeaient. Ils m'autorisaient à les accompagner, en échange de quoi je les laissais parfois me duper en glissant une pétoulette de chèvre au milieu des fruits qu'ils me tendaient, ce qui les amusait énormément.

Peu après l'orée des bois se dressait un grand affleurement rocheux envahi de lichen. Nous y installâmes nos affaires, puis le vieux *leufe* s'éloigna un temps pour prendre la mesure du terrain. Il avait tenu à sa solitude depuis notre départ, préférant marcher en pointe sans quiconque pour lui tenir compagnie. Vraisemblablement, ce n'était pas fini. Sur les rochers cassés de la prairie, les siffleux se rassemblaient. Les déplacements de Thurle déclenchèrent bientôt un concert de cris stridents. Dressés sur leurs courtes pattes, les rongeurs enflaient leurs bajoues difformes et lançaient en notre direction des chuintements d'alerte mélodieux. Lérias se plut à leur répondre, avec ses imitations proches de la perfection, ce qui ne fit qu'accentuer leur trouble face à l'invasion. Amusé, je plissai les yeux pour contempler tour à tour les crêtes et le ciel, la bouche entrouverte en un demi-sourire. Deux grands aigles tournoyaient paresseusement au-dessus de la pâture. Plus loin, Thurle grognait avec satisfaction tout en avisant la trace du passage des chamois. Les fleurs de pimprenelle parsemaient le paysage de milliers de points sanguinolents, des taches rouges autour desquelles s'orchestrait le ballet bruyant des bourdons et des abeilles.

Le *leufe* avait emporté avec lui un arc court et cinq flèches à large tête, dont les empennages noirs et blancs avaient été façonnés à partir du plumage d'un balbuzard. Chez les Arces, la chasse en tant que telle était réservée aux guerriers, qui pour la plupart préféraient d'ailleurs la javeline à l'arc. *Leufe* Thurle était une exception à la règle et il s'adonnait au tir avec entrain. Entre le pas lourd de Lérias et le vacarme des siffleux, je ne m'imaginais pas que le *leufe* puisse abattre un gibier qui ne soit pas sourd. Je commençais à soupçonner que la partie de chasse avait constitué une simple excuse pour quitter le fortin.

Au cours de l'après-midi je débitai par désœuvrement quelques perches à la hachette, et débusquai un peu de lierre-acier dans la sapinière en contrebas afin d'assembler un abri pour la nuit. De son côté, Lérias effectuait des allers-retours en quête de bois mort à brûler, suant à grosses gouttes sous le soleil implacable, me regardant parfois de travers sans mot dire. Au cours de leurs expéditions, les Arces évitaient ce genre de construction, s'ils le pouvaient. Ne souhaitant laisser que peu de traces derrière eux, ils préféraient trouver un refuge naturel à même de les abriter de l'essentiel du mauvais temps et faire confiance aux sacs de couchage étanches qui les accompagnaient partout, en toute saison. Jusqu'à la fin de l'après-midi Thurle erra du côté des escarpements. J'apercevais de temps à autre sa silhouette se détacher sur le gris plus clair des concrétions usées, sautant de rocher en rocher, pas aussi lestement qu'il l'aurait sans doute voulu. Sa traque était entrecoupée de pauses, et il se baissait souvent pour inspecter une piste ou du crottin.

Lorsque le soleil se mit à décliner et que j'eus fini de couvrir l'ossature du bivouac de rameaux de conifères, puis aidé Lérias à ramener quelques brassées de bois à brûler, Thurle revint vers nous d'un pas lent et pondéré. Sa démarche était difficile, mais à voir l'étincelle de ses yeux plissés je devinai sans peine qu'il était heureux de l'expédition et que ce genre de sortie lui avait manqué. Il étudia mon abri d'un œil critique avant d'y déposer son arc et son carquois près des autres affaires et se lança ensuite dans la construction d'un petit feu, écartant mes offres d'assistance de gestes irrités. La flambée crépitante naquit dans un creux rocailleux et noirci qui avait l'air d'en d'avoir accueilli d'autres, et enfla bientôt en un joli brasier. Nous nous installâmes sur les sacs de couchage et mangeâmes quelques lambeaux de viande. Thurle découpait de petites tranches du fromage qu'il tendait tantôt à Lérias, tantôt à moi. Le vent se rafraîchit considérablement, le ciel bleu se transforma peu à peu en une merveille constellée, et la montagne obscure ne tarda pas à résonner des hululements des hiboux et des pétulances des oiseaux de nuit.

Lérias finit par se lever pour uriner et Thurle en profita pour déboucher l'outre à vin. Après y avoir bu une longue rasade, il me la confia et je m'abreuvai à mon tour. Le vin de caramine était astringent mais sucré, et plus fort que je ne l'attendais. Je savourai en silence, puis Thurle agaça le feu et posa son regard sur moi. « Comment vont les choses pour vous, Syffe ? » me demanda-t-il après un temps. Je m'humectai les lèvres, et avalai ce qui me restait de vin en bouche. C'était la première fois que Thurle s'était adressé à moi de la journée. « Les choses vont bien, *leufe* », répondis-je doucement. « Votre fille est intelligente et travailleuse, et il est plaisant de lui faire la leçon. » Le seigneur acquiesça à mes politesses attendues. « Vous êtes allé manger au village. D'autres foyers vous inviteront, et vous y retournerez, je l'espère. C'est une bonne chose. » « Votre peuple est généreux avec moi », fis-je, et je le pensais, même si je me doutais aussi que certaines des invitations avaient été encouragées. « J'en oublie parfois que je suis un étranger », ajoutai-je après un moment. Cela, je le pensais moins.

Thurle eut un sourire un peu distant et ses yeux retournèrent aux braises. « Pourtant vous ne vous faites pas à l'idée de rester ici », affirma le *leufe* sans me regarder. Je reniflai, et versai encore un peu de vin au fond de mon gosier. « Je ne veux pas vous offenser », fis-je d'une voix plus amère que je ne le souhaitais. Thurle m'épingla d'un œil un peu vif. « Dans l'ancien temps, lorsque les Arces et les Carmides étaient encore un même peuple, il est dit que les femmes étaient enlevées par leurs maris. C'était la coutume. Au début elles étaient contraintes, mais elles s'y faisaient parce que c'était leur devoir. Je ne sais pas si les femmes d'hier étaient plus malheureuses que celles d'aujourd'hui. » Je plissai le front. « Sans doute faudrait-il le demander aux femmes, *leufe* », répondis-je sur un ton aussi neutre que possible. « Sans doute », répéta Thurle, et sa main mutilée réajusta la torque d'or qui ne quittait jamais son cou.

Lérias revint des bois et s'assit un peu à l'écart, les jambes croisées, le regard levé sur les constellations. Je pris une grande inspiration. « Je ne suis pas un imbécile, *leufe* », fis-je, enhardi par le vin. « Parlons franc comme nous l'avons fait depuis le départ. Je sais bien que je mourrai, si j'essaye de partir, et je comprends aussi les raisons qui vous poussent à me retenir. C'était une grande bonté de ne pas me tuer, et je ne veux pas paraître ingrat, mais vous ne pouvez pas me demander d'abandonner mes promesses, ni l'espoir de vous faire un jour changer d'avis. » Le seigneur fronça les sourcils et me signifia qu'il souhaitait l'outre à vin d'un geste impatient. Après avoir bu encore, il la lança en direction de Lérias, puis jeta quelques branches sèches dans le feu. Son expression, d'abord perplexe, s'affirma d'instant en instant jusqu'à ne plus refléter qu'une assurance palpable. Les flammes ravivées dansaient sur ses yeux luisants. « Vous parlez bien, *thesponé* », fit-il enfin, et ses mots vibraient d'une émotion curieuse. « J'ai toujours du plaisir à discuter avec vous et vous avez raison. Personne ne devrait avoir à renoncer à l'espoir. »

Thurle marqua une pause et se lissa la barbe. « Mon père m'emmenait ici lorsque j'étais enfant », enchaîna-t-il sur le ton de la confidence. « J'aime cet endroit, parce qu'il n'a pas changé depuis cette époque-là, et je m'y rends quand j'ai besoin de trancher des questions importantes. L'esprit qui habite ces lieux est calme. Il aime les penseurs. J'ai marché avec lui aujourd'hui. J'avais avec moi mon arc et mes meilleures flèches, mais je n'ai pas rompu sa paix. Il me permet d'entendre maintenant vos paroles pour ce qu'elles sont. Je le sens. » J'acquiesçai lentement, pour montrer à Thurle que je suivais. « Il m'arrive aussi de marcher pour démêler le fil de mes pensées, *leufe*. Même si je n'ai pas souvent eu besoin d'aller aussi loin », fis-je d'un ton léger.

Le seigneur grimaça son sourire bancal et laissa son regard vagabonder dans le ciel moucheté d'étoiles. « Je sais que nos croyances ne sont pas les vôtres, et je devine souvent votre retenue, mais je vois aussi que vous faites de votre mieux pour respecter nos mânes. Thélis croit que votre méconnaissance des esprits est une innocence bienvenue. Que vous n'en servez que mieux leurs desseins. » Ce fut à mon tour de sourire, quoique plus tristement, parce que je songeais à Nahirsipal. « Les Jharraïens croient la même chose. Que les hommes sont les outils des dieux. » Je ne poursuivis pas davantage, car alors j'aurais dû parler de la *Pradekke*, et je ne souhaitais pas froisser qui que ce soit. Je ne savais pas ce qui se passerait si j'avouais mon incroyance aux Arces, et je n'avais pas envie de le découvrir.

« Les mœurs des hommes de Jharra ne me sont pas connues », répondit Thurle un peu sèchement, comme pour clore un sujet qui ne l'intéressait pas. « C'est Thélis qui m'a conseillé de vous conduire ici, et je vois désormais qu'il avait raison. Le présage que vous avez porté ne quitte pas mon esprit depuis le jour où mon fils me l'a relaté. Soyez sûr qu'il habite aussi l'esprit de mon peuple. La rumeur de vos actes a été colportée de vallée en vallée et de pic en pic. *Méti fénéri* a brûlé de nouveau. Les mânes nous font savoir qu'un cycle s'achève et qu'un autre commence. Ma décision est prise. Je vais partir dans quelques jours et Dorle me précédera. Nous allons appeler à un grand rassemblement des *leufes* et de leurs augures. Vous avez eu raison de parler d'espoir, *thesponé*. Il s'en trouve peu dans la simple survie, et cela me désespère depuis longtemps. Mais à présent je crois que les signes sont clairs. Le temps est venu pour que mon peuple s'unisse de nouveau sous la direction d'un seul homme. Il se peut qu'à mon retour je sois devenu roi. »

J'hésitai après cette tirade, sans vraiment savoir si je devais répondre ou non. Le fait que les Arces, Thurle le premier, m'attribuent un rôle au sein de leur mystique me mettait franchement mal à l'aise. J'essayais systématiquement de le minimiser, principalement parce que j'avais la sensation qu'il s'agissait d'un statut à double tranchant, et que je ne voulais pas avoir à l'endosser lorsque le sort se ferait moins clément. « Je suis heureux si mes paroles ont pu vous aider, *leufe*. Je croyais que nous venions seulement chasser et je ne pensais pas à autre chose. Je vous souhaite bonne fortune dans votre entreprise. » Le seigneur eut l'air satisfait et il me remercia avant de réclamer son outre à vin. Nous bûmes encore, l'un après l'autre. Au-dessus, la lune croissante était comme une mince entaille lumineuse, et les trilles des oiseaux de nuit résonnaient curieusement dans cet espace immense et soufflетant qui s'ouvrait entre les deux pans de la vallée. La pierre ombrageuse de Seu-Lanthé ne laissait échapper aucun éclat, et il fallait avoir l'œil vif pour distinguer les panaches de fumée qui s'en élevaient par endroits. Lérias se rapprocha du feu, parce que le froid commençait à descendre sur la prairie.

« J'aurais une requête à formuler », finis-je par énoncer lorsque l'alcool eut suffisamment délié l'atmosphère. « Demandez toujours », répondit Thurle d'une voix épaisse, en affichant un air plus curieux que méfiant. J'enchaînai rapidement, de peur d'être interrompu :

— J'aimerais être autorisé à m'entraîner avec vos guerriers. La dernière fois que j'ai eu de l'acier entre les mains, j'étais encore un enfant. Après cinq années d'esclavage, je dois être rouillé, mais j'ai grandi aussi. J'ai vu vos hommes à l'œuvre dans la cour, et cela m'a plu. Je voudrais me remettre en forme.

Le *leufe* fronça les sourcils et échangea quelques mots avec Lérias. Je reconnus que le terme « combat » avait été prononcé, mais le reste m'échappa entièrement. Thurle grogna enfin. « Je vous accorde cette faveur, en espérant ne jamais avoir à la regretter. Il va de soi que cela passera après l'enseignement que vous dispensez à ma fille, et que vous renoncerez à tenir quiconque pour responsable des blessures dont vous pourriez écoper. Mais en soi, je crois qu'il s'agit d'une bonne idée. Il se peut qu'un jour nous nous battions côte à côte à la défense des miens. Autant que vous en soyez capable. » Lorsque Thurle eut fini de parler, Lérias se pencha et me tapota l'épaule d'un air complice avant de m'adresser un mince sourire et une poignée de phrases. « Il dit qu'il aura plaisir à vous aider », me traduisit le seigneur. « Il dit aussi qu'il ne vous fera pas de cadeaux et qu'il a hâte de vous tanner le cuir. »

De bonne grâce, je rendis son sourire à Lérias et courbai la tête en guise de remerciement. De l'autre côté du feu, le grand guerrier me dévisageait avec amusement. Je crois qu'il ne me prenait pas tout à fait au sérieux et, pour tout dire, je le comprenais. Je ne taillais pas une figure particulièrement impressionnante. Même si le triangle sur ma joue me donnait un air vaguement sauvage, j'avais le visage lisse et imberbe d'un jeune homme, et j'étais deux fois moins épais que Lérias. La nuit s'étiola, bercée par l'arôme du vin et le murmure de la montagne et nous veillâmes le feu jusqu'à ce que la lune soit haute. Le lendemain, nous retournâmes à Seu-Lanthé, et quelques jours plus tard une procession de guerriers accompagna Dorle en direction de l'est. Le village bourdonnait, d'un murmure impatient et vigoureux. Jamais je n'avais trouvé le piton aussi vivant. Thurle avait eu raison à propos de l'espoir. Il me semblait que chaque homme, chaque femme et chaque enfant de Seu-Lanthé avait souffert d'une grande soif. Lorsque la rumeur du renouveau s'était déversée, chacun s'était précipité à même les pierres pour y lécher la moindre goutte.

17

Le jour du départ de Thurle, je dois admettre avoir pensé à profiter du désordre qui avait envahi Seu-Lanthé pour m'éclipser vers la Grise-Marche. Même si je ne connaissais pas les chemins du sud et que je ne savais pas si j'aurais marché en direction d'une impasse ou d'un poste de garde, la tentation fut indéniable. J'aimerais pouvoir dire que, si je ne m'y hasardai pas, cela tint à un certain nombre de facteurs pragmatiques, comme l'absence de réserves et d'équipement, le confort relatif du fortin, l'idée qu'il y aurait du remue-ménage dans la montagne avec le voyage de Thurle ou simplement une impréparation générale à rentrer en pays brunois. La vérité était bien plus banale : je me sentais redevable. Avec le recul, une telle chose doit certainement paraître absurde. Après tout, les Arces me retenaient par la force. Ils m'avaient certes fait traverser une bonne partie des montagnes, mais c'était en tant que prisonnier, et le seul véritable service qu'ils m'avaient rendu était de m'avoir sauvé de leurs propres lames. De plus, chaque lune qui s'écoulait dans les montagnes était une lune que je ne consacrais pas à retrouver la trace de Brindille.

Si cette reconnaissance ne s'expliquait pas entièrement, elle cohabitait de surcroît avec une émotion plus ambiguë, qui se plaisait parfois à tester la vigilance des guerriers, qui se familiarisait avec leurs forces et leurs faiblesses, qui aiguisait le bronze en songeant au raclement humide qu'il y aurait à la découpe d'une trachée. Je crois surtout que si j'entretenais cette ébauche de dette morale, c'était pour m'assurer que j'avais bien quitté l'enfer d'Iphos. Dans les galeries, mais aussi dans les forêts, de telles notions étaient bannies. Les interactions se réduisaient à des négociations immédiates, la pesée des rapports de force était une boucle sans cesse renouvelée, et tout se payait au présent. Le contrat de confiance que j'avais passé avec *leufe* Thurle était le synonyme – de mon point de vue – d'un retour au monde. Ma parole offerte en était à la fois la proclamation et l'outil. En honorant mes engagements, je validais pour moi-même la certitude d'un avenir, mais j'acceptais surtout que ressuscite dans mon âme une symbolique mutilée par la fosse.

Le cortège qui accompagna Thurle et son augure était petit, mais impressionnant. Le *leufe*, engoncé dans une armure ornementale lacée de motifs de cuivre éclatant, marchait à la tête de seize grands guerriers, chacun couvert de mailles pesantes et scintillantes. De belles rondaches embossées étaient fixées dans leur dos et ils portaient leurs faux de guerre sur l'épaule. S'ils étaient partis au combat, les hommes auraient été indiscernables les uns des autres sous leurs lourds casques à visière. En l'état, c'était après leur prestige que Thurle en avait, et ils allaient à visage découvert afin que le nom des guerriers qui lui prêtaient allégeance soit connu de tous. Lérias et

Forclas étaient de ceux-là, leurs cheveux et leurs barbes huilés pour l'occasion. Derrière eux venaient une dizaine de porteurs, choisis pour leur robustesse et leur beauté. Dans les hottes d'osier tressé qu'ils portaient sur leur dos reposaient les victuailles pour le voyage, mais aussi les présents que Thurle comptait faire aux autres *leufes*. Il y avait de belles peaux, quelques couteaux ciselés, mais surtout des bijoux. Des torques d'or ou d'argent, des bracelets incrustés de bronze, des chevalières serties d'ambre ou de pierreries et des écrins enchâssés de gemmes. Comme tous les autres habitants du fortin, j'avais assisté malgré moi aux préparatifs, aux débats interminables entre *nerche* Chara et Bréanna, afin de décider quelle offrande devait aller à quel seigneur. Si j'étais mal placé pour pouvoir juger du discernement de Thurle et des siens quant à la destination de ses cadeaux, je pouvais en revanche attester de l'évidence : le *leufe* n'était pas ladre, loin de là, et il n'avait pas l'intention de lésiner sur le prix de sa couronne. J'en arrivai même à croire, du moins en partie, qu'il ne faisait pas tout cela uniquement pour satisfaire une ambition personnelle.

La matinée était orageuse, et l'expédition quitta Seu-Lanthé sous une succession d'averses chaudes et le grondement lointain du tonnerre. Le village entier s'était rassemblé pour souhaiter bon voyage au seigneur. Deux chèvres blanches furent lancées du haut du piton pour lui assurer la bienveillance des esprits de la montagne, et on donna du cor avec vivacité jusqu'à ce que la colonne franchisse le dernier pont au départ du massif. Au-dessus, les nuages enflés macéraient dans leurs propres reflets violacés. Peu avant que la troupe ne disparaisse à l'est, une éclaircie éclatante invoqua un bel arc-en-ciel sur la crête que le *leufe* et ses hommes s'apprêtaient à franchir. Profitant du fait que Thélis soit parti, chacun s'improvisa augure pour interpréter ce signe. Ce soir-là, le consensus dans la salle commune du fortin fut que les mânes avaient remercié le village pour le sacrifice des chèvres.

Les semaines suivantes furent insolites à bien des égards. L'absence du *leufe* et de ses hommes ne fit qu'accentuer la sensation de vide qui régnait au sein de la place forte. À l'époque antique de sa construction (qui avait eu lieu bien avant l'arrivée des colons de Parse, d'après la légende locale), l'endroit avait été conçu pour héberger trois ou quatre cents personnes. Après le départ du *leufe* et de son entourage, il en restait moins de vingt. Pourtant, contre toute attente, la fébrilité ambiante ne s'estompa pas le moins du monde, mais enfla, de façon parfois absurde, alors même que nous savions que Thurle ne rentrerait probablement pas avant la fin de l'été. Tout irrationnelle qu'elle était, l'atmosphère me convenait parfaitement : les Arces étaient plus accessibles qu'à leur habitude, et il en allait de même pour les tonneaux de vin de baie et de liqueur d'épine, pour lesquels je commençais à développer un goût certain. Il y eut davantage de chants, et même – chose inédite – une danse d'ombres rythmée de tambours légers qui fut projetée sur la paroi de l'une des cavernes naturelles du piton par le biais d'un feu vif. Je ne compris pas tout à fait l'histoire (il fut question de l'amour d'un homme et d'une femme qui était peut-être aussi sorcière), mais j'appréciai néanmoins l'esthétique singulière des silhouettes convulsées sur la roche. J'avais du mal à entrevoir quel changement concret la nomination d'un roi aurait sur la vie des Arces, mais pour l'heure j'étais satisfait de me laisser porter par l'entrain général.

Pour parachever ma bonne humeur, Eurixxe et Thesparle, qui passaient l'essentiel de leur temps à patrouiller dans les montagnes, avaient été assignés à la garde de Seu-Lanthé de manière exceptionnelle, jusqu'au retour du seigneur Thurle. Depuis que je commençais à pouvoir ânonner quelques mots arces (et que je ne risquais plus de perdre la tête), je me plaisais à passer du temps en compagnie des deux hommes, et particulièrement du guerrier aux oreilles cloutées, qui s'accommodait de mes tentatives balbutiantes et y répondait avec patience. Il me semble que ce plaisir était réciproque. Lérias et les hommes du fort avaient discuté entre eux de mon désir de reprendre un entraînement militaire, et Eurixxe fut le premier à mettre la main à la pâte. Tous les matins nous descendions, puis remontions le piton au pas de course, moi soufflant et lui raillant mes efforts. Si je n'avais pas prévu de voir Bréanna, les mannequins de l'arrière-cour subissaient notre courroux jusqu'à midi. C'étaient des pantins robustes, des blocs de bois durci rivetés à la semblance de corps et maintenus par des chaînes épaisses qui tressautaient et grinçaient sous l'impact de nos coups. Thesparle nous accompagnait parfois, mais il me semblait clair que, dans l'esprit de l'éclaireur rondelet, cette parenthèse à Seu-Lanthé allait surtout être synonyme d'un repos bien mérité.

Vêtus de broignes légères, les deux hommes assuraient un rôle d'auxiliaire au sein de l'organisation militaire des Arces. Pendant que les combattants mobiles gardaient les flancs, les guerriers lourds, enfermés dans leurs hauberts, hachaient menu la formation adverse à coups de faux. Si cette stratégie binaire ne me paraissait pas particulièrement flexible, je pouvais facilement concevoir son efficacité dans les bonnes circonstances. Un Arce vigoureux couvert de mailles renforcées constituait en soi un adversaire redoutable. En groupe, je voyais mal quelle ligne d'infanterie saurait endurer longtemps l'assaut de leurs terribles lames.

Avec Eurixxe, et parfois avec Thesparle, je m'exerçais à la lance et à la rondache, au couteau et à la lutte. Eurixxe était un guerrier convenable, rapide et intelligent, et à notre premier véritable échange il me renversa facilement. Hormis lui, personne d'autre au fortin ne jouait de l'épée (la hache semblait prédominer) et un maître d'armes brunide aurait sans doute pâli face au maniement peu académique qu'il faisait de sa lame. Mais il aimait parader partout avec son trophée exotique et compensait sa maîtrise approximative par une assurance agressive et une imprévisibilité totale. Mes réflexes de combattant revenaient peu à peu, non sans difficulté, mais aussi de manière très inégale. Mon premier défi consista à dompter mon corps d'adulte et, abandonner les stratégies que j'avais apprises de Uldrick pour affronter des adversaires plus grands et plus forts que je l'avais été alors. En place de cela, il me fallut mettre l'accent sur des techniques plus frontales, qui faisaient meilleur usage de mon poids d'homme, particulièrement avec le bouclier. Eurixxe fut un partenaire des plus précieux, parce qu'il avait comme moi le physique fin et nerveux et des tactiques qui s'y conformaient, mais il y avait aussi sa sérénité naturelle. Là où d'autres auraient râlé et jeté l'éponge, le guerrier clouté encaissait les bleus et corrigeait mes erreurs sans se défaire de son sourire, même lorsque j'échouais à répétition.

Quand Eurixxe était occupé et que je ne l'étais pas, je partais dans la vallée avec mon arbalète. Les corvées ne manquaient pas, il arrivait souvent que je prête assistance à ceux qui ramenaient du bois ou de la nourriture, mais je parvenais tout de même à me dégager quelques heures par semaine. J'avais entretenu des émotions mitigées à propos de l'arme, parce qu'il m'arrivait toujours de rêver de Uldrick et du carreau qui l'avait fauché. Parfois, je ne pouvais m'empêcher de considérer qu'en acceptant d'en faire usage je trahissais un peu sa mémoire. D'un autre côté, d'un point de vue purement pragmatique, je me figurais que, si un tel instrument avait pu abattre un guerrier comme Uldrick, c'était une raison supplémentaire pour que j'apprenne à m'en servir.

Les Vars m'avaient baptisé *Friddkayer* – le tueur d'amis – pour se moquer aimablement de ma maîtrise abominable de l'arc. Malgré l'obstination de Uldrick, je n'avais jamais réussi à ressentir la moindre affinité pour l'if et la corde et j'avais depuis longtemps renoncé à toute prétention personnelle dans cette discipline. D'ailleurs, mes propres velléités vis-à-vis de l'arbalète étaient floues : j'espérais toujours partir de Seu-Lanthé à plus ou moins long terme, mais ce n'était sûrement pas pour redevenir soldat. Je voulais simplement être paré à toutes les éventualités. « Il faut se construire autant d'options que possible », m'avait dit Osfrid, le hetman Var avec lequel j'avais combattu à Aigue-Passe. « Plus un homme bâtit de routes, plus il a de chances de pouvoir se rendre là où il le souhaite. » Initialement, donc, si je m'aventurai hors du village-refuge avec l'outil de guerre carmide, ce fut presque à reculons et par simple acquit de conscience : je ne voyais pas l'intérêt de posséder un tel objet si je n'apprenais pas à m'en servir, au moins sommairement. Je ne m'attendais pas à grand-chose, aussi fus-je surpris de découvrir que le tir à l'arbalète me plaisait énormément.

Certes, les premières fois furent difficiles. Je m'épuisai longtemps avant de trouver comment corder l'arc d'acier-ressort. L'armement en fut tout aussi compliqué jusqu'à ce que je ne parvienne à me positionner correctement par rapport à l'étrier. Toutefois, lorsque j'eus pris mes marques (et que j'eus dégotté une paire de gants en cuir épais pour me protéger les mains), je fis des progrès fulgurants. On dit qu'il est possible de former un arbalétrier en une semaine alors qu'un archer n'a pas assez d'une vie, et même si je trouve cette déclaration un peu péremptoire, je ne peux nier qu'elle est également assez juste. Cela dit, il me semble qu'il existe aussi des prédispositions instinctives et, de la même manière que j'avais excellé au poignard, lorsque mes mains se refermaient autour de la crosse patinée de l'arbalète il se passait en moi quelque chose que je n'explique pas entièrement.

J'employais seulement deux de mes dix carreaux pour m'exercer, parce que je ne voulais pas abîmer les autres. En guise de cible j'avais récupéré et découpé l'une des nattes à coucher que les Arces avaient abandonnées à la pourriture dans un coin du fortin. Je commençai par tirer de très près, à cinq puis dix empans et, de cette manière, je parvenais toujours à récupérer mes projectiles. Après trois semaines de pratique, je faisais mouche sans faillir à vingt pas, et je progressai ainsi, en reculant autant que je l'osais. Quelques enfants désœuvrés du village venaient parfois me regarder faire, me jetaient des pommes de pin jusqu'à ce que j'en laisse un ou deux tirer pour qu'ils me fichent la paix, mais globalement, tout exotique qu'elle était, mon arbalète suscitait beaucoup moins d'attentions qu'elle ne l'aurait fait en pays brunois. Mes observations, ainsi que mes discussions avec Bréanna, me permirent de comprendre que la culture arce accordait beaucoup de place au prestige guerrier et aux prouesses individuelles. Le combat à distance n'était pas perçu comme une forme d'affrontement honorable et le maniement de telles armes n'était ni encouragé, ni vraiment bien vu. Un peu surpris, j'en vins forcément à me demander ce qu'un haubert arce pouvait bien valoir contre mes carreaux ou un arc de guerre brunide, et ces révélations apportaient un éclairage nouveau sur leurs défaites militaires passées.

Avec l'instauration définitive des beaux jours, la terrasse sur laquelle je procédais à l'enseignement de Bréanna devint particulièrement agréable à fréquenter. En dehors des cours, nous n'étions pas les seuls à nous y plaire. Parfaitement ensoleillé, le toit plat de la casemate était aussi suffisamment haut pour que les courants d'air pur chassent les miasmes de la fumée et de la puanteur qui imprégnaient la plupart des installations humaines. En plus des tables et tabourets que nous y amenions, la terrasse accueillait à son extrémité un petit jardin d'agrément dont Marouenne avait la charge, et qu'elle entretenait parfois tandis que Bréanna et moi discutions. Il y poussait une dizaine de variétés de plantes aromatiques, que je connaissais pour la plupart, du thym, de la menthe, de la rouzerotte et de la verveine citronnée, mais aussi des essences de montagne qui m'étaient moins familières. Toutes entraient, par mélanges et alliances subtils, dans la composition des tisanes vivifiantes que préparait la vieille nourrice à l'intention des deux dames du fortin.

En l'absence de Thurle, la gestion du village avait été déléguée à *nerche* Chara, qui était sans aucun doute la seule personne que je n'avais jamais vue sourire ou s'enthousiasmer à l'évocation de l'entreprise politique du *leufe*. Son air pincé ne la quittait pas et, si elle m'avait laissé la vie par omission, cela ne l'empêchait pas de couver parfois à mon intention de longs regards reptiliens, pleins de froid et de venin. Il nous arrivait d'échanger quelques mots – après tout elle faisait partie des deux seules personnes à pouvoir me comprendre entièrement –, mais ces brèves discussions étaient exclusivement factuelles, et ne laissaient jamais la place à une quelconque familiarité. En vérité, ce traitement ne m'était pas réservé, mais je le prenais à cœur, sans doute un peu trop.

Même si elle se comportait de manière moins glaciale avec une poignée de personnes – dont Bréanna et Marouenne –, *nerche* Chara restait sèche et franchement désagréable à endurer au quotidien. De ce que je pouvais en juger, la société arce était devenue nettement moins formelle depuis le massacre de Grisarme, qui avait eu lieu vingt ans avant ma naissance. Les survivants de la noblesse avaient retenu leurs titres, mais leur mode de vie les avait contraints à abandonner une grande partie de leurs privilèges. Il me semblait que les manières supérieures de Chara étaient le reflet de l'amertume que lui inspirait la situation, une sorte de protestation à la fois futile et indignée d'être tombée aussi bas. Même si je la trouvais souvent antipathique – et à l'occasion franchement dérangée –, je dois cependant reconnaître qu'elle s'acquittait parfaitement de ses tâches de gestionnaire, ce qui avait une autre conséquence bénéfique : elle n'avait plus guère le temps de superviser les cours que je dispensais à la fille du *leufe*. Son absence nous laissait le champ libre pour discuter en toute quiétude des sujets que nous voulions. Ainsi, par curiosité mais aussi par lassitude de nos bavardages habituels, je me mis en tête de questionner Bréanna à propos de l'histoire fondatrice des Arces, quelques semaines après le départ de son père. J'étais loin de me douter que la saga de son peuple allait trouver en moi d'obscures résonances, et réveiller des questions que je n'effleurais plus depuis longtemps.

18

La fille du *leufe* portait une robe de lin blanc et ses longs cheveux auburn lançaient des éclats rougeâtres. Entre nous, une table ouvragée de pin clair dont les planches lisses étaient méticuleusement frottées par Marouenne à l'issue de chacune de nos entrevues. Sur le bois verni reposaient deux bols en argile et une bouilloire élégante d'airain martelé, de laquelle s'élevaient les fumerolles rafraîchissantes d'une décoction de menthe. Quelques pas derrière nous, la vieille nourrice arrosait le jardin d'aromates, et la terrasse tout entière baignait dans l'odeur prégnante de la terre humide. Depuis le tabouret brodé où je me tenais assis, je pouvais laisser mon regard glisser des pâtures et des forêts bruissantes de la vallée jusqu'aux neiges éternelles des pics les plus proches. Si je me tournais de l'autre côté, il y avait la déclive pierreuse du piton, la succession de portes fortifiées et les toits de lauze de Seu-Lanthé qui disparaissaient au détour du massif. Depuis l'installation des beaux jours, de grands papillons aux ailes violacées venaient froufrouter autour de la table, et certains avaient même l'audace de se poser sur les rebords vernis de nos tablettes de cire. Il m'arrivait encore d'interrompre la leçon pour m'en émerveiller.

Durant les dernières semaines, le comportement de Bréanna avait changé. La jeune femme devenait parfois tactile lorsque Marouenne avait le dos tourné, me dispensant de petits effleurements qui feignaient d'être accidentels, ou alors des gestes plus francs, destinés à attirer mon attention sur un mot gravé dans la cire, ou une scène incongrue, ou un oiseau, mais qu'elle ne se serait jamais permis d'effectuer sous l'œil de la nourrice ou d'un autre de ses proches. Je me mis à trouver certains de ses regards plus longs ou plus directs que nécessaire. Je ne m'en souciais pas encore, pas vraiment, parce que je n'étais pas tout à fait certain de quoi que ce soit. Il se pouvait que cela soit simplement un cap supplémentaire dans la familiarité, une nouvelle forme donnée à notre complicité bourgeonnante. Bréanna se plaisait à accumuler les transgressions, à bafouer toutes les règles de bienséance auxquelles elle était tenue. Et quelque part, cela me ravissait.

Je trouvais les Arces particulièrement pudiques à propos des questions charnelles. Ils accordaient une grande importance à la famille et à la maternité, et les femmes comme les hommes se devaient de préserver leur virginité jusqu'à leur union (j'avais également entendu qu'on pouvait l'offrir aux mânes de la montagne, sans savoir toutefois en quoi cela consistait précisément). L'idée même que deux hommes ou deux femmes puissent s'unir était considérée comme absurde, alors que de telles relations étaient les seules à être tolérées en dehors de l'hyménée, puisque aucun enfant ne pouvait en naître. La passion en général était un sujet peu abordé, que ce soit dans les discussions franches ou par le biais de l'humour et, lorsque cela était évoqué publiquement, c'était généralement sur un ton moralisateur. Les mœurs plus libres de leurs voisins faisaient l'objet d'un grand mépris, et un certain nombre de rumeurs aussi scabreuses que fausses circulaient à cet égard, dont la plus répandue concernait la légèreté des femmes brunides et la manière dont elles s'offraient au premier venu en échange d'un peu d'argent.

De fait, comme j'avais grandi pour partie parmi ceux des clans, qui s'aiment entre eux tout à fait librement, et plus tard avec les Vars, dont la philosophie amoureuse était similaire, je faisais très attention lors de mes interactions avec les femmes et les filles du village. Si on m'avait accepté à Seu-Lanthé, cela n'empêchait pas les Arces de se représenter les étrangers comme des êtres libidineux et incapables de maîtriser leurs pulsions, et nombreux étaient les hommes qui veillaient à ne jamais me laisser seul avec leur épouse. Certains villageois m'avaient présenté leurs filles de manière formelle, et l'un d'entre eux, un porteur, avait même mentionné la possibilité d'une future union, mais ces négociations entre mâles n'étaient pas vraiment l'idée que je me faisais de la romance. Pour cette raison, je me sentais parfois seul, souvent gauche, et je me tenais sur mes gardes d'une manière générale. Il m'était difficile de savoir comment les uns ou les autres allaient interpréter un sourire ou une attention dénuée d'arrière-pensée, et j'étais frustré par la prudence que je déployais. Ce comportement ne faisait que valider ce qu'en mon for intérieur je trouvais profondément injuste. Je crois que le plaisir que je tirais des postures ambiguës de Bréanna découlait en grande partie du plaisir qu'il y avait à contester cela, même secrètement. Il y avait aussi qu'avec la fille du *leufe* tout était suffisamment verrouillé pour que je n'aie pas à craindre les conséquences d'un flirt anodin, si c'était bien de cela qu'il s'agissait. Du moins, c'est ce que je croyais alors.

Bréanna balaya une mèche, retourna sa tablette et me montra les symboles qu'elle avait gravés dans la cire. « *Arcchen* », me dit-elle. Je haussai un sourcil et bus une gorgée de tisane. « On dit *krepte*, en franc-sabir. » « *Krepte* », répéta Bréanna pour elle-même, tandis que je me questionnais, puis, pour me montrer qu'elle avait compris : « *Io krepto en cotellari.* » *Je cache un poignard.* J'esquissai un mince sourire et désignai du menton le dos courbé de la nourrice. « On sait tous les deux que c'est elle qui planque une lame sous ses couches. Mais oui, c'est juste. Et si j'ai bien entendu, le nom que ton peuple se donne signifie qu'il est caché. » Bréanna acquiesça. « Nous sommes ceux qui se cachent », me confirma-t-elle. « C'est curieux, je pensais que tu le savais. C'est pour cela que nous vivons dans ces montagnes. » Je secouai la tête. C'était à dessein que j'avais demandé à la jeune femme de traduire le verbe brunois, mais sans imaginer un instant que nous en arriverions aussi rapidement au sujet qui m'intéressait.

« Depuis que je suis ici, ton père n'a de cesse de m'expliquer que vous êtes cachés, que vous avez été abandonnés, que vous êtes retournés à vos anciennes voies », énonçai-je. « J'aimerais beaucoup comprendre de quoi il retourne. En vérité, je ne sais rien de votre histoire, en dehors de ce qui s'est passé à Grisarme, et si je suis condamné à vivre ici... » Je laissai traîner ma voix, conscient d'avoir commis un faux pas dans ma hâte, et Bréanna posa lentement sa tablette. « Tu ne devrais pas parler de cette manière », me sermonna-t-elle en me fixant de ses grands yeux clairs. « Condamné, dis-tu... Mais j'étais là lorsque mon père t'a accordé la vie, et tu m'as paru soulagé. Est-ce vraiment si terrible d'être ici, parmi nous ? » Je secouai la tête et soupirai. « Non, ce n'est pas si terrible. Mais ce n'est pas non plus ce que je veux. » Un silence pesant s'étira entre nous. Derrière, Marouenne grattait vigoureusement dans sa rocaille comme une vieille ourse en quête de racines.

« Je vais te raconter pourquoi nous sommes ceux qui se cachent, ami Syffe », fit Bréanna d'une voix plus froide que celle dont elle usait d'habitude avec moi. « Peut-être qu'alors tu comprendras pourquoi mon père désire autant que tu restes ici. » Sur ces mots, elle se resservit un peu de tisane et s'humecta les lèvres, et je sus à son expression qu'elle s'était retranchée derrière son rôle de demoiselle. Toute familiarité avait été bannie de la conversation. Je me laissai aller en arrière et adoptai une attitude révérencieuse, les oreilles grandes ouvertes, en espérant que mes mots irréfléchis n'avaient pas blessé la fille du *leufe* trop profondément. Je vis Bréanna prendre une grande inspiration. En dépit de leurs manières réservées, les Arces avaient un certain goût pour la dramaturgie, et lorsqu'elle entama le récit qu'elle me destinait le ton de mon interlocutrice se fit immédiatement grave et théâtral :

— Avant toute chose, tu dois savoir que mon peuple est très ancien et qu'il foulait le sol de la Péninsule avant tous les autres, sans doute avant même que ne viennent les clans sauvages dont tu parles parfois. À cette époque, nos terres s'étendaient jusqu'aux grandes forêts de l'ouest. Il nous arrivait de faire la guerre aux géants et nos héros patrouillaient dans les bois pour vaincre les monstres et les bêtes qui nous menaçaient. Beaucoup de nos plus vieilles histoires racontent ces hauts faits. Nous avions des guerriers inégalés, de grandes et fabuleuses cités et nous commercions de l'autre côté du détroit avec des souverains et des empereurs étrangers. On dit que même Parse et le royaume de Bessane auraient eu à envier certains de nos accomplissements. Nous appartenions alors au peuple-père, que vous appelez Carmides, et nous vivions en paix. Pourtant, avec les années, beaucoup d'entre nous sont devenus orgueilleux, et nombreux étaient ceux qui n'honoraient plus correctement les mânes. Sans leur protection, de mauvais dieux se sont mis à nous jalouser. Un jour, une sorcière en ligue avec les esprits de l'outre-monde s'en alla trouver le roi des géants qui se cachait dans la forêt et elle lui proposa un pacte. En secret, ils réunirent une armée tandis qu'insidieusement la sorcière convertissait les plus impies des nôtres au culte des mauvais esprits. Leurs yeux devinrent sombres au service de la sorcière, jusqu'à ce qu'ils soient aussi noirs que la suie, mais ils héritaient d'une grande force et d'autres pouvoirs étranges, et ils traçaient des maléfices à même leur peau.

En entendant ces mots, je ne pus empêcher mon cœur de battre plus fort, et le souvenir du démon Deïsi ressurgit brusquement tant le parallèle était limpide. Bréanna parut remarquer mon trouble, mais je crois qu'elle en accorda tout le crédit à ses talents de conteuse. « Noirs », croassai-je, et la demoiselle hocha gravement la tête. « Oui, leurs yeux étaient noirs comme leur âme, et aujourd'hui encore on peut reconnaître un mauvais sorcier à la teinte de ses yeux. J'imagine que tu as déjà dû voir cela, si c'est un sorcier qui a enlevé Brindille. » « Non », répondis-je aussitôt, tandis que je fouillais frénétiquement le passé en quête du pérégrin. « Ses yeux étaient verts. » « Alors tu ne devrais pas autant t'inquiéter pour elle », m'assura Bréanna sans que cela m'apaise de quelque manière que ce soit. Au contraire, mon esprit cavalait comme un destrier fou, et je dus faire un effort pour m'arracher à mes contemplations et écouter la suite de l'histoire :

— Après avoir longtemps comploté, les géants frappèrent, aidés par les hommes corrompus qui les servaient et la mauvaise magie de la sorcière. Une grande guerre s'ensuivit, la plus grande de toutes les guerres peut-être, et la Péninsule fut coupée en deux, les géants et les esprits malins d'un côté, le peuple-père de l'autre. Ce conflit dura très longtemps, mais nos ennemis gagnaient du terrain, bataille après bataille, et ils bâtissaient leurs propres cités sur les ruines des nôtres. Les géants, aidés par la sorcellerie, étaient devenus invincibles. Les navires étrangers finirent par déserter nos ports, par crainte de ce qu'ils allaient y trouver. Malgré les défaites, mon peuple persistait dans son impiété et son arrogance, et certains se mirent à adresser leurs prières au soleil. Outrés par le carnage et l'apostasie, les mânes finirent par envoyer une grande épidémie qui décima tout. Pour y échapper, le peuple-père voulut se retrancher sur l'île que nous appelons Carmé. Une flotte gigantesque fut mobilisée sur les côtes septentrionales, mais il n'y avait pas assez de place pour tous, et une fois partis les bateaux ne revenaient pas. Thélis m'a raconté qu'on incendiait les navires sur les plages de Carmé pour éviter qu'ils ne fassent d'autres voyages. C'est un prosélyte carmide qui le lui a dit quand il était petit. Un grand nombre d'hommes furent abandonnés, laissés derrière, livrés en pâture aux géants et à la peste. Beaucoup moururent. Heureusement, les mânes de la montagne prirent pitié de mon peuple et ceux qui s'y cachèrent furent épargnés. Des siècles durant, les miens attendirent, terrés dans les cavernes et les forteresses du Mur, dans la crainte des géants et de la maladie. Ceux qui essayaient de partir étaient mis à mort, afin qu'ils ne ramènent ni la peste ni l'ennemi.

Bréanna marqua une pause, pour me dévisager avec insistance, comme si cette dernière phrase était détentrice d'une vérité qui m'avait jusqu'alors échappé. Marouenne profita de ce moment pour lancer un regard inquisiteur par-dessus son épaule. Par réflexe, je fis semblant de graver quelque chose dans ma tablette de cire, qui transpirait sous l'effet de la chaleur. La fille du *leufe* esquissa un sourire discret, satisfaite d'avoir aussi bien conditionné ma veulerie. « Je sais très bien ce qu'il en est, Bréanna », fis-je d'une voix dont je m'efforçais de chasser l'irritation. « Ton père a peur qu'après avoir quitté ces montagnes je me précipite jusqu'au château du primat de Grisarme pour lui révéler la route de Seu-Lanthé. Cette peur est infondée. Je n'ai pas d'amour pour les seigneurs brunides, et je voudrais faire ma vie en paix, aussi loin d'eux que possible. » La demoiselle leva un sourcil impeccablement taillé. « Une telle vie ne serait-elle pas plus agréable avec un peu d'or en poche ? » questionna-t-elle d'un air trop innocent.

« Aujourd'hui, ton idée est peut-être claire, mais qui peut savoir de quoi demain sera fait ? »

Je haussai les épaules. « C'est encore ton père qui parle. L'or brunide ne m'intéresse pas, je ne suis pas *geddesleffe*. J'ai déjà été un esclave. Je ne me repasserai pas moi-même d'autres chaînes. Mais je vous comprends, aussi. Il faudra du temps. J'espère que je saurai vous montrer que je suis digne de confiance. » Je fus moi-même surpris de la conviction qui émanait de ma voix, parce qu'à mes yeux, si je voulais quitter un jour Seu-Lanthé, la fuite restait encore la solution la plus évidente. Bréanna m'observa sans rien dire durant un long moment, un air curieux sur le visage. « Veux-tu entendre la fin de mon histoire ? » finit-elle par me demander. J'acquiesçai, et elle reprit :

— Nous avons appris à vivre dans les montagnes, à effacer nos traces et à remercier les esprits qui nous avaient accordé leur clémence. Nous avons bâti des routes et de grands monuments en l'honneur des mânes. Nos augures nous ont montré la voie, et nous avons fait contrition. Au fil des ans nous sommes devenus Arces, le peuple caché. Les mânes envoyèrent une dernière épreuve, une nuit qui dura des années, et lorsque le soleil revint, nos augures ont cru que nous avions été pardonnés. Nous avons alors quitté les sommets pour découvrir un pays vide et accueillant. Les géants avaient disparu, sans doute depuis longtemps. Nous nous sommes installés en Grise-Marche, laissant les côtes aux Brunides descendants de Parse. Nous avons commencé à reconstruire. Puis le peuple-père est revenu. Il vénérait le soleil et faisait des esclaves, et son arrogance était plus grande que jamais. Les siècles ont passé. Les mânes ont envoyé d'autres pestilences pour montrer leur désaccord, mais ni Brunides ni Carmides n'ont voulu écouter nos mises en garde. Nous avons été pris entre ces deux nations, comme le fer est saisi entre le marteau et l'enclume. Le peuple-père n'était pas repentant, et sous couvert d'alliances, il n'a eu cesse de vouloir prendre nos terres et de nous convertir à l'Astréïade. Lorsque les armées du roi rouge sont arrivées, nous avons compris trop tard que les mânes des plaines et des fleuves ne nous avaient rien pardonné du tout, qu'ils étaient devenus fous et mauvais, et que l'acier brunide était l'instrument de leur colère. Ceux qui ont survécu à la tuerie de Grisarme ont fui jusqu'à nos anciens sanctuaires pour retrouver nos anciennes voies, des terres et des mânes plus cléments. Voilà l'histoire des Arces, Syffe le *thesponé*, et voilà pourquoi nous nous cachons de nouveau.

J'inclinai la tête en guise de remerciement, distant et absorbé dans les pensées que le récit venait de susciter. Bréanna lança un regard derrière elle pour s'assurer que Marouenne ne nous espionnait pas, puis sa main fusa et s'enroula autour de mon poignet et je vis ses joues s'embraser lorsqu'elle se pencha en avant : « Ne vois-tu pas qu'en restant ici tu as une chance d'échapper à un destin terrible ? » fit-elle. « Si tu es le jouet des dieux, alors fais ton chemin là où les dieux sont cléments. » Ses doigts quittèrent ma peau avec précipitation, et sa poitrine se soulevait rapidement sous le tissu clair qu'elle portait. Je passai ma langue sur mes lèvres. « Tu me demandes de renoncer à la seule chose qui me reste. Je n'envisage aucun destin plus terrible que celui-là. » Bréanna fronça brusquement les sourcils, et je crus qu'elle allait se mettre à pleurer. Puis les genoux arthritiques de Marouenne craquèrent de concert, la nourrice se leva en grognant, pour poser un petit tas de mauvaises herbes sur le rebord du parapet. Bréanna fit semblant de gratter sa tablette. Je laissai mon regard divaguer sur les flancs des montagnes environnantes, détaillant les silhouettes minuscules des nombreuses chèvres qui y broutaient. Je voulus soudain être tout à fait ailleurs.

« Mon père te mettra à l'épreuve, si tu ne changes pas d'avis. Sans doute a-t-il déjà commencé. » La fille du *leufe* m'observait avec un calme retrouvé, ses traits verrouillés purgés de la moindre émotion, mais ses yeux luisaient, et elle prononça cette dernière phrase lentement, en découpant chaque syllabe. « Je l'espère », fis-je doucement. « Je ne compte pas être un prisonnier jusqu'à la fin de mes jours. » Bréanna secoua la tête. « Il te fera tuer si tu échoues, et peut-être même si tu réussis. » J'eus un rictus bravache, sans doute parce que le *leufe* était loin avec ses meilleurs guerriers, et que je reprenais confiance en moi depuis que je m'entraînais de nouveau à manier le fer. Cette fois-ci, ce fut mon regard qui chercha le sien, et j'accrochai ses yeux bleus comme j'aurais fixé ceux d'un ennemi. Mon esprit était devenu dangereux et combatif. « Et pourtant il me laisse seul avec sa fille et une vieille nourrice », rétorquai-je, ce qui était vrai, parce qu'il n'y avait pas de soldat avec nous ce jour-là. Bréanna soutint mon œillade guerrière sans jamais faiblir. « Reprenons la leçon », me dit-elle enfin, et comme mon envie d'en découdre était retombée, c'est exactement ce que nous fîmes.

19

Nous eûmes un été clément, ponctué d'orages fréquents. Amplifié par l'encaissement des vallées jumelles, le tonnerre roulait jusqu'à nous en grondant comme un fleuve qui sort de son cours, pour déferler autour du piton en échos incroyables. L'eau claquait sur les pierres chaudes de Seu-Lanthé, emportant les immondices et curant le moindre repli minéral, et l'on se terrait sous la lauze ou dans les couloirs frais du fortin, en attendant que la tempête passe. Les jours suivants, la pluie qui s'était accumulée dans les cuvettes rocheuses se réchauffait. Les enfants se réunissaient autour des flaques pour y jouer à grand renfort d'éclaboussures, les adultes y trempaient leurs pieds le soir venu, jusqu'à ce que le soleil assèche de nouveau le piton et gorge sa vieille peau rocailleuse de lumière. La montagne n'était pas mon univers, et je doutais de parvenir à m'y sentir chez moi un jour, mais cela ne m'empêchait pas de me repaître de ces nuits déchiquetées et des panoramas époustouflants, qu'ils réverbèrent le soleil de plomb ou se dévoilent fragilement derrière un rideau crépitant.

Au milieu de la lune des Moissons, je commençai à pouvoir mesurer les fruits portés par mes exercices avec Eurixxe. J'étais désormais un habitué de la cour d'entraînement, à laquelle on m'avait intégré peu à peu. Lorsque le temps le permettait, nous faisions des manœuvres en groupe, et une fois la barrière de langue dépassée, la plupart comprirent que nous avions sans doute des choses à apprendre les uns des autres. Je faisais de mon mieux pour leur parler des stratégies des Vars, qui les déroutaient considérablement, de même que la composition et les tactiques d'un mur de boucliers brunide. En retour ils me racontèrent la guérilla des montagnes et leurs excursions haletantes en Grise-Marche. Nous prenions beaucoup de nos repas ensemble, si bien que je fus accepté dans leurs rangs. Même Haerlé, le plus féroce et arrogant d'entre eux, celui qui m'avait provoqué lorsque j'étais arrivé à Seu-Lanthé, se comportait avec un peu plus de retenue à mon égard. Nos affrontements sur le terrain y étaient pour beaucoup, même si face à lui je perdais souvent.

Les Arces luttaient entre eux de manière régulière et organisaient à l'occasion des tournois amicaux ouverts à chacun. La différence entre nos méthodes donna lieu à des échanges forts intéressants. Leurs coutumes martiales faisaient la part belle aux prises, pour emporter l'adversaire au sol et l'y soumettre, tandis que les balayages et les frappes que j'avais héritées de Uldrick visaient à maintenir la distance, ainsi que l'assiette. Avec leur stature légère, Eurixxe et quelques autres se trouvaient désavantagés au corps à corps par rapport aux hommes les plus massifs, et même si leur handicap persistait, je leur montrai quelques-unes de mes techniques, qui pouvaient, selon les circonstances, rétablir l'équilibre avec plus ou moins de succès. Je continuais également à jouer de l'arbalète en privé, et j'emportais l'arme avec moi au cours de mes promenades, durant lesquelles il m'arrivait de pratiquer une chasse d'opportunisme. Je perdis quelques carreaux dans l'affaire, mais je ramenais fréquemment du petit gibier, un tétras, un faisan, et parfois un siffleux lorsque je trouvais le temps de grimper aux pâtures. Je faisais cadeau de mes proies à mes hôtes du village ou à Marouenne, et j'appris aussi à dépecer les siffleux, avec la fourrure desquels j'envisageais de me fabriquer des moufles et un chapeau lorsque arriverait la mauvaise saison. Pour l'heure je me contentais d'entreposer les peaux au fortin, avec le reste des affaires qui peinaient à égayer mon alcôve.

Je poursuivis l'enseignement de Bréanna avec autant d'application que je le pouvais, dérouté parfois par ses attitudes contradictoires. Ses attentions physiques devenaient fréquentes, si bien qu'il arrivait que je m'y soustraie aussi discrètement que je l'osais, par crainte de ce que Marouenne pourrait faire, si jamais elle les surprenait. Bréanna tenait à l'occasion des propos équivoques dont l'habileté me coupait la chique, mais elle pouvait tout aussi bien se comporter d'une manière maladroite et touchante, en gamine tâtonnante et désireuse de plaire. À peine avais-je le temps d'apprivoiser l'idée que la jeune femme s'était amourachée de moi (ce qui m'emplissait d'émotions contradictoires) que tout basculait de nouveau. Des regards peinés et des remarques cinglantes remplaçaient ce que j'avais pris pour de la séduction, l'intimité se voyait brisée par une posture glaciale et supérieure qui n'avait rien à envier à celle de *nerche* Chara. Je trouvais ces grands écarts injustes et déroutants. En dépit du danger, ce badinage interdit était une chose bonne et douce, comme il me semblait n'en avoir que trop peu connu. Que Bréanna puisse y mettre fin m'effrayait tout autant que la possibilité qu'elle aille trop loin.

Durant les nuits d'orage, pendant que les éclairs tourmentaient les crêtes lointaines, je songeais souvent au récit que la fille du *leufe* m'avait fait de l'histoire du peuple caché, ainsi qu'à mes rêves étranges et aux yeux noirs du Deïsi de la Forêt de pierres. Il m'apparaissait de manière de plus en plus évidente qu'en dépit des érudits que j'avais lus et fréquentés et des contes qui avaient nourri mon enfance j'ignorais bien des choses à propos des terres qui m'avaient vu grandir. Je regrettais souvent la compagnie des Vars, qui m'avaient tant appris, et je savais que j'aurais eu grand besoin de leur aide pour mettre mes doutes au repos. Les ébauches de la *Pradekke*, que j'étreignais toujours, quoique fébrilement, ne suffisaient plus à chasser la conviction qu'il s'était jadis tramé des événements qui ne pouvaient être expliqués entièrement, que cela se tramait peut-être encore, et que j'en avais été témoin. Il me semblait qu'un grand mystère s'éveillait de nouveau à la lisière du monde, et une angoisse insaisissable accompagnait cette prémonition.

Il m'arrivait de me demander quels conseils Uldrick m'aurait prodigués dans pareilles circonstances. Je ressassais parfois ce qu'il m'avait affirmé dans les hauts de Cullonge, lorsqu'il avait bravé la foudre pour questionner mes superstitions. « La seule sagesse qui peut exister ici, c'est de dire que nous ne savons pas. » J'avais joué avec l'idée d'aller reproduire l'expérience, d'aller dans la montagne pour maudire les mânes des Arces sous le déferlement des éclairs, mais finalement j'avais dû me rendre à l'évidence : le courage me faisait défaut. J'essayais tant bien que mal de me contenter de l'aveu de mon ignorance, mais cette posture me démangeait tout autant qu'une autre. Je voulais savoir, et comprendre, aller au fond d'une histoire qui – me semblait-il – me concernait aussi. Les réponses que le pérégrin m'avait promises avant que je ne sois capturé à Aigue-Passe martelaient en moi un appel de plus en plus irrésistible, d'autant que je nourrissais la certitude que Brindille se trouvait à ses côtés. Face aux interrogations, aux conjurations ténébreuses que le récit de Bréanna avait attisées, mon inquiétude enflait autant que mon désir de retrouver celle avec qui j'avais grandi. Aussi, en dépit du malaise et du tumulte, j'éprouvais quelque part du plaisir à sentir renaître les certitudes et les envies, la curiosité et le questionnement, autant de choses que j'avais longtemps crues englouties par la fosse. Je retrouvais des pièces manquantes, inattendues, des fonctionnements et des désirs qui ressemblaient à ce que j'avais été, avant.

Si j'avais fait de mon départ une sorte de principe général, et ce depuis le tout début, je commençai, à la fin de l'été, à ressentir sa nécessité avec davantage d'urgence. Cela tenait à une certaine configuration des choses, l'assurance renouvelée par le maniement des armes, l'épuisement contracté à Iphos qui avait été chassé plus rapidement que je ne l'avais cru possible, l'inquiétude que je ressentais pour Brindille et que j'ai déjà mentionnée, mais qui irradiait aussi de manière plus diffuse, jusqu'à englober l'ensemble des êtres que j'avais connus. Les hommes et les femmes qui devaient encore exister là-bas, quelque part, dont je ne savais même pas forcément le nom, mais qui donnaient – dans mon ressenti – toute sa consistance au monde. Il me fallait fouler à nouveau le sol brunois. Peut-être qu'une seule fois me suffirait, le temps de dresser une sorte d'état des lieux. Surtout, je voulais honorer la promesse que j'avais faite à Brindille, et à laquelle j'avais déjà failli par deux fois. Je me mis en tête de renouveler mes demandes lorsque Thurle serait de retour, qu'il porte ou non une couronne, de le supplier si nécessaire, parce qu'en dépit des amitiés qui se nouaient, des habitudes que j'entretenais et dont certaines devenaient familières, rien ne chassait ce besoin irrépressible. J'aimais Brindille. Je l'avais aimée depuis toujours. Je me fichais de la forme ou de la configuration que cela pourrait prendre lors des retrouvailles que j'espérais tant, que l'on appelle cela de la passion ou de la tendresse, de la fraternité ou autre chose encore. Je savais seulement que, si c'était possible, je devais être près d'elle.

Peu avant que les feuilles ne se mettent à jaunir, par un matin paisible et bleu, un coureur épuisé se présenta à l'entrée du village pour annoncer le retour de Thurle. *Nerche* Chara le reçut en huis clos, sous le dôme spéculaire, en la seule compagnie de Bréanna. La nouvelle se répandit comme un feu de forêt dans une sapinière et Seu-Lanthé entra en ébullition. À midi le village tout entier se massait dans la cour du fortin ou aux alentours, une foule grouillante qui se fichait bien de l'assommoir brûlant du zénith et du ruissellement de la sueur sur les moellons qu'elle foulait. La rumeur courait sur toutes les lèvres, un bruissement extasié mais contenu que l'on n'osait prononcer à haute voix par crainte de briser le songe et provoquer un éveil moins propice. Lorsque l'attente se fut étirée jusqu'à devenir insupportable, Chara se présenta enfin sur le parapet de la casemate. Encadrée par les plantes grimpantes de Marouenne et le vol des papillons, sa figure sévère à contre-jour taillait un contraste impressionnant sur l'azur du ciel. À son apparition succéda un silence profond comme le souffle d'un rêveur.

« *Eti Thurle Arcchésé fénéré* », énonça-t-elle d'une voix forte. *Thurle est roi des Arces.* Si elle prononça d'autres mots, ils furent noyés dans le tonnerre des acclamations qui suivirent. Je me tenais à l'ombre du mur, avec à mes côtés Eurixxe dont les joues étaient trempées de larmes. Il ne fut pas le seul à pleurer de joie. Partout autour de nous éclataient des scènes de liesse improbables. D'exubérance, je vis l'éleveur qui m'avait proposé la main de sa fille s'arracher les cheveux par poignées entières. Plusieurs femmes se mirent à danser spontanément, sans qu'aucune musique – hormis la litanie des cris – n'accompagne leur pas exaltés. Sur le corps de garde, deux soldats aguerris se serraient l'un contre l'autre en sanglotant comme des enfants, d'autres erraient, tremblants et hagards, leurs regards fuyants et ébahis.

Après l'annonce, un sourire mimétique était venu plisser ma bouche, mais il retomba rapidement. Je fus peu à peu envahi par un sentiment honteux, un recul qui s'était imposé tout seul. Face à l'allégresse des Arces, j'eus la sensation de violer une intimité qui ne m'appartenait pas, de contempler une folie collective que je ne pus m'empêcher de trouver dérangeante. Pour faire bonne figure je distribuai quelques claques dans le dos avant de m'éclipser par l'entrée de la casemate dès que cela me fut possible. Après une pause dans le réfectoire de la garnison, j'empruntai les tunnels tortueux jusqu'à mon alcôve, où je m'isolai en attendant le soir, confus et tourmenté.

Depuis l'extérieur, les échos de la fête me parvenaient, un vacarme comme je n'en avais jamais entendu à Seu-Lanthé. Je finis par y retourner malgré moi, de crainte que mon absence ne soit mal interprétée, le pas traînant et l'allure penaude. Sur le chemin de la salle principale, je croisai *nerche* Chara qui repartait en direction de sa chambre, les robes bruissantes et le visage pincé. Ses yeux dardaient ici et là comme ceux d'une pie ou d'un rapace. Je courbai la tête en silence et m'écartai afin qu'elle puisse passer, mais elle s'arrêta devant moi durant quelques instants. Je l'entendis distinctement s'humecter les lèvres et je crus qu'elle allait me parler. Le bougeoir qu'elle tenait trembla, puis elle me laissa aussi rapidement qu'elle était venue. Je tentai ensuite de me saouler au vin d'épine sans grand succès, parmi les cris et la débauche, et je ne revis pas Chara jusqu'au lendemain.

Les jours suivants, les sentiers qui avaient été vides tout l'été se peuplèrent brusquement de voyageurs. La plupart avaient décidé de rejoindre Seu-Lanthé pour accueillir Thurle à son arrivée. Des groupes parfois importants d'une vingtaine d'individus débarquaient des villages-refuges les plus proches, mais d'autres venaient de beaucoup plus loin à la demande de leurs *leufes*. Ils étaient nombreux à vouloir s'installer définitivement. Les bâtiments vides de Seu-Lanthé commencèrent à se remplir avec une rapidité déroutante, la garnison et ses recoins abandonnés furent dépoussiérés, les trois tailleurs de pierre étaient débordés, et partout où je regardais on posait les bases de petits chantiers à venir. En moins d'une semaine, la population grossit d'une bonne centaine d'âmes, et l'affluence se poursuivait, au point que j'en vins à me demander si les vallées jumelles allaient pouvoir nourrir autant de gens. Au fortin le remue-ménage était incessant, entre l'accueil des nouveaux venus et les préparatifs pour le retour de Thurle, personne n'avait un moment à soi. Je fis de mon mieux pour aider, transportant du bois ou de la nourriture, ou les lourds paquets de cire à l'intention de Porélas.

Quelques nuits plus tard, environ une heure après le coucher du soleil, les étoiles peinaient à naître dans le ciel limpide. La lune allait bientôt être pleine et de nouveaux coureurs étaient arrivés plus tôt. La procession de Thurle se rapprochait. Depuis les créneaux du fortin, nous étions plusieurs à guetter la passe que j'avais franchie presque quatre lunes auparavant, sous la menace voilée des armes, avec la trouille au ventre et le doute chevillé au corps. Quelque part sur la gauche, Bréanna et *nerche* Chara en faisaient autant depuis les hauteurs de la tour et, si je levais les yeux, je pouvais distinguer les contours de leurs robes en dépit de la pénombre. Elles avaient revêtu leurs plus beaux atours, Marouenne avait beaucoup brodé pour l'occasion, des bleus et des verts profonds, des motifs antiques comme j'en avais aperçu dans le cimetière des rois. Les guerriers avec lesquels je me tenais portaient leurs casques et leurs tenues de bataille, et ils avaient briqué leurs mailles et leurs broignes tout le jour durant. Le cuir tressé de leurs jupes luisait de graisse parfumée, de même que leurs boucliers et le fer de leurs armes. J'avais moi-même fait un effort pour me tailler les cheveux, et refait quelques tresses avec un fil coloré que Marouenne m'avait cédé. J'avais aussi demandé une armure, le plastron de cuir bouilli que l'on me prêtait parfois à l'entraînement, mais Eurixxe avait secoué la tête avec douceur, et Thesparle en avait fait autant. Nous en étions restés là. Je comprenais, d'une certaine façon. C'était une nuit à symboles, et ma place n'était pas avec eux.

Sur la crête, nous crûmes apercevoir du mouvement, des éclats lointains, des formes sombres. Eurixxe tendit le bras. Soudain sur la ligne du ciel, une torche s'embrasa. Une autre suivit, puis deux, puis dix et les flammes se répandirent encore et encore jusqu'à ce qu'un grand serpent de feu se dessine au loin dans la montagne. L'écho rauque des cors retentit. Ceux de Seu-Lanthé leur donnèrent la réplique, amplifiés par l'obscurité et les flancs des montagnes. En un concert de barrissements je vis les anneaux du serpent se dérouler. La procession s'ébranla comme un reptile de lave et sinua lentement en direction du piton. Je ne pus m'empêcher de frémir, les poils dressés sur la nuque et les bras, et je ne sus dire si c'était à cause du concert triomphant ou de ce que l'aboi sauvage des cors me rappelait : la charge victorieuse des cataphractes de Var à Aigue-Passe, mais aussi la bataille nocturne qui avait brisé le siège en même temps que tout le reste.

Tandis que je ruminais, à la fois mélancolique et émerveillé, les brandons que nous avions préparés furent allumés à leur tour. Mes yeux fixaient tantôt la colonne qui se rapprochait, tantôt la déclive. Je n'avais jamais vu Seu-Lanthé éclairé de cette manière, embrasant la nuit comme une gemme de lumière. Le feu pourléchait la pierre pour en faire jaillir des teintes insoupçonnées, plongeant le village habituellement obscur dans un tumulte de couleurs vacillantes. Il me semblait distinguer que le roi marchait à l'avant comme à son départ, mais les rangs de ceux qui l'accompagnaient avaient grossi. Nous voyions l'éclat des mailles des soldats qui avançaient à sa suite, une bonne cinquantaine à mon idée, et chacun de leurs mouvements déclenchait des reflets fourmillants, pareils à la danse d'un banc de poissons argentés. Les Arces avaient formé une haie d'honneur à l'entrée du village, et ils s'inclinaient les uns après les autres au passage de Thurle. Ils passèrent cinquante empans plus bas, puis nous perdîmes le cortège de vue lorsqu'ils entamèrent le chemin en spirale qui cerclait le piton pour arriver au fortin. Les guerriers avec lesquels je me tenais me quittèrent précipitamment pour prendre faction devant les fortifications. J'hésitai, ne sachant si je devais suivre ou non. Finalement, j'optai pour une place près du corps de garde, parmi les porteurs et autres civils du fortin. Je ne comprenais pas pourquoi, mais mon cœur martelait.

Au bruit des cors, la procession revenait. La frappe massée des bottes retentissait désormais dans chaque recoin, et la foule qui avait laissé passer le roi avançait derrière son cortège, d'un même rythme martial. Le vacarme trompetant s'éleva en crescendo dans la dernière ligne droite. Je distinguais les visages de ceux qui approchaient, Thurle le premier. L'éclat des flammes ravinait sa face, et il portait sur son front un bandeau doré. Avec les autres, je mis genou à terre juste avant qu'il ne s'avance sous l'arche, mais je ne baissai pas la tête pour autant. Fondu dans l'assemblée, je désirais profiter du spectacle, et l'idée de me prosterner devant un homme, qu'il soit roi ou pas, ne m'avait jamais particulièrement enchanté. En dépit des cors, qui faisaient un boucan à en ébranler le roc du piton, Thurle dut remarquer mon visage. Son regard impassible m'effleura quelques instants avant qu'il ne disparaisse, emportant avec lui l'ombre d'un sourire. Pour une nuit, une nuit seulement, les Arces avaient cessé de se cacher.

20

Lorsque j'étais arrivé à Seu-Lanthé, j'avais fait figure de curiosité ambulante, et partout où je passais, j'avais attiré les regards et les attentions. Après le couronnement de Thurle, et l'effervescence qui suivit, je devins subitement invisible. Le calme habituel du village fut remplacé par un tourbillon d'activité, des départs et des arrivées, l'érection de nouvelles bâtisses et la remise en état des anciennes, d'autant que le cortège de visiteurs et le remue-ménage qu'ils apportaient dans leur sillage ne semblait pas près de se tarir. Il fallait accueillir des troupeaux, organiser les pâtures et en établir d'autres, charrier du bois, de la pierre et de la terre à l'intention des artisans, entreposer des réserves et du fourrage à l'abri des cavernes froides. Ceux qui n'étaient pas affairés à cette logistique sillonnaient les forêts et les vallées jumelles pour récolter ce qui pouvait l'être, céréales sauvages, champignons, noix et fruits. Depuis que la main-d'œuvre était devenue abondante, on ne songeait plus guère à moi. Au milieu des turbulences, ballotté de-ci de-là, je me sentais si souvent inutile que je trouvais des prétextes pour m'absenter du village et me livrer à des déambulations solitaires. Sur les chemins, je mâchonnais les mots que je destinais à Thurle, ressassais l'argumentaire qui saurait gagner ma liberté, sans jamais y croire complètement. Mon envie de quitter les montagnes grignotait, agaçait à l'intérieur, enflait parfois comme un souffle irrépressible, et je me surprenais à surveiller les pics et les passes d'un œil dont les scrutations n'avaient plus rien d'esthétique.

La cour d'entraînement bruissait désormais de guerriers réputés qui ne se connaissaient pas, qui se toisaient, se jaugeaient, et qui allaient devoir apprendre à vivre ensemble. Ces hommes grands et forts semblaient surtout préoccupés par leur statut, la position qu'ils occuperaient auprès du roi et vis-à-vis des autres. Les tensions montaient et il y avait déjà eu quelques bagarres. Les plus âgés se tenaient à l'écart de ces manœuvres dignes d'un poulailler, mais beaucoup de jeunes coqs, arrogants et agressifs, étaient de la partie, et je crois que je relevais d'un cas trop particulier pour ne pas être perçu par eux comme autre chose qu'un problème. Étranger, *thesponé*, invité, prisonnier, cela faisait trop de contradictions à peser, et l'on me traitait avec méfiance lorsqu'on ne m'ignorait pas entièrement. Eurixxe et Thesparle étaient repartis en patrouille, mais même s'ils avaient été là, je ne pense pas qu'ils auraient pu changer quoi que ce soit. Je n'étais plus le bienvenu parmi les combattants, et je ne connaissais plus grand monde à la casemate. J'essayai d'en parler avec Lérias et Forclas, mais ces derniers avaient autre chose à faire. L'hostilité générale m'incita à abandonner la caserne, le temps que la situation se tasse.

Dans la salle du fortin les choses n'allaient guère mieux. Les augures des *leufes* en visite avaient tenu un rôle important dans l'élection de Thurle. Thélis leur avait bien évidemment parlé de l'allumage de l'œil des rois, mais à présent que l'objet des mânes se trouvait sous leurs yeux, quelques échanges suffirent à les convaincre que je n'avais été qu'un pion dans l'histoire et que je ne présentais plus grand intérêt. De plus, ma maîtrise de leur langue était tâtonnante, et ils avaient un déplaisir évident à m'entendre recourir au brunois. Ils n'étaient pas les seuls. Un soir, Thurle me prit à part pour me faire comprendre que non seulement il n'avait pas de temps à me consacrer, mais qu'en dehors de Bréanna il fallait que je limite mes échanges avec les autres nobles.

Au début, même s'il ne me fut pas agréable d'être ainsi écarté, je me mis en tête que la situation pouvait jouer en ma faveur : si ma présence gênait, ce serait un argument supplémentaire à faire valoir quand il s'agirait de négocier mon départ. Et puis, tout à coup, l'automne enveloppa les montagnes de son souffle mélancolique. L'attente perdurait encore lorsque, stupéfait, je vis les cols blanchir sous l'assaut des premières neiges, des lunes avant que je ne le prévoyais. La mort dans l'âme je dus me rendre à l'évidence : il était trop tard. Je ne voyais plus comment je pourrais partir avant le printemps suivant. Cette prise de conscience en entraîna une autre : j'avais érigé un espoir tout au long de l'été, mais en vérité, cette construction ne tenait pas à grand-chose. C'est à peine s'il y avait eu une poignée d'allusions, rares et douteuses. Après avoir longtemps louvoyé, il me fallut affronter la possibilité de ma propre impuissance et l'idée que les Arces ne me rendraient jamais la liberté, comme Thurle me l'avait assené à l'issue de notre premier entretien.

En désespoir de cause, je pris mon courage à deux mains et tentai le tout pour le tout en demandant à Bréanna d'intercéder auprès de son père, malgré le péril de l'entreprise. J'essayai d'y mettre les formes, parce que toute évocation de Brindille et de mon désir de partir à sa recherche déclenchait chez Bréanna des sautes d'humeur imprévisibles qui oscillaient entre la sympathie et les reproches blessés. Dans ce cas précis, mes efforts tombèrent à plat. La fille du nouveau roi m'expliqua sans détour que son père n'avait pas davantage de temps pour elle que pour moi et qu'elle n'avait guère eu l'occasion de le voir depuis qu'il était rentré. Ses yeux étaient grands et luisants, et je vis alors qu'elle se sentait seule et sans doute un peu dépassée, et que l'unique chose que je lui donnais à contempler depuis deux lunes était mon propre malaise. Je m'en excusai, aussi franchement que je le pouvais. Elle comprit, je crois, puis essaya de me frôler le bras, et je dus me dérober. Nous n'en avions pas parlé, mais nous savions tous les deux que le couronnement de son père allait changer beaucoup de choses. Bréanna était devenue un enjeu politique à part entière, et je m'imaginais qu'un bon nombre de seigneurs devaient convoiter sa main. Elle avait déjà hérité d'un garde permanent, un homme balafré qui venait de l'est et qui me toisait avec méfiance, et je ne doutais pas que d'autres réformes suivraient.

Quelques-uns de nos invités quittèrent Seu-Lanthé à l'approche de l'hiver, mais beaucoup d'autres choisirent de rester. La population avait doublé depuis mon arrivée. On œuvrait encore à trouver des logements dignes de ce nom aux nouveaux venus, et le chemin du fortin, seule véritable rue du village refuge, se voyait souvent encombré de matériaux et de travailleurs. Je songeais parfois avec un amusement un peu amer à la manière dont j'avais jadis avisé les montagnes en me figurant un désert glacé et abandonné de tous, et j'imaginais que, peut-être, bon nombre de Brunides devaient lever les yeux vers les pics et penser la même chose. Et pourtant, ici, niché en plein cœur du Mur, Seu-Lanthé grouillait comme une fourmilière impatiente.

Les neiges se mirent à tomber avec davantage de régularité, de petites averses au début, fines et crissantes, qui s'agrippaient aux roches et aux chemins des pâtures que j'aimais emprunter. Peu à peu, ces derniers devenaient de moins en moins accessibles, si bien que je devais resserrer le périmètre de mes marches. Je sortais l'arbalète avec davantage de parcimonie, parce que le gibier se faisait plus rare, et plus difficile à surprendre. On parqua les chèvres au village pour les préserver du froid et des prédateurs, les nourrissant des ballots de foin et de luzerne séchée cueillie à la fin du printemps. Les peaux et les fourrures vinrent hérisser les épaules des Arces. Comme les courants d'air devenaient franchement glacés dans les hauteurs, je dus extirper ma cape carmide du coffret où elle avait reposé tout l'été. Je découvris rapidement que cet habit rouge me mettait trop en avant et ne m'attirait pas que des regards bienveillants, surtout de la part des nouveaux venus. Je finis par demander à l'un des fourreurs installés au fortin de m'aider à confectionner une courte pelisse avec la peau des siffleux que j'avais chassés durant la belle saison. Lorsque nous eûmes achevé notre ouvrage quelques jours plus tard, je pus me fondre de nouveau dans la masse, aussi hirsute et velu que les autres.

Au plus fort de l'hiver, le temps parut se suspendre, tout comme nos souffles dans l'air gelé. Chaque aurore ressemblait à la précédente. L'entassement des corps dans la grande salle du fortin, les expéditions courtes pour ramener un peu de bois ou des réserves, le gel qui rampait lentement pour tout recouvrir. Je scrutais parfois la paix figée des vallées jumelles lorsque j'osais braver le froid assez longtemps, en me demandant où la vie pouvait bien avoir trouvé refuge. L'ennui était un ennemi permanent, que l'on s'efforçait de chasser par le jeu et le débat et le conte. Je comprenais peut-être un peu mieux le calme des Arces, né de l'attente et du silence, du chuchotement devenu nécessaire lorsque l'on s'entassait à cent âmes dans le même espace. Au solstice, il y eut un pèlerinage qui dura un jour entier. Thélis nous mena vers le sud et nous passâmes la nuit sur un grand lac gelé, dont l'eau était si claire que l'on voyait au travers de la glace son fond raviné.

Spinelle avait été relégué en arrière-plan, en profondeur, à la manière d'un rêve léthargique. J'avais pris mon mal en patience, j'avais repoussé ce qui pouvait l'être jusqu'aux confins, parce que la fuite était devenue impossible et que ressasser ne servait à rien d'autre qu'à me faire souffrir. J'avais l'impression que Thurle m'évitait, ou s'arrangeait pour passer peu de temps avec moi, maintenant qu'il en avait davantage. Lors de nos rares échanges, il parvenait à changer de sujet quand j'essayais d'orienter la conversation sur la question de mon avenir. En une occasion, je pus lui demander de me mettre à l'épreuve en me laissant combattre les Brunides avec ses hommes, ce qui était, dans mon esprit, la manière la plus évidente pour moi de lui prouver mon intégrité (ou à défaut, me rapprocher de la Grise-Marche). Il avait secoué la tête, et je n'en avais pas rajouté. Son regard, parfois, m'effrayait. À défaut d'avoir prise sur quoi que ce soit, je vivais un jour après l'autre, fréquentant la cour d'entraînement, améliorant mon parler arce auprès des feux et de Bréanna, à qui je faisais désormais la leçon dans ses quartiers, réchauffés péniblement par une urne de braises. La cire des tablettes était si dure que nous brisions parfois nos stylets. Je m'étais plié au rythme de la montagne, une vie ralentie comme l'hibernation des bêtes. Je perdis la notion du temps. Ce fut à peine si je remarquai une amélioration de la météo, et le retour de plus en plus fréquent du soleil. Je n'attendais plus rien, puis, comme à son habitude, le cours des choses me prit au dépourvu.

C'était une nuit froide, j'étais allé me coucher plus tôt qu'à l'accoutumée, parce que les murmures de la salle à vivre étaient retombés et qu'aucun autre récit ne semblait vouloir prendre la suite du conte qui venait de s'achever : l'histoire tragique d'un *thesponé* nommé Theuris, qui avait trouvé la mort dans la gueule de son ennemi mortel, le roi des ours. Je n'avais pas tellement apprécié la fable. Trop de parallèles évidents pouvaient être tissés avec ma propre situation. J'étais peut-être l'unique personne du fortin à dormir seul en cette saison, mais les Arces m'avaient fourni quantité de fourrures et ma natte était spacieuse et confortable. Je ne sais pas ce qui me réveilla, peut-être le bruissement de la tenture épaisse qui me servait de porte, ou bien les étincelles répétées de la pierre à feu. Quoi qu'il en soit, lorsque j'ouvris mes paupières ensommeillées, une silhouette frêle et tremblante se redressait près de l'entrée, en serrant contre elle une lampe à huile. Je me dépliai un peu vivement, sans parvenir à articuler le moindre son, peinant à me souvenir de ce que j'avais fait de mon poignard. La flamme vacilla, s'éleva encore un peu jusqu'à éclairer les traits timides de Bréanna, sa peau immaculée dans la lueur dansante. La demoiselle esquissa quelques pas courts, puis vint s'asseoir sur le rebord de ma couche. Elle portait une simple robe en peau de daim. Son regard était fuyant. « Je n'arrivais pas à dormir », fit-elle tout bas, avant de se pencher pour poser sa lampe près de la mienne.

Je frottai mes yeux horrifiés, le cœur battant. « Ton père me fera tuer si on te découvre ici », chuchotai-je. « Il n'en saura rien », répliqua Bréanna, son regard fixé sur la flamme. Je lui trouvais les traits tendus, et l'apparence d'un condamné. « S'il te plaît. Ne me demande pas de partir. » Elle s'approcha davantage, en tremblant de plus belle. Je ne sus dire si c'était le froid ou l'émotion. Sa robe glissa, dévoilant une épaule laiteuse. Dans la pénombre, elle tâtonna à la recherche de mes doigts, et les trouva, et me serra les phalanges avec douceur. Je la laissai faire, principalement parce qu'elle me prenait au dépourvu et que je ne voyais pas comment me soustraire à son emprise. J'avais peur, mais en même temps tout cela ne me paraissait pas si étranger. Quelque part, je le voulais aussi. Bréanna effleura les pans de sa robe. « Je suis à toi, si tu me veux. Tu n'as qu'à tendre la main. » Ses yeux luisaient comme ceux d'un fiévreux. Je pris une grande inspiration. Je me sentais seul, très seul, et l'idée d'un corps serré contre le mien, d'une femme qui me désirait était quelque chose dont j'avais souvent rêvé. Je me mordis les lèvres. « Non », croassai-je à mi-voix. L'expression de Bréanna ne changea pas. Elle entreprit de dégrafer méticuleusement les attaches de sa robe, comme si elle ne m'avait pas entendu.

« Personne ne le saura », susurra-t-elle. « Je dirai que je me suis offerte aux mânes. » Je repoussai mes couvertures en secouant la tête, de plus en plus sûr de moi. « Non, Bréanna », insistai-je. Elle fouilla les ombres en quête de mon regard. « Je ne te conviens pas ? » s'enquit-elle sur le ton de la supplique. J'inspirai encore, et reculai en frissonnant jusqu'à ce que mon dos rencontre la pierre. Ma voix était basse et sifflante, et pas aussi compatissante que je l'aurais voulu. « Ce n'est pas toi. Ton père a été bon avec moi, aussi bon qu'il pouvait l'être. Je ne veux pas qu'il puisse me reprocher quoi que ce soit lorsque je lui demanderai de me rendre ma liberté. » Bréanna se mit à sangloter. « Nous pourrions nous enfuir ensemble, alors. Tu as vu de quelle manière ils me regardent. Je ne veux pas être cet os que se disputeront les *leufes*. Je veux voir le monde. Emmène-moi avec toi, s'il te plaît. » Mon cœur se pinça, et les pleurs roulaient le long des joues de la fille du roi, pour venir goutter sur mes fourrures. Son regard mouillé me paraissait étranger, embrouillé, et pourtant j'hésitai. J'hésitai vraiment face à cette ultime plaidoirie, parce que je ne la comprenais que trop bien. « S'il te plaît », répéta Bréanna. Je déglutis, saisi d'une nausée terrible. « Non », soufflai-je enfin, avec des larmes au bord des yeux.

La tenture fut écartée, et Thurle entra tout à coup dans la pièce exiguë. Derrière lui venaient Dorle et Lérias. Dorle avait l'air grave et la lampe scintillait sur la lame nue de sa faux. Je me décomposai, sans parvenir à bafouiller ne serait-ce qu'une explication faiblarde. Le roi drapa une grande cape de fourrure sur les épaules de sa fille, et cette dernière se leva, sans m'adresser un regard. Déconfit, désarçonné, je n'osai pas esquisser le moindre geste, puis soudain, je compris ce qui s'était tramé. De quelle manière j'avais été mis à l'épreuve, dès mon arrivée à Seu-Lanthé. Il s'était agi de prendre ma mesure, lentement, par le biais de la tromperie. Ils avaient demandé à Bréanna de me séduire et elle l'avait fait. On ne nous avait pas laissés ensemble pour qu'elle apprenne le franc-sabir, ou alors très accessoirement. C'était surtout ses charmes qu'elle aiguisait en ma présence. Pour autant, je ne doutais pas un instant de la sincérité de nos rapports. Indéniablement, il y avait eu de la complicité entre nous, et même de l'affection. Thurle serra brièvement la jeune femme contre lui, murmura quelques mots à son oreille, puis elle s'en fut, la tête basse, le visage défait. Je réalisai que ses larmes n'avaient pas été feintes. Que c'étaient des larmes de deuil, parce qu'elle m'avait acculé dans une voie sans issue. J'avais eu le choix entre la prendre ou l'abandonner. Quelle qu'ait été ma décision, nos liens n'auraient pas pu survivre, et elle le savait. Ce qu'elle avait pleuré, ce n'était pas la vie qu'on lui destinait, mais le seul ami qu'elle ait jamais eu.

Le silence qui suivit fut pesant et tendu. Quelque chose enfla en moi, de la colère triste et de l'effroi, puis cela retomba brusquement et se mua en résignation. Thurle m'étudia longuement. Je finis par baisser la tête. « Habillez-vous, et venez avec nous », gronda-t-il enfin. Je me dépliai prudemment, comme si mon corps n'était plus qu'une grande tuméfaction, et j'enfilai mes braies puis mon pourpoint. Je terminai par le ceinturon, jurant intérieurement de ne pas y trouver le poignard dans sa gaine. Mon cœur battait la chamade. Ma bouche était sèche. Lérias s'empara de la lampe que Bréanna avait laissée, Dorle se positionna dans mon dos, et tous les quatre, nous prîmes le chemin du dôme spéculaire.

Nos pas résonnaient, secs et lugubres. L'air bruissant dans les couloirs de roche était frigorifique, mais une grande urne frémissante, emplie de braises, nous attendait à destination. Thurle m'invita à m'asseoir sur l'un des tabourets qui avaient été installés là. Lérias et Dorle restèrent debout dans la chaleur de l'urne, les yeux scintillants. Au-dessus de nous, l'éclat blafard de la lune perforait la pierre translucide, mais l'éclairage venait surtout des charbons ardents et de la lampe à huile. Dans le recoin le plus sombre, sous l'arche qui menait aux chambres des nobles, je crus distinguer la silhouette d'orfraie de *nerche* Chara, immobile et glaciale. Le roi s'éclaircit la voix. « Je ne peux donc pas vous faire trancher la tête », m'annonça-t-il sans préambule. Je haussai les épaules, sans ressentir de véritable soulagement. « Rien ne vous en empêche vraiment », observai-je en fixant le roi. Celui-ci eut un sourire mince, qui me sembla aussi un peu forcé :

— Je ne vous ferai pas changer d'avis ? Vous êtes toujours décidé à partir ?

J'acquiesçai lentement, mais fermement. « Je ne changerai pas d'avis, roi des Arces. » Thurle se renfrogna. « Je n'aime pas l'idée de vous voir quitter les montagnes. Mais je ne peux pas non plus vous faire tuer, parce que vous avez été loyal et droit. Je rechigne tout autant à vous garder ici contre votre gré. Un jour ou l'autre, vous vous retourneriez contre moi, il me semble, et j'ai déjà assez d'ennemis. » Il marqua une pause, frottant longuement ses paumes l'une contre l'autre, puis un sursaut le secoua, comme s'il venait de s'arracher à ses pensées. Thurle se redressa sur son tabouret brodé. Ses traits étaient durs sous cette lumière, ses rides saillaient et sa barbe argentée semblait plus hirsute que jamais. Sa voix devint autoritaire et un peu amère, aussi. « Vous vous êtes montré digne de confiance, mais vous avez refusé mon amitié et celle de mon peuple. Cela je ne l'oublie pas. Je vous rends votre liberté, Syffe le *thesponé*, et mes hommes vous escorteront jusqu'à nos frontières. Mais vous irez tel que vous êtes venu, et vous n'aurez rien d'autre de moi. » Thurle s'en fut en secouant la tête. J'inclinai la mienne, sans oser respirer. On me laissa là, baignant dans la confusion et dans l'espoir, et les rayons de la lune hivernale. Il n'y eut bientôt plus que le silence et le doux ronron des braises.

J'expirai audiblement, mon regard perdu à la surface du rougeoiement magmatique, ouvrant et refermant mes mains par réflexe, sans vraiment savoir quoi en faire. Je me crus seul, puis *nerche* Chara se matérialisa de l'autre côté de l'urne, ses pieds nus couverts d'engelures, sa face creuse, difforme et torturée. Elle ne dit rien, tendit seulement ses longs doigts émaciés au-dessus des charbons. Ses ongles étaient sales et déchirés. Nous restâmes ainsi longtemps, dans l'agitation stridente de mes pensées. J'aurais dû me préoccuper de moi sans doute, de ce qui venait d'arriver. Pourtant, je ne parvenais qu'à songer à Bréanna, à l'obscurité froide de ses appartements, et aussi à ce qui l'attendrait lorsque je serais parti.

J'avisai *nerche* Chara du coin de l'œil, mesurant du bout de mon âme le courage insensé qu'il fallait pour choisir de rester ici, avec pour seules projections, pour seules références la tragédie et la démence. J'essayai ensuite de me placer en dehors, quelque part sur une route inconnue, loin de ce peuple qui s'efforçait de renaître et que j'allais laisser derrière moi. J'y parvins sans peine. Avec tant de facilité, même, que cela m'arracha un soupir mélancolique. Secoué en dedans, sans réussir à embrasser quoi que ce soit du désordre, il finit par surgir l'idée que j'allais peut-être retrouver Brindille. J'eus un sourire triste et féroce à la fois. Mes yeux se reportèrent sur les braises, puis sur mes mains, et un grand frisson crépita le long de mon échine.

J'allais rentrer chez moi.

21

Je trépignai en jappant dans le noir jusqu'à ce qu'Eurixxe finisse par me retirer le bandeau des yeux, pour la quatrième fois depuis que nous étions partis. Je secouai la tête et clignai des paupières, recroquevillé dans la pénombre à la manière d'une bête étourdie. Tout près, accroupi sur la pierre humide, Forclas triturait les restes d'un feu du bout des doigts, l'air plus curieux que méfiant. La bouche de la caverne était juste devant nous, piquetée de stalagmites à l'aspect cireux, dont certaines étaient habillées d'une mousse verte et dense. Au-delà, une luminosité grise et des monceaux de verdure, les tiges épineuses des ronces et des taillis déjà fournis de chèvrefeuille. Le bosquet avait l'air épais. Je savais à l'avance qu'il me serait difficile de le traverser. Je humai l'air, qui sentait l'eau et la suie mouillée, en avisant dehors le crachin et le lent goutte-à-goutte qui perlait depuis les feuilles. Lourde et imbibée par les averses de la matinée, ma cape rouge collait à l'arrière de mes bottes. Je m'étais servi de ma toile goudronnée pour protéger le reste de mon équipement, mes couvertures et l'arbalète notamment. Un vent faible mais régulier venait depuis le sud, chargé d'une froide moiteur. La torche que Forclas avait allumée crachait davantage qu'un chat de gouttière, tandis qu'Eurixxe fouillait dans son paquetage à la recherche de la dernière collation que nous allions partager ensemble. Je plissai les yeux, le poitrail gonflé d'impatience. À portée de bras, la Grise-Marche attendait.

Thurle avait tenu parole. Quelques semaines après notre ultime entretien, Eurixxe et Forclas étaient venus me chercher et ils m'avaient sommé de préparer mes affaires en vue d'un départ imminent. J'étais heureux que Thurle ait pensé à ces deux-là pour me guider, parce que je n'étais pas tout à fait rassuré à l'idée de disparaître dans la montagne en compagnie de guerriers inconnus. Tout alla très vite ensuite, si vite que je n'eus pas le temps de faire des adieux convenables à qui que ce soit, une précipitation qui n'avait rien d'accidentel d'après moi. Depuis la nuit à l'issue de laquelle le roi m'avait rendu la liberté, je n'avais pas revu Bréanna, pas une seule fois, même à l'occasion des repas. J'étais en disgrâce auprès de Thurle, qui ne souhaitait pas subir ma présence davantage qu'il ne le fallait, et qui avait tout mis en œuvre pour aller au bout de son idée : si je pus rassembler l'ensemble de mes affaires, les Arces ne m'offraient ni réserves de nourriture, ni aumône de quelque nature que ce soit.

Lorsque je quittai le fortin de Seu-Lanthé, ce fut dans le silence, sous aucun autre regard que celui de *nerche* Chara, agrippée au crénelage de la tour comme une harpie détraquée. Personne ne vint me saluer non plus à la sortie du village. Même mon outre était vide. En vérité, ces petits déshonneurs ne me touchèrent pas vraiment. En ce qui me concernait, j'étais déjà passé à autre chose, et ma seule véritable inquiétude était que Thurle puisse changer d'avis, me faire assassiner quelque part et balancer mon corps dans une ravine isolée. Si je ne doutais pas de la capacité de Forclas à exécuter pareil ordre, il me semblait que je connaissais suffisamment Eurixxe pour pouvoir jauger ses intentions. Malgré ses plaisanteries habituelles, je ne parvenais pas à me sentir entièrement rassuré.

Nous avions marché ensuite jusqu'à la première passe, où mes compagnons m'avaient expliqué que nous allions suivre un protocole précis, établi à l'avance par Thurle et Thélis. J'avais eu le temps de redouter une perfidie, puis Forclas avait sorti le bandeau, et je l'avais accepté avec un certain soulagement. Mes derniers doutes venaient d'être balayés : si Thurle se protégeait de moi, c'est que je n'avais rien à craindre de lui. La vision m'avait donc été interdite sur certaines parties du chemin, ce qui nous avait considérablement ralentis, surtout au début, lorsque la neige était fréquente et épaisse. Je reconnais néanmoins que la technique avait été très efficace. Tandis que je titubais à l'aveugle, avec pour seul appui deux hommes que je ne voyais pas, la route avait été débitée en tronçons incompréhensibles, des cols et des tunnels sans queue ni tête, qui s'étaient succédé cinq jours durant. Enfin, nous avions commencé à descendre pour de vrai et l'horizon s'était dégagé des façades de roc gelé pour se muer en une ligne lointaine, vaste et verdoyante. Nous avions essuyé un peu de pluie, puis atteint la caverne où nous nous trouvions à présent, un boyau incurvé qui donnait sur les contreforts ruisselants, quelque part sur la frontière qui séparait Grisarme de Collinne.

Eurixxe me tendit un lambeau de viande de chèvre et un morceau dur d'un pain de céréales sauvages. Habituellement, les Arces aimaient tremper leur pain dans une sauce salée ou du jus de viande, pour l'attendrir avant de le consommer. Nous n'avions pas de jus, mais Forclas déboucha son outre à vin et en remplit son bol. Comme nous nous étions installés en triangle, il posa le vin au milieu afin que l'on puisse y faire mariner nos quignons. Il sortit ensuite quelques-unes de ses propres victuailles et s'y attaqua. Nous mâchonnâmes et aspirâmes sans échanger aucune parole, en lançant occasionnellement des œillades sur la grisaille qui détrempait le bosquet. Lorsque tout fut fini, ils remballèrent promptement leurs affaires. Je les regardai faire, en me sentant inexplicablement penaud.

Eurixxe fit basculer son baluchon sur son épaule en grimaçant et se tourna vers moi. « Il y a une route à une demi-journée au sud. Je ne sais pas où elle mène », m'annonça-t-il simplement. « Tu as bien compris mes paroles ? » J'acquiesçai. Mon arce s'était considérablement amélioré au cours de l'hiver, mais le guerrier aux oreilles cloutées continuait à s'exprimer avec lenteur et prudence lorsqu'il s'adressait à moi. Il fit un pas dans ma direction. « Mon roi Thurle nous a ordonné de ne rien te donner quand tu partiras. Nous lui obéirons, bien sûr, mais sa fille m'a demandé de laisser ceci à l'endroit où nous nous séparerions. Je lui ai demandé si c'était pour les mânes, mais elle ne m'a pas répondu. » Eurixxe grimaça un sourire, puis déposa un petit paquet de toile contre la paroi de la grotte. « Je te souhaite une bonne vie, Syffe de la forêt », me dit-il ensuite. « J'espère que tu trouveras cette femme que tu cherches. » Nous nous étreignîmes brièvement. « Au revoir Eurixxe », fis-je à mon tour, la gorge nouée. J'avais beaucoup trop à dire, et je trouvais tout à coup que les choses se précipitaient vertigineusement. Le guerrier m'adressa un ultime sourire, puis il me tourna le dos, et s'évanouit dans les ombres.

J'attendis que Forclas en fasse autant, mais ce dernier se lissa la barbe et s'avança pour me parler à son tour. « Mon roi Thurle voulait que je te dise quelques mots », gronda-t-il, appuyant ses propos de gestes exagérés. « Si jamais tu veux revenir, revoir les Arces, il faudra te rendre ici et attendre. Un homme vient tous les douze jours. Il saura qui tu es. Si tu t'aventures au-delà, dans la montagne, nous te ferons la chasse comme à un ennemi. Tu dois aussi savoir que parfois, des bandits brunides viennent ici pour troquer. Les nôtres ne te feront pas de mal, mais nous ne répondons pas de ceux-là. Oui ? » Je passai ma langue sur mes lèvres. « Oui, Forclas », énonçai-je clairement, et un peu de l'amertume qui m'habitait se dissipa. Thurle m'avait laissé une porte entrebâillée et, même si je n'envisageais pas de la pousser de sitôt, le simple fait qu'elle existe me mit du baume au cœur. Le balafré hocha la tête, puis il m'agrippa la main avec une certaine brusquerie et la secoua maladroitement, de façon à singer le salut des Brunides. « Bonne chance, *thesponé*. Tu es un homme honorable pour un étranger, et je suis heureux de ne pas t'avoir tué. » Je réprimai un rictus caustique, et m'inclinai aussi bas que je l'osais. Forclas hissa son paquetage et sa torche et s'en fut à son tour par le chemin que nous avions emprunté tantôt. La flamme s'éloigna, puis disparut. J'inspirai un grand coup, et me rassis dans la pénombre, émiettant des morceaux de charbon trempé jusqu'à ce que je n'entende plus l'écho des pas dans le boyau. Enfin, j'osai poser les yeux sur le paquet de Bréanna.

Mes doigts fébriles s'attaquèrent d'abord aux nœuds de ficelle, que je souhaitais conserver. Après avoir longuement usé mes ongles et ma patience, et résisté à la tentation d'y aller au couteau, je pus enfin défaire le tissu, qui se révéla être l'envers d'une petite nappe brodée. Dans les remplis de cette dernière, entourés de papier ciré, je découvris une dizaine de gâteaux au miel, ainsi qu'un quartier de viande fumée. Je cherchai un mot, en vain. Il n'y avait rien d'autre, hormis une minuscule boîte d'étain ciselé, qui refermait trois deniers d'argent brunois, frappés du marteau de Grisarme, et une mèche de cheveux auburn enroulée dans un fil de soie. Mes paupières battirent de concert. Je déglutis par trois fois avant de me mettre à grignoter l'un des gâteaux pour me changer les idées. Je tripotais en même temps la mèche de cheveux et la soie parfumée, m'efforçant de faire le vide, les yeux rivés sur les buissons détrempés qui m'attendaient, guettant en vain la ligne du ciel entre les feuilles. Je soufflai tout à coup, parce que j'étais libre, libre pour de vrai cette fois-ci, et que devant moi s'étendait un pays entier dont la langue et les mœurs m'étaient connues. Lorsque je me mis enfin sur pied, après avoir pris davantage de temps qu'il ne l'aurait fallu pour réorganiser mon ballot, l'appréhension m'avait asséché la bouche. D'un pas décidé, je m'avançai vers la sortie, frôlant la pierre lisse des stalagmites au passage.

La caverne d'où j'émergeai se trouvait au fond d'un goulot tortueux, protégée par un labyrinthe de fourrés. Je plissai les yeux en avisant les cieux d'un gris morose. Derrière moi, une falaise inégale et luisante d'humidité, dont la surface crevassée était parsemée de plantes tombantes à l'allure maladive, qui cédaient la place à de petits arbustes noueux près du sommet. L'air qui m'accueillit était frais, mais bien plus doux que le froid mordant qui sévissait à Seu-Lanthé. Dans les montagnes, l'hiver s'accrocherait encore deux lunes, tandis qu'ici un printemps hésitant s'évertuait déjà à éclore. Au pied des broussailles qui me faisaient face, de minuscules fleurs jaunes et blanches dardaient timidement leurs pétales. J'arrachai la tête verte d'une jeune pousse de ronce que je mâchonnai distraitement, puis j'entrepris de me faufiler par le bosquet, en essayant de ne pas trop y abîmer mes vêtements. Il y avait une piste, pour peu que l'on y fasse attention, et je la suivis du mieux que je le pouvais. Cela serpenta au début, un écheveau encaissé qui frôlait les parois de pierre, décrivant des arcs pour éviter les anciens éboulis. Je devais parfois me courber en deux pour me soustraire à la morsure de l'aubépine et des ronciers, et faire confiance à la seule déclive pour m'indiquer le bon chemin.

Environ une heure plus tard, le soleil peinait toujours à trouver sa place dans le ciel délavé, lorsque les arbrisseaux s'espacèrent. Je contournai une grande excroissance de roche, puis il y eut quelques vrais arbres, des pommiers sauvages et de petits sorbiers voûtés par le vent. Il fallut remonter une première pente, puis une seconde, et tout à coup je me tenais sur les hauteurs d'une colline. Une bourrasque ébouriffa mes cheveux mouillés et cravacha dans ma capuche. Je humai un air aux relents ferreux qui s'était chargé des parfums de tout un pays avant de venir s'échouer contre les montagnes. Le paysage qui disparaissait dans la bruine quelques milles plus loin était sinistre et dépouillé. Une lande pauvre cousue d'une herbe fine et ingrate, parsemée de grands rochers sombres et d'éclats minéraux. Dans le brouillard humide qui enserrait les collines, les concrétions paraissaient si noires que certaines avaient l'aspect de puits obscurs, des fosses insondables ouvertes au beau milieu des mottes et des chardons.

Je pressai l'allure, emmitouflé dans ma cape, marchant au jugé sans pouvoir localiser le soleil pour m'orienter. Il y avait çà et là des sapinières, de petits bosquets ruisselants et funestes dont la protection ne faisait pas très envie. Je me retournais de temps à autre, devinant désormais davantage que je ne la voyais l'imposante masse du Mur Carmois, à moitié engloutie par le mauvais temps. Il résonnait parfois un chant d'oiseau sur la lande, mais la plupart des bêtes se protégeaient du crachin, à l'abri de leurs nids et de leurs tanières. Le silence relatif de la marche contribua à faire germer en moi une sensation de malaise qui me prit au dépourvu et me déçut considérablement. J'avais pensé quitter les montagnes d'un pas triomphant, les yeux rivés sur le panorama de la Péninsule tout entière, et voilà que j'avançais courbé comme une vieille femme sous la bruine, sans voir grand-chose d'un horizon qui semblait vouloir se dérober à moi. Mon regard fouillait la lande avec méfiance, mon esprit ressassant tantôt la peine que mon départ devait avoir infligé à Bréanna, tantôt se focalisant sur un mouvement aperçu à couvert des bosquets. L'idée que j'allais croiser un groupe de bandits comme ceux dont Forclas m'avait parlé plus tôt ne me quittait pas. Je me sentais petit et perdu, comme retombé en enfance, mais pas les bonnes parties de l'enfance, celles où j'avais été effrayé et impuissant, celles où j'avais espéré de toutes mes forces qu'un adulte me viendrait en aide. J'étais libre, mais j'étais seul.

Un peu avant la nuit, la pluie cessa et je tombai enfin sur la route, un chemin étroit et tellement usé que toute la terre en avait été lavée depuis longtemps. J'eus l'impression que les racines, les os mêmes de la Grise-Marche avaient été mis à nu par le passage, et que c'était sur une échine de roche que mes bottes venaient clapoter. J'avais tourné à droite pour prendre la direction générale de l'ouest, et de la frontière avec Collinne, et j'avançais d'un bon pas en faisant de mon mieux pour éviter les flaques. Le froid était devenu plus prégnant à la tombée du jour et, l'humidité aidant, je grelottais tout en cheminant. Je fis une brève halte pour manger un peu de viande et un autre des gâteaux de Bréanna, soufflant sur mes mains pour chasser leurs tremblements. Avant de repartir j'explorai un des petits bois qui bordaient la route, errant entre les troncs luisants jusqu'à dénicher un long bâton de frêne solide et droit, que je coupai à l'aide de mon poignard et dont je me servis ensuite pour la marche.

Une brume poisseuse envahit lentement le paysage, naissant d'abord dans le creux des vallons pour déborder sur les landes, et réduire davantage ma visibilité. Je dus parfois ralentir pour ne pas perdre la route et m'égarer. La nuit était opaque, moite et malaisante comme j'en avais rarement connu. Au loin, dans les forêts qui jouxtaient les montagnes, j'entendais s'élever le hurlement lugubre des loups, et j'espérais que ceux-ci étaient trop occupés à chasser le gibier et le bétail errant pour s'intéresser aux allées et venues des voyageurs comme moi. Je ne m'étonnais pas vraiment de trouver la route déserte par une nuit pareille, et je me figurais aussi qu'avec la proximité guerrière des Arces les habitants de la région devaient se déplacer avec prudence et en nombre, ne s'aventurer hors de la protection de leurs villages que lorsqu'ils n'avaient pas le choix.

Si j'avais froid et que je n'avais pas vraiment mangé à ma faim pour éviter de gaspiller mes maigres réserves – après tout je ne savais pas pendant combien de temps j'allais devoir les faire durer –, je n'étais pas fatigué pour autant, et je comptais bien avancer jusqu'à l'aube, s'il le fallait. La route commença à grimper et à redescendre, chevauchant des saillies de roche, et peu après il y eut une grande forêt de sapins, dont les branches touffues balayaient en douceur le silence étouffant des limbes. Plus loin, la forme d'une petite maison surgit de la nuit, m'arrachant un peu d'espoir avant que je ne m'aperçoive qu'il n'en restait guère davantage que quatre murs croulants. Je titubai un temps dans les décombres à la recherche de quelque chose d'utile, fouillant à l'aveugle parmi les débris de bois imprégné et le chaume pourrissant avant de me résigner à repartir bredouille.

Des pensées irrationnelles se mirent à me tourmenter. Je redoutais que le pays soit vide, que la peste soit finalement arrivée jusqu'ici et que n'attende devant moi qu'une terre fantôme et dévastée. Je me demandais encore pour quelle raison les Arces ne m'avaient pas prévenu, et puis une lumière faible surgit quelque part à l'avant, étranglée par la brume. J'avançai d'un pas plus rapide. Il y eut soudain le gargouillis de l'eau. Je franchis un ruisseau qui glougloutait sur son lit de galets avant de me retrouver aux portes d'une petite manse cerclée – à ce que je pouvais en juger – par l'ombre d'une palissade. Il devait être moins tard que je ne me le figurais, car j'entendais du bruit à l'intérieur, des éclats de voix et aussi un air de rebec qui m'était inconnu, mais dont les longs trilles familiers manquèrent de me tirer des larmes.

Tandis que je me tenais là, ébahi d'être finalement arrivé quelque part, la porte renforcée du village s'ouvrit avec un grincement. Deux hommes en pleine discussion apparurent, avant de s'arrêter net en me découvrant. L'un d'eux était gras et portait le collier de barbe ainsi qu'un tablier crasseux, l'autre était rougeaud et il était vêtu du gambison taché d'un milicien cantonal. Nous nous observâmes en silence pendant quelques instants, puis le soldat me demanda d'une voix grinçante si j'étais ivre ou bien simplet et si je comptais rester planté là toute la nuit durant. Malgré la pénombre, l'accent bourru et le ton déplaisant, je ne pus réprimer un rire joyeux à l'écoute de son parler brunois. Ils me dévisagèrent d'abord avec curiosité, mais, comme je ne m'arrêtais pas, l'hilarité les gagna et ils s'esclaffèrent aussi, puis finirent par m'inviter à rentrer plus courtoisement. Je franchis la palissade. Les angoisses et les regrets qui m'avaient rongé tantôt ne me suivirent pas.

22

La manse s'appelait Calbourg. C'était une concrétion improbable de huttes et de fortifications qui avaient certainement connu de meilleurs jours, même si personne n'était en mesure de dire quand, précisément. Lorsque le roi rouge avait annexé Grisarme, il en avait confié les rênes à Marson Longuerrant, son lieutenant le plus fidèle, qui s'était constitué à son tour une assemblée d'hommes-liges issus des rangs de la soldatesque. Désormais c'étaient leurs héritiers qui géraient la primeauté avec une praticité un peu brutale qu'ils avaient apprise de leurs pères, une débrouillardise canaille qui leur avait permis de tirer subsistance des terres rudes et du climat défavorable. La camaraderie initiale qui unissait ces nobliaux s'était émoussée depuis des décennies, et il commençait à éclore de la méfiance, des inimitiés larvées et de petites rancœurs, l'inévitable compétition de cour qui naît de la distribution des titres et de l'exercice du pouvoir. D'après mon expérience, il en va ainsi en chacun des lieux où les hommes acceptent le jeu des rois et des seigneurs, des princes ou des parlements, partout en somme où l'on drape l'or et l'épée des atours respectables de la loi, pour justifier la misère et le massacre aux miséreux et aux massacrés.

On m'orienta vers la maison forte du village, qui avait davantage l'apparence d'un repaire de bandits que de la demeure d'un chaiffre. Il n'y avait pas vraiment de ruelles ou quoi que ce soit d'autre, et la plupart des constructions étaient petites et rondes, avec des toits d'ardoises et des portes basses. Nous étions loin de la civilisation, ici, loin des routes commerciales et des mines de fer qui faisaient la richesse de la primeauté. À ce que je pouvais en juger, on avait simplement fortifié le sommet d'une colline et laissé de pauvres hères s'installer à l'intérieur de la palissade. Le tapage que j'avais entendu tantôt venait du rez-de-chaussée de la maison forte. Par la porte entrouverte filtraient dix conversations différentes, toutes plus ou moins vociférées, ainsi que le grincement mélodieux du rebec, qui parvenait miraculeusement à se faire entendre. Quelque part à l'étage, une voix vulgaire et haut perchée criait un plaisir qui me semblait surfait. Je me glissai par l'entrebâillement, tout en espérant ne pas avoir à regretter le calme dérangeant des Arces.

Je fus accueilli à l'intérieur par un capharnaüm indescriptible. Deux grandes tables avaient été calées dans la pièce à vivre du bastion. Des miliciens locaux y trinquaient en compagnie d'une patrouille de la garde civile, une douzaine d'hommes qui semblaient tous passablement ivres. Certains dormaient déjà à même les bancs, le visage écrasé sur les planches huileuses de la table. Près d'une grande cheminée flamboyante, j'avisai trois aïeules qui jouaient avec des pièces de bois sous l'œil d'un berger cagneux, vêtu de laines et de peaux. Dans les coins, il traînait des filles débraillées aux regards lascifs, que je soupçonnais d'être au moins à moitié putains, ainsi qu'une bande hétéroclite de roublards aux yeux vifs mais rougis par le vin. Ceux-là argotaient et buvaient un peu à l'écart des autres. Le musicien au rebec était grand et maigre, accompagné dans ses mélodies par une danseuse dont la souplesse et la grâce théâtrale faisaient oublier le visage vérolé. Tous deux étaient perchés sur une estrade surélevée à l'arrière de la salle, près du fauteuil d'un homme chauve et rondelet au nez bulbeux, dont la station et la chaîne d'argent volumineuse me laissaient soupçonner qu'il était le maître des lieux. Le chaiffre somnolait, une chopine de cervoise vide à la main.

Plusieurs chiens pas très vifs étaient enroulés sous les tables, d'où ils sondaient les courants d'air de leurs museaux grisonnants, leurs babines pendouillant dans la paille et la poussière. Lorsque je fis mon apparition sur le seuil, l'un d'eux s'étira et boitilla jusqu'à moi pour me lécher la main avant de s'éclipser dans la nuit. Une nichée de poules s'égailla ensuite sur mon passage pour se réfugier en caquetant dans un petit renfoncement près de la porte d'entrée. Tout cela éveilla en moi bon nombre de souvenirs, parce que le lieu me rappela Corne-Brune et l'ambiance débonnaire et matoise des établissements de la ville basse, mais aussi les tentes à boire du village de toile qui s'était monté autour du camp de siège d'Aigue-Passe. Malgré l'impression de familiarité qui se dégageait de tout cela, je m'avançai dans la salle aux aguets, aussi vigilant que je pouvais l'être.

Nombreux furent les regards qui s'attardèrent sur moi, et j'attirai d'ailleurs l'attention des civils davantage que les soldats. On me jaugeait, on prenait ma mesure pour savoir ce qu'on allait bien pouvoir tirer de moi, et si l'effort en valait la peine. La plupart de ceux qui s'étaient installés ici ne l'avaient pas fait de gaieté de cœur et avaient probablement quelque chose à fuir ou à oublier. J'aurais pu être des leurs, mais j'avais le triangle sur la pommette et l'équipement d'un Carmide mort, et je me méfiais d'eux parce que je ne les connaissais que trop bien. Je me demandai, avec une certaine curiosité, si la prime que les Misolle avaient placée sur ma tête était toujours d'actualité.

Je m'installai en bout de table, au vu et au su de tous, me délestant de ma besace et du reste de mon paquetage en soufflant de soulagement. La lanière de mon sac m'avait mordu une épaule après l'autre toute la journée durant. Je patientai un temps, les chiens me reniflèrent tour à tour, puis l'une des vieilles interrompit sa partie de jetons pour me demander sans guère plus de détours si je voulais manger un morceau. Je répondis par l'affirmative, ce à quoi elle ajouta qu'elle disposait chez elle d'un dortoir pour les voyageurs, si j'avais de quoi payer. Après quelques négociations (il me suffit de lui faire entrevoir l'un de mes deniers d'argent pour qu'elle se montre subitement très arrangeante), l'aïeule édentée m'apporta du pain et du fromage avec des oignons nouveaux et un œuf dur, ainsi qu'une grande jarre de cervoise. Tandis que je me sustentais, et que les soldats m'effleuraient de leurs regards fatigués, le ménestrel entama sa dernière chanson de la soirée, une vieillerie grandiloquente à la gloire des armées du roi rouge.

L'homme au tablier de travail et à la barbe noire qui m'avait accueilli à l'entrée de la manse refit son apparition peu après. Renvoyé par deux fois de la compagnie des miliciens, il vint se laisser choir sur le banc à mes côtés. Il en avait clairement après ma cervoise, ce qui me parut être un moindre mal, et je décidai de lui donner satisfaction, principalement parce que ses intentions semblaient faciles à lire et que, de ce fait, je pouvais garder l'esprit tranquille en sa compagnie. Nous trinquâmes. La cervoise était un peu moins mauvaise que je ne l'attendais. Bientôt l'homme déblatérait à n'en plus finir à propos des taxes, et des vagabonds (sauf mon respect), et de mille autres sujets, et je pus écouter ses divagations avinées d'une oreille à peu près attentive tout en terminant mon repas.

J'appris en premier lieu qu'il se nommait Pettire le Peu, qu'il était de dix ans mon aîné, et qu'il était une sorte d'artisan itinérant, charretier, tonnelier, riveteur, forgeron de fortune, maréchal-ferrant improvisé, charpentier et marchand de clous, en bref un genre d'homme à tout faire qui survivait de petits métiers et d'imprévus, un écumeur opportuniste sans racines et guère plus d'avenir. Je lui trouvai, en dépit de son amour de la boisson, le verbe juste et l'esprit plus vivace qu'il n'y paraissait, et surtout, il me semblait dénué de malice. Lorsqu'il s'intéressa à moi, je délivrai une petite histoire que j'avais inventée pendant la traversée de la lande, prétendant arriver d'Alessa en route pour l'ouest, où je comptais trouver du travail en tant que soudard. Pettire hocha la tête et m'avoua qu'il y avait déjà pensé, mais qu'il avait le pied bot. Je souris aimablement, et mon invité se resservit une timbale de ma jarre presque vide. L'homme but, éructa bruyamment et agita son pichet dans ma direction.

« C'est sûr que c'est pas par les temps qui courent que tu vas manquer de travail, l'ami, si ton métier c'est la guerre », vociféra-t-il en hoquetant, la boisson ruissclant dans sa barbe et sur son ventre rebondi. « Alors que moi je peine à trouver des chevaux à ferrer. » La vieille logeuse, qui était assise non loin, le railla d'une voix de crécelle. « Ça vaut mieux, va », me confia-t-elle, « la dernière bête qu'il a clouée boitait encore trois lunes plus tard. » Pettire démentit vigoureusement cette accusation et il s'ensuivit un dialogue de sourds que j'aurais certainement pu trouver amusant, si je m'étais senti plus à l'aise. Le débat dura le temps qu'il me fallut pour finir mon pain, puis quelques-uns des hommes à l'allure canaille quittèrent les lieux et l'aïeule retourna au feu. Je laissai mon invité terminer la jarre avant de réamorcer la discussion interrompue. « Que voulais-tu dire tout à l'heure ? » lui demandai-je prudemment, « à propos du travail qui ne manque pas. » Pettire haussa les épaules. « C'est que des guerres, il en arrive de partout en ce moment. Quoiqu'on a évité la pire, si tu veux mon avis. » Je levai un sourcil pour l'inviter à poursuivre.

« Ben tout le monde ici attendait les Carmides », me dit-il. « Même si le primat soutient Collinne à propos d'Aigue-Passe, il n'a rien signé avec Carme et n'a pas encore laissé les prosélytes passer nos frontières. On pensait qu'Orphyse allait envoyer ses légions et trois ou quatre autres cités avec eux… » Je secouai la tête, parce que mon interlocuteur n'entendait manifestement rien au fonctionnement des maisons carmides, mais ce ne fut pas la raison pour laquelle je l'interrompis. « Attends, attends », fis-je, « c'est quoi ces histoires de prosélytes ? » L'homme me dévisagea comme on regarde un nigaud. Je fronçai des sourcils et m'empourprai, piqué au vif. « Je reviens de loin, et je n'ai pas eu de nouvelles des primeautés depuis plusieurs années », déclarai-je, un peu trop sur la défensive. « Très bien, très bien », me répondit Pettire en moulinant des bras pour m'apaiser. Il se rinça le gosier et continua.

« Alors écoute, depuis que Collinne est en guerre contre Bourre, ça va faire six ans maintenant, Cléon Gône, qu'est le primat de Collinne, il emploie des soudards carmides. On lui a fait un prix, à ce qui se dit. En échange, il leur laisse prendre partie des prisonniers et il donne quartier libre à leurs prêtres dans tous ses cantons. Ils sont quelques-uns à s'être laissés embobiner par leurs racontars, le primat et sa famille les premiers, beaucoup de nobles aussi, et y a même des temples qui se construisent. J'en ai entendu un causer au marché à Gônemine l'année passée, j'ai rien compris à ses balivernes, mais je lui ai foutu la paix. Ici, à Grisarme, y a des noiseurs qui disent que c'est comme une invasion sans armée, qu'ils vont s'installer comme ça chez nous avec leur dieu-soleil, mais ceux-là ils savent pas de quoi ils parlent à mon avis. » J'acquiesçai par politesse, en me demandant à quoi jouait le primat de Collinne et si, marqué comme je l'étais, j'aurais des difficultés à traverser ses terres. J'imaginais la position curieuse dans laquelle cela devait le placer vis-à-vis de la Table Ronde, mais aussi de ses sujets. Je n'envisageais pas une seule seconde que sa conversion à l'astréïade n'ait pas été intéressée.

« Alors c'est comme je disais », reprit Pettire, « on a cru qu'on aurait la guerre, et puis il y a eu cette vilaine peste qui nous a sauvé la mise, d'après moi.

On dit qu'ils sont cent mille à en être crevés, que toute la région de Nycénée est aussi morte que mon papé. Ça ne les a pas empêchés d'envahir le pays Var, tu me diras, mais à moi on m'enlèvera pas de la tête qu'ils pourraient encore mener deux guerres en même temps et les gagner. » Mon cœur chuta dans mes chausses. Pettire n'eut qu'à regarder mon visage pour comprendre que quelque chose n'allait pas. « Tu n'étais pas au courant de ça non plus. » Je secouai la tête. « Dis-m'en plus », ordonnai-je, une boule froide au fond du ventre. « J'en sais pas grand-chose à vrai dire », fit Pettire. « Il y a une flotte carmide qui fait blocus au port de Varheld depuis plus d'un an maintenant, et les Sériphes contrôlent les berges de la Sinde. Il y avait une rumeur comme quoi la ville était tombée il y a quelques lunes de ça, mais ça m'étonnerait pas qu'elle soit fausse. Il se dit des choses bizarres à propos des Vars de toute manière. Qu'ils sont pas d'accord entre eux, qu'il y en a qui ne veulent pas se battre pour leurs terres et qui se carapatent comme ça, vers l'Igérie. Tu te rends compte ? En tous les cas, Carme est bien parti pour leur esquinter leur réputation, aux Vars. Et attention à nous derrière ! »

Je déglutis, embrouillé, plein d'appréhension pour ce pays que je n'avais jamais visité, mais où Uldrick m'avait affirmé que chacun y avait sa place, s'il arrivait à laisser ses chaînes derrière lui. Dans mon idée, lorsque je retrouverais Brindille, j'avais pensé peut-être la convaincre de m'accompagner en pays libre, même si je ne savais pas si elle s'y plairait. Cette information bouleversait considérablement mes plans, parce que je ne pouvais pas risquer de me retrouver un jour dans une région dominée par les

Carmides, à cause du triangle qu'ils avaient taillé dans ma joue. J'avais songé aussi aux clans et à la Forêt de Pierres, mais je repensais de plus en plus souvent au Deïsi et aux contes de Bréanna, et je ne souhaitais pas aller trop à l'ouest, si je pouvais l'éviter. Je vidai ma timbale ensuite, et secouai la tête. Il m'arrivait de prendre conscience de l'absurdité de ces projections, et de trouver insupportable la naïveté, l'espoir enfantin qui leur donnait forme. Il se pouvait très bien que Brindille soit morte depuis longtemps.

Comme je restais songeur et silencieux, Pettire le Peu gigota sur son banc en lorgnant sur les godets que l'on terminait un peu plus loin. Les villageois commençaient à quitter la maison forte par petits groupes à présent, en emportant leur brouhaha, et l'on s'entendait mieux parler. Le ménestrel et sa danseuse se restauraient tardivement au coin du feu, murmurant et comptant leurs piécettes. Les chiens bâillaient sous les tables, de la paille souillée collée à leurs truffes. Un des miliciens endormis se mit à ronfler. « C'est la première fois que tu te feras soudard ? » finit par me demander Pettire d'une voix qui feignait la curiosité. Je compris qu'il cherchait surtout à faire la conversation dans l'espoir que je recommande une jarre, et je secouai la tête. « Non, ça ne sera pas la première fois. » Je me passai la langue sur les lèvres, en me demandant si j'allais oser aborder le sujet qui me tenait vraiment à cœur, maintenant que le monde que j'avais connu m'avait été restitué en morceaux.

« Je peux te parler mieux de la guerre de la Passe, si c'est de guerre que tu veux entendre causer », mendia Pettire, sans lâcher la jarre vide du regard. Je n'eus pas le temps de répondre, parce qu'un des miliciens, un sergent bien bâti au crâne rasé et à la mâchoire carrée, se pencha de notre côté. « Personne y veut entendre causer de cette guerre-là, le Peu. Ni de guerre tout court d'ailleurs », fit-il en m'avisant de haut en bas. « Tout est tranquille à Calbourg, et on entend bien que ça le reste. On a pas besoin que quiconque vienne colporter des racontars dans le coin, surtout à propos de la guerre. » J'acquiesçai ostensiblement, en affichant un demi-sourire un peu benêt, pour signifier au soldat que je n'avais pas l'intention de lui faire d'ennuis. « C'est bien vrai, ça, sergent », minauda Pettire. « On jasait juste, rien de plus. On voulait pas déranger. » « Je compte reprendre mon chemin demain », ajoutai-je candidement. « Mais je suis heureux d'apprendre que je n'ai rien à craindre par ici. Sur la route on m'a souvent conseillé de faire attention aux Arces. »

Le milicien fit passer sa chique dans l'autre joue et me regarda de travers, sans parvenir à décider si mon ton léger dissimulait de l'insolence ou de l'idiotie. « Les Arces y nous fichent la paix », grogna-t-il enfin. « On s'arrange, et ça va bien comme ça. Vous partez de quel côté ? » Je haussai les épaules. « Je ne sais pas. J'aimerais rejoindre Collinne, si la route est praticable. Après je verrai. » Je crus un instant que l'homme allait me donner des indications, mais visiblement ma tête ne lui revenait pas. Il me dévisagea longuement, je baissai les yeux pour ne pas l'irriter davantage, et le sergent se contenta de cracher dans la paille avant de se détourner.

Près de moi, Pettire murmura : « J'ai trop traîné par ici de toute manière. Si tu veux, demain, je t'accompagne jusqu'à Ocremotte, ce sera la meilleure route pour toi, et on risque moins à voyager ensemble. » Je me levai pour m'étirer, lançant quelques œillades à la vieille qui s'était proposée de me fournir le gîte, mais qui semblait désormais somnoler avec ses amies au coin de la cheminée. « J'aurai besoin de quelqu'un qui connaît bien le village pour m'aider, demain », répondis-je à Pettire après avoir considéré sa proposition. « Avant de partir, il faudra que je fasse le plein de provisions et que je trouve un changeur de monnaie. Si tu m'aides, nous irons ensemble à Ocremotte. » L'homme me tendit une main crasseuse que je serrai fermement. La logeuse remua au fond de son fauteuil, puis m'escorta jusqu'à chez elle en craquant de toutes parts.

Le lit était mité et pas très confortable, et il ressemblait davantage à une couchette qu'à un vrai plumard. La vieille avait retiré une pierre chaude de sa cheminée et l'avait enveloppée dans un drap pour me tenir compagnie. Après m'avoir informé qu'elle savait encore faire plaisir à un homme, pourvu qu'il ait cinq sous à perdre (proposition que je refusai poliment), elle s'était couchée en grimaçant sur une natte près de son trou à feu. Dehors un chien aboyait, un soldat ivre chantait une chanson, des portes grinçaient et claquaient. Je retrouvais un semblant de foule, et tant de choses familières, mais on n'avait pas fini de me raconter les bouleversements qui avaient eu lieu, ni quels espaces avaient été souillés par le passage du temps. J'oscillais entre une nostalgie terrifiante qui me diminuait, qui m'écrasait sur un billot pour m'offrir en pâture au monde, et des giclées de férocité. Je méprisais ce sentiment de vulnérabilité, parce que je comprenais la nécessité vitale qu'il y avait à être à la hauteur, malgré tout.

J'essayais de me souvenir que j'avais échappé à la peste et à la montagne, que j'avais survécu aux mines, à deux batailles et à la corde. Que j'étais un guerrier, ou que je pouvais l'être du moins, et que c'était cette personne-là qui devait s'aventurer à présent à la recherche de Brindille, pas cet enfant endeuillé que je ne pouvais plus être depuis longtemps. Je m'endormis en songeant à Spinelle, à tout le reste, à tout ce qui n'avait pas été dit et qui ne penchait pas encore dans la balance.

23

J'émergeai du sommeil tardivement, pour la première fois depuis longtemps. La vieille faisait trop de bruit dans sa bicoque et c'était intentionnel, me semblait-il. Je restai allongé, à l'écouter tambouriner sur les rebords de sa marmite, traîner des pieds, souffler, soupirer et parler à haute voix aux araignées, aux souris, et à elle-même. Elle sortait souvent, laissait battre sa porte et revenait dans la foulée en portant de l'eau ou du bois, jurant et pestant sans vergogne. J'avais saisi le message depuis longtemps, mais en dépit des bosses et de la jute rêche, le lit était chaud et j'avais plaisir à m'y prélasser. Il y avait aussi que cela me convenait d'ennuyer la logeuse, parce qu'elle m'avait réveillé alors que je la payais pour dormir. Je finis tout de même par quitter les draps lorsqu'une odeur de grillé se répandit dans la masure. Il faisait sombre, mais le petit âtre brûlait vivement, et une fenêtre de corne jaunie laissait passer un peu de lumière près de la porte. Quand je vins enfin m'accroupir à côté du feu, la vieille ne se donna pas la peine de me saluer et se contenta de jeter quelques tartines au lard et aux œufs sur la planche qui lui servait de table. Je commençai à manger, après avoir décidé que ses sautes d'humeur ne me concernaient pas. La vieille n'était manifestement pas du même avis.

J'eus à peine le temps d'entamer mon repas qu'il fut ponctué d'une grêle de remarques discourtoises et acides, de petites piques agacées que j'endurai comme le crachin de la veille. La situation ne tarda pas à m'irriter considérablement, à tel point que j'en perdis l'appétit. Je fis de mon mieux pour rester poli tandis que la vieille logeuse tournait autour du pot, radotant des anecdotes décousues sur un ton de plus en plus accusateur, à propos d'autres vagabonds qu'elle avait hébergés et qui avaient abusé de sa générosité. Enfin, lorsque l'aïeule se fut suffisamment énervée pour en venir au fait – c'est-à-dire ma dette et le paiement de cette dernière –, je perdis patience et crachai dans son feu en lui priant d'aller chercher la garde, si c'était là le seul moyen pour que je puisse finir de manger en paix. Elle bafouilla un temps avant de se renfrogner, puis retourna rageusement à son ménage. Une fois que je me fus convenablement sustenté, j'adoucis le ton et tentai de la rassurer de mon mieux, lui expliquant que, si elle le désirait, elle pouvait m'accompagner jusqu'à ce que je trouve un changeur de monnaie, si elle n'en connaissait pas un elle-même. Cela mit fin à ses jérémiades, et la vieille s'assit dans un coin, petite et fripée, en attendant que je sois disposé à sortir. « C'est le chaiffre qu'il faudra voir pour changer des deniers », grinça-t-elle, et comme je le lui avais proposé, elle vint avec moi.

La brume matinale achevait de se déliter entre les bâtisses de la manse, tandis que les troupeaux bêlants étaient conduits à la traite ou aux pâtures.

On vivait du mouton ici, m'expliqua la vieille alors que nous marchions, de la laine et du lait, de la viande aussi, parfois. La race locale était courte sur pattes et chétive, avec le museau noir, le sabot fin et la réputation de crever facilement. Les carrioles des camelots ne venaient pas souvent jusqu'à Calbourg et ils n'avaient jamais grand-chose à vendre, même si la taxe commerciale était l'une des plus faibles de tout le canton. Cela ne tenait pas tellement aux Arces ou aux bandits, mais davantage à l'état des routes et à la pauvreté générale des contreforts. Les gens du coin n'avaient guère d'argent à dépenser, une fois les impôts payés. Je hochai la tête tout en marchant. Il y aurait à cela des avantages et des inconvénients. Même si je la trouvais casse-pieds et prédisposée au ragotage, la vieille me semblait bien au fait des enjeux locaux et, si elle ne m'avait pas insupporté dès le réveil, j'aurais certainement envisagé de lui demander quelques conseils supplémentaires.

Des badauds étaient rassemblés sur l'esplanade de roche dénudée qu'il y avait devant la maison forte, une dizaine de silhouettes agglutinées autour d'un feu en difficulté, certains des miséreux assis à même le sol et les détritus, d'autres plus loin, accoudés sous les auvents des bâtisses alentour. J'aperçus le profil volumineux de Pettire le Peu, qui se leva précipitamment lorsque nous débouchâmes sur la place. L'homme me rejoignit en trottinant, l'air hagard mais content de lui. Après que nous nous fûmes salués, il m'expliqua avoir trouvé un changeur de monnaie disposé à m'aider pour moins cher que le chaiffre. Je négociai un temps avec la vieille, qui aurait préféré poursuivre jusqu'à la maison forte et l'homme-lige pour tout un tas de raisons, mais comme nous étions à deux contre elle elle finit par céder. Le type en question était un marchand de laine arrivé du sud, que nous retrouvâmes près d'un enclos à bétail de l'autre côté du village. Je le jugeai brusque et peu causant et, si je n'avais pas eu à autant insister auprès de la logeuse pour pouvoir le rencontrer, j'aurais peut-être changé d'avis, parce que ses manières ne me plaisaient pas. Le marchand me prit quatre sous pour convertir mes deniers en menue monnaie, ce qui était du vol, mais en un lieu aussi reculé je m'en sortais plutôt bien. En vérité, j'avais perdu l'habitude de manipuler de l'argent depuis un certain nombre d'années, et j'espérais que cela ne se verrait pas de trop.

Je cédai immédiatement huit piécettes à la vieille – ce qui était franchement généreux de ma part – afin de m'en débarrasser aussi rapidement que possible. Lorsqu'elle réalisa que j'avais des fonds et que j'étais d'humeur dépensière, elle voulut me proposer d'autres affaires. Désireux de la punir de m'avoir soupçonné d'être malhonnête (ce qui était une question encore ouverte, si je m'y attardais vraiment), je fis la sourde oreille le temps qu'elle s'en aille. Tandis que la logeuse s'éclipsait en clopinant, courbée en deux sur l'étain qu'elle enserrait d'une poigne arthritique, j'empochai le reste de ma monnaie et demandai à Pettire de m'aider à faire quelques emplettes. « C'est pas le choix qui va t'embarrasser, ici », gloussa ce dernier, en me faisant signe de le suivre. Il me jura ensuite qu'il connaissait quelques établissements fiables à Ocremotte, et qu'une fois que nous serions arrivés il me les indiquerait, si je le souhaitais. Pettire n'avait pas encore bu ce jour-là. Il me semblait de fort bonne humeur et je le trouvai plus sympathique que le soir précédent. J'avais quelques réserves à l'idée de voyager avec un inconnu, mais je m'étais résolu à tenir ma part du marché, puisque l'ivrogne avait tenu la sienne.

Nous fîmes un premier détour chez un berger du cru qui salait parfois de la viande de porc. Pettire et moi-même nous associâmes pour l'achat un demi-jambon. On alla ensuite à la boulange, où je fis l'acquisition d'un grand pain de seigle que je pensais être en mesure de faire durer une demi-lune si je m'y prenais bien, ainsi que d'un petit sac d'avoine attaqué par la vermine, qui ne me faisait pas tellement envie mais dont le fournier se débarrassait pour presque rien. Enfin, Pettire m'emmena visiter une masure isolée à l'extérieur des murs, où l'on vendait – d'après lui – le meilleur fromage à croûte de la région. Les éleveurs en question consentirent à me céder une tome d'un quart de livre à un prix raisonnable, et je leur achetai également une demi-douzaine d'œufs au vinaigre, puis nous descendîmes à la cave par un colimaçon de pierre. Il s'y trouvait cinq grands tonneaux suintants, auxquels on me proposa de remplir mon outre de la même cervoise que j'avais bue la veille. La cave était aussi vaste que l'étable et, pour tout dire, j'eus l'impression qu'ils brassaient davantage qu'ils ne fabriquaient de fromage.

Le maître des lieux, à propos duquel je ne me souviens pas de grand-chose hormis sa petite taille et ses rouflaquettes impressionnantes, nous paya un coup à boire une fois que la monnaie eut changé de main. Je fus saisi d'un doute quant à la nature véritable de notre visite, qui me semblait de moins en moins tenir à la qualité de leurs tomes, et de plus en plus au désir de Pettire de ne pas être privé de boisson sur la route. Je fus tenté de faire une remarque à ce propos, mais finalement, je décidai de me taire et de savourer la timbale gratuite. Mon compagnon avait fait ses réserves en même temps que moi, mais elles étaient à la fois moins fournies et moins appétissantes. Je comprenais bien que Pettire était en déveine et, si je n'aimais pas ses demi-vérités davantage que le vice qui les faisait naître, je n'éprouvais pas non plus de réticence à l'idée de lui offrir à manger ou à boire, tant qu'il me guidait convenablement. Pour autant, je ne lui faisais pas du tout confiance. D'ailleurs, ce matin-là, je ne me rendis nulle part dans la manse sans mon solide bâton de marche, et je portais mon poignard de bronze à l'avant du ceinturon, visible par tous, à la manière de ceux des clans. Cela m'attira des regards insistants de la part des miliciens les plus lève-tôt, des œillades que j'avais parfois l'audace de soutenir, lorsque je sentais qu'elles appartenaient à un soldat pas très sûr de lui, ou à une jeune recrue impressionnable. Je renouais avec la bravade guerrière. C'est ce qui était attendu de moi à cause du rôle que j'endossais, mais aussi je n'avais que ça pour remplacer la trouille et la confusion qu'il y avait à être dans un lieu étranger où je ne connaissais personne.

Mon dernier achat s'effectua auprès de Pettire lui-même. J'avais fait une croix sur l'artisanat local après avoir découvert qu'il n'y en avait pour ainsi dire pas et j'espérais trouver à Ocremotte les autres articles que je désirais. Restait que la seule arme digne de ce nom que j'emportais était mon arbalète, et cela ne me convenait pas, parce qu'elle ne me serait pas d'un grand service s'il s'agissait de mettre en déroute des brigands. J'avais toujours le bâton, mais cela ne m'allait pas non plus, et j'avais l'intention de remédier à la situation sur la route. À cet effet, je m'offris une vingtaine de belles pointes de fer, longues chacune de deux pouces et pour lesquelles mon compagnon me fit un prix d'ami. Comme il n'allait pas tarder à être midi, Pettire m'invita à manger de la soupe sur la place du village avant de partir rassembler ses affaires. Je profitai de son absence pour mettre un peu d'ordre dans les miennes. Comme il m'était impossible de charger davantage ma besace, je dus me résoudre à faire un baluchon avec l'une de mes deux couvertures et j'y enroulai l'ensemble de mes vivres. Pettire refit son apparition tandis que je comptais l'argent que j'avais dépensé – plus de quatre sous au cours de la matinée. À son arrivée j'écarquillai les yeux.

Le camelot s'était harnaché une structure bringuebalante et improbable sur le dos, à laquelle étaient fixés son bagage, ses outils, et ses rares ballots de marchandises. Pettire se trouvait enchâssé au milieu, comme un gros oiseau dans une cage trop petite. La chose tanguait impossiblement au moindre de ses pas, tintant et grinçant à chaque embardée. Les attaches de cuir usé qui maintenaient tout cela en place étaient pareilles à des attelles de bât, et il y avait aussi une sorte de grosse ceinture sur laquelle reposait l'essentiel du poids. Je n'avais jamais vu quoi que ce soit de semblable de toute ma vie. L'ivrogne m'expliqua qu'il avait eu une carriole et un chien, mais que la bête s'était enfuie des années auparavant et qu'il avait dû bricoler un remplacement avec les moyens du bord. Au fil du temps, le procédé avait été retouché et amélioré, et cela amusait les gens, ce qui était bon pour les affaires. Je n'irais pas jusqu'à dire que je trouvai cela ingénieux, mais lorsque Pettire m'invita à faire le tour de lui-même, en m'expliquant comment le tout pouvait servir de tente pour peu qu'on le recouvre d'une toile étanche, je dois admettre avoir ressenti quelque chose qui s'apparentait à du respect.

Nous quittâmes Calbourg peu après le zénith. Pettire avait attaché un carillon d'os à l'armature étonnante qu'il trimbalait (et qu'il surnommait affectueusement son « bordel »), ce qui rythmait le chemin d'une musique curieuse et cliquetante, dont je ne sus dire si elle était plaisante ou non. Le ciel s'était toutefois dégagé depuis la veille, et la perspective de ne pas avoir à avancer sous la pluie me réjouissait, d'autant que je n'avais pas réussi à dégotter de toile goudronnée digne de ce nom au village. En cas d'averse nocturne, j'allais dépendre de l'hospitalité de Pettire, ce dont nous étions convenus à l'avance. Le temps clément ne suffit pas pour autant à me rendre la marche agréable. J'avais ma besace d'un côté et mon baluchon de l'autre, et tout ça était parfaitement inconfortable, si bien que je passais l'essentiel de mon temps à en réajuster le poids. Les élancements que je sentais naître un peu partout auguraient d'un périple douloureux.

D'après Pettire, nous en avions pour deux jours jusqu'à la frontière avec la primeauté de Collinne, où il nous faudrait transiter par la Grande-Bastide, la dernière caserne fortifiée sur la route des montagnes. Ensuite, nous ferions route vers Ocremotte. Je fus étonné de la rapidité avec laquelle Pettire pouvait avancer, tout saucissonné qu'il était, et ce malgré la sinuosité du chemin qui glissait traîtreusement par endroits. Je serrai les dents pour ne pas être celui qui nous ralentirait, soufflant et pestant dans les replis de ma cape. Lorsque Calbourg eut disparu derrière nous, je fis une brève halte pour corder mon arbalète, sous le regard impressionné de Pettire. « T'as déjà tué quelqu'un avec cet engin-là ? » me demanda-t-il lorsqu'elle eut repris sa place dans mon dos. Je secouai la tête. « Pas avec cet engin-là, non », fis-je d'une voix sombre. « Mais j'aime autant l'avoir sous la main en cas de problèmes. » Pettire esquissa un sourire nerveux et je frottai ma joue et ma balafre avant de repartir. J'en abusais un peu, de cette crainte admirative que je semblais susciter chez lui, mais je le faisais principalement pour me protéger, et le dissuader de tenter un mauvais tour.

La route descendait tout autant qu'elle montait, dans un paysage découpé qui disparaissait pour partie sous le couvert de forêts épaisses aux ramures sombres. Une brise froide soufflait par intermittence depuis l'est, ébouriffant les sapinières et caressant les landes. Nous étions seuls sur la route, bien qu'au loin nous distinguions de temps à autre le renflement blanc des troupeaux, et entendions résonner les sifflements et les appels des bergers dans les vallons. Les arbres caducs de la région fleurissaient sur des escarpements de roche noire, sans que la pâle poésie de leurs senteurs parvienne pour autant à nuancer mon impression initiale. Je trouvais que Grisarme portait bien son nom. Tout ici était maussade et embrumé, imprégné de la mémoire des massacres du roi rouge, et je conservai cette image du canton pendant longtemps.

La discussion en marche était périlleuse, parce

qu'il fallait surveiller son pas à tout moment en raison du crottin qui jonchait la pierre humide. Pettire parvint tout de même à papoter convenablement jusqu'à ce que le soleil décline, m'inondant de petites histoires sans grand intérêt au sujet de sa vie de colporteur. J'esquivai la plupart de ses questions, parfois en biaisant, d'autres fois en lui expliquant en toute franchise que je n'avais pas envie d'en parler, comme ce fut le cas lorsqu'il m'interrogea à propos de ma cicatrice triangulaire. J'étais usé par mon paquetage et j'avais un peu trop de choses à penser pour être d'agréable compagnie, si bien qu'à l'issue de la journée la méfiance avait changé de camp. Dans la lumière mourante du soir, tandis que nous approchions de la cahute de berger où Pettire avait pris l'habitude de se réfugier lorsqu'il empruntait cette route, je l'entendis répéter un peu trop souvent qu'il n'avait plus le sou en poche. Nous nous installâmes à l'étroit entre quatre murs branlants de pierre sèche. Il n'y avait pas de porte, bien entendu, et il fallait se baisser pour éviter de se cogner la tête sur les grandes plaques d'ardoise fêlée qui servaient de toiture. Je profitai des derniers rayons rougeoyants pour me mettre en quête de bois à brûler, laissant Pettire se débattre avec ses sangles et sa frousse.

Lorsque je revins, ce fut avec une belle brassée sèche destinée au brasier, ainsi qu'une section d'épine noire un peu moins longue que mon bras, pour laquelle j'avais d'autres projets. Pettire me contemplait d'un air piteux depuis son côté de la hutte tandis que je m'accroupissais pour faire du feu, le premier depuis longtemps. Nous nous étions naturellement répartis l'espace de part et d'autre de l'entrée et, alors que je donnais du grattoir, je devinais le blanc roulant de ses globes oculaires, mornes d'appréhension, à l'affût de mes moindres gestes. Je m'en amusai un temps, en lançant parfois des remarques ambiguës avant de me dire que je n'aimerais guère qu'on me fasse la même chose et que, si les rôles avaient été inversés, je lui aurais certainement déjà fait fleurir à la gorge un joli bouquet d'acier. Le bois fut enfin pris par les flammes, et je me laissai aller en arrière.

Le seuil de l'abri s'était mué en gouffre, en un rectangle découpé qui semblait engloutir la lumière tout autant que la fumée. Je tirai mon couteau et me saisis de la branche d'épine noire, dont j'entrepris de peler méticuleusement l'écorce. « Je ne suis ni tire-laine, ni surineur, Pettire le Peu », fis-je à haute voix, sans quitter mon ouvrage des yeux. « Je suis jeune, plus jeune que j'en ai l'air, mais ma vie jusqu'ici a été étrange à bien des égards. Tu n'en croirais sûrement pas la moitié et cela tombe bien, parce que je n'ai pas l'intention de t'en dire quoi que ce soit. Les seules choses que tu as besoin de savoir de moi, c'est que je t'accompagnerai à Ocremotte comme je te l'ai promis et que si tu ne me fais pas d'ennuis, je partagerai ma cervoise avec toi. »

J'entendis l'homme remuer de l'autre côté du feu naissant. « Juste avant qu'on s'arrête, je me suis rendu compte que je ne connaissais pas ton nom », m'avoua-t-il d'une voix tremblante. « Ça m'a fait un drôle d'effet. » J'acquiesçai, et laissai planer le silence. J'aurais pu le rassurer à ce moment-là, lui faire savoir que moi aussi je m'étais méfié et puis je lui aurais dit mon nom, et nous aurions ri et bu ensemble comme deux amis, mais je choisis à la place de conserver la distance. Le conditionnement des guerriers-Vars ressurgissait en moi par fulgurances. J'entrevoyais de nouveau le monde comme un champ de bataille. Ce combat-ci n'était pas terminé, et je ne voulais pas perdre la main par excès de gentillesse. Je gardai donc mon nom pour moi, à dessein, alors qu'il m'aurait été facile d'en inventer un pour apaiser l'ivrogne. « J'aimerais que nous reprenions notre discussion d'hier soir », dis-je en frôlant Pettire du coin de l'œil. « Prends mon outre et rince-toi le gosier comme tu l'entends. Ensuite nous mangerons et tu me parleras de Spinelle. »

24

Accroupi sur la terre battue de la cahute, mon regard détaillait les interstices entre les pierres, dont la plupart étaient comblés de boue ancienne et de feuilles mortes. Autour du feu tourbillonnaient une poignée de mites et de papillons, dont je suivais les rondes elliptiques. J'avais étiré l'attente tout au long de la journée, mais maintenant que le temps était venu, je m'impatientais de voir Pettire mâchonner son pain aussi lentement, ramasser la moindre miette qu'il faisait tomber ou prendre de si petites gorgées d'eau ou de cervoise. Mon cœur tambourinait et je ne parvenais pas tout à fait à dissimuler la tension qui crépitait le long de mes nerfs. Pettire le vit et s'en empara. C'était de bonne guerre. Pour patienter, je nourrissais le feu et j'écartais les insectes qui tombaient dedans, ce qui me valut trois doigts cloqués pour pas grand-chose. Enfin, le camelot émit un rot, se frotta le ventre, et s'installa confortablement dans les profondeurs de son couchage, remuant et farfouillant comme un blaireau satisfait. L'alcool lui avait délié la langue et l'avait délivré des vestiges de la peur. Je guettai sa trogne ingrate qui disparaissait sous une montagne de fourrures à demi pourries.

« Spinelle », amorça-t-il avec simplicité après avoir réprimé une nouvelle éructation. J'acquiesçai, en faisant de mon mieux pour ne pas laisser paraître mon agitation. Pettire prit une inspiration et je crus qu'il allait se mettre à causer pour de bon, puis il s'interrompit un peu brusquement. « C'est là où tu as prévu d'aller en fin de compte ? » me demanda-t-il. J'attendis un moment avant de répondre, dans l'espoir qu'il abandonne la question et passe à autre chose. Cela n'arriva pas. « Peut-être », fis-je prudemment. « Cela dépendra de ce que tu m'en diras. » Mon interlocuteur se pencha au-dessus des flammes, et s'humecta les lèvres. « Eh bien, tout ça a été une affaire sanglante dont les gens de la Grise-Marche n'ont pas eu grand-chose à faire, moi le premier. Entre ça et la nouvelle guerre de la Passe, Sudelle et Louve-Baie qui s'écharpent et puis les Carmides qui s'y mettent derrière les montagnes, on a l'impression que c'est le monde entier qui se fait la guerre. Et encore je ne te parle pas de ce qui se trame de l'autre côté du détroit. Ici, on s'occupe surtout de nos affaires et on remercie les dieux que ça ne se passe pas par chez nous. C'est toujours les pauvres gens qui trinquent, de toute manière. Il y en a eu beaucoup pour quitter Vaux au début, avant que ça n'empire vraiment. Les réfugiés se sont surtout installés à Couvre-Col. Il y a eu un grand campement tout près de Boiselle et le primat Damfroi a fait récolter des dons pour qu'ils meurent pas de faim. C'était il y a quatre ou cinq ans. Ensuite les combats ont commencé pour de bon. »

« On m'a parlé d'incendies », marmonnai-je, pour aiguiller mon interlocuteur. Pettire rebondit immédiatement. « Des incendies, oui, il y en a eu un paquet. Y a pas mal de gens qui racontent qu'Ovégie Villune est devenue folle quand les Feuillus ont tué son père. Qu'elle aurait brûlé sa primeauté tout entière, que ça serve ou non, pour les débusquer. Alors du feu, tu penses, il y en a eu, à en éclairer la nuit jusqu'à la mer. Il y a encore pas si longtemps, les soudards étrangers arrivaient à Vaux par centaines, même s'il en revenait tout autant de morts et d'estropiés. Ceux qui n'avaient pas les moyens de prendre un bateau pour Alessa et rentrer chez eux préféraient chercher la route de Phocène. Ils sont quelques-uns à être passés par la Grise-Marche, des hommes des Cinq Cités, surtout. Certains bavassaient bien pour peu qu'on les enivre, et j'ai entendu des tas de choses curieuses à propos des rebelles feuillus qu'ils combattaient. Des sorciers leur viendraient en aide, des farfadets du plateau des Ronces et je ne sais quoi d'autre. » Je crachai dans le feu. « Les Ketoï », murmurai-je d'une voix lugubre. « Oui », fit Pettire. « Moi je ne sais pas trop quoi en penser. Une fois, mon papé m'a raconté une vieille fable qui causait de ça, de la vigne et du roi des Ormes et d'autres choses anciennes, mais je ne m'en souviens plus. Je me dis que peut-être ça se monte le bourrichon. Il y a tellement d'histoires à dormir debout à propos des Arces, dans le coin. À écouter les gens ils seraient capables de se rendre invisibles ou de se changer en bêtes, ce qui est un beau tas de fadaises, si tu veux mon avis. » Ses yeux se perdirent ensuite dans le vague et je dus tousser pour le ramener au présent. « La guerre à Spinelle », insistai-je. « Eh bien quoi ? » me répondit Pettire en haussant ses larges épaules. « La guerre, elle est finie depuis des lunes. »

Je déglutis, suspendu au moindre mouvement de ses lèvres. Mon interlocuteur, voyant qu'il avait piqué mon intérêt, m'observa un temps avant de reprendre. « Ben oui », poursuivit-il en faisant enfler sa voix de manière théâtrale. « On dit que plus rien ne vit dans le canton de Spinelle, qu'il en va de même pour tout le nord de Gorsaule, et que c'est à un prix bien élevé qu'Ovégie Villune a gagné sa guerre. Ses terres sont exsangues, ses gens sont à bout d'avoir massacré leurs voisins six ans de suite, et certains ont cru que ses liges finiraient par l'abandonner, si les sorciers ne la tuaient pas avant. Et pourtant. Ça s'est battu pendant un long moment, parce que les Feuillus avaient capturé des manses, ils ont même tenu Spinelle un an ou deux, jusqu'à ce que la Villune, elle ordonne qu'on foute le feu à la forêt. Les choses ont changé à partir de là. Les Vauvois ont repoussé les rebelles et la gent sauvage des Ronces avec eux. De source sûre, je sais qu'il n'y a plus de combats depuis l'automne dernier. » Sa voix s'abaissa un peu, s'adoucit pour se faire complice. « Mais si tu penses à aller là-bas, c'est que tu as entendu parler de la prime, je me trompe ? » Les yeux de Pettire luisaient dans la pénombre. Je secouai la tête. « Non, je n'ai pas entendu parler de ça. » J'eus l'impression de causer de très loin, comme si je n'étais plus tout à fait moi-même et que les paroles du camelot m'avaient engourdi une partie de l'âme.

« Eh bien, tant mieux. Seul un fou s'y risquerait, si tu veux mon avis », m'annonça Pettire d'un air soulagé. « Ovégie Villune a gagné sa guerre, mais elle ne va pas s'en contenter. Elle a promis sa main ou le titre de lige à l'homme qui mènerait un assaut victorieux contre les Ronces. Si tu te décides à y aller, je ne doute pas que tu trouveras là-bas des capitaines-francs qui voudront relever le défi, et qu'ils chercheront des hommes de ton espèce pour les aider. À ta place, je me contenterais des deniers de Collinne. Ils payent bien, tout le monde le dit, et puis tu n'aurais pas à aller crapahuter dans les Ronces. Que ces histoires de sorcellerie soient vraies ou pas, ce qui est certain c'est que ça n'est pas un endroit d'où l'on revient. Tous ceux qui vivent près du plateau le savent. Je ne te dis pas que ça n'est pas possible, bien sûr. Sans doute qu'on est capable de beaucoup de choses pour de l'or et des terres, peut-être même de revenir vivant des Ronces avec la tête du roi des Ormes en prime. Mais à mon avis, il faudra qu'un tas de braves gars crèvent avant qu'on connaisse le fin mot de l'histoire, et au moins tu saurais à quoi t'attendre, si tu allais guerroyer contre le Bourrois. »

J'acquiesçai lentement, en proie à une angoisse innommable. Sans cesse dans mon esprit se matérialisaient des images de Brindille et de sa captivité. Je ne connaissais que trop bien le tourbillon de la guerre. Elle avait pu être tuée par un camp ou par l'autre, ou brûlée vive dans un incendie. Je savais que, s'il lui était arrivé quelque chose, si j'arrivais trop tard, encore une fois, je ne m'en remettrais pas. Je me projetais aussi au bout de la route, je me figurais les terres dévastées de Vaux, sans avoir la moindre idée de ce que je ferais lorsque je parviendrais à Spinelle. Tout cela était l'œuvre d'une phrase unique, prononcée par un homme au masque de pérégrin plus de six années plus tôt. Une partie de moi-même voulait maudire ma propre sottise, la ferveur obstinée avec laquelle je m'accrochais à quelque chose qui avait pu voler en éclats depuis longtemps. D'un autre côté, je comprenais que cet espoir-là m'avait permis de survivre à la fosse et à la montagne. Que cela continuait à me maintenir debout, encore aujourd'hui. Je m'imaginai déambuler dans des déserts de souches calcinées, et l'effroi qu'il y aurait à simplement attendre, et que rien ne vienne. Je me demandai combien d'années je serais capable de tenir en sursis, à guetter une promesse que le pérégrin n'était peut-être plus en mesure d'honorer.

Voyant mon expression perplexe, Pettire eut l'amabilité de ne rien rajouter. Il me laissa le temps de digérer, et je lui en fus reconnaissant parce qu'il m'avait donné beaucoup de grain à moudre. Dans mon esprit se faisaient et se défaisaient des plans, je bondissais d'une perspective à l'autre comme un cabri au printemps, mais finalement j'en revenais toujours à la même chose et mes inquiétudes n'y changeaient rien. Si les Feuillus avaient été vaincus, si ceux qui avaient survécu s'étaient réfugiés dans les Ronces, alors c'est là que se trouverait le pérégrin, et c'est donc là qu'il faudrait que je me rende. Je ne savais pas encore si je devais m'y aventurer en ami, ou s'il serait plus prudent que je me joigne à l'une des expéditions guerrières dont Pettire venait de parler. Je comptais sur le voyage qui m'attendait pour trouver des éléments de réponse.

Recroquevillé dans son coin, mon compagnon n'avait pas bougé entre-temps, mais il ne dormait pas non plus. Il m'épiait, figé comme une idole grassouillette que l'on aurait gainée de mauvaises peaux. Après un moment, je me dépliai pour m'emparer de ma branche d'épine, blanche et humide d'avoir été pelée. Je m'attelai à donner forme au bois, affinant la base pour y créer une prise convenable. Les copeaux rejoignaient le feu, s'y tordaient en fumant et la concentration finit par chasser les interrogations et les doutes qui me tourmentaient. Enfin, je levai les yeux sur Pettire. « Je voudrais que tu me prêtes ton marteau, l'ami », fis-je doucement. Celui-ci remua et fouilla un temps dans ses paquets, avant de me tendre l'outil en silence, puis il se pencha avec curiosité pour me regarder travailler.

J'extirpai mes clous de deux pouces de la besace et les étalai dans la poussière comme les bâtons runiques des chamanes montagnards. Une à une, en usant d'une pierre plate pour caler le gourdin, j'y enfonçai les pointes que j'avais achetées au camelot. Lorsque j'eus terminé, les têtes émergeaient encore du bois sur la longueur d'une phalange. Je soupesai le tout, puis j'en noircis l'extrémité au feu, histoire de resserrer le bois autour des clous. Ce n'était pas une arme élégante ou subtile, et cela ne me servirait pas à grand-chose contre un adversaire bien équipé, mais c'était mieux que rien. Mon pourpoint ne valait pas un bon gambison, mais je m'imaginais tout de même être mieux protégé que la plupart des pillards et des coupe-jarrets qui pouvaient traîner sur la route et aux abords de la guerre. J'espérais que le gourdin clouté saurait intimider tous ceux qui auraient l'idée de me chercher des noises, de manière à ce que je n'aie pas à m'en servir. Pettire hocha la tête dans la pénombre et grogna une approbation un peu inquiète lorsque je lui présentai mon ouvrage à la lumière des flammes.

Je m'enroulai ensuite dans mes couvertures de

laine et pris quelques longues goulées de cervoise, satisfait d'être bercé un temps par les craquements du feu. Dehors, j'entendais le vent caresser les frondaisons des arbres, et les sons prudents des bêtes qui fouissaient dans les lits de feuilles et d'épines. « Si jamais je désirais me rendre à Spinelle, quelle route penses-tu qu'il me faudrait emprunter ? » demandai-je à Pettire, après un moment. Le camelot, qui s'était mis à pointer du nez, secoua ses bajoues et fit claquer une langue pâteuse. « Si tu avais du temps et de l'argent, je te conseillerais de descendre au sud, jusqu'aux berges de l'Opule », grommela-t-il en se raclant la gorge. « Là, tu trouverais sans peine une cogue en route pour Blancbois. C'est loin, tu te rallongerais de deux bonnes semaines, et peut-être même plus, mais tu n'aurais pas à t'occuper des combats entre Bourre et Collinne. »

Je me grattai l'arête du nez et reniflai tout en réfléchissant. « Et si je n'avais pas le temps ou les deniers ? » finis-je par questionner. Pettire étouffa un bâillement. « Alors il faudrait que tu traverses Collinne jusqu'à Aigue-Passe, puis que tu pousses jusqu'à la Gorce. Les armées de Cléon Gône tenaient le canton de Granières aux dernières nouvelles, et des manses fortifiées à Trosse aussi, mais Bourre lance souvent des contre-attaques, et la ligne de front est large de cinquante milles. Du coup, on ne sait jamais de quel côté on se trouve vraiment. C'est un ami charretier d'Ocremotte qui me l'a dit, je te le présenterai lorsque nous arriverons là-bas, si tu veux. » Je laissai la question en suspens, parce que je songeais à Granières et aux terres bourroises que j'avais traversées avec Uldrick, des étendues idylliques de collines verdoyantes, des champs d'herbe fleurie qui roulait comme la mer au gré des bourrasques. Je me souvins de l'accueil que nous avions reçu dans les villages sur notre route, lorsque l'arrière-garde avait quitté Granières, les regards inquiets des vieillards et des enfants, et la culpabilité étrange que j'avais ressentie à l'idée d'avoir rompu leur paix, même passagèrement. Je ne parvenais pas à transposer la difformité de la guerre en ces lieux-là. Je ne le souhaitais pas non plus, sans doute. Pettire se mit à ronfler. Je soupirai et pris un moment pour m'assurer qu'il dormait vraiment, avant de me laisser happer moi aussi par le sommeil.

Nous arrivâmes à la Grande-Bastide après deux journées de marche, une citadelle frontalière crasseuse et bruyante qui surplombait la route pavée entre Ocremotte et Grisarme. Le voyage avait été ponctué d'averses et de bourrasques, et je me réjouissais de quitter enfin les hauteurs pour un terrain plus praticable et un chemin plus aisé. Une foule hétéroclite se massait aux portes de la place d'armes, marchands de fer, mendiants, voyageurs encapuchonnés et caravaniers vociférants, tous pressés de régler le passage afin de pouvoir vaquer à leurs occupations d'un côté ou de l'autre de la démarcation. Plusieurs détachements de miliciens et au moins autant de gardes civils étaient stationnés à la Grande-Bastide, censément pour assurer la sécurité de la région. Pettire m'avait expliqué qu'il s'agissait surtout d'un endroit où l'on envoyait les hommes à problèmes et les fils bâtards afin qu'ils épuisent leur déshonneur à courir après les Arces et les bandits sur des circuits éloignés de la capitale. Durant le jour, ils quittaient leur garnison austère pour venir flâner dans les maisons à boire qui s'étaient montées près du poste-frontière, jouant et crachant et courant la gueuse en attendant que ce soit à leur tour d'aller patrouiller. La corruption y allait de pair avec l'oisiveté, mais j'avais l'air suffisamment démuni pour qu'ils me laissent tranquille.

Pettire eut le temps de s'imbiber convenablement avant que nous ne franchissions la porte fortifiée où flottait le marteau de Grisarme. Plus loin, sous un ciel enflé strié de veines plus claires, battait la tour orange de Collinne. Le camelot et moi-même nous étions concertés un temps pour savoir si nous allions passer la nuit dans un des dortoirs pouilleux situés près du poste-frontière, ou s'il était plus malin de pousser plus en avant et chercher un hébergement sur la route. Nous optâmes pour la seconde solution lorsque je découvris les prix exorbitants pratiqués par les dortoirs, mais surtout lorsqu'un voleur à la tire s'échappa de l'un des bouges en question avec un palefrenier en colère et son apprenti sur les talons. Je ne sus rien du sort du voleur, mais je n'étais pas prêt à risquer le peu que je possédais pour le confort d'un toit. Pettire m'assura que c'était la première fois qu'il assistait à une telle scène, mais concéda que ces établissements avaient mauvaise réputation. Nous finîmes par nous mettre d'accord pour ne pas nous attarder davantage.

Orcremotte apparut à l'horizon trois jours plus tard, au sommet d'une grande colline chauve qui portait bien son nom. La roche noire du Mur carmois avait cédé la place à un granit orangé au fur et à mesure du voyage, de même que les sapinières avaient disparu au bénéfice de bosquets épars de grands hêtres bourgeonnants. Le ciel s'était éclairci et, si mon paquetage était toujours aussi inconfortable, la route était pavée et relativement plate, parce qu'elle louvoyait entre les coteaux qui nous entouraient. Il y avait eu quelques manses sur le chemin, avec des habitants qui étaient accoutumés au passage et dont la plupart se montrèrent accueillants. Nous nous étions mêlés aux autres voyageurs, sur lesquels Pettire avait pu user sa langue au grand soulagement de mes propres oreilles. Mon compagnon de marche avait repris confiance depuis que nous avions retrouvé le brouhaha de la civilisation, et l'abondance de la boisson rendait ses divagations plus pénibles à suivre. Je ne fuyais pas sa compagnie pour autant, parce que, même s'il était ivre, j'avais quelqu'un pour surveiller mes arrières. Aussi, il connaissait le pays et sans son aide je pense qu'il n'y aurait pas eu grand monde pour m'ouvrir sa porte.

Sur les terres de Collinne, avec ma balafre triangulaire et la coupe de mes vêtements, je ne passais plus pour un simple vagabond étranger. La plupart me croyaient Carmide, ce qui me convenait parce qu'on ne me posait pas de questions. Certains, mieux informés, m'identifiaient comme un esclave affranchi – ou évadé – et m'auraient sans doute traité avec moins de déférence, s'il n'y avait eu Pettire à mes côtés. Je ne cessais d'ailleurs de m'interroger sur la manière dont il faudrait que je m'y prenne lorsque, approchant du front, je serais peut-être amené à croiser de vrais Carmides, et que ces derniers porteraient des armes.

Sur le tronçon final de route, nous avançâmes derrière la carriole d'un forgeron itinérant parti de Grisarme pour proposer ses services à l'armée de Cléon Gône. Nous sympathisâmes brièvement. Pettire lui répéta encore et encore que j'étais un bon compagnon de voyage et que je pourrais l'y accompagner, à Collinne. Le forgeron n'avait pas l'air d'y tenir davantage que cela. Nous franchîmes les portes de la ville un peu avant le soir, non sans que j'aie subi un bref interrogatoire par le capitaine de garde en faction, et que je me sois acquitté d'un don exorbitant de six sous pour avoir le droit de porter mes armes dans l'enceinte. Pettire patienta aimablement en attendant que l'affaire soit réglée, et me proposa ensuite de l'accompagner à une auberge de sa connaissance, tout près du marché. J'y trouvai un logement pour un prix correct, et après que je lui eus offert une ultime beuverie en guise de remerciement pour les services qu'il m'avait rendus, nos chemins se séparèrent. De nombreuses années plus tard, j'appris tout à fait par hasard que Pettire le Peu avait eu le temps de devenir l'un des assistants de l'intendant de Pont-aux-Arces avant que son amour de la boisson ne le rattrape pour de bon. Le soir de son quarantième anniversaire, il s'enivra et chuta dans l'écume hivernale du Cendre-Flot, où il se noya sans qu'on y ait pu le repêcher.

25

Il me fallut environ deux semaines pour traverser la primeauté de Collinne. Le contraste avec les montagnes était saisissant, tant au niveau des terres que des habitants. Après une année passée à baigner dans le silence relatif de Seu-Lanthé et la circonspection pondérée des Arces, j'eus besoin de temps pour m'habituer au vacarme des routes brunides. Souvent, je repensais au chemin que j'avais déjà foulé, à ce parcours semé d'improbabilités et de rencontres, et la langue des montagnes surgissait en moi sans crier gare. *Thesponé*, avaient dit les Arces. Je n'y croyais pas, bien entendu, mais parfois, en regardant en arrière, en songeant à la manière dont j'avais survécu à la peste et à la montagne, puis fait couronner un roi, je ne pouvais m'empêcher de douter. Je n'avais jamais compté pour grand-chose, et je crois que j'aimais jongler avec l'idée excitante de ma propre importance. Je passais des journées entières avec le mot collé au palais, à en savourer les sons et la signifiance.

Ce fut Brindille qui me sauva certainement de la folie grandiloquente qui guettait, parce qu'elle me donnait une direction, mais il y avait aussi la mémoire de la *Pradekke* et le souvenir des heures passées à recevoir des corrections dans la cour d'entraînement du piton. Les guerriers ne sont pas tout à fait des hommes comme les autres, mais ils partagent avec le reste de l'humanité une propension à oublier leurs erreurs et à retenir leurs succès, sans quoi, d'ailleurs, il ne serait pas aisé de les envoyer à la bataille. Je dois aux Vars davantage de lucidité, une vision plus objective – et donc plus douloureuse – et pour moi les joutes et l'apprentissage du fer se sont toujours accompagnés de grandes leçons d'humilité. Dans mon idée, peu de choses sont plus à même de désengorger un ego boursouflé qu'une passe d'armes et les prises de conscience qui viennent avec. Comment l'existence de n'importe quel homme repose sur un éventail de détails infimes qui nous échappent pour la plupart, et que même le meilleur des combattants ne peut jamais appréhender entièrement.

Lorsque je quittai Ocremotte, il me restait moins d'un denier en poche et pourtant j'étais heureux comme un chat au soleil. J'avais trouvé un maroquinier tout près de l'auberge, mais ses articles étaient onéreux et leur aspect neuf ne me convenait pas. Sur la route, les boutons d'os lustrés et les laques colorées attireraient inévitablement une attention que je ne désirais pas. Je m'étais donc rabattu sur un marché aux puces situé à l'extérieur des murs, où je pus revendre ma besace à un chiffonnier gouailleur et faire l'acquisition d'un vrai havresac. Disgracieux et usé à souhait, renforcé de cuir solide et de rivets d'airain terni, l'objet avait vraisemblablement appartenu à un soldat, et je l'aimai immédiatement. Il me fallut payer grassement pour faire réparer l'une des sangles, une jeune femme bègue et son mari ferronnier s'en occupèrent dans l'heure pour un sou et demi, mais la dépense en valait la peine. Je pouvais y faire tenir confortablement l'ensemble de mon paquetage, avec les couvertures enroulées sur le dessus, et il restait encore un peu de place, en tassant bien.

J'y accrochai mon arbalète et mon gourdin, de même qu'une casserole de bonne facture pour faire bouillir de l'eau, une petite lanterne noircie au verre ébréché (qui avait besoin d'un bon nettoyage mais pour laquelle je disposais de six bougies plates en cire d'abeille), ainsi qu'une toile de tente pour me prémunir de la pluie. Le lin huilé était lourd et un peu raide à mon goût, mais il était neuf et solide, d'un beige crémeux que je trouvais plaisant à l'œil. Les morsures infligées par la besace carmide mirent plusieurs jours à disparaître, et je n'étais plus obligé de réajuster mes affaires tous les dix pas. De plus, il y avait la satisfaction d'être convenablement équipé pour le périple et paré à toutes les éventualités. Malgré mes incertitudes vis-à-vis de l'avenir, il m'était bon de pouvoir enfin apprécier les pavés sous mes bottes, et la perspective du voyage.

Au nord du grand-chemin, les paysages de Collinne étaient ravinés et difficiles, parsemés de buissons et de plantes grasses. Les premiers jours, il y eut des formations rocheuses stupéfiantes, certaines toutes proches, d'autres plus lointaines, toutes donnant au pays une résonance résolument minérale. Accolées aux falaises, des assemblées entières de cheminées de fée aux allures de champignons, dont les coiffes ocre reposaient sur de grands piliers pâles. Ailleurs, des monolithes imposants, taillés comme des lances de pierre, pointaient parfois loin au-dessus des frondaisons, si bien qu'à distance il était impossible de savoir si l'on observait une tour ou bien une formation naturelle. Les forêts elles-mêmes s'étiraient en coulées inégales jusqu'aux montagnes, d'un vert si sombre qu'au tomber du jour, elles prenaient la couleur de l'encre. Entre les bras tendus de ces dernières, des landes caillouteuses, semblables à celles que j'avais foulées en arrivant sur le sol de Grisarme. Les pics du Mur carmois s'élevaient sur ma droite à une distance égale, des compagnons familiers qui disparaissaient parfois derrière la topographie accidentée, mais que je retrouvais toujours dès que le chemin prenait un peu de hauteur.

La route était encaissée en dessous de tout cela, fendant Collinne à la transversale, d'est en ouest. En se tournant vers le sud, où l'horizon était plus ouvert, on pouvait appréhender la primeauté comme une sorte de grand bassin, au centre duquel s'élevait un large massif pierreux que l'on appelait la Gorge. La Gorge était peu praticable et parcourue de ravins profonds, même si certains villages troglodytes se nichaient dans les hauteurs. J'appris que leurs habitants avaient une réputation de rustres et de sauvages, on les soupçonnait d'héberger des bandits, ou bien d'être bandits eux-mêmes. Il y avait peut-être du vrai là-dedans, mais dans mon idée ces rumeurs méfiantes étaient surtout entretenues par les chaiffres locaux. En vertu d'une ancienne loi, ils n'avaient pas le droit d'y envoyer chercher l'impôt, et cela leur déplaisait presque autant qu'à ceux qui ne pouvaient s'y soustraire. De fait, le grand-chemin contournait les hauts sur des milles et des milles, jusqu'à rejoindre les berges du Cendre-Flot. De là, en regardant en arrière, on pouvait distinguer un grand lac clapotant, niché au cœur du massif. On me rapporta que sous sa surface se trouvaient de grands-vestiges engloutis, dont certaines parties dépassaient lorsque le niveau de l'eau était bas, des blocs titanesques de pierre taillée qui faisaient songer à une carrière des géants à l'abandon. Fort de la mythologie des Arces, la rumeur de telles structures prenait un tout autre sens pour moi, et je pensais parfois aux autres grands-vestiges dont j'avais connaissance, la Porte du Ponant de Bourre, ou les Forges d'Arruel, dans le canton de Niveroche. Un jour plus propice, je me promis d'aller voir pour moi-même ces monuments d'un autre âge.

Au fur et à mesure que j'avançais, les forêts se faisaient plus rares, comme si les arbres avaient engagé une retraite forcée jusqu'à l'ombre des montagnes et des hauts. J'apercevais les sommets des Épines qui guettaient au sud-ouest, après une étendue de collines verdoyantes et de pâtures vallonnées. Je me représentais parfois Collinne comme une île prisonnière, une terre piégée entre les mâchoires rocailleuses des montagnes. Par temps clair, je pouvais distinguer une béance entre les pics. Mon cœur se serrait à l'idée de retrouver la passe d'Aigue. Je savais qu'on n'aurait pas abattu l'arbre à charmes sous lequel Ulrick était mort, que je le verrais sans doute depuis la route. Durant la journée, je n'avais que peu de temps à consacrer aux pensées morbides et aux panoramas, parce que la chaussée était large et qu'elle bruissait d'activité, et l'attention y était sans cesse happée par un détail ou un autre, une conversation, un visage, les pitreries d'un chien ou d'un enfant.

Il y avait des manses tout au long de la route de Collinne, certaines accolées au grand-chemin lui-même, d'autres un peu plus loin, signalées par des panneaux de bois gravé. Des auberges et des postes de garde jalonnaient l'itinéraire, de même que d'autres établissements destinés aux voyageurs. C'était la voie commerciale la plus importante de la Grise-Marche tout entière, et sa seule existence générait de nombreuses activités annexes. Beaucoup d'échoppes bordaient le passage, des étals qui proposaient des gourmandises au miel, des salaisons, des fûts de cervoise et de cidre, que l'on fabriquait à partir des pommiers sauvages de la région. Pour autant, la foule que j'y côtoyai n'était pas particulièrement cosmopolite. Hormis une poignée de commerçants étrangers, il y avait surtout des gens du cru ou originaires de la primeauté. La seule exception notable était les charrettes venues d'Alumbre, leurs essieux marqués du sceau des maîtres-meuleurs. Collinne avait eu de mauvaises récoltes l'année précédente, et l'on comptait encore sur le blé des greniers de Lourcelle pour approvisionner le front. Car, sous la surface frémissante, sous le boucan des affaires et du grincement des carrioles, le parfum de la guerre était partout.

Je croisai presque autant de soldats que de civils, quelques patrouilles, mais surtout des capitaines de milice qui menaient leurs compagnies de recrues à la capitale. Après le calme relatif de l'hiver, Cléon Gône levait des guerriers dans tous ses cantons, pour poursuivre son offensive contre Bourre. Je ne doutais pas un instant qu'il devait se passer la même chose de l'autre côté de la frontière. Aux rangs des recrues se mêlaient parfois des compagnies bagaudes, certaines pouilleuses à souhait, des cortèges improbables de miséreux dont la moitié n'avaient ni armure ni bouclier, d'autres bardés de fer, des soudards professionnels avec le regard rapace et le corps marqué par le combat. Ceux-là suscitaient la peur, et peu étaient les civils qui choisissaient de rester longtemps en leur compagnie. Le long de la route il y avait pléthore de mendiants estropiés qui agitaient leurs mutilations et leurs histoires tout en demandant l'aumône. Moins spectaculaires, mais tout aussi pitoyables, des veuves désargentées avec leurs enfants, des visages sales et morveux, qui guettaient le passage depuis l'abri de leurs tentes de fortune. Les miséreux se firent de plus en plus nombreux au fur et à mesure que j'approchais de Collinne, et c'est auprès d'eux que j'obtins la plupart de mes informations, souvent contre un peu de nourriture, parce que j'en avais encore en réserve, et que je voulais économiser mes pièces. Dans mon idée, il y aurait des pattes à graisser sur le chemin.

Je traversai le Cendre-Flot à gué, une dizaine de milles en aval de la cité de Collinne. Ma route aurait certainement été plus aisée en passant par le chef-lieu, mais l'idée de pénétrer au cœur du fief de mes anciens ennemis me rendait circonspect. Je m'imaginais aussi que j'y croiserais peut-être des Carmides. À l'image d'un certain nombre de vagabonds, j'avais pris coutume de marcher avec le visage dissimulé par mon capuchon, sans savoir si cela me protégeait des regards, ou si au contraire je les attirais davantage. Quelques jours plus tard, après avoir erré sur des chemins dont certains en méritaient à peine le nom, je passai la nuit dans un petit hameau à la lisière des contreforts des Épines, où un paysan affable au regard rieur m'offrit le gîte et le couvert en échange d'un peu de compagnie. L'homme avait perdu son épouse quelques lunes auparavant et, sous son air jovial, il dissimulait une tristesse digne ainsi qu'une grande solitude. Sa ferme était petite mais cossue. Il cultivait deux ares de raves et un autre de fruitiers et il y avait des ruches au fond du champ qu'il laissait en jachère. L'homme travaillait en compagnie de ses six enfants et des parents de sa femme, qui étaient encore volontaires mais que l'âge rendait gâteux. Les gens de son village ne l'aimaient pas tellement, parce que son père avait été un étranger venu de Paxxos, et c'est précisément pour cela que l'homme mettait un point d'honneur à accueillir tous les voyageurs de passage.

J'installai mes affaires dans le séchoir sur pilotis qui était accolé à la ferme, puis je fus invité à venir me réchauffer et prendre un repas dans la chaumière familiale. Comme j'avais dû dormir sous ma toile depuis que j'avais quitté la grande route, que j'avais été harcelé par un temps franchement maussade et les miliciens nerveux des manses que j'avais traversées (plusieurs d'entre eux s'étaient permis de me rudoyer sous prétexte que je pouvais être un espion), cette charité généreusement offerte me fit le plus grand bien au moral. La maison était basse, tellement basse que j'aurais pu toucher la charpente apparente des combles rien qu'en tendant le bras, et elle sentait le moisi et la buée de cuisine. Il y avait une grande table dans la pièce à vivre – qui était fort sombre – faite d'épaisses planches de sapin noircies par l'usage. Nous nous attablâmes sur de longs bancs grinçants et bûmes un jus amer de fleurs fermentées tout en échangeant des amabilités à propos de la météo et des environs. Dans la cheminée bouillonnait une marmite de fonte à l'allure exotique, et la vapeur parfumée qui s'en échappait me fit revenir des années en arrière.

Kaïmes, le paysan, emplit ma timbale de purée de raves, tout en s'excusant pour le goût boisé, parce qu'il s'agissait de la fin de récolte de l'automne précédent. J'avalai mes cuillerées en silence, sous le regard des marmots qui ne me lâchaient pas de leurs yeux ronds comme des billes. Plus poivrée que celle que j'avais connue à la ferme Tarron, relevée d'oignons sauvages et d'aromates, le goût de la purée n'en convoqua pas moins un tourbillon de mélancolie que je savourai tout autant que le repas. Comme il me restait encore quelques-uns des biscuits au miel de Bréanna et que j'étais soucieux de remercier la famille pour son accueil, je les distribuai de bonne grâce à mes hôtes. Dubitatifs au départ, les visages des aïeux s'illuminèrent autant que ceux des enfants lorsque leurs gencives élimées se refermèrent autour des galettes sucrées. La nuit enveloppa lentement les contreforts, le feu crépitait tranquillement dans l'âtre et je décidai d'aller chercher ma lanterne afin que nous puissions veiller plus convenablement.

Lorsque la soirée se fut suffisamment étirée pour que je me retrouve en tête à tête avec Kaïmes et son fils aîné, le paysan sortit un tonnelet de tord-boyaux et trois dés à coudre en porcelaine qui avaient appartenu à sa femme. Nous trinquâmes en nous amusant des ronflements qui s'élevaient de la chambre à côté de la cuisine. Je partageai ensuite avec eux les rumeurs que j'avais glanées sur la route, ainsi que tous les ragots qui m'étaient tombés dans l'oreille les jours précédents. En retour, Kaïmes répondit aux questions que je me posais à propos du voyage à venir.

Comme je l'attendais, les nouvelles n'étaient pas bonnes. Un pérégrin était passé par la ferme à la fin de l'hiver, et il s'était plaint de la multiplication des postes de contrôle sur le chemin de la Passe, qui était par ailleurs en chantier. Tous ceux qui ne portaient pas des documents officiels pouvaient être détenus et interrogés. Même les pérégrins n'étaient pas à l'abri de la suspicion, et il y avait aussi de nombreux abus. J'imaginais très bien de quelle manière les armées de Collinne avaient dû se diluer dans les plaines immenses de Bourre, et comment il leur fallait verrouiller agressivement les routes là où ils le pouvaient pour juguler le mouvement des éclaireurs ennemis. Je me souvins du barrage où j'avais été pris avant d'être livré aux Carmides, et réprimai un frisson. Je décidai que je ne retournerais pas à Aigue-Passe, si je pouvais l'éviter.

Kaïmes ne comprit pas tout à fait ma réticence à emprunter la route de la Passe, jusqu'à ce que je lui explique que je ne comptais pas rejoindre le front, mais poursuivre vers Spinelle, et que je ne souhaitais pas souper de la suspicion des miliciens à la lisière de leurs batailles, pas davantage que je ne voulais me retrouver bloqué sur place. Nous parlâmes encore un peu en quête d'une solution et j'étais sur le point de me résoudre à rebrousser chemin, quitte à chercher une place sur une cogue dans un port opullois, comme me l'avait conseillé Pettire le Peu, puis le paysan évoqua une communauté de bergers à quelques jours de sa ferme, à la lisière du canton de Fèle-Roche. Kaïmes avait entendu dire que ces hommes connaissaient un écheveau de chemins peu pratiqués, qui disparaissait dans les hauteurs des Épines, à l'endroit où les montagnes déclinaient pour se désintégrer en une succession de robines éclatées et d'à-pics vertigineux. Certaines de ces voies débouchaient soi-disant de l'autre côté. Il ne savait pas si les rumeurs étaient vraies, ni s'il me faudrait un guide si tel était le cas, mais pour moi c'était déjà une piste, et je le remerciai pour l'information. Comble de l'étrange, juste avant d'aller me coucher, j'obtins fortuitement la réponse à une vieille énigme. Kaïmes évoqua la hausse exceptionnelle de la gabelle à Fèle-Roche, et lâcha le nom du nouveau lige : Carsonne. Six années après, j'appris enfin quel prix juteux avait récompensé la trahison d'Aymon Carsonne. L'ancien légat de Bourre avait saboté le siège d'Aigue-Passe en échange de son propre canton. Je repris ma route dès le lendemain.

À la fin de la première semaine de la lune des Feuilles, après avoir erré sur des sentiers inhospitaliers en direction du sud-est et traversé des terres de plus en plus déchiquetées, je fis la rencontre de l'un des pâtres que Kaïmes avait mentionnés. Celui-ci me prit pour un larron en fuite, et il me semblait à moitié roublard lui-même, mais en échange d'une petite somme il me conduisit jusqu'à un chemin qui ne me parut pas si secret que cela. En suivant ses directions, je m'attelai à contourner les Épines par le sud. Sans rentrer dans les détails, le berger m'avait assuré que la route qu'il me désignait me ferait gagner une semaine sur tout autre détour et m'économiserait aussi plusieurs postes de péage. Surtout, souligna-t-il, comme la piste louvoyait au gré de la roche, elle coupait plusieurs fois la frontière avec Alumbre, et ainsi je ne risquais pas d'y croiser de patrouilles collinnaises ou bourroises. J'avais exprimé mon approbation et nous nous étions quittés en bons termes, mais je me méfiais de lui et je restai sur mes gardes les jours qui suivirent.

C'était un sentier étroit et ardu que j'empruntais, et il sinua tout d'abord vers de brumeuses hauteurs. Cela grimpait d'ailleurs tellement que, quelques heures après mon départ, j'en vins à me demander si je n'avais pas été trompé. Heureusement, après un dénivelé interminable, la piste finit par se stabiliser avant de fourcher dans la bonne direction. Je m'étais réapprovisionné sur la route et j'étais content d'avoir du beau temps, surtout lorsque les limbes délaissèrent enfin les crêtes pour me dévoiler le panorama des plaines méridionales et les causses fracassés qui s'étiolaient à l'est. Je passai une nuit fraîche mais parfaitement étoilée sur la rive d'un torrent glacial et rugissant, puis une autre à l'abri d'une sapinière qui poussait sur le rebord d'un grand ravin.

Le troisième matin, je me perdis dans un labyrinthe d'escarpements, et dus faire demi-tour pour retrouver le chemin, enroulé au pied d'une falaise de pierre sombre. De l'autre côté béait une gorge tout aussi impressionnante, et à ce que je pouvais en juger, à la manière d'une encoche inégale, la route se voyait prise ainsi entre le roc et le vide sur de nombreux milles. J'avisai un temps la coiffe des arbres, qui se balançait au gré des bourrasques trente empans plus bas, avant de m'engager sur la piste enclavée. Je repense souvent à cette matinée, à sa tranquillité. Les oiseaux chantaient, un vent frais et caressant soufflait, et les aiguilles frémissaient au bout des branches des conifères. Il m'arrive également d'envisager tout ce qui aurait été différent, si j'avais seulement peiné davantage à retrouver mon chemin.

26

Le soleil était à son zénith et je m'étais installé sous un arbre pour manger. La route s'était élargie peu avant midi et, devant moi, elle se poursuivait désormais en une pente douce, puis virait brusquement une demi-mille plus loin pour disparaître derrière la paroi que je longeais. Sur ce tronçon, il y avait peut-être quinze empans entre la falaise et le ravin, mais à l'endroit où j'avais fait halte un ancien éboulis avait fait choir un monticule de terre et de roche contre la falaise. De ce tertre émergeaient trois pins biscornus et un grand éclat de pierre grise. J'avais installé mes affaires dans la broussaille encore humide de rosée, puis prélevé une tranche de mon pain, en me servant de l'arête du rocher comme d'une planche à découper. Le sentier se trouvait un peu plus bas sur ma gauche, brun et sale et baigné par le soleil. Mes muscles étaient encore chauds. Mon corps tout entier irradiait de cette sensation de plénitude et de bien-être que l'on ressent après un sain effort. Je mastiquais en contemplant le ballet d'une nuée d'oiseaux au plumage rouge au-dessus des bois lorsque, au sud, j'entendis résonner le tambour des sabots.

Les événements qui suivent ont été souvent

déformés, parfois par moi-même, mais le plus souvent par d'autres, si bien qu'il me faut rappeler quelques faits avant de poursuivre. Tout d'abord je ne m'étais pas attendu à rencontrer qui que ce soit sur le chemin isolé que j'empruntais, et je ne me trouvais alors à la solde d'aucun seigneur, comme j'ai parfois pu l'entendre. Ensuite, si j'étais effectivement seul, les cavaliers n'étaient pas vingt ou trente, ou je ne sais quelle autre baliverne : ils étaient sept, et ils venaient au trot, un éclaireur précédant les autres. Ceux qui suivaient chevauchaient deux par deux, cent empans derrière. Il est vrai que j'étais bien nourri, que j'entrais dans la fleur de l'âge et que j'avais passé l'année précédente avec les guerriers arces de Seu-Lanthé. Pour autant, le rapport de force m'était si défavorable que seul un imbécile pourrait croire que ce qui s'ensuivit fut de mon fait. Enfin, et malgré tout, j'ai plaisir à affirmer que je n'éprouve à ce jour aucun regret, hormis celui de n'avoir pas eu mon mot à dire. Tout traîne-bissac crasseux, tout ancien soudard, tout hors-la-loi et esclave évadé que j'étais, mon droit de vivre valait bien celui des morts, et je pisse sur tout homme bien né qui affirmerait le contraire.

Comme je tendais l'oreille depuis le tertre, la première émotion qui me traversa fut l'incrédulité. Je pensai d'abord m'être trompé, avoir peut-être affaire à une harde, avant que je n'entende distinctement le cliquetis du fer. Comme le berger qui m'avait indiqué le chemin ne m'avait pas fait bonne impression et que je me figurais que ce genre de piste ne devait pas souvent être parcouru par des voyageurs honnêtes, la surprise fit place à la méfiance. Je savais n'avoir nulle part où fuir ou me cacher, et je ne voulais pas que l'on puisse se méprendre sur mes intentions. Je rassemblai mes esprits, puis, à la va-vite, j'ôtai ma cape et décrochai mon équipement du havresac. J'armai l'arbalète en grimaçant sous l'effort avant de glisser mon carreau préféré dans l'encoche patinée. Je la reposai ensuite à côté du gourdin, tout près du rocher où tantôt j'avais coupé le pain. Peu après, pas très à l'aise, je m'avançai jusqu'au milieu du chemin, pour pouvoir héler la troupe lorsqu'elle arriverait. J'espérais avoir affaire à une patrouille alumbroise, même s'il me paraissait tout aussi probable qu'il s'agisse de brigands. Si tel était le cas, et que ces derniers étaient suffisamment aisés pour posséder des montures, alors il se pouvait qu'ils ne prennent pas la peine de m'importuner. J'avais glissé ma bourse à mon ceinturon. Si cela pouvait m'éviter des ennuis, j'étais prêt à la céder. J'attendis de cette manière, les mains sur les hanches et le cœur dans la gorge. Mon regard virevoltait par réflexe à la recherche d'une issue qui n'existait pas. Je maudissais le berger qui m'avait trompé, parce qu'il m'avait affirmé que personne d'autre ne connaissait cette route, et je me maudissais encore davantage de l'avoir cru.

Le cavalier de tête surgit au trot au détour du virage, la lance haute. Le soulagement m'inonda parce qu'il portait un heaume d'acier brunide et un long haubert de mailles. Aucun roublard n'aurait jamais pu s'offrir de tels trésors. Sa monture était une grande jument à la robe noire. Luisante de sueur, la bête avait belle allure et une étoile blanche au milieu du front. Je plissai les yeux pour tenter d'identifier le blason du cavalier qui se rapprochait, et découvris rapidement qu'il n'en portait pas. Le mystère ne fit que croître lorsque les six chevaux suivants débouchèrent derrière lui. Il y avait des mailles rivetées, des pièces de plates, toute une fortune d'équipement rutilant, mais pas un seul des arrivants ne portait ses couleurs en évidence. Je fis encore quelques pas vers eux, parce que je n'étais pas certain que quiconque m'ait remarqué et que je ne voulais pas leur causer d'alarme. L'avant-coureur s'immobilisa tout à coup sur le sentier. Une cinquantaine d'empans nous séparait. Je vis l'éclat de ses yeux sous son casque, et j'esquissai un demi-sourire, levant le bras en guise de salut. La jument dansa en rongeant son mors. J'eus le temps de noter qu'une éclaboussure couleur rouille lui encroûtait le garrot jusqu'à l'épaule, puis l'homme abaissa son heaume, coucha sa lance, et me chargea au triple galop.

L'incompréhension me fit hésiter pendant un battement de cœur, puis je tournai les talons et me mis à courir. Il y eut la panique d'abord, une terreur confuse et viscérale. Puis, tandis que je m'élançais, la glace salutaire gicla dans mes veines, m'inonda du ventre au bout des doigts. La course du monde ralentit. La mort probable devint une chose lointaine et secondaire. Plus rien ne comptait hormis l'instant, pas même le claquement des sabots derrière moi. Lorsque mes bottes mordirent enfin la terre du monticule, je ne distançais plus le cavalier que d'une dizaine d'empans. Je me jetai à plat ventre sur l'arbalète et pivotai dans mon élan. Il y eut un amalgame de mouvements trop rapide à saisir, le regard exorbité de la jument, ses oreilles rabattues, l'ombre des arbres qui frôlait le heaume de l'ennemi et l'éclat de la longue pointe d'acier sous le zénith. Je pressai la détente trop vite et trop bas, serrant les dents au moment de l'erreur, le corps tendu, prêt à accueillir la morsure du métal.

Le carreau n'eut pas le temps de siffler. Le projectile fracassa la rotule de la jument qui trébucha. Je vis la grande échine ployer. La lance plongea. Se ficha dans le sol à trois pas devant moi, puis cassa net lorsque le cheval roula. Les corps me frôlèrent en un tourbillon sombre et je me souviens que le cri de l'avant-coureur fut bref et assourdi par son heaume. Ils s'écrasèrent contre le rocher, le cavalier en dessous. La jument se brisa le cou et l'autre jambe avec et se retourna à moitié dans son agonie. Ses sabots flagellaient les branches et les fougères. Je me relevai tant bien que mal et m'écartai du monticule et du chaos en traînant l'arbalète dans une main et mes munitions dans l'autre.

Sur le chemin, la lumière me parut aveuglante. Hébété, je mis un pied sur l'étrier de l'arbalète et, les mains tremblantes, je l'armai de nouveau, crachant sous l'effort. Derrière moi les saccades du cheval se calmaient. En contrebas, la troupe indécise se reformait en éventail. Dans ma poigne, j'emprisonnais l'empennage d'un carreau de guerre. J'entendis l'éclat rauque de leurs voix, je vis les doigts tendus. L'un des hommes, le plus frêle de tous, mit le pied à terre et agrippa la bride des deux bêtes qui s'étaient trouvées au milieu des autres. Je remarquai alors la posture curieuse de ceux qui les montaient, la façon pas très naturelle dont ils étaient courbés sur l'encolure. Des blessés ou des prisonniers je me figurai, avant de pencher pour la seconde hypothèse. Il me semblait que mes propres pensées n'avaient en moi aucune résonance. Mes oreilles sifflaient.

« Osmond ! » rugissait quelqu'un d'une voix

démente. « Osmond ! » Fébrile, je me passai la langue sur les dents avant de caler mon trait dans la rainure, certain à présent qu'il n'y aurait pas d'autre issue que la violence. L'un des cavaliers, celui qui se trouvait le plus à droite, avait une grande barbe noire et il commandait d'un ton assuré et directif. Un noble, me dis-je, et ceux qui l'accompagnaient devaient être ses bucellaires. Je me demandai brièvement lequel d'entre eux me porterait le coup fatal. Le seigneur agrippa l'épaule de l'un des hommes courbés, d'un geste qui disait la propriété. À terre, tout caparaçonné qu'il était, le freluquet lançait des regards inquiets tout autour. Ils devaient penser à une embuscade. Les deux guerriers qui restaient en selle firent pivoter leurs montures. Le destrier blanc et le chargeur pommelé s'élancèrent à ma rencontre en un galop roulant. Je fis la paix et hissai l'arbalète, tout en sachant que je n'aurais pas le temps pour un autre carreau.

L'homme qui montait le chargeur avait les cheveux crépus et grisonnants. Son air était dur et implacable et il portait bien sa lance de même que son écu. À ses côtés son compagnon vociférait, tendu en avant comme s'il espérait me toucher de la pointe de l'épée. Celui-là avait une belle barbute avec un gorgerin de mailles qui retombait sur sa cotte. Il me semblait jeune et furieux, et c'était lui qui avait crié le prénom de l'homme tombé. Je plaçai un genou à terre et mis en joue le vétéran, parce qu'il était gaucher et ne portait pas de casque, qu'il avait une meilleure allonge et le maintien d'un soldat. Si j'avais eu davantage d'expérience avec l'arbalète, j'aurais sans doute visé le cheval, et je serais sans doute mort. En l'état, mon carreau chuinta lorsqu'ils furent à trente empans, mais j'avais la main fébrile, et la route se creusait à cet endroit. Mon tir manqua sa cible d'un pouce et le trait passa par-dessus l'épaule du vétéran. Je jetai l'arbalète dans les buissons qui poussaient sous la falaise, et puis, comme il n'y avait rien d'autre à faire à part bien crever, je dégainai le couteau et pris ma posture de combat, défiant mais risible. Le vétéran abaissa sa lance. Je soufflai comme un moribond qui expire. J'avais déjà vu les vaïdrogan à l'œuvre contre la piétaille, et je savais exactement ce qui allait suivre.

Ce fut le deuxième cavalier qui me sauva la vie. Le visage déformé, il voulut déborder par l'extérieur pour me fendre le crâne. Tandis que le vétéran alignait sa lance sur mon cœur, le destrier blanc heurta le flanc droit du chargeur, qui rabattit la tête, toutes dents dehors. L'homme grisonnant aboya de dépit, perdit sa contenance, et le fer qu'il me destinait dévia à gauche au moment où il aurait dû m'embrocher. Je passai entre la lance et le cheval et bondis pour agripper le cavalier. Le choc chassa tout l'air de mes poumons. Je perdis mon poignard dans la foulée, fus traîné sur trois foulées cahotantes, puis l'homme que j'étreignais vida les étriers et nous chutâmes sur la route. Je me retrouvai dessus, feulant et pesant de tout mon poids sur le rebord de l'écu alors que mon adversaire ruait comme un diable pour se dépêtrer. Sa main libre tâtonnait en quête de sa ceinture et de la dague qui y pendait. Je cherchais une arme moi aussi, mais je n'étais pas encombré de mailles et je lui avais enfoncé son propre bouclier dans les dents. Je tirai la lame de son fourreau, puis basculai pour lui écraser le bras gauche qui mendiait désormais une prise sur mon pourpoint. Mes doigts se saisirent de sa mâchoire. Le vétéran rugit de peur et de rage et il voulut me mordre. Je frappai deux fois à la verticale, au travers de la bouche, puis de l'orbite. La pointe se cassa de l'autre côté. Je me dégageai de ses sursauts crachotants alors qu'un peu plus loin le destrier blanc achevait son demi-tour pour revenir à la charge.

La lance du vétéran gisait sur la pierre, à portée de main. Le cœur tonnant, je grappillai, calai la hampe dans un creuset de roche et m'arc-boutai face au tonnerre des sabots. Je gardai les yeux bien ouverts, comme Uldrick me l'avait appris. Au dernier moment, le cavalier vit que je n'allais pas fuir et freina sa course mais il était trop tard. C'était une bonne lance, sans doute la meilleure que j'avais jamais tenue, trois empans et demi d'orme renforcé d'acier, et en face il y avait un bon cheval, qui fit tout ce qu'on lui demanda jusqu'au bout. Il reçut le fer entre le poitrail et le cou. La hampe vibra mais ne céda pas, et la lance ressortit sous la selle. Je fus renversé par l'épaule du destrier qui hurlait, et atterris sur le ventre un peu plus loin. Le cheval mourant s'agenouilla en vomissant un flot rouge, puis sursauta et s'abattit de biais tandis que le cavalier essayait de démonter. L'homme fut écrasé sous le flanc frissonnant de sa monture. La chute avait cabossé sa barbute. Il s'était brisé le bras sans avoir lâché son épée pour autant. Un filet de sang lui avait serpenté autour du nez et il battait des paupières comme un simplet. Sonné, je trébuchai pour lui arracher le casque avant qu'il ne récupère et, comme je n'avais rien d'autre, je lui enfonçai le crâne avec sa propre barbute. Livide et pantelant, saupoudré d'hémoglobine, je dus ensuite casser ses phalanges pour m'emparer de l'épée. La poignée de cuir ciré se cala au creux de ma main. Je virevoltai à l'aveugle, brandissant la lame pour affronter ceux qui restaient.

Aucun éclair métallique ne m'attendait. Aucun corps crispé ne tentait d'effacer ma vie. Il n'y avait que le ciel bleu et un horizon idyllique. Sur la route en contrebas étaient trois chevaux là où il aurait dû s'en trouver quatre, et pas un seul n'était en train de me charger. Dans mon dos, la monture du vétéran errait en clopinant sur la pierre. Une bourrasque fraîche dansa sur mon visage humide de sueur. Sans comprendre, j'abaissai l'épée pour me passer la main sur les yeux. Les prisonniers voûtés n'avaient pas bougé, pas davantage que les bêtes qui les transportaient, mais plus personne ne tenait leur bride. Le frêle individu qui s'était chargé de cela était désormais accroupi sur le rebord du précipice. La scène me semblait figée. Rien ne remuait hormis sa cape qui battait au vent. En hauteur, indifférents au carnage, j'entendais pépier les oisillons des craves rouges et des monticoles qui nidifiaient dans les interstices de la falaise. Je haletai, inspirai un grand coup et lançai un regard en arrière sur les coulées carmines, les formes immobiles, le cheval empalé qui roulait des yeux pour la dernière fois. Quand j'en eus vu assez, je passai maladroitement l'épée dans mon ceinturon et boitillai en direction de l'arbalète et des carreaux éparpillés. Je crus que j'allais manquer de forces pour recharger, mais la corde finit par se verrouiller sur la noix en un claquement sec. J'encochai un troisième projectile, et avançai sur la coterie, tout en priant les mânes et les esprits brunois pour qu'ils ne soient pas l'avant-garde d'une autre troupe.

Lorsque je fus à dix pas, le jeune homme agenouillé tourna vers moi un visage cireux et voulut se relever. Il était plus jeune que je ne l'étais, avec des cheveux noirs et bouclés, qui pointaient sous une belle barbute un peu trop grande pour lui. Il posa une main flageolante sur le pommeau de son épée. Je levai l'arbalète pour lui signifier que c'était une mauvaise idée. « Où est… », commençai-je, avant de comprendre soudainement que le seigneur était passé par-dessus le rebord. Il y avait une longue chute jusqu'à la forêt en contrebas et je n'avais pas besoin de regarder pour savoir ce qu'il en était. « Ton père ? » demandai-je ensuite en désignant le gouffre, et le gamin hocha la tête. Nous nous avisâmes durant un moment sans rien dire. Il avait les yeux rouges et les lèvres pâles et tremblantes. La glace qui m'avait habité refluait rapidement. Je me sentais fatigué et empli de désordre et j'aurais donné cher pour échanger tout cela contre les queues et les pots-de-vin sur la route d'Aigue-Passe. « Qui es-tu, gamin ? » soufflai-je en lorgnant sur les hommes bâillonnés que l'on avait solidement ficelés à leurs selles. « Olivan Fourque », chevrota-t-il. « Héritier d'Auve. » J'acquiesçai en grimaçant. Le seigneur dans le ravin était donc l'un des cinq liges de Collinne. « Olivan », dis-je avec lenteur, « je ne comprends rien à tout ceci, mais j'ai assez tué pour aujourd'hui. Si tu veux partir en paix, alors fais-le, je ne t'en empêcherai pas. »

Le jouvenceau hésita, puis fit mine de s'approcher de son cheval. « Non », lui dis-je platement. « Et tu laisseras l'autre monture aussi, celle qui se promène là-bas. » Il déglutit et fronça les sourcils. Je crus qu'il allait faire une bêtise, mais il tourna finalement les talons et s'en fut d'une démarche raidie par le chemin d'où j'étais arrivé. L'esprit vacant, j'étudiai les deux prisonniers et l'enchevêtrement savant des cordes qui les enserrait. Je crachai ensuite et jurai en me retournant pour braquer l'arbalète sur la silhouette qui s'éloignait, mais j'avais la visée tremblante et Olivan Fourque était déjà trop loin pour que le carreau ait une chance de passer ses mailles. Je le tins en joue quelques instants avant de me raviser, puis haussai les épaules et calai l'arme au bord du précipice en m'efforçant de calmer ma respiration. Faute de poignard, je tirai enfin l'épée, et m'en servis gauchement pour libérer les deux captifs, qui s'effondrèrent sur la route l'un après l'autre.

Quand ils furent dégagés des liens, de leurs capes et des bâillons, je vis que j'avais affaire à un cinquantenaire rougeaud et émacié, dont le front dégarni était plissé par les rides et le souci, ainsi qu'à un homme de mon âge, avec un physique robuste et un air ingénu qui le rendait sympathique. Comme ils massaient leurs membres endoloris sans mot dire, mais sans non plus me lâcher du regard, je leur fis savoir que s'ils cherchaient à s'armer sans mon autorisation, alors je les tuerais sans y réfléchir à deux fois. Lorsque je me fus assuré de leur coopération, j'attachai soigneusement les chevaux à l'un des arbustes tortueux qui poussaient contre la falaise, et m'installai sur une grande pierre brisée qui flanquait le précipice, avec l'épée en travers des genoux. Je bus copieusement à l'outre de vin que j'avais trouvée sur le cheval d'Olivan, les yeux fichés dans le vide. Mes doigts râpés étaient mouchetés d'éclaboussures qui brunissaient au soleil, et ils s'agitaient de sursauts.

En dessous, à la lisière des sapins gisait un centaure grotesque et tordu sur lequel je m'attardai sans le vouloir vraiment. Au milieu de la robe noire du cheval, l'empennage clair de mon carreau perdu était aussi visible qu'un astre dans la nuit.

27

— Vous auriez dû tuer l'autre aussi. Le fils.

Le rougeaud dégarni m'apostropha tandis que j'entravais le chargeur tout près des autres montures. Les deux hommes étaient assis au bord de la route, là où je les avais laissés. Ils n'avaient pas bougé depuis que j'avais tranché leurs liens. Le plus jeune me contemplait parfois d'un air singulier et je les avais vus s'entretenir à voix basse lorsque je les avais abandonnés pour aller récupérer le cheval errant. Je ne répondis pas, et me contentai de flatter la bête rendue nerveuse par le vacarme et le parfum du sang. La compagnie des chevaux m'avait manqué. Je frôlai les muscles chauds et le mufle velouté, me laissai bercer un temps par le souffle profond. Le hongre pommelé avait été réticent au début, mais je lui avais parlé d'une voix douce, et je l'avais soudoyé avec du pain. Tandis que j'entortillais les rênes du chargeur autour d'un genévrier rabougri, mes narines emplies de son odeur animale, le souvenir fugitif des chevaux de Uldrick m'effleura. Bredda et Pikke. Je me demandai où ils pouvaient bien se trouver à l'heure actuelle. J'espérais qu'ils faisaient tous les deux du gras dans une écurie accueillante.

« Vous avez laissé partir un ennemi dangereux. Les Fourque n'oublient pas, et ça vaut aussi pour leurs chiots. Celui-là ne se reposera pas tant qu'il ne se sera pas vengé. » Je revins en haussant les épaules et m'installai près des deux hommes pour ouvrir les bourses que j'avais dérobées aux morts. « Il ne serait pas le premier », dis-je d'une voix égale tandis que les pièces tintaient en se déversant sur la pierre. « J'ai son nom, mais il n'a pas le mien. Je m'en accommoderai. » Le quinquagénaire voulut se rapprocher de moi, mais à deux empans je le harponnai d'un regard froid et il n'avança pas davantage. « Il trouvera votre nom. De ce côté-ci des montagnes, il n'y a pas tant d'hommes que cela avec le triangle de Carme sur la joue. Si vous le laissez vivre, il faudra que vous ayez le sommeil léger durant le reste de vos jours. » Le vent s'était saisi de la barbe de mon interlocuteur – qu'il avait fort disgracieuse –, des poils couleur châtaigne dans laquelle s'emmêlaient des traînées blanches comme la neige des montagnes. Il ne portait pas de moustache et avait le nez bulbeux ainsi qu'un philtrum charnu, et la sueur luisait dans les replis de sa peau. Je n'aimais ni son insistance, ni la manière dont il cherchait à me manipuler et je décidai de mettre les choses au point. « Vous vous foutez bien de mon sort, messire, ce n'est pas la peine d'essayer de me convaincre du contraire », énonçai-je sans le regarder. « Je dirais que vous vous en êtes déjà tiré à bon compte aujourd'hui. Je ne l'ai pas tué et ça ne vous arrange pas, je l'ai bien compris. Faites-vous une raison et cessez de me casser les oreilles. » Je crachai ensuite sur la route et, du bout des doigts, je m'attelai à séparer l'or de l'argent. En vérité, ma nonchalance était feinte. Je savais que le rougeaud n'avait que trop raison.

En m'entendant rabrouer son comparse de la sorte, le jeune homme laissa échapper un rire clair et spontané et lui assena plusieurs claques dans le dos. Ce dernier se renfrogna, le visage cramoisi. Au premier abord, en vertu de son âge, j'avais naturellement supposé que c'était le rougeaud qui commandait. Il apparaissait désormais que je me trompais. Le jeune homme se déplia tout en souplesse, puis il s'étira et marcha distraitement jusqu'au rebord du précipice. Je le suivis du coin de l'œil. « C'était un joli tir », me lança-t-il d'une voix joviale, comme s'il n'avait pas assisté au carnage tremblant et désespéré qui venait d'avoir lieu. « C'était le seul qui ne bougeait pas », mentis-je sombrement. Je n'en revenais toujours pas d'avoir touché le destrier du seigneur, et j'aurais pu tout aussi bien tuer l'un d'entre eux. L'homme eut un nouveau rire cristallin. « Si fait », s'amusa-t-il. Il se retourna ensuite et écarta exagérément les bras. « Et que comptez-vous faire de nous, guerrier, maintenant que nous sommes en votre pouvoir ? » Je l'épiai un temps avec méfiance, mais sa question semblait sincère et, même si je trouvais son attitude désinvolte franchement déroutante, il avait l'air soucieux de faire la conversation.

« Vous n'êtes pas en mon pouvoir », répondis-je lentement. « Vous êtes libres de vous en aller quand ça vous chante. Mais ça sera sans armes et à pied, tout comme l'autre, tant que je ne saurai pas qui vous êtes. Je n'ai ni le temps ni l'envie de vous rançonner, si c'est ce qui vous inquiète. Si c'était mon intention, je n'aurais pas commencé par vous détacher. » Le jeune homme se fendit d'un grand sourire.

« Vous êtes franc en plus d'être redoutable, et ce sont deux qualités que j'apprécie chez un homme. » J'eus un rictus un peu décontenancé et je ne sais pas vraiment pourquoi, mais je me retins de lui indiquer dans quel endroit il pouvait se fourrer son approbation. Comme il avait une manière facile et enjouée, je me contentai de hausser de nouveau les épaules, et de répartir la monnaie que j'avais triée dans deux bourses distinctes. Je n'avais pas pris de bijoux sur les morts, de crainte qu'ils ne soient identifiables par un tiers, mais j'avais déchaussé quelques pierreries, et avec les pièces, je pensais avoir récolté de quoi vivre des décennies durant sans connaître le besoin. Pour autant, il n'y avait pas de joie à cette idée. Les Vars m'avaient trop bien dégoûté de l'or pour cela.

Lorsque j'eus fini, le jeune homme vint s'accroupir devant moi, se balança sur les talons et me fouilla du regard. Il avait le corps d'un combattant, tout en épaules, avec la confiance naturelle de ceux qui n'ont jamais manqué de rien. Il me jaugeait. Sur la défensive, je pivotai pour garder son comparse dans mon champ de vision. « Les circonstances sont un peu particulières », me dit-il, « mais je ne pense pas qu'il s'agisse d'une raison suffisante pour oublier nos bonnes manières. Nous devrions nous présenter. » Il avait les yeux rieurs d'un brun très clair, presque doré, et la bouche expressive, tordue en permanence en un demi-sourire que je ne comprenais pas du tout. « Vous d'abord », sifflai-je entre mes dents, et mon interlocuteur sourit aimablement avant de prendre une grande inspiration. « Messire… », s'exclama le rougeaud, mais l'autre lui imposa le silence. « Je sais ce que je fais, Connore. » Je haussai un sourcil, tandis que le jeune reportait son attention sur moi. « Je suis Aidan Corjoug, fils aîné de Naude Corjoug et héritier de Bourre. Mon compagnon est le conseiller Connore Brasbon, et je m'excuse pour sa méfiance. Nous vous sommes tous deux très reconnaissants. »

Je reniflai exagérément, pour montrer que je n'étais pas particulièrement impressionné par la révélation, ce qui n'était pas tout à fait vrai. Aidan était un prénom inhabituel pour un noble brunide, mais il me semblait me souvenir que les Corjoug de Bourre avaient parfois mêlé leur lignée à celle des ducs d'Améliande. En face de moi, mon interlocuteur attendait avec un air encourageant. Alors que le bon sens me dictait de me taire, je finis par céder à son sourire conquérant. « Je n'ai pas de nom ou de terres », répondis-je posément, « mais vous pouvez m'appeler Syffe, c'est le premier nom que j'ai porté. » Contre toutes mes attentes, Aidan Corjoug se saisit de ma main ensanglantée et la secoua fermement. Je ne lui résistai pas. « De ma vie », me dit-il, « je n'ai jamais été aussi heureux de rencontrer quelqu'un. Maintenant, j'ai grande soif et le ventre vide, et si vous le permettez je vais aller voir ce qui reste dans mes sacoches. » J'acquiesçai lentement. Il sourit encore – dieux ! il ne cessait jamais de sourire – puis s'en fut en direction des chevaux. Je jonglai un temps avec les deux bourses cliquetantes. J'avais tué un lige et dépouillé ses hommes. Lorsque j'aurais retrouvé Brindille, il nous faudrait quitter les primeautés, j'en étais de plus en plus convaincu.

Pendant que les anciens captifs se restauraient à l'ombre de la falaise, je m'occupai à trier les affaires de ceux qui étaient morts sur la route avant que les mouches à viande n'affluent, ce qui ne tarderait pas à cause du parfum ferreux du sang. Même si la tentation était grande, il était hors de question que je m'approprie les pièces d'armure. Chacune avait été confectionnée sur mesure, ce dont j'aurais pu m'accommoder, mais surtout elles soulèveraient trop d'interrogations : habituellement, un traîne-bissac comme moi ne se promenait pas avec la valeur d'une petite manse sur le dos. J'avais retrouvé mon poignard de bronze à quelques empans des fourrés. J'aurais aimé troquer son tranchant ébréché contre une dague d'acier, mais celles que j'avais récupérées présentaient des fourreaux ciselés, et des pommeaux sculptés, et l'une d'entre elles avait même des agates incrustées dans la garde. La lame avec laquelle j'avais embroché le crâne du vétéran était la plus sobre des trois, mais j'avais cassé la pointe en le tuant. Je décidai à regret que le contraste entre mon apparence et celle des dagues attirerait une attention indésirable aussi sûrement qu'un casque éclatant ou une cotte de mailles rivetées. Pour les mêmes raisons je fis une croix sur les épées, mais avec moins de regrets : j'avais été formé à l'usage du glaive. En dépit de leur trempe impeccable, ces lames-ci étaient deux fois plus longues et je n'aimais pas leur poids en main. Les seuls objets que je m'autorisai à récupérer furent la rondache que l'avant-coureur avait sanglée à sa selle (et qui avait miraculeusement résisté aux soubresauts de la jument mourante), les bottes fourrées du même homme, ainsi que les gants du jeune noble dont j'avais broyé le visage à coups de casque. Renforcés à la paume, j'aimais leur allure, et je me figurais qu'ils me seraient utiles, si je ne voulais plus m'arracher la corne des mains sur la corde tissée de mon arbalète.

Installés près des chevaux, les deux Bourrois m'observaient en train de détrousser les morts. S'il y avait du dédain gravé sur le visage luisant de Connore, Aidan étudiait mes allers-retours avec une curiosité tout à fait impudique, riant et commentant mes gestes comme si j'avais été un troubadour. Je l'ignorai, sans prendre offense. Les deux hommes avaient échangé de nombreuses paroles durant leur repas. Désormais, ils semblaient attendre après moi. Je ne savais pas trop quoi penser de leur présence. D'un côté je ne pouvais pas m'empêcher de les tenir responsables de ce qui s'était passé. Objectivement ils n'y étaient pas pour grand-chose, mais j'étais tout secoué et la hargne du combat n'était pas encore retombée. De l'autre, ils mobilisaient suffisamment mon attention pour me détourner de la tuerie et je crois que, en dépit de mon acrimonie et de mon désir de solitude, j'avais conscience que c'était pour le mieux. Leur présence ne me rassurait pas, bien sûr, c'était tout le contraire. Je n'appartenais pas à leur monde. Je ne réfléchissais ni avec leurs codes, ni avec leur langage. Le triangle avait effacé les bribes communes qui avaient peut-être existé un jour, les avait remplacées par une logique unique, obsessive et féroce. Le fait qu'ils soient autres suffisait à me dicter ma conduite. Je ne les connaissais pas et, même si je les avais délivrés, je ne leur faisais pas plus confiance qu'à ceux que j'avais tués tantôt. Comme j'avais déjà fait preuve de faiblesse en laissant partir Olivan Fourque, je ne pouvais plus me permettre de perdre la face devant eux. Ils m'obligeaient à rester dur et sur mes gardes et c'était une bonne chose sur le moment.

Je revins vers les chevaux quand j'en eus fini avec mon propre paquetage. « Syffe ! » s'écria Aidan en levant la main comme si j'avais été un vieil ami.

« Quand partons-nous d'ici ? » Près de lui, le conseiller Brasbon s'était relevé pour fouiller sa sacoche de selle, et je remarquai pour la première fois qu'il boitait davantage que moi. « Que voulez-vous dire ? » demandai-je platement. Aidan gratta ses cheveux châtains. « Je veux savoir si je dois me préparer dès à présent, ou si nous avons encore le temps de nous reposer un peu. » J'eus un rictus incrédule. « Faites comme bon vous semble. Qu'est-ce qui vous fait penser que nous allons voyager ensemble ? » Ma voix était tranchante, parce que j'avais passé du temps avec les hommes et les bêtes que j'avais occis, et que j'étais plein d'amertume et de colère.

Aidan bafouilla tandis que Connore me foudroyait du regard. « Ne faites pas l'imbécile », sermonna ce dernier. « Vous venez de porter secours au fils de Naude Corjoug. Il va de soi que vous nous accompagnerez jusqu'à Bourre où vous serez grassement récompensé pour votre service. » Je me passai la main dans les cheveux. « Je ne suis au service de personne, conseiller, et Bourre n'est pas sur ma route. Vous m'avez remercié, mais c'était ma vie que je défendais. Si ces cavaliers étaient passés en paix, vous seriez encore en route pour Auve. » Je crus que le conseiller allait s'étouffer. Aidan se renfrogna pour la première fois depuis notre rencontre. « Je ne comprends pas », dit-il, le regard dardant et perplexe. « Je peux vous offrir une position si vous préférez, ou le pardon pour vos crimes, si c'est à Bourre qu'ils ont été commis. » Je secouai la tête. « Ne le prenez pas mal, mais cela ne m'intéresse pas. Je ne veux qu'une seule chose en ce monde, et vous ne pouvez pas m'aider à l'obtenir. »

Il y eut un silence durant lequel le jeune noble

stupéfait sembla chercher ses mots, puis il finit par s'esclaffer en levant les yeux au ciel. « Vous êtes quelqu'un de singulier, c'est certain. Je n'ai jamais rencontré un homme aussi curieux. » À ses côtés, Connore fulminait. Je lui fis grâce d'une réponse et Aidan me contempla d'un air plus sérieux avant de poursuivre. « La plupart des soudards s'entre-tueraient pour une récompense comme celle qui vous attendrait à Bourre, mais soit. Vous m'avez déjà été d'une aide précieuse, quoique accidentelle, et vous ne voulez rien de moi, ce qui est fort honorable, mais cela me met dans l'embarras. Je me trouve non seulement dans l'incapacité de régler la dette que je vous dois, mais de surcroît je voudrais vous demander encore un peu de votre temps, pour lequel je ne peux rien vous offrir hormis ma reconnaissance. Il y a eu une bataille près de Trosse, et nous n'en connaissons pas l'issue. Sitôt capturés, les Fourque nous ont emportés par cette route. Nous ne savons pas où nous sommes, et Connore a les côtes brisées. Nous aurions besoin d'assistance pour rentrer chez nous. Je vous demande humblement de bien vouloir nous rendre ce service. »

Je fronçai les sourcils alors que le conseiller trépignait sur place en secouant la tête. « C'est indigne », dit-il. « Indigne de faire supplier le fils d'un primat. » L'homme à la face luisante commençait à m'irriter. « Je n'ai obligé personne à me supplier, conseiller », grondai-je. « La contrainte par les armes, c'est une pratique que je laisse aux habitants des châteaux et des maisons fortes. » L'homme ouvrit la bouche pour récriminer contre moi, mais Aidan l'interrompit. « Suffit, Connore. J'ai demandé de l'aide, et la langue ne m'en est pas tombée. Ce Syffe s'est montré courtois avec nous. Il n'est pas mon homme-lige, que je sache. En vérité, rien ne l'oblige à faire cas de mon nom, de ma requête, ou de quoi que ce soit d'autre, d'ailleurs. Jusqu'à présent nous ne lui avons causé que des problèmes. »

Je ruminai en étudiant l'héritier de Bourre, parce qu'en dépit de ses présomptions et de son phrasé d'aristocrate il m'était de plus en plus sympathique. « J'arrive du nord », fis-je, « et je ne compte pas m'attarder ici. Dans mon idée, nous sommes sur les terres d'Alumbre. Il y en a pour quelques jours avant d'atteindre leur frontière, peut-être même une semaine. Ce qui se trouve de l'autre côté, je ne peux pas le savoir. » J'inspirai en me mordant les lèvres. « Je veux bien vous escorter jusqu'à ce que vous soyez en sécurité, mais je ne recevrai aucun ordre de vous, et vous suivrez mes indications sans discuter. » Aidan Corjoug hocha la tête, et Connore Brasbon en fit autant, de mauvaise grâce. Je ne savais pas vraiment pourquoi je venais d'accepter leur requête, mais de toute manière c'était une journée à laquelle je ne comprenais rien. « Vous avez tous mes remerciements, Syffe », expira Aidan d'une voix soulagée. « Mais vous vous trompez sur un point, nous chevauchons depuis seulement deux jours. La frontière est plus proche que vous ne le pensez. » « À cheval, c'est sans doute vrai », rétorquai-je. « Mais nous n'irons pas à cheval. Nous n'avons ici que des montures de guerre qui valent des années de salaire d'un soldat. Si la route est tenue par Collinne, ces bêtes nous marqueront comme des comploteurs ou des proies dignes d'être détroussées. Vos armures, c'est pareil, elles ne peuvent appartenir qu'à des rupins. Si vous voulez, nous les enterrerons dans les bois en un lieu reconnaissable. Vous enverrez vos gens les chercher plus tard. Nous pouvons aussi faire de même avec les affaires des morts. »

Je m'attendais à ce que le conseiller discute ou s'offusque de nouveau, mais il se contenta d'acquiescer. « J'aurais besoin d'aide pour enlever mon haubert », dit-il en grimaçant. Aidan hésita un temps, puis se délesta de son armure et porta assistance à Connore. Pendant ce temps je m'attelai à libérer les chevaux, que je débarrassai de leurs selles avant de les chasser vers le sud. Je gardai le hongre pommelé pour servir d'animal de bât, avec l'intention de le laisser partir lorsque nous aurions quitté la route des falaises. Mes deux nouveaux compagnons se mirent à l'ouvrage sur-le-champ, rassemblant tout ce qui pouvait être utile pour le voyage. Aidan sangla deux paires de sacoches à la monture, tandis que Connore triait la nourriture et l'équipement sans se départir de son expression douloureuse. Je les assistai un peu, mais ils se débrouillaient très bien sans moi, ce que je trouvais encourageant. Au moins je ne m'étais pas engagé auprès de nobles habitués au service et incapables de faire quoi que ce soit à part distribuer des ordres.

Lorsque nous eûmes terminé et que le départ fut imminent, je crachai sur la route en avisant les trois corps que j'avais entassés près du monticule. J'avais encore du mal à croire que cela avait un rapport avec moi. Aidan menait le cheval par la bride, et il vint se placer à mes côtés. « C'est étrange », lui dis-je, tandis que la brise m'ébouriffait. « Je ne sais même pas qui ils étaient, ni pourquoi ils sont morts. »

« L'homme de tête se nommait Osmond », me dit Aidan. « C'était le neveu du lige Fourque, et le frère de Jéon, celui qui montait le cheval blanc. Il a tué un berger tôt ce matin dans les contreforts. Je n'en ai pas compris la raison. Peut-être voulaient-ils ne laisser aucun témoin de leur passage. » Connore arriva à notre hauteur en boitillant. « Peut-être qu'il n'y avait pas de raison. Peut-être qu'il était dérangé, qu'il aimait tuer et que les autres le laissaient faire », grommela ce dernier de sa voix enrouée. « Nous n'en saurons jamais rien. C'était une sale engeance, et je suis heureux que nous en soyons débarrassés. » Je crachai encore, puis, sans répondre, je m'engageai sur le chemin de pierre, les pieds enfoncés dans une paire de bottes neuves, avec une bourse pleine d'or au fond du havresac, et de nouveaux ennuis qui ne m'appartenaient pas.

28

La nuit était opaque, et nous marchions en file indienne près de la frontière alumbroise. Dans l'obscurité, il fallait serpenter entre les rochers et les nappes épaisses de bruyère fleurie qui ornaient les coteaux. Durant l'après-midi, le soleil avait scintillé au loin sur les sinuosités des Limones et leur cours placide. Il y avait de grands marais au sud, des plaines inondables et des tourbières, et la lumière avait renvoyé la réverbération immobile de l'eau. Ici, dans les hauteurs, l'onde était une chose vive qui rugissait sur des lits de galets, son courroux nourri par la fonte des neiges. La progression y était plus lente, plus difficile, mais nous avions préféré les sentes des bêtes et des bergers à la glaise du grand-chemin. Cela faisait quatre jours que nous serrions les pentes brisées des Épines pour éviter de descendre davantage qu'il ne le fallait, guettant les lumières des manses de la vallée, esquivant les rares troupeaux, méfiants et sauvages comme les fugitifs que nous étions. Je calculais que le gamin que j'avais laissé vivre pouvait désormais avoir prévenu un coursier à propos du massacre, et qu'il faudrait peu de temps pour que ces nouvelles arrivent jusqu'au front collinnais. Il nous restait une poignée de jours pour trouver une patrouille bourroise dans les terres disputées près de Trosse, sans nous faire démasquer par l'ennemi.

J'avançais en tête, avec le conseiller Brasbon au milieu et Aidan qui fermait la marche. Ce dernier traînait une sacoche de selle en travers de ses larges épaules. En quatre jours il ne s'en était pas plaint une seule fois. J'essayais tout de même de ménager les deux hommes, surtout Connore, qui s'était fêlé plusieurs côtes lorsqu'ils avaient été pris par la cavalerie collinnaise. Cela avait été une grande affaire, d'après ce qu'ils m'en avaient dit, plusieurs milliers de soldats sous le commandement de Naude Corjoug lui-même. Les deux armées avaient manœuvré des jours entiers avant d'accepter enfin le combat et Connore pensait que Bourre avait eu l'ascendant, mais je ne savais pas quelle crédibilité accorder à ce jugement. L'aristocrate rougeaud était un dur à cuire. Même si chaque pas lui faisait serrer la mâchoire, il faisait preuve d'une ténacité obtuse que je ne pouvais m'empêcher de trouver admirable. Pour autant, il était chauvin et rigide, et nous ne nous aimions pas. S'il ne contestait pas mes directives, chacun de nos échanges faisait l'objet d'une escrime verbale sans concession, parce que la situation n'améliorait ni mon humeur, ni la sienne. Nous allions devoir rejoindre la plaine et ses dangers durant la nuit, nous le savions, et cela ne plaisait à personne. Les lumières de Clochepont, le village frontière, brillaient faiblement à cinq ou six milles sur notre gauche. Je voulais redescendre en longeant les méandres de l'une des Limones, et arriver derrière les postes fortifiés du côté ouest pour essayer de voir quel bord les tenait.

Aux dernières nouvelles, Collinne en était maître, puisque la coterie des Fourque était passée par la grand-route avant de bifurquer vers les montagnes. Je ne pensais pas que cela aurait changé entre-temps, mais on pouvait toujours espérer.

Nous fîmes une dernière pause sur les pentes escarpées des contreforts, pour manger un peu avant d'attaquer la déclive. Connore était nerveux, mais Aidan me vouait une confiance sans faille et ses yeux luisants cherchaient souvent les miens. Je commençais tout juste à comprendre que, sans le vouloir, j'avais accompli un exploit sur la route des falaises. Je m'étais attendu à une torture intérieure après la tuerie, mais je m'étais trompé. La fosse avait récuré le superflu des coins de mon âme et, s'il y avait bien eu des cauchemars, ils avaient davantage renvoyé à ma propre terreur face au nombre et à l'incompréhension d'être attaqué pour rien, qu'au dilemme moral de prendre la vie. Ma pensée s'était nuancée durant les années carnassières à Iphos. J'en avais fini avec la plupart des généralisations philosophiques qui m'avaient tenaillé au cours de ma jeunesse. À présent, il me semblait que toutes les morts ne se valaient pas. Tuer n'était plus un seul et même geste, parce que mes actes étaient dictés par les circonstances qui les suscitaient. La mise à mort pouvait faire de moi un sauveur, et même un protecteur. Cette idée m'emplissait d'une férocité effrayante lorsque je songeais en même temps à Brindille. Il n'y avait rien que je ne me sentais pas prêt à faire pour la retrouver.

« Il faudra être vigilants par la suite », leur dis-je tout en mâchonnant. Je ne pensais pas que cette précision soit nécessaire, mais je voulais rompre le silence qui s'était installé entre nous depuis que la nuit était tombée. « S'il y a des patrouilles qui remontent jusqu'ici, elles resteront sûrement près de l'eau. » Aidan acquiesça. Une barbe de trois jours commençait à envahir sa mâchoire carrée et son visage était constellé de sueur et de saletés, ce qui nous arrangerait pour la suite. « C'est la première fois que vous faites quelque chose de ce genre, Syffe ? » me demanda-t-il d'un ton joyeux. J'eus un rictus narquois. Il m'était difficile de ne pas apprécier Aidan, même si je le trouvais parfois d'une ignorance insupportable que j'imputais à la vie de château. Il était volontaire et d'excellente nature, et il s'était passionné pour les rares bribes de mon histoire que j'avais accepté de lui lâcher. Il était débonnaire, et pas tellement crispé sur la tradition, son rang ou ses acquis. Pour cette raison, parce qu'il ne me regardait pas comme un vagabond pouilleux, je cherchais parfois son approbation. Curieusement, il me semblait qu'il lui arrivait aussi de chercher la mienne. À dire vrai, j'aimais presque autant l'impressionner que j'aimais scandaliser Connore.

« Depuis l'âge de dix ans, ma tête est mise à prix par Corne-Brune et la Ligue de Franc-Lac », fis-je en pérorant sombrement. « J'ai réchappé par deux fois à la corde, puis à la lame d'un sicaire. Il y a un peu plus d'un an, je me suis évadé d'une mine carmide. S'il y a bien quelque chose que je sais faire, c'est passer inaperçu. » Je me gardai d'en dire davantage, parce que, même si c'était la vérité, je ne devais aucun de ces accomplissements à moi-même. Connore renifla sa désapprobation et marmonna dans sa barbe, mais le sourire d'Aidan s'agrandit. « Mon père aurait grand besoin d'hommes comme vous. C'est dommage que votre route ne mène pas à Bourre. »

Je me passai la langue sur les dents et me redressai en fanfaronnant encore un peu. « J'ai déjà servi votre père. C'était durant la première campagne d'Aigue-Passe. » Connore cracha son incrédulité, et j'admets volontiers qu'à sa place je n'y aurais guère cru non plus. « J'avais douze ans », précisai-je. « J'étais le yungling d'un guerrier-var nommé Uldrick Treikusse. » « Vous avez eu une vie bien remplie pour un jeunet », ironisa Connore Brasbon. Je plissai les yeux. « Ce jeunet a tué quatre hommes en mailles sur la route des falaises. Et ce n'étaient pas les premiers », fis-je en le regardant de haut. Connore se tut, parce qu'il avait vu cela de ses yeux et qu'il ne pouvait rien y redire. Je roulai des épaules et calai un morceau de viande séchée dans ma joue. Aidan hissa les sacoches, et nous quittâmes les contreforts pour de bon.

Lorsque nous avions enterré les armures dans la forêt, sous un grand sapin au tronc rouge, j'avais distribué mes armes aux autres afin de parachever le récit que je comptais servir aux Collinnais, si nous croisions leur route. En plus des vivres, Aidan transportait la rondache de l'avant-coureur, et mon gourdin clouté pendait à sa ceinture. J'avais remis mon poignard et mon bâton de marche à Connore, et conservé l'arbalète et les carreaux. Mes deux compagnons étaient vêtus des gambisons qu'ils avaient eus sous leurs mailles. J'avais hésité à en dérober une autre aux morts pour mon usage personnel, mais mon pourpoint carmide ferait mieux l'affaire, si je devais me faire passer pour un mercenaire étranger. J'avais pris grand soin de frotter les jaques d'Aidan et de Connore avec des poignées de terreau, et j'y avais aussi déversé quelques coulées de vin, parce qu'elles paraissaient trop neuves, d'un blanc crémeux qui jurait avec la crasse incrustée des armures matelassées de la piétaille. Nous étions trois soudards égarés, du moins c'était l'histoire que nous comptions raconter si jamais nous nous faisions prendre.

Le gargouillis de l'eau nous accompagna jusqu'à la route. Au début il fallut souvent contourner de petites ravines boisées, mais bientôt le chemin se fit plus facile et le terrain plus plat. La roche fut remplacée par la bourbe. Il y avait des champs entiers de joncs hérissés qui bruissaient dans l'air nocturne, et le coassement des grenouilles couvrit bientôt le bruit de nos pas. C'était une nuit sans lune, et nous guettions sans cesse les traces de l'homme, les contours des cabanes et des fermes qui surgissaient à l'improviste, ici et là. Fort heureusement, nous ne croisâmes personne. Les feux du village frontière s'éteignaient les uns après les autres, mais il y avait quelques torches sur le pont et leur reflet scintillait sur l'onde noire. La rivière s'était élargie au fil des heures, jusqu'à devenir trop profonde pour que nous puissions envisager de la traverser en cas de problème, mais je m'étais attendu à cela. Fourbus, nous nous arrêtâmes à une centaine d'empans de la manse, pour nous accroupir dans un champ mouilleux, bordé de roseaux. Devant, de part et d'autre d'un pont s'élevaient deux tours larges à la forme écrasée, et entre elles les arches de pierre obscures engloutissaient l'eau clapotante.

Il régnait un calme plat sur le pont, ce qui n'était pas étonnant à cette heure de la nuit. Je me délestai rapidement de mon havresac et de mes affaires. « Je vais voir ça de plus près », chuchotai-je. « Il doit y avoir une bannière sur la tour. » Connore me posa une main sur l'épaule. « Je pense que je devrais y aller », dit-il, sans me regarder. Je le fixai avec dégoût et Aidan bafouilla. « Voyons Connore, c'est ridicule, vous avez les côtes enfoncées. » « Le conseiller Brasbon ne me fait pas confiance », fis-je à l'intention d'Aidan avant que son homme-lige ne puisse lui répondre. « Vous devriez y aller vous, si ça peut lui faire plaisir. Vous ne risquez pas grand-chose à mon avis. Restez à couvert tant que vous le pourrez. Ne vous approchez pas trop près, et revenez vite. » L'héritier de Bourre hésita, étonné que la tâche lui incombe, mais il posa les sacoches sans discuter et s'éclipsa en direction du passage. Je me tassai dans les joncs, et nous attendîmes dans le vacarme des coassements.

Connore eut l'amabilité de ne pas se justifier et n'essaya pas non plus de faire la conversation. Sa suspicion m'avait mis en colère, même si je la comprenais et que j'en aurais sans doute fait autant, si les rôles avaient été inversés. Accroupi dans la fange avec un aristocrate soupçonneux et les grenouilles qui faisaient un tapage de tous les diables, j'admets m'être demandé ce qui m'était passé par la tête. Je me mis à songer à Brindille et me trouvai tout à coup imbécile de prendre autant de risques pour deux hommes que je ne connaissais pas, dont l'un ne m'appréciait guère et dont l'autre n'avait pour lui qu'un sourire charmeur et un caractère plus attachant que ses congénères. Je me demandais ce qu'elle pouvait bien être en train de faire à cet instant – elle dormait sans doute – et mon esprit s'égara dangereusement. Je dus me rappeler à l'ordre pour éviter de me faire mal. Ma vie était curieuse, ruminai-je, et il me semblait que je n'avais jamais décidé de quoi que ce soit. Le monde avait toujours joué avec moi et cette nuit ne faisait pas exception à la règle. Je remuai à la recherche d'une motte de joncs où poser mes pieds. *Thesponé*, disaient les Arces, mais peut-être qu'il en va ainsi pour tous les hommes et que la plupart sont trop simples ou assez sages pour ne pas tellement y réfléchir.

Aidan revint, courbé en deux avec un air perplexe sur le visage. Il était plus large que moi, plus grand aussi, avec l'ossature lourde des gens de la Haute-Brune et il ne savait pas se déplacer en silence. Je n'aurais pas accepté qu'il me remplace, s'il n'y avait eu le boucan des batraciens et une ligne de murets tout près de la route. « Je n'ai vu personne de ce côté-ci. Il n'y a pas de bannières. La porte de la tour est ouverte aux vents. Même les chaumières m'ont paru vides », fit-il en haletant. « Je ne comprends pas. » Connore renifla. « Cela ne peut vouloir dire qu'une seule chose, Messire. Trosse n'a pas repris le poste-frontière, mais si les chiens collinnais se sont retirés, c'est qu'ils ne pensent pas avoir assez d'hommes pour y tenir, et c'est bon signe pour nous. » Je hochai la tête. « Pour une fois, je suis d'accord avec Connore », fis-je. « Comme quoi tout arrive », siffla le conseiller d'une voix acerbe. « Messire, voici ce que je propose pour la suite. Il y a des collines à l'ouest d'ici, j'y ai déjà chassé avec votre père. Trosse se situe quelque part derrière. Nous devrions essayer de nous faufiler au travers en voyageant de nuit et en dormant de jour. »

Je secouai la tête. « C'est une mauvaise idée. La région va grouiller d'éclaireurs et de petites bandes occupées au ravitaillement. Je pense qu'il vaudrait mieux s'en tenir à la route, ou du moins ne pas trop s'en éloigner. » Aidan soupira. « Votre entente n'aura pas duré longtemps, et je n'en sais pas assez pour pouvoir trancher. Pourquoi pensez-vous que la route sera meilleure ? » « Vous m'avez dit qu'il y a deux jours jusqu'à Trosse », répondis-je. « Les collines nous retarderont davantage, peut-être suffisamment pour que l'on commence à nous chercher. Quel que soit son bord, si quelqu'un nous débusque en train de fureter, on risque de devoir se battre. Sur la route, si nous avons l'air de savoir où nous allons, on viendra sans doute nous causer avant de nous donner le fer. Si ce sont les Bourrois qui nous récupèrent, tant mieux. Si ce sont les Collinnais, nous pourrons toujours les duper. Le canton est en désordre, c'est de cela qu'il faut profiter. » Je ne faisais là que restituer le savoir des Vars, les leçons que j'avais retenues du temps passé avec le vaïdroerk d'Osfrid et de ma trop courte formation de hobbelar, mais je l'avais fait d'une voix confiante, comme s'il s'agissait de ma propre idée, parce qu'il me plaisait de contredire le conseiller après le traitement qu'il m'avait fait subir.

Aidan se tourna vers Connore, qui bâillait en grimaçant de douleur. « Peut-être », concéda enfin ce dernier. « Mais ça ne me plaît pas. Dans les deux cas il se retrouve gagnant. » Je crachai dans la tourbe. « En quoi ? » demandai-je laconiquement. « Eh bien, si ce sont nos hommes qui nous trouvent, vous deviendrez un héros. Si c'est Collinne, vous aurez tout loisir de nous vendre. » Aidan intervint avant moi. « Je ne crois pas que Syffe veuille nous vendre, Connore. Il ne nous aurait pas détachés, si tel était le cas. » « Il ne savait pas qui nous étions quand il nous a détachés », gronda le conseiller. Je me mordis la langue pour rester poli et soufflai bruyamment. « Si vous voulez partir de votre côté, vous avez ma bénédiction », feulai-je dans ma cape. « Personne n'a de raisons de m'importuner si je suis seul, et je n'aurais pas à supporter le mépris d'un homme pour qui je me mets en danger alors qu'il passe son temps à m'encaguer. » Cela eut l'avantage de clouer le bec au conseiller, et Aidan se redressa. « Je suis d'accord pour emprunter la route. Je crois que nous devrions nous y mettre tout de suite », dit-il en hissant les sacoches. Connore ronchonna, mais suivit le mouvement, et nous troquâmes les berges de la rivière pour le pavage usé de la chaussée.

La fatigue arriva pour de bon une heure plus tard. Les pieds traînants, nous nous mîmes en quête d'un abri pour nous reposer. Nous contournâmes la première manse qui se présenta, parce que nous y entendions des chiens hurler et que, si nous devions rencontrer leurs maîtres, j'aimais mieux que cela se passe de jour. Un peu plus loin, tout près de la route, il y avait un puits et trois bicoques. La première avait brûlé entièrement, et le chaume de la deuxième avait été roussi lui aussi et été à demi consumé par les flammes. La dernière semblait intacte, mais abandonnée. J'en poussai la porte avec prudence. Mes yeux mirent un moment à s'accommoder à l'obscurité. À l'intérieur, ce qui restait du mobilier avait été dévasté, la table avait été redressée dans un coin, mais il n'y avait personne et l'âtre était froid. Une échelle nous permit de grimper sous le chaume, jusqu'à un grenier exigu fait de planches flottantes. Je remontai l'échelle avec nous, et nous nous marchâmes dessus dans le noir, pestant et jurant, le temps d'installer nos couchages. Connore et Aidan avaient récupéré les couvertures épaisses des morts. J'avais été tenté d'en faire de même, mais elles étaient imprégnées de l'odeur des hommes que j'avais tués, et je m'étais dit que je dormirais mieux dans les miennes, toutes mitées qu'elles étaient. Dehors, le concert de vrilles et de coassements avait été remplacé par la clameur triste des chiens.

Le conseiller gigotait et geignait dans son sommeil à cause de la douleur de ses côtes. J'avais beau être épuisé, je ne parvenais pas à dormir. L'odeur du chaume brûlé était encore partout dans mes narines et j'étais empli d'appréhension et du souvenir d'autres incendies. « Quelle est cette chose que vous voulez et que je ne peux pas vous aider à obtenir ? » La voix d'Aidan était étonnamment claire, même lorsqu'il murmurait. « Quoi ? » marmonnai-je, la bouche pâteuse. « Lorsque nous nous sommes rencontrés, vous avez dit que vous cherchiez une chose que je ne pouvais pas vous aider à obtenir. J'y songe depuis. » Je remuai entre mes couches de laine chaude, en quête de mots qui ne me semblaient pas futiles. Je fus tenté de dire « une femme », mais ce n'était pas tout à fait juste. « Le pardon », finis-je par énoncer lentement. « J'ai abandonné quelqu'un il y a longtemps, contre ma volonté. Je veux réparer cela. » Il eut un silence, puis Aidan me dit : « Je ne vous comprends pas du tout, Syffe, mais je vous apprécie, et j'apprécie aussi ce que vous faites pour nous. Si jamais vous avez besoin d'un refuge contre vos ennemis, les portes de Bourre vous seront ouvertes. » Je méditai ces mots pendant que le souffle du jeune noble se rallongeait.

Lorsque je fermai les yeux à mon tour, je fus saisi

par un sommeil turbulent qui ne dura pas bien longtemps. Dans le noir, Aidan me secouait doucement. Je remuai, désorienté. Connore s'était redressé sur les coudes, en dépit de l'agonie qu'il devait endurer dans cette position. « Chut », souffla-t-il. Je tendis l'oreille. « Il y a des chevaux dehors », me dit Aidan. J'entendis les voix, les renâclements, le claquement des bottes et des sabots, les gémissements d'un blessé. Ma main s'égara vers l'arbalète mais je n'eus pas le temps de m'en saisir, parce que déjà en bas la porte s'ouvrait à la volée. L'éclat crépitant d'une torche illumina la bicoque. Nous nous couchâmes promptement tous les trois, le nez enfoui dans les couvertures. Des hommes entraient. « Que quelqu'un allume ce feu », fit une voix rêche alors que le silence était chassé par les toux, les reniflements et le frottement des bottes sur la terre tassée. « Vous autres, faites de la place ici, qu'on puisse fermer l'œil. » Le cœur battant, je me plaquai à l'interstice des planches, pour essayer d'y voir plus clair. Ils étaient sept ou huit soldats, hirsutes et fatigués. Celui qui parlait me tournait le dos et il était vêtu du tabard d'un sergent. La torche qu'il portait vacilla, pour révéler les contours élimés de la tour de Collinne.

29

Les miliciens étaient éreintés et effrayés et ils investirent la chaumière avec une précipitation malhabile. Pour nourrir le petit feu qui avait été allumé dans l'âtre, un homme s'attaqua à la table à coups de hache, grognant sous l'effort. Pendant ce temps, trois blessés s'affalèrent dans un coin pour panser leurs plaies, jurant et ahanant de concert. L'odeur du vinaigre et de la poix brûlée imprégna l'air. J'avisais l'extrémité de l'échelle qui était allongée à mes côtés, et dont les deux pieds ronds dépassaient du grenier de quelques pouces. La bâtisse était assez haute. Je ne pensais pas que quiconque puisse attraper l'échelle, mais je craignais aussi que les soldats puissent la voir, et s'imaginer qu'il pouvait rester quelque chose à piller sous les combles. Les visages de mes compagnons étaient crispés dans la pénombre. Le mien devait l'être tout autant. Je m'efforçais de respirer avec lenteur, les oreilles grandes ouvertes, l'œil vissé à l'interstice pour surveiller les ombres qui s'agitaient en dessous. La porte battait tandis que des hommes entraient et sortaient, les bras chargés de couvertures ou de rations. Il me semblait que le jour n'allait pas tarder à poindre, et pourtant, dehors, il faisait toujours aussi noir. Lorsqu'un semblant de calme fut revenu, le timbre râpeux du sergent s'éleva au-dessus du brouhaha qui restait :

— Allez, on s'installe et on arrête de tourner comme des mouches à merde. Le Pelé, tu vas aller surveiller les canassons et la route. Si tu t'endors je t'étripe, si le Bourrois ne le fait pas à ma place. Les autres, ronflez un coup, vous en aurez besoin.

Il y eut des murmures d'assentiment, le malheureux qui avait été désigné pour veiller s'éclipsa avec les épaules voûtées. J'aurais pu avoir une bonne vue de l'entrée en levant la tête de quelques pouces, mais par précaution je préférais garder le nez au ras des planches. « Ça me fait un mal de chien les gars, y m'ont pas raté ces caves », geignit l'un des blessés. « On la boucle », gronda le sergent. « Demain on ira plus à l'est, voir si on peut passer. On finira bien par trouver un moyen de rentrer. En attendant va falloir serrer les dents. » « Peut-être qu'on devrait se rendre, sergent », fit une autre voix. « On la boucle, j'ai dit. Et le prochain que j'entends causer de ça, je le fais pendre. » Contre moi, je sentis Aidan remuer, se tendre pour me murmurer quelque chose à l'oreille, mais je le repoussai doucement en secouant la tête. Le silence tomba sur la chaumière comme une pierre dans un puits. Bientôt il n'y eut plus que les souffles lourds et le crépitement du feu.

Je laissai passer encore quelques instants avant de me tourner vers mes compagnons, priant pour ne pas faire grincer quoi que ce soit. Nous échangeâmes des regards chargés, nos yeux gonflés par l'angoisse et l'épuisement. Par gestes, je leur fis comprendre que nous allions devoir prendre notre mal en patience.

J'avais les paupières qui se fermaient toutes seules et l'esprit vibrant de fatigue, mais je réfléchissais tout de même. Si les soldats en bas n'avaient pu remonter au nord, alors il y avait de bonnes chances pour que les Bourrois aient remporté leur fameuse bataille, ce qui voulait dire que, tôt ou tard, ils chercheraient à sécuriser la route de Trosse. Nous pouvions espérer croiser une patrouille amicale au cours de la journée suivante ; mais pour l'heure nous étions acculés, et de fait, très faciles à tuer. Nous aurions peut-être dû nous dévoiler dès le début, tenter de duper les nouveaux arrivants – et dans ce cas-là il aurait fallu expliquer au lendemain pourquoi nous ne repartions pas avec eux –, mais à présent il était trop tard, j'en étais certain.

Les heures s'égrainèrent, portant avec elles une tension inégale. Nous osions à peine remuer, même pour nous gratter, alors que les puces abondaient sur le plancher du grenier. Nous somnolions à tour de rôle, brusquant Connore lorsque ses ronflements se mêlaient à ceux des hommes de troupe. Une irrépressible envie d'uriner me gagna. À un moment il y eut des chuchotements dans la nuit, puis le bruissement hâtif du tissu. Deux des soldats quittèrent discrètement leurs couvertures. La porte grinça et ils s'en furent dans le noir en laissant leur équipement là où il reposait. Leur départ n'avait pas pu passer inaperçu, mais personne ne les interpella. Comme ces deux-là encourraient la corde, il aurait fallu se battre pour les retenir, à quatre ou cinq hommes valides contre deux, et à la place du sergent je n'aurais pas pris le risque de traîner d'autres blessés. Comme il n'y eut pas un bruit dehors, pas même le bruit des chevaux, je me figurai que l'homme de quart devait somnoler, ou alors qu'il était parti avec les déserteurs. Enfin, l'obscurité se mit à bleuir, puis tout à coup la lumière suintait de toutes parts, sous le chaume, dans l'encadre de la porte, par la moindre des lézardes du torchis. Des lignes inégales embrasèrent la bâtisse. Les Collinnais s'agitèrent. J'entendais remuer les bottes et craquer la fibre des gambisons. Certains réprimaient des bâillements ou ronchonnaient à cause du manque de sommeil, en faisant claquer nerveusement leurs langues et leurs mâchoires.

Le feu fut ravivé. Au cliquètement du fer j'en conclus qu'il s'agissait de l'œuvre du sergent, parce que c'était le seul à porter un haubergeon. Près de moi, Aidan étouffa maladroitement une crise d'éternuements. Je me figeai. Une sueur froide me coula sur l'échine tandis que Connore me tendait lentement le couteau. Quelqu'un toussa. Les débris graisseux de la table craquaient et crachaient dans la cheminée, flétrissant sous l'emprise des flammes. Je soufflai lorsque je fus certain que nous n'avions pas été découverts. En bas, j'entendis renifler avec une régularité qui évoquait celle des sanglots. C'étaient de jeunes hommes que ces soldats-là, quinze ou seize ans pour la plupart. Ils s'étaient engagés dans la milice par gloriole ou par besoin. On leur avait appris à faire une ligne et à marcher au pas durant l'hiver, puis ils avaient goûté à la guerre et ils n'en voulaient pas davantage.

Lorsque le sergent commença à les réveiller, je ne pus m'empêcher de me mettre à leur place. Le sommeil et les rêveries étaient un refuge que je ne connaissais que trop bien, un endroit d'oubli et de chaleur qui ne durait jamais assez, mais après lequel on courait tout de même, dans l'espoir de s'y perdre au moins un peu. « Debout là-dedans », grondait le sergent, et il y allait sans tendresse de la hampe de sa lance. Les blessés haletaient et grinçaient des dents pour réapprivoiser la douleur. Il n'y eut pas de remarque à propos des absents. Le gradé s'éloigna pendant que les autres engloutissaient leurs rations à la va-vite, et il revint accompagné. Manifestement, le vigile n'avait pas suivi les déserteurs. Quelqu'un fut envoyé chercher de l'eau au puits, les deux blessés les plus légers s'absentèrent pour aider à panser les chevaux. Je croisai les doigts, et exécutai sans y penser le signe clanique qui était censé apporter la chance. En bas, les couvertures avaient été roulées, l'équipement rassemblé et la porte était grande ouverte. Les hommes s'apprêtaient à partir, quand le sergent parla de nouveau :

— Avant qu'on y aille, faudrait que quelqu'un jette un œil là-haut, voir s'il y a quelque chose à se mettre sous la dent. Toi, le Pelé. Y avait une échelle dehors.

Le sang reflua de mon visage. Connore me tendit le poignard avec précipitation et cette fois-ci, je m'en saisis. Si je parvenais à tuer celui qui monterait, peut-être que les autres partiraient sans demander leur reste. Peut-être aussi qu'ils se battraient pour venger le mort. S'ils étaient malins, ils se contenteraient de barrer la porte et d'incendier la maison. « L'est cassée cette échelle, sergent », fit le Pelé. « Et trop courte avec ça. » Il y eut un reniflement méprisant. « Alors monte sur la table, crétin », siffla le gradé. J'entendis remuer. « L'a plus qu'un pied, sergent, ça tient pas. » « Y a l'étagère qu'on pourrait coller au mur », suggéra une autre voix. À mes côtés, Aidan s'était saisi du gourdin clouté et son poitrail se soulevait comme un soufflet de forge. Au rez-de-chaussée, quelque chose de lourd racla la terre tassée. J'entendis un grognement d'effort et me dépliai, prêt à bondir.

Une tête apparut de profil le long du mur, coiffée d'une cervelière. Des mains gantées de cuir ripèrent sur les moellons, puis il y eut un craquement retentissant, un cri de surprise, et des jurons. Le soldat disparut sans avoir eu le temps de prendre appui sur la plate-forme, ni de se tourner vers nous. La poussière dansait dans les rayons de soleil. « Espèce de petite chiure incapable », cracha le sergent furieux. « Mourton, tu vas lui faire la courte échelle. » J'essuyai la sueur qui me coulait dans les yeux, et raffermis ma poigne sur le couteau. « Sergent ! » cria l'un des hommes dehors. « Ça bouge là-bas, sous les arbres. » Immédiatement, les trois soldats se précipitèrent à l'extérieur. Quelques instants plus tard, nous entendîmes des cris autoritaires, puis le tambourin des chevaux qui s'éloignaient au galop. C'était fini. Aidan se releva sans mot dire, et il se tint courbé au bord du vide en avisant la porte. J'en profitai pour pisser précipitamment contre le mur. « Dieux ! » s'exclama Connore, et je ne sus s'il exprimait du soulagement d'être vivant ou du dégoût à voir mon urine ruisseler sur le torchis.

Quand nous mîmes le nez dehors, à mon grand désappointement, il n'y avait aucune trace de ce qui avait fait fuir les Collinnais. J'avais beau fouiller du regard la lisière du petit bois de hêtres qui prenait racine plus loin au nord, aucune bannière bourroise ne s'y agitait. J'allai inspecter le puits avant d'y remplir mon outre, puis nous engloutîmes un peu de nourriture, prostrés sur le perron de la chaumière.

L'air était immobile et lourd, imprégné de l'odeur sucrée du crottin frais et du souvenir âpre des incendies. Clignant et trébuchant, nous nous traînâmes en direction de l'ouest. Le manque de sommeil nous rendait fébriles et méfiants. Je gardais mon arbalète armée à portée de main, et nos regards creux virevoltaient après le moindre mouvement.

Les deux manses que nous traversâmes avant midi avaient été abandonnées et livrées au pillage. Depuis les bâtiments ruinés, des êtres torves nous épiaient, leurs mains et leurs visages tachés de suie. Nombreux étaient les traîne-bissac et les miséreux venus fouiller les décombres et dépouiller les morts. La plupart étaient armés de bâtons et de gourdins, et je ne doutais pas que certains auraient tenté leur chance, s'ils avaient eu connaissance de la bourse d'or que je trimbalais au fond de mon havresac. En l'état, nous avions l'air tout aussi démunis qu'eux. Aidan essaya d'interpeller les premiers pillards que nous croisâmes pour avoir des nouvelles, mais je lui fis rapidement comprendre qu'il devait fermer son clapet. Il causait avec l'accent riche des châteaux, et je ne voulais pas qu'il donne d'idées à quiconque. Connore me seconda, et nous poursuivîmes notre route en silence, groupés et vigilants.

Le crépuscule tomba, couvrant les terres d'ombres rougeoyantes. Nous n'avions toujours pas rencontré de patrouille bourroise, ni quiconque qui ne nous ait dévisagé avec terreur ou avidité. La mort dans l'âme, je me préparais à affronter une nouvelle nuit. Il faudrait établir des tours de garde malgré l'épuisement. Prisonniers sombres de la lumière en déclin, les panaches de fumée disparates nous rappelaient, si besoin était, que la guerre n'était pas loin. « À

Trosse, je vous offrirai un cheval », déclara Aidan tandis que nous installions notre campement dans un verger qui surplombait la route. J'avais choisi le site parce qu'il était pentu et entouré d'un muret, ce qui le rendait plus facile à défendre. « Non merci », fis-je poliment en hissant une brassée de pommier mort. « Vous iriez plus vite », me dit-il, comme si l'évidence m'avait échappé. « J'ai assez d'or pour m'offrir vingt chevaux, Aidan Corjoug, mais je préfère mieux marcher. On me laissera tranquille de cette manière. » L'héritier de Bourre se détourna en se mâchonnant la lèvre. Je lus le trouble sur son visage, et cela m'amusa. Des hommes avaient quémandé après lui toute sa vie, voilà qu'il désirait sincèrement se montrer généreux et que l'objet de ses attentions les refusait toutes. Notre flambée illumina bientôt la nuit, un feu ronflant et clair nourri de branches sèches. Ce n'étaient pas les feux qui manquaient dans le coin, et il me semblait qu'on pouvait raisonnablement en prendre le risque.

Connore touillait un bouillon de céréales dans ma casserole tandis qu'au sud un amas de nuages menaçants défilait à l'horizon. Aidan tripota son couchage en secouant la tête. « Vous ne voulez donc rien de moi, Syffe ? » finit-il par expirer plaintivement. « C'est exact », répondis-je aussitôt. « Rien du tout. » Je vis le seigneur bafouiller à la recherche d'une question qui ne venait pas, mais ce fut le conseiller Brasbon qui rompit le silence. « C'est peut-être mieux, Messire. En plus d'être ingrat, cet homme ne sait pas utiliser son or. Ce serait du gâchis. » « Les Vars m'ont appris que c'est l'or qui utilise les hommes, et non pas l'inverse », rétorquai-je vivement. « C'est un joli compliment que vous me faites, conseiller. » Celui-ci eut un sourire mince, mais ses yeux luisants ne quittèrent pas le contenu bruissant de la casserole. « Non, c'est une ode à votre ignorance. Vous auriez dû prendre une armure, un destrier, et payer une troupe pour vous accompagner jusqu'à votre destination. Votre obsession pour la sobriété est grotesque. Croyez-vous que les tire-laine que nous avons croisés tantôt ne vous auraient pas dépouillé, si vous aviez été seul ? Vous n'inspirez pas le respect, Syffe. Ne vous étonnez pas de devoir en faire la conquête jour après jour. »

Je penchai la tête, livré un temps à mes pensées, parce que Connore m'avait donné à réfléchir. « Conseiller, il me semble que les hommes comme vous se bercent d'illusions », fis-je enfin. « Vous vous entourez de gens qui vous doivent quelque chose, vous prenez leurs flatteries pour du respect, et vous prenez ce respect pour acquis. Allez donc questionner les paysans de vos manses. Ce n'est que la peur de vos soldats qui les tient, ça et leur manque d'imagination. » « Oui, la peur », répondit Connore. « Vous ne m'apprenez rien. C'est de la peur que naît le respect. » Je plissai les yeux en avisant les flammes. « Les garde-chiourme d'Iphos avaient une philosophie similaire », dis-je sans masquer le venin dans ma voix. Connore gronda quelque chose de désobligeant, mais il le fit discrètement et pour lui-même. La discussion semblait avoir plongé Aidan dans une réflexion intense, et il ne parla pas davantage de la soirée. Vers minuit, une meute de chiens vint rôder près du muret. J'allai les chasser à coups de bâton et de pierres. Avoir parlé d'Iphos m'avait rappelé les molosses et le craquement des os humains. Je ne fus pas tendre avec eux, et ils ne revinrent pas.

Notre secours arriva le matin suivant. Après le verger, la route décrivait une boucle lâche pour contourner les collines boisées par lesquelles Connore avait voulu que nous passions la veille. Le terrain était plat et la vue dégagée sur les plaines et les pâtures verdoyantes qui ondulaient à l'ouest, un tissu bucolique de chemins et de manses fermières. Nous aperçûmes la troupe de loin, et la laissâmes approcher depuis le couvert des arbres. Quatre cavaliers l'escortaient. Derrière venaient deux bœufs écornés qui tiraient une charrette, puis une trentaine de miliciens qui chantaient au rythme de leur marche. Cela ne correspondait pas à l'attitude d'une armée en déroute, et il me semblait aussi que des hommes pressés de fuir ne se seraient pas encombrés d'une charrette. Connore sourit à leur approche. L'ombre des branches jouait sur son visage lorsqu'il reprit à voix basse le refrain hardi qui retentissait sur le grand-chemin. « Ce sont les nôtres », annonça-t-il avec confiance. Nous quittâmes l'abri du bois pour aller à leur rencontre. Avec chaque pas, je sentais un grand poids s'envoler de mes épaules.

Nous fûmes pris en charge par un capitaine enthousiaste, qui arborait l'un des nez les plus longs qu'il m'ait jamais été donné de voir sur le visage d'un homme. Il y eut évidemment un peu de rudesse initiale, mais ce dernier se montra fort obséquieux une fois qu'Aidan se fut présenté et lui eut raconté son histoire. Il nous alloua deux chevaux et trois lanciers pour nous escorter jusqu'à Trosse et s'excusa de ne pouvoir en faire davantage. Tandis que nous avancions, Connore et Aidan faisaient la conversation aux troupiers. Bourre avait bien arraché la victoire sur les plaines fertiles au nord de Trosse. Le sang des

Collinnais avait ruisselé à en teinter la rivière, disaient-ils en souriant. Naude Corjoug avait été blessé, mais son armée poursuivait l'offensive dans le canton de Granières. J'écoutais d'une oreille distraite, refermé sur moi-même et mes pensées, satisfait du répit et reconnaissant de n'être plus soumis au fouet abrutissant de la vigilance. Il n'y aurait pas d'autres obstacles jusqu'à Vaux. Le souvenir de Brindille flottait devant moi, un fantôme qui attendait d'être ressuscité. Il m'arrivait parfois de lui adresser un sourire ou un mot réconfortant, parce que la fatigue et le relâchement m'avaient plongé dans un état étrange, et je n'étais pas tout à fait moi-même.

En fin de journée, je retrouvai mes esprits tandis que nous approchions de Trosse par un réseau de villages où la vie revenait. Il n'y avait pas eu de dévastation ici, et la peur était effacée par le soulagement. J'accélérai le pas à la sortie de la dernière manse pour venir tapoter la cuisse d'Aidan, qui tira sur les rênes de sa jument. « C'est ici que nos routes se séparent », fis-je, les yeux plissés par le soleil. J'avais pris ma décision la veille, près du feu dans le verger. Je ne voulais pas aller avec eux jusqu'à la ville, où les rôles se seraient inversés, où j'aurais été soumis au bon vouloir des deux nobles que j'avais assistés jusque-là. L'héritier de Bourre me fixa, le regard abattu et impuissant. « J'ai appris beaucoup de choses grâce à vous », me dit-il après un moment. « Je suis heureux de vous avoir rencontré. Nous nous reverrons, je pense. » J'eus un sourire sincère. « J'espère que non », répondis-je facétieusement. Aidan réprima un rire et son visage s'illumina.

« Je veux vous donner quelque chose », lança-t-il

joyeusement. Il mit un pied à terre et tendit le licol à l'un des soldats. Les hommes de troupe ne savaient pas vraiment quoi penser de moi et ils m'avaient donc ignoré durant l'essentiel de la journée, ce qui me convenait très bien. « Vous avez refusé tout le reste », poursuivit Aidan. « Je vous en prie, acceptez au moins ceci. » Le jeune noble me tendait une bague de bronze lustrée. « Cet anneau est marqué du sceau de Bourre. Il m'appartient, et les hommes-liges de mon père le savent. Si un jour vous avez besoin d'assistance, présentez-le à l'un d'entre eux. Mieux encore, venez me voir en personne. Je vous dois beaucoup. » J'hésitai avant de tendre la main pour accepter le présent. Aidan me gratifia d'une accolade, et Connore Brasbon d'un hochement de tête. Je récupérai hâtivement mes affaires et, après un ultime salut, je m'en fus en direction du couchant par un sentier cahoteux. Tout autour, le blé vert mûrissait en bruissant dans le vent.

Quelque part dans le lointain, Spinelle m'attendait.

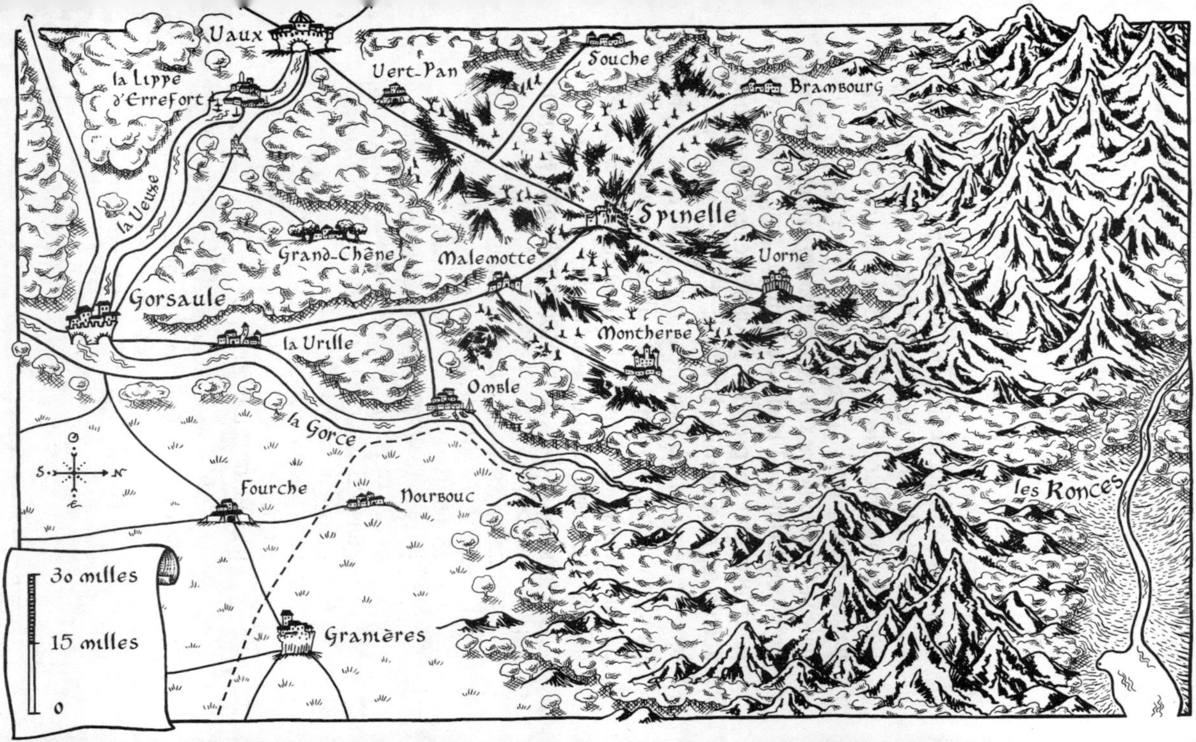
Vaux
la Lippe
d'Errefort
la Veuse
Vert-Pan
Souche
Brambourg
Spinelle
Grand-Chêne
Malemotte
Vorne
Gorsaule
la Vrille
Montherbe
Omble
la Gorce
S
N
O
E
Fourche
Noirbouc
les Ronces
30 milles
15 milles
0
Gramères

LIVRE TROISIÈME

MERCENAIRES

LE SÉNÉCHAL : Si j'incendie, c'est pour ne point flamber.
LE CHŒUR : Sénéchal, vous brûlez pourtant.
LE SÉNÉCHAL : Si je guerroie, c'est pour ne point tomber.
LE CHŒUR : Sénéchal, vous chutez pourtant.
CELLE-QUI-VOIT : Dans le ciel, une étoile file. Plus son plongeon est long, plus sa flamme est vive.
LE CHŒUR : C'est du pays dont vous parlez.
LE SÉNÉCHAL : Deux rois portaient le brandon ardent.
LE CHŒUR : C'est du pays dont vous parlez.
LE SÉNÉCHAL : Le feu est ma chair, l'acier ma charpente.
LE CHŒUR : C'est du pays dont vous parlez.
CELLE-QUI-VOIT : On sait toujours le brasier quand il brûle. On ne sait jamais l'étincelle qu'on allume.
LE SÉNÉCHAL : Je n'ai plus qu'une seule compagne.
LE CHŒUR : La mort !

VESAN, dramaturge brunide, *La Forêt.*
Scène finale d'une pièce qui valut à son auteur
d'être banni des terres de Vaux.
Rédigée en la 560e année du calendrier
de Court-Cap

Les combats faisaient rage à Vaux depuis sept années lorsque je débarquai à Blanc-Bois avec mes hommes. (…) Durant les lunes suivantes, nous découvrîmes que les sénéchaux vauvois menaient une guerre d'offensive alors qu'ils auraient dû mener une guerre d'usure. Nous vîmes leurs tactiques parfois brillantes être mises en pièces par un ennemi inférieur en nombre et plus sommairement équipé. La raison d'être de ces défaites était bien plus coûteuse au primat que les défaites ne l'étaient elles-mêmes : les Feuillus avaient réussi à ôter toute dimension cohérente au conflit et, en conséquence, le doute rongeait le cœur des troupes vauvoises comme la pourriture ronge le fruit. (…) J'ai abordé cette guerre comme j'ai abordé toutes les autres : en dressant un portrait honnête de l'adversaire, même s'il fallait ce faisant accepter sa nature extraordinaire. Pour vaincre, nous devions comprendre que – même si nous ne l'expliquions pas – les Feuillus savaient toujours où nous nous trouvions, de quelle manière nous manœuvrions, où nous étions présents en force, et à quels endroits nous étions faibles. Nous devions aussi être prêts à repousser les limites du raisonnable, comme notre ennemi l'avait fait avant nous. (…) Je sais de source sûre que le primat Villune pleurait lorsqu'il donna l'ordre d'incendier ses terres.

BASQUIEN CAUSSE,
Mémoires d'un meneur d'hommes
À propos de la première guerre de la Vigne,
rédigé en la 570e année du calendrier
de Court-Cap

Estoient d'arbres en nous dedans. Estoient de cymes, de branches perlances. Estoient lyerres. Estoient rameaux. Estoient mil austres etyrances. Fruys. Feuillances. Herbages. Bombances. Tortureuses racynes qu'estoient quétance de sève y sucs y luminances. Estoient aussi sylences. Estoient morsures. Estoient mourances. Brûlures. Brysures. Grandes étouffances. Y en dedans, y en dehors, d'arbres qui ne reboutent pas.

Liturgie ketoï

Milieu de l'an 632

Printemps

Lune des Feuilles

30

Je reconnais sans honte avoir pleuré en voyant ce que la guerre avait fait de Vaux.

À Gorsaule, j'avais trouvé une barque longue qui remontait la Veuse jusqu'à la Lippe d'Errefort, le dernier port de rivière sur la route de la capitale. Au-delà, la Veuse – qui prenait sa source à l'intérieur même des murs de Vaux – se voyait entrecoupée de cascades et il n'y avait plus assez de fond pour que son cours soit navigable. Je partageais la barque avec deux hommes d'équipage et un capitaine pisse-vinaigre qui convoyait de la cervoise et des outils de fer gris-marchois. Ils ne s'adressaient à moi que lorsqu'ils y étaient obligés, la méfiance était taillée sur leurs visages, et je crois qu'ils me prenaient pour un homme en fuite. Restait que j'avais payé avec une pièce d'argent et que j'en avais promis une autre à l'arrivée et de ce fait ils gardaient leur circonspection pour eux. Pour une somme comme celle-là, j'aurais été en droit de leur demander de me déposer dans n'importe quel port de la Haute-Brune sans qu'ils en reviennent lésés, et nous le savions tous les quatre.

Au début, la forêt verdoyante s'élevait de part et d'autre des berges caillouteuses, frémissante d'une musique douloureusement familière. Cela m'avait immédiatement plongé dans une humeur mélancolique, parce que j'avais eu l'impression curieuse de n'avoir quitté les arbres et leur mélodie que quelques semaines auparavant, alors qu'il s'était écoulé sept années entières depuis que j'avais foulé l'humus et les sentiers forestiers en compagnie de Uldrick, de Pikke et de Bredda. Puis au nord étaient apparues de longues traînées noires, des escarres qui avaient ravagé les bois et tracé des sillons calcinés jusqu'aux racines mêmes des montagnes. Le pays avait l'air malade, et cela m'avait rendu malade moi aussi. Je m'étais tenu à la proue tandis que, derrière, les deux bateliers hissaient leurs perches ruisselantes, et, la gorge nouée, j'avais laissé des larmes silencieuses rouler sur mes joues. J'avais affreusement peur pour Brindille, mais ce n'était pas tout. Même si je n'avais jamais mis les pieds dans les cantons dévastés, je ne me défaisais pas du sentiment que c'était un morceau de mon enfance qui était parti en fumée.

Mon périple au travers de Bourre avait été plus rapide que je ne l'avais espéré. Le voyage avait duré une dizaine de jours, et avait été grandement facilité par mon or ainsi que par la chevalière d'Aidan Corjoug. Je m'étais débarrassé de mes vêtements carmides aussi vite que je l'avais pu, parce qu'ils me fermaient des portes et m'attiraient des regards hostiles de la part de la populace, ce dont j'aurais pu m'accommoder s'ils n'avaient également suscité la suspicion systématique des miliciens bourrois. J'avais conservé le pourpoint matelassé, puisqu'il était cassé à ma forme et que je ne souhaitais pas m'aventurer à Spinelle sans une protection sommaire. Pour le reste, je portais désormais des vêtements brunides à l'aspect un peu trop neuf, des braies larges, une chemise de laine avec des boutons d'os jauni ainsi qu'un surcot brun et confortable, bordé de minces liserés de cuir souple. Je m'étais résolu à faire mes adieux à ma fidèle cape rouge, que j'avais remplacée par une autre, à la capuche longue et dont le feutre grisâtre n'avait pas été teint, mais travaillé plusieurs fois et doublé à l'intérieur d'une mince couche de peau d'âne qui descendait jusque sous les épaules. C'était un bel objet que j'avais payé au prix fort, même si j'avais refusé qu'on la colore. L'artisan m'avait proposé une dizaine de teintes différentes, mais j'aurais dû attendre pour cela deux journées entières. J'avais pris l'allure d'un soudard bien en veine et on s'était mis à me traiter comme tel plutôt qu'en espion, ce qui m'avait facilité l'existence. Les combats qui faisaient trembler le nord de la primeauté bourroise étaient à peine une rumeur en son centre. La vie pastorale y battait son plein, lente et paisible et, même si beaucoup de visages étaient plissés par le souci, il y avait aussi le doux renflement des champs et des collines fertiles et le regard tranquille des bêtes. Ainsi, la route m'avait conduit sans encombre jusqu'aux rives de la Gorce.

Il me fallut une journée pour transformer le dépit que m'inspiraient les brûlis en une sorte de colère effrayée, et la suivante pour forger l'agitation en quelque chose de plus acéré, un outil qui pouvait être saisi et manié. Sur la barque, il n'y avait guère que cela à faire. Ruminer, digérer, accepter les remous du monde, la tempête du temps qui passe, et affûter les armes dont je disposais pour y faire face. Mes pensées se voyaient rythmées par la litanie douce de la perche qui caresse le courant, ainsi que par la voix de Vaux, qui murmurait, malgré tout, sur les berges les plus sauvages. Le soir, on jouait aux osselets pour passer le temps, sans miser d'argent parce que le capitaine l'interdisait. Aucun des trois hommes n'était particulièrement causant, et ils se livraient au jeu comme ils naviguaient, des gestes répétés par nécessité dont ils ne semblaient tirer aucun plaisir. Je ne dormis pas très bien les deux soirs que dura la navette, me réveillant à chaque fois sous la toile huilée qui protégeait les marchandises en regrettant qu'il me soit interdit de voir la lumière laiteuse des étoiles, parce que, pour moi, les nuits vauvoises avaient l'odeur du sang. Le souvenir des hommes que j'avais tués sur la route des falaises ressurgissait en giclées pantelantes. Je m'étais rappelé aussi que quelque part plus au sud, reposait la dépouille du gamin au visage de fouine, dont j'avais mis si longtemps à prendre la vie. Ses suppliques se mêlaient à d'autres et à la mémoire de la peste et des mines. Les bateliers observaient en coin mes tourments, mais ils se contentèrent de lancer les osselets et ne posèrent pas de questions.

Il y avait quelques autres bateaux sur la Veuse, des embarcations effilées qui fendaient l'onde silencieuse comme des couteaux. Je voyais leurs lanternes s'amarrer en grappes lumineuses peu avant la tombée de la nuit, leurs équipages discuter et boire autour des feux qu'ils allumaient sur les berges. Nous n'en faisions pas autant, pour une raison que j'ignorais et que je ne creusai pas. Notre barque évitait les autres et c'était à peine si le capitaine daignait gratifier ses collègues de vagues saluts. Peut-être était-ce à cause de moi, parce que le capitaine avait pris ma générosité pour une requête dissimulée. Nous accostions donc sur des plages de galets désertes où l'on dînait seuls en baignant dans le bourdonnement des piquerons et le chant de la forêt nocturne. Le matin, nous repartions peu après l'aube, alors que la rivière était encore grise et brumeuse, ce qui me semblait périlleux. Même si les plus gros rochers avaient été arrachés au lit de la Veuse depuis longtemps, il fallait sans cesse manœuvrer pour rester au milieu du courant, et éviter de s'échouer, et par endroits, la portion navigable était à peine assez large pour accueillir deux barques côte à côte. Lorsqu'il arrivait que la carène racle tout de même les galets, le patron aspirait l'air d'un coup sec entre ses dents déchaussées et fixait dédaigneusement le batelier qu'il jugeait responsable. Malgré tout, le trajet se déroula sans que nous ayons à déplorer d'accrochage et, s'il me semblait pressé et acariâtre, le capitaine avait aussi l'air de connaître son métier.

Nous arrivâmes à la Lippe d'Errefort par une après-midi ensoleillée. Tout autour, les rayons dorés perforaient les ramures des arbres et peinturluraient l'eau claire de sigles éclatants. Depuis l'aval, on abordait la Lippe au détour d'un méandre qui avait creusé une anse large et hospitalière autour d'une corniche de pierre brune. En bord de rivière il y avait des quais rudimentaires qui pouvaient accueillir une vingtaine de barques, et des cahutes de bois vermoulu s'entassaient ensuite le long d'un chemin qui menait à l'escarpement. L'essentiel du village se trouvait en hauteur, à l'abri des inondations. Je m'acquittai de mes dettes dès l'instant où la proue humide toucha le bois des quais et débarquai sans regarder en arrière, le ventre noué par la perspective d'être aussi près du but. Le petit port fluvial était plus animé que je ne l'avais attendu. Deux pêcheurs plaisantaient crûment en agitant des anguilles au visage de leurs femmes respectives, des chiens jappaient, des enfants chahutaient autour des pontons, et plus loin des portefaix déchargeaient les marchandises d'une barque sous l'œil vigilant de leur contremaître. À Gorsaule, l'atmosphère avait été plus sombre, peut-être parce que les gens y avaient été plus touchés par le conflit. Ici nous étions à quelques milles de la capitale, et il n'y avait guère eu d'incendies ou de massacres.

Je demandai mon chemin à une jeune femme qui écaillait des poissons sur les quais, et dus faire preuve de retenue pour ne pas me précipiter jusqu'à la grande route qui menait à Vaux et qui, d'après ses dires, se trouvait tout près, de l'autre côté de la manse. J'avais besoin de repos, et de tâter le terrain aussi, mais j'avais le cœur qui faisait des embardées à chaque fois que je croisais une femme à la chevelure noire ou un homme aux yeux verts. J'avais eu tout loisir de songer à cela pendant le voyage, à mes attentes et à mes espoirs, mais il m'était difficile de les rationaliser complètement. Si Uldrick ou un autre homme de bon sens avait été avec moi, il m'aurait sans doute dit que mes projets ne tenaient à rien, hormis mon interprétation hasardeuse d'une phrase prononcée il y a longtemps et il aurait eu raison. En tout état de cause, je pouvais me tromper, Brindille n'avait peut-être pas été enlevée du bordel du village de toile par le pérégrin, et dans ce cas elle pouvait être n'importe où. Pour autant, je n'éprouvais aucun doute, ce qui était peut-être plus effrayant que tout le reste.

Alors qu'inéluctablement je m'étais approché de ma destination, je m'étais drapé dans l'idée qu'une fois arrivé il me faudrait agir. Je nourrissais toujours l'espoir de voir débarquer le pérégrin, ou d'avoir un autre rêve comme celui que j'avais partagé avec lui dans la vallée de la Gorce, alors que je chevauchais avec Uldrick vers Granières, mais cette passivité-là ne serait peut-être pas suffisante. J'avais tourné et retourné la chose sous tous les angles imaginables, et j'en étais arrivé à une conclusion fort simple. Si Brindille était toujours vivante et qu'elle était avec les Feuillus, alors elle aurait sans doute quitté le canton dévasté pour se réfugier dans les Ronces. J'avais décidé, si rien ne se passait en arrivant à Spinelle, s'il n'y avait aucun mot, aucune silhouette mystérieuse m'invitant à la suivre, que je poursuivrais mon périple vers le plateau sauvage et les terres des Ketoï. J'avais également décidé de ne pas y aller en ami, et c'était sans doute la partie qui avait été la plus difficile à trancher. Les histoires de Bréanna avaient éveillé en moi une grande méfiance vis-à-vis des habitants des Ronces, méfiance qui avait déjà été aiguillée par le pérégrin lui-même. L'homme aux yeux verts n'avait pas été honnête avec moi, ou alors seulement de manière détournée, lorsque cela avait servi ses intérêts, quels qu'ils aient pu être. Je savais seulement qu'il avait voulu que je l'accompagne et que l'entité solaire que j'avais rencontrée en rêve avait désiré cela aussi.

« Tu trouveras tes réponses à Spinelle. Tu y trouveras surtout ce qui t'est le plus cher. M'entends-tu ? De plus cher. » Ces mots avaient hanté mes nuits six années durant. J'avais manié la lanterne dans les galeries puis la hache dans les pinèdes et je les avais retrouvés dans le moindre écho, dans chaque gémissement prisonnier. Il en était allé de même à Seu-Lanthé. J'avais tué pour le souvenir de ces phrases sur la route de la falaise, et j'étais prêt à recommencer autant de fois qu'il le faudrait. Le pérégrin regardait Brindille lorsqu'il les avait prononcées. Il ne s'était pas trompé. Elle était ce que j'avais de plus cher. D'ailleurs je n'avais rien d'autre. Alors, que les années et la guerre soient damnées, si le pérégrin faisait défaut à sa promesse, à la seule chose qui me tenait après tout ce que j'avais traversé pour honorer la mienne, il était mon ennemi et je me joindrais aux siens.

Avant de quitter Gorsaule je m'étais renseigné à propos des hommes qui voulaient relever le défi insensé d'Ovégie Villune, et conquérir les Ronces pour gagner sa main. Des troupes se massaient à Spinelle, m'avait-on dit. La plupart n'étaient jamais parties, mais, au compte-gouttes des vétérans arrivaient aussi. Des fous, des durs, des guerriers qui vivaient pour le pillage et le meurtre, qui n'avaient plus rien à perdre et qui, en cela au moins, devaient me ressembler. J'avais fait le vœu de me joindre à eux. De les aider à massacrer les sorciers ketoï jusqu'au dernier, s'il le fallait. S'il n'y avait que cela pour que je retrouve Brindille sans qu'on l'ensevelisse sous des mystifications et des énigmes, sans qu'on l'agite devant moi comme faire-valoir à d'obscurs motifs dont j'ignorais tout. Bien sûr, au fond, je savais que ma pensée aurait dû être bien plus complexe, parce qu'à tout cela se mêlaient aussi les rêves que j'avais faits à Corne-Brune, le Deïsi, les meurtres sauvages de Doune et de Nahirsipal, tous les secrets enfouis de mon enfance. Mais je crois que j'avais besoin de simplifier les choses pour ne pas me perdre entièrement en hésitations et en questionnements. Il fallait quelque chose de tangible et de conquérant, une trajectoire arbitraire que je pouvais avoir l'impression de maîtriser, au moins un peu.

Je suivis le chemin jusqu'au sommet de la Lippe, esquivant les chalands qui descendaient, courbé sous le poids de mes préoccupations. Il y avait là-haut une petite place cerclée d'une dizaine de bâtisses plus solides que les cahutes branlantes qui épousaient les bifurcations du sentier. Une grande cheminée de forge crachait une fumée claire à la cadence du soufflet, rivalisant en hauteur avec un grenier imposant aux formes arrondies, que j'avais pris pour une tour de garde lorsque je l'avais aperçu depuis les quais. Entre ces deux bâtiments, plus loin à l'est, je pouvais distinguer les créneaux moussus de la citadelle d'Errefort, l'une des plus vieilles places fortes de la primeauté, tombée à l'abandon depuis longtemps, hormis la garnison. Au centre de l'esplanade, un obélisque aux contours usés par le passage des siècles dressait une pointe émoussée vers le ciel. J'y aperçus des symboles gravés, puis mon attention fut captivée par la devanture d'une auberge, dont les murs étaient striés de traînées de chaux à la semblance de grands poissons pâles. J'étudiai l'enseigne de bois blanc, qui avait la forme d'une truite, puis les trois vieillards édentés qui ergotaient devant, assis sur des tabourets grinçants. La porte de l'auberge était ouverte, et il s'en échappait une odeur alléchante de friture. Je tournai un peu sur la place avant de finir par me présenter à l'aubergiste, qui tenait un établissement cossu, avec de vraies lucarnes en verre et des broderies colorées aux murs. Il me loua un lit dans une chambrée de trois. J'allai ensuite m'attabler sous l'escalier où je patientai jusqu'au soir avec une jarre de cervoise forte et fruitée, et un bocal de lures au vinaigre.

Les autres clients commencèrent à affluer à la tombée du jour, et même un peu avant. Bon nombre d'entre eux étaient des marchands fraîchement débarqués, mais il y avait aussi un légat et son entourage, qui arrivaient de Gorsaule. Un capitaine de milice gras comme un porcelet échangeait des racontars avec un scribe ambulant qu'il avait l'air de connaître. Trois chiffonniers m'effleurèrent du regard, puis s'installèrent au bout de ma table, l'un d'eux se plaignant d'une voix forte du prix de l'hébergement, qui m'avait également paru élevé. Les gens du cru étaient restés sur les quais, où la boisson devait être moins chère et la compagnie plus familière. L'auberge du Brochet-Blanc (car l'établissement se nommait ainsi) était manifestement réservée aux voyageurs aisés. On nous apporta bientôt des bols emplis de friture tiède et de sauce, avec de grosses tranches de pain frais, et les discussions firent momentanément place à la mastication et à un silence religieux. J'avalai mes poissons en savourant la chair fine du fretin, les trempant l'un après l'autre dans la crème, qui était relevée de poivre et d'une pointe d'ail des bois. À la fin du repas, je levai discrètement ma jarre pour saluer l'un des chiffonniers qui me toisait en biais. Ce dernier s'empourpra et ne recommença pas.

Comme il faisait encore tôt, et que je me figurais qu'il s'agissait d'un bon endroit pour laisser traîner l'oreille, je me joignis à un assortiment de négociants et de margoulins qui avaient commencé à rouler les dés au fond de la salle. Un marchand de fourrure taillé comme un bœuf semblait avoir instigué la partie. Lorsque je m'enquis de la nature des règles et des mises, il m'avisa de haut en bas puis déclara d'une voix tonitruante : « On joue à la margotte, un sou pour le pot, si ça te convient. » J'acquiesçai en allongeant la monnaie, et l'homme me sourit largement avant de tirer de la table voisine un tabouret qu'il tapota amicalement afin que je m'installe à côté de lui. Je n'étais pas vraiment en veine ce soir-là, même si je remportai une belle manche contre le scribe, qui nous avait rejoints. Le fourreur égayait la partie de commentaires malicieux et de railleries qui, sans être particulièrement aiguisées ou subtiles, demeuraient d'une efficacité implacable. Les rires fusaient autour de la table. Lorsqu'il se fut assuré que je n'étais pas susceptible de tirer le couteau à la moindre provocation, je fus moi aussi pris pour cible par ses facéties, qui visaient mes silences en particulier, parce que les autres jacassaient alors que je me contentais d'écouter, pour l'essentiel. Je fus bientôt affublé du sobriquet « Causeur », ce qui m'arrangeait en fin de compte : je n'oubliais pas qu'à une époque pas si lointaine ces terres avaient sans doute été écumées par des chasseurs de prime avec mon vrai nom sur les lèvres.

Les heures passèrent, certains allèrent se coucher, et nous nous retrouvâmes à six autour de la table de jeu : l'aubergiste, le marchand de fourrure et le scribe ambulant, une négociante grisonnante venue d'Alumbre, à l'esprit vif et aux yeux verts, et deux frères artisans spécialisés dans la charrette, qui faisaient le voyage jusqu'à Vaux en compagnie du fourreur. Ces trois hommes-là étaient originaires de

Couvre-Col. Le temps s'espaça entre les parties, et il y eut moins de plaisanteries et davantage de nouvelles, des commentaires à propos de la politique locale ou des ragots : le fils du chaiffre qui courait la gueuse à Blanc-Bois, la maladie d'untel, le mariage d'un autre, les affaires qui reprenaient depuis la fin de la guerre. La boisson faisait son œuvre et les langues se déliaient les unes après les autres. J'acquiesçais parfois, sans jamais vraiment intervenir, mais j'admets que ma tête commençait à dodeliner lorsque finit par survenir un silence et que le fourreur massif se tourna vers moi pour me tapoter l'épaule. Les quelques mots qu'il m'adressa ensuite m'arrachèrent à la somnolence, comme une proie surprise par le glapissement de la meute.

31

« Syffe, je me trompe ? »

L'homme me regardait d'un air à la fois entendu et compatissant. Je me renfrognai immédiatement sans parvenir à me décider si je devais lui demander de répéter ce que j'avais très bien entendu, ou le suriner sur place et prendre la fuite. Que le marchand de fourrure travaille pour les Feuillus ou qu'il soit intéressé par la prime des Misolle, je ne comprenais pas qu'il décide de se dévoiler ainsi en public. Voyant mon air horrifié, l'homme hésita, puis partit d'un grand rire, et ce rire gagna la tablée tout entière. « Et alors, il faut pas le prendre comme ça. On sert tout le monde ici », fit l'aubergiste plus sérieusement, comme s'il avait peur que je m'en aille. La négociante alumbroise hochait la tête sans me lâcher du regard. Bientôt tous les joueurs exprimèrent leur assentiment d'une manière ou d'une autre. « On n'a rien contre toi, nous. Au contraire », dit le plus jeune des deux frères. Je me pinçai sous la table pour vérifier que je n'étais pas en train de rêver, mais il ne succéda à la douleur que l'engourdissement pantelant de la panique et la suspicion du guet-apens. Je les dévisageai tous, les uns après les autres, livide et sur mes gardes. Puis le fourreur, dont le rire commençait à sonner faux, parce que l'ambiance se gâtait sensiblement, m'assena une tape dans le dos. « Excuse-moi, l'ami, je ne voulais pas t'ennuyer. Et pour ce que j'en sais, t'es p'têt' moins Syffe que Montagnard ? »

Lorsque je compris ma méprise, mes joues reprirent immédiatement de la couleur et j'eus un rire nerveux qui relança l'hilarité compromise de la tablée. Je lisais aussi du soulagement dans le regard de quelques-uns, dont le propriétaire des lieux, qui avaient cru que j'allais faire un mauvais sort. Je décidai donc de faire passer mon trouble pour une plaisanterie, en roulant des yeux encore plus exagérément. « Je suis Syffe, oui. Enfin, moitié Gaïche, moitié Païnote, si ça t'évoque quelque chose », mentis-je au fourreur lorsque les rires furent retombés. L'homme acquiesça. « J'étais en affaires avec les clans, avant tout ce merdier avec Corne-Brune. Je n'ai pas vu un seul Syffe depuis trois ou quatre ans maintenant. *Le monde s'est retourné à l'envers.* » Il prononça cette dernière phrase en un clanique cassé mais compréhensible avant de poser son regard sur le plus jeune des deux frères. « Tu vois, Gaustave, c'est ce que je te disais. » Ce dernier eut une mimique charitable. « Regarde le triangle qu'ils lui ont fait. Ils les vendent aux Carmides maintenant, ces fumiers. » Le scribe haussa un sourcil curieux. « Ah, c'est donc ça, cette marque », fit-il sobrement, en avisant ma cicatrice.

« C'est terrible ce qui s'est tramé à Corne-Brune », me dit la femme dont les yeux verts étaient devenus tristes, et elle semblait sincère. « Je veux bien que les choses soient un peu plus rustres sur la frontière sauvage, mais tout de même, ces gens se réclament de l'ancienne Parse. » « Bah, c'est pas tellement eux », renchérit l'aîné du dénommé Gaustave. « C'est la Ligue tout craché, tout ça. On le sait bien qui c'est qui tire les ficelles. Et à Franc-Lac y s'arrêteront pas là, vous pouvez me croire. C'est pas un secret que leur primat, là… comment qu'il s'appelle déjà… ? » « Vovique », compléta le puîné. « Oui, c'est ça, Vovique Veyre », poursuivit le premier. « Eh bien, ça n'est guère plus qu'un pantin avec des dettes, tout le monde le sait. Et ce prétendu Conseil, à Corne-Brune, faut pas être bien malin pour comprendre que c'est la même chose. » Le fourreur acquiesçait tandis que l'autre causait encore, et mon cœur s'emplissait d'appréhension. J'évitais généralement de songer à Driche et à ceux des clans, parce que les rumeurs que j'avais entendues abondaient toutes dans le même sens. Les vieilles familles vendaient les « teintés » aux esclavagistes.

« Remarquez », énonça le scribe, « Collinne fait bien pareil, et avec des Brunides de surcroît. » Personne ne releva son intervention, hormis le fourreur qui cracha d'un ton bourru : « Brunide ou Syffe, on est bien les mêmes dans le noir. Je vais te dire, le scribouillard, je ne porte pas Collinne dans mon cœur, et il me semble que laisser entrer les Carmides par la porte de derrière comme ils le font, c'est une belle foutaise, mais il faut aussi comparer ce qui est comparable. Ce qui se passe à Corne-Brune est une honte. On ne bazarde pas des hommes comme si c'était du bétail. » Le scribe baissa les yeux et murmura son accord. « J'ai quand même entendu dire que ça s'était tassé depuis quelque temps », fit le plus jeune des charrons. La marchande alumbroise concorda : « Le mari de ma sœur y est allé par le fleuve juste après l'hiver dernier. Il m'a dit que les affaires repartent un peu, même si des tas de gens se sont retrouvés sur le carreau. Y a eu beaucoup de grabuge les premières années, mais maintenant… » Le fourreur renifla dédaigneusement et me frappa copieusement dans le dos. « Ça s'est tassé, ça s'est tassé, ça dépend pour qui, hein ! Je suis sûr que c'est pas mon ami Causeur ici présent qui va me contredire. »

Les regards se tournèrent vers moi et je me mordis la lèvre. Je ne savais que penser de tout cela, hormis que ces inconnus attendaient de moi des ragots que je n'étais pas en mesure de fournir. Il aurait sans doute été plus prudent que j'affabule, mais je me figurais aussi que, si je voulais obtenir de plus amples informations (ce qui n'était qu'à moitié le cas, pour être honnête), j'allais devoir jouer cartes sur table, et j'avais peur de m'embrouiller dans des explications que je n'avais pas eu le temps de préparer convenablement. « Je n'étais pas à Corne-Brune lorsque Barde est mort, et je n'y suis pas retourné depuis », finis-je par leur dire, sur le ton de l'aveu. « Je ne sais pas vraiment ce qui s'y passe, ni même ce qui s'y est passé. J'ai été pris à Aigue-Passe en combattant pour Bourre. C'est à Collinne que je dois ma marque. »

Le scribe leva les yeux. « Ah, vous voyez », s'exclama-t-il en me montrant du doigt. « C'est bien Collinne le problème. » Le marchand de fourrure croisa ses bras épais comme mes cuisses et le foudroya du regard. « C'est à se demander de quel côté tu es, Bernau. Réfléchis un peu à qui tu parles. » Le scribe me frôla d'une œillade embarrassée et aussi un peu peureuse, comme s'il venait de se souvenir que j'avais l'allure d'un combattant. Il avait de grands yeux d'une teinte claire, une belle barbe huilée et les cheveux rasés court, et je ne doutais pas qu'il devait plaire aux femmes dans les villages où il passait. L'homme finit par lever les mains en guise de protestation.

« C'est pas ça », enchaîna-t-il vivement. « Je sais bien qu'ils ont maltraité des gens à Corne-Brune, mais je connais mon histoire, aussi. » Avec ces mots il lança quelques coups d'œil autour de lui et baissa d'un ton. « Juste, moi ça me plaît bien, cette histoire de Conseil. Parse fonctionnait comme ça, sans primats, et on a fait pareil pendant un temps, après la Longue Nuit. Avec toutes ces guerres, je me demande simplement si ça ne serait pas différent, si chacun avait son mot à dire, si les terres n'appartenaient pas qu'à quelques-uns. » Il y eut un silence, puis le fourreur s'esclaffa bruyamment et les deux frères en firent autant. « Mais mon pauvre Bernau », rugit le colosse, « tu crois que ce sont des scribes et des camelots qui sont au Conseil de Corne-Brune ? » Le scribe rougit violemment et secoua la tête. « C'est pas ce que je dis, mais… »

« Mais quoi ? » coupa le frère aîné. « Tu les connais les noms. Trempe, Bourdebaix, Misolle, Fuste et tous les autres. Ce sont des gens comme nous, ça ? » Je relevai la tête, la bouche tordue par le dégoût. « Fuste ? » demandai-je, et la question quitta mes lèvres sous la forme d'un feulement. « Vargan Fuste ? » « Oui, c'est bien lui », me répondit le charron. « Il avait été exilé par le primat pour avoir vendu des enfants ou quelque chose comme ça, mais pour un rupin de son espèce, tu penses, l'exil ça ne vaut pas grand-chose. Barde Vollonge aurait mieux fait de le pendre. Il est allé se terrer à Franc-Lac pour comploter et il est revenu quand les vieilles familles ont commencé leurs manœuvres. Il y a été accueilli en héros, d'après ce qu'on m'a dit. Il a pu en vendre d'autres des enfants, ça je te l'affirme. Il y avait des cages sur le Quai de Brune, je les ai vues de mes propres yeux. »

J'acquiesçai lentement et vidai ma timbale avec méthode sous la surveillance vorace des autres, leurs visages éclaboussés par l'ombre du grand chandelier qui pendait au milieu de la salle. La moindre de mes réactions était épiée par l'assemblée, capturée, puis dégustée. Je trouvai cela obscène, sans parvenir à leur en vouloir réellement. Je laissai couler la cervoise dans mon gosier en conjurant le souvenir de mon enlèvement par les contrebandiers qui travaillaient pour Vargan Fuste. Toute mon histoire avait commencé par là, si j'y réfléchissais bien, mon rapt et l'assassinat de Tom Vairon, qui n'avait pas voulu prendre part au trafic des enfants des clans. Je me rappelai le grincement funeste de la cale de cogue dans laquelle je m'étais réveillé, après que l'on m'eut drogué au fol-souci. La raideur impossible des liens. La panique qu'il y avait eu à être entravé comme une bête, et enfermé dans une prison de bois. Je songeai aussi à Merle, en me trouvant tout à coup singulièrement stupide d'avoir imaginé à l'époque le responsable de sa disparition errer en haillons dans les forêts des Hautes-Terres. J'étais curieux aussi, curieux de ce qui avait poussé le capitaine Doune à prendre un chemin différent, alors qu'il aurait sans doute pu trouver refuge à Franc-Lac.

« Combien ont été vendus ? » demandai-je après un long silence. Le fourreur haussa les épaules et répondit à ma question par une autre. « Qui peut le dire ? Au début, ils s'en sont surtout pris aux sang-mêlés de la ville, ceux qui avaient combattu pour Barde. Ils étaient nombreux à la fin, quand les soldats changeaient de camp. J'ai perdu tous mes fournisseurs, du jour au lendemain. Alors combien, je ne sais pas, mais la dernière fois que j'y suis passé il y avait encore beaucoup de maisons vides dans les quartiers de la ville basse. Ensuite ça a été le tour de la Cuvette. Certains Syffes se sont battus, d'autres ont été capturés, mais la plupart ont pris la fuite. On m'a dit qu'il restait des chasseurs d'hommes qui sillonnaient les bois, mais qu'ils n'attrapaient plus grand monde et n'osaient pas s'aventurer trop loin dans la forêt. Il y a eu de grandes battues la première année, mais ensuite la source s'est tarie, si on peut dire. »

J'acquiesçai, plein de haine et d'une amertume résignée. Lorsque j'avais appris la mort de Barde et la prise de pouvoir par les vieilles familles, cela avait été en automne, époque à laquelle les clans de la Cuvette se préparaient à partir en hivernage dans les Hautes-Terres. J'espérais que Hure avait eu le temps d'emmener les siens avant que ne se déchaînent les événements que le fourreur venait de me décrire, mais je ne pouvais être sûr de rien. Et quand bien même il serait resté les autres, ceux qui ne partaient plus, comme les vieillards, ou les blessés. Frise le marchand. Gauve, le frère de Driche. Le plus difficile, en vérité, était de ne pas savoir.

Je pris une grande inspiration. Une atmosphère étrange était tombée dans la salle. Le plus jeune des frères charrons emplit ma timbale vide, sous l'œil compatissant de l'alumbroise. L'aubergiste semblait plus ennuyé par la discussion qu'autre chose et bientôt, prétextant avoir à faire, il s'éclipsa discrètement en direction des cuisines. « Tu n'as pas de famille là-bas ? » me demanda enfin le fourreur, avec une drôle de voix. Ma main effleura le tatouage de Driche, dissimulé sous mon pourpoint. « Si », répondis-je simplement. « Tu es en route pour les retrouver ? » questionna la marchande. Je secouai la tête. « Je ne saurais pas par où commencer », fis-je. « Et puis j'ai déjà été esclave. Ça m'a suffi. » Un nouveau silence s'installa tandis que les convives cherchaient refuge dans le contenu de leurs chopes.

Le colosse fit tambouriner ses doigts sur la table, puis s'éclaircit la gorge. « Si jamais tu changes d'avis, je sais que les tribus de Montagnards en ont accueilli quelques-uns », me dit-il. « Et d'autres ont traversé les monts Cornus pour s'installer en Igérie. Y en a aussi qui ont dû partir au sud, mais ça c'est le territoire des foyers épones, et seuls les dieux savent ce qui s'y passe. » « Y a des soudards qui sont passés à Cambrais, la lune dernière », annonça Gaustave d'une voix plus claire. « J'ai mangé avec eux dans une auberge et ils m'ont juré qu'il y avait des guerrières épones qui combattaient pour Sudelle, à Puy-Rouge. Un marchand de vin qui voyageait avec eux m'a assuré qu'ils disaient vrai. » « Sans rire ? » renifla le fourreur, incrédule. « Alors ça, c'est une chose que j'aimerais voir, des bonnes femmes qui se bataillent comme des hommes. » La marchande eut un sourire et se redressa, et la chape pesante qui avait flotté au-dessus de la tablée se dissipa à la perspective du changement de sujet.

« J'ai vu deux Néridiennes se disputer sur les quais de Port-Sable une fois », dit-elle. « Elles ont tiré leurs sabres et ça allait si vite que je n'arrivais pas à suivre les lames du regard. Même la garde a hésité à intervenir pour les séparer. On m'a dit qu'elles étaient sans doute flibustières. » Le scribe eut un rictus. « J'ai vu deux catins ivres s'écharper à Blanc-Bois, c'était un spectacle plus pauvre », annonça-t-il d'un ton méprisant. « On a beau dire, la guerre ça reste le domaine des hommes. » Les deux frères échangèrent un rire approbateur, mais le fourreur haussa les épaules. « Faut croire que Sudelle n'est pas de cet avis. S'ils les payent, c'est bien qu'elles doivent savoir y faire. Je me souviens qu'il y avait chez les Syffes des chasseresses qui tiraient mieux que les hommes. » Il se tourna ensuite vers moi. « Toi qui es soldat, tu en as déjà vu, des bonnes femmes qui portaient l'épée ? » J'acquiesçai tout en dévisageant le scribe.

« Pendant quelques jours j'ai fréquenté une guerrière du pays Var du nom de Gerde et à mon avis elle aurait pu étriper tous les hommes de cette pièce avec une main attachée dans le dos », répondis-je. « J'ai passé quelques semaines en compagnie d'une autre, plus jeune, qui s'appelait Katje. Elle bandait un arc que tu aurais peiné à corder, l'ami. Tout le monde sait que les Épones apprennent la guerre dès qu'elles ne sont plus au sein, et tous les guerriers des clans que j'ai connus les prenaient très au sérieux. Si la moitié de ce que j'ai entendu à leur sujet est véridique, alors ça ne m'étonnerait pas qu'elles soient capables d'envoyer un scribe brunide au tapis avant qu'elles aient l'âge d'avoir leurs premiers saignements. » Il y eut une hésitation un peu tendue, puis le fourreur partit d'un grand rire contagieux que les autres suivirent, le scribe y compris. « Je vais m'en tenir au jeu dans ce cas », fit ce dernier avec un sourire un peu idiot, et il rajouta une piécette dans le pot.

Je portai ma timbale jusqu'à mes lèvres alors que Gaustave faisait de nouveau rouler les dés. Mes compagnons de tablée discouraient à propos du mérite militaire des femmes, tandis que, de mon côté, je méditais sur ce que je savais des Épones, que je tenais essentiellement du temps passé avec Frise, le marchand gaïche. Les clans ne s'aventuraient que rarement en direction de la côte des Pluies, parce que les matriarches étaient jugées imprévisibles et que les Épones avaient la réputation d'être férocement territoriales. Qu'elles combattent contre Louve-Baie n'avait rien de surprenant, puisque de tout temps des escarmouches avaient éclaté entre les guerrières des foyers et la primeauté, sur les terres boisées qui s'étendaient à l'ouest des vestiges du Morte-Mur. Il n'en demeurait pas moins que la nouvelle que rapportait Gaustave était curieuse, puisque, à ma connaissance, jamais auparavant les matriarches n'avaient voulu parlementer avec les primats brunides, et encore moins leur servir de porte-lances. Frise m'avait raconté qu'elles traitaient les hommes de pire manière encore que les Brunides ne traitaient leurs femmes, comme des instruments de reproduction et rien de plus, et qu'elles tuaient une partie de leurs enfants mâles. J'ignorais si cela était vrai, mais je me figurais qu'il devait se passer de drôles de choses à l'ouest pour qu'une telle alliance puisse avoir lieu. Je finis par laisser tomber mes élucubrations, parce que j'avais déjà bien assez à penser et que, de toute manière, la piste des clans devait être froide depuis longtemps.

J'allai me coucher après quelques lancers de dés infructueux, et mes compagnons d'un soir me saluèrent courtoisement l'un après l'autre. Je m'étais mis en tête de demander quelques nouvelles de Spinelle, histoire de compléter celles que j'avais glanées à Gorsaule, mais la fatigue eut raison de moi avant que je ne trouve un moyen d'aborder le sujet sans laisser entendre que je comptais m'y rendre : en effet, j'avais décidé que la prudence était de mise – d'autant que le fourreur m'avait flanqué une belle frousse lorsque j'avais cru qu'il m'appelait par mon nom – et, même si une partie de ce que je leur avais dit à mon propos était faux, j'estimais qu'ils en savaient déjà largement assez sur mon compte. En dépit du souci et du ronflement des deux chiffonniers qui partageaient la chambrée avec moi, je parvins néanmoins à rattraper le sommeil qui m'avait échappé sur la barque. Le lendemain, j'achetai quelques provisions à l'aubergiste, des poissons séchés et une miche de son pain, et je pris la route de la capitale. Cette dernière était la seule du canton à être pavée, et je n'y marchai qu'une petite heure avant de bifurquer vers le nord, sur le chemin de glaise et de bois qui menait à Spinelle.

32

Tout au long du premier jour, j'eus l'impression d'avancer dans un souvenir. Il y avait des manses peuplées de gens méfiants et de chiens gueulards, mais aussi de vraies longueurs désertes, qui appartenaient tout entières à la nature. Mes bottes réapprivoisèrent lentement les sections de bois enseveli, retrouvèrent la cadence particulière qu'imposaient les routes sylvestres de Vaux. Enfant, j'avais craint la forêt. Pour les Corne-Brunois, elle représentait l'ultime frontière entre la civilisation et la sauvagerie. Pour les clans qui y vivaient, il s'agissait du théâtre où leurs mythes prenaient forme, un canevas incertain qui pouvait parfois donner et d'autres fois reprendre. Il y avait aussi le fait que, quelque part, je savais que j'en venais. Mes bribes d'avant, mes souvenirs les plus lointains se déroulaient tous sous de grands arbres. Il avait fallu que Uldrick me fasse vivre comme un coureur des bois dans les hauts de Cullonge pour que je m'y sente véritablement à l'aise. J'avais appris à pister et à déterrer les racines comestibles, à reconnaître les baies et les plantes, les champignons et le gibier, à m'y abriter et à m'y déplacer. Je m'étais mis à aimer les bois, parce que j'en avais trouvé les règles, une fois comprises, autrement plus simples que celles du monde des hommes. Il n'y avait pas d'inimitiés irraisonnées ou de duplicité. Les choses y étaient dures, mais elles y étaient aussi claires et franches. J'en étais venu à comprendre davantage la philosophie curieuse des clans. On pouvait y disparaître, sans que cela soit très grave.

Le parfum familier de l'humus pourrissant envahissait mes narines, de même que celui des fleurs dans les sous-bois, mille senteurs portées par une brise légère comme une caresse. Des nuées d'oiseaux et d'insectes n'avaient de cesse de survoler la route, qui avait l'aspect d'un damier de bruns, entre les nuances crémeuses de l'argile et la teinte noirâtre des troncs fendus. Ce carnaval de couleurs serpentait au gré des collines, ancré sur le plat tout autant que dans les déclives des vallées boisées. La sphaigne forestière s'agrippait là où elle le pouvait, en couches épaisses et scintillantes de rosée. Et il y avait le chant, bien sûr. La voix de Vaux, qui englobait tout. La clameur des bêtes, pépiements, caquetages, brames et jacasseries, s'unissaient avec le grésillement des insectes pour former une seule nappe bourdonnante, cousue de variations, mais pourtant immuable. Ce son-là avait bercé mes nuits durant deux des meilleures années de ma vie, et j'avançais avec l'oreille tendue, en savourant la symphonie comme une dodine oubliée.

Mon humeur changea au second soir lorsque je tombai sur le premier brûlis. Tout près de la route s'élevait une maison forte, et un village à demi abandonné où erraient des figures courbées et peureuses qui s'éclipsèrent avant que je n'aie eu le loisir de leur parler. Au-delà, une vallée calcinée, où subsistaient quelques bosquets épars qui avaient survécu aux ravages. Plus loin encore, le terrain remontait et la désolation se poursuivait à perte de vue, un paysage noirci peuplé des vestiges des plus gros arbres. Je n'en voyais pas la fin. Dans la lueur du couchant, les troncs carbonisés prenaient l'allure de monuments, une procession funéraire interminable, triste et charbonneuse. J'inspirai lentement. L'odeur de suie affluait encore parfois, tapie au creux des courants d'air. Je posai mon havresac contre le mur de l'une des bâtisses vides de la lisière et m'installai pour manger sur les débris d'un tonneau pourrissant, en me figurant que je pourrais sans doute trouver un abri pour la nuit quelque part dans le village.

Depuis le sommet de la colline où se situait la manse, la vue sur les étendues désolées était abrupte et sans concessions. Je plissai les yeux pour tenter de déceler des îlots préservés, au moins quelques vestiges, mais ne trouvai rien. Même la route semblait avoir été engloutie, la terre cuite et craquelée par des flammes anciennes. Et puis, à force de regarder, d'autres détails apparurent. Une nichée d'oiseaux entre les moignons tordus d'un arbre brûlé, quelques touffes d'herbe ici et là, et tout au fond du vallon un enchevêtrement de pousses vertes qui pointaient hors d'un tas d'ossements noircis. Je tirai mon poignard et prélevai une tranche de pain frais de ma réserve, que je mâchonnai attentivement. Un chariot traîné par un mulet traversa la manse. Le conducteur n'eut pas l'air de me remarquer. J'observai sa progression au travers du territoire désolé, alternant pain et fromage avec de petites gorgées d'eau jusqu'à ce qu'il ait disparu derrière l'escarpement voisin. À l'est, le ciel commençait à se couvrir.

Alors que j'étais sur le point de remballer mes affaires, un homme apparut au coin du bâtiment avec un gobelet en grès à la main. Il était vêtu d'une jaque légère et un glaive d'estoc à large lame pendait à son ceinturon. Son nez était cassé, il avait la barbe courte et bouclée, la peau burinée étirée sur une silhouette longiligne et ses pommettes saillantes étaient empourprées par le vin. Je lui donnais la petite trentaine. Il m'avisa de haut en bas d'un air absent, puis, sans faire cas de ma présence, il farfouilla pour se défroquer et entreprit de se soulager sur la chaussée en laissant échapper un long soupir satisfait. L'homme vida son gobelet en même temps qu'il urinait, et il le cala ensuite sur l'une des pierres saillantes de la maçonnerie pour pouvoir renouer ses braies. « Tu es perdu, compagnon ? » me demanda-t-il enfin, d'une voix cassée mais agréable, sans lever pour autant les yeux de sa besogne. « Non », répondis-je simplement, en hissant mon havresac. J'avais mon bâton de marche en main, et j'avais basculé le poignard à l'avant de la ceinture, au cas où l'individu se serait mis en tête de me détrousser.

« Tu vas à Spinelle, alors ? » questionna-t-il en se redressant. « Pour tailler la vigne ? » J'acquiesçai, et il se fendit d'un sourire. Sur le lobe de son oreille, trois boucles d'argent capturaient les reflets de la lumière du couchant. « Tu ferais mieux de venir avec moi dans ce cas. Mattéas Matésé est le seul homme capable de prendre les Ronces, et il ne signe plus de piétaille quand elle se présente seule. Tu pourrais toujours essayer avec Selmain, mais c'est un imbécile qui fera tuer tous ceux qui le suivent. Je sais de quoi je parle, j'ai combattu pour les deux. » J'eus un moment d'hésitation parce que l'homme ressemblait à un brigand. Lorsqu'il fit un pas en avant, je reculai, la paume sur le pommeau de mon poignard. Mon interlocuteur sourit encore et me tendit la main. Je remarquai qu'il avait une dent en or. « Tu as l'air méfiant, c'est plutôt bon signe », déclara l'homme. « Écoute, je suis Cléon Fabasse, et dans la maison forte là-bas, il y a ma compagnie bagaude et quatre putains tout à fait convenables. On s'appelle les Affranchis, t'as peut-être entendu parler de nous ? » Je secouai la tête. « Tu es nouveau alors, notre nom est connu », dit-il. Je ne répondis rien. L'homme abaissa la main que je n'avais pas serrée et nous nous jaugeâmes dans la lumière mourante. Il n'avança pas davantage.

« Elle fait quoi ici, votre compagnie ? » finis-je par m'enquérir prudemment. « Pourquoi vous n'êtes pas au nord avec les autres ? » Cléon Fabasse lorgna avec mélancolie sur son gobelet vide. « Ah, çà ! » fit-il distraitement. « Eh bien, il y a pas loin de sept cents hommes qui se massent près de Vorne, sans doute davantage à l'heure qu'il est, et comme tu le vois, le pays n'est guère accueillant. Matésé et Selmain ne partiront pas vers le plateau avant une bonne lune, donc on a décidé de venir passer le temps par ici, où la nourriture est moins chère et où on s'entre-tue pas pour des cartes ou du mauvais vin. On n'est pas les seuls d'ailleurs, tu trouveras des compagnies tout le long de la route, et même au-delà. Des anciens qui connaissent le terrain, pour la plupart. » Je me passai la langue sur les lèvres. « C'est le chaiffre qui vous héberge ? » demandai-je. L'autre secoua la tête. « Il n'y a plus qu'une poignée de chaiffres à Spinelle, et le plus proche se trouve à vingt milles d'ici. Les soldats de la primeauté sont repartis après l'hiver, quand les combats se sont terminés pour de bon. Vaux ne nous paye plus depuis cette date. Ceux qui ne comptent pas se joindre à Matésé ou à Selmain ont vidé les lieux depuis longtemps. On a eu l'accord de Villune pour vivre du pays en attendant. La mamelle est sèche, mais tout ça changera quand on pillera le pays ketoï. Il y a de l'or là-haut, et pas qu'un peu. » Je me renfrognai en essayant d'imaginer le canton tout entier livré aux soudards. Les rescapés des manses devaient parfois regretter d'avoir survécu aux massacres.

« Viens donc boire un coup avec nous, compagnon », dit Cléon d'une voix aimable. « Je réponds mieux aux questions quand j'ai de quoi m'huiler le gosier. La nuit va tomber en plus. Au pire tu repartiras demain, mais peut-être bien que tu trouveras notre compagnie plaisante. On ne serait pas contre un homme supplémentaire. » Je crachai dans la sphaigne qui grignotait les pierres et plissai les yeux. « Il s'appelle comment, ton capitaine ? » demandai-je. Ma question suscita un reniflement amusé. « Ce serait moi le capitaine, si on devait vraiment creuser la chose », répondit Cléon Fabasse. « Du moins c'est moi qui parle pour les autres, et je m'occupe d'organiser ce qu'il y a à organiser, quand il y a besoin. Le fait est qu'avant de monter cette troupe j'ai été à la solde de cinq capitaines différents. Je n'aime pas tellement les donneurs d'ordre, pour en avoir reçu plus que ma part, et mes gars savent assez bien ce qu'ils ont à faire sans que je sois sur leur dos ou que je me prenne des grands airs. J'ai droit à deux parts, parce que c'est moi qui négocie et aussi parce qu'on me fait confiance pour dire quand c'est qu'il faut détaler. Les nouveaux sont à demi-solde jusqu'à ce qu'ils aient vu le loup et remboursé leur équipement, s'il a fallu leur en payer. En ce moment, de la solde, il y en a pas, mais ça c'est partout pareil. »

Je ruminai ces informations quelques instants, puis Cléon s'ébroua et se débarrassa de la rognure d'ongle qu'il venait de s'arracher. « Bon, tu feras bien comme tu veux », me dit-il. « J'ai plus rien à boire et mes gars vont pas se gêner pour vider le tonneau. Si jamais ça t'intéresse, tu sais où me trouver. » Le soudard me tourna le dos derechef et repartit d'une démarche aisée d'où il était venu. J'hésitai quelques instants avant de hausser les épaules. Ayant décidé par dépit de lui accorder le bénéfice du doute, je lui emboîtai le pas. « Attends », lançai-je. « Je viens. » L'homme m'adressa un regard amusé par-dessus son épaule. « Viens donc. Et donne-moi un nom que je puisse savoir comment t'appeler. » Je trottinai jusqu'à sa hauteur et nous prîmes le chemin de la maison forte. « On m'appelle Causeur », lui indiquai-je, reprenant ainsi le sobriquet dont m'avaient affublé les convives du Brochet-Blanc. Il hocha la tête. « J'espère que c'est pas parce que tu blablates sans cesse », dit-il avant de poursuivre. « Remarque, tu m'as l'air de venir des Hautes-Terres, mais tu causes le brunois aussi bien que moi et tu as la marque des Carmides sur la joue. Tu dois en avoir des histoires à raconter. » « J'ai voyagé », répondis-je en préparant mes bobards, mais le mercenaire ne m'interrogea pas davantage.

La maison forte de Vert-Pan était installée au milieu de la vingtaine de demeures basses et tristes, sur des fondations surélevées recouvertes de mousse.

C'était un rectangle de murs austères, avec des toits d'ardoise et quelques meurtrières sous leurs pentes, au deuxième étage du corps principal. On y accédait par une porte cochère renforcée située à une vingtaine d'empans de la route, au-dessus de laquelle s'accrochait une bretèche minuscule qui abritait deux postes de tir. Les créneaux étaient abandonnés, ou bien leurs occupants suffisamment discrets pour tromper ma vigilance. Il manquait une moitié de la porte, qui donnait directement sur une petite cour intérieure couverte d'un dallage rudimentaire de pierres cassées. Je m'étais attendu à découvrir une décharge, une tanière à bandits désordonnée, mais même si la cour avait grand besoin d'être repavée l'endroit me semblait plutôt propre et entretenu. Il y avait çà et là des tas de bois soigneusement empilés, une petite fosse enclavée sous le mur ou pourrissaient les déchets alimentaires, et une réserve bien tenue où l'on avait empaqueté des outils et des pièces d'équipement. Sous un auvent à droite de la grande porte patientaient quatre chevaux de bât et, dans la pénombre, un gamin aux cheveux jais remplissait une brouette de leur fumier.

« Bienvenue chez nous », me dit Cléon, tandis que mes yeux détaillaient l'architecture de la maison. Il me désigna ensuite le gamin, qui s'était arrêté de travailler pour m'observer. « Lui c'est Corbeau, notre garçon-pôt », expliqua le soudard. « Son père était Montagnard, mais il est mort d'une chiasse rouge avec deux autres gars, au printemps dernier. Le gosse a pas parlé depuis, mais il a peur de rien et il fait ce qu'on lui dit. Soyons clairs, son cul lui appartient. S'il veut te le vendre c'est une chose, mais si tu essayes de le prendre de force, il te plantera, et s'il y a besoin on finira le boulot. » L'enfant montagnard m'observait de deux grands yeux inexpressifs. « Salut Corbeau ! » lança Cléon. Le gamin leva la main et se remit au travail. À le regarder œuvrer ainsi, avec sa pelle et ses cheveux noirs, j'eus l'impression curieuse de me voir à son âge, en train de nettoyer les écuries du domaine Misolle.

« Nos chevaux, on s'en occupe tour à tour », continua Cléon. « Si tu décides de rester avec nous, quelqu'un te montrera, si tu ne sais pas faire. » « Je sais faire », coupai-je sans animosité. « Parfait », répondit le soudard, et nous avançâmes jusqu'à l'entrée. La nuit venait rapidement, si bien que la bâtisse était plongée dans l'ombre de ses arches. Cléon poussa la porte, une chose lourde et ancienne et bardée de fer, qui grinça copieusement sur ses gonds. J'entrai derrière lui, sans faire de manières, mais en réprimant un frisson. C'était une erreur de pénétrer ainsi dans un lieu dont je ne savais rien, en compagnie d'un vétéran armé à propos duquel j'étais tout aussi ignorant, mais je me figurais que, tôt ou tard, s'imposerait la nécessité de chercher la protection d'un groupe. Cela impliquerait de se confronter à des hommes dangereux et de se faire accepter par eux. Je n'avais cesse de me dire qu'il fallait bien que je commence quelque part, et que le plus tôt serait le mieux.

Devant nous, un hall obscur et voûté menait à une pièce à vivre spacieuse, de laquelle s'échappait un brouhaha attendu. Cléon m'entraîna à sa suite. Une cheminée large de deux empans flambait joyeusement à l'autre bout de la salle sombre et enfumée. Un grand chaudron bouillonnant était suspendu au-dessus des flammes. Ici et là brûlaient des lampes à graisse, qui révélaient les visages d'une vingtaine d'individus patibulaires et le fatras qui s'accumulait sur les tables qu'ils occupaient : bols et chopines, tonnelets, cartes à jouer, carcasses de volaille. Quelques détails plus insolites attirèrent mon attention, une souche sculptée, un gros boulier coloré, un chat enroulé sur un tambour. Cléon me laissa le temps de prendre la mesure de l'endroit, et peut-être aussi de me rassurer à l'idée que je ne tombais pas dans une embuscade, puis il m'invita à m'asseoir avec lui, tapotant des têtes pour qu'on nous fasse place sur l'un des bancs. Je me défis maladroitement de mon havresac dans un coin, tandis que les regards se posaient peu à peu sur moi, m'éraflant ou me fixant plus longuement. Je m'installai entre le soudard et un homme noueux à qui il ne restait guère plus de cheveux et dont la mâchoire déformée était couverte de poils blancs. Ce dernier me servit courtoisement une timbale de vin, dévoilant des gencives élimées en guise de sourire.

« Ça, c'est Siméon-sans-dents », fit Cléon après qu'il eut avalé une rasade de rouge, et il entreprit ensuite de faire le tour de la salle, en me désignant les autres du doigt. « Là-bas tu as Consque, Chique et Barbelac. Celui qui te regarde, en face, c'est Stacos, un Carmide. J'ai vu que tu avais une arbalète, il en a une aussi. Ne t'inquiète pas, je veillerai à ce qu'il ne te fasse pas d'histoires, rapport à ta marque. À la table du fond, il y a Cleitos et Ossotra, des javeliniers paxxéens, juste à côté avec la natte sur le côté tu as Nusmezzar, de Kjiisa, et le grand tondu qui lui parle c'est un sabreur d'Assalande du nom de Kondos-Vo. Comme tu le vois, on est pas regardant sur qui vient d'où, tant qu'il sait tuer et qu'il comprend ce qu'on lui dit. Les deux qui font les andouilles au bout là sont Montagnards, Mayak et Juran. Ceux qui restent sont Brunides. Celui au feu se fait appeler Puele-suif, après il y a Jorl l'Ancien, Sannie Rotanche, qui vide son verre, Danton le Sec et Un-Œil. Les autres doivent être en haut avec les filles. La grosse dans le coin, c'est Mérielle. Elle est avec nous, celle-là. On voudrait passer la vie entre ses loches, mais c'est comme avec Corbeau, c'est à elle de voir ce qu'elle en fait. En même temps, vu comme t'es taillé, je te vois mal la forcer si elle a pas envie. Mérielle prépare notre tambouille et reprise les vêtements, et elle casse aussi la tête des ivrognes à l'occasion. »

J'avisais la troupe hétéroclite en même temps que Cléon parlait, étonné d'y découvrir autant de diversité. « Comment vous arrivez à faire fonctionner une ligne aussi mixte », demandai-je, lorsque les présentations furent finies. Le soudard eut l'air satisfait de la question. Il attrapa un quignon de pain et ce qui restait d'un saucisson pour les poser devant moi. « Tu es un malin, toi, tout de suite tu tailles dans le vif, et avec les bons mots en plus », me dit-il. « Eh bien, on laisse les lignes aux compagnies qui sont faites pour ça, sauf si on a pas le choix. » À mes côtés, Siméon-sans-dents hocha la tête d'un air sagace. « Les combats ici se passent sous les arbres », poursuivit Cléon. « On est loin des boucheries bien rangées des plaines de Bourre. Une ligne, ça ne sert pas toujours, et ça ne tient jamais très longtemps, si ça doit avancer dans la forêt. Quoi qu'il en soit, notre affaire à nous, ce serait plutôt le soutien et l'escarmouche. Et à l'escarmouche, mes gars connaissent le travail, ça tu peux me croire. »

J'avalai un peu de vin et de saucisson, tandis que

mes méninges fonctionnaient à toute vitesse. La troupe avait l'air solide et expérimentée, des tueurs professionnels à des lieues de ressembler aux soudards débutants et aux paysans déshérités qui avaient formé l'essentiel des compagnies bagaudes que j'avais croisées à Bourre. En dépit de la fumée, je distinguais des hauberts et des gambisons, et il y avait des casques d'acier qui traînaient dans la cuisine. J'étais peut-être tombé par inadvertance sur une belle occasion. « Je ne t'ai pas demandé où tu avais combattu », me cria Cléon dans l'oreille pour se faire entendre au-dessus du vacarme qui enflait. « J'étais à Lagre, puis à Aigue-Passe », répondis-je, sans préciser de quel côté. « Tu étais jeune alors », fit remarquer le mercenaire. « Oui, je l'étais », lui dis-je. « Ensuite j'ai passé du temps dans les mines carmides, mais je me suis évadé. J'ai combattu pour Bourre récemment, près de la frontière alumbroise. C'est de là que j'arrive. » Cette dernière phrase n'était pas tout à fait un mensonge, mais je ne voulais pas lui parler de la tuerie de la route des falaises. Au mieux je serais passé pour un vantard, au pire cela pourrait me voir conduit, pieds et poings liés, vers Auve et la vengeance des Fourque. « Ça me convient », dit Cléon. « Reste donc la nuit, tu décideras demain si tu veux en être. » Je penchai la tête en me mâchonnant la lèvre. « J'ai déjà décidé », fis-je après un moment. « J'en suis. » Le capitaine des Affranchis se fendit d'un sourire. « Tope là alors, Causeur », s'exclama-t-il en me proposant sa poigne. Je me saisis de sa main, puis nous bûmes encore pour sceller le pacte, et c'est ainsi que je redevins mercenaire.

33

Avant de rejoindre les Affranchis, j'avais juré de ne pas attendre. Mille fois je m'étais imaginé errer sans repos sur les terres calcinées, retournant la moindre souche à la recherche de Brindille ou de la trace du pérégrin. Pourtant, lorsque j'étais enfin arrivé au canton de Spinelle, la logique de la guerre m'avait rattrapé aussitôt, avait su courber ma volonté aussi sûrement que le vent ploie le roseau. La rupture survint brusquement. Au moment précis où la férocité désespérée qui me portait depuis Iphos aurait dû éclater, elle bascula en sourdine.

Longtemps j'ai aimé me dire que j'étais tout simplement plus solide que je ne me l'étais figuré jusque-là, mais il me semble qu'en réalité je n'avais guère eu d'autre choix. Il m'aurait été très facile de perdre pied, de rejoindre le cortège déjà nombreux des âmes brisées qui sillonnaient le pays, qui grattaient la cendre en étreignant des haillons ou les ossements de leurs enfants. Le fait est que je flirtais avec l'aliénation depuis longtemps. Puisque mon voyage avait désormais transformé mes chimères en quelque chose de tangible, il fallait s'en saisir ou être dévoré par elles. Si la dévoration pouvait apporter une disparition que j'espérais encore parfois, gommer l'anomalie de ma survie à la peste, aux montagnes, à la corde et au fer, je savais aussi qu'il n'y aurait pas de paix à finir de cette façon. Peut-être que j'aurais raisonné différemment, si Uldrick ne m'avait pas jadis enfermé dans la prison de ma propre rage, mais le guerrier-var avait bien fait son œuvre. Le renoncement à soi-même n'ouvrait pas la voie au salut, mais pavait seulement la route d'un enfer moins familier.

Bien évidemment, dans les jours qui suivirent mon arrivée à Vert-Pan, j'avais écumé la manse en quête d'indices et frissonné d'anticipation lorsqu'on m'avait présenté les quatre filles de joie qui partageaient la maison forte avec les soudards. Il y avait une veuve de guerre déshéritée et trois jeunes paysannes que leurs pères avaient livrées à la compagnie pour pouvoir continuer à nourrir leurs familles, et peut-être épargner les autres femmes du village. J'aurais probablement dû être soulagé qu'aucune de ces pauvres créatures ne soit Brindille, et pourtant ce ne fut pas le cas. Pour justifier ces embryons de recherche, j'avais confié à Cléon que ma sœur avait disparu dans les environs avant que la guerre n'éclate, et que je soupçonnais qu'elle avait été enlevée par les Ketoï. Ce dernier se garda bien d'évoquer toutes les pistes macabres bien plus probables que mon récit tronqué aurait dû susciter, et il se contenta de me répondre qu'en effet c'était possible, que nous la retrouverions peut-être sur le plateau des Ronces, et des montagnes d'or avec elle.

Alors que je m'étais attendu à ce que mon récit soit balayé comme une obsession indésirable, ce fut tout l'inverse qui se produisit. Cléon enjoliva mon histoire et la laissa courir dans les rangs, remit souvent l'affaire sur la table pour promettre publiquement son assistance. Il me semblait qu'il n'y croyait pas un instant et s'imaginait plutôt que Brindille pourrissait depuis longtemps sous l'humus, le crâne fracassé par le gourdin d'un bandit, mais il était habile à sa façon et pensait ainsi s'assurer ma loyauté, une denrée rare et précieuse dans son monde carnivore. Ses motifs ne m'ennuyaient pas autant que l'impression d'être pris pour un imbécile, mais j'en vins rapidement à constater que Cléon Fabasse avait une très haute opinion de lui-même, et qu'à ses yeux tout le monde était bon à rouler à un moment ou à un autre. Je ne lui en tins donc pas rigueur, parce que cela servait aussi mes desseins. Pour autant, Cléon savait respecter l'intelligence de manière épisodique, et surtout, il n'avait rien d'un autocrate. Lorsque j'avais décidé de porter les armes contre les Ketoï, j'avais davantage craint la soumission à la hiérarchie militaire que la perspective du combat lui-même.

Dans la troupe, le nom de Brindille contribua à me rendre sympathique auprès de la plupart, mais il m'attira également le mépris de certains, ceux qui n'aimaient pas se remémorer qu'ils n'avaient pas toujours été des surineurs déracinés, que quelque part subsistaient sans doute des familles qui murmuraient ou maudissaient leur nom. Il y avait aussi ceux à qui mon histoire rappelait qu'ils étaient seuls au monde, sans autre perspective que le prochain tonneau de vin ou l'entrecuisse d'une ribaude fatiguée. Chique, un Bas-Brunide bourru et prédateur, et Kondos-Vo, le grand Assali à l'expression amère, étaient de ceux-là. Le premier ne vivait que pour l'or et la rapine tandis que le second avait voué son existence à un dieu guerrier pour oublier le déshonneur de son exil. Restait qu'en dépit des désaccords, de l'humaine comédie des affinités et des aversions inexplicables qui agitent n'importe quel groupe, nous savions tous qu'à un moment ou à un autre il faudrait affronter l'ennemi, et qu'il faudrait le faire ensemble. Ainsi, même les plus profondes des dissensions étaient remisées au placard, les tensions enterrées ou dissipées avant qu'elles ne deviennent dangereuses pour tout le monde. Il y avait de toute manière des préoccupations plus pressantes : la vie quotidienne à organiser, et l'invasion à méditer. Comme les Vars me l'avaient appris, je ne souhaitais déléguer à personne les détails de ce qui nous attendait, et cela donna lieu à de nombreux échanges avec Cléon Fabasse, qui semblait ravi d'avoir quelqu'un pour écouter ses raisonnements.

Le capitaine m'expliqua qu'il avait payé un coureur réputé pour les prévenir lorsque l'armée mercenaire serait prête à quitter Vorne, et que les deux chefs de guerre dont il m'avait causé le premier soir, Matéas Matésé et Ventôme Selmain, enverraient probablement des messagers eux aussi. Les Affranchis rallieraient alors la bannière de Matésé et nous marcherions sur les Ronces. Initialement je m'étais inquiété de la rivalité entre les deux hommes, et de la perspective de me trouver sur le plateau avec deux ennemis différents, mais Cléon me rassura rapidement. Chaque camp s'était engagé à soutenir l'autre durant la campagne puisqu'en l'état la récompense promise par Ovégie Villune pouvait être équitablement partagée. Selmain était le fils bâtard du lige de Lusanne et aspirait à hériter de terres, c'était donc à lui que reviendrait le canton de Spinelle. Matésé, un aventurier trésilien ambitieux, n'avait d'yeux que pour la main d'Ovégie, et la perspective de gérer un canton ne l'enchantait pas. Dans ces conditions, les partisans de Matésé et de Selmain pouvaient combattre en alliés plutôt qu'en concurrents : certains dans l'espoir de profiter de la reconstitution politique de Spinelle, les autres pour l'or et la gloire. Vaux avait consenti à cet accord, et ainsi doublé ses chances d'en finir définitivement avec les Ketoï.

Lorsque Cléon était trop occupé pour répondre à mes questions, j'écoutais les autres soldats de la troupe, particulièrement Siméon-sans-dents. Si ses propos mâchés étaient difficiles à suivre, l'aïeul n'en débordait pas moins d'informations pertinentes et sans concessions : après tout, il avait été là depuis le début de la guerre, huit années auparavant. Le vétéran évoqua les tactiques de l'adversaire, la manière dont ils compensaient leur petit nombre par une connaissance surnaturelle de la forêt, l'assassinat systématique des donneurs d'ordre et une aisance à manœuvrer, à frapper, puis à disparaître qui ne pouvait tenir qu'à la sorcellerie. Je repensais souvent à l'expérience onirique que j'avais partagée avec le pérégrin, à la mer lumineuse que j'avais parcourue en sa compagnie et à mes conclusions à son propos. Bien plus intelligible que mes rêves corne-brunois, la toile de fond en avait été semblable à une carte, ou un plan de bataille. De fait, je me questionnais. Avais-je effleuré là le secret des sorciers ketoï ? S'organisaient-ils par le biais de ces rêves ? Et pour quelle raison est-ce que j'avais pu les partager ? Lorsque ces interrogations démangeaient plus que de raison et que survenait la tentation de marcher seul vers le plateau pour mendier les réponses que le pérégrin m'avait promises, mes pensées s'agrippaient à Brindille. Sa sécurité était ma priorité et, si j'abandonnais de moi-même le rapport de force, je ne serais pas en mesure de lui porter secours.

« Y z'aiment pô le feu », me dit Siméon un soir, tandis que nous revenions d'une ferme de la vallée avec un petit sac de vivres. « Ch'est le cheul truc qui est chertain. Quand le chol il est brûlé, ch'est comme chi y perdaient leurs pouvoirs. » Près de nous Ossotra concorda en un brunide presque parfait. « Nous les avons tués facilement à la fin. Ils cherchaient les arbres et moins il en restait, plus c'était simple. » J'aimais bien Ossotra, qui était plus jeune et moins maussade que son compagnon Cleitos et qui avait été un des premiers Affranchis à venir en personne se présenter à moi. « Faudra pas y compter dans les Ronches », nous mit en garde Siméon d'un ton lugubre. « Il y bruine chi chouvent que les bois chont trempés même en été. Faudra aller auchi vite que pochible, les Ketoï doivent bien avoir une chité là-haut, ou des villages, un endroit où y forgent leurs jarmes et engrochent leurs femmes. » « Ils sont comment, les Ketoï ? » demandai-je en essayant de ne pas sourire face à la gymnastique oratoire de Siméon. Ossotra haussa les épaules. « Ils se peignent le visage, mais ils sont comme nous. Deux yeux, deux bras, deux jambes. Leur sang est rouge. Ils crient quand ils meurent. »

« Dehors che font les mêmes, oui », intervint Siméon après un moment. « Mais dedans, qui peut chavoir ? » Après ces mots, je fis silence jusqu'au village, empêtré dans mes pensées et mes suppositions. C'est qu'il y avait, tout bien compté, peu à dire à propos des Ketoï. Les spéculations de ceux qui leur avaient fait la guerre étaient dissonantes et teintées de superstitions. Certains des mercenaires m'avaient assuré qu'on ne les prenait jamais vivants, d'autres que cela était arrivé, mais qu'ils se laissaient dépérir rapidement. Même leurs alliés, les rebelles feuillus de Spinelle et de Gorsaule, qui menaient en leur nom un combat aussi religieux que politique, n'avaient jamais révélé grand-chose à leur sujet, que ce soit sous la torture ou en échange de la vie sauve. Peut-être n'en savaient-ils guère plus que nous. Cléon m'avait affirmé qu'il y avait toujours eu une poignée de Ketoï avec chaque troupe feuillue, des hommes ou des femmes qui accompagnaient les rebelles lors des combats. Entre eux, les Affranchis parlaient de meneurs de loups, de marcheurs d'ombre et de semeurs de poussière de fée, et ils semblaient moins se soucier de la vérité que de se faire peur les uns les autres. Jorl l'Ancien narrait à qui voulait l'entendre qu'il avait vu des chats-vèches attaquer les hommes du sénéchal aux côtés des Feuillus à Montherbe, et Barbelac croyait dur comme fer que les Ketoï savaient se transformer en arbres et en oiseaux. Je doutais fortement de ces racontars, parce que j'avais moi-même habité la forêt vauvoise et que, si je n'avais eu le prisme de la *Pradekke* pour en faire sens, j'aurais eu, moi aussi, mon lot de mystères à conter.

Durant les semaines ensoleillées qui annonçaient le début de l'été, frustré par le manque d'informations concernant l'ennemi ketoï, je voulus au moins en apprendre un peu plus au sujet de l'*Akeskateï*, le culte de la Verte-Vigne, qui se trouvait au centre des revendications feuillues. À mon grand désappointement, je n'eus guère plus de succès. Les villageois de

Vert-Pan étaient peu nombreux et encore moins loquaces, des réfugiés fraîchement rentrés chez eux pour l'essentiel, terrifiés à l'idée d'être massacrés comme tant de leurs voisins l'avaient été lorsque Ovégie Villune avait ordonné à ses armées de passer au fil de l'épée chaque manse reconquise. Les survivants mettaient un point d'honneur à ignorer des Feuillus jusqu'à leurs croyances, ce que je comprenais aisément, même si la guerre était finie depuis presque un an. Il y eut bien une vieille femme qui élevait des volailles pouilleuses à la lisière du village et qui consentit à me parler en échange d'une poignée d'étain, mais elle ne m'apprit rien que je ne savais déjà. Les Feuillus vénéraient une déesse, une sorte de figure de la fertilité dont les Ketoï étaient les envoyés ou les serviteurs. Le roi des Ormes était leur chef, venu pour instaurer son royaume sur la forêt et libérer les hommes du joug des seigneurs. Cela restait vague, et si la vieille en savait davantage elle n'en laissa rien paraître. J'insistai pourtant, troublé par la mémoire de mes rêves, la puissance de l'entité solaire que le pérégrin avait nommée déesse lui aussi, mais mon acharnement ne réussit qu'à effrayer l'aïeule qui se rétracta et voulut me rendre mon argent. Je finis par abandonner et me faire à l'idée que la campagne des Ronces serait un nouveau saut dans l'inconnu.

En dépit de l'incertitude, j'attendais le départ avec impatience. Je désirais retrouver Brindille, évidemment, et rien ne serait allé assez vite pour cela, mais il y avait aussi la vie de tous les jours, la prise d'otage quotidienne qui nous permettait de survivre. Par commodité, je fermais l'œil sur les exactions, en me méprisant pour le rôle que j'y tenais, sans pour autant avoir le courage de m'y opposer franchement :

en l'état je ne pouvais rien faire d'autre. Les villageois étaient extorqués du moindre surplus, et parfois même davantage. Cléon préférait généralement que les choses se passent en douceur, pour ne pas qu'elles aillent trop loin, mais il y avait aussi des violences et des menaces. De temps à autre, nous allions assister les paysans dans certaines tâches, mais aucun d'entre nous n'était particulièrement assidu au travail. Quoi qu'il en soit, l'équité n'était nullement un objectif. Cléon parlait souvent de Vert-Pan comme d'une vache à traire qui ne nous appartenait pas. Nous faisions ce qu'il fallait pour que la vache ne meure pas de faim ou n'essaye pas de nous encorner, mais c'était tout. J'essayais lâchement de ne pas penser au calvaire que nous faisions endurer à ceux dont nous avions envahi la demeure, en me répétant que cela ne durerait pas. Il y aurait d'autres prix à payer en chemin, je le savais.

Deux semaines après mon arrivée à Vert-Pan, après avoir pris ma mesure, Cléon Fabasse me demanda d'intégrer l'une des huit triaces qui formaient la compagnie bagaude, des groupes de trois hommes qui œuvraient ensemble en toutes choses, au quotidien comme à la guerre. Chaque triace était composée d'un lancier en haubert soutenu par un deuxième guerrier ainsi que par un tirailleur, qu'il soit archer, ou javelinier, ou arbalétrier comme je l'étais moi-même. Ainsi, les Affranchis présentaient un front mobile et flexible qui fonctionnait comme une machine bien huilée, idéale pour contrer les tactiques de harcèlement des Feuillus. Comme la plupart des groupes étaient déjà constitués, je n'eus guère l'embarras du choix. Mes compagnons désignés étaient Un-Œil, un Brunide noueux de Ganne dont le vrai nom était Jéraime, et Juran, l'un des deux Montagnards. Je n'héritais pas là de la plus fine équipe. Un-Œil, comme son nom l'indiquait, était borgne, et il ne voyait plus grand-chose une fois équipé de son casque. Je le trouvais de surcroît un peu stupide, et Juran, qui présentait une figure vive et intimidante avec ses cheveux hérissés de poix, se comportait comme une tête brûlée, un coq trop orgueilleux pour son propre bien. Au sein de la triace, Un-Œil maniait la lance et une grande rondache, et Juran l'assistait un peu en retrait, à droite ou à gauche, avec une hache de frappe au manche long. Mon rôle consistait à avancer sous la protection de leurs boucliers, et à mettre des carreaux dans toute cible qui se présentait, de préférence les archers, dont les Feuillus étaient friands.

Quelques jours plus tard, pour la calende de la lune Tranquille, nous fîmes la fête, ce qui arrivait moins souvent qu'on aurait pu le croire. Le fait est que la campagne environnante était déjà saignée à blanc, le vin et la cervoise coûtaient cher, et le flux continu de marchands qui passaient à Vert-Pan répondait à des commandes expédiées depuis le nord. Pour cette raison, les convois et les camelots ne s'arrêtaient que rarement pour troquer. Quelques jours plus tôt, Cléon avait envoyé quatre hommes réquisitionner une charrette au village, et ils étaient partis au marché de Vaux pour y faire affaire. Certes, les villageois nous nourrissaient à contrecœur, mais pour ce qui était du reste chaque soudard devait puiser dans sa réserve personnelle, et on se mettait d'accord pour contribuer ensemble aux dépenses qui concernaient tout le monde, l'alcool et l'éclairage notamment. Après six lunes sans solde, il s'agissait du dernier voyage de ce type à être envisagé avant que nous ne soyons appelés à Vorne, et chacun comptait en profiter au mieux. Les tonnelets de cervoise furent attaqués avant même d'avoir eu le temps d'être déchargés. Chique et quelques autres allèrent confisquer une chèvre au paysan le plus aisé du bourg et nous nous installâmes dans la cour de la maison forte pour boire et ripailler. On alluma un grand feu sur les pavés noircis pour cuire la chèvre à la broche, et une dizaine de torches furent accrochées autour de l'enceinte, histoire d'y voir encore clair lorsqu'il ne subsisterait plus de la flambée qu'un tas de braises à rôtir.

Quand la boisson eut bien circulé, Cléon fit un de ces petits discours dont il avait le secret et qui étaient appréciés de tout le monde, un monologue vivace ponctué de blagues et de digressions. J'étais assis entre Un-Œil et Juran, qui était déjà très ivre et qui lançait des cris d'encouragement à la fin de chaque phrase. Un-Œil se lissait la barbe en affichant un sourire maladroit tandis que la lueur des flammes jouait sur la balafre qui lui ravinait la moitié du visage. En face de nous, Mérielle manœuvrait la broche, rouge et luisante de sueur, et plus loin, accoudé sous l'une des arches, Corbeau ne me quittait pas de son regard sombre. Les gesticulations de Cléon atteignirent leur apogée sous un tonnerre d'applaudissements (il avait encore été question de l'or des Ketoï), puis, alors que j'avais cru que nous en avions fini, il me désigna soudain du doigt. « Causeur », rugit-il, et les applaudissements ralentirent pour se transformer en un tambourinage rythmique.

Un peu confus je quittai le banc, clignant des yeux

dans la chaleur. Cléon m'attrapa par le pourpoint et me tapota dans le dos en me demandant de lever les bras. Je m'exécutai de bonne grâce. Il m'arracha la bourse d'un geste habile et farfouilla dedans jusqu'à en avoir extrait huit sous de cuivre. « Je garde ça, puisque tu peux payer » me dit-il avant de m'adresser un clin d'œil. Une mince boucle d'argent apparut entre ses doigts crasseux. De l'autre côté du feu, Siméon-sans-dents s'était redressé en grimaçant, et il s'approcha sous les encouragements. Au-dessus de lui, il brandissait bien haut une fine broche chauffée à blanc. Les Affranchis portaient tous un anneau du même métal à l'oreille gauche, et pour tout dire je m'étais attendu à quelque chose du genre. Certains voulurent se lever pour me tenir, mais je les pris de vitesse et m'agenouillai de moi-même en attendant Siméon, les mains sur les cuisses. Cléon écarta les indésirables avinés qui n'avaient pas compris que je voulais me livrer volontairement à la douleur, et les vociférations retombèrent peu à peu pour laisser place à un silence expectatif. Lorsque les Carmides m'avaient entaillé le visage, je n'avais pas cillé. Il en fut de même ce soir-là, quand ma chair grésilla autour du fer brûlant. On me regarda différemment par la suite.

34

Le messager de Cléon débarqua une lune plus tard, avec les premiers orages de l'été. Nous nous trouvions dans la grande salle pour le repas de midi et nous écoutâmes ce qu'il avait à dire en aspirant bruyamment une soupe tiède et trop aqueuse. Après avoir tourné autour du pot, l'homme confessa à contrecœur qu'il avait été payé deux fois, parce qu'il portait aussi avec lui les convocations de Matéas Matésé. Le capitaine des Affranchis n'en fit pas cas, au grand soulagement du messager, et clama d'une voix forte qu'il valait mieux un courrier doublement récompensé que pas de courrier du tout. Je subodorais surtout que Cléon ne voulait pas avoir à avouer devant ses hommes qu'il avait perdu de l'argent. Je m'agitais sur le banc, le front plissé, tandis que le courrier nous annonçait qu'il nous faudrait rallier Vorne dans la semaine, et être prêts à combattre dans la foulée. L'ombre de l'invasion, les palpitations d'appréhension qui avaient tambouriné en sourdine s'incarnaient pour de bon. Il fallait prendre acte, et c'est ce que je fis. Le pérégrin avait failli à sa promesse. Je lui avais laissé du temps, mais il n'était pas venu à moi, ni en chair ni en rêve. Il n'y avait ici que les effluves des incendies, et rien de ce que j'avais espéré. Peut-être que Brindille était morte comme je le craignais, et que le Feuillu n'avait plus de cartes en main pour me convaincre de quoi que ce soit. Mon estomac se noua, et j'en fus bientôt réduit à tracer des sillons à la cuillère dans le bouillon froid. Ce serait la guerre, donc, et aucune certitude à son issue, même si nous gagnions.

Lorsque Cléon commença à faire la liste des tâches qui restaient à accomplir, à répartir les groupes avant même que nous n'ayons fini de manger ; la tension était lisible sur la plupart des visages. Vert-Pan avait été une parenthèse facile, érigée sur l'effroi d'hommes impuissants et, pendant plus de six lunes, les Affranchis avaient vécu comme des seigneurs. Des seigneurs déshérités, peut-être, mais des seigneurs tout de même. Il leur fallait à présent retrouver le véritable rôle qu'ils occupaient en ce monde. Troquer leur viande et la vie qui l'imprégnait contre l'espoir de l'or. Kondos-Vo souriait en étreignant son pendentif en forme de crâne. C'était le seul. Les postures bravaches reviendraient bien sûr, lorsqu'il faudrait serrer le frêne graissé et marcher vers l'ennemi sans perdre la raison, mais pour l'instant l'heure était au deuil de la paix et de l'indolence, et à la crainte, une fois encore, de ne pas revenir de la forêt.

Comme la tenue et la vérification du matériel avaient été au centre de nos préoccupations durant les semaines précédentes, il nous fallut à peine une journée pour rassembler ce qui devait l'être. Les bêtes de bât étaient grasses et en pleine forme, quatre juments de couleur fauve avec les jambes courtes et les sabots larges, et de longues crinières blondes que

Corbeau aimait tresser. Les outils étaient pour la plupart empaquetés dans des toiles de jute. Il en allait de même pour l'essentiel de la nourriture que nous emportions. Tout cela n'attendait plus que d'être rassemblé, puis chargé sur les montures. Il y aurait une distribution de vivres à Vorne, et nous avions largement de quoi tenir jusque là : du pain et de la viande sèche et un tonnelet de vinaigre pour couper l'eau.

Je me retrouvai avec Juran et Un-Œil à remplir les outres et les gourdes au puits du village. Les habitants surveillaient nos allers-retours d'un air encore plus circonspect qu'à l'accoutumée. La rumeur de notre départ avait dû se propager déjà, parce que Cléon avait renvoyé les putains chez elles au début de l'après-midi, mais je crois que les habitants de Vert-Pan craignaient le changement. Nous étions un mal qu'ils avaient appris à connaître, et ils devaient redouter celui qui viendrait inévitablement nous remplacer. Les ruelles se vidèrent complètement à l'approche du soir, et il tomba sur la manse un silence de mort. Je hissais le seau sous la lumière rasante en écoutant d'une oreille distraite les vantardises de Juran, qui semblait aussi imperméable à l'atmosphère sépulcrale qu'au tonnerre lointain qui grondait au-dessus de Gorsaule. Son visage taillé à la serpe avait pris une teinte presque jaunâtre, si bien que le tatouage sombre qu'il portait sous la mâchoire lui donnait une allure grimaçante et macabre. Je surveillais les environs déserts en me figurant que les villageois avaient pris peur à l'idée que nous décidions de raser la manse en partant. J'appris plus tard que cela était arrivé ailleurs, lorsque les chefs de guerre avaient appelé les compagnies à Vorne, mais qu'il s'était agi de faits rares et isolés. Les terres de

Spinelle avaient été assez ravagées comme cela. La plupart des soudards avaient compris que pour piller les embryons de la renaissance, il aurait fallu renoncer à quelque chose de plus important que les breloques des miséreux.

Cette nuit-là, lorsque les derniers hommes eurent rejoint leurs couches puantes au premier étage, je m'éclipsai furtivement jusqu'à l'auvent où nous avions entassé le matériel. Après m'être assuré que Consque – qui occupait le poste de garde – dormait aussi profondément que les autres, je subtilisai une pelle-bêche de l'un des ballots et m'en fus par la grande porte. La manse était vide. Même les chiens étaient partis. J'avançais rapidement, posant le talon en premier pour éviter de faire du bruit, mais il me semblait tout de même que mes pas faisaient un vacarme assourdissant sur la route de bois. Je quittai l'ombre inquiétante des bâtisses et attendis un peu près de l'endroit où Cléon m'avait parlé pour la première fois, histoire de vérifier que personne ne m'avait suivi. Lorsque je fus rassuré par le silence, je pris la direction de la vallée dévastée.

L'obscurité était drapée sur les terres comme un grand manteau noir et, si l'horizon à l'est se voyait strié parfois d'arcs crépitants, leur luminosité ne portait pas jusqu'à moi. Une multitude de plantes épineuses avaient poussé sur les flancs carbonisés du vallon. Ma progression était prudente et cahoteuse et j'usais du manche de la pelle pour ne pas tomber. Je tâtonnai dans la nuit, durant ce qui me parut être une éternité, les mains déchirées par les ronciers, manquant par moments de me heurter aux vestiges calcinés des arbres. Enfin, je trouvai le tronc que je cherchais, un grand chêne trois fois centenaire que j'avais longuement observé depuis le village. De jour, sa carcasse fendue et noircie évoquait la gueule d'un loup vorace. Je pris quelques instants pour apaiser mon souffle, avant d'attaquer à la pelle, entre la cavité de ses deux plus grandes racines. Je creusai, heurtant parfois le bois tordu et noueux sur lequel le fer rebondissait comme sur la peau d'un vieux reptile. J'entassai la terre à côté, avec méthode. Quand j'atteignis la profondeur de mon propre bras, je fouillai sous mon pourpoint. Mes doigts se renfermèrent autour de la bourse que j'avais remplie d'or et de pierres sur la route des falaises. Je la soupesai une dernière fois avant de la laisser tomber au fond du trou, que je m'attelai ensuite à combler. Pour finir, je saupoudrai de cendres la cavité tassée, cassant et malaxant la croûte brûlée sous mes doigts. Mon trésor était en sécurité. J'espérais que Brindille serait à mes côtés lorsqu'il verrait de nouveau la lumière du jour.

Le lendemain, nous étions debout à l'aube, grognant et pestant, à courir derrière les oublis et les objets égarés, à dissimuler l'angoisse sous des prétextes plus acceptables. De son propre chef, Mérielle avait concocté de grandes tartes à la merise pour le petit déjeuner, ce qui remonta le moral à tout le monde. C'était un curieux personnage que la femme à tout faire : rustaude et agressive, elle savait rire grassement et vider la cervoise aussi vite que les troupiers, et il lui arrivait parfois d'en inviter un dans sa couche, mais il ne fallait attendre d'elle aucune tendresse en dehors de celle qu'elle pouvait mettre dans ses plats. Au début j'avais insisté pour laver mon propre linge, ce que j'avais toujours fait tout seul, mais elle n'avait rien voulu savoir. Lorsque Mérielle décidait que le moment était venu, il fallait se dévêtir et attendre dans ses nippes qu'elle ait terminé son ouvrage. Comme chacun y passait inévitablement, ceux qui ne supportaient pas de recevoir d'ordres d'une femme-à-tout-faire prenaient les devants et lui remettaient leurs affaires d'eux-mêmes, ce dont elle semblait se contenter. Cléon m'avait raconté que, lorsqu'ils avaient pris part aux escarmouches qui précédèrent la capture de Vorne, elle suivait derrière les lignes et achevait les mourants au maillet. Je repensai à cette anecdote tandis que la chair acidulée des merises jutait entre mes dents, le regard perdu sur les vieilles pierres maçonnées de la grande salle. Au bout de la table, Mérielle surveillait l'appétit de la compagnie d'un air satisfait.

Nous quittâmes Vert-Pan peu après, sous un ciel lumineux où flottaient de grands nuages blancs. Une brise tiède soufflait depuis l'ouest, tiraillant les vêtements et les chevelures. Cléon fit grincer les gonds de la vieille porte de la maison forte, et le loquet claqua pour sceller la fin de la paix. Nous nous alignâmes gravement par triace, celle de Cléon devant, puis venaient les groupes de Siméon et de Jorl l'Ancien. Les chevaux étaient intercalés ensuite. Chique, Mayak et Nusmezzar fermaient la marche. C'était une petite troupe, mais elle était impressionnante, hérissée d'acier, harnachée pour la guerre. Cléon s'humecta les lèvres avant de se saisir du court cor de chasse qu'il portait à la ceinture. Il souffla trois fois, un son nasillard que je ne pus m'empêcher de trouver ridicule, puis notre procession s'ébranla d'un pas hésitant, en quête de sa propre cadence. Nulle silhouette ne guettait depuis les bâtisses abandonnées, mais je ne doutais pas que, depuis les frondaisons de la forêt, les villageois devaient épier le convoi avec attention. Je portai une main distraite à mon oreille, à la boucle d'argent qui y avait cicatrisé et lançai un regard en arrière juste avant que nous ne laissions la vallée brûlée derrière nous. En bas, près du grand chêne calciné, aucune trace ne trahissait mon ouvrage de la nuit.

Nous trouvâmes peu à peu un rythme convenable, aidés par les chansons paillardes que Jorl l'Ancien chantait à tue-tête. Quand celui-ci fut à court d'inspiration, il n'y eut plus que le bruit régulier des bottes et le murmure des discussions qui éclataient sporadiquement. Je me souviens que Pue-le-suif se plaignait de son chapel qui perdait son rembourrage, que Corbeau avait décidé de marcher près de Juran et qu'il se faufilait agilement entre les rangs pour flatter parfois le museau des montures. C'était moi qui menais le licol de la bête de bât dont ma triace avait la charge ce jour-là. La jument s'appelait Doucette, et elle méritait son nom. Obéissante et affectueuse, elle était la préférée de la compagnie et se voyait souvent choyée davantage que les autres. Barbelac avait pour projet de la racheter lorsque la campagne serait finie, pour la faire saillir et dresser ses petits, dont il pensait pouvoir tirer un bon prix. Jorl l'Ancien, qui était blagueur, disait que Barbelac voulait surtout saillir Doucette lui-même.

Durant les trois jours qui suivirent, nous nous retrouvâmes à marcher au milieu d'autres troupes de mercenaires, qui quittaient eux aussi l'abri des manses qu'ils avaient occupées à l'appel de Matésé ou de Selmain. Il y eut des retrouvailles et des échanges, et quelques bagarres qui furent rapidement matées par les capitaines. L'atmosphère générale était tendue et la méfiance était de règle. Des accords avaient été passés avec Vaux pour que les marchands puissent circuler librement sur les routes de Spinelle, sans avoir à payer les péages que de nombreux soudards auraient voulu pouvoir tenir. Ceux qui avaient désobéi avaient été déclarés hors-la-loi, bons à être tués en échange d'une récompense. De fait, dans les localités les plus pauvres, les soudards affamés étaient devenus bandits ou chasseurs de primes, des loups qui se dévoraient les uns les autres. Si la perspective du pillage à venir unissait les hommes dans un but commun, le souvenir des traques avait laissé des traces et creusé des antagonismes. Ce n'était pas tout. La grogne régnait même au sein des compagnies les plus aisées, qui avaient eu l'impression, au cours de l'hiver, de n'avoir fait que rendre leurs soldes à la primeauté par le biais des camelots, d'autant que les prix bas qui leur avaient été promis avaient connu au fil des lunes une inflation rapide.

Sous l'effet des diatribes de ceux qui avaient le plus souffert de l'attente, le mécontentement gagna l'ensemble du cortège, infectant un esprit après l'autre, si bien qu'on ne savait plus trop si les compagnies marchaient sur Vorne pour rallier une bannière, ou demander des comptes aux seigneurs de guerre. Cléon avait l'air d'avoir saisi l'étendue du problème lui aussi, usant de sa verve habituelle avec les autres capitaines, écoutant leurs commisérations et leurs plaintes sans trop s'engager, mais son comportement ne me laissait pas dupe. Le meneur des Affranchis intriguait pour pouvoir tirer parti de la situation, et conserver sa marge de manœuvre quoi que l'avenir puisse nous réserver. Je m'étonnais que ses interlocuteurs semblent ne rien remarquer de son manège. Je ne le jugeais pas pour autant. Après tout c'était son rôle, et il le jouait mieux que d'autres. Je m'attelai d'ailleurs moi aussi à profiter de ce dont je pouvais.

Comme l'hiver avait été difficile, il y avait un excédent d'équipement, qu'il ait appartenu à des déserteurs ou des morts, et comme j'avais entrevu cette éventualité j'avais conservé une dizaine de deniers sur ma personne. Je trouvai à faire affaire rapidement. Le capitaine d'une compagnie hétéroclite de Bas-Brunides me vendit une cervelière à nasale rapiécée de qualité médiocre, mais dont la conception atypique m'avait plu. Elle était légère, parce qu'elle était composée de plaques de fer rivetées sur un support de cuir bouilli au lieu d'avoir été moulée d'une seule pièce. Je l'imaginais moins efficace que les barbutes et les sallets dont se coiffaient la plupart des Affranchis, mais je n'envisageais pas de me parer de quoi que ce soit de plus lourd, et surtout j'y voyais clair lorsque je la portais, ce qui était essentiel si je voulais bien tirer. L'unique carence matérielle qu'il me restait à résoudre concernait le nombre déplorable de munitions qui garnissait mon carquois de ceinture. Je n'avais plus que cinq carreaux, qui s'entrechoquaient dans leur étui comme des fèves dans une crécelle. Stacos, l'arbalétrier carmide, était à peine mieux loti que moi. Nous étions convenus que nous chercherions chacun de notre côté et que nous avertirions l'autre, si jamais nous trouvions un filon, mais pendant le voyage nous fîmes chou blanc.

Je ne savais pas vraiment quoi penser de Stacos, et je crois qu'il ne savait pas vraiment quoi penser de moi. La première fois que nous nous étions retrouvés en tête à tête à Vert-Pan, il avait jugé bon de briser la glace en me demandant si j'avais tué des Carmides lors de mon évasion. Je lui avais répondu que non, mais que cela ne m'aurait pas gêné outre mesure. Il avait froncé les sourcils, puis haussé les épaules et enchaîné sur une remarque à propos de la météo. C'était un homme à peine plus grand que moi avec un physique élancé d'athlète et des yeux bleu-gris d'une teinte étonnante. J'avais appris au cours des soirées à la maison forte qu'il venait de la vallée de la Sinde, qu'il avait fait partie de la caste des *affiliadi* et qu'il avait été formé au combat par la dokia Cantos. Pour une raison ou pour une autre, il avait été amené à fuir son pays. La rumeur courait dans les rangs que sa famille avait été tuée, mais comme il n'était pas particulièrement expansif et qu'il ne parlait jamais de lui-même personne ne savait vraiment. Je le surprenais parfois à me regarder avec insistance, et au début il avait tenu à me donner quelques conseils bienvenus pour mieux manipuler mon arbalète. Il subsistait pourtant entre nous une sorte de gêne un peu rigide que je ne parvenais pas à identifier, et dont j'ignorais même si elle venait de lui ou de moi.

En tout et pour tout, le voyage jusqu'à Vorne fut particulièrement sinistre. Cela tenait autant à l'humeur des soudards qu'aux paysages noircis qu'il nous fallut traverser. Au nord de la primeauté, la dévastation avait été presque totale. Cela s'améliora un peu vers la fin, puisque les forêts des contreforts n'avaient pas été autant touchées et qu'à la lumière des victoires les incendies avaient pu être plus sélectifs, mais il y eut tout de même deux jours entiers au cours desquels les seuls terrains visibles avaient ressemblé à la hure roussie d'une bête agonisante. Il nous fallut traverser les ruines de nombreuses manses, puis la ville de Spinelle, trois cents bâtisses ravagées par le feu et un château fantôme où l'on passa la nuit à guetter les hurlements bestiaux d'un homme dérangé, qui rôdait quelque part entre les maisons effondrées. Nous essuyâmes ensuite un orage assourdissant qui inonda la route d'un lavis de cendres. La foudre tombait si près que l'on fit coucher les chevaux, et nous voyions les troncs brûlés s'embraser de nouveau sur les collines environnantes. Les plus superstitieux chuchotaient qu'il s'agissait d'un avertissement, que ce n'était qu'un avant-goût de ce que nous réservaient les sorciers ketoï, mais je m'étais souvenu de Uldrick, debout sous les éclairs, et cela m'avait apporté un peu de réconfort. Malgré ces épreuves, notre nombre continuait à enfler. Il devait y avoir cinq cents guerriers sur la route, et on s'étirait désormais en une longue ligne dont je n'apercevais que rarement les deux bouts.

Un grand soleil avait éclos sur le dernier tronçon sinueux qui grimpait jusqu'aux hauteurs de Vorne. En arrière-plan, je voyais reluire la verdure luxuriante du plateau des Ronces, enchâssée parmi les montagnes, toute nimbée de brume. Cette vision m'emplissait de sentiments contradictoires, parce que cela donnait autre chose à regarder que la roche brûlée des coteaux, mais je voyais aussi le chemin à venir, les pentes forestières et les falaises, les écueils du terrain que nous allions devoir prendre d'assaut et qui ressemblaient par endroits à des forteresses. La colline sur laquelle reposait le village de Vorne était mise à nue, couturée de pieux et de palissades entre lesquelles le chemin serpentait. Les ornières étaient profondes là où la route n'avait pas été renforcée de bois. Deux hommes pendus nous attendaient de part et d'autre du portail.

35

Les morts se balançaient lentement sous le soleil estival, cousus de mouches et de puanteur. C'étaient deux hommes et on les avait dénudés jusqu'à la taille avant de les tuer. Leur peau blafarde était cassée et noircie par endroits et, en dépit de la putréfaction qui commençait à envahir leur chair, les meurtrissures étaient visibles. En avisant les visages bouffis, les yeux pochés et les membres brisés, il était évident que leur fin n'avait pas été rapide, et encore moins miséricordieuse. Tous deux avaient eu la mâchoire cassée. On leur avait fourré quelque chose au fond du gosier, une sacoche de cuir un peu plus grosse qu'un poing, qui déformait monstrueusement leurs bouches tordues. « Foutus semeurs », gronda Un-Œil alors que nous passions près d'eux, et nombreux étaient ceux qui crachaient sur les cadavres. « Tu sais qui ils étaient ? » lui demandai-je tandis que nous nous avancions sous le corps de garde. « Des Feuillus », me répondit le soudard balafré. « Y viennent pour replanter la forêt avec leur poudre noire. Qu'ils s'étouffent avec. » Je lançai un regard incertain pardessus mon épaule, mais on se pressait derrière moi, et je ne pus pas assouvir davantage ma curiosité.

L'armée mercenaire se massait à l'intérieur de la palissade, trente compagnies bagaudes déjà, et quinze de plus qui arrivaient avec nous, entassées les unes sur les autres dans un désordre franchement inquiétant. Une foule de soudards s'était constituée pour reluquer les nouveaux arrivants et, sitôt que la tête du cortège eut franchi l'enceinte, nous fûmes accueillis par une cacophonie de sifflets, de hourras et d'insultes. Il y eut une quantité tout aussi importante de vociférations moins articulées. Certains des hommes qui attendaient la procession avaient été désignés par Matésé ou Selmain pour nous recevoir et nous répartir en fonction des allégeances, mais d'autres avaient apparemment décidé de prendre les choses en main sans que personne leur ait rien demandé du tout. Nous nous retrouvâmes rapidement noyés sous une cascade confuse d'instructions contradictoires. La situation mit un moment à s'éclaircir, le temps de déterminer qui avait l'autorité pour parler et en quel nom, et nous patientâmes là où nous pûmes, les chanceux calés contre les murs ou sur les barricades, tandis que les autres, dont je faisais partie, furent contraints de rester debout, à trépigner dans la chaleur de l'après-midi. Sans les ombres et l'humidité de la forêt pour l'adoucir, le soleil tyrannique cognait sur les casques et les armures. Nous l'avions déjà enduré toute la journée, mais au moins c'était à l'air libre. Enfin, lorsque les tractations furent terminées, nous eûmes le droit de nous répandre dans le village occupé en quête d'un abri.

Comme nous l'attendions, le moindre bâtiment était plein à craquer, les maisons hébergeant parfois plusieurs troupes en même temps, et on avait installé des auvents sur le pourtour intérieur des fortifications afin que ceux qui ne trouvaient pas de place dans les bâtisses puissent tout de même dormir au sec. Cette perspective ne m'enchantait guère. L'odeur de Vorne était infecte, et le beau temps ne faisait qu'accentuer les émanations de merde et de pourriture. On jetait les déchets sur les flancs de la colline depuis le haut de la palissade, on montait là-haut pour pisser aussi, et le village stagnait dans ses miasmes écœurants, peu importe la direction dans laquelle le vent soufflait. Les mouches grouillaient partout, vrombissant dans la sueur et les excréments, et le ruisseau qui contournait la colline était souillé de coulures sombres. Siméon m'expliqua que les fosses à purin de Vorne avaient servi de fosses communes lorsque la manse était tombée, huit lunes plus tôt, et qu'il pensait que ceux qui étaient restés sur place auraient eu le temps d'en creuser d'autres. J'appris un peu plus tard que c'était bien le cas, mais qu'elles se trouvaient en contrebas, à l'extérieur des palissades, et qu'en dépit des instructions des capitaines et des rebouteux on leur préférait généralement la facilité.

Cléon nous abandonna pour se rendre à la commanderie tandis que nous installions nos affaires à l'ombre du mur de rondins. Les discussions allèrent bon train après son départ, parce que les capitaines se réunissaient pour la première fois avec Matésé et qu'on se demandait de quelle manière il allait ménager la grogne de ces derniers, d'autant qu'elle avait été plus prononcée que celle des partisans de Selmain. Il y eut des suppositions et des élucubrations jusqu'au crépuscule, puis, lorsque nous eûmes déchargé les chevaux, je me portai volontaire pour trouver un corral où les parquer avant qu'il ne fasse trop noir. Corbeau vint avec moi, et Barbelac aussi. Il fallut lutter pour les places, parce que le cortège arrivait avec une bonne centaine d'animaux à accommoder, mais Barbelac était un colosse intimidant qui réussit à imposer nos bêtes aux palefreniers débordés de Matésé. Nous pûmes conduire Doucette et ses consœurs à un enclos piteux, serré entre les ouvrages fortifiés et la palissade du village. Nous laissâmes Corbeau avec elles pour vérifier qu'on les nourrissait convenablement. La nuit tombait lorsque nous retrouvâmes les autres. Quantité de soudards se réunissaient pour boire et manger dans les ruelles et sur la moindre esplanade, de sorte qu'il devenait difficile de se déplacer dans la manse sans jouer des épaules. Le brouhaha et la puanteur commençaient à me donner mal à la tête. J'espérais qu'il ne nous faudrait pas subir cette promiscuité trop longtemps, d'autant que, sur le chemin du retour, j'entendis raconter que l'infirmerie voyait arriver ses premiers cas de fièvre noire et de dysenterie.

La lune pointait sur l'horizon dévasté lorsque Cléon réapparut avec un tonnelet de gnôle sur l'épaule. Il ne marchait pas tout à fait droit, mais semblait d'excellente humeur. Avant de faire le bilan des pourparlers, il fit circuler de main en main une pépite d'or de la taille d'un ongle. « Matésé en a un coffret entier comme ça, pris à l'ennemi », dit-il en guise de préambule, et tous se turent, fascinés par le métal brillant. « Il a écouté ce qu'on avait à dire, même les plus énervés, puis il en a distribué à chaque compagnie. Ça leur a rabattu le caquet. Je savais que c'était une bonne idée de rester. Il y a de l'or dans les Ronces, peut-être davantage que ce qu'on croyait. Il suffit juste d'aller le prendre. » La pépite finit par atterrir dans ma paume et je la portai à la lumière du feu que nous avions allumé un peu plus loin. Le souvenir du camp de siège d'Aiguc-Passe rejaillit. Le pérégrin avait payé un garçon-pot de cette manière, pour apporter aux Vars les nouvelles de la venue du sicaire, ce qui m'avait sans doute sauvé la vie. Tout autour, nous entendions éclater des vivats et des acclamations au sein des autres compagnies. Matésé avait racheté la loyauté des siens bien plus facilement que je ne l'aurais cru possible. Les yeux de mes compagnons reluisaient sans exception d'une fièvre avide. Même ici, dans la fumée et la pestilence d'un village décharné, il suffisait de brandir quelques poignées d'or pour transmuter la hargne en un espoir rapace. *Geddesleffe*, disaient les Vars. À chaque fois que surgissait le métal jaune, cela me confortait dans l'idée qu'ils avaient raison.

Durant la première nuit, au cours de laquelle la plupart des hommes se saoulèrent avec le tord-boyaux acide distribué par les chefs de guerre, il y eut deux rixes mortelles et une quantité d'autres incidents à déplorer. Pourtant, en dépit du désagrément et des tensions, j'entrevoyais aussi l'incroyable logistique qui avait été mise en place au cours de l'hiver. Par endroits le village était tenu par les hommes de Matésé et ailleurs par ceux de Selmain, mais d'un côté comme de l'autre le moindre entrepôt débordait de rations, et on attendait des chevaux de bât supplémentaires pour la veille du départ, qui était fixé à la fin de la semaine. Il y avait des ballots de flèches (je réussis même à me procurer une dizaine de carreaux auprès d'un mercenaire montagnard), des fers de lance et des boucliers de rechange, des torches par centaines, des cordes, des pelles et des piquets, et quantité d'autres outils qui iraient complémenter l'équipement des compagnies. Les deux meneurs avaient considérablement investi dans l'invasion, et leurs efforts ne passèrent pas inaperçus, que ce soit auprès des capitaines ou des hommes de troupe. Matésé avait organisé ses compagnies aussi bien que n'importe quel sénéchal, et il appelait à des réunions quotidiennes pour que chacune comprenne bien son rôle. Certains irréductibles râleurs se plaignaient de la charte qu'ils avaient pourtant signée, qui lui attribuait cinquante et une parts du butin, là où les capitaines en touchaient entre trois et cinq, mais la majorité s'accordait sur le fait qu'au vu de son implication et de l'or qu'il avait déjà avancé il en méritait autant, voire peut-être même davantage.

Lorsque j'aperçus Matéas Matésé pour la première fois au détour de l'un des entrepôts, il attira mon regard bien avant que je ne sache à qui j'avais affaire. Ce n'étaient pourtant pas les personnages flamboyants ou les extravagances qui manquaient à Vorne. Il fallait voir les casques en peau des sapeurs des Fiers Taupeliers, sculptés à l'effigie de leur animal fétiche, les soieries bouffantes et colorées des sabreurs méroniens, ou l'allure bestiale d'Arussk, le meneur d'une troupe d'éclaireurs montagnards, qui allait à la guerre drapé de peaux d'ours, les épaules alourdies de dizaines de talismans où pendaient griffes, crocs, pattes et mandibules des plus grands prédateurs que les Hautes-Terres abritaient. La poignée de chevaliers d'Améliande qui avaient rallié la bannière de Selmain présentaient eux aussi des visages et des armures qui valaient le détour, des assemblages de plates austères ou éclatants, et des épées à deux mains presque aussi grandes que les hommes qui les maniaient. Pourtant, même glissé au milieu de tous ces guerriers hauts en couleur, Matésé avait quelque chose qui le faisait ressortir du lot. Il avait un beau visage, pour commencer, une peau tannée par la mer et les cheveux très bruns et frisés, striés de gris. Surtout, l'homme exsudait littéralement une confiance paisible et un enthousiasme qui ne laissaient pas indifférent : qu'il y ait ou non de l'or en jeu, il demandait à être suivi. Serré dans sa brigandine trésilienne, avec ses bottes de brette, son regard vif, et ce sabre droit qui ne quittait jamais son côté, il avait de l'allure, mais pas seulement.

À Vorne, le trésilien jouait adroitement des différences qui existaient entre lui et Ventôme Selmain, sans pour autant verser dans l'antagonisme. Tandis que Selmain était un personnage rassurant, traditionnel et traditionaliste qui cultivait les traits que l'on attendait d'un noble brunide, Matésé avait quelque chose de plus spontané et de dangereux, un exotisme presque fantaisiste qui enflammait l'imagination. Selmain ne sortait qu'en compagnie de ses bucellaires, et réservait sa compagnie aux bien nés. Matésé parcourait le camp en solitaire pour saluer ceux qui allaient combattre pour lui, buvant et plaisantant avec les soudards qu'il entraînait à l'aventure. On racontait aussi un tas d'histoires à son sujet, ce qui ne faisait que renforcer son aura. Il se disait que l'homme avait passé des années chez les Sendous de l'Astre-Terre, défait dix ou vingt combattants dans des duels singuliers de Baspor à Rivage, pillé le repaire d'un prince corsaire des Terres Brisées et même mis le pied sur les îles Marquaises. J'avais ri de ces fables lorsque je les avais entendues, mais à le voir en chair et en os un doute m'avait saisi. Le fait est que Mattéas Matésé donnait envie d'y croire.

L'attente s'étira jusqu'à la veille du départ. Vorne, le village où était née par deux fois la rébellion feuillue était d'une banalité surprenante, un sommet de colline fortifié comme il y en avait tant d'autres, où poussaient encore quelques fruitiers survivants. Des maisons étroites et tristes, qui n'évoquaient aucune grandeur, ni aucun mystère. Il n'y avait pas grand-chose à y faire, à part boire et jouer. Cléon nous expliqua sommairement quel rôle les Affranchis allaient tenir dans l'expédition, mais cela ne prit pas longtemps et n'avait rien d'imprévu. Il s'agissait de soutenir les éclaireurs de la troupe, que nous accompagnerions comme avant-garde. La plus grande des compagnies mixtes, celle des redoutables Poinçonneurs, nous assisterait.

Je levais souvent les yeux sur les bois sombres qui attendaient, drapés de limbes, en me demandant quels préparatifs les Ketoï avaient entrepris pour nous résister. Il y avait près de treize cents soudards à Vorne. Parmi eux, peu de débutants. La guerre de la Vigne avait fauché, battu, puis écrémé pour ne laisser derrière elle que des combattants chevronnés, des tueurs bien armés et implacables. Les Feuillus avaient mobilisé six fois plus d'hommes à leur apogée, mais la majorité d'entre eux étaient morts désormais, et même les plus pessimistes estimaient que nous étions plus nombreux que les survivants. Dans le meilleur des cas nous pouvions espérer une bataille, un unique sursaut désespéré, puis une marche victorieuse vers le plateau. Matésé et Selmain se préparaient manifestement à autre chose, à une guerre traînante qui se jouerait sur plusieurs lunes, une progression lente ponctuée d'accrochages et semée d'embûches. Il me semblait qu'ils avaient raison.

En tout et pour tout, j'évitais de réfléchir aux ramifications de ce que nous étions sur le point d'entreprendre, et je parvins presque à tenir la barre jusqu'au bout. Alors que j'avais passé la semaine avec mes compagnons d'armes, à causer et à plaisanter sombrement parmi les cris avinés et les bagarres, le dernier soir je fus saisi d'une irrépressible envie de solitude. Ce ne fut pas aisé, mais je réussis à dénicher un coin en hauteur, sur la palissade nord qui avait été désertée par les sentinelles. Une fois installé, j'inspirai profondément, en essayant de m'isoler du brouhaha du village, et en particulier des chants rudes qui tonnaient depuis les quartiers de la Lusannaise, les deux cents lanciers brunides qui composaient la compagnie personnelle de Selmain. Je plissai les narines tout en avalant quelques rasades du mauvais vin qui avait été distribué pour l'occasion. Ensuite, je jaugeai méticuleusement ce qui m'entourait, les relents détestables qui émanaient de Vorne, les déserts de souches et les étendues de ronciers, le supplice effroyable que Vaux avait infligé à sa forêt. C'était doloriste et sans doute pas très futé, mais je m'y livrai tout de même. Pour une raison que j'ignorais, j'éprouvais le besoin de triturer la plaie, de regarder les choses en face aussi, tant que cela était encore possible.

Emmuré dans mes pensées, je sursautai lorsqu'une main se posa sur mon épaule. Ossotra se pencha pour s'accouder à mes côtés. « Siméon m'a demandé de te suivre », dit-il simplement. J'opinai du chef. « Siméon s'occupe bien de nous », fis-je remarquer. « Siméon sait ce qu'il veut et qui peut l'aider à l'avoir », répondit le javelinier. J'eus un renâclement amusé et nous restâmes sans mot dire pendant que le soleil mourait à l'horizon. Le Paxxéen triturait sans cesse le bijou qu'il portait sur le côté du nez, une petite gemme bleue enchâssée d'or, et il me couvait du regard en mordant ses lèvres fines. « Tu penses à ta sœur ? » finit-il par questionner, sans détacher ses yeux du massif sombre des Ronces. « Non », fis-je doucement. « À tes morts alors ? » Je secouai la tête et pris une inspiration profonde. « Non plus. J'essayais de savoir de quel côté je combattrais, si j'avais vraiment le choix. » Ossotra passa sa main sur ses cheveux coupés à ras, et se tourna vers moi en arborant une expression mystifiée. « Tu ne vois pas tout ça ? Toute cette ruine ? » lui demandai-je en embrassant le panorama d'un geste vague. « C'est au nom de ça qu'on va faire la guerre ? » Ossotra sourit d'un air entendu. « Il y a beaucoup de philosophes à Paxxos. Certains parlaient sur les places publiques. Celui que je préférais disait que le monde est comme une histoire qui se joue et se rejoue pour l'éternité. Ces arbres repousseront un jour ou l'autre. Même les hommes que nous tuerons là-haut revivront. »

Je crachai par-dessus la palissade. Même si j'appréciais ses manières douces, l'intrusion d'Ossotra m'irritait, et ses certitudes m'agaçaient encore davantage, mais après avoir ravalé trois ou quatre remarques cinglantes, je décidai de laisser le silence clore la discussion à ma place. Débattre n'aurait servi qu'à me rendre plus amer. J'étais sur le point de mettre à bas le refuge que le pérégrin m'avait promis et puis, dans le meilleur des cas, de ramener Brindille à un monde qui n'avait jamais rien eu de paisible. Mais pour cela, il allait d'abord falloir vaincre. J'avisai le carnage une fois encore, suffocant dans la pestilence, puis je fermai les yeux en essayant de me souvenir du visage de Brindille. Je m'étais détaché d'elle ces derniers jours. Peut-être que cela était dû à la laideur de ce que j'avais rejoint, et dont j'étais devenu le héraut. Peut-être que je ne voulais pas l'associer à ce qui se passerait lorsque l'invasion commencerait, que je préférais en porter pleinement la responsabilité, moi, et moi seul. Peut-être même que c'était honnête, parce qu'en vérité mes décisions m'appartenaient, et il aurait été indécent que je me serve d'elle pour les justifier.

Après une nuit tourmentée, au chant du coq, le village dégorgea le flot traînant des compagnies qui s'assemblèrent sur les collines rasées des alentours, ceux de Selmain d'un côté, ceux de Matésé de l'autre. Assis sur une souche coupée avec Un-Œil et Juran, je tripotais mes nouveaux carreaux, aiguisant les têtes à l'aide d'une pierre à eau que je mouillais de salive. Les heures passèrent, longues et lentes, ponctuées de cris, rythmées de piétinements. Enfin, la logistique s'ébranla à son tour. Au compte-gouttes, les bêtes de somme nous rejoignirent et les colonnes de soudards purent se mettre en mouvement à peu près en même temps, sous la lumière aveuglante du zénith. La sueur s'accumula rapidement sous mon pourpoint, et le goût du charbon collait à mon palais, mais je trouvai cela préférable aux parfums putrides du village. J'étais heureux de quitter Vorne, malgré tout ce que cela impliquait. Nos bottes foulaient la cendre sèche d'un ronflement étouffé. Le gros de la troupe traînait pour nous laisser prendre de l'avance. Devant, en éventail, les éclaireurs se déployaient. Nous leur emboîtâmes le pas, encore ignorants des horreurs qui attendaient.

36

Un peu avant le soir, l'avant-garde atteignit la limite des brûlis.

Nous avions gravi une pente douce toute l'après-midi durant, par des sentiers encaissés de glaise sèche. Ces derniers disparaissaient parfois entièrement, se répandaient en coulées blêmes dans les terres noircies que nous traversions. En chemin nous avions exploré les ruines de quelques fermes qui s'étaient tenues jadis au milieu de la forêt, et qui avaient flambé comme le reste. Bien peu étaient ceux qui avaient habité aussi près du plateau des Ronces, une poignée de trappeurs, d'ermites et de bandits, des parias qui ne se seraient pas dits vauvois eux-mêmes. Depuis la fin de la guerre, depuis les incendies, personne n'était revenu, et je me figurais que cela n'arriverait pas avant longtemps. Vorne avait été le dernier véritable village sur la route du territoire ketoï, et avec le départ des soudards, il me semblait que l'endroit tomberait à l'abandon lui aussi. Il n'y avait tout simplement plus rien à tirer de la désolation sur laquelle la manse trônait. Autour de nous, les plantes épineuses renaissaient timidement depuis la cendre, des tiges d'un vert fragile qui ne tarderaient pas à se consolider. Les arbres repousseraient ensuite, sans doute, et alors, peut-être, la vie reviendrait elle aussi. J'espérais que je vivrais assez vieux pour le voir. Je ne sais pas pourquoi le martyre des bois de Spinelle m'affectait autant, mais je ne pouvais plus regarder nulle part sans ressentir un écœurement profond.

Depuis le sommet de la dernière colline calcinée, nous pouvions apercevoir une langue de terre curieuse, une vallée striée de ruisseaux et de roches, étalée à la perpendiculaire des premières excroissances basaltiques du plateau. Plus loin commençait la forêt pluviale des Ronces, une vaste pente inégale et entièrement boisée, où s'échouaient les nuages venus de la mer de Parse. L'inclinaison grimpait jusqu'au niveau des montagnes comme une rampe démesurée, puis paraissait s'aplanir, mais à cet endroit les amas blancs s'empalaient sur les arbres et se dissipaient en une avalanche de limbes qui ne disparaissait jamais complètement. Ainsi, il était impossible de distinguer ce qui nous attendait au-delà. À une mille sur notre droite, les avant-coureurs de Selmain avisaient eux aussi la vallée. Il s'agissait de la dernière limite. Le point de non-retour s'étendait là-devant, et chaque homme qui y laissait glisser son regard le savait. La division des troupes m'avait semblé stupide, et j'en avais parlé à Cléon sur la route. « C'est un peu plus compliqué que ça », m'avait répondu ce dernier. « Avec deux contingents, il y aura moins de confusion et moins de prises de tête. Les hommes de Selmain sont assez près pour nous aider si les Ketoï arrivent en force, et assez loin pour trouver d'autres chemins, si jamais on se retrouve bloqués. Tout ça vaut aussi dans l'autre sens. » J'avais acquiescé, sans vraiment être sûr de quoi que ce soit.

Nous étions quatre-vingts hommes dans l'avant-garde de Matésé. On avait six mules, qui transportaient surtout des outils pour déblayer le chemin, et avec elles avançait un noyau dur d'une quarantaine de guerriers qui se tenaient en formation. Les autres escortaient les éclaireurs (des Montagnards pour la plupart) à l'avant en reconnaissance, ou à l'arrière pour relayer les informations. Un roulement s'était mis en place pour permettre à ceux qui avaient déjà été mobilisés de se reposer au sein du cortège. L'organisation était bien rodée, Un-Œil et Juran avaient apparemment tous deux l'habitude de fonctionner de cette manière, et je trouvais ce professionnalisme rassurant. Globalement, les Poinçonneurs avaient l'air vifs et expérimentés et ils me faisaient bonne impression. Matésé aurait largement pu se passer d'une avant-garde ce jour-là, mais cela nous permit d'effectuer les ajustements qui s'imposaient en toute quiétude, d'établir des tours convenables et de jauger les inconnus avec qui on se retrouvait.

Ma triace avait passé l'après-midi avec les mules, et nous avions sympathisé avec ceux qu'il nous faudrait accompagner durant les jours à venir : quatre tirailleurs brunides issus des rangs des Poinçonneurs, et l'éclaireur, un sang-mêlé à moitié Montagnard aussi bavard qu'hirsute, qui se faisait appeler Perdu. Je n'avais pas la moindre idée d'où il tenait ce sobriquet, mais je soupçonnais qu'il y avait là-derrière quelque anecdote humoristique, comme celle qui avait vu naître mon propre surnom. Puisque le soir tamisait la lumière tantôt abrupte, et que la colline noircie était propice à l'établissement d'un camp, l'avant-garde y fit halte. Les hommes commencèrent à préparer le terrain, à dégager les broussailles, à rassembler du charbon en attendant le gros de l'armée. Cléon vint échanger quelques mots avec Un-Œil et Perdu juste avant que ne commence la distribution des hachettes et des houes. « Bon », finit-il par dire à haute voix. « Ceux qui sont avec Un-Œil, vous allez descendre un peu et vous poster quelque part derrière les premiers rus, histoire qu'on puisse faire boire les chevaux en paix quand ils arriveront. Allumez un feu, tant que vous y êtes, qu'on ne vous prenne pas pour des Feuillus. » Nous nous déchargeâmes de nos paquetages sans discuter, puis nous laissâmes les autres suer à la tâche, et notre groupe de huit s'aventura jusqu'aux ruisseaux de la vallée.

Perdu marchait devant, silencieux pour la première fois de la journée. L'homme était de petite stature mais il avait un physique simiesque, leste et puissant, et il se faufilait entre les rochers et les roseaux sans laisser davantage de traces qu'un chat-vèche. J'admirais sa technique, attentif aux frôlements des herbes d'eau, émerveillé par le territoire dans lequel nous nous enfoncions. Après avoir passé plus d'une lune ceinturé de tas d'escarbilles à piétiner les cimetières des anciennes forêts, la verdure de la vallée qui se dévoilait devant moi prenait une allure paradisiaque. Perdu leva soudain la main, puis des claquements désordonnés retentirent et un long vol de canards sauvages décolla de la berge caillouteuse que nous approchions. Un renard noir et joufflu détala le long de la rive dans la direction opposée. Je ne fus pas le seul à sursauter. Mon cœur battait sous mon pourpoint. Quelques milles devant, les Ronces patientaient, des forêts obscures dégoulinantes d'eau qui menaçaient d'étendre leurs ombres pour étrangler la lueur cuivrée du couchant. J'inspirai, les yeux plissés pour suivre le vol des canards au-dessus des terres scintillantes, puis Juran me tapota le dos et nous reprîmes notre exploration avec prudence.

Les rus étaient nombreux et peu profonds, tapissés d'éclats de roche noire. Je m'accroupis pour y boire tandis que Perdu scrutait l'horizon. J'en trouvai le goût frais et agréable. Une odeur anisée se dégageait des joncs et des roseaux qui abritaient toutes sortes de grenouilles vives et craintives. Nous nous avançâmes encore un peu, puis Perdu se percha entre deux rochers plats dévorés par la mousse, et il fallut attendre de nouveau. Le plus jeune des deux archers qui nous accompagnaient était sur le qui-vive. Ses yeux bleus dardaient d'un amas de joncs à un autre, mais ses compagnons s'étaient laissé aller rapidement. Les piquerons vrombissaient autour de nous, les mains s'abattaient çà et là sur la peau découverte. Juran cueillit une poignée de grandes herbes surmontées d'une touffe qui ressemblait à un empennage, qu'il entreprit de tresser. Devant, l'éclaireur porta quelque chose à la lumière entre deux de ses doigts, un poil ou un cheveu peut-être, puis s'en débarrassa d'une pichenette et nous invita à le rejoindre. « Des hommes sont passés ici ce matin », dit-il en désignant des impressions sombres dans la sphaigne ruisselante. « Ils étaient nombreux, peut-être vingt ou trente, et ils allaient vers le nord. »

Un-Œil se gratta la tête et l'un des Poinçonneurs, un lancier qui portait un bouclier ovale, se tourna vers moi. « J'aime bien cette position », me dit-il d'une voix rugueuse, en frappant le sol de la hampe de son arme. « Quelqu'un pourrait grimper à l'arbre mort là-bas, pour faire le guet, ça serait encore mieux. » Je ne comprenais pas pourquoi l'homme me sollicitait, mais je hochai tout de même la tête. À mes côtés, Juran renifla. « J'y vais », dit-il en laissant tomber son tressage raté à ses pieds. Nous le regardâmes s'éloigner en direction de l'orme crevé que le Poinçonneur venait de désigner. L'arbre était entouré de roseaux, et son écorce avait pourri depuis longtemps pour ne laisser derrière qu'un squelette pâle et lisse qui prenait curieusement la lumière. Le Montagnard se hissa jusqu'à la branche maîtresse où il s'installa à califourchon. Ses pieds se balançaient nonchalamment dans le vide. Avec ses cheveux hérissés et son brin d'herbe entre les dents, Juran avait l'air d'un parfait farfadet. Près de nous, l'éclaireur corda son arc. « Je vais aller voir si je peux tuer un canard ou deux », nous annonça-t-il avec le sourire. « Je m'occupe du feu », lui répondit Un-Œil.

Tandis que le soudard borgne farfouillait avec sa pierre à étincelles, je scrutai les roseaux ondoyants, les grèves noires des ruisseaux qui s'assombrissaient à vue d'œil, puis je me tournai vers le mercenaire qui m'avait interpellé, et qui me croyait manifestement investi d'un peu d'autorité. « C'est quoi ton nom déjà ? » lui demandai-je. « Meurice », fit l'autre en s'étirant. « Meurice », dis-je en posant le pied dans l'étrier de mon arbalète, « je pense que tu devrais retourner au camp leur dire de ne pas trop traîner avec les chevaux. Qu'ils envoient une escouade aussi, le temps que les bêtes boivent. » Le lancier jeta quelques coups d'œil autour de lui pour voir si quelqu'un allait contester ma demande, mais ce ne fut pas le cas. Au contraire, le jeune archer acquiesçait. « Une escouade, ouais, peut-être même deux », abonda-t-il nerveusement. Le tas de brindilles qu'Un-Œil avait rassemblé au fond de son sallet pour protéger le feu des rares bourrasques commençait à fumer. Meurice cligna deux fois les yeux, puis sans un mot il fit demi-tour et repartit en direction du camp.

Le jour fuyait rapidement, et l'obscurité se mit à ruisseler depuis la moindre niche d'ombre. Les piquerons furent bientôt chassés par la fumée, leur vacarme remplacé par le clapotis tranquille de l'onde et le bruissement des grandes herbes d'eau. Un-Œil allait et venait, glanant de la broussaille sèche, des branchages et de la mousse, tout ce qu'il pouvait trouver pour nourrir le foyer crépitant. Pendant qu'il œuvrait, je m'installai à l'avant avec le jeune archer long, qui se nommait Tristophe Taillé. Il avait sans doute mon âge mais il faisait moins, avec un crâne rasé à blanc et de grands yeux tremblants qui s'agitaient de-ci de-là. Nous nous adossâmes aux éclats jumeaux de basalte, en sondant le crépuscule. Quelque temps après, un sifflement accompagné de craquements signala le retour de Juran, qui avait quitté l'orme et s'avançait en balançant négligemment sa hache. « Je m'encague là-haut et j'y vois plus rien », cracha-t-il en se laissant tomber lourdement à mes côtés. Je me passai la langue sur les lèvres et reportai mon attention sur la vallée.

Il ne faisait pas encore tout à fait noir lorsque les chevaux descendirent enfin de la colline pour s'abreuver en un grand fracas poussiéreux, une centaine de bêtes menées par les palefreniers. Nous entendîmes derrière nous leurs sabots qui s'entrechoquaient sur les pierres, puis les aspirations profondes et les gargouillis quand le troupeau atteignit l'eau. Peu après, le lancier Meurice nous retrouva grâce au feu. « Il y a d'autres escouades sur la ligne, comme vous le vouliez », nous annonça-t-il d'un air satisfait, et tandis qu'il parlait nous vîmes quelques torches s'embraser à l'est, puis progresser le long du ru. « Il est pas revenu l'éclaireur ? » demanda ensuite Meurice, en écrasant du talon une braise ardente qui était tombée du foyer. Un-Œil secoua la tête. « S'il est pas là quand les chevaux en auront fini, qu'il se débrouille. J'irai pas le chercher dans le noir, pas aussi près des Ronces. » Juran remua. « Il était pas si loin la dernière fois que je l'ai vu, en train de fouiner dans les buissons. Il avait l'air d'être sur le retour. »

Dans notre dos, le campement surélevé se nimbait de l'éclat des feux, ce qui soulignait l'obscurité qui rongeait désormais la vallée. Nous en arrivâmes à tendre l'oreille davantage que nous ne nous servions de nos yeux, et l'exercice déjà anxiogène se transforma peu à peu en une torture des nerfs. L'angoisse grimpait en saccades. Le moindre frôlement d'air, le plus minuscule craquement que l'on parvenait à isoler de la clameur des bêtes et des vociférations des palefreniers portait avec lui la crainte de voir jaillir des figures hurlantes de la nuit. Notre propre feu n'avait rien de rassurant, c'était même l'inverse. Le foyer miniature qui crépitait entre les fragments de basalte était devenu un phare funeste qui trahissait notre position. Nous fuyions tous sa lumière, si faible soit-elle, car elle faisait de nous des cibles faciles pour tout archer vaguement appliqué. Même Juran, d'ordinaire si assuré, n'en menait pas large. Il gardait le silence à présent, son bouclier près du corps, sa hache prête à l'usage.

Les chevaux mirent une éternité avant de rebrousser chemin. Les senteurs délicates de la vallée avaient disparu, masquées par l'odeur forte du troupeau. Un-Œil, qui s'était accroupi derrière les pierres, finit par se lever en grommelant. « Faudra pas qu'ils nous fassent la même chose demain », gronda-t-il. « C'est un coup à perdre des bêtes, et des hommes aussi. » Je murmurai mon assentiment, la bouche sèche, les mains crispées autour de mon arbalète. Les torches se retirèrent avec les chevaux et nous nous retrouvâmes en tête à tête avec la nuit. Juran but profondément à sa gourde, avant de s'ébrouer. Avec le silence qui revenait, les sons s'exacerbaient de nouveau. Le borborygme cristallin de l'onde. Le coassement aigu des grenouilles. Le froissement sec des herbes dans le vent, et le bruissement minuscule des musaraignes et des crapauds. Nous attendîmes encore, sans que personne ose dire les choses telles qu'elles étaient et passer pour un pleutre. « Il devrait être revenu », feula Juran, que la peur rendait colérique.

Quelque chose craqua soudain à une vingtaine de pas, tout près de l'orme. Ma respiration s'accéléra. Tristophe leva son grand arc, la mâchoire crispée. « C'est peut-être l'éclaireur », soufflai-je à son oreille. « Attention si tu tires. » « Perdu ! » cria Un-Œil qui n'y tenait plus, et son cri fut repris par le second archer, qui s'était installé plus en retrait. Il n'y eut aucune réponse. « Ça suffit », cracha Juran en hissant sa rondache. « Je vais le chercher, ce petit étron. » Un-Œil lui agrippa fermement l'épaule. « Non, on reste ensemble », dit-il d'un ton qui ne souffrait aucune désobéissance. Un-Œil était parfois un peu lent, mais au moins il gardait la tête froide. Je le secondai avec empressement avant que le Montagnard ne fasse une bêtise. « Il a raison », dis-je. « Ça ne sert à rien d'aller se perdre dans la nuit. » Meurice fit un pas en avant, les flammes incertaines du foyer vacillant sur sa cervelière. « On devrait rentrer », marmonna-t-il. Juran lâcha un reniflement dédaigneux, mais je vis qu'il hésitait. À ce moment-là un troisième craquement retentit, et au même instant l'arc de Tristophe Taillé claqua. Nous entendîmes la flèche toquer le bois mort et la vibration du choc se réverbéra dans la nuit. Quelque chose détala au travers de la broussaille que nous ne voyions pas et prit la poudre d'escampette en direction du nord. Meurice jura tout bas. « Putains de Ganne. C'était rien qu'une bête. » Je soufflai, les mains tremblantes.

Un peu plus tard, depuis le haut de la colline, le son d'un cor criard fracassa la tranquillité de la vallée obscure. « Ils nous rappellent », fit Un-Œil en ôtant son sallet, pour s'essuyer le front. « C'est le cor de Cléon, ça. » Nous nous regardâmes tour à tour dans la pénombre. C'est à peine si on distinguait le blanc de nos yeux. « Faudrait répondre, pour leur dire qu'on arrive », dit Tristophe Taillé avec un peu d'espoir dans la voix. Juran renifla. « C'est Perdu qui a le cor. Si on approche dans le noir, on ramassera des flèches, c'est sûr. Les sentinelles seront aussi pisseux que vous autres. Peut-être plus. » Meurice ignora l'insulte à peine voilée, et farfouilla sous sa cape. Il extirpa une torche de sa ceinture. « Y m'ont donné ça tout à l'heure, au cas où j'y verrais pas assez. J'ai bien fait de la prendre. » Il tendit la torche à Un-Œil, comme s'il voulait par ce biais obtenir son approbation. « Perdu ! » cria le borgne une dernière fois. Il n'y eut, pour seule réponse, que le vent et les grenouilles. « Qu'il aille se faire pendre », cracha Un-Œil, et il fourra la torche dans le feu. Le suif grésilla avant de s'enflammer. Nous battîmes ensuite en retraite à reculons, boucliers brandis et projectiles encochés.

On retrouva Perdu le lendemain, lorsqu'il fallut avancer sur la forêt. Son corps avait été noué à l'orme blême par des cordes de lierre-acier, ses quatre membres étirés en étoile. On l'avait ouvert de bas en haut. Il portait ses tripes violacées autour du cou comme un pendentif boursouflé. Aucun message n'accompagnait cette macabre mise en scène. Le corps en lui-même était une déclaration suffisante. L'avant-garde s'arrêta, et le capitaine des Poinçonneurs ordonna qu'on aille le décrocher, ce que nous fîmes sous le regard nerveux de la troupe. Perdu fut sans doute le premier homme à mourir à l'assaut des Ronces, mais il ne fut pas le seul cette nuit-là. Deux des sentinelles de Selmain avaient disparu de leur poste peu avant l'aube, et ils avaient été exhibés de la même façon à la lisière des bois. On dit que les morts ne parlent pas, mais il me semblait pourtant que ceux-là étaient bavards. Ils racontaient comment chaque erreur se payerait au prix fort, et aussi de quelle manière la bête acculée pouvait se confondre avec le chasseur.

37

Les arbres étaient immenses. Les ormes étaient les plus nombreux, des troncs gris dont il fallait trois hommes pour faire le tour, une écorce gondolée, parfois fendue, dont le fût était souvent dévoré par le lierre ou la sphaigne. À l'ombre de ceux-ci, des bouleaux-vifs et des monceaux de prêles et de fougères forestières. Et puis, par endroits, de véritables plantations de mastodontes, des épicéas géants épais comme des maisons, rouges et ravinés, gravés de stries verticales qui laissaient penser qu'ils avaient été sculptés dans une roche carmine. Depuis le sol, il nous était impossible de distinguer leurs cimes : les limbes étaient partout. La brume surgissait en bancs roulants depuis les hauteurs, ou en volutes tortueuses sous nos pieds, exhalée par l'humus et les lits d'aiguilles humides. L'air était moite, sa tiédeur ruisselant sur les corps, imbibant les vêtements et les jaques. L'eau se mêlait à la sueur et traçait des lignes noires à même la peau, lavait les visages, encore et encore, mais la crasse que nous emportions avec nous n'avait pourtant de cesse de couler. Il arrivait qu'un vent clément balaye les corolles embrumées, mais cela ne durait jamais bien longtemps. Si l'on parvenait à voir à cent pas, c'est que quelque miracle était à l'œuvre.

Lorsque nous nous aventurâmes dans la pente qui menait au plateau, j'eus l'impression que le monde se resserrait autour de moi. La respiration semblait plus difficile. Le moindre son paraissait à la fois très fort, mais aussi très étouffé, comme si les arbres en agrippaient les contours. Il y avait des bêtes à foison, des oiseaux, des nuées d'insectes volants et des créatures plus imposantes qui nous évitaient, qui nous épiaient depuis la couverture oscillante des fougères. La plupart des frondaisons enroulées étaient plus grandes que moi et il fallait faire attention si on les cassait à la main, parce que leurs fibres étaient longues et très effilées. Des appels curieux résonnaient par-ci par-là pour donner naissance à un chant. En surface, la mélodie était comparable à celle de la forêt de Vaux, mais dès lors que je m'attardai un peu sur les stridules et les abois je m'aperçus que ce n'était pas tout à fait le cas. Si la voix de Vaux grésillait en arrière-plan, indifférente au passage des hommes, alors la voix des Ronces était pareille à un long feulement, rauque et sauvage, dont les arpèges commentaient sans cesse notre présence et maudissaient le moindre de nos pas.

Le premier matin, je marchais dans les rangs avec le gros de l'avant-garde. Comme Perdu était mort, Cléon avait couplé ma triace avec celle de Chique – qui travaillait déjà avec les hommes de Siméon-sans-dents – et les quatre Poinçonneurs désœuvrés furent réaffectés à d'autres tâches. Le nouvel éclaireur s'appelait Sarnesh. C'était un Montagnard venu de très loin, des contreforts igériens d'après ses dires. Il portait ses cheveux longs et rasés sur les côtés, et s'équipait d'un arc de corne et d'un grand couteau, mais il n'était revêtu d'aucune armure et son visage creux était grave et fermé. C'était un homme maigre et mystérieux, et sa peau cousue de tatouages géométriques avait une teinte plus claire que celle des autres Montagnards que j'avais connus. Il ne parlait pas très bien le brunide, et guère mieux le clanique, mais heureusement Juran et Mayak le comprenaient et lui servaient d'interprètes. Il ne me fallut pas plus de quelques heures pour m'apercevoir que quelque chose clochait entre les trois hommes. J'espérais que le malaise ne durerait pas, ou qu'il se résoudrait de lui-même, parce qu'à la lumière des tueries de la nuit toute mésentente pourrait s'avérer désastreuse. Je me figurais que Mayak, qui était plus vieux et moins arrogant que Juran, aurait le bon sens de nous en parler, si cela devenait nécessaire. Par prévenance j'en avais tout de même glissé quelques mots à Siméon.

Trois groupes d'éclaireurs étaient dispersés devant nous et deux autres sur les flancs, juste au-delà du voile brumeux. Après nos déboires du soir précédent, sur l'insistance d'Un-Œil, on leur avait distribué des cors supplémentaires. Comme nous ne voyions pas bien loin, chaque pas s'effectuait dans l'attente, dans la crainte qu'un concert trompetant ne fasse soudain voler en éclats l'harmonie inquiétante de la forêt. Nous avancions en présentant un front relâché, débroussaillant au besoin les prêles épineuses et les arbustes urticants qui abondaient sous la canopée. Derrière nous, nous laissions un chemin à peu près dégagé pour les troupes qui venaient, un semblant de route, facile à suivre et à manœuvrer. Plutôt que de former une longue colonne vulnérable, Matésé avait préféré assembler un rectangle dense autour des chevaux, d'une largeur de quinze hommes, plus à même de se défendre au cas où les éclaireurs échoueraient dans leur tâche. Cela faisait plus de travail pour l'avant-garde, mais cela voulait aussi dire qu'en cas d'ennuis nous serions secourus plus rapidement.

Un peu avant le zénith, le premier barrissement retentit. On se bouscula pour se mettre en formation, redoutant d'autres souffles qui auraient signalé une attaque en masse. Les lanciers lièrent leurs boucliers en arc de cercle et, après quelques bourrades, les tirailleurs s'abritèrent derrière eux. Les équipes éparpillées revinrent au pas de course pour renforcer nos rangs. Un archer un peu trop nerveux ficha un trait dans l'écu de Barbelac lorsque sa triace surgit des fourrés, et il fallut que Cléon s'interpose pour ne pas qu'il aille en découdre avec l'imprudent. Ce fut seulement au moment où les derniers hommes désorientés débarquèrent depuis l'est que l'on comprit qu'il s'était agi de l'un des cors de Selmain, qui avançait à une mille et demie sur notre droite. La tension retomba aussitôt. Penauds, nous reprîmes notre route, serpentant entre des parois d'humus que perforaient les racines noueuses des arbres. À peine étions-nous repartis qu'un nouveau coup de trompe résonna, bien plus proche que le précédent, venant cette fois-ci de l'avant. On se rassembla entre deux grands épicéas, serrés et haletants. J'attendis à l'arrière avec Nusmezzar, Stacos et Ossotra, l'arbalète chargée et prête à l'usage. Au bout d'un moment, les hommes de pointe émergèrent des fougères en soutenant un boiteux à la botte sanguinolente.

Après que Cléon eut entendu les nouveaux

arrivants, il apparut que l'un des Poinçonneurs s'était embroché le pied sur une chausse-trape enfouie. Les regards qui s'étaient tantôt levés sur les ramures intimidantes des arbres balayaient à présent le sol. La sphaigne recouvrait tout d'un épais manteau. Ce que nous avions considéré comme une aubaine pour les chevaux se transformait désormais en une plaie pour nous tous. Le malchanceux fut envoyé à l'arrière, crachant et jurant, parce que la campagne était finie pour lui. Même pour un estropié nous étions à moins de deux heures de l'orée. L'homme allait devoir rentrer à Vorne plutôt que d'encombrer les brancards. Le capitaine des Poinçonneurs, un gigantesque vétéran d'Améliande tout engoncé de plates, ordonna à dix lanciers de se placer à l'avant de notre cortège pour sonder le terrain, tout en invitant les éclaireurs à redoubler de prudence, puisqu'il était impossible de les protéger de cette façon. D'un rythme considérablement plus lent, l'avant-garde se mit en branle. Cette cadence bancale allait devenir notre sacerdoce durant les jours à venir.

On estimait qu'il y avait peut-être quarante milles jusqu'au plateau et, à l'allure réduite qui s'imposait, il me semblait que nous allions mettre une lune à couvrir la distance. Heureusement, Matésé avait prévu des vivres pour plus longtemps que cela si on les rationnait correctement, ce qui nous laissait un peu de marge, d'autant qu'en dernier recours il restait aussi les chevaux à manger. J'entrevoyais déjà que cette lenteur ne serait pas de tout repos. Au contraire, elle deviendrait vite synonyme d'ennui, et l'ennui, même dans la tension, allait toujours de pair avec le relâchement. Je fus presque heureux lorsqu'en milieu d'après-midi mon groupe fut mobilisé pour escorter l'un des messagers à l'arrière. À notre retour, l'avant-garde préparait déjà le terrain pour le campement du soir. Nous déblayâmes une clairière tandis que d'autres montaient la garde, puis le reste de l'armée arriva avec les pelles et les piquets, et elle s'activa à son tour. Sur les instructions des Fiers Taupeliers, quatre cents hommes attaquèrent l'humus friable en grommelant. En une heure, ils avaient creusé une fosse d'un empan de profondeur tout autour du périmètre choisi. La terre décaissée fut installée à la manière d'un muret, soutenue ici et là par les troncs des arbres géants. Nous renforçâmes la palissade de piquets et d'arbustes bûcheronnés, et l'ouvrage fut terminé avant que la nuit ne tombe. Chacun rechignait à l'idée de devoir recommencer ce terrassage le soir suivant, mais ces murets meubles allaient nous permettre de fermer l'œil, et de trouver l'illusion de la quiétude.

La nourriture fut distribuée ensuite, des miches de blé et du porc salé. Nous mangeâmes nos rations, accroupis à même le sol tandis que la brume engloutissait la forêt environnante. Siméon défaisait son pain dans sa timbale pour pouvoir l'avaler correctement, en lançant des coups d'œil méfiants en direction du nord. Le camp avait été dressé sur une butte inégale, de manière à nous protéger des flèches qui pouvaient surgir depuis l'arrière ou sur les flancs, mais la pente se poursuivait au-dessus de nous, et on ne pouvait rien faire à cela. À ses côtés, assise en tailleur, Mérielle mâchait consciencieusement sa viande, et recrachait des boulettes visqueuses qu'elle glissait dans la main de l'édenté. Sannie Rotanche papotait nerveusement en frottant son crâne tondu et ses rouflaquettes. Tous ceux qui avaient un bouclier le portaient dans leur dos. Les réflexes des campagnes précédentes avaient retrouvé les Affranchis, à ce que je pouvais en voir. Pour eux, pour les plus anciens du moins, le parfum de la forêt devait se charger du souvenir des défaites et des morts. Le seul à être vraiment détendu était Ossotra. Tandis que les sentinelles s'organisaient autour de nos maigres fortifications, il me raconta qu'il avait vu un bel oiseau au plumage bleu comme une lame damasquinée. L'odeur sucrée de l'astre-gomme perlait sur son souffle.

Le tohu-bohu du campement se calma avec le déclin du soleil. Pendant que l'on digérait, et que le crépuscule peuplait les bois de hululements curieux, un grand brasier fut allumé. En même temps, ceux dont c'était la tâche achevaient de dresser les tentes. J'avais laissé ma toile pliée sur mon paquetage, parce que depuis que nous avions quitté Vert-Pan, je dormais sous l'un des deux pavillons usés des Affranchis. On migra lentement vers nos quartiers avant de ne plus rien y voir, et Corbeau fit flamber un petit foyer entre nos deux tentes, qui se trouvaient dans l'ombre d'un épicéa gargantuesque. Le feu ne durerait pas, parce que le garçon-pot n'avait avec lui qu'un seul ballot de brindilles, mais personne n'avait vraiment envie de dormir et les flammes étaient un moyen comme un autre de grignoter du temps supplémentaire avant que nous ne rejoignions nos couches. Plus loin, quelqu'un jouait un air de flûte, une mélodie vive et enjouée qui mettait un peu de baume au cœur, et bientôt des chants retentirent, mais ces derniers peinèrent à couvrir la mélopée angoissante de la forêt.

« Il y a des nouvelles de Selmain ? » demanda Consque en levant ses yeux mornes sur Cléon. Ce denier fit la moue. « Pas grand-chose. Ils ont perdu quelques chevaux, je ne sais pas comment. Mais ils ont pas vu l'ombre d'un Feuillu. » Chique eut un sourire carnassier. « Ils ont peur de nous, les gars », dit-il en balayant nos rangs d'un regard dément. Lorsque nous étions entrés dans la forêt, Chique avait barbouillé ses pommettes acérées avec du charbon mêlé de suif. Noueux et bien proportionné, avec de longs cheveux blonds vénitiens, une barbe hirsute et sa boucle d'argent en travers du septum, Chique avait l'air aussi fou et mauvais qu'il l'était vraiment. C'était un combattant féroce et, si je le trouvais dérangeant, j'étais également plutôt content qu'il soit de notre côté. Kondos-Vo cracha sur son sabre, dont il lissait le fil avec une lanière de cuir dur. « Ils ont toujours été lâches », marmonna-t-il. « Ils vont essayer de nous affaiblir au début, comme des chiens galeux autour d'un lion, puis ils viendront en force. J'offrirai ceux que je tuerai au dieu-tombeau. » « C'est plutôt le Chasseur qu'il faudrait prier dans cette forêt », grinça Pue-le-suif, qui était le seul vauvois de la compagnie. Kondos-Vo secoua la tête. « Le dieu-tombeau ne connaît aucune frontière. Il marche où il le veut et tous finissent par le rencontrer tôt ou tard. Peut-être qu'il viendra dire ton nom ici, Pue-le-suif, dans la forêt de ton Chasseur. » Un silence funeste tomba sur notre assemblée, et le sabreur d'Assalande se fendit d'un sourire satisfait.

« Les jours qui arrivent seront difficiles », fit Cléon avant que le malaise ne s'installe. « Matésé le sait autant que nous autres. Il va falloir faire le dos rond, les gars. On s'est bien reposés pendant l'hiver, mais là on est au charbon. Que chacun prie les dieux qu'il veut, et plutôt deux fois qu'une. Pour l'heure, il va falloir qu'on encaisse, mais par contre, faudrait pas oublier que cette fois c'est différent. C'est la dernière fois. Alors on tient le coup jusqu'à ce qu'ils ne puissent plus reculer, et après, il restera qu'à les écraser comme des chiures. » « Et prendre leur or », ajouta Jorl l'Ancien en lissant sa moustache blanche. « Et enfiler tout ce qu'on aura pas cloué aux arbres », renchérit Sannie Rotanche d'une voix grasse. « Je préfère les clouer aux arbres avant », fit Chique, et les autres s'esclaffèrent tour à tour. Un-Œil se redressa. « Faudra quand même vérifier si c'est pas la sœur à Causeur. » Les rires repartirent de plus belle, mais Un-Œil haussa les épaules parce qu'il avait été sérieux et il alla se réfugier sous la tente. En face de moi, Sannie essuyait les larmes d'hilarité qui coulaient sur ses joues. « Qu'il est cave celui-là », réussit-il à hoqueter non sans mal.

À ce moment, Nusmezzar revint de la palissade et je vis qu'il avait cordé son grand arc. « Ils sont là », dit-il d'une voix qui ne tremblait pas. Au même instant un cor souffla et les premières flèches tombèrent. Nous courûmes nous abriter derrière le muret le plus proche, mais il me semblait que les projectiles arrivaient de plusieurs côtés en même temps. Les uns après les autres, les lanciers calèrent leurs boucliers au sommet des mottes empilées. Chique jura en arrachant rageusement un trait qui s'était coincé dans ses mailles. Le long de la palissade, nos tireurs répliquaient à l'aveugle. Les arcs claquaient tandis que les flèches feuillues s'enfonçaient partout en vibrations mates. Je me faufilai jusqu'à pouvoir plaquer mon arbalète sur le rempart humide. Il n'y avait rien à voir, hormis les tourbillons spectraux conjurés par la brume. Par acquit de conscience, je lâchai tout de même un carreau sifflant dans la nuit. En guise de réplique, deux traits s'enfoncèrent dans les mottes, juste en dessous de moi et, alors que je me retirais précipitamment, un troisième tir ricocha sur l'une des bandes d'acier qui renforçait mon casque. Surpris, je m'affalai derrière Un-Œil, qui nous avait rejoints à quatre pattes. Le borgne hissa sa rondache pour nous abriter tous les deux. Devant la flamboyance du feu, une silhouette crachait en s'étreignant la gorge.

Juran se pencha pour s'assurer que j'allais bien. « Il est mort ? » demanda Un-Œil sans se retourner. « Non », feulai-je, la mâchoire crispée, tout en tâtonnant pour réarmer mon arbalète. L'archer qui nous avait accompagnés le soir précédent avec Tristophe Taillé passa au ras de mes bottes, courbé et jurant, avec un trait en travers de la main. Je me relevai sur un genou et rassemblai les carreaux que j'avais éparpillés en tombant. « On attend quoi pour prévenir Selmain ? » haletai-je. Arc-bouté derrière son pavois, Barbelac se mit à rire sombrement. « Ils sont tout juste cinquante en face », fit Cléon, qui avait entendu ma remarque en dépit des traits qui sifflaient au-dessus de lui. « Et même s'ils étaient cinq cents, ils ne s'y essayeraient pas. C'est juste un accueil, ça, Causeur. Haut les cœurs, et têtes en bas ! » De l'autre côté du camp, nous entendions la voix claire de Matésé qui organisait une sortie, et les rugissements de guerre des soldats échauffés qu'il menait. « Ce serait idiot de partir derrière eux », dit Pue-le-suif, depuis le refuge de sa rondache. « C'est sans doute ça qu'ils veulent. » Matésé eut l'air de partager cet avis, parce qu'au final la ligne de soudards ne bougea pas.

L'attaque cessa subitement. Nous patientâmes, accroupis derrière les boucliers. Le silence se ponctua du gémissement des blessés, puis peu à peu la voix des Ronces enfla de nouveau depuis la forêt immobile. « Ils ont tiré toutes leurs flèches », fit Cléon en se redressant. « On peut s'attendre à quelque chose comme ça tous les soirs, si vous voulez mon avis. » Son ton était curieusement enjoué. Plus loin, là où l'on avait parqué les chevaux, des bêtes hérissées se cabraient en hennissant de douleur. Je crachai en me demandant combien de temps nous pourrions tenir de cette manière, puis il fallut aller ramasser la poignée de mourants et panser les montures et les blessés. Le sommeil ne trouva personne facilement. L'humidité avait déjà imprégné les couvertures autant que les habits et les armures de lin. Je n'enviais pas les guerriers lourds, qui ne quitteraient pas leurs mailles avant que tout ne soit fini. Je frissonnai en fermant les yeux, à l'écoute du souffle des autres, des corps allongés dans l'obscurité autour de moi. Après quelques essais infructueux ponctués de sursauts, je dormis enfin.

Peu après, le rêve me trouva.

38

Les mots n'ont pas tellement de sens, dès lors qu'il s'agit de décrire le songe comme quelque chose de physique. Il faut tenter d'imaginer une myriade d'émotions prendre corps pour délimiter des frontières. Des choses enfouies et lointaines qui se matérialisent tout à coup, qui s'interpénètrent et remplacent tous les autres moyens par lesquels on a coutume d'appréhender le monde. Toute esquisse en est forcément incomplète. Toute image est condamnée à être médiocre et tâtonnante. Les seuls instants qui peuvent être capturés de manière compréhensible sont sans doute ceux qui précèdent, lorsque le tangible et le songe s'entrecroisent encore. Un grésillement. Un crissement étranger comme celui d'une braise chaude lancée sur un lac gelé. Après cela, un abîme, au sein duquel il renaît une réalité très différente.

Le rêve me submergea comme une vague roulante et m'arracha le souffle. Les doutes qui avaient été enfantés au fil des ans par l'affadissement de la mémoire furent mis en pièces dans l'instant. La mélasse froide m'enserrait, me dissolvait, et je ne cherchai pas à fuir ou à empêcher l'inévitable. C'était net et intense comme jamais, bien plus complexe que dans mes souvenirs, mais il faut dire que j'avais changé, moi aussi. Sept années s'étaient écoulées depuis ma dernière expérience onirique. J'avais mûri entre-temps. Mon esprit s'était affiné et affirmé. J'étais évidemment terrifié par les implications, les ramifications, toutes les questions qui s'entortillaient autour du phénomène, mais je savais aussi qu'il n'y avait rien à faire à part dompter la vague. Une étrange excitation s'était nichée dans mes tréfonds, assourdie par la peur mais bien présente, une satisfaction doloriste face à l'évidence : tout cela n'avait pas été un phantasme de gamin. Les mystères après lesquels j'avais tant couru et que j'avais tant espérés existaient encore et, mieux, ils venaient de nouveau à ma rencontre. J'affermis ma résolution et me laissai sombrer.

Au cours de l'instant à la fois bref et interminable que dura mon plongeon, le souvenir de mon évasion de la cogue de Vargan Fuste se matérialisa en moi. Je me rappelai le froid du fleuve, l'engourdissement, puis le sommeil gelé qui m'avait terrassé dans la casemate du Quai de Brune. La dislocation. L'anesthésie progressive des sens. Le rêve était semblable à cela, bien que le processus soit plus rapide, et que mon âme ne s'effilochait pas en même temps que mon corps. Les perceptions déjà ternies par le sommeil furent élaguées jusqu'à l'essentiel, parce qu'il n'y avait aucune viande pour les soutenir ou leur donner une raison d'être. Ici, seul l'esprit existait. Les tangibilités relevaient de l'émotion, et elles s'affinaient au point d'en devenir concrètes. On ne voyait pas, on n'entendait pas, il n'y avait rien à toucher et pas davantage à goûter. Il n'y avait pas vraiment d'espace, mais puisqu'il faut bien en dire quelque chose, en retranscrire un récit intelligible, alors il y avait moi, et il y avait la mer d'étoiles. Je flottais en essayant de me rappeler de quelle manière on y nageait.

Lorsque j'eus retrouvé mes marques, je pris de la hauteur, trop vite et trop fort, si bien qu'il me fallut un moment pour me rassembler. Le tournis ou le vertige n'avaient pas cours dans le rêve, mais l'esprit savait en conjurer la mémoire par association et, si on en faisait trop, tout perdait en consistance et en fluidité. Loin en dessous, les facettes palpitaient, chacune livrée à son propre ballet. Je tentai de retrouver ce qui m'était apparu il y avait si longtemps dans la vallée de la Gorce, tournant et retournant la mer avec frénésie, jusqu'à ce que ses contours frémissent et se brouillent, jusqu'à ce que je perde prise sur l'ensemble et que je ne sois plus capable d'en comprendre quoi que ce soit. Je patientai, le temps que les remous se calment. Je m'apprêtais à recommencer lorsqu'une multitude de facettes iridescentes se matérialisèrent autour de moi, comme elles l'avaient fait des années auparavant. Je fus pris puis sondé dans leurs filets rayonnants.

À cet instant, je compris quelque chose qui m'avait échappé lorsque j'étais enfant. Les facettes n'étaient pas la mer. Les facettes composaient seulement la partie qui en était perceptible, et tout comme moi elles y existaient sous forme de vibrations, comme des mouches qui secouent la toile d'une araignée. Ce n'étaient pas elles que je voyais, pas directement du moins. J'en percevais plutôt les ondes, l'écho laissé par leur présence. Le vrai support du rêve était le tissu sombre sur lequel tout cela se jouait. C'était une chose mince, pour peu que l'épaisseur veuille dire quoi que ce soit dans l'espace onirique. En la contemplant sous le bon angle, elle était comme une feuille de papier qui ondulait, qui grimpait et descendait de manière à esquisser l'illusion de la densité. Pour autant, c'était très étendu, et aux rebords le rêve s'arrêtait. Du moins, rien ne semblait exister au-delà. Si le pérégrin m'avait confirmé que les facettes étaient des personnes, ou en tout cas des êtres, puisqu'il avait lui-même pris cette forme, une énigme nouvelle se présentait à moi : la nature de la toile de fond sur laquelle les facettes dansaient.

Les palpitations qui m'enserraient m'inondèrent tout d'abord de confusion. Puis, à mon grand étonnement, un autre sentiment commença à filtrer. La joie. Une joie immense et sans bornes, fervente et extatique. Certaines facettes vibraient de sensations plus mitigées, d'autres étaient même désapprobatrices, mais leurs voix furent bien rapidement éclipsées. Surpris, puisque je m'étais attendu à me trouver en territoire hostile, je me laissai cajoler sans comprendre. Tout à coup, aussi hâtivement qu'elles s'étaient précipitées à ma rencontre, les facettes disparurent, remplacées par une autre. Elle pulsa contre moi. Je reconnus immédiatement sa luisance, pour l'avoir revisitée si souvent au cours de mes réminiscences. J'éprouvais pour elle autant de curiosité que de méfiance, et je l'avais attendue trop longtemps pour ne pas savoir la nommer. Le pérégrin m'avait retrouvé.

Sa gravité était teintée de bonheur, et il voulait que je la ressente. Je marchais avec ses ennemis, mais il était heureux de me voir. Plus encore, il rayonnait d'un intense soulagement. Je ne pouvais pas en dire autant. Je ne pouvais d'ailleurs rien lui dire du tout, hormis ma défiance. Je me détachai pour fouiller de nouveau la mer, percer ses plans et tenter de les comprendre. Il s'interposa, voulut me recentrer sur ses impressions pour m'empêcher de nuire. Il me comprenait, mais ne me laisserait pas faire. Cela fonctionna un temps, mais bien vite, j'appris à me jouer de lui. Il me suffisait de ne pas l'écouter.

Au fil de nos joutes, je parvins à obtenir des bribes de ce que je souhaitais, à entrevoir le rêve comme je l'avais vu jadis. Le terrain de jeu avait rétréci et changé de forme, et je mis un moment à le reconnaître pour ce qu'il était, parce que j'avais recherché une configuration plus familière. Je ne parvins pas à lui donner un sens pour autant, jusqu'à ce que je réalise que, tout comme le pérégrin, les facettes de tantôt ne s'étaient pas déplacées pour m'accueillir, mais qu'elles s'étaient projetées sur moi sans changer de place, de la même manière que je le faisais pour étudier la mer. Les autres, celles qui ne luisaient pas, n'étaient capables d'aucune interaction. Je commençai à discerner des groupes, à comprendre les intervalles. Ma position se trouvait au centre d'une constellation d'êtres. J'explorai quelques-uns des plus proches en déjouant les assauts du pérégrin, qui était effaré de la rapidité avec laquelle je prenais mes aises. Il s'agissait bien d'une carte. J'avais près de moi les facettes de mes compagnons. Ici, la vibration sourde d'Un-Œil. Là, les palpitations plus agressives de Chique. Entre eux, quelque chose d'étranger et d'insignifiant, une limace ou un cloporte. Je pris de nouveau du recul, parce que j'avais saisi que les pulsations irisées devaient être les Ketoï, et que je voulais les situer, les interroger, connaître leur nombre et leurs intentions. Soudain, l'astrc surgit.

Tout fut éclipsé. La mer n'avait pas disparu, mais il m'était désormais impossible d'en discerner quoi que ce soit. J'étais terrifié. Je n'avais pas oublié cette présence – comment l'aurais-je pu –, mais de me trouver à nouveau face à ce que le pérégrin nommait Déesse fut une épreuve terrible. J'étais un chien à l'échine courbée. J'étais un gibier acculé. Je n'étais rien. J'eus l'impression de fixer le soleil, sans pouvoir m'en détourner. Ses premières modulations crépitèrent, me surchargeant d'un émoi si gigantesque que je doutais pouvoir l'accueillir. J'eus peur de mourir d'amour. Les salves tonitruantes me secouaient, me ballottaient comme un fétu. Elle m'aimait. Elle m'aimait d'une puissance qui aurait ravagé le monde entier. Elle me voulait. La charge érotique était suave, incroyablement voluptueuse. Je devais venir à elle. Nous devions être ensemble. Il fallait que je la rejoigne et que je baigne dans son adoration. Pour la première fois, en dépit de la stridence, il m'apparut qu'elle existait vraiment. Qu'elle appartenait au monde, physiquement. Que quelque part là-haut, sur le plateau des Ronces, il résidait une entité qui désirait plus que tout que je vienne à elle. Je tremblais. Mon esprit tremblait, perdait pied totalement, et je crus enfin que mon être tout entier allait se fissurer, puis éclater comme un fruit trop mûr. Il y eut ensuite un crépitement blanc, et j'ouvris deux yeux exorbités.

J'eus tout juste le temps de prendre une inspiration secouée de hoquets, puis un haut-le-cœur terrible arriva juste après. Je me penchai sur le côté pour vomir, tellement tétanisé que c'est à peine si je fis un bruit. Ma bile alla éclabousser la toile de la tente contre laquelle j'avais roulé. Je grelottais de tout mon corps, les bras plaqués le long des replis de mes braies humides. Autour de moi, dans le noir bleuté qui précède l'aube, s'élevaient les ronflements de mes compagnons, qui dormaient encore profondément. Je rampai à l'extérieur, en quête d'eau ou d'air frais, de n'importe quoi qui pourrait m'aider à renouer avec la réalité. Les aiguilles des épicéas collaient à mes paumes et à mes vêtements. J'étreignis des poignées d'humus à m'en faire mal, plissant les yeux à la recherche de quelque chose de solide, de certain. Je ne voyais pas bien loin à l'est, mais je savais que quelque part sur l'horizon, une mince ligne de lumière était en train d'apparaître. Je soufflai encore un peu avant de m'enrouler dans ma cape, puis je me traînai jusqu'au muret de tourbe, la mâchoire gluante de coulures acides.

Minable et frissonnant, je me calai contre la terre froide, qui était hérissée de radicelles et des quelques flèches feuillues qui n'avaient pas été ramassées. Mon regard se fixa sur les volutes de brume qui s'enroulaient avec une lenteur serpentine autour des troncs. L'esprit vide, j'attendis non loin d'une sentinelle qui somnolait que l'aube achève d'illuminer le monde. Le camp commença à s'agiter peu après. Ceux qui n'avaient pas dormi déambulaient hagards, parmi les tentes et les pavillons, leurs doigts fébriles jouant avec leur équipement et les attaches de leurs armures. Les braises du grand feu furent ravivées, et ceux qui étaient de corvée s'attelèrent à détacher les chevaux ou à préparer la distribution des rations de la journée. Les hommes de garde bâillaient en attendant la relève, maintenant qu'ils pouvaient relâcher un peu leur vigilance. Je ressentis quelque chose de familier au contact des parfums et des sons d'un camp militaire. Je m'y absorbai pour ne pas avoir à penser à autre chose.

Cléon Fabasse vint me rejoindre peu avant que les capitaines ne commencent à réveiller leurs troupes. « J'ai marché dans ta galette », fit-il sans ambages. « Tu es malade ? » Je secouai la tête. « Ça va mieux », fis-je en balayant la question d'une voix qui me parut lointaine. Le soudard plissa la bouche et s'accroupit près de moi. « Tu as failli te faire embrocher le museau hier soir », dit-il après un moment, un ton plus bas. « Ça se comprendrait que tu sois un peu secoué. D'autant que c'est la première fois que tu te mesures aux Feuillus. » Le timbre qu'il employait titilla mon orgueil et m'extirpa quelque peu de ma léthargie. « Je crois plutôt que c'est quelque chose que j'ai mangé », répondis-je d'un ton plat. Cléon hocha la tête, sans paraître convaincu pour autant. « Vous serez sur le flanc gauche jusqu'à midi », insista-t-il. « Si tu n'as pas les yeux en face des trous, c'est le moment de me le dire. » Je me passai la langue sur les lèvres. J'estimais n'avoir rien à prouver à quiconque, mais la nuit m'avait ébranlé et ses sous-entendus étaient insultants. « J'ai avancé sous les tirs de dix compagnies d'archers longs à Aigue-Passe », sifflai-je. « Je ne suis pas froussard, Cléon Fabasse, ni des Feuillus ni d'autre chose. » L'homme m'avisa de haut en bas, puis haussa les épaules et s'en fut secouer les autres.

Les nappes de limbes blanchissaient à vue d'œil, suspendues entre les arbres humides comme de grands draps blafards. Le monde semblait se coaguler avec l'afflux de la lumière. Quelque part, dans les hauteurs, un chat-vèche feulait, en hurlements longs et mélancoliques. Je me détournai du bourdonnement lugubre de la forêt pour me rendre au réfectoire improvisé, qui avait été installé sous un grand pavillon au centre du camp. Là, je négociai une timbale de tisane chaude auprès de Mérielle, qui y œuvrait déjà avec une vingtaine d'autres commis. Je bus lentement et en silence tandis que la femme imposante me couvait d'un regard indéchiffrable. Comme les soudards affamés commençaient à se regrouper autour de la pitancerie, et que je souhaitais éviter la compagnie d'autrui aussi longtemps que je le pouvais, j'emportai mes rations au nord, jusqu'à l'entrée du camp, où je trouvai à m'adosser contre le tronc grisâtre d'un orme. Le brouhaha renflait derrière moi alors que j'émiettais misérablement mon pain, puis une petite troupe vint remplacer les sentinelles qui avaient tenu les murs et dont l'attention, depuis mon arrivée, s'était reportée davantage sur mon repas que sur les environs qu'ils étaient censés surveiller.

L'armée n'allait pas prendre la route avant deux ou trois heures, parce qu'il fallait du temps pour lever le camp, tout remballer et soigner les chevaux, mais comme je ne savais pas à quel moment on jugerait bon de faire partir l'avant-garde je ne traînai pas trop avant d'aller récupérer mon équipement. Sur le chemin du retour je croisai la triace de Siméon-sans-dents, qui avait manifestement parlé avec Cléon. Le vieil homme rougeaud m'agrippa par le bras d'une poigne de fer et plongea ses yeux vifs dans les miens. « Chi cha va pas, y faut me le dire », m'asséna-t-il fermement. « Che préfère chavoir chur qui che peux compter quand on chera tout cheuls, là-bas. » Je murmurai quelques phrases rassurantes à son intention et, puisque la nourriture et la boisson m'avaient revigoré, il me fut plus aisé de le convaincre que Cléon. Nous nous quittâmes au moment où Matésé faisait sonner le cor de signalisation, dont le barrissement cuivré ne pouvait être confondu avec aucun autre. Depuis les bois brumeux à l'est, la troupe de Selmain répondait, et l'échange codé dura un certain temps. La présence de nos alliés, bien qu'invisible, était rassurante et nous rappelait que nous n'étions pas seuls. Je vis plus d'un homme faire fi du vacarme pour tendre l'oreille avec un sourire naissant. En dépit des doutes que la nuit avait semés dans mon âme, je ne pus m'empêcher de songer que l'organisation de la campagne était remarquable à bien des égards, et que ces deux capitaines-francs faisaient passer bon nombre de sénéchaux brunides pour de sombres imbéciles.

J'apprêtai mes affaires tandis qu'Un-Œil et Juran achevaient de manger à quelques pas du pavillon. Aucun des deux hommes ne me posa de questions, sans doute parce que nous avions été ensemble dans la vallée lorsque Perdu était mort, et qu'ils ne pouvaient pas me soupçonner d'être un pleutre. Corbeau patientait près d'eux en griffonnant le sol d'un court bâton. J'avais remarqué que le gamin n'aimait pas la compagnie des autres garçons-pots, et qu'il évitait la plupart des adultes, même les Montagnards. Son regard se posait souvent sur les bêtes, qu'il étudiait avec attention, mais sur les hommes ses yeux froids glissaient comme s'ils n'existaient pas. Il y avait quelques exceptions à la règle, comme Cléon ou moi-même, et aussi Sarnesh, le nouveau pisteur, que le garçon avait fixé avec intérêt lorsque la veille nous avions marché tous ensemble au sein de l'avant-garde. Quand nous quittâmes le camp encore affairé pour nous enfoncer dans la forêt, Corbeau menait la première mule, à laquelle il avait offert une partie de son pain. Jorl l'Ancien fit remarquer qu'il espérait ne jamais se trouver dans une situation où Corbeau aurait à choisir entre notre troupe et les bêtes de bât, mais il y eut peu de rires, parce que la plupart des soudards étaient trop occupés à essayer de deviner ce qui nous attendait derrière les limbes.

Une fois nos rangs organisés, Cléon rassembla les équipes des éclaireurs. Le soleil matinal laissait présager d'une nouvelle belle journée, et les bouchons de brume se désintégraient peu à peu sous l'effet de ses rayons, pour dévoiler une pente plus ardue que celle de la veille. Les ruisseaux que nous avions suivis dès le départ avaient creusé le terrain en amont et mis parfois la roche à nu pour se jeter du haut de promontoires spectaculaires. Le tambourin de l'eau vint ajouter son rythme singulier au chant des Ronces. La trajectoire de mon groupe fut rapidement convenue et nous quittâmes la troupe principale pour nous enfoncer dans la forêt, en quête d'un passage praticable entre les falaises de basalte, où pendaient d'épais rideaux de sphaigne et de lichen. À peine avions-nous perdu les autres de vue que Sarnesh s'arrêta au pied d'un bosquet, où il se mit à gratter énergiquement. Siméon et les lanciers se déployèrent pour le protéger. Comme il baragouinait en faisant de grands gestes, Juran et Mayak le rejoignirent. J'armai mon arbalète pour me caler en retrait avec Nusmezzar, et nous balayâmes les bois alentour à l'affût du moindre mouvement.

Les trois hommes échangèrent un peu, puis Mayak vint s'entretenir avec Siméon et Chique.

« Le pâle dit que les archers d'hier soir sont passés par ici et qu'on marche dans leurs pas », l'entendis-je affirmer. « Il veut savoir si on doit continuer à les suivre. » Chique acquiesça. « Si les Feuillus sont passés par là, c'est qu'il doit y avoir un chemin entre ces foutus rochers. Faut qu'on continue en faisant gaffe, les mailles et les rondaches à l'avant. » Siméon donna son assentiment, mais Mayak n'avait pas fini. « Il y a aussi quelque chose que le pâle ne comprend pas », fit-il. « Il a trouvé un de ces trous à chausse-trape, avec la pointe dedans. Sauf que les Feuillus l'ont rebouché dans la nuit. » À plusieurs milles de là, à l'avant des troupes de Selmain, un cor clair retentit pour la première fois de la journée, sa clameur étouffée par la distance. Je crachai dans les aiguilles des grands pins, sans quitter la forêt des yeux.

39

Avant le zénith, Sarnesh trouva encore trois pièges qui avaient été comblés. Nous attendions à chaque instant après le cor du groupe de tête, parce qu'on savait que les Feuillus étaient là. Ils avançaient en silence, à l'abri des arbres et de la brume, se faufilaient autour de nous sans laisser d'autres traces que le bruissement des fougères, ou le roulis des limbes qui se refermaient sur leurs silhouettes évanescentes. À entendre les coups de trompe qui venaient régulièrement du côté de Selmain, ses hommes passaient un sale quart d'heure. Les mêmes guerriers qui harcelaient impitoyablement nos alliés nous laissaient pourtant progresser sans entrave. Chique spéculait que c'était pour mieux séparer les deux armées et qu'il nous faudrait faire attention à ne pas prendre trop d'avance. C'était une bonne explication, mais cela ne m'empêchait pas de me demander si ce traitement inégal n'avait pas finalement un rapport avec moi. Même si je m'étais joint à ceux qui envahissaient leurs terres, les Ketoï ne me voulaient pas de mal, au contraire, l'avatar onirique du pérégrin avait été clair sur ce point. Peut-être qu'en agissant ainsi ils souhaitaient m'en convaincre ou, de manière plus pragmatique, éviter de prendre le risque de me tuer par inadvertance. J'avais beau me creuser, je ne parvenais pas à m'expliquer ce bonheur inouï dont ils m'avaient submergé, ni même en quoi je pouvais représenter pour eux autre chose qu'une cible.

Les ombres des arbres étaient titanesques, et nos pas prudents sous leurs ramures. Des nuées de grands piquerons bourdonnaient autour de nous, parasitant ce qu'il y avait à voir et à entendre. Les boucliers se levaient au moindre craquement suspect, et on se précipitait derrière ces maigres remparts en guettant le chuintement des tirs qui ne venaient pas. De tout temps, les jambes étaient fléchies, tendues comme les cordes d'un arc. Si l'ennemi nous chargeait en force, il fallait être prêt à faire retraite au pas de course. Nous réduisîmes naturellement la distance entre les groupes et faisions de notre mieux pour garder le gros de l'avant-garde à portée d'oreille. La sueur coulait sur les visages maculés et les nuques, l'atmosphère était moite et étouffante, l'air presque immobile en dépit de l'altitude. Les oiseaux ne chantaient plus que dans le lointain, et la voix des Ronces n'était qu'une sourdine grave, une vibration profonde et incommode. Par deux fois, les éclaireurs des flancs durent marcher sur nos traces pour ne pas se retrouver bloqués par les falaises. Ces promontoires de basalte n'étaient pas bien hauts, deux ou trois empans à peine, mais ils découpaient la route ainsi que le paysage, leurs surfaces opaques et sans concession, luisantes d'humidité.

Lorsque Cléon nous rappela enfin, nous rentrâmes dans les rangs avec les nerfs à vif, et je mis un long moment à retrouver mon calme. Une grande fatigue s'ensuivit, que je combattis de mon mieux. Les autres groupes avaient passé une matinée aussi pénible et curieuse que la nôtre. Des chausse-trapes ensevelies avaient été découvertes, ainsi que des tas de pierres et des troncs placés sur les rebords des goulots de roche, que les Feuillus ne s'étaient pas donné la peine de faire chuter à notre approche. La triace de Barbelac avait même eu le temps de décocher quelques traits sur une troupe ennemie qui s'éclipsait, sans essuyer la moindre réplique. Nous fîmes halte pour manger et nous abreuver au bord d'un ru clair dont les berges étaient tapissées de lierre, et on envoya des hommes à l'arrière pour rapporter ce développement inattendu à Matésé. Autour des rations, les discussions allaient bon train. Les soudards avec qui je marchais étaient mystifiés par le manège des Feuillus. Paradoxalement, il me semble que nous aurions été plus à l'aise si on nous avait accueillis avec des volées de flèches. Bien rapidement l'avant-garde dut trouver un emplacement pour le camp du soir et, peu avant la nuit, les ouvrages protecteurs furent de nouveau érigés. Le souvenir des tirs de la veille réduisit les grommellements au strict minimum.

Au crépuscule, la forêt en sourdine sembla se réveiller brusquement, inondant le camp d'une cacophonie sauvage qui parvint même à noyer la clameur humaine. Les abois des cervidés et les hurlements rauques des chats-vèches ponctuaient un grésillement continu, le crissement permanent des ailes et de la chitine. De grands hiboux hululaient dans les cimes et fendaient parfois l'air congestionné au-dessus de nos têtes. Le repas du soir fut avalé à la va-vite, nos yeux dardant vers les taillis et les escarpements où la brume affleurait, les ventres noués par la crainte de se trouver dans la mire d'un archer invisible. Nous attendions, terrés, que les Feuillus se manifestent. Les grands brasicrs avaient été abandonnés dès la tombée de la nuit puisque leurs halos avaient attiré les flèches le soir précédent. Si nous nous regroupâmes une nouvelle fois entre Affranchis, c'était autant pour la compagnie que pour la protection offerte par les triaces. J'en avais profité pour décrocher ma rondache de mon paquetage et je la portais désormais sanglée dans mon dos, ce qui était incommode, mais rassurant. Mon pourpoint carmide était relativement léger et je ne pensais pas qu'il puisse barrer la route à une flèche, même si elle était tirée par les arcs courts des Ketoï. « Ça ne va plus traîner les gars », disait sans cesse Cléon. Pourtant, rien ne venait.

La nuit tomba pour de bon, et l'ennemi n'avait toujours pas pointé le bout de son nez. Des murmures interrogateurs commencèrent à traverser les rangs. Certains étaient d'avis que les Feuillus laissaient monter la pression pour nous faire craquer. Une poignée d'optimistes essayaient même de se persuader qu'ils avaient épuisé leurs munitions la veille et que nos manœuvres les avaient empêchés de se réapprovisionner. Cette dernière sottise était née chez les palefreniers, et pour ceux qui avaient passé du temps devant c'était une hypothèse parfaitement risible. Nos adversaires nous avaient tourné autour toute la journée. S'ils avaient souhaité nous cribler de tirs, ils l'auraient fait, se seraient ravitaillés avant de recommencer, et nous n'aurions pas pu y faire quoi que ce soit. Pour ma part, j'étais de plus en plus certain qu'ils ne viendraient pas. Comme le temps n'en finissait pas de s'étirer sans offrir l'ombre d'un dénouement, Corbeau alluma un petit feu à l'abri du muret de tourbe, et on se relâcha un peu pour discuter à voix basse, adossés côte à côte contre le terreau parfumé. Découpée par un labyrinthe de branchages, la lune grossissait dans le ciel.

Il y eut tout à coup de l'agitation près de l'entrée. Nous crûmes que le moment était arrivé, mais les prophéties funestes de Cléon tombèrent à plat. Il ne s'agissait finalement que de la compagnie de liaison qui avait été envoyée prendre des nouvelles de Selmain. Ces derniers rentraient fourbus, certains boitant, leurs boucliers lardés d'empennages. « Putains de Ganne », jura Barbelac, et nous fûmes nombreux à retrousser le nez face au spectacle pitoyable que présentait la troupe. Avides d'informations, nous guettâmes l'éclat de leurs voix, mais finalement seuls ceux de la tente de commandement eurent le droit de savoir ce qui se tramait à l'est. De l'avis de tous, Selmain et les siens avaient dû laisser derrière eux un sillage moucheté de cadavres. La tension retomba lentement. Les têtes alourdies par les casques dodelinaient çà et là et les échanges se firent plus parcimonieux. Je fus le premier à rallier ma couche, suivi de près par Jorl l'Ancien. Je n'étais pas plus fatigué qu'un autre, mais j'avais envie de savoir si le songe recommencerait, si l'on pouvait m'en exclure, et ce que je parviendrais à y apprendre de nouveau. Avec mes armes à portée de main, je m'installai sous mon bouclier pour ne pas tenter le sort, puis je fermai les yeux, à la fois anxieux et impatient de découvrir ce que la nuit me réservait.

Je mis longtemps à trouver le sommeil, mais dès que cela arriva je basculai dans le rêve comme on tourne une page. La transition fut lisse et dépourvue de cette désagréable sensation d'asphyxie, sans doute parce que je n'avais pas été pris au dépourvu cette fois-ci. Je supputais que le songe était une chose que l'on pouvait apprivoiser et apprendre, rendre plus aisée à force de pratique. Cela ne m'empêchait pas d'espérer découvrir de quelle manière je pouvais m'y soustraire, si cela était possible. Durant les longues, longues lunes où j'avais subi la même chose, à Corne-Brune, je n'avais jamais trouvé à m'esquiver et, si cette période ne m'avait pas physiquement épuisé, je ne me rappelais quc trop bien de la lourde charge mentale qui avait pesé sur mes épaules. J'étais tenaillé par l'envie de comprendre, mais je me disais aussi que sur le plateau, à défaut d'une autre solution, je pourrais peut-être arracher la vérité aux Ketoï et mettre un terme définitif au songe, si cela s'avérait trop difficile à endurer. J'avais ruminé toute la journée durant, et j'avais fini par conclure que mon apparition sur la toile du rêve était allée de pair avec mon arrivée sur les pentes boisées de Spinelle. J'avais fait mon entrée sur le terrain onirique depuis le bord et de jour, mon corps progressait en direction de l'astre, qui, s'il existait vraiment, devait se trouver niché quelque part au cœur du pays ketoï. J'avais espéré retrouver le rêve pour confirmer mes suppositions.

Je fus précipité au cœur de la mer palpitante, où je tournoyai, époustouflé par sa complexité et la chorégraphie confuse des facettes. Je voulus immédiatement manœuvrer, explorer comme je l'avais fait auparavant, mais avant même que j'aie eu le temps de prendre mes aises la Déesse me trouva. Je me recroquevillai en moi-même, prêt à subir l'avalanche. Son barrissement d'amour fut plus doux et maîtrisé, moins strident, mais il n'en oblitéra pas moins tout le reste. J'avais beau me débattre, chercher à me détourner, elle était toujours là, à déverser sur moi ce chant tonitruant qui m'imprégnait, qui comblait tout jusqu'à saturer chaque recoin de mon être. Je passai la nuit ainsi, en tête à tête avec un soleil. Je cessai de lutter rapidement, parce qu'il y avait aussi du plaisir à tirer de ses flatteries. Elle me cajola, me berça, susurra de longs poèmes palpitants desquels je ne pouvais pas m'extraire. Il me semblait que c'était la manière qu'elle avait choisie pour m'empêcher de nuire ou d'en découvrir davantage, mais ses intentions étaient trop complexes pour que j'imagine pouvoir les décortiquer complètement. Les vagues s'enroulaient en moi, caressant en profondeur jusqu'à atteindre un rythme paroxysmique quelques instants avant l'éveil. C'est à peine si je pouvais penser. En dépit de cela, ou plutôt pour cette raison précise, une évidence me frappa au moment où je quittais le songe. Son astre était fait d'autant d'ombre que de lumière. De fait, la Déesse était la mer.

Ce matin-là, je ne vomis pas, même si je traînai une nausée jusqu'à la distribution des rations. Je me sentais curieusement léger, presque apaisé, alors que toute logique aurait exigé que je m'éparpille en questionnements à m'en arracher les cheveux. Je mangeai mon pain avec les autres, m'émerveillant béatement du moindre chant d'oiseau. La plupart des conversations concernaient la météo, puisque le ciel s'était obscurci au sud, et le temps semblait sur le point de se gâter. « On est déjà trempés de toute manière », grommela Un-Œil en prenant appui sur mon épaule pour se relever. Pour la plupart, les Affranchis avaient le visage tendu et il en allait de même pour les autres soudards que j'avais croisés dans le camp. Personne ne comprenait rien au comportement erratique des Feuillus, et nous savions tous que, lorsque cette trêve étrange cesserait, ils nous infligeraient la même chose qu'au cortège infortuné de Selmain. Leurs cors – m'apprit-on – avaient sonné toute la nuit. Les nouvelles rapportées par la troupe de liaison commençaient à se répandre, et Matésé avait annoncé une réunion avec ses capitaines le soir même. En un seul jour de harcèlement, nos alliés avaient perdu plus de vingt hommes, morts ou trop gravement blessés pour qu'ils puissent continuer à se battre. Il me paraissait évident que d'autres avaient dû périr pendant les attaques nocturnes. La résistance des Feuillus était féroce, et elle ne faisait que commencer.

Comme nous nous assemblions en préparation du départ, face à la mine déconfite de l'avant-garde, Cléon me tapota théâtralement le dos, puis proclama à haute voix : « Ils sont solides mes gars, prenez-en de la graine ! » J'avais apparemment été l'un des seuls à dormir comme un bébé la nuit précédente. Cette harangue déguisée n'eut pas vraiment l'air de fonctionner, mais je crois que le capitaine en usait surtout comme moyen détourné pour s'excuser de m'avoir soupçonné d'être trouillard. Sarnesh nous retrouva juste avant de partir, ses longs cheveux noirs plaqués autour de son visage, accrochant son dos nu et les contours pâles de sa carcasse décharnée. Il murmura quelques mots d'un ton sévère, puis s'adressa à Mayak et à Juran qui trépignaient sur place en affichant leur perplexité, mais je vis leur gêne se transformer rapidement en colère. Les trois hommes jacassaient bientôt entre eux à voix basse, jusqu'à ce que Sarnesh finisse par jeter ses mains en l'air et cracher une phrase ou deux tout en me montrant du doigt. Je m'empourprai aussitôt. « Qu'est-ce qu'il me veut ? » leur demandai-je lorsque l'homme se fut éclipsé à l'avant du groupe. « Rien », fit Juran un peu trop sèchement. « Il parle de choses dont il ne faut pas parler. Il voulait te prendre pour témoin. » Quelques instants plus tard, nous nous dispersâmes sous les arbres en formation serrée.

La troisième journée fut identique en tout point à celle qui l'avait précédée. Nous avançâmes dans un dédale luxuriant de troncs et de falaises, où nous nous retrouvâmes plus d'une fois à devoir rebrousser chemin pour suivre les traces d'un autre groupe plus chanceux. Les Feuillus nous épiaient depuis les hauteurs, se déplaçaient dans l'ombre des ramures, dissimulés par les limbes de plus en plus épais. À cause de la brume, le paysage n'était pas empreint de la majesté que l'on était en droit d'attendre, qui aurait dû se dégager des arbres géants et du basalte luisant, mais apparaissait plutôt comme une succession d'espaces morcelés au sein desquels il était aisé de se perdre, d'autant que notre attention était mobilisée en permanence par le déplacement furtif de l'ennemi. Chique en particulier enrageait de se sentir aussi impuissant, et au cours de l'après-midi il se mit à injurier leurs ombres, pestant et raillant dans l'espoir de les provoquer au combat. Cela ne fonctionna pas. Au loin, les cors de Selmain sonnaient sans cesse, mais de notre côté, il n'y eut pas l'ombre d'une échauffourée.

Le lendemain, après une nouvelle nuit paisible, il se mit à pleuvoir, une pluie tiède et désagréable qui gouttait depuis les aiguilles et les feuilles. Le sol devint glissant, et notre marche plus pénible. Matésé nous demanda de dévier vers l'est afin de réduire la distance entre notre armée et celle de Selmain, qui était contrainte d'avancer plus lentement que nous à cause des combats. Nos journées étaient courtes, ce qui n'aurait pas été aussi ennuyeux, si nous avions eu quelque chose à faire à part attendre sous les averses. Il y avait de la beauté à voir pourtant, pour peu que l'on parvienne à chasser la peur et la frustration suffisamment longtemps pour la remarquer. Nombreuses étaient les gorges rocailleuses qui débordaient de mousses incroyables, de polypores mouchetés, d'insectes et d'oiseaux étincelants et colorés. Dans les interstices des parois noires poussaient des grappes de baies d'un jaune vif et des touffes de grandes fleurs violettes et charnues semblables à des lis d'eau. Je ne parvenais pas à tirer de ces compositions parfois spectaculaires une quelconque distraction. Un sentiment curieux commençait à se répandre dans les rangs : de la culpabilité. Selmain avait essuyé des dizaines de pertes, ses soudards se battaient comme des chiens jour et nuit à deux milles de nos positions, mais pour l'instant, l'ennemi nous interdisait de partager ce fardeau. Même la troupe de liaison ne fut plus prise pour cible. Personne n'y comprenait rien. Personne, hormis moi.

Chaque soir, le rêve était revenu, et la Déesse m'emprisonnait au sein de sa berceuse. Elle me submergeait d'amour, de tendresse et de plaisir. Il m'apparaissait clairement que les Ketoï suivaient ses ordres, et que la paix qu'elle m'offrait de jour était autant un gage de son adoration que l'était son chant nocturne. Je n'en restais pas moins sur l'expectative. Les Feuillus ne pourraient pas retarder leurs attaques éternellement, de cela j'étais certain. Il leur faudrait bientôt agir et, s'ils souhaitaient réellement me préserver, je me figurais que ma seule présence au sein de la troupe de Matésé allait leur causer des difficultés. De fait, je ne comprenais pas davantage cette latence que le reste. Attendait-on de moi que je change d'avis ? Que je m'éclipse dans les bois en abandonnant mes compagnons derrière moi ?

Si une éventuelle trahison me dérangeait moins que l'idée de faire défection pour rejoindre le côté des perdants, je n'avais toujours pas la moindre notion de ce que les Ketoï pouvaient bien me vouloir, ni pourquoi leur Déesse me jugeait digne de ses attentions. J'avais bien songé au fait que j'étais sensible au rêve pour expliquer l'intérêt qu'elle me portait, mais, même si je ne savais pas encore ce que cela pouvait vouloir dire, dans mon idée ce n'était pas une justification suffisante. Il y avait des centaines d'autres facettes acquises à sa cause, et toutes maîtrisaient le songe mieux que moi. Ainsi, en dépit du trouble dans lequel me plongeait la bienveillance des Ketoï, je m'étais juré de ne rien leur céder, pas avant d'avoir une meilleure compréhension de ce qui se passait. Comme je n'avais aucune envie de me jeter dans la gueule du loup par simple curiosité, j'en fus réduit à élaborer des questions sans réponse, à extrapoler vainement leurs motivations mystérieuses. Et puis, le cinquième soir, il se produisit une chose que je n'avais pas envisagée, même dans mes élucubrations les plus fantaisistes.

40

Je sortais du pavillon d'infirmerie avec Un-Œil et Juran, parce que Juran avait la joue enflée comme s'il mastiquait une rave entière et qu'il avait eu besoin qu'on lui tire une dent. Le tord-boyaux dont on l'avait rempli pour éviter de gaspiller le fol-souci l'avait rendu tellement saoul qu'il avait du mal à marcher droit. Bras dessus, bras dessous, nous émergeâmes sous une pluie fine qui éclaboussa nos visages déjà humides. Au moment où je rabattais ma capuche tout en contournant la tente, je rentrai de plein fouet dans un homme tout aussi encapuchonné que moi, qui venait dans l'autre sens avec les bras chargés de torches. Nous titubâmes tandis que le nouveau venu se retrouva à genoux, sa cargaison éparpillée autour de lui. « Putains de Ganne », jura-t-il d'une voix épaisse. « Tu vas m'aider à ramasser tout ça, fiston, je peux pas me charger tout seul. » Au prix de gesticulations furieuses, Un-Œil parvint non sans mal à empêcher Juran de s'écrouler sur la tente. « Chacun sa chiure, fils de chien ! » aboya-t-il tout en cherchant son équilibre. Le borgne et la plupart des autres guerriers de l'avant-garde avaient été rendus belliqueux par l'attente. N'importe quelle occasion pour se battre était bonne à saisir. Pour éviter que les choses ne dégénèrent, je décidai de m'interposer. « Ça va », grimaçai-je d'un ton las, en frappant les mailles d'Un-Œil du plat de la main. « Ramène Juran, je vais filer un coup de patte ici. »

Mes compagnons s'en furent dans la grisaille sans demander leur reste et l'homme se pencha dans la pénombre pour se saisir d'une brassée de torches. Je m'accroupis dans l'intention d'en faire de même. « C'est pour les sentinelles, j'imagine », fis-je sur le ton de la conversation, puis l'homme posa doucement sa main sur la mienne. Je levai la tête d'un mouvement brusque, sans comprendre à quoi il jouait. Deux yeux verts m'attendaient, dansant sous la capuche, leur luisance presque surnaturelle dans la nuit tombante. Je me redressai d'un bond, comme si j'avais été frôlé par une stryge ou un serpent des boues. Le pérégrin sourit. Il ne portait pas son masque laqué, mais le capuchon me dissimulait l'essentiel de son visage. L'ombre dévorait tout hormis l'éclat de ses pupilles, sur lesquelles dansaient les flammes timides des brasiers. Sa cape était en feutre sombre, un tissu rêche et utilitaire, qui n'avait rien à voir avec le patchwork coloré qu'il avait porté lorsque je l'avais rencontré, mais sa posture souple et nonchalante n'avait pas changé. Comme je restais là, interdit et stupéfait, j'entendis sa voix mélodieuse murmurer : « Nous avons à parler, tous les deux. »

Je reculai, l'esprit bouillonnant. Je n'aurais eu qu'à appeler pour que sept cents soudards frustrés du manque de boucherie lui tombent dessus dans l'instant. À la place, lorsqu'il me tourna le dos pour s'éclipser en direction de la palissade, je vérifiai à droite et à gauche que personne n'avait remarqué son manège, avant de lui emboîter le pas. Nous marchâmes vers le muret ouest en nous faufilant au travers des soudards accroupis et ruisselants, frôlant parfois la croupe fumante d'une bête de bât que l'on attachait par grappes de vingt aux troncs des ormes. Le pérégrin se débarrassa des quelques torches qu'il avait ramassées au détour d'un pavillon, puis il s'installa sur le tas de tourbe détrempé, qu'il flatta comme s'il s'agissait d'une monture fidèle. « C'est une bonne idée, ça », fit-il sur le ton de la conversation. Je haussai les épaules, sans parvenir à formuler la moindre question. « Tu es quand même entré », fis-je remarquer d'une voix plate. J'avais la main sur le couteau et je ne lâchais pas l'homme du regard. Le pérégrin eut un rire bref et musical. « Je suis heureux de te voir, Syffe », me dit-il après un moment. « J'ai cru que tu étais mort durant toutes ces années. » Je ne répondis rien, et nous attendîmes ainsi tandis que la pluie imbibait nos capes.

« Tu voulais parler », aboyai-je lorsque le silence fut intenable. Le pérégrin commença à remuer les lèvres, mais je poursuivis sans en tenir compte, parce que tout à coup ma parole s'était dénouée et que l'amertume et la rancune se déversaient depuis ma bouche tout comme le crachin chutait du ciel. « Mais je sais déjà ce que tu vas me dire, pérégrin. Tu vas me demander de venir avec toi. J'ai eu le temps d'y penser, figure-toi. Tu es exactement comme Bertôme Hesse. Tout ça se ressemble comme deux gouttes d'eau. Il m'a trahi, et j'ai failli me faire pendre, et rien de tout ça ne serait arrivé s'il m'avait seulement dit la vérité. Par ta faute, j'ai gaspillé cinq années dans les mines carmides à me demander si je n'allais pas devenir fou, parce que tu n'as pas voulu jouer cartes sur table. Je ne comprends rien à ce qui se passe, pérégrin, ni à ce qui m'arrive, mais ça ne m'empêche pas de réfléchir. Les Vars m'ont au moins appris ça. J'en ai fini avec les gens qui pensent connaître mieux que moi mon propre bien. Uldrick ne te faisait pas confiance, et il avait raison. Je refuse de t'accompagner où que ce soit, et si tu essayes de m'y obliger, je t'ouvre en deux comme un poisson. Au bout du bout, il n'y a qu'une seule chose qui m'intéresse vraiment. Je veux savoir où est Brindille. »

Le pérégrin se voûta sur le muret. J'attendis, les mains sur les hanches, le cœur tambourinant. Les gouttes formaient un chapelet obscur sur le rebord de ma capuche et au-delà, les limbes blancs enserraient la forêt. « Tu te trompes », finit-il par souffler d'une voix triste. « Si je ne t'ai rien dit à l'époque, c'est parce que tu étais trop jeune pour comprendre, et que tu baignais dans la philosophie incroyante des Vars. Tu m'aurais pris pour un menteur. Je savais que Collinne venait, cette nuit-là, et les Carmides avec eux. Mais j'avais parié que vous seriez repoussés, et que tu me suivrais ensuite à Spinelle. Je te l'avais dit à l'époque. Ça a été une des décisions les plus difficiles que j'ai eu à prendre de toute ma vie, mais je ne pouvais pas t'obliger. » Je secouais la tête, mais il continua. « Je n'ai pas davantage l'intention de t'obliger aujourd'hui. Et tu te trompes sur la raison de ma venue. Je ne suis pas là pour te demander de me suivre, mais pour te parler de Brindille. Elle est avec nous, là-haut. Elle t'attend. Nous t'attendons tous. »

Je m'assis lourdement sur le lit d'aiguilles. À l'intérieur de moi, un chaos frémissant de désespoir, de soulagement et de regrets. Dans ma confusion, je tirai le couteau de ma ceinture pour le planter devant moi, mes mains serrées autour du pommeau comme s'il n'y avait plus que cela qui me reliait au monde. Ma vision se brouilla, mon corps tremblait sous l'emprise d'une émotion immense. « Je ne te fais pas confiance », chuchotai-je. « Même si j'ai envie de croire que c'est la vérité. » Le pérégrin s'assit en face de moi sans égard pour la pluie et le sol détrempé. « C'est la vérité », dit-il. Quelque chose étincela et puis, à côté de ma lame de bronze, il ficha le poignard carmide de Uldrick. J'esquissai un sourire tordu et tendis les doigts pour en effleurer le manche taché que j'avais tenu enfant et avec lequel j'avais pris deux vies. La dernière fois que j'avais vu cette arme, c'était le soir qui précédait ma capture, lorsque je l'avais confiée à Brindille pour sa propre protection. Son étui de cuir patiné atterrit sur mes genoux. Je serrai l'objet contre moi, avant de relever les yeux. Je balayai le ciel invisible du regard et aussi le réseau noirâtre des branchages qui se tressait au-dessus de nos têtes. J'avais eu raison. Raison de venir ici, de penser que Brindille y était, raison d'avoir étreint cette idée fixe depuis tant d'années. J'inspirai avec méthode et, peu à peu, une dureté implacable vint remplacer la faiblesse de tantôt. « Pérégrin », assenai-je aussi froidement que je le pouvais. « Tu mens comme tu respires. »

L'homme ne protesta pas. Par les mots, je tentai de balayer la peur que son silence venait de conjurer. « Tu n'as pas mené Brindille là-haut par charité, et tu n'es pas venu me parler d'elle innocemment », assenai-je. « Tu es bien venu me chercher, et tu te sers d'elle pour m'appâter. Tu l'as enlevée pour cette raison à Aigue-Passe. » Mon interlocuteur pencha la tête. « C'est une question de point de vue », me rétorqua-t-il. « Que crois-tu qu'il lui serait arrivé si je n'avais pas agi ? Aurais-tu été en mesure de la sauver, alors que tu n'as pas pu te sauver toi-même ? Aurais-tu préféré qu'une armée entière lui passe sur le corps ? Je t'affirme ceci : elle n'envie pas le sort des putains qui sont restées. Elle vit heureuse et ne manque de rien. Elle vivait même en paix, jusqu'à maintenant. »

Cette dernière remarque était une accusation à peine voilée, mais je pris un peu de temps pour réfléchir avant de répondre. Le pérégrin était ainsi, chacun de ses mots pouvait vouloir dire tout et son contraire. À distiller le vrai et le faux pour conserver toujours l'ascendant, il avait le don de retourner les choses à son avantage. « Foutaises », reniflai-je enfin. « Les Ketoï étaient déjà en guerre lorsque tu es venu à Aigue-Passe. J'ai retiré une flèche feuillue de la jambe de Uldrick avant même d'avoir mis les pieds à Vaux. La paix dont tu parles est comme celle des paysans de Bourre, elle durera tant que le front n'arrive pas chez eux. Aujourd'hui la guerre est aux portes du Plateau, mais ce n'est pas moi qui l'ai déclarée, ni même le camp que j'accompagne. » L'homme eut un rictus et retourna s'asseoir sur le muret d'humus. La nuit commençait à envelopper le camp pour de bon, et la pluie s'était adoucie pour se confondre avec la brume. « Cela dépend jusqu'où tu voudrais remonter », finit-il par répondre. « Dois-je te parler des exactions de Vaux à l'encontre de ceux qui acceptent notre Déesse ? Des pendaisons et des viols dans toutes les manses de Spinelle ? Des incursions des liges sur nos terres ou de l'extorsion de cette forêt qui jadis fut nôtre ? Par où dois-je commencer, Syffe ? Par là où nos ennemis le voudraient ? »

Je secouai la tête. « Cela m'importe peu », fis-je, même si ce n'était qu'à moitié vrai. « Ce que je veux, c'est voir Brindille. Elle est ton otage, d'après ce que tu affirmes. Mais je ne peux pas faire faire demi-tour à ces armées. Et je ne veux pas te suivre, parce que même si tu dis vrai je ne me livrerai pas à des gens dont je ne sais rien, et dont j'ignore les intentions. Que faisons-nous, alors ? » Le pérégrin écarta les mains. « Avant de te répondre, je veux qu'une chose soit très claire. Brindille n'est l'otage de personne. Lorsque nous avons quitté Aigue-Passe cette nuit-là, au moment où la bataille débordait dans le village de toile, j'ai dû la contraindre, c'est vrai. Mais je l'ai fait pour la protéger. Ensuite, au fil des jours, nous avons parlé et, par bribes, je lui ai tout dit. À la fin, elle est venue d'elle-même. Elle a découvert le plateau et les Ketoï, et la Verte-Vigne aussi, et elle a choisi de t'attendre. Nous pensions que tu suivrais quelques lunes plus tard. Puis le temps a passé. Tu ne donnais aucun signe de vie. Je me suis lancé à ta recherche, j'ai parcouru la Haute-Brune et la Grise-Marche et même le pays var. Mais tu avais disparu de la surface du monde. Je lui ai rapporté la nouvelle, que ton corps avait sans doute été brûlé avec les autres morts d'Aigue-Passe. Brindille est restée avec nous, de son propre gré. Même si cette décision ne fait pas l'unanimité, même si à la fin tu comprendrais peut-être que j'en sois arrivé à cette extrémité, je refuse de me servir d'elle comme d'un otage. Je ne la menacerai jamais pour te contraindre à quoi que ce soit. »

Le pérégrin souffla ensuite, et sa voix se fit moins

tranchante. « J'ignore toujours si j'ai commis une erreur à Aigue-Passe. » « Si tu m'avais dit que Collinne était sur le point de nous tomber dessus, je n'aurais pas été capturé », fis-je vénéneusement. « C'est faux, et tu le sais très bien », rétorqua l'homme. « Je doute que j'aurais pu te convaincre à l'époque. Quoi que je te dise. Même si tu m'avais cru, tu serais allé avertir les Vars, qui, eux, ne t'auraient pas cru. Tout bien pesé, il me semble que c'était la meilleure solution, de partir avec Brindille. Je reconnais que je ne l'ai pas fait pour elle. C'était un pari et je l'ai perdu. Mais le sort m'offre une seconde chance. C'est aussi pour cela que je suis venu ce soir. Je voulais voir si tu avais changé, ou si tu m'obligerais à parier de nouveau. » Je crachai par-dessus le muret. « Bien sûr que j'ai changé », sifflai-je, « comme tous les hommes sur qui on a taillé le triangle. Mais pas en ça, non. Et je ne changerai pas, tant que je n'aurai pas de réponses. Pourquoi me veux-tu à tout prix ? Qu'est-ce que le rêve ? Qui est la Déesse ? Quelle excuse vas-tu invoquer cette fois pour ne rien me dire ? » J'avais haussé le ton sans m'en rendre compte, et mon interlocuteur lança un coup d'œil autour de nous pour vérifier que personne ne nous épiait. Lorsqu'il reprit la parole, sa voix était chagrinée.

« Cette fois-ci mon excuse est malheureusement toute prête. Tu ne me fais pas confiance. Malgré tout ce que j'attends de toi, c'est réciproque. Tu es défiant, et tu marches avec mes ennemis. Si je répondais à tes questions, Syffe, elles en appelleraient d'autres, et je finirais par te donner une arme terrible que tu pourrais remettre à mes adversaires. Nous repousserons cette attaque, quoi que tu puisses en penser. Mais si le savoir que tu exiges de moi parvenait à s'échapper de ces forêts, je condamnerais mon peuple, et bien davantage. C'est un risque que je ne suis pas prêt à prendre. » J'eus un rictus amer. « Je n'en attendais pas moins », fis-je à voix basse. « Mais ta foi t'aveugle, pérégrin. Ta Déesse est peut-être la maîtresse du songe, mais vous avez perdu Spinelle et Gorsaule. Ces hommes que j'accompagne sont largement capables de prendre les Ronces. Ils vous ont combattus et vous ont vaincus. Vous ne pourrez pas nous faire la guerre comme vous le voudriez, pas si vous me voulez vivant. » L'homme secoua la tête. « Ta survie m'importe moins que celle des miens, Syffe », me dit-il en me fixant droit dans les yeux. « Mais nous n'en arriverons pas là. Il y a bien des façons de faire la guerre. Ce que je me demande, c'est ce que tu feras lorsque tu n'auras plus le choix et que ceux qui resteront feront demi-tour. Iras-tu avec eux ? Ou viendras-tu à nous ? »

Ce n'était pas une question à laquelle j'avais envie de penser et, de fait, je la balayai comme une chose nuisible. J'étais venu en conquérant et malgré tout, même si la confiance et le calme du pérégrin agaçaient le doute, je n'en démordais pas. « Le plus pitoyable dans tout ça », crachai-je, « c'est qu'à force je ne sais même plus ce que je dois croire. Est-ce que Brindille est vraiment là-haut ? Est-elle seulement vivante ? Et tes certitudes victorieuses, y crois-tu seulement ? Où n'est-ce qu'un nouveau filet, comme tous ceux que tu tisses depuis le début ? Tu n'as plus ton masque de bois poli, mais ne crois pas que je ne vois pas les autres. Quoi que tu puisses me dire, pérégrin, je me méfierai toujours de tes mots autant que d'une lame. Tu voudrais que je te suive ? Mais je ne connais même pas ton visage. »

Je m'étais attendu à ce que – égal à lui-même – l'homme riposte d'une salve vive et amusée, mais durant un long moment il n'émit pas le moindre son et resta seulement prostré en épouvantail triste sur le muret dégoulinant. Lorsqu'il finit enfin par réagir, je vis les brasiers se refléter sur ses pupilles, puis il rabattit sa capuche, et secoua la tête sous la pluie fine, avant de me fixer de nouveau. Je connaissais déjà ses yeux verts, sa bouche pleine et sa mâchoire carrée, et ce fut curieux pour moi de découvrir enfin le reste du pérégrin. Il avait un visage harmonieux, en dépit d'un nez fort busqué et d'une peau très rose, mais cette face-là n'avait rien d'ordinaire. Ses cheveux étaient courts et bruns, zébrés de mèches d'un blanc éclatant. Une série de lignes sombres striait son front, des marques parallèles de l'épaisseur d'un doigt, certaines descendant jusqu'aux pommettes. Je pris tout d'abord ces marques pour des tatouages, avant que la lueur des feux ne mette en évidence leur volume, leur relief imperceptible. Le souvenir des stigmates du Deïsi m'inonda. Contre ma volonté, j'inspirai sèchement.

« *Estoient d'hommes à la vigne pareille* », murmura le pérégrin sans me quitter du regard. « Nous nous tordons tous pour grandir, Syffe. Nous serpentons en surface pour que nos racines puissent s'ancrer en profondeur, et c'est ainsi qu'elles trouvent la force de forer la pierre. N'aie pas peur de dévier et de changer d'avis. J'aimerais que cela arrive avant que tu n'y sois contraint par la force des choses, mais même si tu t'obstines jusqu'au bout nous t'accueillerons. Et nous te pardonnerons. Tu seras toujours le bienvenu, et bien plus encore. » Je me redressai à moitié, sans pouvoir me détacher du spectacle de son visage, les dents serrées à cause de la terreur enfantine, dont le souvenir remontait par bouffées intangibles. « Tous les Ketoï sont-ils marqués de cette manière ? » demandai-je sous mon souffle, sans même essayer de rebondir sur les métaphores obscures que le pérégrin venait d'énoncer. L'homme secoua la tête. « Non, seulement moi », dit-il en couvrant de nouveau son visage. « Mais chacun d'entre nous porte la vigne en lui, dans sa chair et dans ses pensées. Certains en portent davantage que les autres. » J'acquiesçai. « Et tout ça a un rapport avec le rêve. » Le pérégrin croisa les bras. « Je te l'ai dit à Aigue-Passe, ce n'est pas un rêve. Et je ne te répondrai pas plus que cela, Syffe, pas tant que tu marcheras contre moi. »

Nous nous fixâmes longuement sans mot dire. J'étais tiraillé, crépitant du désir d'en comprendre davantage, mais rongé en même temps par une méfiance paralysante. Je n'osais donner libre cours à la joie que j'avais eue à entendre que je ne m'étais pas trompé, que le pérégrin avait bien emporté Brindille avec lui, jusqu'ici. Tant que je ne la verrais pas de mes yeux, aucune parole ne parviendrait à me rassurer. « Pars, alors », finis-je par lui dire. « Mon choix était fait bien avant que je ne me joigne aux soudards. Ce que j'ai vu ce soir n'a fait que me conforter dans mon idée. Tu n'es pas le premier Deïsi à chercher à m'enlever. » J'avais lancé ce dernier mot comme un appât, mais le pérégrin se détourna pour balayer la forêt embrumée du regard. « Je ne suis pas Deïsi », me dit-il, en enjambant le muret de tourbe. « Je suis Ketoï. » Mes yeux se plissèrent sous l'effet de la colère. « Je ne sais pas qui tu es », grognai-je. « Je ne l'ai jamais su. Tes mots ne valent rien. »

Le pérégrin haussa les épaules. « Tout cela ressemble de plus en plus à un dialogue de sourds. La prochaine fois que nous parlerons, les circonstances seront différentes, et il faudra que tu fasses un nouveau choix. » J'eus un rictus prédateur. « La prochaine fois que nous parlerons, pérégrin, tes compagnons seront morts et tu me mèneras à Brindille. » Tout à coup, l'homme sauta avec légèreté depuis le haut de la butte, pour atterrir sans un bruit sur l'humus en contrebas. La pluie avait cessé, et les limbes s'épaississaient de plus belle, pourléchant les contours de sa cape. « J'en doute, Syffe », répondit-il en se retournant une dernière fois vers moi. « Et pour ta gouverne je n'ai jamais été pérégrin. Pas même avant que je ne foule ces bois. Je suis Trasca, le roi des Ormes. » Sur ces mots, l'homme me tourna les talons et fut avalé par la brume. Fébrile et agité, je me rassis contre la terre meuble en mâchonnant ma lèvre. Quelques heures plus tard je retrouvai la litanie paisible de la déesse, et puis, le lendemain, la guerre recommença.

41

À la pluie avait succédé un ciel blanc et cotonneux où scintillait parfois un éclat bleu comme un saphir. Un vent capricieux soufflait dans notre dos par bourrasques. La brume avait été chassée de la forêt pour quelques heures. J'étais éveillé depuis l'aurore, ma conversation avec le pérégrin tournant sans cesse dans ma tête. Je me répétais ses mots et je répétais les miens. Il n'y avait pourtant rien à en dire. Les choses étaient limpides, du moins j'essayais de m'en convaincre. J'avais affixé le poignard carmide à l'arrière de mon ceinturon et ma main s'y égarait souvent pour en enlacer le manche. Il fallait que je m'assure que la rencontre avait bien eu lieu. J'oscillais entre ces absences et une concentration forcenée, obsessive, que je dirigeais sur la forêt environnante, épiant les ombres et les recoins en me faisant des remontrances. Ce n'était pas le moment de manquer d'attention. Je ne voyais que trop bien comment l'attente des derniers jours avait émoussé la vigilance de mes compagnons. Si je ne pouvais pas leur faire part de mon appréhension, je pouvais au moins rester concentré sur la tâche en cours.

L'avant-garde était immobilisée à trois cents

empans de notre position, leur chemin barré par une grande crête pierreuse toute perforée de cascades, qui s'étendait d'est en ouest sur plus d'un mille. Au-delà, au nord, s'élevait ensuite un enchevêtrement de rochers monstrueux et de corniches aisé à défendre, qu'il nous serait difficile de traverser. Le convoi des chevaux compliquerait la chose davantage. Notre travail pour les jours suivants s'annonçait pénible dans le meilleur des cas, fait d'allers-retours et d'impasses, autant d'occasions idéales pour tomber dans une embuscade. Nous en étions venus à penser qu'il faudrait peut-être dévier complètement notre trajectoire pour éviter de perdre le contact avec Selmain, d'autant que la topographie paraissait plus dégagée de son côté.

Lorsque le cor retentit, nous nous étions engagés dans un goulot humide à la recherche d'un chemin de contournement. Les deux autres groupes de pointe en faisaient autant plus loin à l'est, tandis que les équipes restantes gardaient les flancs. Nous avions déjà suivi trois ou quatre fausses pistes, la déclive était épuisante à pratiquer dans nos armures imbibées, et aucun d'entre nous n'avait particulièrement envie de recommencer. Nous hésitâmes un peu, le temps que l'écho se disperse entre les coteaux, puis Siméon-sans-dents soupira et nous donna l'ordre de faire demi-tour. Nous nous repliâmes avec lenteur, restant derrière les boucliers jusqu'à être dégagés des pierres. « À tous les coups quelqu'un s'est tordu la cheville », maugréa Chique que Mayak manœuvrait jusque-là par le ceinturon. « Ou alors ils ont trouvé un passage », fit Nusmezzar d'une voix fatiguée. « On peut bien prier pour ça. » Le guerrier kjiisi portait un camail sous sa cervelière à nasale, ainsi qu'une longue jaque qui devait peser le poids d'un âne mort. Avec l'abattement, son accent étranger se faisait plus prononcé. « On peut touchours echpérer », fit sagement Siméon, avant de prendre la tête du groupe. J'échangeai un regard dubitatif avec Ossotra, tandis que les autres s'apprêtaient à passer leurs boucliers en bandoulière. Nous repartions tout juste en file indienne lorsque le vent tourna. Le vacarme du combat afflua brusquement, des échos guerriers enroulés dans la brise.

Chique retroussa les lèvres en un long juron sifflant, puis Sarnesh cria quelque chose et se mit à courir. La crête grouillait soudain de silhouettes belliqueuses qui ne s'éclipsaient pas. Nous nous élançâmes derrière l'éclaireur sans réfléchir, nos pieds martelant l'humus alors qu'un long hurlement retentissait dans les gorges au-dessus, avant d'être coupé net. « C'était Sannie, ça », lança Un-Œil entre deux souffles. Ses jambes puissantes broyaient la végétation tandis qu'il forçait le passage au travers des arbustes épineux et des plantations de fougères, dont il se servait aussi pour se retenir et ne pas dégringoler dans la pente. Je suivais dans le sillon qu'il ouvrait, arbalète en main. Quelque chose d'animal, une frayeur crépitante, s'était greffée à notre course et cherchait désormais à en prendre les rênes. Nous attendions à chaque instant le chuintement des tirs dans notre dos, ce qui donnait de l'allonge à nos enjambées, jusqu'à leur ôter tout semblant de prudence. « Laissez l'éclaireur », rugit Chique à l'intention des Montagnards au moment où le groupe commençait à se disloquer. « On ralentit ! On reste en triace ! » Répondant par réflexe aux ordres du mercenaire, Juran et Mayak firent volte-face au pied de l'un des conifères géants. Là ils attendirent en haletant le temps que nous puissions les rejoindre. Chique était un fumier violent et infréquentable, mais il connaissait la boucherie, et savait dompter la peur, même quand elle ne lui appartenait pas.

Nous perdîmes Sarnesh de vue derrière une pépinière d'épineux et peu après, nous entendîmes courir plus à l'est. Je crus voir une silhouette passer entre deux troncs dans la forêt en contrebas, qui s'échelonnait en combes et en promontoires rocailleux. La clameur de la bataille avait cessé, pour faire place au craquement des branchages et au froissement des feuilles. Je craignais que nous n'ayons été débordés et le fis savoir aux autres. Il fallut mobiliser tout notre sang-froid pour ne pas céder aux saccades paniquées, à l'envie de repartir au pas de course et de ne jamais nous arrêter. En dépit de l'inclinaison parfois brutale de la pente, personne n'était tombé au cours de la débandade, ce qui était déjà miraculeux. Il ne s'agissait pas de prendre d'autres risques. On souffla un peu. Siméon but à son outre avant de la faire tourner. La sueur et la crasse s'incrustaient autour des rides et des cernes de fatigue, mais les respirations se calmèrent. Les phalanges blanchies se mirent à serrer les armes avec une résolution retrouvée.

Lorsque nous nous déplaçâmes de nouveau, ce fut de conserve, par reculades rapides et méthodiques. Nusmezzar et moi-même avions tous deux des traits en main, prêts à encocher. Ossotra soupesait une javeline, et les six autres combattants nous laissaient suffisamment d'ouvertures pour que nous puissions clouer sur place tout Feuillu qui oserait abandonner la couverture des arbres. La retraite s'effectua ainsi, par à-coups bruissants, sous la protection mobile des rondaches. « On approche », fit Consque de sa voix épaisse, et son regard nerveux oscillait entre les futaies et notre destination. « Je reconnais ces rochers. » Une volée de ramiers quitta les buissons juste au-dessus de notre position et mes doigts effleurèrent instinctivement la gâchette. « Gaffe aux Poinçonneurs ! » haleta Un-Œil. « Y seront pas tranquilles, pour sûr. » Quelques instants plus tard nous franchissions la dernière butte moussue qui nous séparait de l'avant-garde. La troupe attendait, en ordre serré, retranchée derrière une ligne de lanciers lourds. Fort heureusement personne ne perdit ses nerfs, et nous pûmes réintégrer les rangs sous les directives de Cléon, qui nous accueillit avec soulagement. En voyant l'éclaireur revenir sans nous, il avait craint le pire.

Nous retrouvâmes Sarnesh à l'arrière, accroupi entre les archers où il tripotait béatement une dizaine de petits os taillés qu'il avait lancés sur la sphaigne. Il leva sur nous un regard fiévreux et esquissa un sourire fade. « Fais comprendre à cet étron que je le tuerai moi-même, s'il nous lâche comme ça encore une fois », gronda Chique à l'intention de Mayak. L'éclaireur le dévisagea platement. Tout à coup il y eut une bousculade et il fallut retenir Chique. « Je te saigne moi, fils de chienne ! » beuglait l'homme, ses yeux exorbités tandis qu'il poignardait le Montagnard du doigt. Lorsque nous avions rejoint les triaces de Chique et de Siméon-sans-dents, j'avais eu l'impression que le vieillard était aux commandes. Il me semblait à présent que Chique prenait l'ascendant, reléguant Siméon à la place de conseiller. Je n'en pensais pas grand-chose en l'état, parce qu'en dépit de ses explosions de rage Chique avait bien joué son rôle jusque-là. Dans l'absolu, il n'en restait pas moins que j'aimais mieux le calme Siméon. Tour à tour, les Montagnards adressèrent quelques mots secs à Sarnesh, qui rangea soigneusement ses ossements dans la bourse qu'il portait à la ceinture et se redressa avec un air digne et peiné sur le visage. Plus loin, je crus distinguer la rumeur d'un déplacement. Quelque chose, ou quelqu'un approchait. Je reportai mon attention sur mon arme, et glissai le carreau que je transportais dans la rainure.

Les archers encochèrent leurs traits en un claquettement mélodieux. Nous entendîmes – avec netteté cette fois – les fougères ployer, des brindilles se briser sous le poids d'un corps. « S'ils sont trop nombreux on combat en reculant », cria le capitaine des Poinçonneurs tandis qu'il tirait l'épée. Près de lui, Cléon détacha son cor de sa ceinture et s'humecta les lèvres. Je vis ceux de la première ligne fléchir leurs jambes dans l'attente de ce qui venait. Je déglutis. Tous les souffles se figèrent, puis Barbelac émergea des buissons d'une démarche titubante. Le colosse agrippait les troncs et les blocs de basalte d'une main tremblante, étreignant dans l'autre la hampe brisée de sa lance. Son visage était poisseux de sang, souillé de débris d'écorce et de lichen. Il avait perdu son bouclier et marchait courbé comme un homme malade, avec une vingtaine d'empennages noirs et blancs fichés dans le dos. Cléon envoya deux soudards le ramener lorsqu'il s'effondra dans les prêles à quelques empans des premiers rangs.

L'archer long que j'avais à ma droite était Danton le Sec. Il faisait partie de la triace de Jorl l'Ancien et il aimait parler pour ne rien dire et énoncer des évidences. « Ça sent pas bon pour les autres », fit-il sombrement. Je lançai un coup d'œil sur le flanc où Ossotra guettait, la mâchoire crispée. Son compatriote Cleitos avait été devant, avec Sannie Rotanche et Barbelac. Les autres disparus étaient Poinçonneurs. Un silence de mort était tombé sur la forêt, ponctué seulement par les soupirs du blessé, du gambison duquel on essayait d'arracher les traits. Je fis claquer une langue sèche contre mon palais en avisant le paysage accidenté. Les roches noires et les arbres géants se dressaient, impavides, des geôliers gargantuesques et immobiles.

Soudain, un long barrissement cuivré fracassa le calme bourdonnant dans lequel baignaient la troupe et les bois. Je vis Cléon lever la tête comme s'il avait été mordu par le fouet. Les autres soldats s'adressaient des regards nerveux. « Ça venait de derrière, ça » fit Danton en lorgnant par-dessus son épaule. « C'était le cor de Matésé. » Le varsi restait ma langue préférée pour les jurons, et je m'adonnai à une série rageuse dans les replis de ma cape tandis qu'à l'avant les deux capitaines baragouinaient vivement pour se mettre d'accord. « On se replie ! » gueula Cléon après un moment. « Les Affranchis en tête, triaces en gouttière ! Les Poinçonneurs, vous vous occupez des arrières. Qu'on me foute Barbelac sur un bard ! Par la queue du Trousseur ! On s'agite, les enfants ! »

Il y eut quelques instants de cohue informe tandis que nous nous précipitions pour prendre nos marques et que d'autres s'affairaient autour du colosse blessé. Une civière fut assemblée, puis attelée à la va-vite au mulet que menait Corbeau. Je tendais l'oreille craintivement, en anticipant d'autres coups de la trompe trésilienne, qui auraient résonné pour convoquer Selmain et signifier par là le début d'une vraie bataille. Aucun nouveau barrissement métallique ne vint. Matésé semblait croire que nous pouvions nous débrouiller seuls, mais cela ne m'empêchait pas de m'imaginer toutes sortes de choses. L'entretien que j'avais eu avec le pérégrin – que j'avais encore du mal à nommer autrement – avait tout de même égratigné ma confiance. Il avait affirmé que les Feuillus repousseraient notre assaut, et je ne pouvais pas m'empêcher de repenser aux stries bosselées qui marquaient son front, ainsi qu'au Deïsi de la Forêt de Pierres. Je n'envisageais pas que le harcèlement mené par les Feuillus puisse venir à bout de l'expédition. Et donc j'attendais autre chose, un événement qui serait en mesure d'en changer le cours.

Nous marchâmes vers le sud d'un pas vif. L'armée se trouvait à un peu plus d'une demi-mille, et le soleil n'était pas bien haut. Je me demandais d'ailleurs s'ils avaient eu le temps de lever le camp. Le vent courbait les cimes immenses, plissait les visages et ébouriffait les feuilles pourrissantes. Pour l'instant, la brume était encore tenue à distance. J'avais Ossotra à ma droite et Stacos sur ma gauche. Devant Stacos étaient Cléon et Kondos-Vo qui, ensemble, formaient sans aucun doute l'une de nos triaces les plus redoutables, et j'étais rassuré d'être à leurs côtés. Le Carmide m'adressa un sourire carnassier. En dépit de la confusion, en dépit du fait que l'on venait de perdre une dizaine d'hommes, dont des Affranchis, leurs visages étaient féroces et assurés. Enfin, il se passait quelque chose. On rencontra bientôt les premières traces de la colonne, une compagnie de vougiers qui tenait l'avant. « C'est fini », nous dirent-ils, mais le cor avait été sonné, et nos capitaines n'avaient pas l'intention de faire demi-tour avant d'avoir vu Matésé.

J'essuyai la sueur qui me coulait dans les yeux, puis nous débouchâmes dans une clairière enclavée, parsemée de rochers noirs et de bouquets de mousse. Le gros de l'armée était là, éparpillé autour des bêtes de bât. Les chevaux se pressaient les uns contre les autres sans se préoccuper de la végétation abondante qui les entourait. Leurs yeux étaient grands et apeurés, et les palefreniers semblaient avoir du mal à les contrôler. Plus loin à l'ouest, les troncs des ormes esquissaient l'illusion d'une palissade grisâtre, où une ligne désunie de soldats s'était formée. J'en déduisis que c'était de là que l'attaque était venue. D'autres hommes erraient en essayant de réorganiser le convoi. Il y avait des blessés qui arrivaient vers nous en boitillant, soutenus par leurs camarades. Plus loin, nous vîmes l'un des Taupeliers achever au burin une bête estropiée. Les chevaux hennissaient doucement, une mélopée nerveuse qui s'échappait par leurs naseaux dilatés. Il n'y avait pas de flèches, et je trouvai cela curieux. Cléon nous abandonna à la recherche des bucellaires de Matésé, tandis que mes yeux balayaient le sol, sans comprendre ce que je voyais. « C'était une drôle de chasse », fit l'un des soudards près duquel nous passâmes. Un sourire halluciné déformait son visage.

Au milieu de la clairière, parmi les herbes jaunies et les pierres, gisaient de grandes masses brunes que je pris d'abord pour des chevaux morts. Il fallut que deux hommes se mettent à traîner l'une des carcasses pour que je remarque les andouillers ensanglantés. Je comptai seize grands cerfs, tous dans la force de l'âge, percés de lances et hachés par l'épée. Devant moi, Un-Œil jura. « Il faut le voir pour le croire », fit Ossotra d'une voix étrange. J'acquiesçai en déglutissant, avant de rompre les rangs pour aller me faire un avis de plus près. Stacos m'accompagna, mais la plupart des autres avaient déjà suffisamment couru, et ils profitèrent du flottement pour se reposer. Les Poinçonneurs en firent autant, puisque nous avions les vougiers entre nous et la forêt. En compagnie du Carmide, je contournai un mulet éventré. Près de la première carcasse de gibier, nous tombâmes sur Mérielle, qui aiguisait son couteau à découper. Elle nous adressa un hochement de tête. « Y en a qui disent qu'il faudrait pas en manger de cette viande », gloussa-t-elle en secouant ses deux nattes humides. « Elle m'a l'air correcte à moi. Ce serait dommage de gaspiller ». Je me penchai sur la bête. Le pelage était maculé de sang et la plupart des entailles avaient été portées par le haut. On s'était acharné lorsqu'elle était tombée. « Cleitos est mort », dit Stacos à Mérielle. « Sannie Rotanche aussi. » La femme à tout faire haussa ses larges épaules et plissa les yeux pour étudier le fil de son couteau. Je m'agenouillai près de l'élaphe découpé, en me remémorant les chasses que nous avions faites avec Uldrick dans les hauts de Cullonge.

« C'est vrai qu'ils ont les yeux pas naturels », dit Mérielle d'une voix pâteuse. « Mais si c'est comme la teigne-patte, y suffira de les faire bouillir. Y seront durs de toute façon, des boucs de cet âge-là. » Je me mordis la lèvre et tendis la main vers la tête cornue. J'effleurai d'abord les longs cils immobiles, épais comme la brosse d'une dame, avant de retrousser une paupière close. L'œil vitreux en dessous était figé. Il était aussi noir que l'ébène. J'eus un rictus de dégoût. « J'étais de l'autre côté quand ils ont foncé sur nous », ajouta Mérielle tandis que je me redressais. « C'était quelque chose, à ce qu'il paraît. Y sont sortis de la forêt là-haut et ils ont chargé tout de suite. J'ai failli me faire écrabouiller par les chevaux. Y a trois ou quatre marmitons qui ont eu moins de chance que moi. » Cléon choisit ce moment pour nous rappeler, ce qui m'évita d'avoir à trouver une réponse de politesse. Nous repartîmes au trot en laissant Mérielle avec la venaison encore chaude.

Le capitaine des Affranchis s'était assis près de la sortie de la clairière sur un tonnelet qui avait été déchargé de l'une des mules mortes. Kondos-Vo, son crâne chauve luisant de sueur, se tenait à ses côtés, bras croisés par-dessus sa jaque épaisse. Le visage du tueur Assali était insondable et inexpressif. « Matésé veut organiser une réunion avec les capitaines », nous annonça Cléon lorsque nous eûmes rejoint les autres. « Rapport à ce qui vient de se passer. J'en profiterai pour lui causer de ce qui s'est tramé à l'avant. » Des grognements mécontents s'échappèrent des rangs. Les langues, semblait-il, avaient attendu que nous soyons au complet pour se délier. « Les Feuillus s'y remettent, et les bêtes avec eux. Ça va devenir sacrément compliqué, si on doit faire attention aux deux », lança Consque en se tortillant inconfortablement. La compagnie fut parcourue d'un murmure d'assentiment. « C'est pas juste des bêtes, c'est de la sorcellerie », marmonna Pue-le-suif. « Et s'ils nous ensorcellent nous aussi ? »

Cléon secoua la tête d'un air irrité. « On a perdu deux bons gars aujourd'hui, mais c'est pas une raison pour perdre la boule avec. » « On perd pas la boule,

Cléon », grinça Jorl l'Ancien. « Et Sannie était une petite merde que personne n'aimait vraiment. On s'inquiète, c'est tout. Je vous l'avais dit pour les bêtes, et vous m'avez pas cru. Mais maintenant ? Est-ce que les renards ou les écureuils ils essayeront de nous bouffer les roubignoles à chaque fois qu'on tombera le paletot ? » La remarque déclencha quelques rires, qui se propagèrent par contagion. Le capitaine gloussa lui aussi, avant de se reprendre. « Que je sois damné, si je sais. Et c'est pour ça qu'y faut qu'on en cause. » Il hésita un moment comme s'il cherchait ses mots. « C'est impressionnant, pour sûr. Mais faut pas oublier deux choses, les gars. Déjà, ça a surtout mis le bazar. Les gens sont secoués, mais sorcellerie ou pas y a un bon paquet de viande sauvage étendue là-bas, et pas beaucoup de la nôtre. Surtout, tout ça n'est pas nouveau. Jorl, t'arrêtais pas de le dire, que t'avais vu ça à Montherbe. Mais dites-moi, vous tous, qui c'est qui a gagné, à Montherbe ? Qu'ils nous en envoient des bêtes ! Ça nous a jamais empêchés de les renvoyer chez eux avec la queue entre les jambes. Et ça nous empêchera pas de la leur mettre cette fois-ci, même s'ils ont des écureuils grignoteurs de couilles avec eux. »

Je croisai les bras, surpris par mon sourire, à hocher de la tête au même rythme que les autres. Il y avait quelque chose de très logique dans ce qu'avançait Cléon. En y réfléchissant sous l'angle de la *Pradekke*, sous l'angle de la raison qui m'échappait de plus en plus souvent depuis que nous marchions en terre ketoï, il m'apparut que cet assaut sauvage n'était pas une attaque à proprement parler. Je me rappelai les Vars et ce qu'ils m'avaient appris, de quelle façon on faisait la guerre d'abord dans l'esprit de l'adversaire. La métaphore qu'employait Osfrid était celle du mur. Les corps étaient les pierres, l'esprit était le ciment. Lorsqu'on avait vidé le mur de tout ce qui le liait, il ne restait plus qu'à pousser une fois, et fort, pour que tout s'effondre. Je tentai de balayer ma perplexité, toutes les choses qui avaient été mises à vif par les yeux noirs du cerf, en espérant que les hommes que j'accompagnais sauraient en faire autant. Que je ne me retrouverais pas, comme l'avait prédit le roi des Ormes, à devoir faire un nouveau choix.

42

Les sourires ne durèrent pas.

Avec l'inéluctabilité de la marée, les brumes revinrent. La pluie nous épargnait encore, mais le soleil qui rayonnait au-dessus de la forêt extirpait les limbes de l'humus comme on tire le venin d'un serpent. Les beaux discours de Cléon Fabasse et de Matésé furent englués dans le manteau éthéré et ne laissèrent place qu'à la confusion et à une inquiétude aussi oppressante que la moiteur de l'air. Le lendemain de la charge suicidaire des cerfs, nous nous engageâmes dans une manœuvre rapide qui visait à contourner le terrain difficile qui attendait en amont. Notre trajectoire nous mena à traverser un vallon boisé, au fond duquel coulait un ruisseau singulier dont les berges semblaient n'être faites que de racines. Nous remontâmes ensuite avant de dévier vers le nord-est jusqu'à ce que l'on tombe sur le sillage laissé par les hommes de Selmain. Pour la première fois depuis le début de l'invasion, nos alliés se trouvaient en tête de l'expédition. Nous les rejoignîmes brièvement au cours de la journée suivante, avant de repartir vers l'ouest. Les deux cortèges n'eurent à se fréquenter que durant quelques heures, mais de mon point de vue c'était déjà trop.

Il y eut tout d'abord les regards, des regards très blancs qui juraient au milieu de la crasse. C'étaient des œillades qui mendiaient, qui me rappelaient les esclaves malades quand ils trébuchaient sur leurs chaînes pour la dernière fois et que tout le monde savait qu'ils ne se relèveraient pas. Je ne nous trouvais pas bien glorieux, avec nos armures détrempées qui puaient la sueur et le moisi, et nos bouilles ruisselantes, mais nous découvrîmes chez ceux qui accompagnaient Selmain un aspect bien plus défait. Les Feuillus les tourmentaient nuit et jour. Certains des soudards qui composaient cette procession macabre semblaient déjà tout près du point de rupture, particulièrement les jeunes inexpérimentés de la Lusannaise, qui n'avaient pas dormi depuis des jours. Il ne restait plus que vingt guerriers de leur avant-garde originelle, et seulement dix chevaux pour toute l'armée. Ils ne nous dirent rien à propos de tout cela, de la mise à mort des hommes et des bêtes qu'ils côtoyaient, et se contentèrent de nous fixer sans comprendre pourquoi nous ne partagions pas leur fardeau. Les nôtres n'en comprenaient pas davantage et se détournaient, pour esquiver la honte.

Nos équipes de pointe avaient bien essuyé quelques tirs et déjoué une tentative d'embuscade comme celle qui avait annihilé l'escouade de Barbelac, mais il n'y avait eu aucune véritable confrontation depuis la charge des cerfs. Les Poinçonneurs échangeaient des traits avec des tireurs isolés, qui s'éclipsaient rapidement. Nous n'avions droit ni aux pièges, ni aux volées de flèches nocturnes. Nous oscillions entre la culpabilité qu'il y avait à ne pas subir la même chose que les soudards de Selmain, et la crainte que cela finirait par arriver. Il me semblait pourtant que les chances d'un tel revirement étaient maigres. Il était bien plus aisé pour les Feuillus de concentrer leurs efforts sur une seule armée, puisqu'ils ralentissaient l'autre de fait. Ils jouaient sur le temps et, même si nous le savions, cela ne rendait pas la chose moins efficace ou moins pernicieuse. J'en comprenais sans doute davantage que tous les meneurs réunis, mais cela ne me préserva pas, moi non plus. Trois jours après ma discussion avec le pérégrin, assailli par les chuchotements superstitieux de mes compagnons, qui faisaient écho à mes propres contemplations, je n'en menais pas plus large que les autres. On n'échappait pas à la morosité, à l'attente du cor, ni à la brume humide qui minait autant que les flèches. Je me mis à douter, vraiment, pour la première fois depuis le départ de l'expédition. Je n'étais pas le seul. Nous n'en causions pas entre nous, parce que le formuler aurait été désastreux, mais il apparaissait, de manière flagrante désormais, que nous n'allions pas repartir des Ronces indemnes, et que peut-être nous n'en repartirions pas du tout.

Barbelac mourut au soir du neuvième jour, emporté par la fièvre et vingt blessures purulentes. Il fut brûlé avec d'autres corps. Plus loin, les feux de la troupe de Selmain, dont nous nous étions de nouveau séparés, puaient encore davantage la viande charbonnée. Entre les deux armées, nous avions perdu plus de cent hommes, et deux fois ce nombre étaient estropiés ou malades. À l'arrière, les civières commençaient à se remplir de corps geignants. Les blessés ralentissaient la marche et drainaient le peu de moral qui restait. Les guérisseurs étaient encore plus maussades que les autres. Les plaies se refermaient mal d'après leurs dires et suppuraient plus que de raison et il n'y avait rien qu'ils puissent y faire. Les arbres semblaient se courber sur notre passage, gardiens silencieux de la route du plateau, et il n'y avait aucun réconfort à marcher dans leur ombre.

Je tenais un équilibre douteux, une fois encore, au bord de la raison. Je m'accrochais à Brindille, même si elle me semblait toujours aussi insaisissable. J'essayais de m'imaginer son visage, sans parvenir à invoquer autre chose que les femmes hantées qui avaient peuplé les chemins de Vaux, qui s'étaient tapies dans la poussière et les cendres pour échapper à nos attentions, qui avaient offert leurs corps émaciés en échange d'un quignon de pain. Les soirées autour du feu étaient mornes et silencieuses pour l'essentiel, et on évitait de regarder autre chose que le rougeoiement de l'âtre. Même Cléon, d'habitude si bavard, avait baissé les bras. Les mots ne servaient plus à rien, s'ils n'agrippaient pas l'immédiat. Ils auraient semblé grotesques, et plus fous peut-être que l'assentiment fataliste qui nous emmurait. Il fallait courber l'échine et ne pas évoquer l'issue. Tous les capitaines en étaient arrivés au même point. En réalité, seul l'ennemi détenait le pouvoir de nous libérer, de nous offrir cette bataille que l'on attendait tous. Jusqu'alors, il faudrait faire le gros dos. La route semblait ne jamais en finir et, il faut bien l'avouer, aucun homme ne savait vraiment si nous étions plus proches du dénouement que du début. J'entrevoyais déjà de quelle manière cette bile mauvaise serait purgée, à la fin. Les profanations violentes qui viendraient. Les rapines. Comment tout serait passé au feu ou au fer lorsqu'il n'y aurait plus d'or à saisir et plus d'innocences à déflorer. Je savais d'avance que je n'y prendrais pas part. Je ne portais pas en moi le même poison. Je partirais vite, en emmenant Brindille, en espérant que je n'aurai pas à la défendre contre la vindicte de ceux que j'abandonnerais, et qu'elle saurait me pardonner les horreurs et ma lâcheté.

Je me couchais tard, plus tard que tous les autres puisque je me sentais de plus en plus à part, mais aussi pour échapper au rêve aussi longtemps que possible. Je veillais les braises sous la vigilance muette de Corbeau, parce que les caresses nocturnes de la Déesse étaient un chant de sirène dans lequel je refusais de me réfugier. C'était trop facile, et trop différent du calvaire quotidien pour ne pas ressembler à autre chose qu'à une illusion. Sarnesh se mit à fréquenter les environs de nos flambées. Les autres éclaireurs ne voulaient plus de sa compagnie, Juran et Mayak n'échangeaient avec lui que par obligation et, si de jour il faisait le travail qu'on lui demandait, la nuit il devenait étrange et fébrile. Lorsque j'étais seul avec Corbeau, il venait s'asseoir de l'autre côté du feu et me noyait sous un flot de paroles ferventes que je ne comprenais pas. Je feignais d'ignorer ses chuchotements dérangés, mais leur litanie rythmique avait quelque chose d'attendu, de cohérent avec la folie latente dans laquelle baignait la troupe, et pour cette raison je ne le chassais pas. Ses mots étaient étrangers, mais il prêchait, j'étais certain, et il y avait un terme clanique qui revenait, dans lequel il insufflait davantage d'intention que les autres. « Deïsi », soufflait-il parfois au creux d'une phrase. Il souriait ensuite d'avoir su capturer mon regard, lorsque je levais la tête pour le contempler. Près de nous,

Corbeau clignait de ses grands yeux sombres, sur lesquels la flamme dansait.

Au moment où l'on pensait être au plus bas, la situation empira nettement. Le onzième soir, il devint impossible d'ignorer l'odeur de pourriture qui accompagnait le convoi, un miasme infâme que ne couvrait plus le parfum de la sueur et de la fumée. On défit les uns après les autres les paquetages des bêtes de bât. La viande séchée était poisseuse et puante, et verdissait sur les bords. Nous fîmes bouillir ce qui semblait sauvable dans les grandes marmites du réfectoire, espérant gagner ainsi un jour de vivres et repousser le moment où l'on commencerait à tuer les chevaux. Le reste fut entassé en galettes gluantes que nous laissâmes aux vers et aux mouches. Le pain humide se gâtait lui aussi, et les céréales emportées germaient dans les sacs de jute lorsqu'elles ne fermentaient pas, couvertes de moisissures blanches. Nombreux furent ceux qui regrettèrent que nous ayons finalement abandonné les cerfs dans la clairière où ils étaient morts. Pour rattraper tout cela il n'y avait eu qu'une seule bonne nouvelle. Les hommes de l'avant-garde de Selmain avaient réussi à acculer une vingtaine de Feuillus dans un cul-de-sac rocheux, où ils les avaient mis à mort les uns après les autres. Un Ketoï au visage peint avait été avec eux. Ce n'était pas grand-chose que ce petit massacre, mais il fallait s'y accrocher tout de même. L'ennemi pouvait commettre des erreurs, lui aussi.

Le lendemain, le terrain s'aplanit considérablement, et les arbres s'espacèrent. Nous avancions entre des bouleaux rouges, au travers d'une cuvette pierreuse recouverte de touffes d'herbes sèches et frémissantes. Je laissai aller mes mains entre les tiges frêles, heureux d'être libéré des bancs de brouillard qui empoissaient les forêts, dépité de devoir les retrouver bientôt. Notre perspective sur l'extérieur s'ouvrit pour la première fois depuis le début de l'ascension. Nous pûmes contempler le chemin qui restait. Les bois reprenaient peu après la prairie étroite, grimpaient de nouveau vers les montagnes. L'entrée du plateau se trouvait droit devant, une ouverture béante, neuf ou dix milles de verdure qui semblaient dégorger depuis les hauteurs comme un torrent se déverse d'une cuvette de roche. Loin au-dessus de cette large coulée s'élevaient les pics déchiquetés qui l'encadraient de part en part. À l'est, les bois renflaient selon une pente constante, mais à l'ouest les arbres peuplaient un territoire raviné où la pierre et les racines s'entremêlaient, et parfois nous apercevions des gouffres bordés de pins, où se jetaient de blanches cascades issues des neiges qui fondaient sur les sommets.

Tandis qu'à l'avant Sarnesh fouillait le sol en quête de signes, Un-Œil humait l'air, appuyé contre le tronc pâle d'un bouleau. Les arbres étaient chétifs ici, et parasités de champignons. « On en a fait la moitié », affirma le borgne, pour personne d'autre que lui-même. « Peut-être même un peu plus. » Ossotra acquiesça, avant de se fendre d'un rictus amer. « Ils doivent mettre moins de deux jours pour descendre, les Feuillus. Peut-être trois à remonter. » Son regard se posa sur la trouée, chargé de haine et de violence. Le Paxxéen avait été inhabituellement silencieux depuis la mort de Cleitos, et son humeur était devenue sombre et caustique. C'est à peine si je le reconnaissais. « On s'y prend mal », poursuivit-il après une pause. « À la place de Matésé, je ferais abattre des chevaux pour la viande, j'abandonnerais le reste et je nous ferais avancer d'un bloc jusqu'au plateau. » Chique lançait des pierres dans les buissons un peu plus loin, mais il laissait traîner l'oreille et dévissa la nuque pour pouvoir contempler Ossotra. « T'as une paire qui commence à pousser depuis quelques jours à ce qu'on dirait », lui lança-t-il sur le ton de la moquerie. « Peut-être que la barbe suivra. »

Le javelinier s'empourpra et retroussa les babines, puis tout à coup Chique marchait droit sur lui d'un pas agressif. Il ne s'arrêta qu'au moment où leurs visages cramoisis n'étaient plus séparés que par la largeur d'une main. Mes doigts se glissèrent subrepticement sous ma cape, à la recherche de la lame carmide. Je sentis Un-Œil se tendre. Un rien suffisait, ces derniers temps, et l'imprévisibilité de certains soudards m'inquiétait de plus en plus. « Je rêve toutes les nuits de découper ces crevures », siffla Chique entre ses dents. Il fixait son interlocuteur d'un regard dément. « Mais on se ferait trancher la gorge sans les fossés et les sentinelles. Les capitaines savent ce qu'ils font. Alors tu la fermes. Y a pas besoin de semer du doute, sauf à faire le travail de l'ennemi à sa place. » Les deux hommes restèrent ainsi, à se jauger. Ossotra serra la mâchoire, puis Chique se passa la langue sur ses lèvres rongées et lui tourna le dos.

Il y eut un silence gêné, et Un-Œil renifla. « Fais pas attention à Chique, c'est pas un mauvais gars », dit-il à Ossotra. Ce n'était pas vrai, bien sûr. Chique était un mauvais gars. « On avance plus lentement, c'est pas faux » poursuivit le borgne. « Mais en se précipitant, on arriverait sans doute trop fatigués pour se battre. » Ossotra demeurait impassible, le regard rivé sur Chique, qui faisait de grands gestes en aboyant sur Mayak. « J'ai déjà combattu après quatre jours de marche forcée, mais jamais le ventre vide », souffla le javelinier. « J'ai fait les deux », répondit Un-Œil d'une voix épaisse. Il avait quelques années de plus qu'Ossotra et moi-même, et plus d'expérience aussi, même s'il n'en parlait jamais. « J'ai pas aimé l'un plus que l'autre. Quoique c'était le ventre vide que j'ai ramassé ça. » Il agita brièvement la main autour de son visage mutilé. « On a les chevaux », leur rappelai-je sèchement. « On aura pas faim. » « Je n'aime pas ce qui arrive à la viande dans ces bois », murmura Ossotra. « Je dis qu'on finira tous avec des vers dans les boyaux, si on doit manger les chevaux. » Le ton du Paxxéen était plaintif, et sa gorge semblait serrée, comme s'il retenait des larmes. Embarrassé, Un-Œil fit enfler ses joues, et reporta son regard sur l'horizon. Un vent tiède soufflait du sud, et chantait dans le feuillage des bouleaux.

À l'avant j'entendis rugir Chique, puis le soudard lança ses bras en l'air. Siméon s'interposa entre lui et Mayak. Le soleil estival luisant sur la tonsure blanche du vieillard. Consque revint avec le visage creusé. « Les Montagnards, ils veulent plus traduire, et l'autre vermisseau il veut plus avancer », nous dit le lancier sans ambages. « Je sais pas ce qu'ils se sont raconté, mais nos Montagnards y veulent plus avoir affaire à lui. » Je secouai la tête. « Allons parler avec Juran », fis-je à Un-Œil, même si je me doutais que ce serait à moi de tirer l'histoire au clair. Nous dépassâmes Siméon-sans-dents, qui avait agrippé Chique et le sermonnait d'un ton vigoureux. Juran et Mayak traînaient près d'eux dans la broussaille, avec les yeux rivés au sol, leurs expressions de marbre. Je m'approchai. Sarnesh était perché à une vingtaine d'empans de là, sur une pierre tachée de lichen. La brise agitait ses longs cheveux noirs tandis qu'il frottait son arc de corne. Il me faisait penser à l'un de ces grands vautours qui s'étaient repus des morts à Iphos. « Si on le comprend pas, il ne nous sert à rien », fis-je aux deux Montagnards en désignant l'éclaireur du doigt. Juran releva la tête. « Le pâle nous offense », articula-t-il en clanique. « S'il ne sert à rien, qu'on l'abatte. »

Je posai les mains sur mes hanches avant de m'humecter les lèvres. « Il me dérange aussi », fis-je, en brunide. « Il est dérangé, et dérangeant. Mais on a besoin de lui. C'est un bon pisteur, meilleur que nous trois réunis. » Mayak secoua la tête obstinément. « Vous voyez bien qu'on ira nulle part tant qu'on aura pas réglé cette affaire », énonçai-je d'une voix plus ferme. « Vous voyez bien qu'on ne peut pas continuer comme ça. » Les deux hommes échangèrent un coup d'œil, puis quelques mots dans leur dialecte. Juran parla enfin en me regardant en face. Il employait encore le clanique et j'en déduisis qu'il ne voulait pas être compris par les Brunides. « Nous ne lui faisons plus confiance », me dit-il. « *Le pâle* est un homme qui marche avec les ombres. Il se dit chamane, mais il porte les marques de l'exil et de la honte. Nous ne pensons pas qu'il soit là pour nous aider. Nous ne savons plus s'il faut le croire. »

Je pris une grande inspiration, mais Mayak intervint avant que je ne puisse répliquer. « Nous écoutons quand il te parle, la nuit. Il dit sans cesse que tu viens de la Forêt de Pierres et que, pour cette raison, tu peux comprendre. Il dit que les mêmes dieux foulent ces bois. Pour nous, ce ne sont pas des dieux, mais des démons. » J'acquiesçai, car ces mots ne me prenaient pas par surprise. « Je ne pipe rien à ce que me raconte Sarnesh », confessai-je. « Je le laisse faire parce que je crois que ça lui fait du bien de parler. » Juran et Mayak ricanèrent de concert. « Il te demande, chaque soir, de renoncer à ta lignée et à tes dieux, et de te rallier aux siens », fit Juran d'une voix méprisante. « Il nous le demande aussi. Si tu comprenais ses mots, tu ne le laisserais pas te parler ainsi. »

Je passai une main fébrile dans mes cheveux avant de lâcher un hoquet unique, qui se transforma en éclat de rire. Les deux Montagnards me contemplaient avec de grands yeux ronds. Mes gloussements prirent de l'ampleur, et mon regard hilare oscillait entre leurs visages tatoués et celui de Sarnesh. J'eus brièvement la sensation que la folie avait planté ses griffes en moi, puis cela reflua, pour ne laisser qu'une paix curieuse. Je secouai la tête. « Je n'ai pas de dieux et je ne connais pas ma lignée », leur dis-je d'une voix légère. « Ce que je sais, c'est qu'on doit aller là-haut et que, pour ça, on a besoin de votre aide. Je me fous des mots de Sarnesh, et vous devriez vous en foutre aussi. » Je leur tournai le dos, ensuite, pour aller à la rencontre de l'éclaireur. Un-Œil me suivit. La confusion se lisait sur son visage, parce qu'il n'entravait rien au clanique, mais il ne me posa aucune question.

Sarnesh déplia ses membres dégingandés en me voyant arriver. Ses orbites étaient creusées par le manque de sommeil, et noircies par le charbon des feux. Il me dévisageait comme s'il pensait que j'allais le frapper, ses longs doigts repliés sur la roche, mais je voyais bien qu'ils étaient aussi tout proches de son couteau. « En route », lui dis-je, en clanique, d'une voix aimable. L'homme pencha la tête sur le côté. Je récidivai, en joignant le geste à la parole. Il babilla quelque chose dans ma direction, mais je le coupai. « Tes histoires ne m'intéressent pas. Tu ne sais rien de cette forêt ou de ce qui s'y passe. Et moi non plus. En route. » Sarnesh me dévisagea de nouveau, puis il se laissa glisser doucement de son perchoir et se baissa pour hisser son baluchon. Je soufflai, un peu hébété que tout rentre ainsi dans l'ordre, et Un-Œil m'administra une tape sur l'épaule. Siméon et Chique avaient fini de causer. Mayak et Juran reprirent leur place et la journée se déroula sans encombre jusqu'à ce que Cléon nous rappelle. Nous campâmes à la lisière de la prairie, là où la forêt repartait.

Le lendemain matin, Sarnesh avait disparu, et Corbeau avec lui.

43

Cléon se trouvait devant une décision difficile à prendre, et c'est sans doute pour cette raison qu'il en référa à Matésé. Pendant que le capitaine des Affranchis expliquait au commandant que Sarnesh s'était fait la malle en emportant notre garçon-pot, un des palefreniers se présenta pour annoncer que deux des bêtes de bât s'étaient volatilisées elles aussi. Si Corbeau ne pesait pas bien lourd dans l'équation, le fait qu'un homme puisse déserter en emportant des chevaux et s'en tirer sans conséquence était tout simplement impensable, ne serait-ce que pour l'exemple. De plus, si au matin la nouvelle était encore circonscrite à l'avant-garde et à une poignée de sentinelles embarrassées, elle n'allait pas tarder à circuler dans les rangs. Le sort d'un gamin inconnu laisserait la plupart des Brunides et des étrangers indifférents, mais je me figurais qu'il en irait tout autrement pour notre contingent de Montagnards, lorsqu'ils apprendraient dans quelles circonstances Corbeau avait disparu. Mayak et Juran avaient argumenté sur ce point avec véhémence. Pour eux, il ne faisait aucun doute que Sarnesh avait enlevé le garçon dans l'intention de le sacrifier aux démons ketoï, et ils l'affirmaient haut et fort à qui voulait l'entendre. La plupart des autres les prirent au mot sans se poser de questions : après tout, comme le ravisseur, ils étaient Montagnards, et devaient donc savoir de quoi ils parlaient.

En soi, le rapt était suffisamment incompréhensible pour qu'à défaut d'une explication sensée je me rallie à leur hypothèse, mais il y avait également un autre élément qui allait dans leur sens. D'après les hommes de garde, l'éclaireur s'était éclipsé en direction du nord. Je n'étais pas mauvais pisteur moi-même – après tout, j'avais reçu l'éducation d'un *hobbelar* – et mon observation initiale des traces autour de l'entrée du camp concordait avec les aveux honteux des sentinelles. Pourtant, il me semblait évident que tout déserteur sain d'esprit aurait pris la route du sud. Mayak et Juran en pensaient autant. Même en s'éloignant plus loin que la prudence ne le dictait, la piste des chevaux ne changeait pas de cap : Sarnesh avançait tout droit, en direction du plateau. Quels que soient les projets qu'il avait conçus pour Corbeau, cette trajectoire le condamnait d'une manière ou d'une autre. Matésé ordonna donc que l'on parte sur les traces du fuyard, et qu'on le ramène vivant, si cela était possible, avec l'enfant qu'il avait enlevé et les chevaux qui ne lui appartenaient pas. Après quoi il serait jugé par les capitaines, et certainement pendu.

Pendant que le reste de l'avant-garde se lançait dans la routine des préparatifs rodés, on s'organisa entre Affranchis. L'un des nôtres s'était volatilisé. Il nous incombait de le retrouver, et il était hors de question d'impliquer d'autres compagnies. Dès lors que la situation fut tranchée par le commandement,

Cléon Fabasse regagna par miracle son aisance avec les mots, et commit un bref discours sur l'importance de la camaraderie et de la loyauté. Il fut décidé à son issue que la moitié de nos triaces, soit une douzaine de guerriers, se lanceraient sur les traces du fuyard. Nous évitions ainsi de trop réduire la taille de l'avant-garde pour la journée (d'autant qu'on avait prévu de nous remplacer par Arrusk et ses hommes), et si nous nous faisions tous tuer, les pertes pour l'armée resteraient acceptables. Il allait de soi que les triaces dans lesquelles combattaient Mayak et Juran seraient de la partie, et je me retrouvai donc inclus de fait. Comme nous étions habitués à travailler ensemble, le groupe de Siméon-sans-dents se greffa à l'expédition. Les trois derniers hommes à nous rejoindre furent Jorl l'Ancien, Pue-le-suif et Danton le Sec. On ne nous avait proposé aucun éclaireur pour nous accompagner, essentiellement parce que les chevaux étaient faciles à pister, mais aussi parce que Mayak et Juran se débrouillaient au moins aussi bien que moi.

Nous nous délestâmes de nos paquetages sur le dos des mules, et Cléon marchait parmi nous en distribuant les ordres et les conseils. « Profitez-en pour lever le nez quand vous le pourrez », nous dit-il d'une voix forte. « Tout ce que vous verrez pourra peut-être nous servir au cours des jours qui viennent. » Il tapota la gourde de Nusmezzar d'un air distrait, avant de le congédier d'une claque dans le dos. « Vous avez jusqu'à la nuit », reprit-il. « Il s'agit pas de vous perdre en plus du gamin. Si vous avez pas mis la main sur Corbeau d'ici le crépuscule, alors tant pis. Vous rentrerez quand même. J'espère que c'est clair pour tout le monde. » En prononçant ces dernières phrases, son regard avait frôlé les deux Montagnards. Cléon échangea ensuite à voix basse avec Consque et Siméon jusqu'à ce que nous soyons fin prêts. Pour la première fois depuis que nous marchions sous ses ordres, Matéas Matésé fit le déplacement pour nous regarder partir. Le visage du Trésilien s'était creusé depuis que nous avions quitté Spinelle, mais il était toujours aussi impressionnant, et la plupart des soudards étaient encore désireux de lui plaire. Notre groupe se prêta au jeu de bonne grâce, têtes hautes et torses bombés. Je n'en fis pas trop, et Chique non plus. On composa quatre lignes à la lisière des bois, puis nous fûmes avalés par les arbres.

La formation se désintégra rapidement entre les troncs. Sans ballots imprégnés d'eau pour nous ralentir, on avançait vite, comme des bagnards dont on aurait allégé les chaînes. À l'avant, Mayak et Juran étaient semblables à deux limiers voraces qui nous entraînaient dans leur sillage. Je trottais juste derrière eux, avec Un-Œil dans le dos et Pue-le-suif sur ma droite. J'avisais les visages, les expressions fermes et carnassières, mais je devinais aussi le feu secret qui nourrissait cet élan commun. Il y avait l'envie d'en découdre, bien sûr, l'agressivité trop longtemps contenue qui bouillonnait, qui attendait de trouver un objet sur lequel elle pourrait se déverser enfin, mais il me semblait aussi que ces soudards frustrés ne couraient pas seulement après une mise à mort. Le camp était sur le point d'être avalé par la brume derrière nous quand il m'apparut subitement que le sauvetage de Corbeau serait la seule chose généreuse qu'ils auraient l'occasion d'accomplir au cours de notre triste procession. À son issue, ils se feraient bourreaux et incendiaires sans hésiter, mais avant, il y avait l'opportunité rare de secourir un enfant. Même Chique, qui était allé plus loin que n'importe qui d'autre dans l'abjection, qui avait fait de la violence une vocation hédoniste, semblait y trouver son compte.

Les traces étaient faciles à suivre au début, des marques nettes, imprimées méticuleusement dans l'humus, qui serpentaient au travers de la brume en frôlant l'écorce ruisselante des grands ormes. Le terrain qui attendait grimpait considérablement, alternant des pentes parfois raides où poussait toute la variété des essences que les portes du plateau avaient à offrir, et des espaces plus plats, dont les arbustes s'étaient rendus maîtres. Sur ces aires s'étalaient des lits de sphaigne luxuriants, et des plantations verdoyantes de grandes prêles épineuses. Durant la première heure, je songeai beaucoup à Corbeau. J'avais eu son âge, lorsque j'avais été enlevé. Je croisai les doigts pour que la sente vire, pour qu'elle se courbe sur elle-même et reparte avec le dénivelé. Cela n'arriva pas. Au fur et à mesure de notre avancée, les spéculations de Juran et de Mayak gagnaient en crédibilité. Si Sarnesh avait fui par couardise, nous aurions peut-être pu lui pardonner, mais sa trajectoire cherchait manifestement celle de nos ennemis. Ce n'était pas une débandade. C'était une trahison.

Tandis que les autres se focalisaient sur leurs souffles déterminés, je me mis à questionner les motivations du fuyard, à tourner et retourner ce que je savais jusqu'à l'usure. Il me semblait que l'éclaireur était embrouillé et au moins à moitié fou, et je soupçonnais que le rapt du gamin était davantage le fruit de cette déraison que d'une réelle pratique de la sorcellerie. De leur côté, Mayak et Juran croyaient dur comme fer que les démons et leurs adorateurs étaient tous les mêmes et que les Ketoï accueilleraient Sarnesh à bras ouverts, s'il leur apportait le cœur encore chaud de Corbeau. Personnellement j'étais dubitatif. Surtout, je ne voyais pas vraiment ce que la mort du gamin pourrait bien changer dans l'affaire, ni pourquoi Sarnesh aurait parcouru de si grandes distances, s'il pouvait obtenir la même chose des Deïsi, sous les frondaisons de la Forêt de Pierres. En vérité, je m'étais attendu à ce que les Ketoï tranchent rapidement et qu'au détour d'un arbre deux corps hérissés de flèches servent de dénouement à l'affaire. Néanmoins, comme aucun massacre ne se profilait, le souvenir des yeux noirs des cerfs et des contes arces de Bréanna finit par semer le doute en moi. Si j'étais honnête, je n'en comprenais pas davantage que Sarnesh ou les Montagnards. Les coutumes des Deïsi m'étaient parfaitement étrangères, et cela valait tout autant pour celles des Ketoï. À la limite, si je pouvais prétendre à un savoir supérieur, c'était seulement par le biais du rêve. Je reportai finalement mon attention sur la route, aussi troublé que je l'avais été après ma conversation avec le roi des Ormes.

Nous marchâmes deux bonnes heures avant de faire une halte, parce que les empreintes se tournaient subitement vers l'est et les rochers. Les autres attendirent, ruisselants de sueur, tandis que les Montagnards et moi-même passions les buissons au crible. Juran était sûr de lui, mais il me semblait que ce revirement pouvait aussi être une ruse : faire partir les chevaux d'un côté pour s'esquiver de l'autre et nous semer. Sarnesh était bien meilleur traqueur que nous. Seul, il aurait sans doute pu couvrir ses traces, mais encombré de Corbeau, je n'envisageais pas qu'il puisse nous lancer sur une fausse piste, pas si nous nous donnions la peine de chercher vraiment. Nous décrivîmes patiemment des cercles concentriques autour de la bifurcation, en quête de la moindre tige froissée jusqu'à ce que nous nous soyons assurés qu'il ne s'agissait pas d'un leurre. On reprit alors la sente marquée des chevaux. L'expression de mes compagnons s'était fait moins assurée, parce que personne ne savait vraiment ce que ce changement de direction pouvait bien vouloir dire. De plus, nous avions déjà avancé presque autant que nous le faisions habituellement en une journée et il n'y avait pas eu le moindre signe des Feuillus depuis notre départ. Cela ne signifiait pas forcément qu'ils ne nous épiaient pas, mais la plupart du temps ils trouvaient le moyen de se signaler d'une façon ou d'une autre. Ce matin-là, les bois paraissaient vides.

Bientôt nous vîmes émerger du sol des blocs moussus, puis il y eut les premiers dénivelés, et de petites ravines firent aussi leur apparition, bordées de fougères aux courbures endeuillées. Nous longeâmes une combe en remontant vers le nord, attentifs au carillon du ruisseau qui clapotait en dessous, puis Mayak se figea, et d'un geste il nous invita à prêter l'oreille. Je fus incapable de discerner ce qu'il avait bien pu entendre, et après quelques instants il secoua la tête et nous pûmes reprendre notre progression. En haut de la pente caillouteuse nous retrouvâmes le ru sur un lit de galets noirs. Là, dans une anse sablonneuse, une belle série d'empreintes nous attendaient. Je crachai dans l'eau en me demandant tout à coup ce que Sarnesh pouvait bien vouloir aux chevaux, s'il avait eu l'intention de prendre ce chemin depuis le début. Leurs traces étaient faciles à suivre, et sur ce terrain les bêtes devaient le ralentir considérablement. Juran se pencha sur les impressions dans le sable. « On se rapproche », murmura-t-il. « Regardez celle-là, elle n'a pas tout à fait fini de se remplir. »

Nous quittâmes le bord de l'eau pour nous engager dans une pinède rocailleuse, nos yeux fouillant désormais davantage les ombres et le brouillard que la piste. La colonne qui s'était formée naturellement au cours de la matinée se resserra alors que le soleil se hissait lentement jusqu'à son zénith. Le chemin coupa une nouvelle ravine, puis vira encore à l'est. Nous suivions bientôt le cours d'un énième torrent, dont les méandres écumants louvoyaient sous une petite butte parsemée d'éclats de basalte. Les arbres s'espaçaient plus loin, et le grondement d'une cascade se fit entendre. Nous pressâmes le pas, pris dans la lumière qui dardait entre les ormes, puis Mayak et Juran s'arrêtèrent de concert, leurs regards vissés au sol. J'en fis autant, avant de m'accroupir lentement, les doigts tendus pour effleurer la sphaigne dérangée. L'humus à la bordure de l'onde avait été foulé, écrasé dans le ruisseau par le passage d'une troupe importante.

Alors que je cherchais d'autres indices, les Montagnards me sifflèrent. Siméon et Nusmezzar se penchaient par-dessus mon épaule tandis que Juran désignait des empreintes profondes à la lisière du sillage ennemi. La forme générale était celle d'un pas, mais ces marques-ci étaient trois fois plus grandes que n'importe quel pied humain. Je relevai les yeux, interdit. « Des ogres sont avec eux », dit Mayak sobrement. « Ils vont vers l'ouest en force, il faudra avertir les capitaines quand on rentrera. » Siméon fit un pas en avant. « Il faudrait peut-être même rentrer tout de chuite. » Je m'humectai les lèvres. « Une triace pourrait… », commençai-je, et puis nous entendîmes un cheval hennir de l'autre côté de la butte.

Les Montagnards ne prirent pas la peine d'échanger un regard avant de se précipiter jusqu'au lit du torrent. Chique s'élança à leur suite, sourire aux lèvres. Je jurai en armant mon arbalète. Les triaces étaient disloquées, mais ceux qui restaient se rassemblèrent tout de même sous les directives muettes de Siméon. Massés les uns contre les autres, nous avançâmes au trot derrière le trio impulsif, en nous efforçant de ne pas les perdre de vue. Les graviers de basalte crissaient sous nos pas, puis un éperon rocheux vint nous interdire la berge sud. Nous dûmes nous résoudre à ralentir en dérapant sur les pierres humides, avec les bottes qui clapotaient dans le courant. Je fis passer un carreau de mon carquois à ma bouche, tassant ma langue contre le bois amer. Le torrent décrivit une boucle serrée autour du coteau, et puis soudain il y eut le ciel bleu et dégagé, et le crépitement souffletant d'une cascade. Nous débouchâmes sur le rebord d'une falaise, depuis laquelle l'eau se jetait dans le vide. À droite, un éboulis de roche avait comblé le ravin écumant et une pente densément boisée s'étirait en direction du nord. Je clignai les yeux en avisant l'arc-en-ciel qui s'était formé au-dessus du gouffre. Plus loin, Mayak, Juran et Chique faisaient face à la déclive. Ils avaient levé leurs boucliers.

J'identifiai soudain Sarnesh, une tache claire accroupie à la lisière des arbres, là où la pente reprenait. Il nous tournait le dos. Près de lui, Corbeau tenait les longes des chevaux. Lorsque Mayak l'appela par son prénom, la tête du gamin pivota vers nous, mais il ne bougea pas d'un pouce. Je réalisai tout à coup qu'ils n'étaient pas seuls. Il y avait des visages peints qui pointaient çà et là, entre les troncs des ormes. Certains étaient équipés de casques vauvois, mais d'autres portaient des armures primitives faites d'os et de bois. Ils étaient une bonne vingtaine. Sarnesh leva les bras au ciel et se retourna pour nous désigner, tout en palabrant frénétiquement dans son dialecte. Je n'avais pas la moindre idée de ce qu'il pouvait bien raconter et, si j'en croyais l'absence de réaction des Feuillus, je n'étais pas le seul.

« C'est un piège », gronda Jorl l'Ancien en hissant sa lance. « C'était un piège depuis le début. » « Depuis le début ? » demanda Un-Œil, incrédule. « Bien sûr », cracha Jorl. « Il avait pas besoin de prendre les chevaux, c'était juste pour qu'on le suive. » Je fis glisser mon carreau dans la rainure de l'arbalète. « C'est pas Corbeau, le sacrifice », fis-je à l'intention d'Un-Œil, qui était toujours aussi confus. « C'est nous. » Il y eut un moment de flottement, puis Nusmezzar encocha une flèche à son tour. « Ils sont pas assez nombreux », dit-il en scrutant nerveusement les promontoires rocheux qui nous entouraient. Je passai ma langue sur mes lèvres. « Non seulement ils sont pas assez nombreux », observai-je sombrement, « mais en plus ils ont pas l'air d'être au courant. »

De fait, les Feuillus ne quittèrent pas le refuge de

la forêt. Nous restâmes ainsi, face à face, avec Sarnesh et Corbeau entre nous. L'eau du torrent gargouillait autour de mes bottes, se fracassait sur les rochers en contrebas. La voix des Ronces retentissait tout autour. Mayak appela l'enfant une seconde fois, mais son timbre était incertain et Corbeau ne lâchait pas la bride des chevaux. Malgré tout, sa confusion était palpable et ses coups d'œil virevoltaient entre Sarnesh et la forêt. Il m'apparaissait de plus en plus clairement que le gamin n'avait pas été enlevé, mais qu'il avait suivi, séduit par les discours fervents de l'éclaireur. Désormais, il était allé au bout de la démence de Sarnesh, et n'avait pas tellement l'air de savoir quoi faire. Le flot babillant qui émanait du chamane ne tarissait pas, mais son ton trahissait une perplexité croissante, et de l'impatience aussi. Je me joignis à Nusmezzar, Danton et Ossotra, qui s'étaient déployés en éventail pour vérifier que l'ennemi ne nous débordait pas. Ce n'était pas le cas. Les Feuillus tenaient leur ligne. Nous attendîmes encore, tandis que l'eau trempait nos bottes.

Sarnesh finit par tourner ses invectives vers la forêt. Il effectua quelques allers-retours fébriles en haranguant les Feuillus, alors qu'à cinquante pas de là Juran et Mayak le couvraient d'insultes. Enfin, il voulut s'avancer sous les frondaisons. Sans surprise, nous entendîmes des arcs claquer. Quelques flèches à l'empennage noir et blanc se fichèrent à ses pieds. L'éclaireur jappa, puis il fit retraite en s'étreignant le corps comme si c'était sa chair qui avait été percée. Il marcha vers nous cette fois, en gesticulant de plus belle. Les commissures de ses lèvres étaient blanches et baveuses. « Je le cloue ? » demanda Danton le Sec, mais Siméon secoua la tête. « Laiche-le aux chauvages, va. » Sarnesh vint aboyer sur Mayak et Juran, qui répliquèrent depuis l'abri de leurs rondaches. La clameur devint vite insupportable. Chique finit par perdre patience. Le guerrier rompit les rangs avec une rapidité foudroyante et renversa Sarnesh du plat de son bouclier. Les deux Montagnards suivirent comme s'il s'était agi d'un appel à la curée. Je crus qu'ils allaient le prendre vivant, puis je vis la manière dont ils tenaient leurs armes, et je me détournai. Ce fut à peine s'il y eut un cri. Le clapotis écumant de la cascade couvrit l'essentiel du reste.

Comme un seul homme, on avança ensuite sur les chevaux, échauffés par l'odeur du sang et rendus arrogants par la retenue de l'ennemi. Corbeau fixait le corps haché de l'éclaireur qui rougissait l'eau du torrent, puis il battit des cils et reporta son attention sur notre approche. Mayak l'appela une troisième fois. Le vent joua dans les cheveux noirs du gamin, lui arrachant un soupir curieux. Il secoua lentement la tête, puis lâcha la bride des bêtes et s'élança depuis le sommet de la falaise. À ce jour, je ne sais pas si Corbeau voulait mourir ou nous échapper, mais quoi qu'il en soit cela se passa trop rapidement pour que quiconque puisse intervenir. Consque et Siméon réussirent à mettre la main sur les chevaux nerveux avant qu'ils ne détalent. Dans les bois au-dessus, les Feuillus s'éclipsaient l'un après l'autre. Du coin de l'œil, je vis qu'en bas, sur les rochers, Corbeau remuait encore, puis Nusmezzar prit pied sur le rebord, et décocha coup sur coup deux traits miséricordieux. Nous attaquâmes ensuite le chemin du retour, emmurés dans nos pensées. Une heure plus tard, le clairon de signalisation de Selmain sonna.

Au troisième coup du cor cuivré, nous nous mîmes à courir.

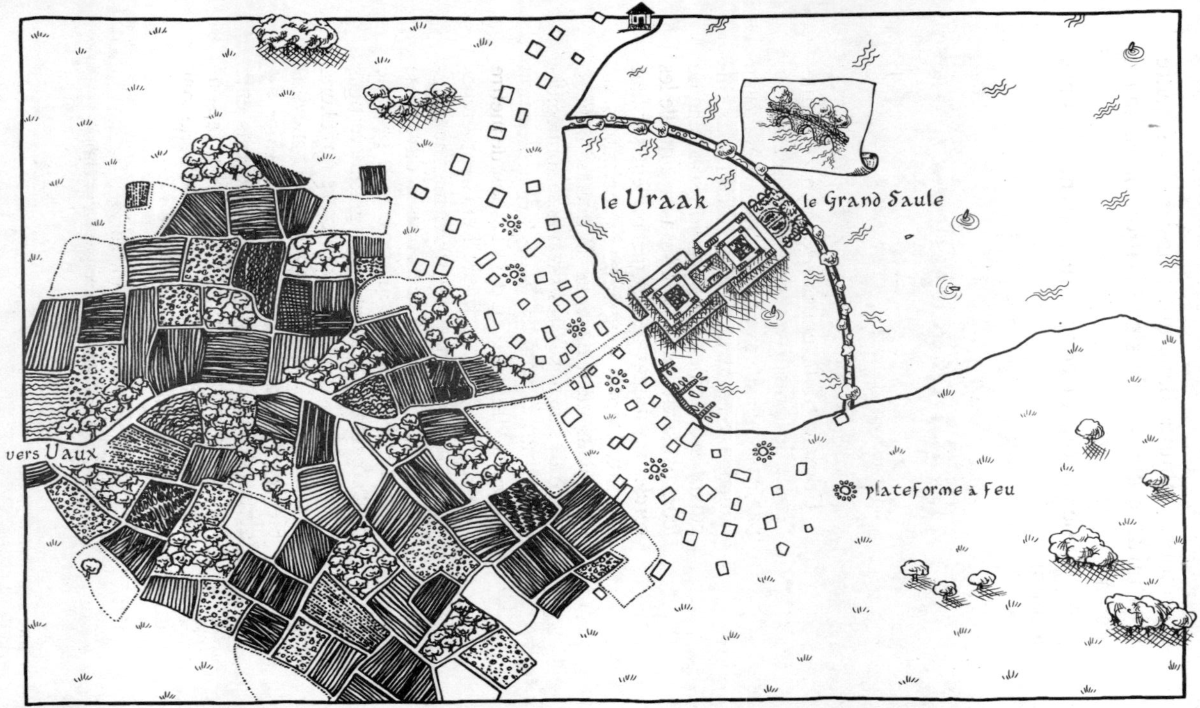
le Uraak
le Grand Saule
plateforme à Feu
vers Uaux

LIVRE QUATRIÈME

VRAAK-KETOÏ

Comme toute entreprise archéologique, l'étude des grands-vestiges est rendue difficile par le passage des siècles autant que par l'usure humaine. S'ajoutent à ces obstacles deux singularités de taille : la disparition soudaine de leurs bâtisseurs, et la jalousie avec laquelle les cercles mystiques de Carme veillent sur leur histoire. Depuis longtemps l'Astréïade a été scrupuleusement disséqué en quête d'indices, et certains de nos frères-savants se sont également tournés vers les Arces ou la tradition orale des Montagnards dans l'espoir de mettre au jour un savoir inconnu. Leurs recherches sont compilées entre ces pages, mais je soupçonne toutefois que tu ne trouves ici davantage de questions que de réponses. Si le profane peut contempler les pierres des grands-vestiges et s'émerveiller de leur architecture singulière, le regard de l'érudit s'accompagnera inévitablement de regrets. Un pan d'histoire est absent de la péninsule que nous habitons, et je crains que les clefs du passé ne soient prisonnières des caveaux d'Eïs Astrys, si elles ne sont pas tout simplement perdues.

Note du frère-compilateur
HOSTE LE DILIGENT, rédigée à l'intention

d'un destinataire anonyme
de l'Ordre des Horospices en la 446e année
du calendrier de Court-Cap.

Au cours de cette onzième nuit de lune Fleurie, après l'investissement des lieux par ma troupe et la saisie de cent et huit livres de grain soustraits à la gabelle, nous avons établi ce qui suit : les six familles installées au lieu dit du Passage des Cerfs sont feuillues ou complices des Feuillus. En usant de la menace, les chefs de famille ont confessé avoir rencontré la gent sauvage et échangé avec elle des offrandes. En usant du feu, nous avons appris que plusieurs enfants déclarés morts et brûlés ont, selon toute vraisemblance, été remis à la gent sauvage. Trois d'entre eux avec certitude – il s'agit des rejetons du brasseur alumbrois qu'on surnomme Renard – et je nourris de vifs soupçons à propos de deux autres. Nous avons agi en accord avec mon mandat, et appliqué la justice du primat de façon ferme et exemplaire. Tous les hommes en âge du Passage des Cerfs, dont l'étranger Renard, se trouvent désormais pendus. Leurs biens ont été saisis et expédiés à Omble où ils seront chinés pour le compte du lige. Sur la porte des foyers j'ai apposé au fer rouge la marque du justicaire.

Rapport anonyme tiré des archives
de la Citadelle Endeuillée, daté de la 523e année
du calendrier de Court-Cap.

Entre ce que l'homme désire et ce que l'homme craint, là se trouve le monde.

Proverbe parside, traduit du parse antique.

Milieu de l'an 632

Été

Lune des Moissons

44

Les guerriers-vars m'avaient enseigné de nombreuses choses à propos de la guerre, parfois à dessein, parfois non. Uldrick disait que j'aurais le temps d'apprendre la théorie, ce qui avait seulement signifié qu'il n'entendait pas me dispenser d'enseignement formel à ce sujet. Cela ne m'avait pas empêché de mémoriser chacune des réflexions qu'il m'avait adressées, les maximes qu'il avait prononcées, ou les échanges passionnants que j'avais pu entendre lorsque nous avions fini par rejoindre le *vaïdroerk* d'Osfrid. Tandis que je me précipitais au secours de Ventôme Selmain avec onze compagnons à mes côtés, une arme en main et un nœud dans le ventre, une phrase en particulier m'était revenue. Elle avait été prononcée par Anborn, le plus vieux des *hobbelars* du *vaïdroerk*, avant que nos routes ne se séparent au départ de Granières. « Moins tu en sauras sur ton ennemi, plus il lui sera facile de te tenir en échec. » Nos pas étaient étouffés par la moiteur de la forêt ruisselante, et je n'avais cesse de me dire que nous étions, tout bien pesé, de parfaits ignorants.

Le gros de l'armée nous précédait de moins d'une heure, ce qui était déjà trop. Nous avions croisé le convoi des bêtes de bât à l'arrêt, nos cent montures regroupées dans une combe large et verdoyante où elles profitaient de l'occasion pour se repaître de la riche sphaigne forestière. Lorsque nous avions surgi des fougères, tout dégoulinants de sueur avec les yeux écarquillés et le sang de Sarnesh qui maculait encore les lames des Montagnards, nous n'étions pas passés très loin de l'accident. Les trente soudards qui gardaient les chevaux étaient sur le qui-vive, inquiets à l'idée de n'avoir aucun soutien jusqu'à ce que les troupes ne reviennent, et la nervosité des palefreniers et des marmitons qui attendaient avec eux n'arrangea pas l'affaire. Un des rebouteux qui était resté pour panser les blessés avait pris peur en nous voyant débouler, si bien qu'un mur de lances s'était préparé pour nous accueillir, et il avait fallu apaiser tout le monde avant qu'ils ne nous laissent repartir. Chique jurait et crachait, parce qu'il semblait évident que nous arriverions en retard pour les combats, et l'abandon dans la forêt des chevaux escamotés n'y changeait rien.

D'après la palabre brève et haletante que nous avions tenue avec les gardiens de la combe, la réponse de Matésé au cor de nos alliés n'avait rien eu de particulièrement subtil. Chaque soudard en état de guerroyer s'était vu ordonner de lâcher son baluchon et de se précipiter à l'est pour porter le fer aux Feuillus. Je ne trouvais pas grand-chose à redire à cela. Parfois, la vitesse comptait davantage que la méthode, et les formations et les stratégies étaient difficiles à mettre en œuvre dans la forêt. Il s'agissait de charger en masse, en espérant prendre nos adversaires en tenaille et les immobiliser suffisamment longtemps pour en tuer une quantité décisive. En matière de boucherie nous avions pensé avoir l'avantage, des armures lourdes, des soldats expérimentés et plus nombreux. Ces certitudes ne tenaient pas compte de la présence d'ogres parmi les rangs de nos ennemis. Si je n'avais que les contes et mon imagination pour mesurer le péril qu'un ogre pouvait représenter au combat, je goûtais déjà à l'appréhension que leur présence inspirait, et me demandais sérieusement si le rapport de force pesait toujours en notre faveur.

Le tonnerre de la course grondait dans mes oreilles, rythmé par le battement sourd de mon cœur et le cliquètement du casque. Alors que nous trébuchions sur les traces de notre armée, aveuglés par la végétation et la fatigue, je fus soudain saisi d'un doute terrible. Les Feuillus avaient-ils organisé tout cela, la défection de Sarnesh et de Corbeau pour m'éloigner, pour pouvoir écraser nos troupes sans prendre le risque de me tuer ? Je ne parvenais pas à imaginer de quelle manière une telle fourberie aurait pu se mettre en place, mais depuis que nous avions vu les traces des ogres, j'avais la sensation de nager en pleine féerie. Était-il possible qu'ils aient orienté la folie du chamane, qu'ils l'aient attisée et encouragée comme on nourrit une braise ? Et dans ce cas, par quel biais, et surtout, comment auraient-ils pu savoir que je serais de ceux qui partiraient à sa recherche ? Mes pensées glissaient, pétries de craintes et d'incertitudes, sans aboutir à quoi que ce soit. Je compris enfin que cela ne menait nulle part et secouai la tête. Devant moi, les mailles d'Un-Œil se soulevaient, une cadence métallique, sur laquelle je fixai mon attention. Nous abandonnâmes bientôt la course au profit d'une marche rapide, et attaquâmes en soufflant la dernière pente ombrageuse, de laquelle jaillissaient les troncs immenses d'une fratrie d'épicéas millénaires. De l'autre côté, nous trouvâmes un vallon encaissé, où reposaient les premiers morts.

C'étaient deux Brunides qui avaient voulu fuir, d'après la manière dont ils étaient couchés. L'un avait ramassé un méchant coup derrière la tête qui avait fait voler son chapel, et un sang épais coagulait dans ses oreilles. Le second était livide et s'était vidé dans son gambison, qu'une lance avait troué sous l'aisselle. Nous hésitâmes pour la première fois. Il y avait du mouvement plus haut, et des voix aussi, et je crois que jusque-là, personne n'avait envisagé que notre camp ait pu perdre. Je regardai tour à tour Siméon et Chique qui ahanaient, à bout de forces sous leurs lourdes mailles. Quel qu'ait été le tournant de la bataille, douze combattants sans le souffle n'y auraient rien changé. Mayak prit l'initiative d'aller se poster en amont, et je le suivis tandis que les autres récupéraient. Nous trouvâmes rapidement un troisième mort, un archer feuillu tombé entre deux troncs couchés, ainsi qu'un promontoire pierreux couvert d'aiguilles de pin, qui offrait une meilleure perspective sur la vallée. Je distinguai de nouveaux cadavres recroquevillés au fond du vallon, mais la végétation épaisse me dissimulait toujours le mouvement des troupes que nous avions repérées tantôt.

Puisqu'il fallait bien faire quelque chose, nous finîmes par avancer aux aguets, remontant la cuvette sur son versant ouest, attentifs aux voix étouffées qui résonnaient dans le vallon. Un silence inhabituel imprégnait sur la forêt, un vide dévorant qui levait les poils sur ma nuque et laissait trop de place aux pensées fiévreuses. Après avoir louvoyé sous le feuillage clair des ormes qui poussaient sur la crête, on tomba tout à coup sur une déclive, et une vue dégagée sur la clairière où, il ne faisait aucun doute, la bataille s'était déroulée. À notre immense soulagement, les hommes qui s'activaient en bas portaient les couleurs des compagnies bagaudes. Il y eut une hésitation générale, le temps que l'angoisse nous abandonne. « On a gagné », lança Un-Œil en me souriant largement, mais les autres étaient plus circonspects. Je retroussai le nez en avisant les cadavres que l'on entassait à la lisière du bois. « Si c'est une victoire, elle a été cher payée », répondit Ossotra, avant de s'engager dans la pente. Sans un mot, je lui emboîtai le pas.

Allongés parmi les herbes grasses de la clairière, il y avait peu de Feuillus, et beaucoup des nôtres. Les soudards qui s'occupaient du pillage sous la direction des Taupeliers dépouillaient les corps avec précipitation, entassaient le matériel qu'ils jugeaient utile avant de passer au cadavre suivant. Leurs yeux étaient nerveux et papillonnaient sans cesse à la limite des arbres. La plupart des hommes se trouvaient déployés au nord pour protéger les autres, les capitaines surtout, qui tentaient d'organiser ce qui pouvait l'être, notamment le soin des blessés. Au milieu de la trouée, le soleil estival était pesant. L'air était devenu collant à force d'immobilité, et il y régnait une odeur désagréable et doucereuse, qui ne masquait pas tout à fait les autres parfums, ceux qui étaient nés de la violence. Sous nos pas, la végétation rougie avait été tassée, mise à nue parfois, jusqu'à ce que l'humus noir se confonde avec les traînées de sang.

Nous trouvâmes Cléon et sa triace à la lisière des bois, attroupés avec une vingtaine d'autres soudards autour d'une dépouille plus massive que celles qui l'entouraient. Un ogre était couché sur le ventre, à demi affaissé sur un bouclier de planches, de la taille d'une grande porte. Son visage était plat, avec de petits yeux paisibles très écartés l'un de l'autre, et un mufle écrasé qui avait la largeur de ma main. Aucun cheveu ne poussait sur le crâne bosselé, hormis à l'arrière, où saillaient des poils hirsutes et noirs comme la hure d'un sanglier. Les oreilles en forme de coupe étaient proportionnellement minuscules, et la bouche, quoique charnue, semblait tout aussi petite. Les hommes qui entouraient le corps imposant échangeaient par murmures, comme s'ils craignaient de le voir se réveiller. Leurs expressions confuses amalgamaient l'horreur avec l'émerveillement. Certains tendaient la main pour effleurer la peau, là où elle n'était pas couverte de joncs tressés. La texture était semblable à du cuir brun et ridé, aussi sombre qu'elle était épaisse. Je me rappelai la nuit où Uldrick m'avait parlé des ogres qu'il avait rencontrés dans les contreforts des monts Cornus, et peu à peu je sentis naître en moi une grande tristesse, comme celle qu'il avait évoquée alors.

Cléon se tourna vers nous lorsque Siméon l'apostropha. Une lueur de soulagement éclaircit sa trogne fatiguée, avant de disparaître comme elle était venue. « Sarnesh ? » questionna-t-il prosaïquement. « Mort », répondit Siméon sans détacher son regard de l'ogre. « Corbeau avec. » Le capitaine eut un soupir et retourna à la contemplation du cadavre. « Vous avez récupéré les chevaux ? » finit-il par demander. « On les a récupérés, mais on les a laissés dans les bois pour pouvoir courir jusqu'ici », fit Consque en courbant la nuque comme un chien honteux. Cléon Fabasse hocha la tête. « On a couru, nous aussi, pour ce que ça a servi. Les Feuillus étaient repartis avant qu'on arrive », énonça-t-il avec regret. Il me semblait qu'il parlait tout seul. « L'avant-garde de Selmain a été encerclée et salement amochée. Les Feuillus ont chargé sa colonne juste après. Ils étaient nombreux, mais j'ai l'impression que ce sont ces bêtes-ci qui ont commis l'essentiel du massacre. » Le capitaine tapotait la cuisse de l'ogre de la pointe de sa lance. Elle était plus épaisse que mon tronc.

Kondos-Vo toucha respectueusement l'acier de l'amulette mortuaire qui reposait sur sa jaque. « Des géants de l'Ancien Monde », gronda-t-il d'une voix profonde, assourdie par le masque de guerre qu'il n'avait pas daigné retirer. « Il y aurait eu beaucoup d'honneur à tuer de tels adversaires, ou à être tué par eux. » Stacos, qui se tenait un peu en retrait, cracha dans l'herbe et tendit la main vers les morts empilés. « Il est quelque part là-bas, ton héros, tout broyé comme les autres. C'est un honneur dont je me passe très bien. » Kondos-Vo laissa échapper un ricanement sombre, mais ne répondit pas à la provocation du Carmide. À la place il se tourna vers nous, son visage dissimulé par le bronze terni. Il n'y avait aucune fioriture sur son masque convexe, seulement une vingtaine de trous au milieu, pour voir et respirer. « Devant vous tous j'en fais le serment », annonça le guerrier en écartant les bras, « je ramènerai le crâne d'un géant de ce plateau, ou bien je mourrai en essayant. Que le dieu-tombeau en soit témoin. » Chique secoua la tête. Comme souvent, il n'y eut qu'un silence teinté de malaise pour accueillir les paroles de Kondos-Vo. Je m'étais toujours demandé de quelle manière Cléon – qui se désintéressait si ostensiblement du mysticisme guerrier de l'Assali – parvenait à le tenir en laisse, mais il me semblait de plus en plus évident qu'il n'y avait pas de laisse. Il y avait seulement un contexte, incarné par Cléon et exploité par Kondos-Vo. J'avisai la prairie labourée, les blessés entassés et le désordre des compagnies qui se cherchaient les unes les autres. La folie germait facilement sur la route du plateau, mais je crois que cette semence nous appartenait aussi, au moins un peu.

Le capitaine dissipa l'atmosphère incommode en toussotant puis nous fit face de nouveau. Il fouilla les yeux de chaque homme qui se tenait devant lui avant de prendre la parole. « Selmain n'en a plus pour longtemps », nous dit-il sans ambages. « Matésé s'entretient avec lui en ce moment, mais il ne passera pas la nuit. Il a voulu mener par l'exemple, pour pas que ses gars s'enfuient. À l'heure qu'il est, y a plus que son armure qui retient ce qu'il a en dedans. Ceux de la Lusannaise sont crevés pour l'essentiel, tout comme les imbéciles d'Améliande. Il aurait fallu des piquiers peut-être, pour pouvoir faire face aux ogres. On va y réfléchir et trouver le moyen de les tuer sans perdre trop d'hommes. Celui-là était encore vivant quand on est arrivés. Quel drôle de monde. » Je vis le capitaine des Affranchis hésiter, son calme démenti par le trémolo dans sa voix. Je compris que la suite de la campagne se jouerait ici même. Matésé devrait reprendre les choses en main, sans quoi les désertions commenceraient. Je me demandais ce que ferait Kondos-Vo, si le Trésilien nous ordonnait de faire demi-tour. Peut-être que sa déraison serait mon dernier compagnon, si je décidais de ne pas me livrer aux Ketoï.

Nous mangeâmes peu après le monologue de Cléon, crachotant dans la touffeur de la clairière. Il ne nous restait plus que quelques quartiers du pain moisi, on les avala pourtant avec avidité, tant nos efforts de la matinée nous avaient usés jusqu'aux os. En face, de l'autre côté de la prairie, les survivants de la troupe de Selmain attendaient en pansant leurs blessés, avec le regard absent et la mort inscrite sur leurs visages. Je les contemplais sans vergogne. Nous leur ressemblerions bientôt, dans mon idée. La nourriture amère s'imbibait de salive dans ma bouche, et je comptais du bout des lèvres, à la fois pour tenter de prendre du recul, mais aussi parce qu'il fallait bien faire un bilan. Sur les sept cents soudards qui avaient quitté Vorne sous la bannière de Selmain, la moitié étaient morts et moins d'un tiers se trouvaient encore en état de se battre. Il leur restait seulement deux montures boiteuses, une paire de petites mules tremblantes au pelage croûté et à l'allure piteuse. Je devais apprendre plus tard que, lorsque les ogres avaient chargé, soutenus par l'infanterie feuillue, seul l'encaissement du vallon que nous venions de remonter avait empêché les compagnies d'être dispersées dans les bois.

« Matésé va récupérer ceux qui restent », fit Chique entre deux bouchées. « Une seule armée. Neuf cents hommes, c'est largement assez. » Près de moi, Ossotra renifla ostensiblement avant de renoncer à dire quoi que ce soit. La rage pouvait consumer Chique à tout instant, au moindre échange, et même Siméon devait déployer avec lui des trésors de diplomatie. Je levai la tête, et je ne fus pas le seul. Nous avions tous entendu Ossotra. Le visage de Chique vira au cramoisi et il se passa la langue sur les lèvres, avant de réajuster la boucle qu'il portait dans le nez. « Tu as quelque chose à nous raconter ? » lança-t-il d'une voix trop calme, en avisant Ossotra. Le javelinier fixait ses pieds, le regard sombre. « Pas vraiment », répondit-il. « Je me disais que le soleil n'est pas encore couché. Je sais ce que je ferais maintenant, si j'étais feuillu, mais Matésé n'a toujours pas compris à qui il a affaire. » Il se leva ensuite, sans se donner la peine d'éclaircir son propos et s'éloigna en direction de l'ogre, les épaules voûtées. Chique le regarda partir avec un sourire dangereux sur les lèvres. « Il va bientôt craquer ce mignon-là, vous pouvez me croire », annonça le Brunide. « J'ai l'œil pour ces choses. » Toujours prêt à se faire bien voir de Chique, Pue-le-suif acquiesça. « C'est l'astregomme, ça. Ça ronge les nerfs. »

Peu après, on vit Matéas Matésé et ses bucellaires traverser la clairière d'un pas vif pour se diriger vers ce qui restait des hommes de Selmain, et il semblait que Chique avait eu raison. Le Trésilien était trop loin pour que l'on entende ses paroles, mais il se tenait très droit, et causait avec une économie de gestes qui soulignait la gravité de la situation. « Il est en train de leur expliquer qu'on a plus rien à bouffer et qu'on va devoir se faire leurs copains crevés avec une petite vinaigrette », se gaussa Jorl l'Ancien, mais son humour un peu trop noir ne fit rire personne, à part lui. La grimace amusée mourut lentement sur le visage du vieillard, qui passa une main hésitante dans ses cheveux gras avant de se lever à son tour. « Il se peut bien que l'autre Paxéen tienne plus très longtemps », grinça-t-il ensuite, « mais il a raison sur un point, on traîne beaucoup trop. »

Tandis qu'il prononçait ces mots, un cor souffla faiblement depuis le sud-ouest. On se redressa sur nos jambes fatiguées et Jorl plissa les yeux pour fouiller les bois, comme s'il allait pouvoir découvrir par ce biais de quoi il en retournait. « Écoutez bien ça, les gars », nous dit-il alors que la trompe résonnait une seconde fois et que les bucellaires de Matésé se précipitaient en direction du rassemblement des capitaines. « Écoutez bien, parce que c'est ce genre de chanson-là qui va tous nous renvoyer bredouilles. » J'inspirai vivement, comme si cela pouvait dénouer la fatigue de mes muscles. J'avais compris que dans quelques instants il faudrait courir de nouveau. Une terrible sensation d'impuissance se nicha dans mes tripes, pire encore que celle qui m'avait accompagné tout au long de la matinée. Je me mis à soudain songer au roi des Ormes, et à la facilité avec laquelle il m'avait assuré que je pourrais changer de camp. Je savais que, ce faisant, je ne lui concédais pas sa première victoire de la journée, mais j'ignorais encore qu'il ne s'agissait pas de la dernière.

45

Le temps de parcourir les deux milles qui nous séparaient des chevaux, leurs gardiens avaient été tués ou repoussés dans la forêt, et le troupeau avait été emporté au nord par les Feuillus. Quelques marmitons trop courageux étaient morts avec les soldats. D'autres avaient disparu. Nous craignîmes un temps que Mérielle n'ait partagé leur sort, mais elle finit par émerger des fougères peu après notre arrivée, avec de la mousse dans les cheveux et le tablier maculé de boue, en traînant deux garçons-pots derrière elle. Pour une fois, elle avait l'air heureuse de nous voir. Tandis que les troupes continuaient à se masser dans la combe, puantes de la fumée des grands brasiers mortuaires qu'elles laissaient derrière elles, un débat vivace s'engagea à propos de la marche à suivre. Certains voulaient partir en force dans le sillage des Feuillus. D'autres estimaient que cela fleurait l'embuscade à plein nez et qu'on avait perdu assez d'hommes comme ça. Matésé trancha en donnant l'ordre de monter le fortin du soir. Nous abandonnâmes donc les bêtes aux Feuillus, cédant ainsi à l'ennemi la dernière source de nourriture que nous avions emportée avec nous. Comme la plupart des chevaux et des mules avaient été déchargés par les palefreniers lorsque notre armée avait volé au secours des hommes de Selmain, quelques optimistes trouvèrent consolation à l'idée que notre matériel n'avait pas été confisqué avec nos montures. La majorité voyait les choses d'un autre œil. Sans les chevaux, c'étaient nos paquetages qui allaient s'alourdir, et il y aurait aussi les blessés à traîner.

Lorsque la fosse fut creusée et les fortifications sommaires assemblées, le crépuscule noyait la forêt d'une lumière indécise, et il se mit à pleuvoir. En dépit de la désorganisation, les commis du réfectoire partagèrent la nourriture qu'il y avait, des poignées de céréales et des raves sèches arrachées aux cadavres des Feuillus avec les quelques lambeaux de viande bouillie qui restaient aux hommes de Selmain. Il n'y avait pas assez pour remplir les ventres, mais que la distribution ait eu lieu comme à l'accoutumée avait quelque chose de rassurant même sous la grisaille, et tendait à démontrer que, contrairement aux apparences, notre organisation était toujours intacte. Tandis qu'on avalait ce qu'on pouvait, tout en creusant dans les paquetages à la recherche de miettes oubliées, les regards se portaient périodiquement sur le pavillon de Matésé, où, disait-on, Selmain achevait d'agoniser. Les soudards murmuraient entre eux dans l'attente du moment qui s'annonçait, qui verrait une page de la campagne se tourner et leur chef de guerre émerger enfin de son silence pour exprimer tout haut les craintes et les espoirs qu'ils n'osaient pas formuler eux-mêmes. En bon meneur d'hommes, Matéas Matésé savait très bien ce qui était attendu de lui, et il se plia à l'exercice dès le passage de l'averse.

Il me semble que ce fut un bon discours. Debout dans l'aura des flambées, qui enflaient rageusement en dépit de l'humidité, le Trésilien passa par une bonne gamme d'émotions, et adressa sans langue de bois les préoccupations de ses troupes, d'une voix captivante au timbre grave. Les ogres d'abord, qui avaient marqué les esprits – particulièrement ceux des étrangers – davantage que la dislocation de l'armée de Selmain. Nous savions tous qu'on les retrouverait sur notre chemin à un moment ou à un autre, et l'issue du massacre final auquel on avait compté se livrer une fois les Feuillus acculés sur le plateau, ne semblait plus aussi évidente. En dépit de leurs bizarreries et du mystère qui les nimbait, les Ketoï pouvaient être tués, et nous étions partis du principe qu'il fallait chercher la bataille rangée, puisqu'ils n'avaient pas les troupes lourdes pour nous résister. Les ogres, même s'ils n'étaient pas plus nombreux que la douzaine qui avait aidé au massacre de nos alliés, changeaient la donne. Matésé essaya, avec plus ou moins de succès, de présenter les choses de manière pragmatique. Il faudrait des piques, et des hommes pour les manier, et des flèches à tête large seraient distribuées aux archers. L'un d'eux avait bien été tué par les soudards de Selmain alors qu'ils avaient été pris par surprise, nous devions donc être capables de les affronter et de les vaincre en connaissance de cause. Il suffisait d'un peu de préparation.

Il fut ensuite question de la nourriture qui allait manquer, alors qu'il restait au moins une semaine de route, et que personne ne savait ce qui arriverait après cela. Matésé commença naturellement par parler de l'or qui attendait et des ceintures qu'il faudrait serrer pour le dégotter. Je décrochai à ce moment-là pour me replier dans mes pensées. Si je fus attentif tout au long à l'atmosphère, aux visages tendus, déchiquetés par les ombres, le reste m'échappa entièrement. De fait, le reste ne s'adressait pas à moi. La manipulation des mots pour enfouir ou flatter la rapacité sur laquelle toute l'entreprise reposait ne m'évoquait rien, hormis un peu de mépris et parfois de la tristesse. Je pris note des yeux brillants et attentifs de la foule, je m'attardai un temps sur les profils rudes et broussailleux de la piétaille, les expressions de confiance ou de désapprobation, mais en ce qui concernait la rhétorique de Matésé, ce fut comme si j'étais devenu sourd. Il fallut que le chef de guerre en finisse, et qu'une série de vivats ragaillardis éclatent, pour que je retrouve brusquement l'usage de mes oreilles. J'applaudis mollement avec les autres, puis Matésé convoqua les capitaines et on déserta les feux toussotants pour se réfugier sous les tentes.

Dans la pénombre, je vis les regards se chercher. Il y eut un moment curieux, au cours duquel chacun sembla se demander si son voisin avait accepté lui aussi les mots de Matésé, si la confiance retrouvée n'était pas qu'une illusion sur le point de se dissiper. Cette latence ne dura pas longtemps. Il y eut soudain une sorte de souffle, et le camp s'accorda, tel un instrument de musique duquel s'échappe enfin une note connue. Les discussions reprirent avec prudence et attention, sans oser frôler quoi que ce soit de conflictuel. J'entendis des hommes évoquer la pluie, d'autres se demander si on allait brûler Selmain dans la soirée (Matésé avait apparemment annoncé qu'il était mort pendant que je n'écoutais pas), et d'autres encore débattre de la couleur d'un ruban. Le grotesque de la situation me captiva au point qu'Un-Œil dut me mettre un coup de coude dans les côtes pour que je m'intéresse au spectacle qui avait lieu en face, dans le cantonnement des nouveaux arrivants.

Alors que l'obscurité s'épaississait, nous vîmes les survivants de la troupe de Selmain traîner leurs affaires en direction des murs de tourbe. Là ils se terrèrent, pitoyables et résignés, à l'attente des premières flèches nocturnes. Quelques-uns se moquèrent d'eux, mais cela fit réfléchir les autres, et la plupart durent bien admettre la possibilité que les Feuillus – qui en avaient fini à présent avec une de nos armées – puissent s'en prendre désormais à la seconde. Cette idée s'enracina et, après une hésitation initiale, les nôtres hissèrent leurs boucliers pour rejoindre ceux qui s'abritaient. Bientôt, les abords des feux furent désertés. Les compagnies se répartirent en un carré expectatif autour des murs. Nos archers recordèrent leurs arcs, au cas où il faudrait en découdre, et je me surpris à suivre le mouvement en vérifiant mes carreaux. Nous attendîmes ainsi, tandis que les foyers grésillaient sous une nouvelle averse. Dans la nuit tombante, le camp fortifié paraissait vide sans les chevaux, trop grand et trop silencieux. Au milieu, entre les arbres, le tissu pâle du pavillon de commandement rayonnait d'une lueur fantomatique.

Une heure passa. Les capitaines étaient toujours occupés, la brume revint hanter les bois, mais si les Feuillus étaient là ils gardaient le silence. L'inquiétude éphémère qui s'était emparée des troupes commençait à se dissiper lentement. Un-Œil déserta mon côté lorsqu'une rumeur se mit à circuler à propos d'une barrique de tord-boyaux ouverte par les commis. Dans mon dos, Juran dodelinait de la tête. À l'abri du rempart de fortune, le genou enfoncé dans le sol tiède, la fatigue m'écrasait, sans m'empêcher de réfléchir pour autant. Puisque l'heure était grave, elle était propice aux calculs et au pragmatisme. En dépit du vernis que Matésé avait voulu passer sur la situation, je n'oubliais pas qu'en une seule journée nous avions en toute vraisemblance perdu la main. Je n'oubliais pas non plus que cela n'était pas arrivé par hasard, que les Feuillus jouaient sur l'inconnu et l'effet de surprise depuis le départ.

Si je marchais avec les soudards, c'était pour ne pas avoir à négocier avec les Ketoï, à consentir à un pacte dont j'ignorais les clauses, et pour pouvoir leur imposer ma volonté en des termes que je comprenais. Il me semblait que l'ennemi n'avait toujours pas l'avantage sur nous, du moins pas dans la force brute, sinon, il ne faisait aucun doute que notre procession aurait déjà été rageusement écrasée, récurée, puis refoulée de la forêt jusqu'aux racines mêmes des montagnes. Restait que les circonstances avaient changé. Il me fallait à présent me poser les bonnes questions. Et peut-être me ménager une porte de sortie, au cas où les choses prendraient un tournant définitivement moins favorable. Je me mis en tête de trouver un levier dont je pourrais me servir, pour ne pas être entièrement à la merci des Ketoï, si jamais, à court d'options, je devais leur confier mon sort.

Je sursautai lorsque Ossotra vint s'accroupir à la place vide qu'il y avait près de moi pour me tapoter le casque. « Ils ne viendront pas cette nuit », me dit le Paxxéen d'une voix qui me parut un peu traînante. La gemme bleue qu'il portait au nez capturait le feu et lançait des éclairs minuscules. Je le contemplai en clignant des yeux, vaguement honteux d'avoir été surpris en train d'intriguer. J'aimais bien Ossotra et Siméon, et Un-Œil était parfois touchant à sa façon, mais je savais au fond de moi que j'étais prêt à trahir tous ces hommes, et même à les regarder mourir, si cela signifiait que je pourrais retrouver Brindille. « Passe-moi ta timbale, Causeur », me dit Ossotra, « il y a de la liqueur claire qui tourne. » Je farfouillai à ma ceinture avant de m'exécuter machinalement. Le javelinier transvasa soigneusement un filet de boisson depuis sa tasse jusqu'à la mienne. « Viens faire un tour avec moi », fit-il ensuite, en me tendant la main pour m'aider à me relever. Je passai mon arbalète en bandoulière et m'agrippai à lui, les articulations engourdies par l'humidité.

On marcha ensemble jusqu'à l'un des bouquets d'ormes qui poussaient dans l'enceinte temporaire, leurs troncs s'arquant vers le ciel contusionné comme des éclaboussures d'ombre. Je pris une première rasade de tord-boyaux. Le liquide était âpre et peu fruité, impropre à être savouré, mais il réussit tout de même à m'arracher un frisson de plaisir. Ossotra s'appuya contre un des arbres et leva sa timbale. « Je pars », me dit-il sans faire de manières. « Nous sommes plusieurs à nous dire la même chose. Matésé peut parler, les capitaines peuvent dire ce qu'ils veulent eux aussi, la vérité c'est qu'on ne sait pas ce qui nous attend. Ni combien de jours il faudra tenir sans manger. S'ils ont des murs, ils n'auront qu'à les défendre et nous regarder mourir de faim. »

J'acquiesçai. « Tu dis vrai. » Ossotra eut un sourire complice et plein d'entrain, et il m'étreignit l'épaule d'un geste amical. « Je savais que tu entendrais la vérité. Nous partirons lorsque les autres dormiront. Je te réveillerai si tu veux. » Je repris une gorgée d'alcool et toussotai. « Non », fis-je. « Je ne viens pas. » Le Paxxéen fit un pas en arrière et me contempla d'un air mystifié, puis son visage se teinta tout à coup de compassion.

« Ta sœur est morte, Causeur », fit-il doucement. « Il n'y a aucun sens à être tué ici pour son souvenir. » Je secouai la tête. « Non », fis-je. « Elle est avec les Ketoï, je le sens. De toute manière, je ne vivrais qu'à moitié, si je devais m'en aller sans elle. Mais tu as raison de partir, et je ne dirai rien. Je t'aiderai, même, si tu as besoin. » Mes demi-mensonges laissèrent le jeune homme silencieux, désappointé et grimaçant. Je le vis tenter de formuler d'autres arguments raisonnables, puis il abandonna et se contenta d'effleurer son crâne tondu. « Nous avons été de bons compagnons l'un pour l'autre », finit-il par dire. « Et j'ai de la peine qu'on se sépare ainsi. Nous aurions pu trouver du travail ensemble de l'autre côté du Détroit. J'aurais même pu te faire visiter Paxxos. » « Peut-être un jour », soufflai-je. « Mais pas celui-ci. » Ossotra se passa la langue sur les lèvres et haussa les épaules. « Sois prudent, Causeur. » J'acquiesçai avec légèreté. « Je le suis toujours », dis-je, mais le javelinier me fouillait d'un regard grave. « Non, écoute-moi. Je ne parle pas de cette guerre. Certains des autres discutent de toi lorsque tu n'es pas là. Mayak, et Juran, et Jorl, et Danton. Ils deviennent silencieux si d'autres s'approchent, mais j'ai entendu des choses à propos des banquiers de Franc-Lac, et d'une prime. Alors surveille tes arrières, lorsque je serai parti. »

Je déglutis involontairement et m'accoudai à l'un des ormes. Le sang battait dans mes tempes tandis que mes ongles cassés s'attaquaient à l'écorce qui me tombait sous la main. « C'était quand ? » croassai-je en échouant à masquer mon trouble. « C'était à Vert-Pan », répondit Ossotra sans me lâcher des yeux. « Au dortoir, peu après ton arrivée. C'est vrai, donc, ce qu'ils racontaient ? » Je retroussai les lèvres en réfléchissant furieusement. J'aurais pu être plus prudent et cacher mes tatouages, mais en même temps, même sans cela, je n'aurais pas réussi à me faire passer pour autre chose que ce que j'étais. Il y avait parmi les Affranchis deux Montagnards pour savoir que je n'étais ni Montagnard ni Igérien, et un Carmide pour savoir que je n'étais pas Carmide. Restait que les hommes qui avaient cru me reconnaître ne pouvaient pas être tout à fait sûrs d'eux, et c'était sans doute cela qui expliquait qu'ils n'avaient rien tenté jusque-là. Ils n'avaient pu dresser que des corrélations hasardeuses, mais j'entrevoyais avec clarté comment ces spéculations pourraient ressembler à une solution de rechange, si de nouvelles difficultés venaient frapper notre convoi. S'ils décidaient de passer à l'acte, même en désespoir de cause, je me figurais aussi qu'ils auraient besoin de moi vivant. Une tête en putréfaction ne rapporterait rien à qui que ce soit, et ils devaient le savoir.

J'hésitai un temps, parce que mon empressement m'avait déjà interdit l'affabulation ou le démenti. « C'est une vieille histoire », concédai-je sur le ton de l'aveu. « Et je doute que quiconque soit disposé à payer quoi que ce soit pour moi aujourd'hui. » Dans mon idée, ces paroles n'étaient qu'à moitié vraies. Si je devais avoir perdu tout intérêt politique pour la Ligue de Franc-Lac, je ne doutais pas que Duranne Misolle, l'aristocrate auquel j'avais tranché un doigt en fuyant de Corne-Brune, serait toujours prêt à dépenser de l'argent ou même de l'or, pour m'avoir à sa merci. De surcroît, il y avait Olivan Fourque et ce qui restait de la lignée des liges d'Auve, que j'avais décimée sur la route des falaises. Si je devais croire ce que Connore Brasbon et Aidan Corjoug m'avaient raconté à leur propos, ils avaient largement les moyens d'acheter leur vengeance. Je levai les yeux, prisonnier tout à coup d'une sensation curieuse, et je posai sur Ossotra un regard méfiant par lequel je fus le premier surpris. Mon esprit se tourna vers le poids rassurant de l'acier de Taecide qui patientait au creux de mes reins, en espérant que je n'aurais pas à m'en servir contre lui.

Nous nous étudiâmes longuement, puis Ossotra eut un hochement de tête un peu rigide, qui ne m'était pas vraiment destiné. Il avait compris qu'à la lumière de ses révélations je ne pouvais pas me permettre de lui faire davantage confiance qu'aux autres. Je crois que, même si ma prudence était injuste, il saisissait que je n'avais pas le choix. « Merci de m'avoir prévenu Ossotra », dis-je, mais toute chaleur avait quitté ma voix. Le javelinier hésita, comme s'il allait tenter un nouvel argument, se justifier ou peut-être simplement s'avancer pour me serrer la main. Il n'en fit rien. « Adieu, Causeur », énonça-t-il sèchement avant de faire demi-tour. Je le regardai disparaître, avalé par la noirceur de la forêt, et après m'être assuré qu'il n'allait pas rejoindre Jorl ou les Montagnards je retournai à la palissade. Seul et méfiant, je malmenai mes pensées comme une rivière fait rouler ses galets. Autour de moi, les vétérans de Selmain scrutaient obsessivement l'obscurité sans vouloir comprendre qu'aucune attaque ne viendrait.

Cette nuit-là, tandis que la Déesse me cajolait, tissait autour de moi sa berceuse, je tentai de lui parler, plutôt que de me laisser faire, ou de chercher à lui échapper comme je le faisais habituellement. Je projetai sur elle mes émotions minuscules, et elle m'inonda de ses trilles comme si de rien n'était, comme on pouponne un nourrisson lorsqu'il pleure. J'invoquais l'image du pérégrin, de Trasca, le roi des Ormes, parce que les circonstances changeaient et que je désirais, à défaut d'autres pistes, lui parler à nouveau. Je n'eus pas l'impression d'être entendu. Mes faibles prières étaient incinérées dans son rayonnement mugissant. Peu avant l'éveil je me rappelai mes rêves corne-brunois, et la présence que j'avais jadis nommée *Elle.* Il me sembla tout à coup que ces deux entités solaires se ressemblaient bien davantage que je n'avais voulu l'admettre jusqu'alors. Après tout, ne m'avaient-elles pas toutes deux imposé leur présence, imposé leur centralité et leur lumière, et mis en place autour de moi des machinations dépourvues de sens ?

46

Trois jours après la mort de Selmain, Jorl l'Ancien, dont le sens de l'humour caustique ne faisait plus guère sourire qui que ce soit, demanda à Cléon si nous pouvions changer le nom de la compagnie, et remplacer « les Affranchis » par « les Affamés ». J'avais étudié le vieillard hilare du coin de l'œil, guetté ses grimaces et sa carne grasse, comme je le faisais souvent depuis les révélations d'Ossotra. Au fond, sa maîtrise de la veulerie, la manière dont il était parvenu à ne rien laisser paraître, ou si peu, m'arrachait malgré moi une certaine admiration. Je m'étais permis de douter un temps des affirmations du Paxxéen, mais avec la faim qui tourmentait j'avais assisté au cours des dernières nuits à la matérialisation du groupe que le javelinier m'avait décrit. Jorl, Danton le Sec, Juran et Mayak. Il ne s'agissait de rien d'autre qu'une proximité des corps autour du feu, mais je ne pouvais m'empêcher de penser que ce rapprochement soudain n'augurait rien de bon pour moi.

Si Jorl et les Montagnards étaient discrets comme des chats-vèches, j'avais remarqué que Danton, qui était sans doute le plus stupide des quatre, lorgnait parfois sur moi quand il pensait que je ne faisais pas attention, et se raidissait à mon approche. Je m'étais demandé brièvement lequel des quatre avait cru me reconnaître en premier et il me semblait qu'il devait s'agir de Jorl. Cette conclusion avait entraîné une nouvelle question : était-il le seul à se douter de ma véritable identité ? Une bonne moitié des Affranchis se trouvaient en Haute-Brune depuis peu, mais il en allait autrement pour une poignée d'anciens, et puis il y avait aussi ceux dont on ne savait pas grand-chose, comme Chique ou Un-Œil, qui avaient pu être bandits ou soudards à l'époque où les primes avaient été lancées. Même Cléon m'apparaissait désormais comme potentiellement suspect. Je me sentais pris au piège, et surtout de plus en plus isolé. L'unique moyen que je trouvai pour gérer mon angoisse d'être découvert fut de la restreindre aux rangs des Affranchis. Je me figurais que, si mon identité avait pu faire hausser des sourcils lorsque je m'étais présenté seul et inconnu à la manse de Vert-Pan, depuis lors je portais la boucle d'argent d'une compagnie respectée. La plupart des hommes du cortège avaient dû s'arrêter à cela : si je marchais avec les Affranchis, alors j'étais un Affranchi, et toute autre question devait avoir été muselée de fait. C'était du moins ce que je me disais pour ne pas passer mon temps à regarder par-dessus mon épaule.

Ossotra avait été le seul à déserter parmi les rangs de la compagnie, mais le soir où il était parti une centaine d'autres s'étaient éclipsés eux aussi. Depuis, on subissait une hémorragie lente mais régulière de nos effectifs, des abandons discrets que l'on feignait de ne pas voir. L'avant-garde avait été reformée, et on nous avait assigné un contingent de piquiers triés sur le volet. Ces derniers étaient censés nous protéger des ogres, et à cette fin on avait doublé leurs parts. Si leur présence était rassurante, la plupart n'avaient jamais combattu avec de telles armes et, même si certains de nos mercenaires de Carme ou des Cinq-Cités avaient essayé de leur inculquer les bases, je doutais franchement de leur efficacité en cas d'attaque. Dans mon idée, après avoir vu ce que les ogres avaient fait de l'avant-garde de Selmain, la plupart des nôtres rompraient les rangs avant même que le combat ne s'engage.

Il faut dire que l'issue de la campagne reposait sur un paradoxe de plus en plus évident, une sorte de jeu mortel de mise et de pari. Plus notre victoire serait difficile, plus nous perdrions de compagnons sous les frondaisons brumeuses de la route des Ronces, moins il y aurait de parts à distribuer à la fin, et ces dernières seraient plus importantes. Restait qu'on risquait, à un moment que personne n'était en mesure de déterminer vraiment, de se retrouver trop peu nombreux pour vaincre. Matésé semblait croire que cette limite était proche, du moins je soupçonnais que ce soit le cas depuis qu'une rumeur avait commencé à circuler à propos de ceux qui étaient partis. Les histoires étaient invérifiables, mais persistantes, et racontaient comment les déserteurs étaient massacrés par les Ketoï, éviscérés, puis pendus aux arbres. J'avais entendu, de plusieurs bouches, que le récit était attribué à l'un des éclaireurs, mais dans l'avant-garde on savait que ce ne pouvait pas être le cas. Les éclaireurs étaient tous assignés. Nous manquions déjà de traqueurs compétents et aucun d'entre eux n'avait pu avoir le temps d'aller se balader à l'arrière pour investiguer sur le sort des disparus.

J'étais à peu près certain que ce racontar macabre avait été élaboré à dessein par le commandement, pour essayer de décourager les départs.

Alors que l'on se rapprochait inéluctablement du plateau, courbés sous nos paquetages et rongés par la faim, la stratégie des Ketoï muta pour épouser notre calvaire comme un gant. S'ils ne nous harcelaient pas la nuit de la même manière qu'ils avaient guerroyé contre Selmain, ils accentuèrent néanmoins leur pression diurne. Leurs troupes accompagnaient inlassablement nos mouvements, des adversaires fantomatiques à la lisière des limbes, une menace qui ne prenait jamais vraiment consistance. Les Ketoï nous étudiaient patiemment, nous contraignaient sans cesse à nous reformer pour pouvoir avancer en nombre, et il n'y en avait jamais moins d'une centaine répartis autour de nous à chaque instant. Il leur arrivait de cibler de leurs flèches un traînard isolé, un capitaine, ou un éclaireur, mais ils ne menèrent contre nous aucune attaque frontale. Les ogres avaient l'air d'être repartis, du moins les seules traces d'eux que nous relevions étaient anciennes, et la confiance dont les Feuillus semblaient faire preuve commençait à me poser question.

Trasca m'avait affirmé qu'il ne sacrifierait pas les siens pour m'épargner, et je crois que j'avais intériorisé ses dires pour en faire une sorte de repère : lorsque la situation deviendrait désespérée pour les Ketoï, lorsqu'ils nous craindraient vraiment, ils ne se préoccuperaient plus de me préserver. En l'état, rien de tel ne se passait. Les Ketoï se contentaient de mettre en œuvre des stratégies nouvelles, qui s'adaptaient à l'évolution de la route.

Aux larges combes et aux cuvettes découpées,

segmentées par le basalte, succédèrent des corniches, des pentes de plus en plus marquées auxquelles les arbres s'agrippaient, arc-boutés sur des amas de racines convulsées. Les ormes, qui avaient composé la majeure partie des essences de Spinelle s'évanouirent presque entièrement au bénéfice de sapinières et de pins tortueux. Je retrouvai cette topographie comme un ami sévère. Après tout, depuis Iphos, j'avais fréquenté les contreforts de la Haute-Brune et de la Grise-Marche davantage qu'aucun autre lieu, et les forêts de résineux qui donnaient l'assaut aux montagnes étaient devenues pour moi des compagnes familières. Le jour après le massacre dans la clairière, nous tombâmes sur un premier épicéa bûcheronné qui obstruait entièrement le vallon que l'armée devait remonter. Plus tard, il y eut des éboulis, des pans de roche et de nouveaux arbres qui bouchaient le passage, que l'on pouvait contourner parfois, mais qu'il fallait souvent plusieurs heures pour déblayer.

À cause de la pente qui se resserrait au fur et à mesure que notre destination se faisait proche, nous avions de moins en moins de place pour manœuvrer. En vérité cela facilitait considérablement le travail des éclaireurs puisqu'il ne restait plus beaucoup de chemins praticables et qu'il était plus aisé de les découvrir, mais cela signifiait en même temps que les Ketoï pouvaient nous en bloquer l'accès, ce dont ils ne se privaient pas. Le moindre goulot était propice à être transformé en obstacle. La nuit, la forêt résonnait de coups de hache, et du grondement de la pierre qui s'affaisse, et nous guettions ces vacarmes avec autant d'appréhension que le chuintement soudain des flèches. Nous n'avions plus de réserves et les Feuillus le savaient. Ils attendaient désormais que l'on s'affaiblisse, multipliant leurs travaux de sape pour nous retarder davantage encore. Les tâches de l'avant-garde furent radicalement redéfinies en une poignée de jours : il s'agissait avant tout de désencombrer le passage, et de fourrager à la recherche de nourriture et d'eau. Même si j'avais de l'expérience au bûcheronnage, j'étais aussi un habitué des groupes de pointe, et quand je ne me reposais pas j'étais affecté au ravitaillement, tout comme l'étaient les autres Affranchis. Cela me convenait. Le manche des cognées me rappelait trop de choses, des choses que j'essayais d'oublier.

Sur les lits d'aiguilles poussaient des plants de myrtilles et des coulées de chanterelles ainsi que des plantes comestibles comme l'herbefeu, qui s'ouvrait en touffes fibreuses ou les choux-charogne, qui puaient la mort mais dont les Montagnards raffolaient. Les rigoles se raréfiaient, mais sous leurs rochers on pouvait trouver des écrevisses et des tritons, et de petites grenouilles vivaient sur les berges. Nous avions des réserves considérables de flèches, si bien que toutes les créatures que nous rencontrions, qu'elles soient ailées ou velues, étaient prises pour cible par nos archers. Écureuils et geais rejoignaient nos besaces par dizaines, et certains ramassaient même les escargots et déterraient les mulots d'eau. Puisque les Feuillus faisaient fuir tout gibier intéressant, aucune proie ne paraissait ingrate à nos yeux, et la moindre baie comestible était bonne à prendre. En une occasion, nous eûmes la chance de tomber sur une poussée de racine blanche, mais la récolte fut décevante et les rhizomes se révélèrent bien plus aqueux que ceux qui foisonnaient dans la forêt de Vaux.

Durant la journée, les ventres grondaient et il fallait une discipline de fer pour que la nourriture consommable ne soit pas engloutie sur place par ceux qui la ramassaient. Dans les faits, nous en mangions tout de même un peu, parce qu'on fournissait davantage d'efforts que le reste de la piétaille, à effectuer mille allers-retours et à fureter dans le moindre recoin de roche, et on prenait plus de risques aussi, puisque c'étaient les nôtres que les Feuillus tiraient en premier. Pour cette raison, tant qu'on ramenait une quantité tangible, personne ne nous faisait la leçon. Lorsque venait le soir, le maigre butin était confié aux commis, qui pilaient et hachaient tout cela ensemble avant de jeter la purée dans de grands pots remplis d'eau frémissante. Il en résultait un bouillon particulièrement fade, que l'on appelait entre nous « la soupe de rien ». C'était un nom qui se suffisait à lui-même. En comptant les palefreniers, les artisans et les rebouteux, il y avait près de mille bouches à nourrir, et même en multipliant les groupes il n'y avait rien de consistant à tirer de la forêt. Si l'invasion avait eu lieu au début de l'automne, nous aurions pu compter sur l'éclosion des lures, car c'était une année à lures, mais en l'état, les deux ou trois lunes qui nous séparaient de l'aubaine auraient tout aussi bien pu être deux ou trois siècles, pour tout le bien que cela nous ferait.

La situation faisait des mécontents, bien sûr, et encourageait les désistements, mais certains de ceux qui se plaignaient désiraient aussi rester. C'étaient ceux-là qui causaient le plus de problèmes. Je me souviens d'un grand Brunide qui manqua de déclencher une bagarre générale lorsqu'il accusa les groupes de pointe de manger à leur faim, et auquel les propos incendiaires avaient fait gagner quelques partisans. Le lendemain, l'homme fut désigné pour rejoindre l'avant-garde, et il partit dès l'aube avec une escouade de Poinçonneurs. On ramena son corps à midi, avec une flèche feuillue en travers de la nuque. Personne ne contesta la version des Poinçonneurs, mais les réclamations devinrent plus prudentes après cela.

Si la pluie avait cessé le lendemain du massacre, la brume était revenue de plus belle. Je regrettais parfois de ne pas être en mesure de profiter des féeries incroyables offertes par les limbes. Il y avait des processions bouffantes qui se superposaient en nappes, qui savaient capturer la lumière de manière spectaculaire, et à d'autres moments, lorsque le vent se levait ou que la température changeait, la brume se courbait en vagues roulantes, esquissait des volutes incroyables, des figures fantasques, des formes évanescentes qui s'enroulaient les unes dans les autres pour évoquer des scènes éphémères à la consistance tantôt épaisse et minérale, tantôt fine et duveteuse comme un soupir. J'aurais aimé pouvoir prendre le temps de la contemplation, mais trop souvent ces brouillards mouvants abritaient l'ennemi. S'il apparaissait toujours que je n'avais rien à craindre des Feuillus, je ne pouvais tout de même pas me comporter comme tel. La situation avec Jorl et les autres aiguisait aussi mon attention, et quand je ne cherchais pas l'adversaire devant moi je me préoccupais de celui qui traînait dans mon dos. J'essayais toujours de contacter Trasca par l'intermédiaire du rêve, de plus en plus désespérément, parce que le temps pressait d'après mon idée, mais pour l'instant mes suppliques tombaient dans l'oreille d'un sourd.

Dix-sept jours après le début de l'ascension, nous arrivâmes au pied d'une grande statue de pierre noire, érigée au milieu des épicéas géants. Derrière elle s'étendait une succession de hautes falaises boisées. Le monument était vraisemblablement ancien, à tel point que tous les détails gravés, s'il y en avait eu un jour, avaient été effacés par les siècles. Il n'en subsistait qu'une sorte de forme générale, une silhouette que la sphaigne recouvrait de la tête aux pieds comme une épaisse fourrure. Seule la face du gardien n'avait pas été envahie par la mousse, mais sa surface était aussi neutre que le reste, et ne laissait entrevoir aucun caractère familier, ni bouche, ni nez, ni yeux. Il n'y avait rien qu'une forme, la forme d'un visage, lisse, et sombre, et immuable. L'avant-garde ne traîna pas autour de la statue. Il me semble même qu'aucun mot ne fut échangé à son propos. On se pressa simplement en quête de la route qui permettrait d'accéder aux hauteurs, en prenant note de sa présence comme nous le faisions avec n'importe quel autre repère.

Ma triace ne se trouvait pas parmi les groupes de tête ce jour-là, et je pus donc regarder en arrière au moment où la colonne débouchait dans la clairière de la statue. Un rayon de soleil avait percé les limbes, pour dévoiler le grouillement des hommes autour du monument vert et paisible. Je me sentis soudainement envahi par la nausée, un peu comme celle qui m'avait saisi avant que nous ne quittions Vorne. Le décalage entre la grandeur des arbres et de la statue, et la nature misérable, l'aspect minable et crasseux de ceux que j'accompagnais me frappa tout autant que le contraste des couleurs : notre cortège moucheté, d'un brun maladif et hésitant, aux antipodes de la forêt estivale saisie dans la lumière, drapée de franchise et de clarté.

Il ne nous fallut pas beaucoup de temps pour comprendre qu'il n'y avait plus qu'un seul chemin accessible désormais, une pente large qui grimpait en sinuant d'est en ouest, segmentée par la paroi des à-pics. « On croirait avancer sur une route », m'avait fait remarquer Un-Œil lorsque nous nous engageâmes sur la terrasse, et j'avais secondé cette impression. Il y avait encore des arbres et des buissons en abondance, et suffisamment de place pour qu'on n'en voie pas les rebords si on avançait au milieu, mais les pistes qu'empruntaient le gibier et les Ketoï étaient limpides et, surtout, la déclive était presque parfaitement plane, comme une rampe gigantesque. Je crachais en traînant les jambes, me figurant que ces louvoiements serpentueux allaient encore rallonger le voyage. Restait que la porte du plateau semblait proche désormais. Peut-être même qu'elle se trouvait juste après cette succession d'escarpements que nous nous apprêtions à gravir. Cela allait-il prendre deux jours ? Une semaine ? Serions-nous toujours en état de combattre lorsque nous arriverions au sommet ? Je secouai la tête. Personne ne pouvait le savoir.

En bas, la troupe s'était arrêtée dans la clairière, et les hommes s'étaient attaqués à l'humus pour préparer le camp. Je devinais au loin l'usure de leurs muscles, de leurs mains aussi noires que la terre qu'ils fouillaient. Les corps s'arquaient à l'ombre des ramures massives, des troncs rouges et ravinés, et ils peinaient ainsi, maculés par la boue et la lumière de l'éclaircie, encrassés jusque dans le moindre repli de leur peau. Je savais quels estomacs creux se tassaient sur les pelles pour découper le sol, quelle avidité enfouie nourrissait ces terrassiers de fortune. Le vent souffla et des sentiments mitigés vinrent se loger en moi tandis que les limbes déferlaient de nouveau sur les bois. Un instant rare de communion remplaça soudainement la répugnance qui m'avait habité. Je reconnus brièvement la férocité de ces hommes, parce que j'avais été comme eux à Corne-Brune et surtout à Iphos, lorsque la vie avait été quelque chose qu'il avait fallu saisir et arracher de force, et que le monde entier avait ressemblé à un ennemi. Je m'étais penché au-dessus du vide pour contempler cela, si loin qu'Un-Œil avait pris peur et m'avait saisi. Je m'étais demandé, tandis que mon compagnon me reprochait sévèrement mon imprudence, si les Ketoï éprouvaient de la pitié pour les hommes qu'ils tuaient, et si finalement la voracité avec laquelle je poursuivais Brindille ne ressemblait pas, au moins un peu, à celle des soudards affamés.

47

Cette nuit-là, un petit groupe de Feuillus essaya de passer nos lignes, mais les sentinelles en occirent deux, et un troisième – quoique grièvement blessé – fut pris vivant. Pue-le-suif (qui en savait davantage que les autres parce qu'il s'était levé plus tôt pour pisser) nous avait rapporté que l'homme avait eu l'échine brisée par la pointe d'une lance, et qu'il ne pouvait plus se servir de ses jambes. Peu après l'aube, tandis que les premières lueurs inondaient la forêt par salves obliques, j'avais erré dans le camp, ma démarche pareille à celle d'un fauve traqué, en espérant qu'aucun de ces Feuillus n'était Trasca et que cette bande n'avait pas été envoyée en réponse au rêve, pour prendre contact avec moi. Puis, lorsque j'avais vu les morts pâles, deux anonymes nus et hachés dans la fosse, j'avais été saisi d'un vertige à l'idée que le captif puisse parler, et marchander sa vie contre la mienne.

Je m'étais éloigné de nos tentes, j'avais attendu sur le muret en guettant le moment où, peut-être, on se lancerait à ma recherche. Mon esprit grésillait, léger et grave à la fois. J'avais patienté avec un carreau à la main, un pied sur l'étrier de mon arbalète et le soleil dans les yeux. Mes doigts avaient joué avec la sangle râpeuse de ma rondache, que je portais déjà dans mon dos et que j'aurais serrée d'un geste sec, s'il avait fallu courir. J'avais tendu l'oreille pour tenter de discerner un indice sur ce que le sort me réservait, sans entendre autre chose que les pépiements flûtés des oiseaux et la rumeur obscène du camp. Mon ventre vide était une boule dure qui ne disait plus rien. Le départ fut retardé d'une heure, mais le blessé ne me trahit pas.

Après qu'il eut été interrogé par les capitaines et que ces derniers eurent tiré de lui tout ce qu'il était possible de tirer d'un homme qui a embrassé sa propre mort, son supplice fut rendu public. Si le Feuillu n'avait guère été loquace quand on avait essayé de lui arracher des informations par la coercition puis les coups, il trouva toutefois le souffle pour nous maudire tous à pleins poumons lorsque les bucellaires trésiliens le sanglèrent à la statue de basalte. Comme il ne tenait plus debout tout seul, il fallut plusieurs longueurs de corde pour le maintenir à hauteur d'homme. Ne pouvant plus traîner à la lisière, j'avais fini par suivre le mouvement et je m'étais joint à la foule des soudards. Le camp tout entier s'était rassemblé là, au pied de l'antique statue, et il aurait été suspect que je choisisse alors la solitude. Le visage noir du monument nous contemplait, immense, impassible et informe, un déni macabre de la face du prisonnier qui se tordait en dessous. Sous le poids de l'homme affaissé, les cordages avaient entaillé des plaies profanatrices dans la sphaigne verte, pour exposer la chair minérale qu'elle caparaçonnait.

Matésé s'avança ensuite, fendant la foule, droit et impeccable avec son sabre à la main, et les hommes de troupe, qui avaient appelé au sang dès lors qu'ils avaient su qu'un ennemi se trouvait à leur merci, cessèrent tout à coup leurs vociférations. L'air se mit à crépiter d'une tension malsaine née de la curiosité assoiffée de la piétaille. Que le Feuillu ait été ou non un adversaire n'eut soudainement plus la moindre importance. Il s'agissait d'autre chose, qui n'avait plus rien à voir avec la haine ou la vengeance, qui ressemblait davantage à l'interrogation que peut éprouver un enfant lorsqu'il arrache les ailes d'une mouche. Quelqu'un allait mourir de la main d'un autre, et l'on voulait savoir comment. Matésé ne prononça pas de discours, pas un mot, pas une seule syllabe. Il se contenta de se tenir devant le captif. Un silence sépulcral avait envahi la clairière. Les limbes blancs s'effilochaient tout autour, et je ne pouvais pas faire autrement que de regarder. Le Feuillu avait un visage très quelconque, un gros nez camus et les yeux qui tombaient, la peau marquée par une ancienne maladie. Il suait à grosses gouttes et, s'il nous fixait toujours d'un air de défi, il avait cessé ses invectives lui aussi.

Matésé le tua au sabre, une coupure après l'autre. Le Feuillu garda la bouche close et il ferma les yeux, pour n'émettre qu'une poignée de gémissements au moment où sa tête s'affaissa, puis il sanglota un peu avant de mourir, mais pour lui-même, et sans supplier qui que ce soit. Le soleil étincelait sur la lame écarlate qui remontait très haut puis retombait. L'ouvrage sanglant se voyait porté à la lumière, des gouttelettes et des éclats rouges offerts à la foule des mercenaires autant qu'à ceux qui devaient guetter la scène depuis les arbres et les corniches. Le visage du bourreau n'exprima rien tout au long du processus, pas même à la fin lorsqu'un de ses hommes versa un filet d'eau depuis son outre afin que Matésé puisse se nettoyer les mains. Le Trésilien se frotta les phalanges devant la foule, le visage aussi impassible que s'il était en train de se raser. Je ne sus dire si cette contenance froide était ou non une façade, mais sa démonstration marqua les esprits, ce qui était sans aucun doute intentionnel.

Le corps du Feuillu pendait mollement contre la sphaigne éclaboussée, et pas le moindre bruit n'était encore sorti des rangs des soudards. Les regards, le mien y compris, étaient rivés sur l'acier brillant que Matésé avait entrepris de décrasser à l'aide d'un chiffon rougi. Le Trésilien agissait comme si nous n'étions pas là, et cela ne faisait qu'accroître son magnétisme. Lorsque le Feuillu était mort, j'avais pensé que nous avions atteint l'apogée, le clou du spectacle, mais je me trompais. La tension dramatique ne retomba pas. Matésé construisit autre chose par-dessus l'exécution à laquelle nous avions assisté, un récit tissé d'abjection tantôt ordinaire, tantôt étrangère, où chacun était rendu complice de ce qui venait de se passer, sans pour autant que cela ait ressemblé à la vengeance attendue. La piétaille avait été dépossédée d'une manière qu'elle ne comprenait pas tout à fait, qui avait appartenu à Matésé et à lui seul, et dont il s'était servi pour affermir son emprise sur la troupe.

Comme la foule incertaine commençait à remuer, l'un des bucellaires vint marmonner à l'oreille du chef de guerre. Je compris qu'il demandait s'il devait décrocher le mort. Matésé secoua la tête et rengaina son épée, dont la lame avait désormais retrouvé son lustre. Il leva ensuite les yeux sur les spectateurs, les capitaines au premier rang, mais aussi les troupiers. Le piétinement de l'assemblée cessa aussitôt, et l'attention se fixa encore une fois sur lui, comme s'il détenait le pouvoir d'expliquer ce que nous venions de voir. Ses lèvres remuèrent, sans pour autant délivrer qui que ce soit. Ce fut tout juste s'il remplaça le sursis par une direction. « La route n'est plus si longue », nous dit-il simplement, en tendant le doigt vers les falaises qui nous dominaient. « Mais nous avons encore à faire. » Il se détourna de nous et, comme par enchantement, la foule se disloqua de la même manière qu'elle s'était assemblée, chacun s'attelant aux corvées quotidiennes qu'il ne connaissait que trop bien. Le cadavre resta là où il était, rouge et luisant contre le rocher noir, saupoudré des débris de mousse dérangés durant l'agonie.

Le départ fut moins lent, moins prudent que les jours qui avaient précédé. La faim était terrible, mais les soudards ne rechignaient pas autant à attaquer la route qui se dessinait. La bizarrerie qui avait eu lieu avec Matésé y était sans doute pour quelque chose, et certains se hâtaient certainement pour laisser la statue ketoï derrière eux, mais il se trouvait aussi que le terrain qui attendait avait quelque chose de plus rassurant : malgré les hauteurs, et les rochers, et la déclive plus marquée, nous avions enfin l'impression d'avancer. L'ennemi ne pouvait plus arriver par tous les côtés. Nous allions pouvoir imaginer les Feuillus faire retraite devant nous, plutôt que de se dissoudre dans les brumes pour nous contourner. Ce changement de perspective fut subtil et il épousa la contemplation étrange dans laquelle l'exécution avait plongé les mercenaires.

Le sortilège du Trésilien n'avait pas fonctionné

sur moi. J'avais vu mon lot de morts à Iphos, et j'avais mes propres soucis, auxquels s'ajoutaient ceux que j'entrevoyais déjà sur les pentes qui s'annonçaient. L'approvisionnement deviendrait un casse-tête impossible et la soupe serait encore plus claire qu'auparavant. En tout état de cause, l'accès à l'eau serait difficile. Il me semblait aussi que le terrain s'avérerait plus compliqué à creuser, à cause de toute cette pierre qui affleurait partout. On allait sûrement devoir se contenter d'une palissade plus basse pour la nuit. Cela nous rendrait plus vulnérables aux attaques nocturnes, et il faudrait y remédier en augmentant le nombre de veilleurs, ce qui compliquerait toute infiltration et n'arrangerait pas mes affaires. Je désirais vivement une nouvelle entrevue avec le roi des Ormes et il semblait que les occasions allaient devenir plus rares. Je me demandais parfois si je ne ferais pas mieux d'aller moi-même à la rencontre des Feuillus, mais je n'étais pas certain qu'une fois entre leurs mains ils me laisseraient repartir librement. Même si c'était le cas, rien ne garantissait que je saurais déjouer la vigilance de nos sentinelles et réintégrer les rangs. Lorsque l'avant-garde se mit en branle ce matin-là, je marchais en méditant amèrement ma propre impuissance.

Ma triace effectua une première rotation à la pointe et nous fûmes relevés au zénith. Puisqu'il n'y avait plus de flancs à couvrir, nous avancions d'un front commun. La progression était traînante et ponctuée par le gargouillis des estomacs vides, qui faisait désormais autant partie de nos vies que la voix des Ronces, une litanie incessante comme le vrombissement des insectes et le chant des oiseaux.

La brume se déversait sur nous depuis les hauteurs à la manière d'une cascade vaporeuse, qui se voyait parfois disperser par les courants d'air venus du sud. J'avisais le dos de Juran devant moi, je le couvais d'un regard venimeux, mémorisant chacune des fines craquelures de son cuir bouilli tout en me demandant ce que je vaudrais contre lui en combat singulier. Je pesais patiemment mes options, avec un goût ferreux sur la langue. Il me faudrait bientôt faire un choix, exactement comme le pérégrin l'avait prédit. Admettre qu'il avait eu raison me coûtait suffisamment pour que cela me rassure à propos de ma propre lucidité. Il s'agissait désormais de choisir un camp. D'un côté, une armée probablement supérieure, aux motivations claires – quoique vénales –, mais qui n'avait plus de réserves et qui abritait en son sein des gens qui me voulaient du mal. De l'autre, des inconnus tout aussi dangereux, aux intentions cryptiques, qui professaient à mon égard une bienveillance dont je me méfiais viscéralement.

La seule évidence qui me sautait aux yeux, c'est que si je décidais de rester avec Matésé, alors il faudrait que je trouve le moyen de me débarrasser de Jorl et consorts. Je pourrais sans doute m'en charger de nuit, au couteau, l'un après l'autre. Ce serait risqué, et j'aurais fort à faire pour échapper ensuite aux soupçons, en admettant que personne ne me surprenne sur le fait ou que je n'en rate pas un. J'avais pensé aussi à élaborer un stratagème pour les éliminer les uns après les autres, mais cela demanderait du temps et des circonstances qu'il me serait compliqué de créer. De plus, si j'estimais être en mesure de suriner Jorl sans trop de peine si je le prenais par surprise, Danton avait la musculature charpentée d'un archer long professionnel, et les Montagnards étaient vifs et noueux comme des serpents. Restait le poison. Je reconnaissais quelques plantes toxiques dans la forêt que nous traversions, dont l'aconit bulbeux, mais je n'étais pas suffisamment versé en la matière pour savoir quelle quantité il faudrait en employer pour tuer un homme. Je ne voyais pas non plus comment je pourrais arriver à intoxiquer les quatre soudards qui m'intéressaient, sans décimer les autres Affranchis avec eux. Pour l'instant, je me trouvais dans une impasse et j'étais pressé par le temps, ce qui ne m'aidait pas à réfléchir. Il y avait aussi la faim qui tourmentait, qui drainait comme une sangsue ce qui restait de mes pensées.

Quelques heures après la relève, nous marchions à l'avant du corps principal. J'étais toujours écartelé entre mes envies de meurtre et des considérations plus subtiles, mais je levai tout de même la tête lorsque notre chemin dévia non loin du rebord de la falaise. L'avant-garde marqua une pause à cet endroit, et je pris une inspiration prudente tout en clignant des yeux. À ma droite, au sud, s'étalait notre parcours des jours précédents. Un entrelacs dense de forêts et de limbes argentés. J'eus peur un instant de découvrir notre trajectoire gravée dans le paysage, comme si la dévastation que nous portions avait pu déborder, entailler les stigmates de notre passage comme une maladie honteuse. Ce n'était pas le cas. Il ne subsistait pas la moindre trace de notre calvaire. Rien ne laissait deviner la procession suppliciée, les corps brûlés ou pourrissants que l'on avait abandonnés derrière nous. Aucun sillon noirci ne trahissait l'amalgame d'avidité et de haine qu'on avait traîné jusqu'ici, et qui avait traîné la troupe tout autant. La forêt ondoyait paisiblement. Au-delà on devinait parfois les étendues verdoyantes de Vaux.

Devant, à l'est, s'ébauchait une côte plane et caillouteuse où les arbres étaient rares, et où poussaient surtout des buissons épineux et des arbustes. Même la sphaigne y avait déserté le sol, au bénéfice d'une herbe pauvre aux tiges fines. Ainsi, notre vue était dégagée sur une demi-mille. Sur cette portion, la roche était saillante et la route à venir se resserrait considérablement. Les bois reprenaient derrière pour décrire une boucle ascendante puis disparaissaient dans les hauteurs, entre des amas de pierres fracassées. Rien qu'à regarder la disposition des falaises, je me doutais que nous allions devoir sinuer ainsi durant un certain temps avant d'en atteindre le sommet, et le plateau. Pour l'instant l'air était dégagé, mais contre ces murailles, bientôt, s'échoueraient d'épais nuages venus de la mer de Parse. De ces collisions naîtraient les grands bancs de brume que nous ne connaissions que trop bien.

Au loin, les groupes de pointe commençaient à revenir, taches plus claires sur les strates sombres, et au-dessus d'eux le réseau des escarpements était gigantesque et suspendu. Tandis que j'avisais les hommes écrasés dans l'ombre des chemins à venir, Juran prit soudain une inspiration plus vive que les autres, et il leva le doigt vers les hauteurs. « Là », dit-il d'une voix agitée, tapotant tour à tour mon pourpoint carmide et les mailles d'Un-Œil. « Là, le chasseur. » Je plissai les yeux en fouillant le paysage accidenté. « Il descend », s'écria Juran, qui agrippa l'épaule d'Un-Œil. « Sonne le cor. » J'eus le temps de me demander s'il ne perdait pas la tête, puis mon regard se verrouilla sur une forme fuselée, au moment exact où elle surgissait depuis l'azur du ciel.

Un grand oiseau de proie avait quitté les crêtes et chutait à présent en direction des éclaireurs. J'étais trop loin pour apercevoir les détails du plumage du rapace, c'est d'ailleurs à peine si j'aurais pu lui donner une couleur, mais son envergure me paraissait bien supérieure à celle des aigles qui avaient tournoyé dans le ciel au-dessus de Seu-Lanthé. Devant Juran, le borgne hésita, mais d'autres troupiers avaient levé les yeux eux aussi. Une clameur s'éleva de nos rangs lorsque l'oiseau piqua vers le dernier groupe de tête, qui n'avait pas l'air d'avoir remarqué quoi que ce soit. Quelqu'un donna du cor pour tenter de les prévenir, sans succès. Il y eut un bref éclair de lumière sur le plumage de l'oiseau de proie qui avait replié ses ailes immenses, et le même rayon saisit l'éclat terne des mailles du guerrier sur lequel le prédateur fondait. La violence du choc fut effacée par l'aise avec laquelle l'homme fut arraché à la corniche, puis les deux silhouettes disparurent de vue dans le ravin. Les compagnons de la victime se rassemblèrent en un cercle hérissé de boucliers et de lances. Ils ne semblaient pas avoir compris ce qu'il venait de se passer.

« C'était un des nôtres, ça », souffla Un-Œil, et Juran hocha la tête sans cesser de fouiller le ciel. « Même les ours se cachent quand les faucons chassent », murmura-t-il. « Dans les monts Cornus, ils prennent nos moutons et parfois un homme, s'ils ont vraiment faim, mais ils ont appris à se méfier de nous. Il faut aller loin à l'ouest pour trouver des nids de nos jours. » Les éclaireurs désorientés revenaient au trot, en lançant des regards inquiets en direction des nuages et des escarpements distants d'où le rapace géant avait pris son envol. Consque atteignit nos lignes en premier, son visage rouge et luisant. Il laissa se déverser un flot de jurons depuis sa bouche tordue. Son corps était flageolant, mais je ne sus dire si cela était lié à la peur ou à l'épuisement, car nous étions affamés, et nous tremblions tous au moindre effort.

« Qui est crevé cette fois ? » demanda Chique, qui tenait la ligne trois hommes plus loin. Je plissai les yeux en essayant d'identifier ceux qui arrivaient. « C'était Cléon », annonça Jorl, qui venait le premier, avec Stacos et Kondos-Vo dans son sillage. « Cette saloperie a pris Cléon. » Tandis que le sang quittait mon visage, le vieillard remarqua mon malaise et plongea son regard dans le mien. Un murmure parcourut l'avant-garde. « T'inquiète pas Causeur », me dit Jorl en reprenant son souffle. « On va s'occuper les uns des autres, maintenant que le capitaine est plus là. » Tandis qu'il parlait, ses mains noueuses se serraient et se défaisaient autour de la hampe de sa lance. Alors que le nom de Cléon fleurissait sur les lèvres de la piétaille, et que les yeux pâles du vieillard me fixaient froidement, il me fut facile d'y lire l'avenir. Avec la disparition du capitaine-franc, celui qui m'avait accueilli et décoré d'une boucle d'argent, les Affranchis allaient se disloquer. Certains s'éclipseraient avec la nuit, d'autres resteraient, mais une chose était certaine : Jorl, Danton et les Montagnards tenteraient leur chance avec moi. Dès que le soir viendrait, je n'en doutais pas, ils essayeraient, d'une manière ou d'une autre, de m'emmener à

Franc-Lac. Un-Œil reniflait stupidement à mes côtés, et j'aurais pu le consoler d'un geste amical, mais à la place ma main se glissa toute seule sous le feutre de ma cape, à la recherche de l'acier carmide.

48

Ce soir-là, le bivouac prit pour moi l'allure d'une prison. Nous avions découvert plus tôt dans l'après-midi un abri taillé dans la roche, à peine une alcôve, et le camp s'était monté à proximité. Il n'y avait rien dans la cachette, hormis un peu de bois de chauffage moisi et la trace des caisses qu'on avait déplacées plusieurs jours avant notre passage. Personne ne s'attarda bien longtemps sur les dessins curieux qui en peuplaient les parois, des gribouillis au charbon, certains incompréhensibles, d'autres obscènes, des graffitis aussi, des mots effacés et des vestiges de noms. Il n'y avait pas grand-chose à y profaner ou à y détruire, mais en quelques heures, par haine et mesquinerie, la troupe avait rempli la cachette de chiures diarrhéiques et d'urine. Je me demandai brièvement pourquoi la statue auprès de laquelle nous avions passé la nuit précédente n'avait pas connu le même sort, avant de trouver une réponse facile. La statue était une chose étrangère, tandis que cette cachette disait que les Ketoï étaient comme nous. Qu'ils avaient besoin de manger, de boire, de se reposer, et de formuler le monde en gravant leurs identités et leurs rêves sur la pierre. Il s'agissait d'effacer l'humanité commune. Je remarquai d'ailleurs que les plus superstitieux, les étrangers et les Montagnards, ne se joignirent pas, pour la plupart, à ces irrévérences. Nombre d'entre eux n'étaient toujours pas certains de combattre des hommes.

Au moment où l'armée nous rejoignit, une dispute éclata entre les Taupeliers et les survivants de la Lusannaise, à propos de l'emplacement que nous allions choisir pour la nuit. Les vétérans de Selmain craignaient les pierres ou les flèches venues des corniches au-dessus, tandis que nos sapeurs essayaient de leur faire comprendre que ce serait moins grave que d'être pris en tenaille à l'autre extrémité de la terrasse, avec le gouffre dans le dos. Finalement le commandement trancha, un choix fut fait, et on s'accola à la paroi humide de la falaise nord, qui courait en parallèle à notre route. Comme je l'avais entrevu, on ne pouvait pas creuser partout. À la place du fossé habituel, une palissade improvisée fut installée, faite des pieux que nous transportions, puis renforcée des branchages que l'on avait coupés sur notre passage, des jeunes arbres surtout, qui avaient été assemblés en une structure grossière et fragile, davantage un enclos de fermier qu'une réelle fortification. Tandis que les troupiers œuvraient sous la protection de l'avant-garde, les Affranchis et moi-même emportâmes le ravitaillement à l'arrière. La tâche fut rapide. Dans les sacs de jute que l'on avait emplis sur notre route, il n'y avait pas plus de vingt livres de nourriture.

Personne ne parla du grand faucon ou de la mort de Cléon Fabasse, toute spectaculaire qu'elle ait été, pas même ceux qui l'avaient vue de près. Nous montâmes notre pavillon comme nous l'avions toujours fait, avant de retourner attendre à côté du réfectoire, où les feux brûlaient déjà. Je ne lâchais pas Un-Œil d'une semelle. Lorsqu'il s'en fut déféquer dans l'alcôve des Ketoï, je cherchai refuge auprès de Siméon et de Chique. Aucun des deux hommes n'avait perdu le nord, même si Siméon avait les traits plus creusés qu'à l'accoutumée, et je les entendais débattre à voix basse de la suite des événements. L'un comme l'autre aurait eu légitimité à devenir capitaine, mais la situation était ce qu'elle était. Notre compagnie décapitée se trouvait affaiblie et en sous-effectif, et on pouvait tout aussi bien dissoudre ce qu'il en restait pour renforcer les rangs des Poinçonneurs. D'ailleurs, il y avait fort à parier que cette solution serait choisie à notre place par les autres capitaines. C'est à peine si j'écoutais les deux soudards disserter, parce qu'en tout état de cause je me trouvais déjà bien au-delà de leurs considérations. Mes oreilles bourdonnaient, une pression curieuse qui irradiait jusque dans mes tempes. Quelque chose allait céder. Je me léchai les babines en cherchant les comploteurs des yeux.

Une intimité honteuse était apparue au sein de notre petit groupe tandis que nous attendions, prostrés, que les problèmes les plus immédiats soient traités et que notre tour vienne. Les mercenaires qui savaient et qui passaient près de nous nous frôlaient de marques de solidarité, ou se détournaient, pour éviter d'être contaminés par la poisse ou la faiblesse. La disparition de Cléon et le coup que nous avions tous pris au moral servirent à dissimuler la méfiance avec laquelle je fixais Jorl et les siens. De temps à autre, en me cachant derrière le prétexte du deuil, je laissais mon regard trouble croiser celui du vieux

Brunide. Ce dernier me retournait parfois une moue peinée que j'imaginais au moins à moitié sincère. J'avisais Jorl, ses moustaches blanches et son corps en forme de barrique, et en dedans j'écumais comme un chien que l'on fouette. J'étais incapable de me saisir des contours du point de rupture qui arrivait et je me demandais si l'issue m'appartenait encore. Une moitié de moi-même désirait se précipiter pour suriner le vieillard en plein visage. L'autre ne souhaitait rien hormis pouvoir s'enfuir, quitter cette procession moribonde et mortifère, croire, surtout, que je pourrais tenter ma chance avec les Ketoï et qu'ils me laisseraient au moins revoir Brindille.

Pris au piège entre deux issues impossibles, je me mis à douter, à envisager des machinations hallucinées, des explications qui voyaient mes soupçons se reporter sur Ossotra et le récit qu'il m'avait fait du complot. Si les Ketoï avaient voulu que je me livre à eux, quel meilleur moyen que de m'inventer un ennemi intérieur ? Cléon avait pu être ciblé volontairement pour accroître la pression sur moi et me pousser dans mes retranchements. Manifestement cela fonctionnait. Mon attention fébrile courait sur la compagnie morose, et comme tout cela n'allait nulle part, je finis par me lever, plein de hargne et de confusion, pour prendre place dans la queue du réfectoire. Les Montagnards furent sur pied quelques instants après moi, et Jorl les rejoignit. Je les regardai faire en serrant les dents, et les projections les plus invraisemblables que j'avais nourries se dissipèrent comme elles étaient venues. Le peu de temps dont je disposais s'effilochait entre mes doigts et je ne voyais pas ce que je pouvais y faire. Face à l'écueil, il aurait fallu que je puisse changer de cap, mais j'avais été dépossédé de tout semblant de gouvernail.

Dans la lumière déclinante, tandis que je me mâchonnais les lèvres, Mérielle me servit une timbale de liquide fumant et vaguement jaunâtre, dans lequel flottait un demi-escargot. Elle avait l'air fatiguée, elle aussi, et elle avait pleuré quand on lui avait raconté ce qui était arrivé à Cléon. Ils avaient été amants, parfois, et sa peine devait être teintée de craintes maintenant que son protecteur avait disparu. Lorsque, crachotant dans la fumée, je voulus retourner auprès des autres pour boire mon bouillon fade, je tombai sur Danton le Sec, qui arrivait dans l'autre sens, manifestement à dessein. Je cherchai ses comparses des yeux, et je vis qu'ils nous guettaient depuis la queue du réfectoire. J'eus le temps de me demander pourquoi ils avaient envoyé l'imbécile à leur place, puis l'archer m'apostropha. « Sale époque, pas vrai, Causeur ? » bredouilla-t-il en tripotant nerveusement le carquois qu'il portait à sa ceinture. J'eus l'impression d'assister à un discours préparé et, comme j'acquiesçais en serrant les dents, Danton prit cela comme une invitation à poursuivre. « On voudrait te causer, avec quelques autres », murmura-t-il en se penchant vers moi. « On pense à partir, avant qu'il soit trop tard. » J'opinai du chef, le cœur battant. C'était la solution la plus facile, pour eux. Que je les accompagne de mon propre gré.

Danton se tortillait devant moi, ses cheveux sombres et bouclés se mélangeaient avec les traces de suie qui maquillaient ses traits, et je compris qu'il voulait une réponse. Je compris aussi pourquoi il avait été choisi pour me parler. Son malaise et sa maladresse pouvaient facilement être confondus avec autre chose, une réticence attendue, une honte à suggérer la désertion. Je réprimai un rictus méprisant. « Je veux bien parler », dis-je, au bout d'un moment. Un éclair de soulagement passa sur le visage de l'archer, et je réalisai tout à coup que la situation ne devait guère être plus aisée pour moi que pour Danton et ses complices. De la même manière que je ne pouvais pas me débarrasser d'eux, m'enlever sans faire un esclandre serait un véritable défi. Cette idée me rassura considérablement, et je sentis revenir un soupçon de confiance. « Vous êtes combien à y penser ? Y a qui d'autre avec toi ? » demandai-je un peu trop hardiment, dans l'espoir d'obtenir davantage d'informations. Il me semblait qu'à la place des comploteurs j'aurais cherché d'autres alliés, et je désirais savoir s'ils avaient mis quelqu'un d'autre dans la confidence.

Danton se renfrogna aussitôt et secoua la tête. « Pas tant », me dit-il d'un ton méfiant. « Mais on se dit qu'on peut te faire confiance, et que t'auras le bon sens de voir que c'est pour le mieux. » Je crachai, parce que le vent avait une nouvelle fois rabattu la fumée sur nous, mais je ne bougeai pas pour autant. « Pourquoi ne pas en discuter tout de suite ? » grinçai-je, mes yeux rendus larmoyants par les volutes acides. D'autres corps se pressaient autour de nous en toussant, et repartaient en direction des tentes. L'archer, qui n'avait pas anticipé une question comme celle-là, fouilla désespérément la queue du réfectoire à la recherche de soutien, mais n'en trouva aucun. « Pas tout de suite », bafouilla-t-il. « Ce soir. Quand il fera nuit. Je viendrai te chercher. » Il me quitta ensuite un peu brusquement, je dus faire un pas en arrière pour éviter qu'il me renverse. Danton lâcha des excuses sans me regarder, avant de disparaître. Je vidai ma timbale par petites aspirations sèches tandis que la pénombre étendait son emprise sur la terrasse. Le soleil déclinant rougeoyait entre les troncs noirs des arbres. La lumière qui pourléchait le camp avait pris la couleur du sang.

Peu à peu, nous nous regroupâmes autour de notre pavillon, qui avait été monté à sa place habituelle, à l'extrémité du flanc gauche. Au-dessus de nous, le basalte noir de la falaise, son ombre immense, une vague de roche prête à submerger le monde. Le campement à son pied voyait naître quantité de petits feux, et les Affranchis ne furent pas en reste. Siméon-sans-dents tisonnait sans quitter les flammes des yeux, et il n'était pas le seul à chercher le réconfort ou la contemplation au creux de cette flamboyance. Nous n'avions pas pu brûler Cléon, et ce feu-là tenait forcément du funèbre. J'essayai de m'imaginer à quoi le camp pouvait bien ressembler de loin, une fois effacé la puanteur des malades, des blessés et des trous à merde, après que l'âpreté de la fumée et le vacarme vulgaire de la piétaille eurent été engloutis par la distance. Peut-être à une éclosion d'étoiles au milieu de la forêt. Tout autour de nous, la nuit venait rapidement. Les Feuillus l'accompagnaient.

Lorsque les premières flèches tombèrent, personne ne réagit immédiatement. Nous n'avions toujours pas eu de nouvelles des capitaines, et certains commençaient à s'impatienter, Chique le premier, tandis que les autres méditaient la faim, ou leur départ imminent. Danton le Sec remuait nerveusement à quelques empans de moi, et je m'apprêtais à passer une nuit blanche à surveiller les comploteurs avec la main sur le couteau. Depuis près de vingt jours nous avions été bercés par le harcèlement sélectif de nos ennemis. Nous avions appris à nous en défendre, et à l'accepter, à épouser les règles du jeu étrange qu'ils nous imposaient. Le souvenir de la première nuit et même l'expérience terrible de la troupe de Selmain avaient été tamisés, réduits ou écartés. À la place nous nous étions accrochés à un code, à un accord tacite qui s'était établi au fil des jours. Ce n'était pas que les Ketoï avaient cessé d'être nos adversaires, mais notre antagonisme avait pris la forme d'un rituel et l'attaque ressemblait à une transgression. Il fallut quelques instants pour que tout cela devienne réel, et que l'on se mette, tout à coup, à y croire.

Il y eut un concert de cris d'alarme, puis le chant des arcs se précisa, des chocs vibrants dans l'obscurité. Mon oreille saisit le bruissement des flèches ensuite, et les impacts dans les troncs et les corps, une clameur grandissante tandis que notre armée prenait enfin conscience de ce qui était en train d'arriver. Un trait miaulant frappa notre feu en une gerbe d'étincelles, me tirant de ma catatonie. Je basculai pour dégager mon arbalète de sa bandoulière. Chique avait bondi sur ses pieds et les autres se dépliaient eux aussi lorsqu'il y eut un claquement effrayant. Juran s'affaissa à côté du foyer, un long trait vissé au crâne. Le barrissement assourdissant des cors éclata tout autour. « Boucliers ! » hurla Chique, « Triaces ! » gueula quelqu'un d'autre, et Un-Œil trébucha devant moi pour me protéger de sa large rondache. Je me redressai, les mains contractées sur la corde, mes bras tremblèrent sous l'effort, puis j'entendis la noix de verrouillage cliqueter sèchement. Je vis Nusmezzar corder son grand arc tout en fouillant la pente obscure des yeux. Juran convulsait contre mes bottes. Les dents du Montagnard claquaient comme un casse-noisette, les striures sombres de ses tatouages éclaboussées d'une écume blanche. La flèche s'était brisée lorsqu'il était tombé. Je soufflai parce qu'il n'y avait rien à faire et que, même si je l'avais voulu, je n'aurais pas pu l'aider.

Quelque chose d'acéré passa au-dessus de ma tête, et Un-Œil mit un pied à terre pour ajuster son casque, accroupi derrière son bouclier. Je le suivis avec fluidité, mon arbalète à quelques pouces de son épaule. La brume se levait sur la terrasse, mais je distinguais tout de même du mouvement dans la pente. Un homme passa près de nous en grimaçant, courbé en deux avec une flèche dans le dos. D'autres le suivaient. Les traits continuaient à tomber dru tout autour. « Ils sont nombreux en face », lança Jorl d'une voix inquiète. « Il a eu son compte, le Montagnard ? » demanda-t-il ensuite. Son regard darda par-dessus son épaule, puis une flèche vibrante se ficha dans son bouclier et il reporta son attention à l'avant. « C'est tout comme », répondis-je, sans quitter ma position de tir. Ma voix était dure et tranchante. « Faut qu'on avance, qu'on fasse une vraie ligne », siffla Chique, qui avait collé sa rondache à celle d'Un-Œil. Mayak et Nusmezzar se pressaient dans son dos. Le visage de Mayak, à hauteur du mien, était figé et inexpressif, immobile comme un paysage gelé. Nos épaules se touchaient presque. Je réalisai soudain que cette attaque était une diversion idéale pour un enlèvement.

Le cor cuivré de Matésé retentit au milieu du vacarme pour rallier les compagnies, et nous abandonnâmes Juran pour marcher en direction de sa bannière. Dans la lumière des feux, les bucellaires trésiliens encadraient notre chef de guerre. Celui-ci aboyait des ordres pour organiser un rempart de boucliers en arc de cercle. Derrière le mur qui s'assemblait, nos archers se rassemblaient et, déjà, les plus vifs répliquaient. Partout autour, des corps qui se tordaient et les gémissements des hommes cloués. On s'imbriqua dans la formation là où elle faisait face au sud, avec les Poinçonneurs, près de l'extrémité de la ligne. Il y avait deux ou trois cents tireurs en face, dissimulés par la végétation, les rochers et la brume. Les Feuillus ne lâchaient pas leurs traits à la volée. Chacun de leurs projectiles visait une cible précise et ils se servaient des arbres pour se protéger de la riposte. La morsure régulière des flèches dans le bois des boucliers martelait un rythme étourdissant qui hérissait la peau, qui dressait la chair à l'accueil de l'acier. Retranchés comme nous l'étions, j'eus peur que l'ennemi ne nous contourne avant de réaliser que cela n'arriverait pas. Nos arrières resteraient libres, évidemment. C'était un message que tous pouvaient comprendre. Ils nous laisseraient toujours l'option de la fuite.

Deux flèches se fichèrent simultanément dans le bouclier d'Un-Œil. Une autre se planta dans l'humus entre ses jambes. Le borgne jura et s'agenouilla une nouvelle fois, sa grande rondache calée avec l'épaule. Je lâchai un projectile sifflant dans la nuit, puis davantage d'hommes nous rejoignirent et un lancier brunide vint coller son écu par-dessus le bouclier de mon compagnon. Je pus recharger plus librement et tirai encore deux fois. Armer mon arbalète était douloureux, au point de me donner l'impression que j'allais m'arracher les bras. Matésé nous haranguait d'une voix rauque depuis le milieu de la formation. Le rythme des tirs ennemis s'était espacé, parce que les nôtres leur rendaient flèche sur flèche, avec obstination. Le quatrième carreau que je ramenai de mon carquois était mon préféré. Ma main tremblait à cause de la faim et de la frayeur, il faisait sombre et le monde était sens dessus dessous, mais je le reconnus. Ce trait-là avait survécu à mes entraînements à Seu-Lanthé et m'avait sauvé la vie en fracassant la rotule de la jument de l'avant-coureur, lorsqu'il m'avait chargé sur la route des falaises. Sa pointe était un peu plus longue que les autres, son acier paraissait brûlé par endroits, mais son vol était droit, et son équilibre parfait.

Je glissai le carreau dans l'encoche de mon arme, puis une hésitation soudaine me vissa sur place. Je regardai autour de moi la ligne de soudards crasseux et suants qui haletaient derrière les boucliers, leurs dos courbés. J'avisai Jorl, et l'air fou de Mayak, et Danton le Sec qui maniait son arc long avec une rage désespérée. Je crachai tandis qu'un grand haro de défiance montait depuis nos rangs, et je compris soudain de quelle manière je pouvais mettre un terme à tout cela. De quelle manière je pouvais me soustraire aux hommes acharnés qui voulaient me traîner jusqu'à Franc-Lac. De quelle manière je pouvais préserver la forêt, prévenir les massacres, et rejoindre les Ketoï sans faire figure de mendiant. Je pivotai sur le genou. Les arcs-longs brunides claquaient tout autour pour emplir la nuit de projectiles chuintants.

Matéas Matésé me tournait le dos et il ne devait pas être à plus de vingt pas. À l'abri de la ligne de boucliers, le chef de guerre avait retiré son casque pour que ses hommes le voient et il encourageait nos archers de ses cris. Les flammes des trous à feu qui se trouvaient derrière lui lançaient des éclats sur les rivets de son armure. J'alignai sa nuque dans ma mire, juste au-dessus du col de sa brigandine et j'appuyai sur la détente. Mon carreau ressortit sous sa mâchoire et se perdit dans les bois. Le Trésilien s'effondra comme un sac. Je me redressai et, sans regarder en arrière, je courus en direction de la falaise.

49

Je ne me souviens pas très bien de la suite des événements, cette nuit-là. J'avais réussi à m'éloigner, mais je n'avais pas pu aller bien loin, parce que le combat s'était poursuivi encore un temps et que je l'avais entendu. Il me semble qu'à un moment je m'étais réfugié dans un buisson en amont des tirs, puisque je me rappelle très bien avoir fixé la lune diaphane et qu'elle avait été enchâssée de branches et d'épines. J'avais rampé aussi, mon flanc avait frotté le basalte de la falaise jusqu'à m'en râper la peau, le carquois tassé de bandages pour que je ne perde pas les munitions qui me restaient. Dans quel ordre ces deux événements eurent lieu, je ne saurai le dire. Ma seule certitude est que j'avais très peur. Peur d'avoir été suivi, d'abord, et découvert, ensuite. D'avoir changé aussi irrémédiablement le cours des choses, surtout, et de l'avoir fait aussi vite. Oui, il me semble que j'avais davantage été effrayé par moi-même que par quoi que ce soit d'autre, parce que je soupçonnais avoir signé l'arrêt de mort de chaque homme auprès duquel j'avais marché, et que cela m'était plus ou moins égal.

Je n'avais pas dormi. J'avais écouté les Feuillus se

mouvoir dans la forêt autour de moi, et je n'avais pas osé bouger. J'étais resté allongé dans le ruissellement de la falaise, contre la roche humide, à tendre l'oreille, à guetter chaque craquement, chaque hurlement lointain. La vermine de la forêt avait rampé sur moi, dans la chaleur collante de mes vêtements. Elle avait gratté, piqué, exploré et laissé toutes sortes de traces sur ma peau, mais je n'avais pas remué. Je n'avais pas fait un seul geste, parce que les Feuillus venaient de signaler, sans qu'aucune confusion soit possible, que l'invasion devait cesser, même au prix de mon existence. Un certain nombre d'hommes étaient morts depuis le crépuscule, d'autres mourraient encore avant l'aurore. J'avais été trop loin, j'en avais trop fait pour pouvoir prendre le risque de les rejoindre. Je m'étais imaginé que les Ketoï sauraient me trouver grâce au rêve, qu'ils viendraient me récupérer lorsqu'ils auraient épuisé leurs flèches, mais ce ne fut pas le cas. Les heures passèrent et il n'y eut que l'obscurité et le doute, et j'aurais été bien en peine de déterminer lequel de ces deux gouffres était le plus profond.

À l'aube, les limbes envahirent la forêt, si épais et si blancs que ce fut comme si le monde entier venait d'être englouti. Le soleil devait poindre quelque part à l'horizon, parce que la pâleur éclatante de la brume avait cette consistance quasi solide qui ne se révélait que dans la lumière, mais j'étais incapable de situer l'astre avec précision. Si je n'avais pas eu la masse sombre du basalte pour m'orienter et l'écoulement lent des gouttes qui perlaient depuis la pierre, j'aurais été parfaitement perdu. Lorsque le brouillard se fit aveuglant, lorsque le contraste entre la roche noire et les corolles blanches devint tel que la réalité me sembla grésiller à la façon d'une brûlure insupportable, je dépliai lentement mes membres endoloris.

Aussi naturelle qu'elle eût été toute la nuit durant, il m'apparut soudainement que l'immobilité m'était devenue impossible. Mon existence elle-même me semblait trop aiguisée, et le répit se trouvait dans le mouvement. La faim et l'épuisement nimbaient le moindre de mes gestes d'une légèreté étrange, mais je fis un premier pas titubant, puis un autre, hésitant comme un homme qui ne sait pas encore s'il rêve. Au bout de dix enjambées je ne discernais plus la falaise. Il n'y avait plus que la blancheur, et le profil griffonné des arbres, une forêt entière, tout en suggestions. Dans mon dos, le poids rassurant de l'arbalète oscillait au gré de mes gestes. Je me souvenais parfois du tir qui m'avait délivré, de la nuque poinçonnée du Trésilien, et le visage de Uldrick me revenait aussi, son visage de mort, qui avait été cloué à Aigue-Passe.

Les branches et les feuilles crissaient sous mes bottes maladroites. Je marchais avec les yeux plissés, dans un silence curieux, que j'imaginais sans doute à moitié. Dans mes oreilles, le bruit de ma propre respiration enflait, un souffle démesuré, et les limbes s'enroulaient à l'infini, laissant seulement échapper çà et là des contours évanescents. Je ne sais pas combien de temps j'avançai de cette manière, dans la brume opaque. Une heure, ou une éternité, cela avait perdu toute importance. Je me crus parfois immobile, comme si c'était le monde qui défilait doucement à l'extérieur de la sphère floue que j'habitais. De part et d'autre, des formes se matérialisaient, puis se dispersaient les unes après les autres. Mon sillage croisait des troncs et des roches, leurs angles abrupts et vrais, mais rien ne durait bien longtemps. Je contournais ce qui surgissait, je m'en écartais jusqu'à ce que cela soit avalé derrière moi. Des chimères se mouvaient parfois, à la périphérie. Des processions qui faisaient fi de ma présence, des ombres à l'allure familière qui marchaient sur deux jambes et hachaient la lumière de leurs gestes. En une occasion il y eut une silhouette monstrueuse, aux foulées pesantes et à la démarche chaloupée, qui aspira les volutes fantomatiques sur son passage, en un lent tourbillon.

Tout à coup, droit devant, il se dessina un homme. Je fis halte. Les bras ballants, je laissai la forme se préciser. En arrière-plan, je me rappelle qu'il y avait le maillage biscornu de deux aubépines. C'était un Ketoï. Il tenait sa lance courte d'une main gracile et son corps était protégé par une armure légère faite de tissu et de bois et d'ossements. Un carnaval entier de couleurs était peint sur son visage, des noirs, des rouges, des verts stupéfiants, des taches et des motifs séparés les uns des autres par des lignes d'un jaune pâle. Il s'arrêta lorsqu'il m'aperçut. Son expression se durcit et il leva son arme, prêt à en faire usage, mais comme je ne bougeais pas, il marqua une nouvelle pause. Ses yeux étaient grands ouverts et perplexes, et le blanc en ressortait vivement à cause de la peinture.

J'ôtai posément mon casque, que je fis basculer sur sa sangle afin qu'il repose au creux de mon coude, et je levai la main en guise de salut. Le Ketoï pencha son visage sur le côté, la lumière diffuse accrocha ses pommettes hautes et ses traits fins, puis il lâcha vivement son arme, comme si elle venait de prendre feu. « *Estois l'Espouçan* », déclara-t-il en pointant un doigt agité dans ma direction. Son air était sérieux, et ses lèvres fardées tremblaient. Je ne répondis rien et me contentai d'écarter les bras pour montrer que je ne désirais pas me battre. En face, l'homme inspira et courba respectueusement la tête. Il fit ensuite quelques pas de côté, pour ne plus me barrer la route. « *L'eustre roy d'Ormille estoit la de der* », dit le Ketoï d'une voix tremblante. « *T'accompanies, l'Espouçan, si te siés.* » D'un geste discret, le Ketoï parut m'inviter à poursuivre mon chemin.

Je m'exécutai en me figurant que c'était ce qui était attendu de moi. L'homme s'inclina à demi sur mon passage. Je crus qu'il allait me laisser continuer tout seul, mais ses pas se vissèrent aux miens et il se glissa dans mon ombre en silence. D'autres ne tardèrent pas à se joindre à lui. Une guerrière d'abord, qui surgit depuis le sud, ses cheveux noirs nattés de rubans colorés, son visage découpé par trois lignes rouges. Vint ensuite une petite troupe de Feuillus, six archers aux faciès hirsutes et interrogateurs, qui dans leurs gambisons rapiécés voulurent s'approcher de moi jusqu'à ce qu'ils soient interpellés par les deux autres. La forêt s'emplit de chants discrets et de discussions, mais surtout le rythme des pas, une cadence délicate qui se répercutait entre les troncs, et qui accompagna l'allègement du voile brumeux. La petite foule grossissait encore, un homme partit à l'avant, un autre à l'arrière, et bientôt on venait à ma rencontre de tous côtés. Je ne comprenais pas, pas vraiment. Je m'étais attendu à être saisi, parce qu'ils devaient bien savoir qui j'étais, ils devaient bien savoir pour ne pas m'avoir ciblé de leurs flèches durant vingt jours, et pourtant tous ceux que je croisais ne faisaient rien d'autre que grossir le nombre de ceux qui m'accompagnaient déjà. J'en vins à me demander, parfois, si j'étais vivant. Si le craquement qui avait perforé le crâne de Juran, et fendu les vertèbres de Mattéas Matésé n'avait pas été le son de ma propre mort.

La pente douce sur laquelle je m'avançais s'inclina progressivement et il y eut des rochers et des éboulis dévorés par la sphaigne et le lierre. Le brouillard se dissipait rapidement désormais, mais je n'osais pas risquer un coup d'œil en arrière pour prendre la mesure de l'assemblée révérencieuse qui suivait dans mes pas. Une gorge boisée se profila, tordue comme une gueule et hérissée de pins brisés. Sur les blocs de basalte fracassés qui s'étaient détachés des parois, je pouvais apercevoir la silhouette dressée des sentinelles ketoï, et des soldats feuillus aussi, qui s'étaient levés pour me regarder passer. La lumière diffuse faisait reluire leurs armes et leurs bijoux ainsi que les frondaisons humides des conifères qu'ils côtoyaient. Ils se penchaient depuis les hauteurs sur le cortège curieux que je menais, sifflant avec la voix des oiseaux, ou jappant, bramant, feulant pour signaler mon arrivée les uns aux autres.

La route décrivit une boucle lente mais complète, et il me semblait que nous n'allions pas tarder à déboucher sur une nouvelle terrasse lorsqu'un camp apparut au détour d'un bosquet. Il y avait là de simples toiles goudronnées suspendues aux branches des pins, et quelques tentes aussi, des structures triangulaires de plantes tressées qui ressemblaient aux nattes de joncs employées par les Arces. Je fus tout d'abord étonné par l'absence de feux, mais mon attention fut captivée ensuite par les regards, les murmures, la multiplicité des visages qui désiraient me voir et toutes ces émotions que je suscitais. Mes pas étaient hagards mais aussi curieusement apaisés, parce que j'avais pensé qu'il y aurait de la violence, peut-être, ou de la coercition, au moins, et que pour l'instant il n'y avait qu'une étrangeté que je trouvais parfois très belle. J'avais songé à interroger les Feuillus, les Vauvois rebelles qui parlaient le brunois aussi bien que moi, mais quelque chose m'en avait dissuadé. J'avais initié, à mon insu, une sorte de cérémonie ou de pèlerinage, et il me semblait que le rôle que j'avais endossé me protégeait, d'une certaine façon, et qu'il convenait de le jouer jusqu'au bout.

Lorsque je m'approchai du milieu du campement, deux formes brunes et imposantes remuèrent parmi les branches scintillantes des sapins, puis s'avancèrent pesamment pour rejoindre les hommes qui jalonnaient déjà les rebords du chemin. Vivants, les ogres étaient encore plus prodigieux que tout ce que j'avais pu imaginer à l'époque de mon enfance. Ils me fixèrent de leurs petits yeux et échangèrent quelques mots, leurs voix si graves et vibrantes que j'eus l'impression d'entendre deux montagnes frotter l'une contre l'autre. Quand je passai près d'eux ils ployèrent la tête. Plein d'émerveillement, je marquai une pause pour mieux les regarder. Cette attention sembla les mettre mal à l'aise, et ils se dandinèrent dans leurs sarraus de cuir et de joncs. « *L'Espouçan* », gronda le plus grand, qui avait le visage ridé comme de l'écorce et le menton très proéminent. Ses oreilles minuscules furent secouées d'un frisson tandis qu'il allongeait prudemment sa patte immense vers moi. Sa peau était à peine plus brune que la mienne, hérissée par endroits de vibrisses aussi noires que rigides, et longues comme mon pouce. J'effleurai la paume calleuse qui aurait pu me broyer comme un fruit. La respiration de l'ogre était chaude et lente, et il sentait vaguement le foin et le lait caillé. Je me détournai de lui avec une boule dans la gorge que je ne comprenais pas tout à fait.

Un petit groupe d'hommes vint ensuite à ma rencontre, des vougiers de Vaux austères et renfrognés, équipés de longs hauberts. Je reconnus Trasca au milieu d'eux, vêtu de mailles lui aussi, et nous nous rejoignîmes ainsi, parmi les tentes et les hommes et sous les branchages verts des sapins. La brume avait fondu comme neige au soleil, ne laissant au-dessus de nous qu'un azur immaculé. Sa garde l'abandonna sur les derniers empans, et le roi des Ormes, que j'avais cru pérégrin des années durant, se présenta devant moi aussi seul que je l'étais moi-même. La lumière soulignait le volume des excroissances qui lui déformaient le front. « Saluons-nous », me dit-il simplement lorsqu'il m'eut fouillé de ses yeux verts, et tout comme l'ogre il me tendit la main. « Tu es un roi », répondis-je. « Dois-je m'agenouiller ou te céder mes armes ? » Trasca sourit brièvement. « Ni l'un ni l'autre, Syffe. » Je passai ma langue sur mes lèvres en réprimant un frisson, parce qu'il était curieux d'entendre mon nom dans la bouche d'un autre, puis je levai les yeux au ciel, et j'expirai lentement avant de me saisir de son bras.

« Te serais-tu vraiment agenouillé si je te l'avais demandé ? M'aurais-tu remis tes armes ? » questionna doucement Trasca tandis qu'il m'attirait à lui. Des cris d'approbation montaient depuis la foule qui se massait dans le camp ketoï, et des chants scandés éclatèrent tout autour de nous. « Non », lui dis-je, avant d'ajouter : « J'ai tué le chef de vos ennemis la nuit dernière. » Le roi des Ormes acquiesça solennellement. « Je soupçonnais quelque chose de ce genre », murmura-t-il, tandis que nous nous séparions. « Je crois deviner pourquoi, et j'espère que tu te le pardonneras. » Je secouai la tête, et ma voix surgit, ferme, et tranchante, et plus forte que je ne l'attendais. « Je n'espère aucun pardon, je veux qu'une dette soit reconnue. » Le roi des Ormes me sourit tristement. « Et quel prix réclamerais-tu ? » m'interrogea-t-il. « Brindille », fis-je, sans hésiter. « Et la vie des hommes que j'ai laissés dans les bois, certains d'entre eux du moins… » Trasca fronça les sourcils et leva la main pour m'interrompre. « Tu retrouveras Brindille bientôt. Mais laisse-moi t'expliquer ce qui se passe ici avant que tu n'exiges quoi que ce soit d'autre. Viens parler avec moi quelque part où nous serons plus à l'aise. »

S'il y eut de la joie, une joie profonde et incompressible que je verrouillai immédiatement pour ne pas perdre la tête, je fus étonné de ne ressentir aucun soulagement. J'étais à la merci des Ketoï, le roi des Ormes n'avait plus la moindre raison de me mentir, et il venait de m'affirmer que j'allais retrouver Brindille. Pourtant, à l'intérieur il ne naquit aucune sérénité. Pas encore. Je n'étais toujours pas certain que Trasca ne m'emmènerait pas visiter une tombe, et je n'osais le questionner à ce propos. Cela aurait fait trop. Je me contentai donc d'enserrer mon espoir et de l'enfouir de nouveau, comme je le faisais depuis cinq années déjà. J'accompagnai le roi des Ormes jusqu'à l'une des tentes tressées du camp. Nous fûmes suivis de loin par les vougiers, qui baissaient les yeux dès que je les effleurais du regard. « Personne n'a peur que je te poignarde, on dirait », fis-je sur le ton de la conversation, suffisamment fort pour que cela soit entendu par-dessus la cadence rythmique des chants. Trasca me lança un regard étrange. « Non, en effet », fit-il, et il souleva un pan de joncs, rigide et triangulaire.

Je me baissai pour pénétrer sous l'abri insolite où se trouvait une couche épaisse et élastique faite de sarments et de fougères. Je pris place dans l'un des angles et laissai mes yeux s'égarer sur l'aveuglant réseau de lumière qui filtrait par les interstices du tressage. Trasca farfouilla dans ses affaires. Il finit par jeter quelques vivres sur une planchette de bois fendu qui lui servait manifestement de table basse, un pain brun et plat, un filet gras de poisson bouilli et des bulbes blancs gros comme mon poing dont je ne reconnus ni la variété, ni le parfum délicat. J'eus à peine le temps de contempler la plâtrée avec méfiance avant de me sentir ridicule. Si on me voulait du mal, je serais mort depuis longtemps. Je m'emplis d'abord la bouche de poisson, que je me forçai à manger lentement afin de profiter du goût et de la texture.

« Nous t'avons perdu, hier soir », me dit mon hôte, alors que je mâchais sans faire grand cas de l'étiquette. « Tu as dormi dans un ruisseau ? » Je hochai la tête. « Dans l'écoulement de la falaise », fis-je, la bouche pleine. Trasca renifla d'un air entendu. J'avalai presque entier l'un des bulbes croquants. Trasca picorait sur la planchette, lui aussi. « C'est grâce au rêve que vous me suiviez ? » demandai-je. « Et que vous savez toujours où l'on se trouve ? » Mon interlocuteur leva les yeux. « L'*Akeskateï*, oui. Mais ce n'est pas un rêve. C'est la Déesse. Tu comprendras lorsque tu la rencontreras, et je t'expliquerai le reste. » Il marqua une pause. « Tu as soif ? » demanda-t-il ensuite.

Je hochai encore et il me lança une gourde emplie d'eau fraîche.

« Les mercenaires de Vaux n'ont pas bougé ce matin », poursuivit-il, une fois que je me fus rincé le gosier. « Il y a eu des disputes et quelques-uns se sont même battus. » « Ça ne m'étonne pas », dis-je. « Je ne crois pas qu'ils tiendront plus de deux ou trois jours. » Je me renfrognai soudainement, avec l'impression d'en avoir trop dit. Je pensai à Un-Œil, qui ne devait pas comprendre grand-chose à ma disparition. J'éprouvais une vague culpabilité de l'avoir abandonné à son sort, parce qu'il avait été un compagnon loyal jusqu'au bout. J'espérais qu'il aurait le bon sens de partir. Quelques instants passèrent, puis Trasca se leva et m'épingla d'un regard froid. « Peu d'entre eux quitteront ces bois vivants, Syffe », m'assena-t-il. « Et tu n'es pas en position de me demander de les épargner. » Je voulus protester, mais le roi des Ormes étendit sa main en direction de sa couche. « J'ai à faire », dit-il. « Repose-toi, mange, bois. Nous discuterons davantage lorsque je reviendrai. » Avec ces mots il me quitta, et contre toute attente je cédai rapidement au sommeil, les narines gorgées du parfum des fougères et l'esprit aussi insensible que la roche des falaises.

50

À mon réveil, il faisait nuit.

Je remuai sur la couche parfumée tandis que l'éblouissement et l'appréhension affermissaient à nouveau leur emprise cacophonique sur mon être. Il y avait de la fatigue aussi, cette fatigue étrange qui survient parfois lorsqu'on s'est trop reposé. Depuis l'extérieur filtrait la mélodie troublante d'un instrument que je ne connaissais pas, une sorte de flûte au timbre grave et mélancolique. Le souvenir du rêve m'imprégnait encore, imbibait mon corps aussi langoureusement que l'apaisement après l'amour. Pendant mon sommeil, la déesse m'avait bercé, sa joie et son impatience plus palpables que jamais. Je m'étais laissé conquérir avec davantage de facilité que les nuits précédentes, sans pouvoir me départir d'une certaine fébrilité, parce que tout cela était devenu plus réel lorsque j'avais changé de camp. Le rêve était désormais quelque chose que je pouvais épouser au lieu de combattre. Après ses cajoleries la déesse m'avait libéré de son emprise, pour la première fois depuis vingt jours. Mes perceptions s'étaient rouvertes tout à coup, ou plutôt elles avaient cessé d'être saturées par sa présence solaire. J'avais pu explorer de nouveau la mer étoilée.

La déesse avait accompagné mes projections avec tendresse. Mon vagabondage avait été une chose simple et curieuse, sans motif véritable et dépourvu d'urgence. L'être rayonnant avait attiré parfois mon attention sur tel ou tel détail, tel relief en particulier, telle facette, et j'avais eu la sensation qu'elle me faisait une cour un peu complexe, aussi absolue qu'impudique. Si le rêve, ou l'*Akeskateï*, était bien la déesse, alors il me semblait que cette dernière m'invitait à contempler son corps. Son amour mugissant et ses intentions m'étaient toujours hermétiques et étrangers, mais j'avais tout de même cru déceler derrière son enthousiasme dirigiste une sorte de gaucherie tâtonnante, qui m'avait d'abord touché avant de m'emplir de confusion. Je ne comprenais pas comment la toile immense sur laquelle la mer vibrait pouvait à la fois être un espace et une conscience, et pourtant c'était le cas. J'avais été tellement absorbé par le comportement de la déesse que je n'avais même pas songé à sonder la toile à la recherche de l'armée de Matésé. Je m'étais contenté d'exister, suspendu à cette autre réalité, fasciné par l'univers onirique qui allait à l'encontre de tout ce que Uldrick et les Vars m'avaient appris.

L'air de flûte s'acheva sur une succession de notes tristes, et j'en profitai pour me redresser. Je discernais des ombres vacillantes à l'extérieur, et la lune était tamisée par le maillage tissé de la tente qui luisait d'humidité. Il n'y avait rien d'autre. Les Ketoï ne faisaient pas de feu de camp. Je scrutai la nuit un certain temps sans savoir à quoi j'avais affaire, si le mouvement était celui d'autres personnes, ou seulement le vent qui agitait les ramures des arbres. J'entendis bientôt des craquements et des voix, et je me demandais si j'allais trouver le courage de quitter mon refuge, puis Trasca s'introduisit par l'ouverture d'un seul mouvement gracieux. Je levai mon regard sur lui tandis qu'il versait ce qui me semblait être une poignée de baies dans une coupelle et posait d'autres vivres sur la planchette rustique qui nous séparait. Il extirpa enfin une pierre à feu de sa ceinture et une petite lampe à huile de l'un des recoins de l'abri, et il fit pleuvoir des étincelles dans l'obscurité jusqu'à ce que la mèche prenne et que nous retrouvâmes convenablement éclairés. Dehors, un hibou hululait.

« Nous avons beaucoup de choses à nous dire », me dit le roi des Ormes en guise de préambule. J'acquiesçai, même si c'était pour contredire sa formule toute faite. « Tu as beaucoup de choses à me dire », fis-je d'une voix plate. « C'est en tout cas ce que tu me racontes depuis qu'on se connaît. » Mon cœur se mit à battre plus fort dans ma poitrine, et un peu de mon ancienne colère afflua. J'étais irrité de devoir faire confiance à cet homme que j'avais longtemps considéré comme un ennemi, à propos duquel je n'étais pas entièrement rassuré, même maintenant, et dont le silence et les mystifications m'avaient conduit au bord de la folie. Trasca m'adressa un sourire franc. « Et je vais faire de mon mieux pour honorer cette promesse. Que désires-tu savoir ? » « Tout », répondis-je, et je prononçai ce mot avec une passion féroce et carnassière. Mon interlocuteur eut un rictus. Il but ensuite une rasade d'eau avant d'installer sa gourde sur la planchette qui nous séparait.

« J'ai eu beaucoup de temps pour réfléchir à tout ceci », m'annonça-t-il. « À la manière dont nous pourrions démêler cet écheveau d'histoires. Je n'ai jamais vraiment trouvé de solution satisfaisante.

Alors je pensais te laisser faire et répondre à tes questions au fur et à mesure qu'elles te viennent. » J'ouvris la bouche pour m'enfoncer dans cette brèche offerte sans autre forme de procès, mais Trasca ne m'abandonna pas la parole avant une ultime mise en garde. « Sois prévenu, Syffe. Je serai aussi honnête avec toi que je peux l'être, mais certaines de mes réponses ne te plairont pas, et d'autres ne seront que des suppositions que j'ai accumulées au fil des ans. » Cette remarque tempéra mes ardeurs, et je plissai le front. Mille interrogations se bousculaient dans mon esprit, s'amalgamaient, et j'en vins à me dire que moi non plus je ne savais pas tellement par où commencer. Des questions à propos de Brindille me brûlaient les lèvres, mais je finis par me raviser. Dehors, la lune fut obstruée quelques instants par une ombre massive, qui éclaboussa la tente d'une noirceur passagère.

« J'aimerais que tu me parles de toi, pour commencer », fis-je après avoir réfléchi autant que j'en étais capable. « Je ne situe pas ton accent, mais il n'est pas vauvois. Je veux savoir qui tu étais, et ce que tu es maintenant. Je veux connaître ton histoire. » Instinctivement, je m'étais rallié à la *Pradekke*. Comprendre son ennemi pour comprendre sa tactique. Trasca prit un air grave, parce qu'il savait très bien d'où je parlais. « Je n'en attendais pas moins de ta part », me dit-il d'un ton ambigu. Je ne sus dire si sa voix était teintée de respect ou de reproches. « Les Vars seraient fiers de toi, s'ils te voyaient aujourd'hui. » Je secouai la tête. « Si les Vars me voyaient aujourd'hui, ils me diraient déjà à mi-chemin de la démence. » « Peut-être », fit Trasca, « mais ils n'ont pas vu les choses que toi tu vois. » Comme je ne voulus pas lui donner raison, un silence plana entre nous, puis le roi des Ormes s'humecta les lèvres, et il commença son récit.

« Je me nommais Gervain », me dit-il. Il avait marqué une hésitation avant de prononcer le prénom, comme s'il ne s'en souvenait plus tout à fait, et les sonorités lui avaient échappé à la manière d'un soupir. « Mon père était le chaiffre d'une petite manse près de Tague. J'étais son troisième fils. J'ai grandi au bord de la mer. J'avais douze ans quand mon précepteur m'a emmené visiter Court-Cap, parce qu'il entretenait de bons rapports avec les Horospices. Il m'a fallu moins d'une journée à arpenter le phare et à discuter avec les frères pour savoir ce que je voulais faire de ma vie. Je suis devenu novice de l'ordre dans l'année, et j'ai prononcé mon serment dès que je l'ai pu. Mes confrères se passionnaient pour l'astrologie, la cartographie ou les mathématiques, moi je suis tombé amoureux de l'histoire. Celle de Vaux avait mes faveurs en particulier, et j'ai fait des zones d'ombre de la guerre de la Vigne l'un de mes premiers projets d'étude. Le conseil a approuvé mes recherches et m'a alloué quelques moyens. Il y a bientôt vingt ans, j'ai mis les pieds dans le canton de Spinelle, et j'ai commencé à écrire. Mes notes doivent encore se trouver au *Vraak*, je ne les ai jamais terminées. Je te les montrerai, si tu le souhaites. »

Je répondis par l'affirmative et Trasca but une nouvelle gorgée d'eau. J'en profitai pour interrompre le fil de son histoire. « Ce *Vrac* dont tu parles, c'est un endroit ? » demandai-je en avisant la lumière de la lanterne qui fluctuait singulièrement sur son visage. « C'est un endroit sacré très ancien », fit mon interlocuteur. « Le *Vraak* tient lieu de cité aux Ketoï, qui y vivent depuis toujours. Je t'y emmènerai dès que je le pourrai. C'est là que la déesse t'attend. » Je pris une inspiration audible avant de toussoter pour masquer ma perplexité, et dus me retenir pour ne pas poser d'autres questions. « Poursuis ton récit, pérégrin. » Le roi des Ormes eut un sourire, qui disparut rapidement parce qu'il avait déjà choisi les mots qui allaient suivre. « À ta guise », dit-il. « La première fois que j'ai rencontré des Feuillus, c'était deux lunes après mon arrivée. Ils étaient trente et se balançaient chacun au bout d'une corde. Il y avait un grand arbre, c'était un chêne, je crois, et ils pendaient en grappes à une mille du village où ils étaient nés. C'était une petite manse qui s'appelait La Mare Moussue. Il y avait des hommes, surtout, certains très jeunes. » Le regard de Trasca s'égara un instant sur la flamme, et il s'humecta les lèvres avant de continuer :

J'ai mis longtemps avant d'être accepté à Spinelle, et j'ai craint pour ma vie plus d'une fois. Au début les villageois pensaient que je travaillais pour le lige ou le primat, mais même lorsque je parvenais à les convaincre que ce n'était pas le cas, que j'étais un frère de l'ordre venu étudier leur histoire, ils ne se faisaient pas loquaces pour autant. Il a fallu que je vive avec eux et qu'ils apprennent à me faire confiance. Petit à petit, j'ai mis au jour des non-dits, des coutumes invisibles qu'un étranger comme moi n'était pas censé connaître ou comprendre. J'ai appris à me taire, et à regarder. Près de Spinelle, j'ai vu des fermiers enterrer partie de leur récolte lorsqu'elle était trop généreuse, afin que leurs voisins envieux ne puissent pas les accuser d'être bénis par la Verte-Vigne. En bordure des Ronces, j'ai vu des champs ravagés par la vermine renaître en une seule nuit, et des pousses grouiller dans le terreau comme des vers. J'ai compris que quelque chose était à l'œuvre, sur ces terres. Quelque chose d'incroyable.

« La déesse ? » demandai-je doucement, sans vraiment croire que je formulais une telle question. « Oui », répondit le roi des Ormes. « Mais je ne le savais pas encore. Pas tout à fait. Je ne savais pas ce que j'observais. Il y avait ceux qui ne voulaient rien avoir à faire avec le culte de la Verte-Vigne et qui maudissaient la sorcellerie ketoï. Ils disaient que cela ne leur avait apporté que la guerre et le malheur. Ceux-là étaient loyaux au lige, même s'il arrivait qu'on les pende avec les autres sur une erreur ou un coup de tête. Et puis, lorsqu'on s'éloignait assez des châteaux, qu'on allait du côté de Vorne par exemple, là où les bois étaient plus sauvages et les patrouilles plus méfiantes, il se trouvait parfois un homme pour laisser entendre qu'il ne portait pas la lignée des Villune dans son cœur, et qu'à choisir il préférerait un royaume sylvestre fait d'ormes et de magie. Non loin de ces discours-là se trouvaient toujours les Ketoï. J'ai vu tant de choses, Syffe, des délations abjectes et de la solidarité à en tirer des larmes. J'ai arpenté des pistes perdues, toutes les sentes de la forêt sous la pluie et le soleil ardent à la recherche des autels, des lieux de rendez-vous secrets, mais j'étais encore loin du compte. Les Ketoï m'échappaient aussi inéluctablement que si j'avais voulu saisir le vent. Le pays m'avait attrapé, pourtant. Le pays avait cloué mon âme à chaque tronc de la forêt, mais mes recherches ne menaient à rien, à part à des énigmes. »

J'eus un rictus à ces mots, mais le roi des Ormes ne releva pas, et puisqu'il ne quittait pas son air sérieux, je tus la remarque acerbe que j'allais lui adresser. « J'ai fini par prendre parti », poursuivit-il. « Je ne pouvais pas faire autrement. On ne peut pas assister à de tels miracles, à de telles horreurs sans ressentir le besoin de s'impliquer. J'ai compris ce qui se passait en moi, quelles transformations s'opéraient, mais j'ai laissé faire. Mes rapports à Court-Cap se sont espacés. La cinquième année, j'ai porté une lettre d'une manse à une autre, cachée dans mes parchemins. Le lendemain, les Feuillus m'ont emmené au plus profond des bois. J'y ai découvert que les silences prenaient racine à un endroit bien plus profond, bien plus ancien que je ne le pensais. Il y avait des fosses pleines d'ossements dans la forêt. »

Sur la planchette, la flamme de la lampe grésilla. Le roi des Ormes me dévisageait à présent, fouillait mon regard sans montrer la moindre gêne. Je le fixai en retour, vaguement défiant, sans savoir s'il cherchait à m'accuser ou à tirer de moi de la sympathie pour le sort du peuple de Spinelle. « J'ai compris que l'on tuait ces gens depuis longtemps », siffla enfin mon interlocuteur. « Depuis bien avant la guerre de la Vigne, Vaux massacrait pour garder la mainmise sur eux, pour les punir lorsqu'ils osaient troquer la loyauté au primat contre l'espoir d'une vie meilleure. Et je me rendis compte que personne d'étranger n'en avait entendu parler, pas vraiment. Je me suis mis à craindre de nouveau, mais c'était une peur différente, qui survenait désormais lorsque je croisais les patrouilles de la milice cantonale. L'idée que mes recherches puissent être employées contre les Feuillus me terrifiait presque autant que la possibilité que les autorités vauvoises essayent de me faire taire. Je n'étais pas bien dangereux, pourtant. J'aurais terminé mon rapport, qui serait allé ramasser la poussière dans une alcôve du Phare. Mais voilà. Il y aurait eu une trace, quelque part. Une trace, alors que ce carnage caché naissait précisément de la volonté de tout effacer. »

« Tu as eu peur, mais tu n'es pas retourné à Court-Cap », commentai-je, sans dissimuler mon intérêt pour le récit. Trasca secoua la tête. « Non. J'ai fait l'inverse. J'ai préparé une expédition en secret et je suis parti seul vers le Plateau. Je voulais voir les Ronces par moi-même, et débusquer les Ketoï sur leurs propres terres. Je savais qu'ils détenaient toutes les pièces manquantes. Je savais aussi qu'ils pouvaient me tuer, mais j'étais connu des Feuillus, et je me figurais qu'ils ne se sentiraient pas menacés par un homme solitaire qui n'essaye pas de se cacher. » Je haussai le sourcil. « Tu m'as dit il y a longtemps que tu n'étais pas bon parieur, pourtant cela semble avoir payé. Non seulement ils ne t'ont pas tué, mais tu es devenu leur roi. »

« Leur roi ? » fit Trasca d'un air surpris. « Je ne suis pas le roi des Ketoï, Syffe. Je commande les Feuillus, et guère davantage que cela. Je suis un relais, entre les Feuillus et la déesse, parce que je porte la vigne en moi et que je suis lié à l'*Akeskateï*. Je ne sais pas quel rôle politique je jouerai lorsque nous reprendrons la forêt de Vaux, mais je ne pense pas que je souhaite régner sur qui que ce soit. » « Est-ce que c'est parce que tu portes la vigne que tu as accès au rêve, que tu es lié, comme tu dis ? » demandai-je immédiatement. « Oui », acquiesça mon interlocuteur. « La vigne comme l'*Akeskateï* appartiennent à la déesse. Sont la déesse, en vérité. » Voyant que j'avais rouvert la bouche, Trasca leva la main. « Laisse-moi d'abord finir cette histoire que tu as demandée, Syffe, avant d'en réclamer une autre », plaida-t-il. Je grognai mon assentiment, et il poursuivit :

Les Ketoï m'ont laissé venir à eux. Ils ont voulu me dissuader au début, mais ça n'a pas duré. Lorsque je suis arrivé sur le Plateau, ils m'ont accueilli. J'ai été époustouflé par le *Vraak*, évidemment. Tu le seras aussi. Il y a eu une cérémonie ensuite, comme il y en a pour tous ceux qui viennent grossir les rangs des Ketoï. Une « feste des bourgeançons », comme ils disent. La vigne m'attendait, et je l'ai prise. Je savais que j'avais atteint un point de non-retour et que je ne pourrais pas repartir. Qu'il me faudrait devenir l'un des leurs. J'avais compris cela avant même mon départ.

Je remuai lentement, parcouru d'un frisson. « J'ai passé les dernières années de ma vie à fuir d'une paire de chaînes à une autre », fis-je à voix basse, parce que les propos du roi des Ormes m'étaient apparus comme suffisamment familiers pour que je me permette de l'interrompre. « Je n'ai guère d'affection pour les peuples qui s'arrogent la liberté des autres. » Trasca me dévisagea platement. « Tu as mal compris, je pense » fit-il. « Tu as sans doute entendu toutes sortes d'histoires à ce propos, les enlèvements, ce genre de choses. La vérité c'est que porter la vigne a un prix, et pour cette raison, peu d'enfants naissent sur le plateau. La plupart des Ketoï ont des parents feuillus, mais ils ont été donnés lorsqu'ils étaient encore jeunes, librement, et par amour. Ils ne manquent de rien ici. Ils ont même l'honneur d'être liés à l'*Akeskateï*. Ils ne partent pas, Syffe, mais pas parce qu'ils ne sont pas libres de le faire. Parce qu'ils n'en éprouvent pas le besoin. Ils… »

À cet instant, une clameur soudaine retentit à l'extérieur, des centaines de voix entremêlées, certaines fluettes, d'autres rauques, et le vrombissement profond des ogres qui accompagnait tout cela comme un tremblement rocailleux. Je lançai un regard affolé au roi des Ormes, parce que je craignais que le camp ne soit attaqué, mais celui-ci affichait un sourire triomphant, bien loin de l'alarme que j'attendais. « Nos veilleurs viennent d'annoncer que les mercenaires font demi-tour. » Je remontai mes genoux sous mon menton, avant de baisser les yeux en signe d'acquiescement, parce que j'avais attendu que les choses prennent une tournure similaire toute la journée durant. Le roi des Ormes inspira l'air sucré du soir. « Cette guerre n'est pas finie », dit-il ensuite, à mon grand étonnement. « Et Vaux tombera à son issue. » Je me redressai pour dévisager Trasca d'un air incrédule. « Vous n'avez plus d'armée », affirmai-je, comme si je m'adressais à un fou. « Vous n'aviez pas l'ombre d'une chance contre un millier de soudards, et maintenant vous voulez vous en prendre à Vaux ? Je ne comprends pas ce qui a changé, Trasca. » L'homme sourit en me fixant de ses yeux verts, dans lesquels dansait le feu, et autre chose aussi. « Ce qui a changé ? » fit le roi des Ormes. « Mais c'est toi, Syffe. Tu es enfin arrivé. »

51

Trasca m'abandonna sans prendre le temps d'achever son histoire ou d'éclaircir ses paroles. D'autres affaires plus pressantes nécessitaient son attention : il y avait une chasse à organiser, le massacre d'une armée en déroute, que je ne cautionnais pas mais que je comprenais, et contre lequel, de toute manière, je ne pouvais rien. Il m'assura qu'il reviendrait bientôt et que nous poursuivrions notre discussion. Je restai donc à veiller, seul sous le tressage de la tente à guetter les étoiles et les bruits étrangers du camp. Je m'étais rallongé, avec les mains sous la tête, et les fougères vertes me chatouillaient les doigts. Je n'osais pas sortir. C'est à peine si je m'autorisais à remuer. Malgré toute la déférence déployée par les Ketoï et les Feuillus, et la réalité claire mais incompréhensible de mon importance à leurs yeux, j'avais été saisi par une frayeur un peu surnaturelle, ainsi que par une grande solitude. J'entendais la forêt autour, la voix des Ronces dont les accents étaient différents ici, dont le ton était plus minéral, plus tranchant, et je m'étais imaginé que dehors ce n'était pas un endroit pour les hommes. Il y avait une sauvagerie dans l'air, quelque chose de dangereux qui flairait le sang et la rétribution. Comme si la mort qui allait s'abattre sur mes anciens compagnons n'était pas seulement portée par ceux qui avaient été mes adversaires, mais qu'il régnait là-derrière la colère aveugle d'une terre violentée, une ivresse de vengeance qui saurait se souvenir des incendies et de toutes les autres profanations.

Je pensai longtemps à Un-Œil cette nuit-là. J'invoquais sa silhouette trapue, son visage, sa face ingrate ravagée par l'acier, le son terne de sa voix et cette façon qu'il avait d'avaler ses mots les uns après les autres. Je me demandais ce qu'il pouvait bien ressentir à l'heure actuelle, tandis que tout devait se défaire autour de lui. J'imaginais qu'il devait avoir peur, autant qu'un soldat de métier peut avoir peur, autant qu'un imbécile peut avoir peur, une chose sourde et habituelle qui devait l'accompagner depuis qu'on lui avait mis une lance entre les mains. Ou peut-être que la panique ne surgirait qu'à la fin, lorsqu'il se rendrait compte à quel point la famine l'avait affaibli et qu'autour les bois s'empliraient de corps lestes et bien nourris qui courraient plus vite que lui. Peut-être qu'il essayerait de faire face avant d'être trop fatigué, mais je n'en étais pas certain. Il me semblait que, privé de capitaine et de commandant, il fuirait jusqu'à en trouver un autre. Kondos-Vo ne reculerait pas, et j'avais le pressentiment qu'il devait déjà avoir été réuni avec son dieu-tombeau. Je soupçonnais aussi Chique d'être capable de livrer un dernier baroud d'honneur par pure hargne, mais pas les autres. Les autres seraient abattus dans le dos. J'espérais qu'Un-Œil mourrait vite. Je ne pouvais rien espérer d'autre.

La lune grimpa, une sphère quasiment pleine, immense et crayeuse au-dessus de moi. Je somnolai jusqu'à l'aube, mon esprit traçant de lui-même des sigles curieux, entre la lune ronde, le triangle dessiné par le lacis de la tente, et les stries lumineuses, les interstices par lesquels filtraient les rayons pâles. Sur le treillage léger, les gouttes de rosée s'accumulaient comme des joyaux, scintillaient avant de rouler le long des perches d'appui en direction du sol. J'inspirais, méthodiquement, en fouillant le sens des mots du pérégrin. Sans comprendre comment j'allais changer quoi que ce soit. Il y eut des bouffées de peur, la crainte que les Ketoï m'aient pris pour un autre, qu'ils m'attribuent des pouvoirs que je ne possédais pas, puis le calme revint avec la lumière. Je décidai qu'il me fallait prendre les choses comme elles venaient. Ma vie avait été baignée de suffisamment d'étrangeté pour qu'il me soit permis d'écouter ce que Trasca avait à en dire. Ses explications en valaient certainement d'autres.

Environ une heure après l'aurore, un jeune homme aux cheveux noirs et bouclés et au torse à demi nu vint ouvrir la tente tressée, comme si j'étais une plante qu'il fallait inonder de soleil. Il s'assit ensuite sur ses talons en pleine lumière, les orteils enfoncés dans l'humus, la tête baissée. Je l'avisai longuement depuis la couche, à la lisière des ombres hachurées. J'étudiai son corps fin et athlétique, la peinture luisante qui maculait sa musculature nerveuse et la dague ouvragée qu'il portait à sa ceinture. Il n'y avait guère de bruit à l'extérieur, et même si la rumeur avait été légère il me semblait que le camp s'était peu à peu vidé pendant la nuit. J'étais considérablement troublé par sa posture soumise et son attitude respectueuse et, si au cours de ma vie j'avais longtemps souhaité qu'on me traite avec davantage d'égards, je trouvais que tout cela allait beaucoup trop loin.

« Que me veux-tu ? » finis-je par lancer d'un ton plus confiant que je ne l'étais vraiment. Le Ketoï releva enfin le visage. Plusieurs colliers ornaient son cou, de l'or scintillant qui tenait compagnie à des essences de bois poli ainsi qu'à des plumes colorées. Il avait l'œil gauche cerclé de peinture rouge jusqu'à la pommette, puis souligné d'un épais trait blanc. Un sillon de noir luisant barrait l'autre moitié de sa face. Je trouvai le jeune homme très beau à regarder, avec son visage naïf et sa bouche généreuse. Le sayon rayé qu'il portait drapé sur son épaule était de belle facture, tissé de lignes tantôt claires, tantôt sombres. Je me demandais à qui j'avais affaire et je me figurais que, si les Ketoï avaient des nobles ou des aristocrates, l'individu qui me faisait face devait en faire partie. Puis, tandis qu'il rassemblait son courage pour me répondre, je me souvins des Vars, que j'avais tous pris pour des seigneurs avant d'apprendre que ce genre de titres n'avait pas cours chez eux.

« Trasca m'a envoyé pour veiller à vos besoins », me dit enfin le jeune homme, d'une voix agréable qui tremblait légèrement. Je me relevai avec difficulté, pour avancer vers la lumière. « Trasca m'a envoyé un serviteur ? » demandai-je. En guise de réponse, le jouvenceau baissa la tête. « Je n'ai pas besoin d'un serviteur », fis-je, au bout d'un moment, en fixant la nuque courbée avec un certain mépris. « Et je n'ai pas besoin qu'on s'aplatisse devant moi. » Le Ketoï se remit sur pied précipitamment. Bien qu'il ait dû avoir quelques années de moins que moi, nous faisions à peu près la même taille. Il parvenait tout de même à esquiver mon regard avec une habileté déconcertante. Nous restâmes ainsi à nous faire face, cernés par les chants stridulants des oiseaux qui résonnaient dans la forêt alentour. Je me passai la main sur les yeux, et si je me décidai à reprendre la parole ce fut avant tout pour briser le silence. « Tu parles le brunide », constatai-je d'une voix neutre. « Oui », fit mon interlocuteur, timidement. « Je suis devenu Ketoï plus tard que les autres. J'ai eu le temps d'apprendre la langue, avant. C'est pour cela que j'ai été choisi pour vous. » « Tu n'es pas né sur le plateau ? » demandai-je, et le jeune homme secoua la tête. « Peu sont ceux qui naissent au *Vraak*. Je viens de Vorne. » J'acquiesçai lentement, pendant que le Ketoï prenait une grande inspiration. « J'ai préparé à manger un peu plus loin, si vous désirez », souffla-t-il du bout des lèvres. Je fronçai les sourcils, inspirant à mon tour avant de hausser les épaules. « Emmène-moi », dis-je, et nous quittâmes la tente.

C'était une journée magnifique, et il n'y avait pas encore de brume dans les bois, ou alors il se pouvait qu'à cet endroit, dans cette gorge encaissée et abritée des mouvements d'air, les limbes ne se déversaient jamais. Comme je l'avais soupçonné, il n'y avait plus la moindre trace des autres Ketoï, et pas davantage des troupes feuillues. Les bosquets environnants résonnaient de toutes sortes d'activités animales, mais je ne vis pas l'ombre d'un homme. « Il y a une pierre plate au détour du bois », fit mon nouveau compagnon, tandis que nous avancions lentement entre les arbres baignés de lumière. « J'ai pensé que c'est là que vous aimeriez manger. » Je ne commentai pas cette réflexion qui me parut curieuse, et enchaînai à la place sur une nouvelle question. « Tu as un nom, j'imagine ? » demandai-je tout en marchant.

« Je m'appelle Falorca », me répondit le jouvenceau. « Nous ne sommes que deux à être restés ici. Naur et moi. Naur attend avec le repas. »

Une forme imposante se détacha tout à coup parmi les arbustes, et je reconnus l'ogre à la mâchoire proéminente dont j'avais effleuré la main la veille. Il se trouvait assis sur le rebord d'un large éclat rocheux, et ses petits yeux clignaient comme ceux d'une taupe tandis que, la tête penchée, il semblait contempler le ciel. Entre ses doigts épais, il brisait méthodiquement une perche de jeune érable sans avoir l'air d'y penser vraiment. Lorsqu'il prit conscience de notre approche, l'ogre secoua ses formes pesantes pour pouvoir courber l'échine. Je souris en moi-même, aussi impressionné que je l'avais été quand je l'avais aperçu pour la première fois. Je ressentais presque de la désapprobation à l'idée qu'une telle créature puisse se sentir obligée de me témoigner le moindre respect. « Naur », dis-je, arrivé à sa hauteur. « *L'Espouçan* », gronda l'ogre sans oser me regarder en face. Ses petites oreilles battaient aussi vite que celles d'une biche assaillie par les piquerons. Une traînée grasse de peinture blanche décorait son menton hérissé, et un trait rouge barrait son mufle. Je compris soudainement à le voir ainsi, à réentendre le dialecte étranger vibrer dans son gosier, que les ogres n'étaient pas – comme l'avaient supposé Matésé et ses capitaines – les alliés des Ketoï. Ils étaient Ketoï tout court, au même titre que les hommes. Un seul peuple, uni par la foi. Après que j'eus marqué une pause, Falorca me fit contourner le promontoire, et nous arrivâmes en face d'un empilement de pierres. Cet ancien éboulis avait pris la forme d'un escalier sommaire, et grâce à lui nous pûmes rejoindre le sommet.

Je m'installai sur la roche chaude, tout près de la nourriture que Falorca avait soigneusement disposée là. Il y avait du pain plat en abondance, un bol de racines hachées qui baignaient dans un jus huileux, des filets gras de poisson fumé ainsi qu'une pile conséquente de myrtilles fraîchement cueillies. Un peu plus loin se trouvaient les vestiges d'un ancien feu. Je m'étirai nonchalamment sous le regard attentif de l'ogre et du jeune homme avant de commencer à manger. L'urgence et la privation des dernières semaines avaient renvoyé mon esprit à Iphos, à ce fonctionnement carnassier où rien n'existait, hormis l'instant. Je me délectai donc de celui-ci, discrètement, mais pleinement. J'avais des vivres en abondance et du soleil, pas d'ennemis en vue, et l'espoir que j'entretenais à l'idée de revoir Brindille était une braise, un souffle que je portais en dedans pour le protéger du monde. Lorsque je me fus gorgé de nourriture et de lumière, je tendis un doigt curieux vers le tas de charbon. « Je n'ai pas vu de feux, hier soir », fis-je. « Et d'ailleurs, je n'en ai jamais vu dans les bois depuis que je voyage vers le plateau. Pourquoi ? »

Naur secoua sa tête immense et gronda quelque chose en parler ketoï, tandis que le regard de Falorca dardait de-ci, de-là. « Nous avons des endroits pour faire du feu », finit par lâcher le jeune homme. « Nous évitons d'en faire dans la forêt. » Je me curai les dents avec une grosse arête que j'avais trouvée dans le poisson, en méditant ces paroles. « Pourquoi est-ce que vous évitez de faire du feu dans la forêt ? » demandai-je enfin, en plissant les yeux à cause du soleil. Falorca se tortilla maladroitement. « Le feu brûle la vigne et troue l'*Akeskateï*», murmura-t-il. « C'est ce qui est arrivé pendant la guerre avec Vaux ? C'est pour cette raison que vous avez perdu ? » enchaînai-je de manière pressante. Par réflexe, j'avais pris le parti d'user de l'ascendant que j'avais manifestement sur le jeune homme. Je comptais en profiter pour lui soutirer des informations tant que cela durerait, comme je l'aurais fait dans les mines. Falorca acquiesça, visiblement mal à l'aise. « Comment l'ont-ils su ? » questionnai-je.

« Ils ne le savent pas », fit la voix de Trasca, dans mon dos. Je sursautai avant de me passer la langue sur les lèvres, vaguement honteux, en espérant qu'il n'avait pas assisté à mon manège. Les deux autres, l'ogre et le jouvenceau, ne réagirent pas à cette apparition soudaine. Le roi des Ormes vint s'asseoir avec nous sur la pierre, et Naur se rapprocha lui aussi, pour s'installer pesamment dans une position particulière, avec les genoux ramassés de part et d'autre des oreilles. Je ne pensais pas que l'ogre comprenait entièrement mes questions, mais Falorca eut l'air très soulagé de ne plus être obligé d'y répondre. « C'est une tactique de guerre », poursuivit Trasca en croisant lestement les jambes. Il avait échangé son armure pour un sayon rayé semblable à celui que portait Falorca et bon nombre d'autres des Ketoï que j'avais vus. « Elle vient en réponse aux nôtres. » Il avala une poignée de baies et se tourna ensuite pour me regarder en face. « Ils ont aussi brûlé la forêt pendant la première guerre de la Vigne. Ils l'ont fait à chaque fois pour nous priver d'un refuge, pour qu'on ne puisse plus s'y fondre après avoir frappé. S'ils savaient ce qu'est l'*Akeskateï* et de quelle manière leurs incendies la détruisent, s'ils en avaient le moindre soupçon, ils auraient déjà pris le *Vraak.* »

« C'est pour cela que le rêve n'avait plus la même forme que lorsque je l'ai vu il y a six ans de ça », murmurai-je. « Les Vauvois l'ont brûlée jusqu'à ce qu'elle change. Ils ont brûlé la forêt, et la mer et les étoiles avec. » Je battis un moment des paupières puis je secouai la tête. « Non », rectifiai-je, sous l'œil intrigué du roi des Ormes. « La mer n'est qu'une illusion. » Je laissai traîner mes mots avant d'opter pour le silence. « C'est poétique », me dit Trasca après une pause. « Et je vois très bien de quoi tu parles. C'est une affaire de contrastes. Mais il n'y a pas davantage d'étoiles que de mer. Il y a la Déesse, et ce qui vit sur elle. Je crois que j'en avais compris autant », énonçai-je délicatement. « Dans le rêve, les facettes signalent ce qui est vivant, comme des torches dans la nuit. Parce que le rêve, votre *Akeskateï*, est un reflet de la réalité. » Trasca hocha la tête, puis l'ogre gronda soudainement, interrompant l'échange d'une voix qui roulait comme le tonnerre. « *Parquoi l'Espouçan c'estoit-y si niaiseux, Trasca ?* » Je vis Falorca porter une main à sa bouche, comme s'il venait d'entendre une chose terrible. « *C'estoit pas d'austant niaisence que pursance, m'avisse* », fit Trasca en grimaçant. À ces mots les oreilles de Naur frémirent et il inclina respectueusement le front.

Je m'éclaircis la gorge. Au-dessus, l'astre rayonnait dans l'azur comme l'œil enflammé d'un dragon. Un vent chaud éraflait les sommets des corniches. Les questions se bousculaient dans ma tête, s'emmêlaient de façon irrémédiable si bien que je dus m'obliger à revenir en arrière pour essayer d'en faire sens. « Tu parlais hier d'une cérémonie, Trasca. Mais tu n'étais pas sensible au rêve avant cela, n'est-ce pas ? » finis-je par spéculer, en le regardant de biais. « Bien sûr que non », me répondit ce dernier en faisant courir ses doigts dans les zébrures argentées qui striaient sa chevelure. « En vérité il y a eu deux cérémonies pour moi. La première lorsque je suis devenu Ketoï, et la seconde des années plus tard, quand la Déesse a fait de moi l'instrument de sa reconquête. Mais c'est à l'occasion de la première, pendant la *feste des bourgeançons* que j'ai été lié à l'*Akeskateï.* »

Je laissai pianoter mes doigts sur le rocher. « Tu as pris la vigne », dis-je au roi des Ormes. « Tu portes la vigne dans ta chair, et c'est ce qui te lie à la déesse. Et toi aussi », dis-je en montrant Falorca du doigt. Les deux hommes acquiescèrent. « Naur, également », fit Trasca. « La vigne est la déesse. La vigne est la forme de la déesse en ce monde, tandis que l'*Akeskateï* est le nom que nous donnons à ce que tu appelles « le rêve ». Les deux s'interpénètrent et sont le reflet l'un de l'autre. Lorsqu'on prend la vigne en soi, on est habité par une fraction de divinité. Voilà ce qu'être Ketoï signifie. » Je me grattai la tête. « Je n'ai jamais eu de cérémonie », dis-je après un moment. « Je n'ai jamais pris la vigne. Et pourtant je suis lié à l'*Akeskateï.* » Je tâtonnai un instant avec les mots que j'allais prononcer, et mon cœur se mit à battre plus fort. « Est-ce que cela veut dire que je suis né ici, et que je ne m'en souviens pas ? Est-ce que je suis un Ketoï, moi aussi ? » demandai-je avec incrédulité. Le roi des Ormes se redressa en souriant, tandis que Falorca me scrutait avec consternation. « Non », me répondit-il simplement. « Aucun enfant n'est jamais parti d'ici. Personne, d'ailleurs, ne pourrait quitter le plateau sans que nous ne le sachions. Nous veillons sans cesse, par le biais de l'*Akeskateï.* »

« Comment se fait-il que je voie le rêve, dans ce cas », questionnai-je, sans comprendre. Trasca me contemplait avec bienveillance. Un vertige me saisit et j'eus la sensation, brièvement, d'être penché au-dessus du vide. « Je ne peux pas te donner une réponse comme tu aimerais en recevoir, Syffe », dit-il. « Je peux te parler de nos croyances et de ce que la Déesse nous donne à contempler. » Je déglutis. « Dis-moi », fis-je, la gorge nouée. « Tu es l'Époux », articula lentement le roi des Ormes. « Tu es né avec la divinité en toi, et ton destin est de t'unir à la Déesse. Elle t'attend comme elle n'a jamais attendu quiconque. Vous ne ferez qu'un. Cela, je pense que tu le sais déjà. » Je réprimai un ricanement nerveux. « Selon toi », fis-je, « je suis donc né pour baiser avec une déesse. Qu'est-ce que cela fait de moi exactement ? Un homme, ou autre chose ? » Trasca chercha ses mots suffisamment longtemps pour que l'attente soit inconfortable. « Autre chose, oui », dit-il enfin. « Pas tout à fait un homme. Et pas tout à fait un dieu. » Je grimaçai pour accueillir un rire qui ne venait pas, avant de lever les yeux au ciel. Quelque part au nord, un grand faucon des crêtes poussa sa réclame sauvage et je ne pus m'empêcher de me demander à quel moment j'allais lâcher prise, et basculer dans la folie pour de bon.

52

Nous quittâmes la gorge bien avant que le soleil n'arrive à son zénith. Falorca marchait à l'écart, à l'avant ou à l'arrière, sur les côtés quand il y avait assez de place. Nous n'avions pas besoin d'un éclaireur, mais il en profitait pour glaner des fruits et des champignons sur la route, et je crois quc ce rôle lui convenait. J'avais l'impression qu'il trouvait ma compagnie dérangeante. Naur était chargé du treillage de la tente et de quantité d'autres choses qu'il portait avec facilité, en dépit d'une claudication que je n'avais pas remarquée jusqu'alors, et qui hachait le rythme chaloupé de ses pas. Il me semblait que sa blessure devait être récente, parce que je le voyais parfois grimacer comme je l'aurais fait sous l'effet de la douleur, mais je ne sus pas en déterminer davantage que cela. Je m'étais muré dans le silence depuis la discussion sur le rocher, et c'est à peine si je remarquai le paysage changer autour de moi tandis que nous déambulions le long d'une seconde terrasse, qui devait surplomber celle où la progression des envahisseurs avait été stoppée. Au fil des heures, la camaraderie que j'avais pu ressentir parfois pour les soudards se délitait, comme si je n'avais fait, finalement, que les accompagner durant vingt jours. Depuis que nous ne vivions plus sous la même menace, l'illusion de la solidarité s'effondrait rapidement. Ma loyauté ne leur avait jamais vraiment appartenu. Ils avaient ignoré de moi jusqu'à mon nom et, en l'état, j'avais d'autres choses à penser.

J'avais beau chercher secours dans la *Pradekke*, la philosophie du doute que les Vars m'avaient inculquée, je n'en tournais pas moins autour de ce que Trasca avait affirmé tantôt. Ses mots trouvaient une prise, parce qu'ils faisaient écho à certaines des projections que j'avais pu formuler depuis Iphos. La notion étrange que j'étais spécial ou différent. L'idée dangereuse, mais fascinante aussi, d'être important. De compter pour quelque chose. Une revanche sur la fosse, sur une enfance de mendicité et de dénuement, sur toutes ces années où il m'avait fallu esquiver les coups de pied ou le fouet, et le mépris d'hommes qui s'avéraient, si j'en croyais le roi des Ormes, bien plus ordinaires que moi.

Pour les Ketoï j'étais l'*Espouçan*, l'époux, marqué à la naissance par la divinité et destiné à une union sacrée. Les Arces m'avaient affublé d'un autre nom, *thesponé*, et leurs augures avaient cru que j'étais à la fois le messager et le jouet des dieux. J'aurais sans doute balayé ces affirmations, si elles ne s'étaient accompagnées de rien d'autre. J'aurais sans doute ri et assorti ce rire d'un mot amer à mon propos, pour rappeler ce que j'étais, précisément. Syffe, un sauvage teinté sans famille, sans terres et sans nom, marqué comme esclave, traîne-bissac et gibier de potence. Si j'étais honnête, pourtant, je n'étais pas seulement cela et je ne pensais pas que le hasard pouvait expliquer ce qui restait. J'avais survécu à la peste marquaise alors que tous ceux qui m'entouraient, les six mille forçats d'Iphos, étaient morts sans exception. J'avais traversé les montagnes deux fois, sans perdre ne serait-ce qu'un seul orteil. J'avais pu balayer le rêve comme une folie toutes ces années où j'avais été seul, mais il s'avérait désormais que je partageais l'expérience mystique d'un peuple entier. D'autres détails me revenaient sans cesse. L'intérêt du Deïsi pour ma personne. Toutes les situations impossibles desquelles je m'étais tiré, la corde, le cogue de Vargan Fuste, les batailles de ma jeunesse et le carnage de la route des falaises où j'aurais dû mourir. Un homme superstitieux aurait vu en ces événements l'intervention de ses dieux. Je ne pouvais plus me réfugier derrière mon incroyance. Après tout, j'avais passé la lune précédente en tête à tête avec une déesse, et à présent j'étais en route pour la rencontrer.

Nous ne fîmes pas de pause pour manger, mais continuâmes à avaler les milles jusque tard dans l'après-midi. Il me semblait que nous avions dû parcourir l'équivalent de quatre ou cinq jours de marche, si nous nous étions mus au rythme de l'armée mercenaire. Le seul moment où j'ouvris la bouche, ce fut pour nourrir mes réflexions tumultueuses, et cela n'arriva qu'une seule fois. « Comment se fait-il que je n'aie jamais rien su de tout cela », avais-je demandé à Trasca. « J'interprète ta méconnaissance comme une marque de ta pureté », répondit ce dernier. « Mais je pense que tu te souviendras de nombreuses choses lorsque vous vous unirez, la déesse et toi. » J'avais secoué la tête, parce que ses spéculations n'avaient aucun sens, mais aussi parce que je n'avais rien d'autre à quoi me raccrocher. Nous avions poursuivi notre chemin, et j'avais médité les souvenirs flous qui me restaient de mon enfance. De ce qui avait eu lieu avant Corne-Brune, et dont il ne subsistait presque rien.

À la tombée du jour nous quittâmes les rochers et les falaises, pour nous engager dans une pente large et plane, boisée de sapins et d'érables. Les montagnes nous encadraient à l'est et à l'ouest, distantes d'une dizaine de milles. Derrière s'ouvrait une vue absolument époustouflante sur la primeauté de Vaux, qui était obstruée de temps à autre par les nuages solitaires qui venaient chavirer sur les hauteurs et s'épandre en dessous dans les bois ruisselants. J'imaginais le visage de la forêt par saison pluvieuse, au printemps ou à l'automne, quel brouillard incessant devait nimber la route des Ronces, des lunes entières au cours desquelles on ne devait pas voir plus loin que la longueur de son bras. Pour l'heure, il y avait le renflement distant des collines et des hauts, et tout au bout, peut-être, la ligne noire de la Brune. Je ne savais pas où regarder, pas vraiment, mais je me figurais que j'avais dû effleurer quelque part ce petit plateau que j'avais habité avec Uldrick, et je me demandai si notre cabane s'y trouvait encore. Je détaillai ensuite les terres plus proches, ce que j'imaginais être les cantons de Spinelle et de Gorsaule. D'ici, la cicatrice noire des incendies était une chose terrible à contempler.

Nous avançâmes encore jusqu'à ce que l'obscurité s'accapare le chemin, tordant les troncs et peuplant le monde de frémissements sombres et intangibles. Il y eut enfin de la lumière, l'éclat faible d'un feu, puis les angles d'une construction apparurent non loin de la piste que nous suivions, une bâtisse haute et longue pourvue d'arches et de meurtrières, à moitié enfouie sous une butte. Dans la pénombre, la forme des arbres ainsi que l'entrelacs hérissé de leurs racines étaient difficiles à discerner du toit. Il me semblait que d'autres contours géométriques s'étendaient au-delà dans la nuit, mais je n'étais certain de rien, et surtout j'étais trop fatigué pour m'en préoccuper outre mesure. Falorca était parti devant pour nous annoncer, et nous fûmes accueillis par une vingtaine de Ketoï qui brandissaient des torches pour nous guider. La troupe nous conduisit d'abord par une grande porte ouvragée qui ne ressemblait à rien que j'aie connu, puis par une succession de pièces mal éclairées où oscillaient des grappes et des grappes de paniers tressés. Je ne sus dire si nous nous trouvions sous la colline ou non, mais le plafond était suffisamment haut pour que Naur s'y tienne debout sans jamais courber la tête.

Nous nous arrêtâmes enfin dans une salle plus accueillante où brûlaient quelques lanternes ainsi qu'un âtre sur une estrade de pierre. « Sommes-nous arrivés à ton *Vraak* ? » demandai-je à Trasca tandis que je me délestais de mon arbalète et de mon ceinturon sous le regard captif de nos hôtes. Le roi des Ormes secoua la tête. « Non, nous n'y arriverons que demain. Nous sommes ici en un lieu que l'on appelle le Portail », me répondit-il avant de s'installer près du feu. On avait éparpillé çà et là des tentures et des nattes confortables, et je pris place moi aussi, heureux de pouvoir étirer mes jambes fatiguées. Nous mangeâmes quelques victuailles sans échanger d'autres paroles. Les Ketoï qui étaient venus à notre rencontre s'étaient rassemblés un peu plus loin, dans la partie basse de la chambre qui avait un sol de terre battue, et ils fredonnaient de curieux chants scandés semblables à ceux qui m'avaient accueilli deux jours plus tôt. Pendant qu'on se sustentait, Falorca fit bouillir une petite marmite d'eau et à l'issue du repas il nous servit une tisane chaude et revigorante qui démêla mes pensées de la fatigue. « Parle-moi de nos premières rencontres, Trasca », demandai-je lorsque je l'osai. De l'autre côté du feu, Naur était semblable à une immense statue de bois sculpté, son visage aussi raviné que l'écorce des épicéas.

« La première fois, à Boiselle, c'était un heureux hasard », me confia Trasca. « Je glanais des nouvelles, comme je le faisais souvent avant la guerre, et l'accoutrement d'un pérégrin était utile à cette fin. Je ne savais pas, alors, à quoi j'avais affaire, ni ce que tu étais vraiment. » Je toussotai. « Par quel biais m'as-tu reconnu ? » questionnai-je. Mon interlocuteur hésita un moment, comme s'il ne savait pas tout à fait de quelle manière formuler ce qui allait suivre. « Tu dois comprendre que la vigne peut nous changer considérablement, nous façonner selon l'usage que la Déesse nous destine. Lorsque je suis devenu le roi des Ormes, les changements qui ont eu lieu ont été importants. J'ai reconnu la vigne en toi par l'odeur. » Je haussai un sourcil. « Par l'odeur ? » Trasca acquiesça et ses yeux verts étincelèrent. « C'est de la même manière que j'ai pu traquer le sicaire jusqu'à Aigue-Passe. Où je t'ai sauvé la vie. »

Je ne réagis pas, mon regard prisonnier de mes mains meurtries, que j'ouvrais et fermais à la lueur du feu. Le roi des Ormes se laissa aller en arrière sur la natte qu'il occupait. « Après avoir réglé mes affaires à Couvre-Col », poursuivit-il, « je suis revenu au *Vraak*. J'ai compris que j'étais tombé sur quelque chose d'important. La Déesse l'a compris aussi. Tu sais aussi bien que moi à quel point elle est cryptique et comment il est difficile d'interagir avec elle, mais elle a réussi à m'expliquer certaines choses. Que je devais te faire venir à Spinelle, au moins jusqu'aux rebords de l'*Akeskateï*. Mes Feuillus ont écumé Vaux pendant six lunes avant de te retrouver. Nous vous avons surveillés, toi et Uldrick, en attendant une occasion. Nous vous avons protégés, aussi. Nous avons écarté plusieurs trappeurs, et il y a eu aussi un chasseur de primes venu de Corne-Brune, qui avait le nez plus fin que les autres. Il serait tombé sur votre cabane tôt ou tard. Nous l'avons donc aidé à tomber d'une falaise. » J'eus un rictus et en face de moi Naur bâilla, dévoilant une dentition impressionnante, tout en molaires. La peinture blanche qui plâtrait son visage s'écaillait.

« J'étais très occupé pendant cette période », continua Trasca. « Nous préparions la guerre avec Vaux, et la mort des Villune, qui devait tout amorcer. J'ai tout de même trouvé le temps de me rendre à Corne-Brune pour en découvrir davantage à ton propos. Je cherchais un levier pour te convaincre. J'ai appris la mort des deux hommes qui avaient veillé sur toi. Le chirurgien assassiné un an auparavant, et le première-lame, pendu de sa propre main quelques semaines avant mon arrivée. J'ai recueilli toutes les informations que j'ai pu, et ce ne fut pas tâche aisée. Ton nom attirait les ennuis et des attentions indésirables, et les émeutes avaient déjà commencé. J'ai tout de même mis la main sur l'essentiel. J'ai rassemblé les pièces. Tes amis des clans. Cardou et Brindille. L'orphelinat Tarron. » « La veuve aimait mieux qu'on dise la ferme Tarron », interjetai-je sans vraiment savoir pourquoi. Trasca eut une moue sympathique et un peu triste. « Je revenais de Corne-Brune quand la fête des lures a débuté, et je vous ai attendus à Long-Filon dès que j'ai compris que c'était par là que vous comptiez vous rendre. Mais le Var Uldrick était obstiné, et je n'ai pas réussi à le faire changer d'avis. »

« Je t'ai vu disparaître cette nuit-là », dis-je. « Au-dessus des chutes. Comment as-tu accompli un tel miracle ? » Trasca eut un petit rire. « J'ai sauté », répondit-il simplement. J'écarquillai les yeux. « Tu as sauté dans le ravin ? » Mon interlocuteur secoua la tête. « Non. Il y avait de la brume. J'ai sauté de l'autre côté des chutes et je me suis caché dans les bois. » « Il y avait au moins dix empans jusqu'à l'autre côté », rétorquai-je avec incrédulité. « Un peu moins, je pense, mais oui, c'était un sacré bond », me dit Trasca. « La vigne telle qu'elle m'habite me permet d'accomplir des choses comme cela, Syffe. Mes sens sont plus aiguisés, et ma chair est plus difficile à blesser. J'ai la force et l'endurance de deux ou trois hommes. Je n'ai jamais été malade plus de quelques jours. Cela a un coût, néanmoins. Cela épuise le corps, lorsqu'on lui en impose trop. Et si je voulais une descendance, je ne pourrais pas en concevoir. »

Je relevai la tête. « J'ai survécu quand la peste marquaise a frappé Iphos », dis-je. « Tous les autres sont morts. J'ai beau réfléchir, je ne me souviens pas d'avoir été malade avant cela, même quand j'étais très jeune. Et j'ai encore toutes mes dents. » Trasca acquiesça. En arrière-fond, la litanie rythmique des chants était un bourdon doux. « As-tu remarqué qu'il t'est difficile de t'enivrer ? » me demanda-t-il. Je plissai la bouche en guise d'assentiment. « Sonneur disait que je tenais mieux la boisson que lui. C'était un des soudards que j'ai fréquentés à Aigue-Passe », fis-je, avant de froncer les sourcils. « Pour autant je ne suis ni plus fort, ni plus endurant qu'un autre. J'ai passé suffisamment de temps à manier les armes pour qu'une telle chose soit évidente, je pense. » « Tu es différent par d'autres façons », dit Trasca. « La Déesse est limpide sur ce point. Elle m'a paru circonspecte quand je lui ai fait part de notre rencontre. Je crois qu'elle n'était pas certaine, elle non plus, de ce que tu étais. Mais lorsque tu es enfin apparu dans l'*Akeskateï*, la nuit où Uldrick et toi vous avez quitté Vaux, tout a basculé. Elle était folle d'amour. Nous avons compris ce qui se tramait, et aussi de quelle manière tu pouvais tout changer. »

Une grimace naquit sur mon visage, et je plongeai mes yeux dans ceux du roi des Ormes, dont le regard brillait d'émotion. Mon corps tremblait en dedans, prisonnier d'une grande angoisse. J'avais cru troquer la vie des soudards contre quelque chose de solide, de certain, mais parfois, lorsque Trasca parlait, j'avais l'impression d'entendre des divagations, de simples spéculations qui ne me rassuraient pas, bien au contraire. « Comment ? » lui-demandai-je. « Comment suis-je censé tout changer ? » Mon interlocuteur prit une grande inspiration. « La vigne est lente à façonner », fit-il. « Et le procédé est coûteux et difficile pour la Déesse. Le bourgeançon qui a fait de moi ce que je suis a mis près de trente ans à mûrir. Votre union changerait tout cela. La Déesse nous l'a montré. Il y aurait une effervescence de fertilité grâce à la communion de vos semences. Nous pourrions avoir de la vigne pour une armée entière, rapidement. Nous ne sommes plus si nombreux, mais grâce aux bourgeons qui naîtraient, cinq cents de nos hommes en vaudraient cinq mille. La Déesse pourrait étendre l'*Akeskateï* si vite que même le feu ne saurait nous arrêter. Nous pourrions prendre Vaux et bien davantage, si tel était notre souhait. »

Je levai la main. « Tu savais tout cela lorsque tu es venu me trouver à Aigue-Passe ? » Trasca acquiesça. « Oui, je le savais. » Un doute me saisit tout à coup et ma mâchoire se contracta involontairement. « Est-ce toi qui as fait en sorte que Brindille se retrouve au village de toile ? » grondai-je à voix basse. « Est-ce que c'est à cause de toi qu'elle a quitté Corne-Brune ? » Le roi des Ormes se redressa lentement en jaugeant ma colère. « Tu veux savoir si je l'ai achetée dans ce bouge nauséabond où on lui labourait le ventre vingt fois par jour sans qu'elle ait son mot à dire ? Ou est-ce que tu me demandes si je me suis arrangé pour vous réunir en un lieu où aucun homme ne lui a posé la main dessus sans son accord ? » Trasca haussa la voix. « Je trouve ta formulation curieuse, Syffe. » Je me passai la langue sur les lèvres, et mes épaules se relâchèrent, mais Trasca me fixait toujours. « Oui, c'est bien *grâce* à moi qu'elle a quitté l'enfer qu'est devenu Corne-Brune pour les gens de sang-mêlé, et c'est aussi *grâce* à moi que tu l'as retrouvée à Aigue-Passe. C'est seulement à ta propre obstination que tu dois toutes ces années de séparation. »

Je secouai la tête et crachai dans les flammes. « Je savais très bien que tu l'utilisais comme un appât. »

Trasca ouvrit la bouche, mais je ne lui laissai pas le loisir de m'interrompre. « Quand je suis arrivé avec les soudards, et que nous avons discuté au camp, tu m'as dit que tu doutais. Que tu ne pensais pas que tu aurais pu me convaincre de te suivre, à Aigue-Passe. Tu avais raison. Je ne t'aurais pas suivi, quoi que tu m'aies dit. Je t'en ai voulu pour beaucoup de choses, pérégrin. Je t'en veux encore pour d'autres, mais je comprends mieux à présent. » Il y eut un silence, et les chants des Ketoï se turent. Par l'une des fenêtres obliques qui trouaient les murs s'insinua la voix flûtée d'un oiseau de nuit. Le roi des Ormes inclina la tête, pour accepter cette moitié d'excuse que je lui présentais. « As-tu d'autres questions à ce propos ? » me demanda-t-il. « Non, pas à ce propos », fis-je. « J'aimerais maintenant que tu me parles des Deïsi de la Forêt de Pierres. »

Trasca haussa un sourcil et une expression perplexe envahit peu à peu son visage. « J'en sais certainement moins que toi », finit-il par me dire lentement. « J'avoue que je ne saisis pas entièrement le sens de ta question. » Je déglutis en gigotant sur la natte. « Je pense que mon maître Nahirsipal a été tué par un Deïsi », fis-je d'une voix incertaine. « Je crois avoir assisté à cela en rêve, ce rêve que vous appelez *Akeskateï*. Mais ce n'était pas le même rêve que celui des Ronces. Ce n'était pas la même déesse qui en avait tissé la toile. Tu n'as pas rencontré quelque chose comme cela quand tu es allé à Corne-Brune ? » Je ne cherchai pas à masquer la déception dans ma voix. Naur émit un borborygme curieux tandis que Trasca me contemplait d'un air soucieux, comme si je risquais de me faire du mal. « Je ne connais qu'une seule Déesse, Syffe. Je ne comprends pas ce que tu essayes de dire. » « J'ai vu un Deïsi lorsque j'étais encore un enfant », insistai-je. « Je n'étais pas seul, et il voulait m'enlever, je crois. Ses yeux étaient noirs comme ceux des bêtes que vous avez envoyées contre les soudards. » Le roi des Ormes se leva en secouant la tête. « Nous avons parfois donné la vigne aux bêtes, oui. Des bourgeons sans subtilité, qui ne laissent jamais grand-chose derrière eux, à part la volonté de la Déesse. Je suis désolé, Syffe, mais je ne sais rien à propos de ces mystères que tu évoques. La forêt que je connais est celle de Vaux, et ce qui se passe de l'autre côté de la Brune n'est pas de mon ressort. »

53

La fin du voyage fut colorée par l'angoisse et le désappointement, l'inquiétude d'avoir peut-être commis une erreur terrible. Peu après l'aube nous quittâmes la bâtisse enfouie et les arches de cet endroit que les Ketoï nommaient le Portail, pour nous enfoncer dans une forêt embrumée, mais mon regard était tourné vers l'intérieur, crispé à la manière d'une contracture. Le roi des Ormes n'avait rien à me dire à propos de ce qui se tramait au cœur des forêts de l'ouest. Ni au sujet des démons Deïsi, ni de la présence onirique qui avait bouleversé ma vie et crissé dans mes songes durant si longtemps. J'avais établi que Trasca ne me mentait pas par omission. J'en étais tout à fait certain, et cela ne faisait qu'accentuer ce goût caustique qui me rongeait la bouche en même temps que le moral.

J'avais projeté de nombreuses choses sur le pérégrin, je m'en rendais compte à présent. J'en avais fait le gardien de tous les secrets et il m'avait assisté, naturellement. Il avait participé activement à l'élaboration de la mascarade en entretenant les énigmes et en agitant ses arcanes. Il avait fait tout cela pour m'attirer ici, et plus j'en apprenais, moins je parvenais à lui en vouloir vraiment. Derrière ses postures, derrière ses prestidigitations, il me semblait que le roi des Ormes avait légitimement cru pouvoir répondre à l'ensemble de mes questions et satisfaire ma curiosité. Les mots de Uldrick, prononcés dans la forêt vauvoise des années auparavant, m'étaient revenus à l'esprit. « L'homme sage est capable de discerner les nuances entre ce qu'il sait et ce qu'il croit, parce que la croyance est la plus dangereuse des ignorances. » J'avais cru. J'avais cru des années durant, parce que cette fable que je m'étais racontée avait su ordonner le labyrinthe que je portais en moi et m'avait empêché de sombrer. J'avais cru, et je m'étais trompé. L'erreur m'appartenait à moi, et à moi seul.

Par moments je me rendais compte que ma déception était probablement puérile, et que j'en demandais sans doute trop. Après tout, j'allais être réuni avec Brindille, un peuple entier me considérait comme une sorte de demi-dieu, et si Vaux ne finissait pas par incendier les Ronces il semblait que j'allais pouvoir mener ici une vie tranquille à l'abri de tout besoin. Le reste du temps, je tâtonnais furieusement pour essayer de combler les trous et recomposer ce qui pouvait l'être. Le fait est que je n'arrivais pas à me défaire d'une sorte de prémonition difficile à décrire, comme si tout cela n'était qu'une farce grotesque au sein de laquelle je me révélerais malgré moi dans le rôle de l'imposteur, dont la supercherie serait découverte tôt ou tard. Même si je partageais le rêve avec les Ketoï et qu'il ne semblait qu'aucune réelle ambiguïté n'existait quant au statut exceptionnel que j'occupais au sein de leurs croyances, je ne démordais pas de l'idée que quelque chose n'allait pas. Les corrélations évidentes entre les expériences mystiques de mon enfance et celles que je vivais à présent sur le plateau étaient trop abondantes pour que je ne conjecture pas. J'avais en mémoire cette chose, cette radicelle blanche que Nahirsipal avait arrachée de l'oreille du capitaine Doune, et il y avait aussi les yeux noirs des cerfs, qui m'avaient tant rappelé ceux du Deïsi et les histoires de Bréanna. Je n'oubliais pas non plus le rêve, bien sûr, celui de Corne-Brune, qui avait ressemblé à une ébauche, mais qui s'était affirmé au fil des lunes. Cette entité que j'avais nommée *Elle*. Dont j'avais fait la pièce maîtresse du complot qui me visait et qui avait trôné au milieu de sa toile, à bien y réfléchir, de la même manière que la déesse des Ketoï.

Nous passâmes ce matin-là entre des troncs tordus qui peuplaient une vallée dévorée par les limbes. De part et d'autre, des forêts invisibles devaient conquérir les pentes, celles qui dégringolaient depuis les lointains pics des Épines, mais nous n'en vîmes rien. Bloqué par les montagnes, le soleil ne devait guère illuminer le creuset que nous empruntions, six ou sept heures par jour, au mieux, et le brouillard était épais et immobile, et se confondait avec les nuages. Peu après le Portail on croisa des assemblages de pierre taillée, de grands blocs de basalte envahis par la sphaigne et le lierre. Les monolithes s'étendaient d'est en ouest en une ligne brisée. Leurs contours émoussés laissaient penser que nous étions en présence de quelque gigantesque chantier à l'abandon. Je me figurais qu'il pouvait s'agir d'un mur, de fortifications que nul ne s'était donné la peine d'achever et qui avaient été avalées par la verdure. Trasca ne me renseigna pas, préférant me laisser à mon silence et échanger avec Prala et Caraï, deux Ketoï peints qui avaient rejoint notre petit groupe de voyageurs. Il me semblait que je reconnaissais Caraï comme la première femme à s'être ralliée à la procession que j'avais menée en la matinée qui avait suivi la mort de Matésé, mais je n'en étais pas tout à fait certain.

On avança d'un pas tranquille, par un chemin large bordé de conifères, qui semblait avoir été emprunté très souvent durant les dernières lunes. Au début, l'humus tassé portait la marque des chevaux. N'ayant aperçu jusque-là aucun Ketoï monté, j'imaginais qu'il devait s'agir des bêtes qui avaient été confisquées aux soudards. Ces traces s'évanouirent rapidement dans les bois. Peu à peu, la piste s'inclina jusqu'à se transformer en une pente douce. Les racines des conifères jaillissaient çà et là, luisantes et humides comme des reptiles entortillés. Nous descendions, cernés de blancheur, et je ne parvenais pas à m'imaginer que cela allait durer. Pourtant, au fur et à mesure, la déclive s'affermissait, s'accentuait inexorablement. Autour, l'air était haché par les branches touffues des sapins. Tout d'un coup, il survint une bourrasque fraîche et j'eus l'impression que mes bottes allaient se ficher dans le vide, puis comme par miracle, comme si quelqu'un venait d'écarter un rideau humide, la brume fut derrière nous. Le groupe s'arrêta de concert, sur le flanc de la pente boisée, et à cet instant, interpellé par la beauté, je n'eus pas d'autre choix que de m'extraire de mes pensées et de revenir au monde.

Un souffle pantois s'échappa de ma poitrine tandis que je détaillais le paysage singulier qui s'étendait à mes pieds. Au cœur du massif des Épines reposait un bassin de verdure. Un chaudron proprement gargantuesque, serti de montagnes, au fond duquel luisait un lac. Depuis ce réservoir limpide s'écoulait une petite rivière qui sinuait élégamment en direction de l'est, là où le rebord de la cuvette semblait s'effacer. « Ce que les Brunides prennent pour un plateau est en fait la gueule béante d'un très ancien volcan », me dit Trasca, comme s'il avait deviné mes pensées, ou voulu que je puisse mettre un mot sur la beauté que je contemplais. « Une caldeira, diraient mes anciens collègues du phare », ajouta-t-il, sans que son regard ait jamais quitté la dépression du cratère. Une brise paisible enfla encore pour nous ébouriffer les cheveux, et le courant d'air chuinta plaintivement entre les joncs tressés du pantalon de Naur. Mufle au vent, l'ogre reniflait comme un limier. Je humai l'air à mon tour. Il s'y nichait un parfum généreux d'eau et de rocaille antique.

« Bienvenue, Syffe », fit le roi des Ormes lorsqu'il se tourna enfin vers moi, mais je ne répondis rien parce que mes sens étaient captifs des courbes scintillantes du lac, qui s'étirait en contrebas sur une longueur prodigieuse. J'identifiai soudain une forme inhabituelle, une masse sombre et trop géométrique pour être naturelle. Mon attention s'y fixa. J'eus le temps de cligner à plusieurs reprises avant de comprendre ce dont il s'agissait. Deux structures gigantesques s'élevaient non loin du rivage le plus proche, de forme épatée et grossièrement pyramidale. Un pont étrange, large et plat semblait relier le premier édifice à la terre ferme, et de nombreuses passerelles de pierre joignaient celle-ci à la seconde. Je comptai quatre étages par monument, des parallélépipèdes parfaits qui se chevauchaient par taille décroissante. En dépit de la distance, je distinguais des centaines de petites ouvertures, des encoches régulières qui semblaient indiquer que les pyramides étaient au moins partiellement creuses. Dans les coins, on avait taillé de larges escaliers ou des rampes pour relier les étages entre eux.

Tandis que je fixais ce qui était indubitablement le *Vraak*, en essayant d'en calculer les dimensions impressionnantes, d'autres éléments s'imposèrent à moi, structurant ma contemplation de détails foisonnants. Deux murailles en arc de cercle partaient de la base du second monument pour se courber jusqu'à la berge et, là où l'on aurait placé des créneaux, il poussait des arbres. Pour autant, les eaux bleues n'étaient pas prisonnières des rondeurs de l'enceinte. Ces murs boisés étaient soutenus par une pléthore de piliers et d'arches, et à l'intérieur du demi-cercle protecteur j'apercevais une petite flotte de barques arrimées. Sur le rivage, à l'emplacement du grand pont d'accès, se trouvait éparpillée une bonne centaine d'habitations. Les bâtiments en grappe étaient trop éloignés pour que je puisse détailler leur architecture, mais il me semblait que leurs toits étaient faits de chaume ou d'un autre matériau végétal. Tout autour s'inscrivait le tracé reconnaissable des champs cultivés, la teinte lustrée du grain qui mûrit au soleil. Ici et là, des réseaux de murets abritaient de petits troupeaux de bétail et une multitude de vergers. Les Ronces ne méritaient pas davantage l'appellation de plateau que leur nom inhospitalier, loin s'en fallait. L'abondance que je couvais du regard aurait donné à rougir aux cantons les plus prospères de Bourre.

« C'est ce qu'on appelle un grand-vestige, n'est-ce pas ? » demandai-je au roi des Ormes qui acquiesça immédiatement. « Oui », me répondit-il, et le soupir qui accompagna ce mot était teinté d'une mélancolie qui me surprit. « Le *Vraak* est le souvenir d'un temps plus clément. Avant les pestes et la Longue Nuit. Avant que les Parses ne colonisent la péninsule. » Je plissai les yeux. « Les Arces m'ont parlé d'une guerre ancienne entre les hommes et les géants, une guerre qui a duré des siècles », dis-je en laissant traîner ma voix. Trasca haussa les épaules. « Nous avons tous nos mythes, Syffe », me dit-il. « Si on doit en croire les traces qui subsistent, à la même époque, les Parses dépeignaient la péninsule comme une sorte d'outre-monde, un domaine livré tout entier aux démons. Les légendes ketoï, elles, parlent d'un âge d'or depuis longtemps révolu, dont la mémoire s'incarne encore ici, et qui trouverait à renaître par le biais de la vigne. Je me suis fait à l'idée que je ne saurai jamais la vérité, ou plutôt que la vérité est une chose trop absolue pour pouvoir servir à faire sens du monde. Peut-être qu'il s'agit bêtement d'une question de point de vue. Il y a bien des hommes, aujourd'hui, qui disent de moi que je suis un démon. »

Trasca me regardait de nouveau, son front bosselé captif de la lumière estivale, sa peau claire tendue sur les excroissances sombres qui saillaient en dessous. Je me passai la langue sur les lèvres, en ressassant tout ce que j'avais appris, en projetant tout ce qui me restait à apprendre, et une humeur curieuse s'empara de moi. « L'es-tu ? » soufflai-je, après une longue hésitation. « Le suis-je aussi ? Le saurions-nous, si nous l'étions ? » Le roi des Ormes secoua la tête. « Ceux qui me nomment démon sont ceux qui ont des raisons de me craindre. Il en va toujours ainsi lorsqu'on choisit un camp. Ce qui est miraculeux pour les uns est malfaisant pour les autres. Et il me semble que l'on n'est jamais grand-chose de plus que ce que les autres disent de nous. Peut-être bien que pour certains je suis un démon, et toi aussi. Peut-être que ce n'est pas à nous de décider ce que nous sommes, hormis pour nous-mêmes. » J'acquiesçai avec lenteur. Je ne savais pas encore si ces paroles-là étaient justes, mais elles me donnèrent à réfléchir.

On laissa bientôt les bois derrière nous. Pour la première fois depuis que je foulais les terres des Ketoï, il s'offrait à moi une autre perspective que davantage de frondaisons. La cuvette dans laquelle nous descendions avait les proportions d'un petit canton, et s'il y avait bien une forêt touffue qui en enveloppait l'extrémité occidentale, ailleurs les bosquets étaient épars. Des prairies verdoyantes occupaient l'essentiel de la place, avec des zones plus humides près de la rivière et aux abords du lac, où la coloration plus sombre suggérait des champs d'iris et de roseaux. Le sentier que nous empruntions s'élargissait à vue d'œil, d'abord incliné, puis parfaitement plane, et filait droit vers le *Vraak* au travers d'une pâture ondoyante. Je frôlais de ma main des lits d'herbes tantôt courtes, fines et filandreuses comme des cheveux, tantôt épaisses, rêches ou juteuses, tendues vers l'azur de toute la hauteur d'un homme, trouées par le passage du gibier abondant. Mes yeux se perdaient parfois dans le ciel et, même s'il faisait chaud, j'étais heureux de marcher ailleurs qu'à l'ombre humide des branches. Il émanait de ces terres quelque chose d'étrange et de familier à la fois, une paix harmonieuse que je n'avais pas attendue. Le vent frôlait la couronne généreuse des graminées, creusait, caressait, retombait puis repartait de plus belle. Ces palpitations erratiques m'évoquaient les pitreries d'un chien, un jeune chien un peu joueur et un peu fou.

Le calme de la route me surprit peut-être davantage que tout le reste. Alors que les grands chemins brunides foisonnaient d'activité en cette saison, nous ne croisâmes pas un seul voyageur durant la poignée d'heures qu'il nous fallut marcher pour atteindre le *Vraak*. Il y avait le bleu effarant du ciel et les verts riches de la prairie. Une sorte de ligne d'ombre était tracée à cet endroit où les deux couleurs s'entremêlaient, mais nulle part ne frémissait l'esquisse d'un mouvement. Aucune foulée n'échappait à notre rythme, et je ne distinguai pas la moindre rumeur étrangère. Dans le ciel immaculé, des faucons brassaient l'air tiède de leur vol délicat, et les chants nuptiaux des tétras remplacèrent peu à peu le vrombissement agressif de la voix des Ronces. Devant moi, les muscles des trois guerriers ketoï roulaient, gras et luisants. Leurs corps étaient tannés et bien nourris, et ils se déplaçaient avec une confiance arrogante. Il m'arrivait encore de songer au sort des soudards. J'espérais que c'était fini, désormais.

Le *Vraak* grossit à l'horizon tout le long de l'après-midi, disparaissant de temps à autre derrière un bosquet ou une poussée d'herbes hautes. Vers la fin, les pyramides de pierre emplissaient un bon quart du ciel. Lorsque nous fûmes suffisamment proches du village qui s'étalait à leur pied pour pouvoir distinguer de nouveau la forme des toitures, l'attitude de Trasca changea subtilement. Il marchait plus près de moi, ralentissait par moments pour pouvoir m'observer sans que je le voie. Falorca, qui avait passé la journée en pointe avec Caraï et Prala, revint petit à petit jusqu'à prendre position sur mon flanc. Derrière, Naur boitillait tranquillement, alors qu'il aurait sans doute pu nous dépasser très rapidement sur le plat, en dépit de sa blessure. Je ne me méfiais pas d'eux, ni de leurs manœuvres. Je ne sus pas très bien dire pourquoi. Peut-être parce que j'étais inondé d'une joie contenue à l'idée d'être enfin arrivé, et que rien ne pouvait effacer cela. C'était une sensation diffuse, qui grattait sous mes côtes, qui coulait en dedans comme un jus épais, pour colmater les fissures.

La route fut bientôt bordée d'épis dorés et de cultures, ainsi que de petites haies, qui semblaient moins marquer la séparation des terres qu'un agencement entendu de l'espace. À l'entrée du village il y avait un grand verger, où le roi des Ormes insista pour faire une pause. Il dégagea une outre de sous son sayon rayé. Tandis qu'il buvait, je faisais les cent pas en avisant les bâtisses, les fondations de pierre sombre et les planches de bois clair qui prenaient le relais à mi-hauteur des murs. J'avais déjà vu des constructions similaires à Vaux, bien que les toits y aient été couverts de bardages, et non de massette séchée. Ici et là je distinguais des ateliers de tressage, mais aussi des estrades de pierre circulaires, noircis par le feu. Aucune rue n'ordonnait le bourg, hormis une sorte d'allée centrale qui donnait sur le *Vraak*, et je remarquai que bon nombre des maisons paraissaient avoir été érigées récemment. Personne ne vint à notre rencontre. Rien ne remuait, à part quelques bêtes dans les champs. Le village semblait avoir été abandonné.

Trasca me proposa à boire et je m'exécutai machinalement, sans oser questionner le vide, l'absence de corps et de voix en ce lieu désert. L'eau roula dans mon gosier au moment où les silhouettes athlétiques de Prala et de Caraï atteignaient le pont large et bas qui menait au *Vraak*. Le roi des Ormes rompit ensuite le silence. « Brindille se trouve dans l'une de ces demeures », me dit-il. Mon cœur accéléra vertigineusement. « Je veux la voir », dis-je, ma voix rendue sourde par l'émotion. « Je sais », répondit Trasca. « Je t'y emmène. Les veilleurs ont annoncé notre arrivée, et le peuple des Ronces s'est réuni tout entier dans le *Vraak* pour assister à ta venue. Mais d'abord tu verras Brindille. » Une pointe de soulagement surgit du bouillonnement des émotions qui déferlaient en moi. L'étrangeté du village fantôme avait une explication rationnelle. Nul besoin de signalisation ici, ou de messagers. Il y avait l'*Akeskateï* que nous foulions comme une immense toile d'araignée. Le village s'était simplement vidé pour nous attendre plus loin.

Je secouai la tête, confus, et anxieux, et débordant de joie. « Pourquoi n'est-elle pas avec les autres ? » soufflai-je doucement. La question innocente dégringola de ma bouche pour s'étirer au soleil à l'instar d'un serpent venimeux. J'avais formulé ces mots comme j'aurais pu en formuler d'autres, n'importe quoi à cet instant pour meubler le chaos qui s'entrechoquait dans mes tréfonds. Je vis le visage de Trasca se pincer. Ce fut très bref. Une mimique minuscule. Ce fut suffisant. Je levai les yeux au ciel et pris une grande inspiration tremblante. La peur me saisit, une peur si viscérale qu'elle en effaça la rage et la fureur et toutes les autres fulgurances guerrières qui m'avaient porté jusqu'à cet endroit. Trasca me posa la main sur l'épaule. « Viens », me dit-il.

Je lui emboîtai le pas comme on marche vers l'échafaud.

54

Brindille avait la narcose.

Les Ketoï l'avaient installée au bord du lac, dans une petite maison propre et bien éclairée. Il n'y avait qu'une seule pièce, où se trouvaient un foyer et une sorte de lit bas à l'allure confortable. Trasca me rapporta qu'elle avait tenu un potager durant les premières années, une rocaille semblable à celle de la veuve Tarron, remplie d'aromates qu'elle avait débusqués dans les montagnes environnantes. Puis, au fur et à mesure que la maladie avait progressé, elle était sortie de moins en moins souvent. La rocaille était tombée en abandon. Quelqu'un s'occupait d'elle à présent, une aïeule vauvoise dont la famille avait pris le parti des Feuillus, et qui avait échappé aux massacres. Brindille ne manquait de rien, on lui apportait à manger et à boire tous les jours, on la baignait lorsqu'elle n'avait pas la force de le faire elle-même. Elle ne manquait de rien. Seulement de temps.

Lorsque je franchis le pas de la porte, Brindille se trouvait étendue sur des couvertures de lin grossier. Ses yeux étaient clos, et son souffle enflait avec lenteur. Une fenêtre coulissante était ouverte à ses côtés, et une brise légère effleurait les tentures colorées qui décoraient les murs de torchis. Dehors on pouvait apercevoir le rivage hérissé de joncs et les eaux étincelantes du lac, une procession de vaguelettes argentées qui venaient laper la berge caillouteuse. Je fis un pas en avant, le cœur au bord des lèvres, parce que j'avais attendu ce moment depuis si longtemps et que, même s'il n'était pas pareil à celui que j'avais espéré, je reconnaissais Brindille. Sur le moment, c'était la seule chose qui m'importait. Les années l'avaient transformée autant que moi, peut-être même davantage, elles avaient allongé sa silhouette comme s'il n'y avait pas assez d'elle-même, mais certaines choses n'avaient pas changé. Sa bouche de la couleur d'une cerise qui mûrit, ses traits délicats et ses longs cheveux noirs, qu'elle portait libres désormais et qui s'étaient répandus sur les draps comme une floraison obscure. Elle avait l'air tranquille, mais elle n'en portait pas moins les stigmates de sa maladie. Sa peau brune avait pris une teinte cireuse et elle était encore plus maigre que dans mon souvenir.

Je me tournai vers Trasca, qui m'avait accompagné à l'intérieur et qui se tenait sur le seuil, une main posée sur la porte entrebâillée. La tristesse et la colère gambadaient ensemble sur les rebords de mon âme, deux bêtes aussi sauvages l'une que l'autre. Je cherchai des mots sans les trouver et ce fut finalement lui qui me parla. « Elle ne s'éveille plus que quelques heures par jour », m'informa-t-il d'une voix calme et compatissante. « Cela a dû arriver à Corne-Brune. » Je me mordis la lèvre sans pouvoir lui répondre. La narcose tuait lentement mais sûrement. Nous avions eu quelques cas à Château-Corne lorsque j'étudiais avec Nahirsipal, des filles de joie et un jeune légat qui avait ramené la maladie d'un bordel étranger. Le Jharraïen m'avait affirmé qu'il n'y avait rien à faire, à part prier pour une fin sereine. Je me tordais les mains sur le pas de la porte, perdu et impuissant.

« Tu m'as dit que la vigne immunisait contre la maladie », fis-je d'une voix basse, accusatrice et désespérée. « Pourquoi ne lui a-t-on donné aucun de ces bourgeons dont tu m'as parlé ? » Le roi des Ormes soupira. « Nous l'avons fait. Nous avons essayé deux fois. Deux fois le bourgeon a été rejeté, et elle a eu de la chance de s'en tirer indemne. Cela arrive parfois, surtout quand il y a une affection déjà présente. » « Il faut ressayer », grondai-je en le fixant droit dans les yeux. « Syffe… », murmura Trasca tandis qu'il secouait la tête, « il n'y a rien d'autre à faire, et dans son état affaibli… je pense qu'il vaudrait mieux que vous profitiez du temps qu'il lui reste. »

Je crispai le poing à m'en briser les phalanges. Même s'il ne m'avait rien dit, le roi des Ormes ne m'avait pas menti, pas vraiment, et de toute manière il n'y avait pas de responsable ici. Peut-être qu'il n'y en avait pas ailleurs non plus, seulement des trajectoires, des collisions, et un monde implacable et prédateur. Je me remémorai à cet instant la courtisane auprès de qui j'avais perdu mon pucelage, ses rondeurs, ses larmes après l'acte et l'odeur laiteuse de sa peau. La honte ressurgit brutalement. Je cherchais tout à coup quelque chose à briser. Je me demandai brièvement si je n'allais pas frapper Trasca lorsque, sur le lit, Brindille remua. Elle ouvrit les yeux et s'étira, puis elle m'aperçut et esquissa un grand sourire fatigué. Ma gorge se noua et je voulus demander qu'on nous laisse, comme je l'avais fait au lupanar du village de toile tant d'années auparavant, mais en me tournant vers lui, je m'aperçus que le roi des Ormes s'était déjà éclipsé. Derrière moi, le loquet claqua.

« Ils m'ont dit que tu venais », murmura Brindille en se redressant sur sa couche. Ses yeux en amande brillaient. Je fus saisi d'un lent frisson, et mes épaules se dénouèrent tout d'un coup. « Tu as grandi, Syffe », poursuivit-elle de sa voix grave. J'inspirai profondément. « Toi aussi », parvins-je à articuler, les lèvres tremblantes. Il y eut un silence, ensuite, et mon cœur martelait dans ma poitrine. « Tu ne veux pas venir me saluer ? » demanda Brindille, sans me lâcher du regard. Je me débarrassai hâtivement de mes affaires près de la porte, qui était arrondie et dont le bois était teint de pigments rouges, avant de faire quelques pas en direction du lit. Brindille fit basculer ses jambes dans le vide. Elle portait une tunique brune et simple ainsi qu'une longue jupe pâle qui s'accrochait tant bien que mal à ses hanches décharnées. Un coquillage iridescent en forme d'écaille pendait à la chaîne de cuivre qu'elle avait au cou. Elle m'ouvrit les bras d'un geste alangui, et je me penchai pour la serrer. Elle était si légère et si faible que j'eus la sensation de tenir un fantôme. Le parfum de ses cheveux était toujours celui du foin frais, mais il s'y mêlait aussi quelque chose de plus musqué, de plus adulte. Je m'efforçais de respirer calmement, l'esprit engourdi. Durant ces quelques instants, plus rien ne compta.

« Je voudrais te regarder un peu », fit Brindille dans mon oreille. Je m'assis à ses côtés, sur le rebord du lit, et elle s'empara de mon visage et ses longs doigts effleurèrent tous les contours qu'ils trouvaient, la moindre marque, puis chacune des cicatrices. « Tu as l'air d'avoir souffert », me dit-elle après un moment, en plongeant ses yeux dans les miens. Son regard gris était luisant et sombre. Je déglutis et secouai la tête. « Ce n'est pas grave », dis-je doucement, et il me semble qu'à ce moment-là je le pensais vraiment. Brindille prit ensuite mes mains dans les siennes et elle en détailla les cals et les éraflures. Je la laissai faire, maladroitement, en songeant que la dernière, la seule personne à m'avoir touché de cette manière était Grenouille, qui était morte depuis plus de quatre ans.

Je soupirai. Brindille vit mon malaise et m'adressa un regard compatissant. Ses doigts s'enroulèrent autour des miens. « Je suis désolée que tu aies autant manqué d'amour », me souffla-t-elle en articulant bien chaque syllabe. Je plissai les sourcils, pas tout à fait certain de ce qu'elle voulait dire par là. « C'est moi qui te dois des excuses », marmonnai-je. « C'est moi qui suis désolé de toutes les promesses que je n'ai pas pu tenir. J'ai fait ce chemin pour te dire ça, je crois. » « Non », répondit Brindille très simplement. « Non. Tu n'as pas d'excuses à me faire. Et si tu es venu pour ça, tu vas être déçu, parce que je n'en veux pas. Tu as fait de ton mieux. On a tous fait de notre mieux, Syffe. » Je secouai la tête sans savoir si je ne ressentais plus rien ou si c'était l'univers entier qui s'agitait en moi, puis elle me prit de nouveau dans ses bras et je restai longtemps immobile, bercé par son souffle comme lorsque nous étions encore enfants.

Au bout d'un moment, Brindille bâilla dans le creux de ma nuque. Je fus saisi d'une panique soudaine, une peur irrationnelle qu'elle ne se soit réveillée pour la dernière fois, alors que je voulais encore passer une vie avec elle. Je restai là, agrippé à mon effroi et convaincu qu'elle s'était rendormie jusqu'à ce qu'elle parle de nouveau. « T'as pas la boulotte, Syffe ? » me demanda-t-elle à voix basse et mon angoisse se dispersa, et j'esquissai un sourire à l'entendre user du jargon corne-brunois. « Il y a à manger sur ta table », lui répondis-je. « Je l'ai vu en rentrant. Je te l'apporte. » Brindille se rallongea péniblement sur le lit tandis que je m'exécutais. Nous picorâmes avec légèreté, des myrtilles, du pain, et une soupe froide de poisson bouilli, le tout accompagné d'un peu d'eau fraîche. J'étais trop agité pour avoir vraiment faim, et la tête de Brindille dodelinait parfois. « Tu as vu comment ils s'occupent bien de moi ? » me demanda-t-elle en souriant tandis qu'elle portait l'une des tasses de grès à ses lèvres. Ses mains tremblaient à cause de l'effort que cela lui demandait. J'acquiesçai sans mot dire. Je voulais lui poser des questions, mille questions, mais je n'arrivais pas à en formuler une seule qui ne ramène pas à sa maladie et au temps qui s'enfuit. « C'est joli chez toi », finis-je par marmonner un peu bêtement. « Merci », fit Brindille en déglutissant laborieusement. « J'aime bien m'entourer de couleurs depuis que je ne sors plus. Je n'ai eu qu'à leur demander pour qu'ils m'apportent ces tissus. Mais avec la guerre qui tourne mal, les choses sont plus difficiles. J'espère que ça ira mieux bientôt. »

Lorsque nous en eûmes fini avec la collation, je rangeai les couverts, puis Brindille remua un peu et me demanda de l'aider à se glisser sous les draps. Je l'assistai comme je pus, en regrettant de ne pas savoir mieux manier la délicatesse. « Tu as été soldat toutes ces années ? » me questionna-t-elle ensuite, en bâillant. « Non », dis-je. « J'ai été esclave. À Carme, de l'autre côté des montagnes. C'est eux qui m'ont fait ça. » Je tapotai ma cicatrice triangulaire. Brindille leva les yeux au plafond et souffla doucement. « C'est pour ça que tu n'es pas venu alors. Ils m'ont dit que tu avais disparu, et que tu étais certainement mort. Ils savent tellement de choses, que je les ai crus. Ça me faisait bizarre d'être la dernière à rester de la ferme. » Je secouai la tête. « Il y a Merle aussi. Il ne faut pas oublier Merle. » « Tu crois ? » fit-elle. « Tu crois que Merle va bien, là où il se trouve ? » « J'en suis sûr », mentis-je, et Brindille émit un petit soupir apaisé. « J'espère que tu as raison », dit-elle. « Je ne voudrais pas que tu sois le dernier, toi non plus. » Elle cligna des yeux et posa sa main dans la mienne. « Je suis fatiguée », chuchota-t-elle sur le ton de l'aveu, et une larme unique traça un sillon clair sur sa joue. Je baissai le regard et me terrai dans le silence qui suivit, qui valait bien tous les hurlements crucifiés que la situation m'inspirait.

« Ils m'ont dit qui tu étais vraiment », affirma Brindille en reniflant, et elle gigota sous ses couvertures de laine colorée pour se caler confortablement. « Ce que tu es, et ce que tu vas faire. Trasca me l'a dit il y a longtemps, avant même qu'on ne m'installe ici. Il passe me voir, parfois, mais ça n'arrive plus tellement ces derniers temps. » « Je ne sais pas si j'y crois, à tout ça, Brindille », répondis-je prudemment. « Bien sûr que si », rétorqua-t-elle. « Bien sûr que tu y crois, ou alors tu es un imbécile. Tu as toujours été différent. Je le lui ai dit, à Trasca. C'étaient mes mots exacts. » Je haussai les épaules. « Je ne me suis jamais vu comme ça », murmurai-je. « Moi je l'ai vu », dit Brindille. Elle s'humecta les lèvres. « Déjà petit tu étais pas comme nous autres. Et même si ça me faisait mal de l'admettre, je savais que t'allais pas rester auprès de nous. Des choses pas banales allaient t'arriver. Je me suis pas trompée sur ça, je crois. » Elle sourit ensuite et inspira longuement avant de poursuivre. « Je me suis demandé si tu savais, durant toutes ces années. J'en suis restée éveillée la nuit, parfois. Au tout début, avant la maladie. » Je secouai la tête. « Non », répondis-je. « Trasca m'a parlé de tout ça hier soir. Il pense que la mémoire me reviendra. » Brindille m'observa longuement, puis partit d'un petit rire. « Quel monde étrange, Syffe. Même les créatures des dieux ne savent pas ce qu'ils sont. » Je souris à mon tour, un rictus amer et incrédule, et je n'en dis pas davantage à ce sujet.

Comme je laissais traîner le silence, Brindille bâilla encore. « Alors, ça t'a fait quoi de savoir que tu vas faire l'amour avec une déesse ? » me demanda-t-elle ensuite, d'une voix taquine. Je frôlai du regard ses yeux rieurs, mais je crois qu'il y avait aussi quelque chose d'un peu triste, comme une ride précoce qui hantait le coin de ses lèvres. Je bafouillai un moment, parce qu'en vérité il me semblait que je n'avais eu que trop peu de temps à consacrer à cette question, et je ne savais pas vraiment où j'en étais moi-même. « Trasca a l'air de croire que c'est ma seule raison d'être. Que j'ai été façonné pour cette union et qu'il n'y a rien d'autre pour moi, hormis ça », formulai-je d'un ton hésitant. Brindille acquiesça avant d'esquisser un rictus moqueur. « Tu découvres donc ce que cela fait d'être une femme brunide, Syffe. » Je souris, les yeux dans le vague, puis Brindille tâtonna à la recherche de ma main. « Ce doit être reposant d'avoir une raison d'exister», me dit-elle doucement. «Je suis heureuse pour toi.»

Je secouai la tête et ouvris la bouche pour la contredire. J'avais sans doute manqué de beaucoup de choses, mais jamais de raison d'être. Cette raison était désormais allongée près de moi avec sa main dans la mienne, mais Brindille fronça les sourcils et me coupa la parole d'une voix ferme et résolue. «Je sais ce que tu vas me dire même après tout ce temps et je ne veux pas l'entendre», fit-elle. «Je ne veux pas l'entendre.» Elle prit une grande inspiration et me serra la main. «Je vais mourir d'ici quelques lunes. C'est comme ça. Je suis fatiguée, et je n'ai pas envie d'affronter un nouvel hiver. Alors tu as intérêt à trouver autre chose. Une déesse, ce n'est pas rien. Surtout celle-ci. Elle nourrit ces gens, Syffe. Depuis que je suis là, je n'ai jamais vu personne avoir faim. C'est quelque chose de beau, que tu puisses être avec elle. On mérite tous d'être aimés.» Elle soupira, et comme je ne disais rien elle ferma les yeux. «Je vais dormir maintenant, d'accord?»

Mes paupières battirent et je vacillai en dedans sans parvenir à me défaire de la tétanie, du venin qui suintait de toutes ces émotions contradictoires. J'aurais aimé pouvoir dire à Brindille que c'était son souvenir qui m'avait maintenu en vie dans la fosse et sur la route, et qu'arriver ici pour découvrir les choses telles qu'elles étaient n'avait pour moi aucun sens. Que cette déesse dont elle ne savait rien était si complexe et étrange que je la comprenais à peine. Que ses intérêts n'étaient peut-être pas les miens, que sa guerre n'était certainement pas la mienne, et que l'idée même de me lier à quelque chose que je n'avais jamais vu et que je ne pouvais pas appréhender me semblait une folie. Que je ne croyais pas au destin. Quoi qu'en pensent les Ketoï, qui n'avaient que leur foi à m'offrir, leur intime conviction ne se basait sur rien. Et puis il y avait quelque chose de plus simple : j'aurais voulu dire que je me trouvais absurde moi aussi, d'avoir fait tout ce chemin pour lui offrir tant de silences. Je soufflai lentement. L'étreinte de Brindille sur ma paume se relâchait peu à peu.

« Tu reviendras me voir quand tu pourras ? » me demanda Brindille, ses mots hachés comme ceux d'un ivrogne. « Bien sûr », dis-je. « Je reviendrai tous les jours. » Elle hocha la tête et ses lèvres se plissèrent comme pour me souffler un baiser. « Je suis désolé de ce qui t'arrive », énonçai-je avec difficulté, parce que je pouvais au moins lui dire cela. Mes propres mots sonnaient creux. Brindille me serra la main une dernière fois, avant de laisser la sienne retomber sur les draps. « Tu sais Syffe », souffla-t-elle, « partir en rêvant, ça n'est pas si mal. » Je déglutis une fois, puis deux, puis soudain je n'y tenais plus. Je quittai ses côtés pour sortir sous le ciel bleu, et sur les marches de sa petite maison je pleurai amèrement.

Sous le brouillard des larmes je devinais Falorca qui se tenait à l'écart et qui me contemplait d'un regard hébété, et le roi des Ormes qui attendait près de lui, baigné de soleil. Ce dernier semblait gêné. Cette effusion ne convenait pas au rôle qu'il voulait que j'endosse à présent. L'époux prédestiné de sa déesse, le porteur de changement et de fertilité qui sanglotait à chaudes larmes sur le destin d'une putain. J'eus le temps de le détester autant que l'injustice du monde, puis une ombre s'interposa entre la lumière et moi, et la main pesante de Naur s'enroula doucement autour de mes épaules. L'ogre avait mis un genou à terre. Courbé sur moi, il compatissait à ma peine. Je me sentais jeune pour une fois, plus jeune que je ne l'étais vraiment. C'était l'enfant que j'avais été qui se lamentait, et aussi peut-être l'homme que j'aurais voulu être, celui que j'aurais pu devenir si j'étais parti avec le pérégrin le soir où Uldrick était mort. Mes joues finirent par s'assécher, et mon corps tremblant dut se souvenir qu'il lui fallait bien continuer, d'une façon ou d'une autre. Je me redressai et m'écartai de Naur pour planter mon regard rougi dans celui de Trasca. « Allons voir ta déesse », lâchai-je, entre lassitude et amertume.

Le roi des Ormes acquiesça.

55

L'accueil des Ketoï fut à la fois sobre et impressionnant. Nous abordâmes le *Vraak* par sa passerelle de pierre, la première structure obstruant la vue de sa jumelle, un gigantesque triangle décapité qui trônait loin au-dessus de nous, figé dans la lumière dorée du soir. Pas de trompettes, ici, pas de cors ou de flambeaux ou de foule transportée, comme lorsque Thurle était devenu roi des Arces et que j'avais assisté à son retour triomphant à Seu-Lanthé. Il y avait une vibration unique, une basse monotone, qui émanait de milliers de bouches en un hymne solennel.

Falorca et Naur étaient partis devant pour nous annoncer. Avant de quitter le village, Trasca m'avait demandé d'ôter mon armure puante, puis m'avait remis une chemise de chanvre gris que j'avais endossée sans faire d'histoires. Je crois que la résignation de Brindille avait un peu déteint sur moi. Je me souviens que la brise et le soleil sur ma peau avaient été quelque chose d'agréable, mais que la situation m'avait semblé irréelle. Nos préparatifs sommaires, précipités, n'avaient rien de grandiose. Des déguisements fumeux. Les Ketoï attendaient un envoyé des dieux, mais ils avaient dû me faire don d'une chemise pour que je présente mieux, et je ne parvenais pas à rire de la farce. J'avais laissé le reste de mes affaires sur le perron de Brindille, hormis le poignard carmide qui ne quittait plus mon ceinturon, puis nous étions revenus à l'allée principale. J'avançais aux côtés du roi des Ormes et mes pas me portaient vers un peuple tout entier.

Les étages découpés du *Vraak* étaient garnis de silhouettes. Il y avait bien six ou sept empans entre chaque niveau, et depuis les hauteurs on se penchait pour m'apercevoir. Au début je craignais qu'une bourrasque de vent plus violente que les autres n'arrache quelques-uns des spectateurs aux rebords anguleux du monument, mais les habitants semblaient avoir l'habitude de ces perchoirs précaires. La foule était hétéroclite. Des Feuillus vauvois et leurs familles, dont les hommes étaient reconnaissables à leurs barbes et à leurs braies, les femmes à leurs longues robes brunides brodées de perles de faïence. Ils se mêlaient sans distinction aux Ketoï, qui étaient rasés de près et vêtus de leurs traditionnels sayons à rayures. Sur leurs visages je ne retrouvai aucune des peintures de guerre que j'avais aperçues si souvent sur la route des Ronces, mais il y avait ici et là des marques plus simples, des traits parfois uniques de jaune ou de noir. Autour de leurs poignets, de leurs chevilles et de leurs cous, étincelaient des bijoux d'or, des bracelets et des colliers segmentés qui renvoyaient la lumière en projectiles éblouissants. Les soudards avaient eu raison. Il y avait de la richesse ici. Ils auraient pu s'en emparer facilement, s'ils avaient réussi à passer la forêt. Fondamentalement, j'étais heureux qu'aucun sang n'ait eu à rougir le *Vraak*, même s'il avait fallu pour cela troquer un massacre pour un autre. J'avais pris parti, sans doute, tout comme Trasca l'avait fait avant moi, et ainsi, l'or des Ketoï resterait ici.

De temps à autre, la forme imposante d'un ogre se détachait au milieu du rassemblement, et s'ils étaient peu nombreux le grondement guttural de leurs voix formait une seconde nappe de chant, un bourdon plus profond qui donnait l'impression de soutenir le chœur plus clair des hommes. J'avisais les gens, les visages, en essayant de garder une expression aussi neutre et formelle que possible. Quelque chose me troublait pourtant. Il me fallut un moment pour mettre le doigt dessus puis je compris subitement ce qui faisait défaut : il n'y avait quasiment aucun enfant dans la foule. Certains Feuillus avaient leurs familles avec eux, mais en dehors de cela, je ne voyais que des figures adultes. Je m'étais attendu à rencontrer la population d'une ville prospère, mais j'avais oublié en route tout ce que Trasca m'avait raconté à propos de la fertilité des Ketoï. Le voir de mes propres yeux était plus marquant que ses histoires. Je me tournai vers mon guide et voulus marmonner quelque chose. « Si tu as des questions, j'y répondrai plus tard », dit le roi des Ormes à cet instant, sans jamais cesser de regarder droit devant lui. « Ce moment appartient aux miens, et ils en ont grand besoin. » Je me renfrognai, mais j'acceptai de me taire.

Nous marchions lentement, afin que le roi des Ormes puisse me guider sans en avoir l'air, et nous fîmes le tour du monument, jusqu'à revenir au pont d'accès par le côté opposé. Cela nous prit un certain temps. Je pus ainsi m'apercevoir que le *Vraak* avait été bâti sur deux petits îlots, dont on distinguait encore les traces au niveau des fondations, de sombres racines de roche toutes cousues d'algues filamenteuses et contre lesquelles venaient laper la surface des flots. Des jetées flottantes avaient été aménagées çà et là, et elles clapotaient tranquillement au-dessous de nous, accessibles par des pans ouverts dans le parapet qui surplombait le lac. De l'autre côté, au pied des murailles légèrement inclinées qui formaient la base du *Vraak*, s'ouvraient par intermittence de hauts passages rectangulaires, des corridors mystérieux qui s'enfonçaient tout droit vers le centre du monument, avant de disparaître. Lorsque nous les croisions, je ne pouvais m'empêcher de me demander la raison d'être de ces failles, et vers quelles salles obscures elles pouvaient bien mener.

Nous montâmes ensuite d'un niveau en empruntant l'un des escaliers, avant d'entamer une procession identique en sens inverse. Cette fois-ci, nous nous trouvions pris entre deux assemblées, deux barrières vivantes, l'une à notre hauteur, et l'autre perchée des empans au-dessus. Leurs psalmodies nous ensevelirent sous une chape bourdonnante. J'avais été effaré par la multitude au début et, si je ne parvenais toujours pas à m'approprier ce qui se passait, pour la première fois je me fis la réflexion que tout cela était pour moi. Il y avait certainement un sens à ce chant, des mots que je ne distinguais pas. Peut-être que c'était mon arrivée qui était racontée ainsi, mais il pouvait tout aussi bien s'agir d'autre chose que je ne comprenais pas. Hébété par la clameur, je passai ma langue sur mes lèvres sèches en regrettant de n'avoir pas bu davantage. Ici, le *Vraak* était littéralement grêlé d'ouvertures, mais la plupart étaient fermées par des portes de joncs. D'autres évasures plus grandes menaient à de la lumière et à de la verdure. La première pyramide du *Vraak* était creuse, semblait-il, entièrement évidée depuis le premier étage jusqu'en haut, et en dedans se trouvaient des jardins fantastiques.

Nous ne grimpâmes pas davantage. Nous repartîmes une nouvelle fois vers l'arrière du monument, pour rejoindre l'une des passerelles arquées qui reliaient les deux édifices entre eux. Le ponceau était pris dans l'ombre jusqu'à mi-chemin. La lumière tombait ensuite comme un couperet sur la pyramide qui nous faisait face. Une foule moins compacte attendait de l'autre côté. Parmi eux, je ne distinguais aucun Feuillu. Le vent ébouriffa mes cheveux alors qu'on s'avançait au-dessus du vide, mes bottes claquant sèchement sur la pierre. Je dus plisser les yeux pour ne pas être aveuglé par le reflet de l'astre sur l'eau, à presque quinze empans en dessous. Mon regard sonné s'accrochait aux interstices de la maçonnerie, aux lichens, aux mousses brunâtres, aux lignes renflées à la jonction des pierres qui se succédaient interminablement, les unes après les autres. Le moindre aspect du *Vraak* était étonnant, un défi architectural qui suscitait l'admiration, mais qui faisait aussi germer en moi une nostalgie insolite. Le savoir qui lui avait donné naissance avait été perdu.

La fraîcheur de la brise et le tiraillement curieux du vide me ramenèrent à moi-même pour un temps. Je pris tout à coup conscience de l'étrangeté de ces édifices que je foulais, de leurs dimensions exceptionnelles qui me semblaient davantage adaptées aux ogres qu'aux hommes. Je me figurai à cet instant le *Vraak* comme un immense vaisseau de pierre, une structure d'un autre monde moulée par erreur dans le rocher noir de celui-ci. En contrebas, à droite comme à gauche, s'élevaient au-dessus de l'eau les murs semi-circulaires aux créneaux verdoyants que j'avais aperçus depuis le rebord de la caldeira. J'y distinguai une grande variété d'arbres, des buissons et des fleurs, ainsi que des formes plus tortueuses, le lierre et la vigne qui s'étiraient depuis le rivage pour disparaître derrière l'édifice que nous approchions. Le soleil était bas désormais, mais il me réchauffait tout de même, là où ses rayons obliques me touchaient. Un vol de grands oiseaux au plumage gris passa à ce moment au-dessus de l'eau en flûtant un chant lugubre. Je réprimai un frisson. La rupture s'opérait ici. Nous étions loin du monde que j'avais connu jusque-là.

Lorsque nous arrivâmes au bout de la passerelle, nous ne tournâmes pas comme je l'attendais, mais poursuivîmes tout droit, par un couloir haut comme deux hommes qui s'enfonçait au cœur du *Vraak*. Soudain, nous étions seuls. Il faisait sombre, mais nous n'avancions pas non plus à l'aveugle, car ce conduit-ci transperçait le monument de part en part. Découpé à l'autre bout du tunnel, l'éclat de la lumière guidait nos pas. Derrière nous, avalée par les parois de roche, la litanie d'accueil des Ketoï mourait rapidement. J'inspirai profondément, parce que dans mon esprit fourmillant le bourdon des chants avait éclipsé la raison d'être de ma venue, avait effacé ce qui m'attendait quelque part devant. Je déglutis et mon cœur se mit à battre plus fort.

Tandis que ma mâchoire se crispait, dans la pénombre, la voix de Trasca me fit sursauter. « Ce que tu t'apprêtes à voir n'a jamais été contemplé directement que par une poignée de personnes », m'annonça-t-il d'un ton révérencieux. J'acquiesçai nerveusement. « Je ne m'imaginais pas les Ketoï comme ça », lançai-je parmi les échos de nos pas. « Comme quoi ? » me demanda Trasca. « Comme un peuple qui se garde de ses propres secrets », répondis-je. « Il ne s'agit pas de secrets », rétorqua Trasca après une pause. « Il s'agit de retenue. Ce n'est pas parce que la Déesse est enracinée dans ce monde que ses fidèles ressentent le besoin de poser leurs yeux sur elle. D'autant qu'ils la connaissent autrement, par le biais de l'*Akeskateï*. » J'eus un rictus et hochai la tête. « Je me demandais pourquoi vous avez installé les Feuillus sur le rivage », dis-je. « Je comprends mieux à présent. Ils pourraient être tentés d'aller voir par eux-mêmes. » Trasca émit un grognement d'approbation. « Nous n'avons jamais eu de problèmes avec eux, mais oui, tu as raison. Cette cohabitation est temporaire, nous l'espérons. Ils repartiront, ou alors ils prendront la vigne-guerrière, celle que la Déesse fera naître après votre union. »

Nous émergeâmes à la lumière, de l'autre côté du *Vraak*. Je clignai des yeux. Nous nous trouvions au sommet d'un grand escalier. Les marches prodigieuses plongeaient en direction d'un balcon immense et verdoyant qui s'étirait au-dessus de l'eau. À cet endroit se rejoignaient les murs arqués que j'avais aperçus tantôt et, au point précis de leur jonction, tout au bout de l'esplanade, se trouvait un saule millénaire. Saisi dans les renflements monstrueux de ses racines jaunâtres était une sorte de caveau, une bâtisse sans fioritures dans laquelle on avait aménagé une entrée unique, de forme arrondie. Alors que j'emboîtais le pas au roi des Ormes et que nous descendions vers le jardin et les arbustes qui y poussaient, mes yeux balayèrent l'horizon, les montagnes et la surface du lac, polie comme un miroir. Le vent fit bruisser les feuilles du vieil arbre, secouant les ramures traînantes à la manière d'une longue chevelure. C'était un lieu étrange, bien sûr, mais nul homme n'aurait pu en nier la beauté harmonieuse.

« Je pensais qu'il y aurait des prêtres, ou quelque chose du genre », fis-je en espérant que Trasca ne me demanderait pas de me taire de nouveau. Celui-ci sourit. « Nous sommes tous des prêtres, à *Vraak-Ketoï* », me répondit-il. « Et en même temps, aucun d'entre nous ne l'est vraiment. Les clergés appartiennent aux dieux morts ou silencieux, Syffe. Notre Déesse à nous est bien vivante. Pourquoi aurait-elle besoin que quelqu'un d'autre parle en son nom ? » Trasca secoua la tête tandis que son sourire retombait, puis il me désigna les buissons curieux qui parsemaient le jardin. Leur forme évoquait celle d'une vigne taillée, comme j'avais pu en apercevoir parfois, sur les collines de Bourre. « C'est ici que mûrissent les *bourgeançons*, et qu'on récolte la poussière à semence, pour nos planteurs », m'informa-t-il. J'acquiesçai, sans en demander davantage. Plus je les étudiais, moins les buissons ressemblaient à des buissons, ou même à des végétaux. Les tiges noueuses étaient blanches et tordues, vérolées comme du corail. De la même manière, les feuilles paraissaient épaisses et artificielles, d'un vert violacé qui évoquait la chair. Sous mes pas, je trouvais le tapis de gazon sur lequel nous avancions curieusement élastique.

Un peu avant l'entrée du bâtiment, Trasca s'arrêta. Autour du jardin, des oiseaux gazouillaient. Je plissai les yeux. Quelque chose de luisant recouvrait la roche et se nichait dans les fentes et les fissures, une substance pâle à l'allure gélatineuse qui donnait l'impression de trembler parfois. Je déglutis encore. « Je préfère te prévenir avant que tu n'ailles plus loin », fit Trasca. « Ce qui t'attend est peu commun. Je me souviens de la première fois que je suis venu ici. J'ai mis un certain temps à accepter ce que je voyais. Les sômes, en particulier, peuvent être… dérangeants. » Quelque chose remua dans la pénombre devant moi. « Les sômes ? » questionnai-je en laissant traîner ma voix. « Oui », dit Trasca. « Des vaisseaux de chair. Sans esprit. Lorsqu'il n'y a plus d'espoir, les Ketoï trépanent parfois leurs malades ou leurs blessés afin que la Déesse puisse les habiter. Ils n'ont plus rien d'humain, ce sont seulement, disons, des outils qui nous ressemblent. La Déesse a besoin de ces corps pour pouvoir s'occuper d'elle-même. C'est un honneur immense pour ceux qui sont choisis. » Je retroussai mes lèvres, mais Trasca poursuivit. « Je ne t'accompagne pas », dit-il. « Elle voudra te toucher, pour te parler. Laisse-la faire. » Il croisa ensuite les bras. « Je t'attendrai ici. »

De drôles d'effluves filtraient par l'entrée obscure, une odeur puissante mais pas désagréable, à la fois mielleuse et poivrée. Je me détournai du roi des Ormes et esquissai un premier pas en avant, rapidement suivi d'un autre. J'aurais aimé pouvoir dire que quelque part je nourrissais encore l'espoir du miracle, l'idée que Brindille puisse être sauvée. En vérité, j'avais trop côtoyé la mort à Iphos et sur les champs de bataille pour attendre quoi que ce soit, même d'une déesse. Si j'avançais désormais, c'était autant par fatalisme que pour assouvir ma propre curiosité. Je voulais avoir la certitude d'être allé au bout de ce que j'avais à vivre ici. Il y avait aussi autre chose, une pulsion irrationnelle que je n'expliquais pas tout à fait, qui avait logé ses griffes dans mon bas-ventre. Un désir puissant et difficile à définir, une force aussi primaire que le vent ou la marée. Le cœur débordant d'appréhension et d'envie, je m'enfonçai dans les ténèbres.

Ma vision s'ajusta péniblement à la pénombre. Le sol se dérobait devant moi en une pente douce, et sa surface spongieuse rendait mes enjambées malavisées. J'inspirai. L'air était lourd et chaud, chargé de moiteur. Je devinais aussi des particules, quelque chose qui ressemblait à de la poussière ou du pollen, qui poudrait mes lèvres et mes narines de flocons invisibles. Le passage tout entier était veiné de blanc, tissé de cette substance que j'avais remarquée tantôt, et le boyau s'élargissait après quelques empans sur une excavation, une petite caverne artificielle. La paroi de cette dernière était perforée par les racines boursouflées du grand saule, qui se confondaient avec de grands renflements organiques surgis du sol, pâles et palpitants. Certaines des excroissances rayonnaient d'une douce phosphorescence, à moins qu'il ne s'agisse d'un jeu de lumière. Je n'avais jamais rien vu de semblable de toute ma vie, et c'est à peine si j'aurais été capable de l'imaginer.

Au milieu de la grotte se tenait une femme. D'après ce que je pouvais entrevoir dans la pénombre, elle avait une trentaine d'années et un visage dur, mais agréable à regarder. Son corps nu était imberbe, de la pointe des orteils jusqu'au sommet de son crâne. Je l'observai un temps à la lisière de la chambre, tandis que ses yeux noirs me fixaient en retour, deux billes parfaitement inexpressives. Sa poitrine galbée se soulevait avec une régularité mécanique, sa tête curieusement inclinée s'agitait de temps à autre d'un tressautement qui me paraissait involontaire. Elle étendit enfin ses bras vers moi. Chaque geste était découpé, arraché comme un sursaut, tel le mouvement haché d'un pantin. Ses doigts se déplièrent à la manière d'un piège à loups. Sa peau tachée était entièrement couverte d'un duvet visible et frissonnant, semblable à de la moisissure.

Tandis que la sôme s'approchait de moi et que je tressaillais en dedans, je remarquai le promontoire rocheux à l'extrémité de la caverne. À son pied, deux autres corps nus – masculins ceux-là – se trouvaient prostrés dans des positions pas très naturelles, des marionnettes auxquelles on aurait coupé les ficelles. J'inspirai, puis je levai enfin les yeux vers cette chose qui frémissait juste derrière. Je n'avais pas encore parcouru les plages de la côte des pluies, ni les rivages rocailleux de Court-Cap, mais si tel avait été le cas j'aurais sans doute été tenté d'assimiler ce que je devinais à une créature de la mer, une méduse ou une éponge. En l'état, la déesse m'évoqua un monstrueux champignon blafard, strié de taches vives et luisantes mais je pensai aussi à un organe, à un cœur palpitant tapi dans sa cage blême. C'est à peine si je réagis lorsque la sôme posa ses mains de part et d'autre de mon visage. J'eus le temps de me demander si cette parodie de mes retrouvailles avec Brindille avait été intentionnelle. Puis il y eut un picotement, et je compris.

Je compris tout.

56

Je passai les jours suivants entre le *Vraak* et la chaumière de Brindille, errant sur les pierres chaudes comme un homme aviné. Falorca m'escortait pour s'occuper de mes besoins, mais il n'avait pas grand-chose à faire en vérité. Partout où mes pas me menaient, Ketoï et Feuillus se courbaient, se pliaient en quatre pour m'offrir des mets délicats, des bijoux, des huiles et des boissons parfumées, mille attentions que je recevais à peine, qui ne me touchaient guère au travers de la stupeur et du souvenir de l'extase. J'avais éprouvé des doutes et même de l'horreur lorsque j'avais pénétré dans l'antre de la déesse, parce que j'avais attendu beaucoup de choses mais pas cela, pas quelque chose d'aussi différent, d'aussi dissemblable. Si le trouble ne m'avait toujours pas quitté, les doutes étaient morts et enterrés et il me fallait désormais accepter la situation. Ce qui était arrivé sous les racines du grand saule m'avait bouleversé en profondeur. Je peinais encore à appréhender ce que j'avais vécu. Un drôle de brouillard s'était immiscé entre moi et mes pensées, mais en même temps un voile s'était levé sur tout le reste. Le monde me paraissait plus serein, moins tranchant, mais en dedans, à l'intérieur de moi, tout était confus. Je me sentais tout aussi perdu que lorsque j'étais arrivé sur le plateau, ce plateau qui n'en était pas vraiment un.

J'avais cru que le rêve était intense, mais le contact foudroyant de la sôme avait éclipsé chacune de mes expériences oniriques avec la vivacité d'un coup de fouet. Nahirsipal Eil Asshuri m'avait raconté qu'en Astre-Terre vivaient des reptiles et des batraciens à la peau venimeuse, que les chamanes sendous effleuraient de leurs doigts ou de leur bouche pour obtenir des visions. J'avais eu l'impression qu'il s'était passé quelque chose de semblable lorsque la sôme avait posé ses mains sur moi. Un sursaut long et révulsant suivi d'une tétanie. Je m'étais mis à saliver abondamment. J'avais cru que j'allais rendre mon repas. L'instant d'après j'avais pensé mourir, puis l'*Akeskateï* et la réalité s'étaient confondus, s'étaient entremêlés en une torsion brutale. Je m'étais retrouvé prisonnier entre deux paumes qui ne m'appartenaient pas, à la fois un corps palpitant et un esprit pur, scindé en deux, suspendu.

Le plus troublant, ensuite, avait été l'absence de paroles. Il n'y avait pas eu de dialogue, mais une succession d'images, des scènes très nettes, si vives que j'avais parfois eu l'impression d'en faire partie, d'en être acteur. Ce n'était pas le cas, bien sûr. Il s'était agi d'un message. La déesse m'avait parlé de manière si claire et si tangible que le monde réel que j'avais retrouvé ensuite m'avait semblé fade et sans intérêt. Par la suite, Trasca m'avait mis en garde à propos de ce contrecoup, et il m'avait prévenu que j'oublierais, aussi, que je perdrais des bribes, des choses qui sur l'instant m'avaient paru tout à fait limpides. Il ne s'était pas trompé. Il me fallait à présent détricoter des tableaux, conjurer des sensations qui avaient été précises au point d'en être douloureuses, mais qui se floutaient inexorablement avec le passage des heures.

La première invocation avait ressemblé à un accueil, mais j'en avais rapidement égaré les contours. Il y avait eu une longue étreinte qui racontait l'attente, qui s'était logée en ces endroits où j'avais espéré Brindille, à la manière d'un écho ou d'une rémanence. C'était impudique, et pourtant je n'y avais pas vu malice. Il me semblait que la déesse pouvait seulement me parler en piochant dans mes souvenirs, ou peut-être était-ce moi qui n'arrivais pas à entendre autrement. Ces ébauches initiales s'étaient accompagnées de la matérialisation éclatante d'un soleil, l'impression d'une caresse qui promettait le plaisir comme le sourire d'une courtisane. Juste après s'était imprimé le dessin impatient des choses à venir, un martèlement haletant qui avait pris la semblance d'une histoire. J'avais vu d'abord la mort et la déréliction, les paysages verdoyants des Ronces qui dépérissaient comme à l'automne tandis que l'*Akeskateï* se défaisait, se désintégrait à la manière d'un filet immense et pourrissant. La déesse se recroquevillait. Elle était au plus vulnérable, d'une fragilité impossible.

J'avais été submergé d'effroi, une terreur profonde, puis la silhouette de la sôme avait été projetée comme une ombre sur un mur. Elle était le vaisseau. Elle était le lien entre nos deux mondes et elle servirait de catalyseur, de la même manière qu'elle servait d'intermédiaire à cet instant. Notre accouplement fut d'abord suggéré, puis exposé de façon parfaitement licencieuse. La sôme se voyait superposée aux souvenirs que je conservais de

Grenouille, ces étreintes brèves et sauvages que nous avions partagées à la dérobée, dans l'enfer des pinèdes de Carme. Les images se répondaient bien, parce que Grenouille avait été chauve, elle aussi.

Nos ébats furent transposés au cœur du *Vraak*, sur l'esplanade d'une grande salle enfouie. Il y avait eu une insistance que je n'avais pas bien comprise sur la géométrie elle-même, les angles, les lignes. Cela avait ressemblé à une vantardise un peu puérile, un aparté triomphant et satisfait. Je n'en avais pas retenu grand-chose. Puis l'apothéose avait jailli subitement à la manière d'un flot bouillant. J'avais convulsé comme un poisson harponné, secoué par une jouissance qui ne ressemblait à rien de terrestre. Il y avait eu un moment d'absence, de noir et de néant. L'instant suivant, une explosion de vie. Une floraison incroyable, mille printemps en l'espace d'un seul souffle. Le monde avait reverdi. Le réseau de la déesse s'était reconstitué autour d'elle, plus fort, plus vivace, des connexions incalculables qui s'étendaient, s'allongeaient à toute vitesse, s'embranchaient, s'ouvraient, un déferlement conquérant à l'assaut du monde. J'avais vu des murs s'effondrer, des corps ennemis se tordre, perforés de verdure, des tours s'ériger comme des arbres. J'avais compris que tout ruisselait de moi, que j'étais le calice fertile qui allait rendre cela possible.

À l'apogée de la prophétie, la sôme m'avait lâché et je m'étais retrouvé à genoux, mes mains agrippées au sol élastique, mes doigts fouaillant la vigne, puisque c'était bien de cela qu'il s'agissait, puisque c'était bien elle qui serpentait sur la pierre, qui convergeait ici en veines blanches, au centre névralgique. L'*Akeskateï* était le corps de la Déesse. Ce corps allait mourir puis renaître au cours de notre union. J'avais roulé sur le côté en aspirant l'air lourd, et la sôme n'avait pas bougé davantage. Ses yeux noirs clignaient, mais ne me regardaient pas. La caverne était devenue muette, et j'avais compris qu'il me fallait partir.

J'étais ressorti en rampant, frissonnant et fébrile. Dans le jardin je m'étais remis doucement de cet épisode, assis sur le gazon, en proie à un tournis impressionnant. Trasca m'avait parlé tandis qu'autour la nuit était tombée et que les ombres avaient dévoré les branches du grand saule. La Déesse – m'avait-il fait savoir – l'avait gratifié d'une vision similaire des années auparavant, lorsqu'il m'avait trouvé. Depuis, elle n'avait jamais cessé de la lui rappeler. Elle n'avait cessé de la mugir, de la chanter, d'en inonder les rêves du peuple Ketoï. J'en vins à mieux comprendre la déférence dont j'étais l'objet, et à amorcer le début d'une acceptation. Pour la première fois, ma méfiance avait été écartée et mes échanges avec le roi des Ormes s'étaient même colorés d'une complicité bourgeonnante. Nous avions comparé nos impressions alors que la nuit nous enlaçait comme une nappe de velours. Nous avions troqué des évanescences et évoqué des possibles. Sur la route du retour, je m'étais souvenu du gamin crasseux qui avait apporté le message qui m'avait sauvé du sicaire à Aigue-Passe, et de quelle manière, sous l'emprise de l'astre-gomme, il n'avait pas su décrire le pérégrin. Je m'étais demandé, brièvement, si quelque chose de similaire était à l'œuvre, ici. Si cette hallucination collective reposait sur quelque chose qui nous échappait à tous, que nous étions incapables de nommer, faute de mots.

Les jours qui suivirent, lorsque Brindille s'éveillait pour me parler, souvent en début d'après-midi, je n'avais que peu de paroles à lui offrir, courbé que j'étais sur mes propres contemplations. Je m'évertuais pourtant à savourer le moindre moment que nous passions ensemble, même si ce plaisir était paradoxal et chargé de peine, même si nos frôlements ressemblaient parfois à de petits deuils. Je dormais à côté d'elle, sur une natte confortable qui avait été installée au pied de son lit, et son souffle accompagnait mes méditations obscures. Nous mangions ensemble une fois par jour, et la vieille femme qui s'occupait d'elle m'informa qu'elle avait meilleur appétit depuis que nous nous étions retrouvés. J'espérais que mes absences ne lui faisaient pas trop de peine, parce que la situation était déjà suffisamment chargée comme cela. Elle avait l'air de comprendre, mais je ne savais pas à quel point cet assentiment était une façade pour me rendre la vie plus facile. Puisque je pouvais difficilement lui parler de tout ce qui se bousculait en moi, nous nous en tenions à des discussions simples et agréables, et je crois qu'elle acceptait au moins un peu ce cloisonnement et ces non-dits. Je soupçonnais tout de même qu'elle aurait voulu davantage d'explications, comme c'était mon cas, à moi aussi.

Le sixième soir, la petite armée qui avait défendu les Ronces arriva par la route, une colonne désorganisée et joyeuse qui menait les bêtes de bât des mercenaires. Chacune des montures était chargée de matériel, d'armes et d'armures et de boucliers, tout ce qui avait pu être pillé au cours de la déroute. Une vingtaine d'ogres peints marchaient parmi les chevaux, dont ils empoignaient les brides par grappes, parce que les bêtes voulaient brouter l'herbe grasse de la caldeira. C'était un spectacle saisissant et féerique de les voir ainsi, en pâtres gigantesques et tranquilles. Je guettai leur approche depuis le seuil de la maison de Brindille et regardai passer le convoi dans la lumière déclinante du soir. L'équipement que je pouvais apercevoir portait les traces de la violence. Des hauberts luisants aux mailles éclatées attrapaient les derniers rayons de la journée, se balançaient par paquets entiers au rythme nonchalant des chevaux. Ce qui me marqua encore davantage que la colonne insolite, ce furent les sourires et les corps délassés. L'impression de soulagement et de paix qui se dégageait des vestiges de la tuerie. Le sang croûté maculait le fer, le lin, et le bois des boucliers, mais les visages rayonnants des Ketoï m'évoquèrent ceux de fermiers qui revenaient de la moisson. Le plus curieux et le plus terrible, ce fut finalement de m'apercevoir que je ne leur en voulais pas le moins du monde.

La nuit vit éclore des feux sur les estrades de pierre noircie qui parsemaient le village. Les Feuillus s'étreignaient et s'enivraient lorsqu'ils le pouvaient, et ils chantaient leurs chants rebelles, des chants sauvages de liberté et de tristesse, qui étaient repris en chœur au bord du lac. Dans l'eau obscure, les étoiles se reflétaient autant que les brasiers. Je les écoutais, accroupi sur la rive pierreuse derrière la chaumière de Brindille, où l'eau venait clapoter. Dans l'obscurité, je m'émerveillais du fait que ces survivants déracinés trouvaient encore la force de célébrer quoi que ce soit. Leurs terres étaient brûlées, leurs familles mortes ou déchirées, et ils parvenaient à puiser dans la nuit quelque chose d'autre que des larmes et des lamentations. Je comprenais leurs refrains, qui trouvaient souvent prise en moi. Il s'y tapissait en substance ce qui avait hanté les regards de Seu-Lanthé, et aussi les murmures des esclaves d'Iphos. Je crois, avec le recul, que tous les hommes chantent l'espoir pour ne pas l'oublier. Même quand il a abandonné la chair depuis longtemps, on ne désespère jamais de conjurer son écho.

Lorsque je trouvai enfin le sommeil ce soir-là, je ne rêvai pas, et le lendemain, le monde se mit à brunir. Ce fut une teinte légère mais perceptible, qui peinturlura d'abord les forêts lointaines. La décoloration toucha particulièrement les caducs, mais les conifères s'assombrirent également, et leurs branches touffues finirent par perdre tout éclat. Les herbes riches des prairies ondoyantes de la cuvette volcanique s'affaissèrent à vue d'œil, et bientôt les arbres fruitiers des vergers du *Vraak* furent gagnés eux aussi par la dépigmentation maladive. Seules les plantes d'eau furent épargnées, les roseaux qui poussaient dans le lac lui-même, et les grands nénuphars, qui flottaient par centaines à sa surface.

Trasca et quelques-uns des Ketoï passèrent la matinée à rassurer les Feuillus, qui n'étaient manifestement pas préparés à voir la nature se draper d'un manteau aussi funeste. J'essayais de m'imaginer ce qui se passerait au sud, lorsque les Vauvois lèveraient les yeux sur cet automne illusoire qui avait conquis ce qui restait des bois de Spinelle. Sans doute qu'ils parleraient de magie, et de malédictions. Cela coïnciderait peut-être avec l'arrivée des soudards survivants, s'il y en avait. De nouvelles légendes naîtraient. Je me figurais parfois l'*Akeskateï*, le réseau vivant de la déesse qui se recroquevillait sous mes pieds, tout comme elle me l'avait montré par l'entremise de la sôme. Elle se préparait, et je souriais. Je souriais souvent pour moi-même. Quand il m'arrivait de pouvoir prendre un peu de recul, je voyais bien que toute cette situation n'avait aucun sens, mais en même temps je ressentais une forme de justesse. L'impression singulière d'être à ma place. Comme si Trasca avait raison, que j'étais né pour cela, et pour rien d'autre.

Je m'étais assis sur les marches de la chaumière et Brindille était venue me rejoindre en début d'après-midi. Je l'entendis inspirer lorsqu'elle prit connaissance de la couleur des bois et des prairies. Elle resta un moment à se balancer sur le seuil avant de s'installer prudemment à mes côtés, ses yeux rivés sur les têtes courbées du seigle et des plants de tubercule. « On dirait que le monde entier est en train de mourir. C'est à cause de toi, tout ça ? » me demanda-t-elle. « Oui », dis-je d'une voix qui me parut plaintive et pleine d'une honte coupable. « La déesse se retire. Elle reviendra, bien plus forte, lorsque nous aurons été unis. C'est ce qu'elle a l'air de croire, du moins. Et nous le croyons aussi. » « Nous, c'est toi et Trasca », fit Brindille. « Les autres Ketoï en pensent autant », dis-je, un peu sur la défensive. Quelques instants passèrent, puis Brindille soupira. « Je me demande comment on fait l'amour à une déesse », murmura-t-elle en posant sa tête sur mon épaule. Je fis glisser ma langue sur mes lèvres. « Je ne sais pas », dis-je. « Il y aura un vaisseau, je crois. Une autre femme, son corps du moins. Une sôme, c'est ce mot-là que disent les Ketoï. »

« Trasca me l'a proposé », fit Brindille un peu brusquement. « De devenir ça. » J'acquiesçai en grimaçant, parce que ce n'était pas une surprise. Rien de ce que faisait le roi des Ormes ne me paraissait vraiment surprenant, désormais, pas depuis que je comprenais ce qui le poussait à agir. « Merci d'avoir dit non », dis-je, habité par un embarras qui ne m'appartenait pas, mais Brindille ne se préoccupa pas de mes excuses. « Il est étrange cet homme, tout de même. Je ne sais pas ce qui lui passe par la tête, parfois. » Il y eut un silence au cours duquel je jouai avec l'idée que l'étrangeté de Trasca naissait peut-être du fait qu'effectivement il n'était plus un homme du tout. Que moi non plus, tout compte fait. « Ça ne te fait rien que les choses se passent de cette manière ? » me demanda Brindille, ensuite. « Avec un corps qui n'est pas vraiment quelqu'un, je veux dire. » Je penchai la tête. « Je n'y avais pas vraiment réfléchi », dis-je. « Peut-être que tu devrais », dit Brindille. « Peut-être que tu devrais réfléchir à ce que tu veux. Pour toi, je veux dire. » Je retroussai mes lèvres, comme si elle m'avait giflé. Cette ultime remarque s'était fichée en un endroit sensible, et c'était peut-être le dernier endroit qui hésitait encore. Dans toute cette histoire, avais-je vraiment le choix ? Je me rendais compte qu'à aucun moment je ne m'étais interrogé sur ce qui arriverait après. Ce que je pourrais faire, être, ou devenir. Il n'y avait pas eu de place pour moi dans cette affaire, hormis cet endroit où l'on m'attendait.

« Est-ce que tu es jalouse ? » questionnai-je stupidement, tandis que la brise fraîche se déversait sur nous depuis les montagnes. Brindille eut un renâclement outré. « Jalouse ? » fit-elle en se redressant. « Syffe, tu es vraiment un imbécile parfois. » Je voulus répondre, mais Brindille ne souriait plus. « Je ne sais peut-être pas grand-chose du monde, mais j'en connais tout un rayon à propos de l'amour. Et je n'ai jamais voulu que tu m'appartiennes. » « Ce n'est pas ce que je voulais dire », marmonnai-je. « Si », fit Brindille sèchement. « Si, c'est exactement ce que tu voulais dire. Cardou était comme ça, lui aussi. C'est ce que Corne-Brune a fait de vous. Comme si on traitait mieux son propre chien que celui d'un autre. Je vais te dire, Syffe. Ceux qui aiment les chiens ils s'en occupent, et ceux qui les aiment pas, ils les bastonnent. Que le chien leur appartienne, ça ne change rien. Pas pour le chien, du moins, ou alors juste pour celui qu'on bat, parce que celui-là quand il est à quelqu'un, il peut même pas s'enfuir. » Je clignai des yeux. « C'est drôle », fis-je, avec un grand sérieux. « Pendant un moment j'ai cru entendre Uldrick. » Le regard de Brindille brilla férocement, et elle se tut, parce qu'elle savait qu'elle m'avait vaincu.

Mon esprit vagabonda tandis que j'épluchais toutes sortes de pensées effrayées à propos de ce qui m'attendait. Les Vars m'avaient appris à rire du destin, et les paroles de Brindille avaient agacé ces braises-là. Devais-je me plier à ce sort qui m'était réservé, simplement parce que cette route se présentait comme la seule ? Et pourquoi est-ce que tout ici me semblait-il tellement à propos, et en même temps aussi confus ? Les choses allaient trop vite parfois. Et je me sentais seul. Très seul, hormis en ces poignées d'heures quotidiennes où je pouvais me perdre dans les yeux gris de Brindille. J'eus un frisson et une question un peu obscène prit forme en moi. J'hésitai, avant de la formuler tout de même, mû par l'intuition. « Est-ce que tu viendras, Brindille ? » Je cherchais son regard, mais je ne savais pas vraiment ce que j'avais envie d'y trouver. « Je ne veux pas être tout seul. Est-ce que tu voudras bien m'accompagner quand ça sera le moment ? Pour l'union ? » Brindille renifla et me prit par la main. « Oui », me dit-elle doucement. « Je viendrai. »

57

Une nouvelle nuit s'écoula, une nouvelle nuit sans rêve et sans vent au cours de laquelle je peinai à trouver le sommeil. Le jour qui suivit vit le *Vraak* sombrer dans une effervescence fantasque. Même si j'étais arrivé depuis à peine une semaine, il me semblait avoir cerné l'essence du quotidien des Ketoï, ce rythme lent et harmonieux qui découlait de leur connexion avec la vigne. Je les avais regardés circuler paisiblement à bord de leurs barques plates, cueillir le roseau à la serpe dans l'eau scintillante, et ramener des filets frétillants qui débordaient d'ombles et de brèmes. J'avais observé leurs artisans, la précaution minutieuse de leurs forgerons et l'habileté de leurs tisserands. Le soin avec lequel ils cultivaient leurs terres et leurs jardins. Ce qui se dégageait de ce lieu était la même chose qui se dégageait du peuple qui l'habitait, un grand calme, une sorte d'assurance placide que même la guerre n'avait pas vraiment ébranlée. J'avais trouvé ici des gens ancrés, qui se pensaient profondément à leur place, dont les gestes et les sourires semblaient empreints de justesse. Lorsque le lien avec la Déesse s'était dissous, tout cela avait changé. Le vide laissé par l'*Akeskateï* avait ressemblé à une convulsion, et un climat d'inquiétude et d'agitation s'était emparé des Ronces. Léthargiques et prostrés, plongés dans des états de recueillement ou de méditation intense, certains des habitants du *Vraak* semblaient à présent retenir leur souffle. D'autres allaient et venaient, leurs yeux grands ouverts, fiévreux et roulants.

Je comprenais, évidemment. Non seulement les Ketoï se retrouvaient temporairement orphelins, mais ils avaient de surcroît perdu la vue, ce qui, d'une certaine façon, devait aiguiser l'impression de déracinement et de fragilité. Leurs veilleurs, qui s'étaient relayés toute leur vie pour surveiller le territoire et le protéger en se plongeant tour à tour dans l'*Akeskateï*, n'avaient plus à rien à contempler. La vulnérabilité qui en découlait était palpable, mais elle fréquentait aussi un espoir immense. Tout me paraissait vacillant, tranchant comme le fil d'une lame. Même l'air que l'on respirait semblait crépiter et crisser. Sans doute que, dans une cité brunide, cette atmosphère aurait annoncé l'éclatement d'une émeute. Le spectacle inhabituel des bois mornes et brunissants sous le brillant soleil estival ne faisait que renforcer cette sensation. Ce qui arrivait ressemblait à un nœud où tout convergeait. Je m'étais installé sur le perron de la chaumière, comme je l'avais fait tous les jours jusque-là, je m'étais aménagé une place parmi les cadeaux et les dons qui avaient été entassés au cours de la nuit, et j'avais attendu.

Il y eut des feux, d'abord, dont certains gagnèrent les champs de céréales sans que quiconque s'en émeuve vraiment. Un verger entier partit en flammes, quelques greniers à grain furent également roussis, mais leurs toitures en rondins se trouvaient au ras du sol, depuis longtemps recouverts d'herbe et de mousse. Ainsi, pour l'essentiel, les brûlis furent impressionnants mais anodins. Je ne sus pas réellement dire si les incendiaires matinaux étaient mus par une sorte de pulsion apocalyptique ou bien s'il s'agissait au contraire d'actes libératoires, en réaction au confinement auquel les flammes avaient été soumises jusque-là. Un peu des deux, sans doute. C'était singulier, et parfois dérangeant, de voir des hommes errer en plein jour avec leurs torches à la main et construire des âtres çà et là, tantôt avec une espièglerie de gamins, tantôt fixant le feu, graves et contemplatifs comme des prêtres ou des penseurs.

Lorsque arriva le zénith, ce fut en compagnie d'un orage sec, qui éclata au nord, au-dessus des montagnes. La chaleur était vive, mais agréable, tempérée par la brise qui soufflait sans discontinuer depuis les contreforts et la forêt de Vaux. Je vis un petit groupe de Feuillus quitter le village pour aller chercher les chevaux dans les champs où ils avaient pâturé. Ils ramenèrent une ribambelle de bêtes jusqu'au milieu du bourg, une foule se rassembla subitement et là, sur la route qui menait au *Vraak*, deux hommes armés de grands couteaux leur ouvrirent la gorge les unes après les autres. Ils tuèrent peut-être vingt ou trente des chevaux de cette façon et ainsi la large allée fut bientôt éclaboussée de sang d'un bout à l'autre. Les montures attendaient, alignées en file indienne avec les naseaux frémissants et les jambes tremblantes, et les grands couteaux plongeaient encore, et le sang jaillissait à gros bouillons. La foule se pressait autour de la tuerie, agrippait les bêtes mourantes pour les empêcher de fuir, et elles s'affaissaient sur place, sous des grappes d'hommes et de femmes poissées de vermillon luisant. À ce jour, je ne m'explique pas que les bêtes se soient laissées faire de cette manière.

On se mit ensuite à débiter les carcasses, à grands coups de hache, quand la chair eut fini de frissonner. Quelques-unes des bêtes furent jetées tout entières dans les feux, et l'odeur collante des tripes et de l'hémoglobine envahit le village avec le parfum de la viande qui commençait à griller. Une grande clameur festive monta en même temps de la foule, et je vis quantité d'hommes et de femmes se tourner dans ma direction avec des morceaux de viande plein les mains, des organes, des cœurs et des foies sanguinolents qu'ils brandissaient au-dessus de leurs têtes. J'entendais leurs cris, sans parvenir à en faire sens. Trasca fit son apparition à ce moment, surgissant de la fumée avec Falorca sur les talons. Plus loin, une ogresse errait dans les champs de roseaux en bordure du lac, en portant un grand panier vide sur la tête.

« Ce sacrifice était pour toi », me dit le roi des Ormes, et il vint s'adosser à l'ombre du porche, tout en me regardant intensément. « Il y a des Feuillus qui pensent que tu es l'incarnation du Chasseur. » Je haussai un sourcil, tout en arrachant les arêtes d'un filet de truite fumée. Une douzaine de chaînes d'or pendaient à mon cou, et elles cliquetaient au moindre de mes gestes. La chemise claire qui m'avait été donnée le jour de mon arrivée était maculée de taches et je l'avais ouverte jusqu'au poitrail à cause de la chaleur. Je contractai les lèvres en une moue qui n'était pas tout à fait un sourire, avant de secouer la tête. « L'Époux, le Chasseur, et après ? » demandai-je d'un ton ironique. « Suis-je aussi le créateur de ces montagnes ? » Trasca haussa les épaules. « Qui suis-je pour leur affirmer le contraire ? » fit-il. « Le Chasseur a toujours été marié à la forêt de Vaux. Peut-être que tu erres sur ces terres depuis longtemps, et que tu ne t'en souviens pas. »

Je souris franchement, cette fois, avant de comprendre qu'il était sérieux. Les hululements festifs résonnaient dans mes oreilles. Je me pris la tête dans les mains, parce que je ne me souvenais pas de mon enfance, et que cette folie qui était dite pouvait aussi bien être la vérité que n'importe quoi d'autre. Peut-être que j'avais vraiment parcouru les bois des siècles durant, avant de retrouver le monde des hommes. Peut-être que c'est seulement à leur contact que je m'étais mis à grandir. Peut-être que j'étais un dieu ou un démon et que ces offrandes de sang, ces chevaux massacrés en mon nom allaient éveiller en moi une puissance si démesurée, que je pourrais balayer le *Vraak* comme une fourmilière. Je ne savais pas. Le monde était devenu trop incertain pour que je puisse vraiment statuer.

« La Déesse a été portée jusqu'aux salles inférieures par ses sômes la nuit dernière », m'annonça Trasca tandis que je tâtonnais à la recherche d'une seule pensée solide. « Elle se prépare. Elle sera bientôt prête. Elle t'attendra pour cette nuit, je crois. Je demanderai à Naur de venir te chercher, et il portera Brindille, si tel est toujours ton souhait. » J'acquiesçai. Nous étions déjà allés si loin dans le grotesque et la démence, que mes propres excentricités me semblaient attendues, et peut-être même appropriées. Il fallait bien que je me défende comme je le pouvais. Brindille était la seule entité, désormais, qui me rattachait à la raison. Sans doute l'avait-elle toujours été. « Oui, c'est ce que je veux. » Je plissai les yeux en avisant le *Vraak*. « C'est ce que nous voulons. » Je désignai ensuite le village grouillant, les Feuillus éclaboussés d'hémoglobine. « Pourquoi ne viennent-ils pas ? » demandai-je. Le roi des Ormes fronça les sourcils. « Je ne sais pas », me répondit-il. « Peut-être qu'ils ont peur depuis qu'ils ont vu quel pouvoir tu détenais sur la forêt. »

Je contemplai Trasca avec incrédulité, sans savoir s'il croyait lui-même les paroles qu'il prononçait, sans parvenir à sonder le degré de subtilité avec lequel il raisonnait à présent. « La déesse se retire », dis-je, la mâchoire serrée. « Rien de cela n'est de mon fait, nous le savons tous les deux. » « Pas directement », fit le roi des Ormes. « Mais c'est bien toi qui as apporté ce changement. Quel homme pourrait dire que ce n'est pas cela, exercer du pouvoir ? » Je crachai à ses pieds, parce que je n'étais pas d'humeur à philosopher, et qu'il m'entraînait sur des pistes que la *Pradekke* défendait encore. « Je croirais entendre les augures des Arces », fis-je d'une voix à laquelle affleurait le mépris. « Sans cesse à lire des signes dans la moindre brise. Regarde Trasca, là-haut sont deux éperviers, et là-bas un poisson vient de sauter. Que crois-tu que les dieux en disent ? »

Le roi des Ormes sourit, mais c'était un sourire crispé. La tension entre nous avait été ravivée au cours de ces derniers jours, et elle croissait au fur et à mesure que l'inéluctabilité de ma situation se précisait, parce que je m'en voulais sans doute, quelque part, de l'accepter si facilement. Trasca était le visage que je pouvais donner à tout cela, et pour cette raison, il m'irritait. Peut-être aussi que je mesurais désormais toute l'importance qui m'était accordée et que cela me rendait excessif. Mes piques et mon insolence cherchaient des limites. Or, ces limites n'existaient pas. Le fait est que j'aurais tout à fait pu me lever à cet instant et percer de mon poignard le cœur du roi des Ormes, et personne ne serait intervenu. Trasca lui-même se serait sans doute laissé faire. « Nous te ferons envoyer des vêtements cette après-midi », me dit-il après un moment. Je posai les yeux sur Falorca qui remuait inconfortablement en arrière-plan.

« Tu es inquiet, roi des Ormes », fis-je observer d'une voix plate. « Bien sûr », me répondit ce dernier. « C'est ici et maintenant que tout se joue. » Je soupirai, et portai un peu de truite fumée à ma bouche, par pure gourmandise. « Cela doit être difficile de ne pas faire confiance à ses dieux », dis-je, tout en mâchant. Le roi des Ormes posa sur moi un regard compatissant que je ne comprenais que trop bien, un regard qui disait connaître tous ces courants qui m'agitaient. Je fermai les yeux pour ne pas entendre ses commisérations, puis à mon grand soulagement, avant que Trasca n'ait pu faire de mes mots son jouet, ou me rétorquer quoi que ce soit de spirituel, Brindille ouvrit la porte de sa chaumière.

Nous passâmes l'après-midi lovés l'un contre l'autre à contempler toute la bizarrerie qui s'était abattue sur les Ronces. Je réussis à lui parler un peu de ce que je ressentais, du mal que j'avais à saisir ce qui m'arrivait, ce qui était sans doute normal. Je crois aussi que cela se trouvait renforcé par le fait qu'ici tout était divin, mais rien n'était sacré, pas comme je l'entendais, du moins. Même si j'avais souvent méprisé leurs prières et leurs coutumes, les cultes que j'avais côtoyés jusque-là s'étaient toujours appuyés sur quelque chose qui s'efforçait de paraître respectable. Des traditions, des rites, des cérémonies, fastueuses ou non. Même le plus petit des autels corne-brunois avait eu ses érudits, ceux qui pouvaient en dire l'histoire, en raconter les usages et les mythes et attester de leur véracité. Ici, il en allait autrement. Il n'y avait pas besoin de foi, puisque la déesse était tangible et que l'expérience mystique était une expérience quotidienne. Dans les Ronces, le culte de la Verte-Vigne était un culte vivant. De fait, il s'inventait au jour le jour, se réinventait dans la foulée, et s'expérimentait au présent. Les pratiques monolithiques qui auraient pu rendre tout cela plus grave, plus certain, n'existaient pas. Je ne sais pas si les choses auraient été plus faciles pour moi, si tel avait été le cas. Je me serais peut-être arc-bouté dans le refus, ou au contraire, je serais peut-être devenu dévot, mais il me semble que, dans un cas comme dans l'autre, je n'aurais pas autant craint pour ma raison. J'aurais pu me positionner, au moins, de manière claire.

Brindille m'écouta avec beaucoup trop de patience. Elle me laissa déposer en elle mes plaintes et mes doutes, et toutes ces autres choses qui définissent un être avec un avenir. J'étais trop préoccupé par moi-même pour me rendre compte de l'obscénité de ce que je faisais. Tout était si mélangé en moi que c'est à peine, parfois, si je savais ce que je ressentais pour elle. Il y avait de la tristesse et de l'amour, bien sûr, et un désir que nous ne pouvions pas assouvir, qui coexistait avec des tendresses qui remontaient depuis l'enfance, de l'époque où nous prenions soin l'un de l'autre. Quelque chose de maternel, de fraternel aussi. De l'ordre de la famille retrouvée. Nous reparlâmes de ma demande. Je soupçonnais que l'union me changerait, sans doute en profondeur, sans doute davantage que Trasca lui-même n'avait été changé par la vigne, et je voulais pouvoir être l'ancien Syffe auprès de Brindille, jusqu'au dernier moment. Elle m'affirma qu'elle désirait la même chose. Elle dormirait, selon toute vraisemblance, mais elle tenait à être présente.

Au soir, j'avais couché Brindille et le village s'était peu à peu vidé de ses habitants. La fête se poursuivait plus loin, ou bien elle laissait place à la révérence, je n'en savais pas grand-chose et je crois que je m'en fichais. Falorca revint avec le crépuscule pour me présenter un paquet qui contenait une chemise propre, un sayon bariolé et des braies neuves. Je me changeai dans la pénombre de la bicoque grinçante, le cœur martelant. Un grand silence était tombé. Je sursautais de mes propres maladresses, le choc du pichet de grès contre le bois de la table, la semelle usée de mes bottes qui accrochait le plancher. Falorca me proposa ensuite à manger, mais je n'avais pas faim. Je tournai en rond sous son regard avant de m'asseoir sur le rebord du lit, où je cherchai à m'apaiser en écoutant enfler le souffle léger de Brindille.

Comme l'heure avançait, je soupirais en faisant tambouriner mes doigts sur mes cuisses, et une angoisse tout à fait surnaturelle s'empara de moi, une angoisse qui me ramena des années en arrière jusqu'aux moments passés dans les geôles de Corne-Colline à attendre après une sentence qui n'était finalement jamais tombée. Falorca, qui avait emporté avec lui quelques pots de graisse pigmentée et que mon désarroi troublait, finit par me proposer timidement de m'oindre le visage de motifs appropriés. J'acceptai, principalement parce que cela lui donnait quelque chose à faire et que cela ferait passer le temps. Le jeune homme alluma une bougie pour mieux y voir avant d'appliquer la peinture d'un doigt expert mais tremblant, trois lignes franches qui découpaient mon visage à la verticale, de rouges et de noirs qui sinuaient parfois pour épouser mes pommettes ou mes paupières. Par confort, je me délestai des bijoux pesants qui encerclaient mon cou et mes bras. Il me semblait que, de toute manière, la déesse ne serait sensible à aucune de ces attentions, ni à la peinture, ni aux vêtements propres, ni aux bijoux que je porterais ou non. Je décidai d'aller comme j'étais venu, en emportant pour seules parures mon poignard carmide et la lanière de cuir usé qui m'accompagnait depuis Bourre, auquel pendaient quelques os lustrés et la chevalière que m'avait remise Aidan Corjoug.

L'attente s'étira jusqu'à ce que l'obscurité eût gagné la caldeira, et enfin on vint frapper à la porte. Trasca et Naur étaient dehors à trépigner dans la poussière sombre. Le roi des Ormes portait un sayon presque identique au mien, et son visage était entièrement peint d'un assortiment de verts. Il courba respectueusement la tête en me voyant. Naur en fit autant. J'inspirai, parce que l'heure était enfin venue. « J'ai accepté que ceci soit ma voie », dis-je à Trasca. « Je ne sais pas où elle mène, mais je la suivrai. » Il me semble que je prononçais ces paroles davantage pour moi-même que pour lui. Tout allait très vite, mais j'avais choisi. Comme une bataille, il faudrait vivre dans l'instant. Le sens se dégagerait plus tard.

Nous rejoignîmes tous les trois le village, Trasca, Naur, et moi-même. Naur tenait Brindille dans ses bras gigantesques comme on porte un très jeune enfant. Les brasiers du matin s'étaient consumés. Il ne restait plus qu'une poignée de foyers rougeoyants éparpillés dans le paysage obscur comme des fleurs incandescentes. La nuit était emplie par le chant des bêtes d'eau et des grillons. Le *Vraak* était une ombre prodigieuse autour de laquelle clapotait tranquillement la noirceur encrée du lac. Je distinguai les premières silhouettes à la lisière de l'eau. Les Ketoï et les Feuillus s'étaient rassemblés sur les berges, ainsi que sur les murailles en demi-cercle dont les arches s'étendaient au-dessus de l'onde. Si des murmures bruissaient parmi la foule, je n'en entendis aucun. Il n'y eut pas le moindre mot, pas un chant, aucune reconnaissance de notre passage hormis les visages que j'entrevoyais, qui se tournaient lentement pour suivre notre avancée, dévorés par la pénombre. On s'engagea sur le pont et le vent soufflait par bourrasques lentes et tièdes. J'eus l'impression que nous marchions en apnée, puis la pierre du *Vraak* surgit sous nos pas et on laissa derrière nous l'espoir muet des Ketoï et des Feuillus.

Je me concentrais sur ma respiration tandis qu'on avançait par les allées et les passerelles jusqu'à la seconde pyramide, en proie à l'angoisse mais aussi à un embryon d'excitation. Devant, il y eut tout à coup une faible lumière, un couloir rayonnant, illuminé de grandes chandelles de joncs, où pendaient par centaines des bouquets de fleurs sauvages. « Tu m'as dit qu'à l'issue de l'union, tu pensais que je retrouverais des souvenirs », dis-je à Trasca alors que nos enjambées nous rapprochaient du passage rayonnant. « Que deviendrai-je ensuite, d'après toi ? » Le roi des Ormes secoua la tête. « Je ne sais pas », me répondit-il. « J'espère que tu seras une jonction. Un lien entre nous et la Déesse, comme je le suis moi-même. » Je plissai les yeux, heureux de l'ombre qui dissimulait mon trouble. « Faudra-t-il que je recommence ? Que je reste ici toute ma vie ? » insistai-je, les questions affluant en même temps que je me saisissais de la situation, de la réalité concrète de l'accouplement. « Je ne sais pas non plus », soupira Trasca. « Je sais seulement que ceci doit arriver. »

Je déglutis. Mes yeux cherchaient Brindille, qui m'était cachée par la musculature épaisse de Naur. « J'aimerais avoir une idée de ce que je dois attendre », fis-je presque plaintivement. Il y eut une pause, qui fut comblée par la sérénade des batraciens. « Je ne peux rien t'assurer, Syffe », m'annonça Trasca d'une voix neutre, « mais je ne pense pas que la sôme soit seulement un réceptacle. Il y aura un échange, sans doute. Avec les bourgeons, on ressent d'abord de la douleur, et cela s'accompagne de purges. Ceux qui sont malades guérissent très rapidement. Lorsque je suis devenu le roi des Ormes, j'ai vu ma claudication disparaître, et j'ai toussé du sang et des glaires noires, comme si on me nettoyait le corps. Mais personne n'a jamais vécu ce que tu t'apprêtes à vivre. Alors il m'est impossible de te répondre. Peut-être qu'en un seul baiser elle t'offrira la vie éternelle. » J'ouvris la bouche pour parler, puis je me saisis de ses paroles comme on empoigne ses chaînes et je pris à la place une grande inspiration. Mon regard se braqua sur la silhouette chétive de Brindille. Je me rappelai, à cet instant, à qui ma loyauté allait vraiment.

58

Nos pas s'entrechoquaient sur la pierre taillée, clapotaient comme des vaguelettes sur la roche noire qui semblait avaler tout éclat. Même les flammes des porte-chandelles brûlaient d'un feu opaque et étouffé. Sous le sayon rayé, mon cœur martelait tout aussi fort que le jour où j'avais marché sur la passe d'Aigue sous la bannière du sénéchal Vittorie. Les ombres que nous projetions de tous côtés dansaient sur les surfaces comme des squales, déformées par l'architecture et l'air que l'on brassait de nos mouvements. L'atmosphère sous le *Vraak* était fraîche et humide, et elle aiguisait les sens autant que l'esprit. Le mien virevoltait, coloré d'espoirs et de craintes. C'est à peine si je fis attention aux couloirs, aux escaliers, aux conduits oubliés et suintants qui ponctuaient notre route.

Nous arrivâmes enfin dans une antichambre dont les murs étaient recouverts de mosaïques anciennes et effacées, aux contours tachés par le lichen et la moisissure. Naur renifla, ce qui produisit un bruit assourdissant de soufflet de forge qui se répercuta en écho le long du passage que nous venions d'emprunter. Dans ses bras épais, Brindille remua.

Devant nous, une arche large et basse, et au-delà un grand espace faiblement éclairé dont je ne distinguais pas grand-chose. Seules les gouttes d'humidité qui perlaient depuis une voûte invisible striaient de temps à autre la noirceur d'un éclair argenté. Je clignai des yeux, dans l'attente d'une explication ou d'une remarque comme le roi des Ormes en faisait souvent lorsque nous marchions ensemble. Celui-ci ne prononça pas le moindre mot. Je déglutis, puis, comme il n'y avait que cela à faire, j'avançai encore. Trasca et Naur me suivaient comme des ombres.

Le sol sous mes pieds se fit tout à coup inégal, je manquai de glisser sur des éclats minéraux et l'obscurité s'ouvrit à la façon d'un gouffre. Le goutte-à-goutte permanent était une musique cristalline, ponctuée seulement par nos souffles et le raclement des pas sur la rocaille dérangée. Les chandelles disparurent, puisqu'il n'y avait plus de murs pour les accrocher, mais on avait installé à la place une piste de bougies, des choses rustiques de cire sauvage qui crachotaient péniblement sur les tas de gravats luisants. Au-dessus, loin au-dessus je devinais la ligne plane d'un plafond. Dans mes narines, le parfum pugnace des sédiments et de l'eau croupie. Il me semblait que je foulais à présent les galets de l'île originelle, celle sur laquelle le *Vraak* tout entier prenait appui. Des amas de rochers plus gros, disséminés çà et là, renforçaient cette impression. La piste instable serpentait entre eux comme un chemin d'écailles.

En face de nous se matérialisa un promontoire cerné de bougies, qui se consumaient dans les creux et les angles du roc comme de petites statuettes difformes. La silhouette nue de la sôme les surplombait, rigide et immobile, une bannière qui aurait été cousue de chair blême. Près de moi Naur grogna et s'écarta de la piste pour déposer son fardeau sur un tas de nattes et de couvertures qui avaient vraisemblablement été traînées là pour l'occasion. Je remerciai l'ogre avant de me pencher sur Brindille, pour vérifier qu'elle dormait encore et, du pouce, j'essuyai doucement la goutte noircie qui était tombée sur son front. Il y eut ensuite un moment étrange et inconfortable tandis que je dévisageais les deux êtres qui m'accompagnaient, sans trop savoir quoi leur dire. « Nous allons rejoindre les nôtres, pour être avec eux pendant la renaissance », souffla Trasca après un silence, son chuchotement chuintant comme l'écho d'une salve de flèches. Le roi des Ormes effectua ensuite une courbette révérencieuse, et Naur en fit autant, pliant le genou jusqu'à ce que sa tête immense touche presque les galets. Je les regardai s'éloigner, et attendis encore que disparaisse la rumeur même de leurs pas.

Je demeurai ainsi, dans l'obscurité, avec la main de Brindille dans la mienne durant ce qui me parut une éternité. Je sentais l'afflux de sang dans nos paumes, mon pouls, fort et frénétique, et le sien, doux comme un murmure. Depuis le haut de son piédestal, la sôme attendait, ou en donnait l'impression du moins, sans esquisser le moindre geste. Il n'y avait pas de trace des deux autres, les deux corps masculins que j'avais vus dans la caverne, tordus comme des pantins. Je me demandai brièvement ce qu'ils étaient devenus. Je finis par abandonner Brindille pour m'approcher plus près du promontoire en tâtonnant précautionneusement dans la pénombre. La déesse demeurait invisible, elle aussi, jusqu'à ce que je grimpe davantage. Là, je repérai la luisance des veinules blanches qui tapissaient la surface du rocher. Durant mes explorations prudentes, la sôme ne bougea pas d'un pouce. Je crois qu'elle ne cligna pas même des yeux.

Je m'assis de nouveau sur les nattes humides en m'efforçant de respirer calmement. Je fixais la sôme immobile, son corps nacré frémissant dans la chaleur des bougies. J'avais ressenti du désir lorsque je m'étais approché, un désir qui m'avait paru incompréhensible et artificiel, mais qui retombait à présent. Je regardai de nouveau Brindille, en me demandant si je devais bien aller au bout du chemin que j'avais choisi, si je ne devais pas attendre encore jusqu'au lendemain, qu'elle se réveille. Je songeai ensuite au roi des Ormes et au peuple qui patientait, mais il me semblait qu'à trop repousser je ne ferais qu'accroître les chances de voir quelqu'un s'interposer. Trasca avait évoqué une purge. Trasca avait dit que la déesse nettoierait mon corps avant de procéder à quoi que ce soit d'autre. Je n'étais pas certain de réussir à négocier avec elle, mais je voulais tout de même essayer. Je voulais qu'elle débarrasse Brindille du mal qui la rongeait, et j'allais pour ce faire user de moi-même comme d'un appât. C'était en tout cas l'idée folle que m'avait inspirée la discussion que j'avais eue avec le roi des Ormes, juste avant que nous ne pénétrions dans le *Vraak*.

Le temps s'écoulait comme de l'eau entre mes doigts, et je me rendis soudain compte qu'en réalité la combustion des bougies marquait une forme de limite, la seule fenêtre dont je disposais vraiment pour agir sans me mettre en danger, sans risquer de chuter et d'emporter Brindille avec moi. Je déglutis avant de hocher la tête, les mains tremblantes. Il fallait bien que je tente quelque chose. Elle était trop résignée pour que j'ose lui demander son avis. Elle allait mourir et elle l'avait accepté. Le *Vraak* tout entier l'avait accepté. Mais pas moi. Je passai le bras sous elle, sous son corps si fragile et léger, et la fis basculer sur mon épaule. Ensuite, les pieds dérapant dans le gravier, je m'attaquai à l'escalade du promontoire.

Brindille avait beau ne rien peser, l'ascension fut difficile, parce qu'elle était tout de même encombrante, et presque aussi grande que moi. Pour accéder au sommet, il fallait réussir à garder son équilibre en s'aidant des anfractuosités de la pierre tout en veillant à ne mettre le pied sur aucun gravier glissant. Il me semblait que certains pans rocheux avaient été limés ou taillés comme un colimaçon antique, mais il n'en restait plus grand-chose et l'obscurité en avalait l'essentiel. Par endroits on avait cisaillé des gravures et des marques que je ne fus pas en mesure d'identifier, des traces incompréhensibles patinées par l'écoulement de l'eau et broyées par le passage des siècles. En une occasion je dus mettre le genou à terre pour éviter de déraper, et puis, sur la fin, les prises au sol se firent plus aisées et je pus faire mon chemin jusqu'au sommet sans craindre de me briser les os. Mon cœur se mit à tambouriner alors que l'envie revenait par vagues puissantes, m'agrippait par les reins et la gorge à la manière d'un philtre d'amour.

Je dus poser ma main libre sur la roche du promontoire pour pouvoir m'y hisser, et lorsque ma peau nue effleura l'entrelacs livide et élastique qui la recouvrait, la sôme fut secouée d'un spasme. Derrière elle, au centre de l'éminence il y avait une dépression dans le rocher, où je pouvais entrevoir la forme aplatie et frémissante de la déesse, tapie dans la cuvette comme une monstrueuse araignée. Je fus saisi d'un tremblement qui ne dura pas. Malgré tout l'effroi que la déesse aurait dû m'inspirer, c'est à peine si elle réussit à invoquer en moi un peu de méfiance. Je la connaissais, en réalité, en dépit de son apparence invraisemblable. Je connaissais le fil occulte de ses pensées et surtout je savais quel amour indescriptible je lui inspirais. Une excitation violente gagnait mon corps tout entier, à tel point qu'il me devenait difficile de réfléchir. Je trouvais la sôme belle et désirable. Si on faisait abstraction de l'étrangeté, ce qui était beaucoup plus facile pour moi que cela n'aurait dû l'être, elle me paraissait bien plus voluptueuse que la plupart des courtisanes qu'il m'avait été donné d'apercevoir. Autour de ses pieds sales, la vigne grouillait comme un tapis vivant.

Je pris un moment pour me stabiliser et fis glisser Brindille jusque dans mes bras. Je respirais vite, à cause de l'effort et du désir impossible qui me tordait le corps. La sôme fit un pas dans ma direction. Elle me tendit ses mains en un geste saccadé et caricaturalement lascif. Je dus me retentir pour ne pas laisser tomber Brindille à mes pieds et la rejoindre sur-le-champ. Sous mes bottes, je sentis la vigne frémir. La lumière des bougies lapait la peau de la sôme comme la marée goûte le rivage et ses yeux noirs reflétaient chacune d'elles comme autant d'étoiles minuscules. J'expirai en frissonnant de tout mon corps, les joues brûlantes. Je voulus ouvrir la bouche, dire quelque chose, n'importe quoi, mais je n'y parvins pas. Les mots étaient superflus, de toute manière, et je le savais. La sôme pencha la tête d'un côté, puis de l'autre. Ses lèvres se déformèrent, soufflèrent des ronds muets qui n'avaient ni queue ni tête. Je déglutis et avançai à mon tour en brandissant Brindille devant moi comme une offrande.

Je vis la sôme étendre ses bras hérissés de duvet et je pris alors une grande inspiration, parce que j'attendais la même chose que lors de notre première rencontre : un contact foudroyant, un lien direct avec la déesse. Mon intention était de passer un marché, si je le pouvais, si je parvenais à me faire entendre pardessus la cacophonie de son amour. Dans la mesure du possible, je m'étais résolu à lui refuser toute union tant que mes exigences ne seraient pas satisfaites. J'étais incapable de savoir si j'aurais le choix, ou le temps, mais c'était un risque que j'étais prêt à prendre. Je ne pensais pas qu'elle comprendrait sans peine, et si j'emportais Brindille avec moi c'était avant tout pour faciliter le dialogue. Pouvoir lui montrer, concrètement, ce que je voulais d'elle. Si j'avais eu toute ma tête, je me serais peut-être rendu compte que la déesse ne pouvait pas voir Brindille, puisque je la portais dans mes bras, et qu'elle n'avait, à aucun moment, effleuré la vigne. Je ne crois pas que cela aurait changé grand-chose, mais il m'arrive d'y songer, encore aujourd'hui. De contempler, lorsque je suis d'humeur pensive, à quel point tout aurait pu être très différent.

La sôme m'enveloppa d'une étreinte douce et mon dos s'arqua spontanément comme celui d'un chat que l'on caresse. Ma bouche s'emplit d'eau. J'assurai ma prise sur Brindille et la sôme raffermit la sienne, nous pressant tous deux contre elle, me cherchant de son corps sans parvenir à m'enserrer entièrement. Ma mâchoire se crispa. Une décharge de plaisir m'arracha le souffle et je crachai en haletant. Un gémissement involontaire m'échappa alors que le rêve faisait surface et se mélangeait au monde. Je m'efforçai frénétiquement de penser à Brindille, de formuler ma demande, mes conditions, d'entremêler tout ça au songe tandis que mon double onirique se matérialisait au même endroit que mon corps. Ce rêve-ci était très simple. Il y avait moi. Il y avait la déesse. Il n'y avait rien d'autre, hormis une évidente trajectoire de collision. Je me sentis sombrer, mes pensées se firent élastiques. Insaisissables et erratiques.

Ce qui restait de mon attention se fixa à cet instant sur la sôme, sur son visage parfaitement impassible. Celle-ci amorça un bruissement de recul, une secousse puissante qui la vit partir en arrière en nous traînant avec elle. Je crus entrevoir un mouvement à la lisière de ma vision mourante. Quelque chose ripa. Il y eut une saccade, puis je me retrouvai tout à coup ailleurs, avec la respiration difficile et le visage meurtri, écrasé contre la roche glaciale. La féerie se disloqua brusquement. Je clignai des yeux, submergé par la nausée, sans comprendre ce que je voyais. La sôme, Brindille et la chose – la déesse – toutes trois entremêlées au milieu de la cuvette de roche. Je voulus me redresser, grappillai, titubai et m'affalai encore. Mon bras se tendit en direction des palpitations de plus en plus frénétiques qui agitaient le centre du promontoire.

Je peinerais à décrire véritablement ce qui se passa ensuite, mais il y eut comme un crépitement et, dans la pénombre, une éruption de projections blafardes, des cils ou des cheveux collants qui surgirent depuis le centre de l'amalgame, harponnèrent Brindille dont j'eus l'impression de voir le corps entrer en ébullition.

La chair enflait et coulait, se déformait de manière inconcevable. Je voulus crier quelque chose, mais ce fut tout juste si je réussis à hoqueter. Je vis les yeux de Brindille s'ouvrir en grand et sa bouche se tordre pour hurler, mais elle fut ensuite engloutie par la viande en fusion, avalée, comprimée, absorbée par cette chose squameuse qui se déchirait comme une fleur et qui fondait en même temps que le reste. Il y avait des saccades à présent, dont la violence aurait brisé des os. Je criai cette fois, un cri désespéré de douleur et de déchirement, et je parvins à placer le genou à terre avant de m'effondrer de nouveau. Le monde tournoyait si intensément que je m'étais mordu la langue. Un filet de sang gouttait depuis mon menton.

Je rampai, lentement, en feulant contre la pierre. Sous moi, la vigne tressautait comme une bête fouettée, se désagrégeait parfois, collait à mes vêtements et s'arrachait avec mes mouvements. En dépit du brouillard qui m'anesthésiait l'esprit, je comprenais que quelque chose n'allait pas, que je venais de commettre une terrible erreur dont je ne mesurais pas entièrement la portée. La déesse avait pris Brindille à ma place. Des gargouillis informes provenaient du milieu de l'esplanade, ainsi qu'un sifflement inhumain qui me vrilla les tympans. Des pans entiers de la vigne se soulevaient, se décollaient pour se recroqueviller, comme les pattes d'un insecte mourant. Je distinguais encore, de temps à autre, des éléments reconnaissables qui débordaient depuis le magma informe, une main, une jambe, le pan d'un vêtement, qui étaient aussitôt ravalés par le bouillonnement.

Je voulus étendre la main puis, en un terrible bruit de succion, l'amalgame convulsé s'affaissa sur lui-même. Je compris soudain que la déesse s'était installée au-dessus d'un puits, avait tissé sa toile sur un conduit qui perforait le promontoire à la verticale et s'enfonçait en dessous vers des profondeurs insondables. La sôme, qui depuis le début s'agitait de spasmes erratiques, chancela au bord du vide, puis troua le monticule de chair et disparut. Je tentai de me saisir de quelque chose, un lambeau de la robe de Brindille, je crois, mais je ratai ma prise de trois bons pouces et la masse convulsée bascula à son tour. Un sifflement terrifiant retentit, se fracassa en écho sur les parois de la caverne avant de s'éteindre entièrement. Je me retrouvai seul, dans un silence écrasant, allongé sur la pierre froide. Mon visage était tuméfié, collant de sang et de salive, et je n'avais plus la moindre raison d'être. Brindille était partie.

Un long moment s'écoula avant que mon corps ne réponde convenablement, et que je réussisse enfin à m'asseoir. À l'affreuse migraine qui me vrillait le crâne répliquait le gouffre, un abîme de désespoir qui me nouait les tripes. Je ne parvins pas même à verser une larme, tant le désert glacé avait tout figé. Si Brindille avait encore été vivante au moment où elle était tombée, ce dont je doutais parce que j'avais vu son enveloppe couler autour d'elle comme de l'eau, assurément la chute n'avait laissé aucune place à l'erreur. Je me rappelai l'impression de fragilité que la déesse m'avait communiquée par le biais de l'*Akeskateï*, et il me semblait que je devais l'avoir tuée, elle aussi.

Comme les bougies qui illuminaient la caverne commençaient à s'éteindre les unes après les autres, je finis par remuer et dépliai mes membres gelés. Grelottant sous l'effet du froid et du choc, j'entrepris de remonter lentement les passages du labyrinthe en suivant le chemin de lumière. Je ne sais pas vraiment ce qui anima mes gestes cette nuit-là, quelle force inconnue éloigna mon corps du gouffre. Peut-être un réflexe de survie, une chose animale héritée d'Iphos ou de la guerre. S'il n'y avait eu cela, s'il y avait eu davantage de place pour les pensées, je me serais sans doute jeté à la suite de ce qui était tombé.

Il y eut des couloirs de roche sombre, et le raclement de mes pas épuisés, l'odeur du roseau et de la graisse qui se consume. Mon existence même était devenue une souffrance, une blessure sourde et absurde. Hagard, je m'engageais dans un nouvel embranchement lorsque je faillis bousculer Trasca, qui arrivait dans l'autre sens. Je retrouvai mes esprits à cet instant et ce fut comme si quelqu'un m'avait posé un fer chauffé à blanc en plein sur le visage. Mon regard brisé glissa sur le roi des Ormes, et je m'affaissai, l'épaule contre la pierre du corridor. Je vis Trasca devenir livide. « Je ne… comment… », bredouilla-t-il, et puis je compris alors qu'il savait. Je n'étais pas censé être là, parce que je n'étais pas censé avoir survécu. J'aurais dû me fondre dans la déesse comme Brindille avait fondu.

Je tirai le couteau en titubant et fus sur Trasca bien plus rapidement que je ne l'aurais cru possible. Il m'intercepta avec facilité, me saisit par le poignet et m'écrasa contre le mur. « Qu'as-tu fait, Syffe ? » répétait-il entre ses dents serrées, son regard écarquillé d'horreur. Je me débattis férocement et grondai en retour, certain qu'il allait me briser le bras et puis aussi la nuque, mais le roi des Ormes me relâcha subitement et disparut au pas de course, en direction des profondeurs. Je me traînai à l'air libre. Le vacarme des grenouilles et le ciel étoilé m'accueillirent, et à cet instant l'effroi me saisit. Malgré tout ce qui venait de se passer je réussis tout de même à avoir peur de ce que les Ketoï feraient de moi lorsqu'ils apprendraient ce qui avait eu lieu sous le *Vraak*. Je compris qu'il me fallait fuir, et que je ne pourrais pas repartir par là où j'étais venu. Désorienté, j'errai un temps le long des allées désertes de la cité lacustre jusqu'à tomber sur un ponton. Là, en contrebas, se trouvait arrimée une barque à fond plat. Avec maladresse, je pris place dans l'embarcation avant de cisailler au poignard la corde d'amarrage. Enfin, courbé sur la pagaie comme un homme moribond, je harponnai la surface noire de l'onde.

FIN DU TOME DEUXIÈME

REMERCIEMENTS

La Maison Julien Gracq et son équipe, pour un incroyable séjour.

Les membres de mon comité de lecture, tout particulièrement Charlotte et Pascale pour leur travail assidu.

Le restaurant social Pierre-Landais et son équipc, pour leur accueil et le travail indispensable qui est le leur.

Justine Niogret, Stefan Platteau, Alain Damasio, Alex Jestaire et Lille Clairence pour avoir nourri et accompagné mes réflexions.

Les colocataires de La Borderie, pour m'avoir toujours soutenu, même quand je n'avais pas le temps d'être présent.

Fanny Fa* qui en a fait beaucoup, et plus encore.

L'ensemble des acteurs de l'univers du Noir qui m'ont suivi avec autant de bienveillance dans un nouveau genre. Lecteurs, libraires, critiques, ils et elles se reconnaîtront.

Tous les lieux foisonnants qui m'ont accueilli et dont les acteurs luttent pour qu'ils continuent d'exister. Vous nourrissez le feu.

DU MÊME AUTEUR

Aux Éditions Au diable vauvert

LE CYCLE DE SYFFE

L'ENFANT DE POUSSIÈRE (Folio Science-Fiction n° 664)

LA PESTE ET LA VIGNE (Folio Science-Fiction n° 688)

LES CHIENS ET LA CHARRUE

Aux Éditions La Manufacture de livres

CROCS

ÉCUME

Chez d'autres éditeurs

NEVA, Les Contrebandiers

MAUVAISE GRAISSE, La Geste

PERSÉPHONE LUNAIRE, Chloé des Lys

Dans la même collection

453. Jean-Claude Marguerite	*Le Vaisseau ardent*
454. Jean-Philippe Depotte	*Les jours étranges de Nostradamus*
455. Walter M. Miller Jr.	*L'héritage de saint Leibowitz*
456. Carol Berg	*Le vengeur* (Les livres des rai-kirah, III)
457. Philip K. Dick	*Question de méthode*
458. Leandro Ávalos Blacha	*Berazachussetts*
459. Alden Bell	*Les faucheurs sont les anges*
460. Pierre Pevel	*L'Alchimiste des Ombres* (Les Lames du Cardinal, II)
461. Xavier Mauméjean	*Rosée de feu*
462. Arkadi et Boris Strougatski	*Stalker*
463. Ian McDonald	*Le fleuve des dieux*
464. Barry Hughart	*La magnificence des oiseaux* (Une aventure de Maître Li et Bœuf Numéro Dix)
465. Serge Brussolo	*Trajets et itinéraires de la mémoire*
466. Barry Hughart	*La légende de la Pierre* (Une aventure de Maître Li et Bœuf Numéro Dix)
467. Jack McDevitt	*Seeker*
468. Glen Duncan	*Moi, Lucifer*
469. Barry Hughart	*Huit honorables magiciens* (Une aventure de Maître Li et Bœuf Numéro Dix)
470. Daniel Polansky	*Le baiser du rasoir*
471. Thomas Geha	*Le sabre de sang*, 1

472. Thomas Geha	*Le sabre de sang*, 2
473. Pierre Pevel	*Le dragon des Arcanes* (Les Lames du Cardinal, III)
474. Alain Damasio	*Aucun souvenir assez solide*
475. Laurent Genefort	*Les opéras de l'espace*
476. Roger Zelazny	*Dilvish le Damné*
477. Thomas Day	*Dæmone*
478. Philip K. Dick	*Ne pas se fier à la couverture*
479. Léo Henry	*Le casse du continuum* (INÉDIT)
480. Frank M. Robinson	*Destination ténèbres*
481. Joël Houssin	*Le Temps du Twist*
482. Jean-Marc Ligny	*La mort peut danser*
483. George R. R. Martin	*Armageddon Rag*
484. Lewis Shiner	*Fugues*
485. Collectif	*Alternative Rock*
486. Arnaud Duval	*Les Pousse-pierres*
487. Christian Léourier	*Le cycle de Lanmeur*, I
488. Lisa Tuttle	*Ainsi naissent les fantômes*
489. Pablo de Santis	*La soif primordiale*
490. Norbert Merjagnan	*Treis, altitude zéro*
491. Robert Charles Wilson	*Julian*
492. Patrick Ness	*La voix du Couteau* (Le Chaos en marche, I)
493. Patrick Ness	*Le Cercle et la Flèche* (Le Chaos en marche, II)
494. Patrick Ness	*La guerre du Bruit* (Le Chaos en marche, III)
495. S.G. Browne	*Comment j'ai cuisiné mon père, ma mère... et retrouvé l'amour*
496. Glen Duncan	*Le dernier loup-garou*
497. Christian Léourier	*Le cycle de Lanmeur*, II
498. Mira Grant	*Feed* (Feed, I)

499. Richard Matheson	*Par-delà la légende*
500. Dan Simmons	*L'échiquier du mal*
501. Mira Grant	*Deadline* (Feed, II)
502. Robert Holdstock	*Avilion*
503. Graham Joyce	*Lignes de vie*
504. Mira Grant	*Red Flag* (Feed, III)
505. Jean-Philippe Jaworski	*Même pas mort* (Rois du monde, I)
506. Arkadi et Boris Strougatski	*Il est difficile d'être un dieu*
507. Laurent Genefort	*Omale*, 1
508. Laurent Genefort	*Omale*, 2
509. Laurent Whale	*Les étoiles s'en balancent*
510. Robert Charles Wilson	*Vortex*
511. Anna Starobinets	*Je suis la reine*
512. Roland C. Wagner	*Rêves de Gloire*
513. Roland C. Wagner	*Le train de la réalité*
514. Jean-Philippe Depotte	*Le chemin des dieux*
515. Ian McDonald	*La maison des derviches*
516. Jean-Michel Truong	*Reproduction interdite*
517. Serge Brussolo	*Anges de fer, paradis d'acier* (INÉDIT)
518. Christian Léourier	*Le Cycle de Lanmeur*, III
519. Bernard Simonay	*Le secret interdit*
520. Jean-Philippe Jaworski	*Récits du Vieux Royaume*
521. Roger Zelazny	*Les princes d'Ambre* (Cycle 1)
522. Christopher Priest	*Les insulaires*
523. Jane Rogers	*Le testament de Jessie Lamb*
524. Jack Womack	*Journal de nuit*
525. Ray Bradbury	*L'Arbre d'Halloween*
526. Jean-Marc Ligny	*Aqua*™
527. Bernard Simonay	*Le prince déchu* (Les enfants de l'Atlantide, I)

528. Isaac Asimov — *Fondation 1*
529. Isaac Asimov — *Fondation 2*
530. J. G. Ballard — *La forêt de cristal*
531. Glen Duncan — *Talulla*
532. Graham Joyce — *Les limites de l'enchantement*
533. Mary Shelley — *Frankenstein*
534. Isaac Asimov — *Les vents du changement*
535. Joël Houssin — *Argentine*
536. Martin Millar — *Les petites fées de New York*
537. Mélanie Fazi — *Le jardin des silences*
538. Graham Joyce — *Au cœur du silence*
539. Bernard Simonay — *L'Archipel du Soleil* (Les enfants de l'Atlantide, II)
540. Christopher Priest — *Notre île sombre*
541. Bernard Simonay — *Le crépuscule des Géants* (Les enfants de l'Atlantide, III)
542. Jack Vance — *Le dernier château*
543. Hervé Jubert — *Magies secrètes* (Une enquête de Georges Hercule Bélisaire Beauregard)
544. Hervé Jubert — *Le tournoi des ombres* (Une enquête de Georges Hercule Bélisaire Beauregard)
545. Hervé Jubert — *La nuit des égrégores* (Une enquête de Georges Hercule Bélisaire Beauregard, INÉDIT)
546. L. L. Kloetzer — *Anamnèse de Lady Star*
547. Paul Carta — *La quête du prince boiteux* (Chroniques d'au-delà du Seuil, I)
548. Bernard Simonay — *La Terre des Morts* (Les enfants de l'Atlantide, IV)

549. Jo Walton	*Morwenna*
550. Paul Carta	*Le Siège des dieux* (Chroniques d'au-delà du Seuil, II)
551. Arnaud Duval	*Les ombres de Torino*
552. Robert Charles Wilson	*La trilogie Spin*
553. Isaac Asimov	*Période d'essai*
554. Thomas Day	*Sept secondes pour devenir un aigle*
555. Glen Duncan	*Rites de sang*
556. Robert Charles Wilson	*Les derniers jours du paradis*
557. Laurent Genefort	*Les vaisseaux d'Omale*
558. Jean-Marc Ligny	*Exodes*
559. Ian McDonald	*La petite déesse*
560. Roger Zelazny	*Les princes d'Ambre* (Cycle 2)
561. Jean-Luc Bizien	*Vent rouge* (Katana, I)
562. Jean-Luc Bizien	*Dragon noir* (Katana, II)
563. Isaac Asimov	*Cher Jupiter*
564. Estelle Faye	*Thya* (La voie des Oracles, I)
565. Laurent Whale	*Les damnés de l'asphalte*
566. Serge Brussolo	*Les Geôliers* (INÉDIT)
567. Estelle Faye	*Enoch* (La voie des Oracles, II)
568. Marie Pavlenko	*La Fille-Sortilège*
569. Léo Henry	*La Panse* (INÉDIT)
570. Graham Joyce	*Comme un conte*
571. Pierre Pevel	*Les enchantements d'Ambremer* (Le Paris des Merveilles, I)
572. Jo Walton	*Le cercle de Farthing*
573. Isaac Asimov	*Quand les ténèbres viendront*

574. Grégoire Courtois	*Suréquipée*
575. Pierre Pevel	*L'Élixir d'oubli* (Le Paris des Merveilles, II)
576. Fabien Cerutti	*L'ombre du pouvoir* (Le Bâtard de Kosigan, I)
577. Lionel Davoust	*Port d'âmes*
578. Pierre Pevel	*Le Royaume Immobile* (Le Paris des Merveilles, III)
579. Jean-Pierre Boudine	*Le paradoxe de Fermi*
580. Fabrice Colin	*Big Fan*
581. Fabien Cerutti	*Le fou prend le roi* (Le Bâtard de Kosigan, II)
582. Jo Walton	*Hamlet au paradis*
583. Robert Charles Wilson	*Les Perséides*
584. Charles Yu	*Guide de survie pour le voyageur du temps amateur*
585. Estelle Faye	*Un éclat de givre*
586. Ken Liu	*La ménagerie de papier*
587. Chuck Palahniuk et Cameron Stewart	*Fight Club 2*
588. Laurence Suhner	*Vestiges* (QuanTika, I)
589. Jack Finney	*Le voyage de Simon Morley*
590. Christopher Priest	*L'adjacent*
591. Franck Ferric	*Trois oboles pour Charon*
592. Jean-Philippe Jaworski	*Chasse royale – De meute à mort* (Rois du monde, II-1)
593. Romain Delplancq	*L'appel des illustres* (Le sang des princes, I)
594. Laurence Suhner	*L'ouvreur des chemins* (QuanTika, II)
595. Estelle Faye	*Aylus* (La voie des Oracles, III)
596. Jo Walton	*Une demi-couronne*

597. Robert Charles Wilson — *Les affinités*
598. Laurent Kloetzer — *Vostok*
599. Erik L'Homme — *Phænomen*
600. Laurence Suhner — *Origines* (QuanTika, III)
601. Len Deighton — *SS-GB*
602. Karoline Georges — *Sous-béton*
603. Martin Millar — *La déesse des marguerites et des boutons d'or*
604. Marta Randall — *L'épée de l'hiver*
605. Jacques Abeille — *Les jardins statuaires*
606. Jacques Abeille — *Le veilleur du jour*
607. Philip K. Dick — *SIVA*
608. Jacques Barbéri — *Mondocane*
609. Romain d'Huissier — *Les Quatre-vingt-un Frères* (Chroniques de l'Étrange, I)
610. David Walton — *Superposition*
611. Christopher Priest — *L'inclinaison*
612. Jacques Abeille — *Un homme plein de misère*
613. Romain Lucazeau — *Latium I*
614. Romain Lucazeau — *Latium II*
615. Laurent Genefort — *Étoiles sans issue*
616. Laurent Genefort — *Les peaux-épaisses*
617. Loïc Henry — *Les océans stellaires*
618. Romain d'Huissier — *La résurrection du dragon* (Chroniques de l'Étrange, II)
619. Romain Delplancq — *L'Éveil des Réprouvés* (Le sang des princes, II)
620. Jean-Philippe Jaworski — *Chasse Royale – Les grands arrières* (Rois du monde, II-2)
621. Robert Charles Wilson — *La cité du futur*
622. Jacques Abeille — *Les voyages du fils*
623. Iain M. Banks — *Effroyabl Ange1*

624. Louisa Hall	*Rêves de Machines*
625. Jean-Pierre Ohl	*Redrum*
626. Fabien Cerutti	*Le Marteau des Sorcières* (Le Bâtard de Kosigan, III)
627. Elan Mastai	*Tous nos contretemps*
628. Michael Roch	*Moi, Peter Pan*
629. Laurent Genefort	*Ce qui relie* (Spire, I)
630. Rafael Pinedo	*Plop*
631. Jo Walton	*Mes vrais enfants*
632. Raphaël Eymery	*Pornarina*
633. Scott Hawkins	*La Bibliothèque de Mount Char*
634. Grégory Da Rosa	*Sénéchal*
635. Jonathan Carroll	*Os de Lune*
636. Laurent Genefort	*Le sang des immortels*
637. Estelle Faye	*Les Seigneurs de Bohen*
638. Laurent Genefort	*Ce qui divise* (Spire, II)
639. Ian McDonald	*Luna – Nouvelle Lune* (Luna, I)
640. Lucie Pierrat-Pajot	*Les mystères de Larispem, I* (Le sang jamais n'oublie)
641. Adrian Tchaikovsky	*Dans la toile du temps*
642. Karin Tidbeck	*Amatka*
643. Jo Walton	*Les griffes et les crocs*
644. Grégory Da Rosa	*Sénéchal II*
645. Saad Z. Hossain	*Bagdad, la grande évasion !*
646. Al Robertson	*Station : La chute*
647. Peter Cawdron	*Rétrograde*
648. Fabien Cerutti	*Le Testament d'involution* (Le Bâtard de Kosigan, IV)
649. Yoon Ha Lee	*Le gambit du Renard*
650. Sabrina Calvo	*Toxoplasma*
651. Karoline Georges	*De synthèse*
652. George R. R. Martin / Lisa Tuttle	*Elle qui chevauche les tempêtes*
653. Katherine Arden	*L'Ours et le Rossignol*

654. Laurent Genefort *Ce qui révèle* (Spire, III)
655. Léo Henry *Thecel* (INÉDIT)
656. Grégory Da Rosa *Sénéchal III*
657. Romain d'Huissier *Les Gardiens célestes* (Chroniques de l'Étrange, III)
658. Thomas Spok *Uter Pandragon*
659. Estelle Faye *Les nuages de Magellan*
660. Chris Vuklisevic *Derniers jours d'un monde oublié* (INÉDIT)
661. Annalee Newitz *Autonome*
662. Nicolas Texier *Opération Sabines* (Monts et merveilles, I)
663. Ray Bradbury *Le Pays d'octobre*
664. Patrick K. Dewdney *L'enfant de poussière* (Le cycle de Syffe, I)
665. Mary Robinette Kowal *Lady astronaute* (INÉDIT)
666. Lucie Pierrat-Pajot *Les mystères de Larispem, II* (Les jeux du siècle)
667. Lionel Davoust *La messagère du ciel* (Les dieux sauvages, I)
668. Thibaud Latil-Nicolas *Chevauche-Brumes*
669. Nicolas Texier *Opération Jabberwock* (Monts et merveilles, II)
670. Ernest Callenbach *Écotopia*
671. Adam Roberts *Jack Glass, l'histoire d'un meurtrier*
672. Élisabeth Vonarburg *Chroniques du Pays des Mères*
673. Pierre Alferi *Hors sol*
674. Alain Damasio *Les Furtifs*
675. Michael Roch *Le livre jaune*
676. Yoon Ha Lee *Le stratagème du corbeau*
677. Ian McDonald *Luna – Lune du loup* (Luna, II)
678. Gareth L. Powell *Braises de guerre*

Composition : IGS-CP à L'Isle-d'Espagnac (16)
Achevé d'imprimer par Novoprint
à Barcelone, le 15 juin 2021
Dépôt légal : juin 2021

ISBN 978-2-07-274674-1./Imprimé en Espagne.

323322